钟道新文集

第三卷

长篇小说

非常档案

博弈时代

二○一七年

作家出版社

三晋出版社

一九六二年钟道新与家人在颐和园合影

前排左起:侄女钟英娇、侄钟德强、侄钟德盛、姊钟珠环、钟道新

后排左起:长嫂王静贤、长兄钟道彩、表兄芮士滢、母亲芮华、三舅父芮泉山、父亲钟士模、二兄钟道隆、二嫂王儒评

“文革”期间，钟道新在母校清华园中学校门前留影

“文革”期间钟道新在清华园驾车

目　录

非常档案 ………………………………………………………………………… 1

博弈时代 ………………………………………………………………………… 267

非常档案

一

中秋的北京清晨，已颇有寒意。关鉴却仍敞着旧式风衣，逢摊必蹲，借晨光、星光和微弱灯光的“三光”混合体，浏览察看着。

琉璃厂的古董生意，是极富生命力的买卖。若将“文革”中似断非断的几年除去，绵绵不绝已达二百余年。其奥妙，一是货源充足：当某人、某家族的钱财，多到一定程度，消费品便失去意义，要买一些“没用”但能炫耀的东西。经济衰退前的日本商人，在全球市场上，大肆搜罗艺术品，就是此理。可一旦败落，就难免又悄悄地把不知道积攒了多少辈的东西拿出去卖。若此人一直“顺”到死，然后将其心爱之物殉葬，最后仍会像法老图坦芒卡、慈禧太后等人的陵墓一样，被盗贼挖出来，进入新一轮的流通。更加之有像齐白石的画、毛主席像章等新古董的加入，使得它的市场总流量，稳中有升。奥妙之二是它的商品，不同于普通商场，出处、标价的随意性极大，可上穷碧落下接黄泉。“这画儿十万根本就不贵，您躲过海关的稽查，到索斯比一拍，这个数的美金就来了。”摊主晃动着手中一幅“哗、哗”作响、韧性极强、号称是“郑板桥”的画，大言不惭地说。若你扭头要走，他马上改口道：“您嫌贵，给三四百就行。”奥妙之三是，古董是行贿送礼的好载体。据说清朝时什么官都有价。比方想谋上海道，买一部十二万两银子的《玉枕兰亭》送给宝中堂就行，宝中堂和琉璃厂的古董商是通着的，一见这部帖到了，便知银子已到手，可以便宜行事了，而其实这《玉枕兰亭》本来就是宝中堂自己的收藏，商家去问“官”价时带回来的，一年能转好几回。另外的官、事，则有另外的价格，并且可以加减。比方需要一万，则一方岳少保砚三千、一部阁帖三千、一部宋版杜诗五千，加起来正好。

关鉴跋涉过这片洋溢着学识、充满着机会、遍布着机关陷阱、现金高速流动、营业额和税收均取决于统计者和收缴者的愿望和工作努力程度的原始市场后，已经十点。他什么都没买。四十六岁，冲动购物和疯狂的恋爱一起成为了历史。

钱是什么？他将飘散在额头、日见稀疏的头发归位。人们总喜欢潇洒地说“千金散尽还复来”。实则大错特错：这个星球上充满使你和钱分手的方式方法，而一旦失去它，就像香港特别行政区财政厅长曾荫权说的：“便永远地失去了——就像贞操一样。”

关鉴进入宝森堂图书有限公司的大厅，随便找个座位坐下，用大堂正中的“宝森堂书铺”匾额，调整一下目力——此匾乃清末名士潘祖荫所书，底子本来就好，再加时光一淬，越显古朴珍贵——就低头翻阅拍卖目录。

关鉴之行头做派，毫不出众，无人将其与拥有相当权力的经济调查局联系起来。

有鉴于世界范围的经济风波，国家在机构紧缩之际，仍下决心成立此局。顾名思义，它负有监督经济活动之职责。何谓经济活动？泛言之，除政治、外交、军事外，几乎所有的人类活动都含有经济成分。其实就是这三项，也不例外：军事的硬件，全部由经济构成；若无军事实力，外交便无从谈起；至于政治，那更是利益的比较。可任何政府也不会赋予一个部门以如此兼容并蓄的权力：真的给了，它就成了政府。

关鉴乃经济调查局一处的处长。

凡以数字冠名的机关、项目，如总参三部、八六三计划等，不像教育部留学生司、金卡计划那样直白，总给人以神秘之感。关鉴所在的一处，用局长的话来说，负责的就是“北京经济区之安全”。

大家都觉得这太“玄虚”了：凡事均与经济有关，而北京则是中心——有谁能找出身体上一个和大脑无关的部位呢——又该从何抓起。故成立伊始讨论职责时，干部们发出一片“老虎吃天”之叹。

关鉴先插队、后做工、再读书的经历，决定了他是个讲求实际的人。他自认为本部门的使命不过是拾遗补阙而已：计划执行有经、计委；资金进出有银行；资质、税收等都有专管部门；犯罪则有公检法。故他小而化之，头年主要制定一份“经济黑名单”，提交有关领导参考。

“经济黑名单”所列有三：一是不履行合同的企业，二是借改制之名逃避银行债务的企业，三是经济界内屡次造成国有资产损失的人员。

他认为这份“黑名单”极有价值。以前的社会，“鸡犬之声相闻，老死不相往来”，而在现今的“地球村”中，邻居拉裤子拉链声都清晰可闻，一有机会，就给你来个“连窝端”。心怀叵测的索罗斯挟巨款投机姑且不论，美国一位债券交易员通过网络卖出一笔中等量的法国债券，本来只需按一次计算机“执行”键即可，谁知他鬼使神差地按了百余次。于是这笔天量交易，引发了法国债券市场的雪崩式狂跌——正在向信息化社会迈进的中国，与其亡羊补牢，不如防微杜渐。

名单上呈后，很快批复，并下送有关部门。当然，这名单有增有减。有“增”不奇怪：国家负责经济的又不止调查局一家，渠道多着呢。可这“减”中的学问就大了，“君联证券公司”就是一个典型。此公司多次违规操作，被证监会通报、处分也有若干次，更重要的是它有明显的转移资产迹象。

“君联”的资料，关鉴基本掌握：“君联”的法人，是海军原副司令的儿子谭幼军。此人极具军干子弟特点，胆量奇大。他之胆大，一是表现在期货炒作上，无论做“多”做“空”都动辄十几亿、几十亿。某次炒作“326”国债，擅自超过上海交易所规定的持仓量一倍多，创出千亿天量。同时他还联合另外两个大证券公司，完全达到了操纵市场、扭曲价格之目的。事后虽然受损失的中小户们要求“君联”等大户，起码把超限额部分协议平仓，舆论也倾向于他们，可最后还是被“淹”了。据说谭幼军对人说：“我干什么事情，都志在必得。实在不行，别说‘壮士断腕’，就是‘壮士断腿’也在所不惜。”他胆大之二表现在话说得大。资料表明，“君联”并没有军方背景，其股份中，除去能源部的一大块外，只有三百万属原兵器工业部，后移交地方的某内地兵工厂的第三产业投资的，其余均为个人小股。可外面却盛传有某某部、某某将军支持。媒体采访他时，他虽未公开承认，却充满了暗示。当记者问："君联"是否"军队联合体"的意思时，他闪烁其词地回答："艾森豪威尔在卸任时说：美国政治最大的威胁，来自'军事工业复合体'。但用这个来比喻我们'君联证券'却不很合适。"此话不可谓胆不大——军队是国家的中流砥柱，绝不允许诬蔑——可竟然也未受追究。对此，关鉴只能以谭所用之媒体，影响面小，未能上达天听来解释。

当然，光凭这些，不足以使"君联"上"黑名单"。它登录的原因主要除去违规操作外，就是它的不良贷款的数量，最保守的估计，也与其总资产差不多。与此同时，它还有向境外转移资产的迹象——这非常合逻辑：无论国有还是私有的公司在接近破产时，对负责人来说，给自己找顶"金色降落伞"，软着陆后颐养天年是当务之急。

可迹象毕竟是迹象，欲落实之，除去获得批准外，尚需巨额经费：香港、瑞士、列支敦士登，光凭经济调查局的牌子是去不了的。

时至今日，关鉴也不知道"君联"的名字，是在哪一级被拿掉的。他也没兴趣知道。当初为"君联"上"榜"做出巨大贡献的一科科长杜坚感叹："真乃'朝里无人莫经商'啊！"杜坚是一九九二年人民大学经济系学士、一九九五年金融学院的硕士，毕业后在人总行金融研究所工作，因受"办大事、办实事"的理想激励，建局时调入。此时关鉴拍着他的肩膀，很原则地说："当毒品、艾滋病、地中海果蝇等肆虐时，海关和检疫部门虽严防死守，也难免挂一漏万。问题的关键是不能让它们形成规模。"

"既然关鉴处长道出关键，我也只好干活去了。"杜坚虽是校门"对接"的产物，人情世故还是通的。

浩然集团公司的总裁陈天纵在北京有两所房子。一所在闹市，属私宅，挂在他妻子名下。一所公司官邸，在京东龙润小区内。

虽说官邸，却是自选。选之前，他让浩然集团公司下辖的浩然房地产公司，对“龙润”的建筑质量、空气质量、物业管理质量，进行了系统的调研。当附有大量图表的报告送抵案头时，他进行了一小时作业，并未亲临现场，便拍板定下了。他从来认为高级管理人员就应如此行事：具体细节你无暇去看，也看不见，必须假手于人。若部门的人因有意或无意犯了错误，那你头次警告，二次处分，三次就撤职。即便他偶然进行现场视察，目的也仅在调研、监督。

此后，除公司的财务部见过一张一百三十万的发票，并按时交纳物业管理费外，无人再听到有关这房子的任何信息，更没有人进去过。

陈天纵一九七五年在北京外国语学院念书时，曾读过一本名叫《戴高乐传》的灰皮书。书中两段给他印象极深。一是因戴高乐主张放弃法属阿尔及利亚，从而引起在那里服役的一些军人组成的“秘密军”的仇恨。他们决定暗杀戴高乐。当他们伏击戴高乐的车队，并将其座车的胎打瘪、车身也中了十余颗子弹时，一名杀手回忆道：“我把半个身子都探出去，将冲锋枪的子弹全部倾泻到前面戴高乐 CD 轿车的后部，从打碎的车窗里仍可看到将军高傲的侧影。”戴高乐后来坚持把车开到机场，然后他下了车，“抖抖西服领子上的碎玻璃片，绕过车子，挽住妻子的胳膊说：‘亲爱的，咱们回家去。’”

陈天纵认为这才是大人物的素质。某次，他与集团副总郭威谈到此事，郭说此乃“派”也。他当即反驳道：“不是派，是素质。派可以临时学、可以装，而素质几乎是天生的。”

其二则是戴高乐不管遇到多大的事，每天下午四点就进入和办公室相连的官邸，与家人团聚，“那扇门就再也不会打开”。

陈天浩由此悟出，只有将自己的私生活完全和工作分开，才能高高在上，领导好一个团体。某次他得知浩然投资公司经理和部下去广东出差时，共浴桑拿，并演出风流剧时，他将其召到办公室，开口便问有无此事。答曰有。“你被开除了。”其人不服：“我又没被人抓住，我也不是国家公务人员。”“我们是国有公司，一切按公务员规定办。”他冷冷地挥手将其打发走。

这自然非真正的原因：如若他陪客户洗桑拿浴，即使被抓，也要托人"捞"他出来；要是他和公司外的哥们儿一起，就是闹出更大的事，只要他能自救，自己也会装聋作哑。但和部下则不同：一是此风不可长，若想吃就吃，想玩就玩，得有多少钱才能支持？更重要的是，同嫖就等于将最隐私部分展现给部下，此等事能做，何事不能？

他当然不会把这些说出来。能隐藏就尽量隐藏。神秘造就距离，有距离才有管理。

此刻陈天纵正迎着朝阳，在高达三十层的楼顶上锻炼。他在特意挑选顶层的同时，把楼顶的使用权也一起买下。当时小区的物业管理公司希望浩然集团再买些房子，连声说不用买，奉送就是了。他深谙对方"吃小亏占大便宜"的心理——此定理可逆："占小便宜必吃大亏"——执意要买。对方听罢不高兴地说："您是怕我变卦不成？""你大概不会变卦，可你的后任就不好说了。"他居高临下地说，"如果现在有部《合同法》，咱们签订份《赠予合同》，我没二话收下。"最后对方无奈，只得以一万块钱的象征性价格卖给了他。现在四年过去，物业公司的领导不知道换了几茬，他们有的想在上面竖广告，有的想架设卫星天线，甚至某家传呼台想在此建插转台，都被他用小小的一张收据给挡了回去。

他为自己的英明自豪：别的不说，光头顶上架一台功率数百瓦的插转天线，我就要吃多少辐射？当通讯公司的负责人口口声声地说电磁辐射对人体无害时，他立刻反驳道："一种新药，须经过多年临床实践，才被批准。你们有人体测试的数据吗？"传呼在中国一共也没多少年的历史，何来"多年临床数据"？见此招无效，急于抢占小区制高点的负责人便许以重金。听到这话，他干脆把电话收线。

他在欧美生活多年，深深地感染了爱惜身体之观念，但方式却是最国粹的陈式太极拳。他先是拜河南人陈晋豫为师——此人自称太极创始人陈玉廷的后裔，功夫很是了得。然后又读了包括《周易》在内的许多和太极拳相关的书，理解了静心用意、中正安舒等太极精髓。加之他做事一向认真，几年练下来，已经颇有些松静自然、劲道内涵、意在拳先的样子。

即使是外出开会，除社交需要外，他从不与人打网球、高尔夫，虽然这两样，他也能拿得出手。他认为，一方水土养一方人：著名的中药材，如人参、鹿茸之类，对付美国人就不灵；反之，美式橄榄球之类，对国人就不一定有益——亚洲人骨骼较欧美人的细致，肌肉也没他们饱满，一撞一压就吃不住。而太极拳则和茶叶一样，不知道含有多少国人智慧供你享用，没必要舍近求远。故此，当某些人讥笑他“土”时，他心说：你们才真的“土”呢！

关鉴的收藏仅限于书籍，尤其侧重法学书籍。其原因是兴趣和财力都有限。

他的兴趣范围确实较窄。因工作故，他到过许多城市，但对那些城市的认识，仅限于火车站和飞机场。前年春节，太太单位组织到广州旅游，他先以去过多次推脱，后被逼无奈，随同前往。可他不光大型商店不知道，就是植物园、珠江桥在什么地方也不知道。太太讥笑道：“若非我知道你的为人，还真会以为你是借出差广州之名，躲到什么地方幽会去了。”

太太见他工作、读书外，绝少娱乐，便鼓励他玩玩古董。年过四十，他也自知调养，就遵嘱进行。古董无涯，他只得从所学的专业入手，收集法学书籍。因为这，他才喜欢起故宫博物院来。外地来了客人，他首先介绍，也只介绍故宫。太太戏称他为“一个在四十岁上发现故宫的北京人”。

作为一般的公务人员，关鉴财力不会大——以前在经济学院教法律时，尚可以兼课获“外快”，到调查局后，月入则只有不足一千的工资了——因此至多能收集到一些称不上古籍的近代法学著作。其中比较好的有周鲠生的《国际法大纲》，张友渔的《中国宪法论》，蔡枢衡的《刑法学》。被他自命的“镇宅之宝”，也不过是一部民初版、严复翻译的孟德斯鸠的《法意》。至于明清和再以前的，他只有些残片和影印本。

但不管怎么说，他还是爱上了收藏。有空转转琉璃厂，确也是极好的休闲。

前面拍的是字画，有何绍基的条幅、梅兰芳的扇面、吴佩孚的“虎”字，另外还有汪精卫的《兰花图》、康生手书的毛泽东的一首七律。谁要是把这些“格”很不同的东西都买回去，往出一挂，那不单是书法，简直是满壁历史。

关鉴将双手放在椅子扶手上——据说应该把手坐在屁股底下，生怕不自觉地举起来——默默地看人们出天价把这些买走。

若无千万身家，谁也不会脱手四万，买一幅何绍基的字。这幅字是写给清末名将郭松林的，内容为“古今双子美，先后两汾阳。”郭松林号子美，与杜甫同。他又与唐代名将郭子仪是汾阳同乡。故到他军中打秋风的何绍基有此构思巧妙、马屁拍得极足的联句。

关鉴接着想：一千万的身家，意味着起码两个亿买卖的净利润。有如此辉煌业绩的“个人”，不敢说没有，起码是不多。可有这么多钱的人却不少。除去少数外，他们钱之来源无非是化“国”为“私”。而“化”最简单的方法便是向银行贷。一份谭幼军前妻提供的材料云：谭多次说“贷款在账本上，永远是在‘收入’项下的”，“傻×才还银行的钱”。有多少人，将自己辛辛苦苦积攒下的孩子教育款、购房款、养老钱存进了银行。他们天真地认为这些钱不光保险，还会增值。殊不知，其中不算小的一部分，已被谭幼军之流给花了。当然，你要去取，银行仍能兑现，但这只说明票面无损失，价值却大不如前了。

在关鉴悲天悯人之际，瓷器拍完，开拍古籍了。

古籍不多，除两部明版和一部宋版外，就是清版书了。

喜欢书的人应该钱不多才对，关鉴想。他平素只逛摊不进店，用他插队处形容穷人的话说，乃街上吃“蹲”饭的人。此次是因偶然在因特网上见拍卖目录中有明正德十六年刻本的《大明律卷第一》，此书共八卷，只有卷一，想来不应该贵，所以来碰碰运气。

将到十二点，场中已有“笙歌散尽游人去”的味道时，方才拍到《大明律卷第一》。开价为五百。

关鉴举起牌子：即使把白纸从明朝保存到现在，也该值这钱。

有人竞拍。很快涨到八百。

关鉴仍认为此价公道：因为书并不是纸。

到了一千时,强弩之末的关鉴,最后一次举起牌。

第一排一位身着优质西装的先生,举着牌,一枝独秀。

最后此人以一千九获得此书。

就是两千也值:别的兵火战乱不说,光“文革”躲过去就不易。关鉴随着大流往外走。问题我要参加竞拍的话,肯定水涨船高,怕是两千五也未见得能到手。这书读过,欲购买,不过是想让藏书上个“格”。没到手就没到手吧,漏网之鱼总比网住的多——他自我安慰道。

出门时,关鉴正好与“西装”先生走并排。于是他一改不爱和生人搭腔的习惯,问道:“您书怎么没拿?”

“我还买了些别的,店家会一同送去。”此人大约三十多岁,白净面皮,操标准普通话。

关鉴就古籍和他聊了没几句,就发现此人所知有限。于是他客气地问:“能交个朋友吗?”他希望此书重见天日时,对方会想起他来。

“自然。”对方掏出张名片来。

名片上写着:京光律师事务所董岳桥法学博士。另附事务所的办公电话。

关鉴仍在用经济学院时的名片。

对方作认真状看了一眼敷衍道:“关先生。幸会、幸会。”随后就拐进停车场,驾驶着辆“法拉利”走了。

陈天纵非常重视太极的收式。他认为这与文章结尾、买卖“杀青”一样的重要。一丝不苟地做完,饱吸了一口新鲜空气后,脱下鞋袜,开始在自己的“领地”内散步。

他的“领地”等同于房屋面积,共两百平方。它被三层青砖砌成一圈,中间垫着黄土。这不是城内随便什么地方挖来的含铅量超标若干倍的黑黄土,而是从昌平与河北交界处深山中运来的“纯土”,踩上去犹如波斯地毯,脚感极好。

他有个根深蒂固的观念:人来自于土,又回归于土,故“接地气”是必须的,而且越直接越好。

下接地气，上承天光；日月精华，唯我所用——陈天纵得意地想道——人们常说北京污染严重，但对地处远郊的最高层的我来说，情况就要好多了。如此之高远，城市之喧嚣、含有多种悬浮物的空气，因缺乏足够的动能，均无法抵达。当然，这需要支付诸如黄土运费、交通费等。可金钱成本对我关系不大。关键是时间成本。随着路况的改善，到公司本部的四十分钟的时间距离，已被减少到二十八分钟。现代化交通和因特网一样，绝对能消灭地理距离。

回到房间，他看到日立答录机目录上，有董岳桥的留言，可仍等洗脸更衣后方回。

董岳桥告知他《大明律卷第一》已到手。

陈天纵让董多去"宝森堂"，留意后面七卷。他从因特网上此书的图片分析，品相如此之好的书，不该只有一卷。

董岳桥恭敬地问陈天纵何来此结论。作为博士，他谁都不佩服，但为能从陈处多获得些利益，好态度是必须的。

"宝森堂既把它弄上网，便有下饵之嫌。他先出一本，过几星期再出一本。然后敞着电子信箱，等你托他搞第三本、第四本，直到第八本。当然，价格也会攀升。购并一个企业，然后把它拆成设备、场地、无形资产等若干份卖，价格要比整卖高许多。"陈天纵对董岳桥谈不上喜欢不喜欢，只觉得他在渊博的同时，办事也精明干练，所以在交办一些公司法律事务的同时，也让他办些私人琐事。副总郭威曾提议聘董为公司的法律顾问，他没同意：漫说个人，就是中国的企业，品牌意识也不强，一旦被聘，当即懒惰起来，不如一单结一单。不过，他付律师费很慷慨——在很多国有企业，律师费就和广告费一样，是藏污纳垢的好去处，不好报销的费用、所需的回扣，都打包进律师费，转到律师事务所的账上，再以现金的形式返回来——当然，这些事他是不屑做的。

董岳桥让陈天纵估一下末一本的价。

"一万左右。不会再多了。好，你把书封好，让保安给我送上来。"陈天纵发布完命令后，就关闭了话机。

二

关鉴工作的最大特点是"勤"与"细",而两者结合便是踏实。他就凭这,一步步走到今天的位置。通常人们分析成功人士,喜欢强调其才气。可谁又没点才气呢?其实此类人的事业基础,均为踏实。细究才气被首选的原因,一因它眩目,二因它可以被未成功人士用来自慰。

年近半百,方官至处长,顶多算中等,可关鉴却基本满意。他认为做官一事,某种程度上要靠运气。毛泽东在巡视的火车上,读到陈永贵的事迹,恰与心中模式暗合,于是发出了响彻中国大地,并回荡十数年的"农业学大寨"之号召。陈永贵也因之成为政治局委员、国务院副总理。假设他案头摊开的是别人的事迹——中国从来不缺事迹——那"农业"就该学别的了。再往深里说,若陈永贵在江浙,那也是"英雄无用武之地",此处富庶,不像山西那样穷山恶水,不依靠集体力量,很难有所作为。但运气靠"碰","追求运气"则根本不合逻辑。

当然,如同科学家、文学家向往诺贝尔奖、运动员向往奥运金牌一样,他也希望"上一上"。可这仅在希望层次上,而非计划:提拔要有政绩,而政绩的建立和被肯定,与偶然性有绝对关系,谁又能计划"偶然性"呢?

所以关鉴只好认真做自己能做的。

能做的就是读文件。

关鉴无疑是一个优秀的机关工作者,读文件非常在行。下达的文件,他领会了精神就行了,不用去推敲它是否和别的文件相抵触、行文是否通顺。因为这些是命令，是游戏规则，游戏中人，是不能讨论规则本身的。对相关部门转来的文件，他只是浏览，重要的，批给四科，也就是文档科备案。而下级上送的材料，他读得极为认真：这些材料里有活生生的东西，需要把它们分解、综合。

此刻他读的就是杜坚呈送的一份有关浩然集团公司的材料。

材料核心是一封署名陆金力的检举信。主要内容有三点：

一、集团总裁陈天纵虚构巨额利润，提供虚假财务报告。

二、有往境外转移资产，达到个人目的倾向。

三、其人生活作风浮华、腐化。

其中第一条，附有若干数据。第三条，则事例繁杂，如在北京、广州、上海、香港均有房产，并有多辆高级轿车供其驱使。唯独关鉴最感兴趣的第二条，显得非常空洞。

关鉴电召杜坚，询问他从众多材料中选此上送之原因。

杜坚言简意赅地回答道："第三条如果成立，起码第一条要成立。否则无法维持。而第二条之所以空洞，因为举报人也说是种倾向。而防止此类倾向，正是本机关基本职责所在。"

关鉴非常欣赏杜坚的分析和综合能力。

"关键是，"杜坚笑笑说："要在封建时代，我该避讳才是。"

"恕你无罪。"关鉴也幽了一默。

"他提供了联系方法。"杜坚指点着信上的电子地址。

"查过了？"

"是香港的一家律师事务所。"

"对方怎么说？"

"他们自称代表大陆一位知情人，并以职业信誉保证，此信的内容基本属实。他们强调：等调查开始，将陆续提供相关资料，并予以配合。因此我把咱们的网址给他们了。"

关鉴仅知浩然公司是大公司，其性质、经营范围均不甚了了。所以就要求提供背景资料。

杜坚说浩然是个上市的股份制公司，注册资本为五个亿，眼下号称十七到二十个亿。主要股东起初有六个，现在为五个，出去三个，又进来两个。国有股占百分之五十五强。它经营范围广泛，有房地产、信托投资、进出口贸易等。

按不成文的规定，凡上市的公司，均和国有公司同等对待。在关鉴的"辖区"内，"看来它的实力不弱。"

"敢玩房地产和金融这两项最时髦东西的公司当然不善。"坐在对面的杜坚，跷起了腿，"他们还有一家证券公司。"

"确实？"关鉴问：国务院证券监督管理机构基本上不批非国营或准国营的证券公司，不管是综合类的还是经纪类的。

杜坚说是"据悉"："也可能是一家准证券公司。"

关鉴看着杜坚晃动着的腿又问浩然的股份构成。"出三进二"触动了他的敏感。

"非常复杂。如果您批准调查的话，一个月之内我就能把它拿下。"

关鉴同意调查，但嘱咐别给对方造成不必要的麻烦。

杜坚起身问还有没有指示。

"如果你把'玩'房地产的'玩'字和'不善'去掉，把'据悉'等'美国之音'口吻改成官方语言，然后再把在上司面前晃腿的习惯改了，我可以很负责任地说：十年以后，你就能当一个我看不见的官。"关鉴看类似杜坚这样风华正茂、才气横溢的年轻人，如见子侄，总想关照教导几句。

杜坚承情地笑笑。处里的人形容比局长大的领导叫"看不见的官"或"电视上的官"。

"顺便问一句，浩然的总经理是谁？"

杜坚答曰是陈天纵后就走了。

关鉴总觉得这个名字似曾相识。他久久地用铅笔敲着桌子，但还是未能把它从记忆库中调出。

是机器老了，检索速度慢了？还是容量过大，已经超过“硬盘”的承载限度？关鉴愿意是后者，因为这是客观，谁也没办法。

陈天纵对生活如对工作，一向精益求精。每次出行，若有国际航线，肯定不走内陆航线。而且从来坐头等舱——经济舱别的不说，光和人挤在一起，他就别提多别扭了，更不要说把木枷似的小桌放下来了。

陈天纵人生之初，是在大宅院中度过的。那是一座标准的北京三进四合院，院中有假山，有鱼池，自然也有繁茂花木。

此院乃其外祖父建的。老人家山西人士，早年是天成亨票号的伙计。一九〇〇年，庚子事变，慈禧太后携光绪皇帝经张家口、大同、太原亡命西安途中，向山西票号借款。票号的老板们见清政府风雨飘摇，都不想借，纷纷打发小伙计去应付。外祖父就是“天成亨”派去的小伙计。可这个“小伙计”却分析出清朝一时半会儿完不了——陈却认为这不过是“猜”、“蒙”或“赌”，顶多是“直觉”，他凭什么分析——当场答应借白银三十万两。回店之后，外祖父便被东家开除了。开除归开除，银子还得借，否则便是“欺君之罪”。

事实证明外祖父这一宝“押”对了。慈禧回京后，还了银子不说，令各地解京饷银，改电汇山西票号。顿时，平遥、太谷、祁县的票号成了清廷总出纳。慈禧也没忘了“小伙计”，调他来北京，筹建大清银行。

民国初年战乱时，外祖父回到山西，协助阎锡山管理财政。他所建立的财政制度，一直沿用到解放。等到抗战军兴，外祖父到了甘肃，任交通银行西北分行总经理。抗战胜利，到了北平。

而这大宅院，是三十年代开始建的，后来屡建屡停，停了又扩，扩了又停。直到一九四七年才完工。住了没几天，解放军就进城了。

作为有产者的外祖父，天生就怕“无产阶级”，自然躲了起来。于是这院子被一位解放军的高级将领所占。一年之后，政府考虑到外祖父在金融方面的经验，更主要考虑到他的海外关系，请他复出——山西票号，在金融界，有如军界之黄埔，桃李满天下。

复出的外祖父唯一的要求就是还房于他：他在太原、祁县老家的宅院，早被瓜分，而他不能没个“窝”。

政府答应了他的要求，颇费些力才让这位战功显赫的将领，搬到另一座更大的宅院中。

陈天纵去年见到此将领之女写的一本回忆录中说，在外祖父家和那座“更大的宅院”中度过的岁月，是她一生中最美好、最温馨的岁月，并形容说“文革”被抄家被赶的岁月是如何的凄惨。

可你要知道，你家的“大宅院”原来曾是别人辛辛苦苦建起的“美好、温馨”的家啊！陈天纵读完后，费好大力气才压制住给她写信的欲望。

外祖父绝对教子无方：四房太太所生的十余个孩子中，有的沦落成“大烟鬼”，不知所终，有的跑到了台湾或滞留欧美不回。唯一例外的就是母亲。

母亲一九四四年在甘肃结识在外祖父银行中当职员的父亲，很快就恋爱。但外祖父执意反对，说此类人，他“一鞭子能赶好几大车”。可母亲身上充满了外祖父“独立、好强、喜变化”的基因，根本不理，携父亲跑到上海成婚。外祖父一怒之下，登报与之脱离关系。

可等外祖父一九五四年病重时，母亲是唯一在病榻旁伺候的人——血缘关系不是登个报纸便能结束的，它是人与人之间最有力的纽带。临终前，已不会说话的外祖父指指枕边的小皮匣子。

里面是这宅院的房契和一份把它遗赠给母亲的遗嘱。

见母亲把遗嘱读完，外祖父就永远地闭上了眼睛。

父母及他在这宅院里度过了近二十年的安静日子——即使在“文革”中，它也奇迹般地没遭多大难——直到母亲去世，建士于饭店时被拆除。

陈天纵从懂事起，就一个人独居一间三十平方米的大房子。这间房原来是外祖父三姨太的。外祖父共有四位太太，大太太，也就是外祖母抗战时病逝；二、四姨太分别和自己的孩子去了美国和台湾；三姨太解放后和外祖父过了没两年,就不知什么原因被老人家给打发了。在宽阔空间成长的人,不习惯紧密的人际关系。因此,陈天纵性格中,孤僻的成分不小。

陈天纵把小桌从左边拉出,习惯性地将笔记本电脑打开放好,猛地想起飞机上禁用电子仪器。虽然董岳桥曾经说对头等舱的顾客,这条并不适用,他还是收起电脑,取出英文版《财富》,读了起来。

他读书用的是“博士读书法”。所谓“博士读书法”是董岳桥帮他总结的,意思是不读序言、后记,不读大概知道的东西。这样,一本书就剩不了多少东西了。

他内心并不同意董起的名字。董是博士,而他只是硕士,虽然是MRT(麻省理工学院)的MBA(工商管理硕士),但硕士就是硕士,再大的马也不是骆驼。但他听后,只是淡淡地说:“古人对读书一事是这样说的:去尽皮,方见肉;去尽肉,方见骨;去尽骨,方见髓。这是否和你的‘博士法’暗合?”

“‘去尽什么,方见什么’的古法比您用的直取核心的‘博士法’要落后多了。”董岳桥潜意识中对陈拒聘他为常年法律顾问有所不满,时不时地会冒出来一点。

敏感的陈天纵自然感觉了出来。他心说:你虽名义上非我雇员,但实际上我有事,只要一吩咐,你跑得比兔子都快,因为我是按“出庭”的工作量给你开律师费的。经验告诉我,不要雇常年的法律顾问:你年初付了固定的钱,三万或五万,但一旦有问题需要咨询时,他们好像已忘了那笔律师费,不是敷衍你,就是不耐烦。对兼任多家单位法律顾问的人尤其如此。所以最好的办法就是一单算一单,哪怕是按平素工作的双倍,也就是“出庭”的工作量算。

空姐铺上雪白的餐巾,摆上银制的刀叉后,陈天纵点了鸡肉、鱼。至于蔬菜,他没要空姐首推的黄瓜,而要了芹菜。一位蔬菜专家告诉他:黄瓜是蔬菜中较娇贵的,和体弱的人一样,感冒来得感冒,痢疾流行得痢疾,是疾病之首选。所以,黄瓜和病人一样,是在“药罐”中泡大的。而芹菜、塘蒿等本身有气味的长纤维菜蔬,则刀枪不入,绝少受病虫害的袭击。

他谢绝了法国红酒,点了茶——练太极与喝茶是配套的。

空姐问是否要天然茶。

他本想反问：难道还有成规模的野生茶？但考虑到空姐的文化水准，没说。

八百公里的时速、六千米的高度，既没影响他的思维，也没影响他的食欲。当空姐最后问他还需要什么时，他差一点就说来钵“老火汤”。汤，尤其是粤菜中的“老火汤”是最费时间，也最难烹调的。故唐诗中说新媳妇“三日入厨下，洗手做羹汤。”如果非汤而是面条显手艺，诗就该是“三日入厨下，洗手擀面条。”才对。可“老火汤”除去老妈和老婆能煲够滋味外，只有高级饭店还过得去。故而他示意空姐把茶加满。

他没要空姐递过来的湖蓝色的毛毯，也没让她把舷窗关闭，继续读他的文件。

关鉴等小巴时，一辆桑塔纳“时代超人”停在面前。

“关老师，上来吧。”调查局副局长刘心之招呼道。

“您总是拿我开涮，实在是消受不起。”上车后关鉴说。

他和刘心之属真正的萍水相逢：他教书时，在一个硕士班兼几节“经济法”，以增加收入。而时任城区工商局副局长的刘心之正在班中。几天课毕，他发现刘几乎是班中唯一真正对学问，尤其是法学感兴趣的。而剩下的局、处长，最小也是科长们——非这级官僚，三年一万块钱学费就无法报销，这钱在其时属天价——目的不过是“整”张文凭。

就因为有这么一个好学生，关鉴才觉得自己能“下台”——“下台”这个词，时下赐予官员，而推原论始，是对教员和演员的：教员讲半天课、演员又唱又折腾，倘若无一人会意、无一人鼓掌，他们真的“下”不来了。

“下台”后的关鉴，经常对刘心之关爱有加。刘心之与他一样，同属“老三届”，但是老高二的，比他这个老初二大三岁。两人先谈法律，再谈人生。等结业时，他严格考试，只有包括刘在内的三个人过了关。这下子说情的电话来了无数，但他坚持等补考时才让剩下的人混过关去。曾经有这样一个掌故：哥伦比亚大学博士、清华大学历史系主任蒋廷黻，在兼任行政院善后救济署署长时，还在清华开课。爱国热情高涨的学生，统一行动，不听他的课。只有李姓学生例外。于是蒋面对空荡荡的教室，还是把课讲完。等到学期末，他很识趣地给李姓学生一个不及格——清华有个不成文的规定：所有的学生都不及格，这门课不计入总成绩。但等李姓学生毕业后，蒋廷黻在善后救济署给他安排了一个秘书的职位。

可这次却反了过来：刚结业，刘心之硕士就调任现职，随之将关鉴也调了过去。

当关鉴感谢他时，他淡淡地说："调查局创建伊始，需要人才。"

关鉴承情地说："我知道有多少人想来。"

"干活的人不多。"刘心之说。

"可'千里马常有，而伯乐不常有'。"关鉴知道好话就是说一千遍，也没人会听腻。

后来在对关鉴的工作安排上，刘心之力排众议，使他得以担任现职。

"一日为师，终生为师嘛！"刘心之启动车。

关鉴问他怎么敢在警察视野内的公共汽车站停车。

"这儿的警察对咱们单位的车轻微违章，从来不闻不问。起初我也奇怪，后来一打听，发现原来他们有大问题需要咱们协助解决。"

关鉴洗耳恭听是何大问题。

"他们要到咱们单位去上厕所。"

关鉴笑说此问题不算大。

"当你憋足尿时，就'悠悠万事，唯此为大'了。"

关鉴顺便向刘心之请示可否开展对浩然集团公司调查。局里有规定，凡调查处以上的单位和个人，必须经过批准。而刘心之正是他的分管领导。

"如无确凿证据，先在外围调查。咱们的最高宗旨，是给改革开放保驾护航嘛。"刘心之近来从局长对他的态度中感到微妙的差别。局长是从人大立法机关调来的，原是法律委员会下的研究室主任；但他没在基层工作过，缺乏具体行政经验。到任后，一切具体工作都靠他：现在三年过去，局长已组建起自己的体系，慢慢地把权从他这儿分走。这使他心里的滋味不很好受，工作热情也有些低落。

“比较确凿的是有关他个人生活方面的。有人提议从这入手，说这肯定是块丰产田。我没同意。”关鉴没点破此人是杜坚。

“如果仅是这些小问题，没动大账上的钱，就算了。商场中人，难免有些咱们看不惯的习气。”刘心之没说他在谭幼军处，曾与陈天纵有一面之交。

关鉴提议喝两杯。

刘心之摇头。

“太太不让？”

“非常想和你喝，但最近老丈人从南方来，住在我大舅子家。”刘心之停靠在路边，“要是以前，撒个谎就不去了，即使被发现，也是‘法无明文规定者不定罪’。可从上个星期起，太太硬性规定周末必须去。”

“您又给我的生命增加了四十分钟的有效长度。”下车时关鉴说。

“如果你用‘节约’就更准确了。”刘心之摆手后开走了。

距离拉开，关鉴这才发现刘心之又穿上他那套立体、精确的西装。这套西装刘心之已穿了快五年。他是个讲究养护的人，对人、对物无不如此：所以它和他的界面依然友好如初：颈部不像大路货那样隆起，而是服服帖帖，露出一公分衬衫的领子；袖子也如美人身高一样“增一分则长，减一分则短”；口袋的纹路与整体严丝合缝，不留神根本看不出；扣眼等其他细部也无一处不讲究。

关鉴曾问过刘心之这西装是什么牌子的。刘说没牌，是一个裁缝朋友做的。关鉴就请帮他也做一套。刘先说此人已“封刀锁针”多年，等关鉴再次动议时，刘告诉他此人已故去了。

关鉴快走到家了，才想起妻子嘱托买瓶辣椒酱，于是又返回街口。

这时他正好看见刘心之那辆车号为“京 AC7777”的“时代超人”驶进“五州”俱乐部。这车号实在是太好记了，某次他曾开玩笑说：“你要是肇事逃逸或到某个风流场所干点坏事，被人发现，一眼就认定，跑都跑不了。”

“五州”是个封闭性的俱乐部，会员卡一张年资十万人民币不说，还另外有些限制。他去那儿干吗？刚想到这儿，关鉴便扭转了思维的方向：不要去管别人的闲事，尤其是你管不了的。

飞机因雨在白云机场上空盘旋良久才降落。

到广州机场接陈天纵的是公司驻广办事处的一号车卡迪拉克。秘书替他开门，见他坐好后，才收伞坐到司机旁。

不一会儿，车就进入闹市区。广州是最先发达起来的地区，此处人口、车辆与面积比，肯定是中国最高的。陈天纵虽无准确数据，但他一位做公安局副局长的朋友形容看守所人满为患的情形时曾说：“三伏天，苍蝇都爬在铁栅栏门上厚厚的一层，被牢房里的人气顶得进不去”——监狱、学校、医院都是人口的重要参数。

坐在蹒跚行步的车中，陈天纵悠然地从车载酒吧取出一瓶英国威士忌，从中倒出一盎司。眼下法国酒弥漫全球，在中国尤成时尚。搞得老轩尼诗的孙子高兴地说：“照这样发展下去，整个欧洲都种葡萄还差不多。”他看着沿着车窗高速下掠的水流继续想：可我却反其道而行之。董岳桥曾就此提问。他教导他说：“高尚和时尚相比，从字面上便可看出高低。”但董仍以人头马、轩尼诗酒的价高作论据。他微笑地反驳道：“你总相信我并不是因为喝不起吧！”董答曰：“对您是小菜一碟。”“能方便为之而不为，谓之格高也。你知道右派被发配劳改、我们当年去插队，为什么去时并不痛苦？”董岳桥信口说是因不懂事。“就算我们年少不懂事，构成右派主部的高级知识分子也不懂事?！告诉你，是因为这些人当时没有选择权。没选择就没痛苦。因为你根本没有主动放弃什么。这就叫‘机会成本’。”他很得意自己有给博士上课的机会。

他没喝，而是细嗅着威士忌典型的泥炭加橡木味。他在喝酒方面相当节制，这除去健康方面的考虑外，与父亲的教导有很大关系。父亲说：“除去爱情、金钱外，酒是唯一使人丧失自我控制的东西。”能用正确理论指导实践，他认为是知识分子的重要标志之一。

车窗外的幢幢人影，没在他的脑海里引起反射。而两句歌词却涌现出来："手里拿着大了烟的卷，不抽他拿着走。"这是他少年时期学的。那时他经常受人欺负——男孩子的世界，永远是弱肉强食的丛林世界，更加上他是独子：当时的人，因孩子的夭折率高，又无计划生育概念，大多数人家都是三四个孩子——所以下决心拜京西蓝靛厂的一个会摔跤的旗人为师，学些防卫本领。此人不论春夏秋冬，总是脚踏圆口布鞋，身着单衣裤，系着一条"板带"。他喝上二两后，最爱哼这首有关"宋老三"的歌。这歌是形容卖大烟的"宋老三"如何如何的。可到如今他只记得这两句了。

我怎么偏偏记得这呢？他反省道。按说这最俗不过了。

不过片刻，他就想明白了：极俗和极雅在某些地方是相通的。一个人身上分文没有，他不是最有钱的人就是最没钱的人；一个人经常口出粗言，那他不是大官就是无赖。

"董事们都来了？"他放下隔离玻璃问。此次他广州之行的目的是参加一年两度的董事会。

坐在前排的秘书答曰除去副董事长米金外，一个请假的都没有。

"董事长明天一早到？"董事长辛哲光是前商业部的副部长。此人关系广泛，对公司来讲，是不可或缺的人物。

秘书说是。

陈天纵接着询问有关事项。

秘书从住宿饮食开始，一直介绍到会议日程和旅游计划。

三

关鉴仍住在经济学院的房子里。此房原是学生宿舍,厕所公用,楼道是厨房。后来国家教委为改善中青年教师住房条件,专门批钱,沿楼房周边扩建,使厨卫独立外,还多出间小客厅。于是它成了儿子的卧室和书房。

妻子常就房子问题与他务虚:“假定你在经济学院时就是处长,或者你调到电力部当处长,住房条件肯定不会这样差。”

她毕业于北京大学中文系,但用关鉴的话说:可惜是工农兵学员。据规定,工农兵学员按专科对待,故留校的她,三调两调,便从教学岗位“堕落”到后勤部门。生性高傲的她,无法忍受如此不堪,便通过在电力部当过干部司司长的父亲,调到了电力学院。在专门的工科院校,她只能在基础课部教语文。可她也因“回到了专业上”而自得其乐。他因而笑道:“专业这概念本身荒谬姑且不论,就算它勉强成立,其中最不像专业的就是文学了:高能物理、反应堆化工、现代数学等学科,没经过专门训练的人,行话是说不来的;可谁不会写两篇文章呢!”妻子反唇相讥道:“法律才不是专业呢!建国多少年,除了一本《宪法》外,什么法也没有。现在法倒立得多了,能执行的又有多少?”“毛主席他老人家说:仗要一个一个地打,饭要一口一口地吃。先有法,方能执。我最希望能通过一部要求官员公布财产的《阳光法案》。”“人家不公布你有什么办法?”“不公布本身就触犯了法律,从理论上说,就可以开始侦查了。而现在,只有根据‘贪污’、‘巨额财产来历不明’等罪名立案。但这些很难落实:贪污要有凭据。而现在的人,比猴还精,很少有傻到直接动自己辖区内钱的。总是巧立名目，把钱打出去，然后不知道要转多少转、翻多少滚，才落到自己名下。就是这钱，也不是像以前的土老财一样，藏到水缸里、埋到床底下。它们通常是两个很抽象的数目字，一为账号，二为钱数。”“在你的眼里，好像官员们个个都是贪污犯。我家老爷子当‘管官的官’多年，不照样廉洁清正?！”关鉴本来想引用哈佛大学教授罗伯特所说的“贪污腐化，与其说是意识形态或文化水平问题，不如说是机会问题”来反驳她，但可以预见，此话一出，保证一星期内家无宁日。在家庭内，讲理讲到底是件很可怕的事。于是他灵巧地转弯说：“建立《刑法》有关条款的基本精神，就是假定官员不廉洁。并据此规定出防治措施种种。当然，如果他们是廉洁的，与他们根本就没有关系，就像艾滋病和你我都不会有关系一样。”

此刻，关鉴脑海里总盘旋着刘心之和“五州”俱乐部的影像，未接妻子有关房子的茬。

妻子重开“处长与房子”之论坛。

关鉴明白在家庭论战中，要“避重就轻”。便说要给妻子写作中的论文，提供一条新思路。妻子为了“换出身”，在攻读“硕士”。足足花了两年时间，才将英语过了关：欲谋硕士，尤其是“在职硕士”，最难过英语关，因为这一是国家考试，二是它是“是”或“否”的硬项目。眼下她正在准备论文。“你的论文题目不是《论林徽因与梁思成、徐志摩之关系》吗？”

正在盛饭的妻子停止动作聆听。她对丈夫的智商和文化水准还是佩服的。更何况她资料收集了不少，可至今没找到基点。

“你曾经说：假设你是林徽因，也要嫁梁舍徐。这是很可贵的女人直觉，细分析观点就来了。”他接过妻子奉上的碗，“原因一是梁思成是梁启超的儿子，名门之后，无形资产大大的；二是梁思成是建筑学家，此乃将科学与艺术融为一体的专业；三是科学家永远比艺术家要靠得住。据《郁达夫传》载，他和太太一言不合，便拂袖而去，竟数月不归，音讯全无。想来徐志摩大抵也是同类人，更何况他乃二婚。”

妻子很认真地在听。连儿子也把注意力从电视上转移过一些。

“但徐志摩也自有大优点:他风流倜傥、才华横溢,在讨女人喜欢方面,肯定是学究气的梁思成望尘莫及的。综上所述,你想没想过林徽因正确的选择该是什么?”他停住。

大家都在等他的答案。

“她应该先嫁给徐志摩,过上些年热闹非凡的日子,然后大约在三十岁,至多不能超过三十五岁时,改嫁梁思成。这样就合二为一了。当然,这有个前提:梁思成必须能像金岳霖一样耐得寂寞才行。”

妻子不以为然地撇了一下嘴:“好像林徽因想嫁给谁就嫁给谁似的!”

“林徽因是新月派的女神不说,还是大家闺秀和美女。她可不像只能嫁给我的你。”

妻子显然不服,说自己当年也有许多选择的可能。

但关鉴肯定地说嫁给他是“太太一生中最英明的决定”,同时是最优选择。

儿子插入,问父亲凭什么肯定。

“假定妈妈的同学为×序列,”关鉴把一根筷子横放,“她在其中算是嫁得好的。”他又把另一根筷子竖放,组成一个平面直角坐标系,“再假定妈妈家的姐妹们为Y序列,那她也算嫁得好。这项很重要:宋查理的三个女儿蔼龄、美龄、庆龄,分别嫁给孔祥熙、蒋介石和孙中山。他们虽然人品有高下,但档次也都差不多。”表达是关鉴的强项,他也很乐意教读高三儿子一点东西,“在坐标系中,你妈妈被上述参数定在一个特定的点上,她或许能改变,但改变的轨迹不过是围绕着此点振动而已。”

“您这套思想‘组合拳’玩得也挺溜的。”儿子钦佩之余,不忘寻找父亲的弱点,“我读初一时迷金庸。一次问您:如果金星正将一束力投射过来,而地球一躲,月亮又当如何时,您是怎么回答我的?”

关鉴说已不复记忆了。

“您说:咱们要么金庸要么爱因斯坦,千万别混在一起讨论。”

关鉴双手一捂眼睛，夸张地表示自己的尴尬。

妻子接着展开第二波攻击："某人写了篇小说，说一个工人被伙伴们民主选举为厂长，然后他六亲不认、大刀阔斧地改革，只用一年时间，就将此厂扭亏为盈。他的文学老师看了之后，问打算投给谁。他说《中国文学》。老师想了想后说：我建议你最好投《中国神话》。"

关鉴本想反唇相讥，让她将论文投《中国理想》，如果被退，改投《中国待遇》。但说的却是："不和你们争了。孙子兵法云：穷寇勿迫。"

"我们要'宜将剩勇追穷寇'！"妻子把鱼背上最精彩的一块夹给儿子。

"您这是'行贿罪'。"儿子笑着说。

因循惯例，浩然的总裁不是董事，只能列席。故陈天纵虽来得早，却坐到末座上。但他人在末座，却是房间之焦点：几乎所有后来者都要和他招呼过方才落座。就连副董事长李颖明也是如此。

唯一例外是董事长辛哲光。他经过时，对陈视而不见。直到他坐下好一会儿，陈天纵主动招呼，他方才回应。

董事会共十三人，除去前任总裁、现任副董事长米金外，无人缺席。

辛哲光宣布会议正式开始。

陈天纵汇报了半年来的工作。他在工作报告中大量使用了电子图表和随机波动曲线，并就现金流动、市场股票价格、利润和销售计划等，做了很专业的说明。

董事们不停地点头。

陈天纵相信他们的"能懂度"不会超过百分之十。

一个半小时后，陈天纵的报告结束。

辛哲光开始讲次年的规划。

这份报告是辛哲光委托陈天纵，陈天纵再委托秘书班子起草的。完成后传真给当时在美国的辛哲光。辛的女儿和儿子两家都在美国，曾是协和医院著名产科医生的辛太太也常住美国,所以他一年最少也要去两次。

他绝对是在飞机上初读的。草草一阅,便能读得流畅如此,足见其功底深厚:陈天纵看着辛哲光保养极好的脸想道。此人宦辙经商业部教育司的司长、商贸大学党委书记达商业部副部长,在全国有着星空图般复杂的关系网络自不待言,还代表着商业部系统的一亿股本——这一亿股本以目前的市场价格计,大约能翻两倍。现在,商业部撤销了,这些钱虽仍是国有资产,可除辛外已极少有人过问。换言之,辛在浩然公司是个举足轻重的人。

陈天纵在皮面笔记本上,用英文书写着。不知情的人肯定会以为他在记笔记,而实际上他是在信笔涂抹。

但这“举足轻重”已大大地打了折扣——陈天纵在本上划了长长的一段线——他每年去美国的费用我都命令公司报销,另外,我还给了他一套五间的公寓和一张可透支的金卡。这样,他就成了我的人。所有我想说、想办但不好说、不好办的事,都由他来出面。而这些所产生的效果与成本之比,纯粹是九牛一毛。更何况他是一个有分寸的人,从来不在公司的钱上动别的脑筋。

能营造成今天的局面也真不容易——陈天纵重重地画了个惊叹号。

浩然集团公司成立时,虽《公司法》尚未颁布,但因它是体改委的试点,故其结构和《公司》是吻合的。换言之,从理论上讲,总裁只是股东们聘用的经营者,而作为股东代表的董事们,对总裁操有生杀大权。陈天纵从国外回来,先在交通银行投资部、证券部当副手,后又在一家电子公司当总经理。这期间结识了辛哲光。通过辛,他到浩然公司当副总裁。当时的总裁是米金。

米金是“文革”前老高三的学生,为人很是狡诈。对他的到来虽充满防范意识,但仍假惺惺地让他分管财务。

江湖行走多年的陈天纵不会不懂这花招,事事谨慎。一开始,米金私下里命令财务部长:陈签字的任何支出,在周末汇总后报表给他。但渐渐地,周期开始变长成一月,后来是一季。两年后,米亲自下令取消这项制度。

再后来,他又与米金一起去欧洲十国和美国考察。米不通英文,法文就更外了。可如鱼得水的他却深藏不露，紧跟着米寸步不离。米一举手，一投足，他都心领神会。以至米回国后，在公司的接风宴上，多喝了两杯，动真情地说："用老话讲：'知我者，陈君也'；用新话讲：你我之间的界面实在是太友好了。"

在这之后的一天，米金将其召到办公室，开门见山地说："现今这世道，没钱是玩不转的。我想搞一笔。"他在空中画了一个圈。

陈天纵当然知道此乃秘密基金也，但关键词汇必须由米自己说。

米金显然也忌讳"秘密基金"这词，想了想说："弄出些零花钱来，以备公司领导们为公司事务的不时之需。"

陈天纵这时才开口问规模。

米金说先弄一百万左右。

陈天纵又问放到什么地方。

"公司外找一个地方，你负责。"

米金此举，已被陈天纵预料并制定了相应的对策："还是放在公司财务部为好，反正部长、会计和出纳都是自己人，另建账就是了。"财务部长是米的同学，一个唯米命是从的庸人；而会计则是米的外甥女；出纳则起码是米的"准情人"。

米金想了很一会儿才点头，然后命陈天纵找个"来钱的地方"。

陈天纵知道这没办法推了：公司一旦规模够大，收支渠道千万条，资金管理就因之成了个令人眼花缭乱的金融魔方，想让它变成什么样，就能变成什么样，但必须由内行人来操作。因为只有他们，才知道关闭哪个阀门，再开启哪个阀门，方能使钱经由某条安全管道，流入"秘密基金"中，并且在报给审计部门、给股东们看的年报上不露丝毫痕迹。在浩然公司里，能操作这一切的人，他乃唯一，米从来就是大而化之的。

米金想想后又补充道："这钱只有我和你签字方能动用。"

陈天纵感谢米金对他的信任。

"零花钱"运行十个月便告罄了。陈天纵遵照米的指示，又筹集了第二个一百万，充实进去。

米金花钱的手笔越来越大,渐成失控状。这时,“玩物丧志”这条古训开始起作用:公司的效益也呈现下滑趋势。

陈天纵觉得取而代之的时机已完全成熟。可供选择的方案有二。一是通过监察部门这条管道,输送“零花钱”之信息,将“正义之剑”启动。二是将消息输送给董事会,来个“和平演变”。

最后他选择了方案二。舍弃方案一,并不是因为他手软,他干事从不手软。也不是因为他怕有把柄被抓住:在筹集资金时,他从来是口头通知,更没有在“零花钱”科目中签字报销过任何钱。之所以这样做,是因为他明白“正义之剑”是双刃的,弄不好反弹回来:所有被伤之人,都将成为自己终生的敌人。

李颖明一关过得很顺:米金从来不把李当副董事长对待,就连正常开销,都不能痛快拨付。“关键是董事长那里。”李好心地提醒他道,“小米追随董事长多年。”

陈天纵说他胸有成竹。

他很婉转地将自己的想法对辛哲光讲了。

“公司的业绩虽不尽理想,但这恐怕不止我们一家:大部分上市公司的中报、年报不都不太好吗?”在辛哲光主政商贸大学时,米金是团委书记。他去了商业部,米先是给他当秘书,后来又当了办公厅三处——也就是他的秘书处——的处长。他觉得他已经“使熟、使顺”了,所以在六十岁退到浩然当董事长时,就把他安排在总裁的位置上。

陈天纵把语气稍微加强:“您是公司的法人代表,公司的业绩是您的同时,错误也是您的。您的工作用毛主席的话说,无非两条:出主意,用干部。您的大主意挺好,但您用的主要干部却有问题。老人家对此也有专门论述:路线定了,干部就是决定因素。”

辛哲光一听这话,脸色顿变。他的一生,是标准的职业官僚的一生,换句话说,除去当官,别无所长。这点他最清楚不过。所以他在退休前两年,就通过复杂的系统,筹集了一亿元,并考察再三,投进浩然集团公司。而后又为浩然的股票上市，做出了巨大的贡献。所有这一切，外人看似偶然，但其中的甘苦他自知。苦心营造的最后“归宿”，绝不能随随便便地就变了“颜色”。“你懂得‘用干部’是一把手的事情就好。”他冷峻地说——他从不大声训斥人，但劲道十足。

陈天纵在考虑是否拿出“撒手锏”来。

辛哲光则认为击中了对方要害，缓缓地说：“我从来都认为你是位成熟的干部，但学习、锻炼不能放松。要参加游戏，首先要遵守规则。犯规过多，是会被罚出场的。”

“咱们公司有笔秘密基金，不知道您是否了解。”陈天纵知道此招一出，态势便成鱼死网破。

辛哲光面不改色地表示从不知此事。

陈天纵注意辛哲光兰花青瓷茶杯中金黄色的茶水微微起了涟漪。“它的小名叫‘零花钱’！”他虽不动“秘密基金”一分钱，但对内容却是清清楚楚。经米批准，辛共动用了三十一万元。其中有十二万是装修费，另外均是以“董事长费用”这种含糊的名义开支的。而且基本上都是现金。“您不知道最好。免得我投鼠忌器。”

辛哲光站起身，转了一圈，背对着陈天纵。米金曾经信誓旦旦地保证“零花钱”只有他与会计知道。可陈又是如何得知内情的？不管他是怎么知道的，反正他是知道了。知道就要把这事给“办”了。基辛格曾说：“敌人是打不完的，必须使用拉拢的方法。”

看来米金必须开路了。辛哲光在转身同时，已做出决定：“你说得有些道理。米金做总裁太久了，自然有些矛盾化解不了，因此就会产生些说法。不管这些说法的真实度如何，它本身就会影响工作。”

陈天纵知道辛哲光开价了。

“让他把这一届干完如何？到时一切都顺理成章。”

陈天纵发动之前，已计算出米到届满尚有十个月。十个月在目前这个飞速发展的时代，几乎等于一个世纪，此期间可能发生任何事情。“根据《公司法》第一百一十九条规定:股份有限公司设经理,由董事会聘任或解聘。其中并没有‘任满’之类的附带条件。”

“此法一百一十七条规定:董事会作出决议,必须经过全体董事半数通过。”辛哲光扶扶白皙脸上的金丝镜。

陈天纵当然明白此话之内涵:“作为副总裁,我是在向董事长汇报工作。我肯定会控制范围的。”说完便告辞了。

大约一星期后,辛哲光给正在海南的米金打电话。“我知道你有问题了。”他简洁地说。

米金问是什么问题。

辛哲光说:“问题本身并不重要。”他当然不会提“零花钱”的事,“你最好在十个月内找个地方。”

米金属冲动型,当下表示找不到地方,也不想找地方。

“通知你,我的责任就尽到了。”辛哲光说完就放下电话。

米金通过很复杂的渠道系统,方才得知事情的原委。于是匆匆赶回北京,与陈天纵面谈。

他开篇便承认陈的水平比他高:“我自知早该让贤。恋栈不去也不是个事。”他竭力把顾问设计的这段话的语气说得诚恳,“给我一年的时间如何?”

陈天纵从容地说:“您的去留,与我无关,是由董事会定的。”

得到陈天纵这话,米金心放下一半,赶去活动董事们。他活动董事们的方法,无非是“诱以官、禄、德”。

而陈天纵在和辛哲光谈之前,已经奠定了自己的“政治联盟”之基础。谈话之后,“联盟”正式成立,并口头达成一个排他性极强的协议。收到从“联盟”方方面面传来米之活动情报后,他的反馈是:“米总能给你们提供的,我只会比他多。”对李颖明的反馈是:“我 double 了。”double 在桥牌中是“加倍”的意思,而李是个桥牌迷。。

米金则做出了错误的政治分析：股份制公司的董事会，不是党委会，不过是些“乌合之众”而已。所以当他得到董事们在陈天纵授意下的回答之后，得意地去英国“考察”一个“莫须有”的项目去了。

就在此期间，由李颖明出面召开董事会。并由他提议将米金解聘。

表决的方式是举手通过。

辛哲光见赞同李之提议的人是压倒多数，便姿态十足地投了反对票。

陈天纵懂得“穷寇勿迫”的道理。在第二天的董事会上，他授意一位董事提议给米金副董事长头衔。

此提议获得通过。

在英国得知被免职的信息后，米金索性破罐破摔，滞留达两个月方回。

他认为陈天纵会在报销问题上难为他，倘若如此，他就和他大闹一场。可不料陈看也没看，大笔一挥，把包括他看收费电视、夜总会的门票在内的一切费用，统统报销了。

陈天纵另外配发给米金一辆新的尼桑车、一套三间的公寓，并让办公室主任通知米“信用卡可以继续使用”。

陈天纵希望用这些来“拴”住米金。想限制日本、瑞士这样有过强的经济能力的国家，不能采用“禁运”的办法——“禁运”即使是对伊拉克，也不过是个政治名词——而是采用使日元、瑞士法郎升值的做法。货币一升值，表面上看去是这些国家国民的购买力提高了，但从世界范围观察，则是这些国家的产品贵了，这对于出口大于进口的国家是件要命的事。故人们称此方法为“黄金笼子”。

米金在“黄金笼子”里待了三年，除很少参加董事会外，倒也相安无事。陈天纵认为这是理想状态。

对于董事会，陈天纵也采用“黄金笼子”法：他在大幅度地提高董事费的同时，把开董事会的次数减少到比《公司法》规定的最低限一年两次多一倍的程度，一季度一次。

陈天纵相信董事们也会相安无事。股份制公司在某些地方甚至优于国有独资公司:国有独资公司只有唯一的股东,那就是国家。谁是法人代表,就要对这个“唯一”负责。而股份制公司则由许多股东出资,然后推选出若干名董事,来代表这些资本。而当资本集合起来后,便由他这个总裁来处置了。换言之,谁也分不清楚哪笔钱是谁的。这就像某个有八个处长、一个干事的处一样,说了算的其实是干事。照这个逻辑下推,就能导出“董事们最关心的其实是自己如何获得最大利益”的结论。因为就算若干股东联合起来,质询董事们,他们也能想出一万种办法来应付。更何况,这些董事们除一两个人外,所代表的基本上是国有资产。试想一下:黄河跨年度断流和你家的水管关不严,哪个更重要,答案就出来了。

当然,如果公司的红利很薄,而董事们的酬劳太厚的话,会激起股东们的怒火。但浩然公司,在上市公司中,分红属于中上等。陈天纵不能不把这归于自己的经营有方。

若论经营企业,陈天纵确实属于“有方”的人,无论学识、眼光还是具体的管理,他都大大高于一般水平。他非常敬业:总部的各项报表——尤其财务报表——他每日一读,并把其中重要的、有问题的部分,汇总成一份简报,每天早晨,由办公室发给部门和分公司的领导——在总部的直接送达,其余电传。所以底下的人暗地里称此简报为《公鸡》,并取《半夜鸡叫》的典故,管陈天纵叫“陈剥皮”。这些私下议论,他听到过,但一笑了之:群言是无法追究的,再说被人议论起码就证明你是个重要人物。

他交办的事,在规定期限内,定要回答。回答不能让他满意的,他就再发指示,直到落实为止。一有机会,他就到公司所属单位视察,从来不事先通知,只有混日子的官僚才这么干:他们根本不想发现问题,所以多一事不如少一事。他尤其注意细节。有许多下级,总喜欢对上级说:“您定了大方针,细节交给我们来处理。”而正如西谚所说:“魔鬼总是在细节中出现。”

对于粗心、懒惰,他勉强能容忍。可对于弄虚作假和低能却决不姑息。一旦发现,若在职权范围内,立刻就开除,若需上报董事会定的干部,也不会超过一个季度，情节恶劣者，他不惜违反程序，先斩后奏。

他政治手段也高明。他认为政治就是管理。能管理好一个大型企业的人，就能管理好一个地区、一个政府的部门。麦克纳马拉不就直接从福特汽车公司总裁变成国防部长了吗？

他认为，浩然集团公司中最需要管理的就是董事会。按理说，董事会是他的上级，但有能力的人，会把上级“变成”下级。

他“上变下”的方法有二。

一是经常性地强调“危机感”、“忧患意识”，使得它们根植于董事们的心中。从董事会构成成分分析，董事们大多是退下来或将要退下来的人，对现代企业、现代市场已隔膜得很。所以不得不借助于他。他插队时遇到过神汉，在美国也遇到过星相大师。他发现这些人在世俗社会中，权力很大。这权力来自于他们的自信，来自于他们把想象中的魔鬼，变成了确实的存在。他们先是把魔鬼制造出来，然后再由他们去驱除。他从中获得启发。当然，他召唤来的“魔鬼”是通货膨胀、消费结构变化、变幻莫测的股票市场。

二是大量使用术语。这样做的前提是要有“话语权力”。以插队为例：它显然是件剥夺年轻人受教育权的坏事。可为什么在知青的纪念会上，“青春无悔”、“广阔天地锻炼人”的言论甚嚣尘上呢？这主要因为有“话语权力”的人，均为成功人士，不是大款，就是大官，否则就是名演员、名作家之类。而真正身处底层的绝大多数知青，都在拼命为“稻粱谋”，恐怕连开会的消息也不知道，就是知道了，也没心情、没能力来。在董事会面前，他无疑拥有“话语权力”。

既然拥有这些珍贵的权力资源，就要把它们配制使用好。如果你想比一群人高人，就必须说些他们似懂非懂的事。毛泽东最懂这个道理：在党内干部面前，他引经据典、谈古论今；而在知识分子面前，他讲政治、讲经济。

据此原理，他在每次的工作报告中，开篇先讲严峻的经济形势，而后再讲具体的应对措施。而这个过程则由“要素弹性”、“共同基金的随机波动”、“政治性经济周期”等术语组成。

而这些“行话”都是董事们不熟悉的。行话是玩“权力游戏”的一项重要元素。它们经过精心设计后，越显深不可测，能将大部分“不懂”的人限制在圈子外面：除非你懂国际互联网、平台、浏览器、带宽，否则你进入不了计算机领域；如果你分不清信用证、打包贷款、配额许可证制度，你就无法进入国际贸易领域；至于股票、债券和一些金融衍生物行业中的“行话”就更复杂了。

董事会在陈天纵这些方法的轮番作用下，渐渐地被“驯化”了。

当然，也有例外。

四

与外地人相比，北京人在政治上有着自己的优势。这里的“北京”不是地域概念，而是行政概念。

几乎所有行业中的顶尖级人物，心中的最后归宿都是北京——政治人物自不待言，科学家、艺术家也想来北京：假设你是位研究高能物理的学者，可却在南京，那使用正负电子对撞机、参加国际性会议的机会比北京同等身份的人物要少得多；你若是位西部的歌唱家，就算在本地开上一百场独唱音乐会，也顶不上在中央电视台随便一个晚会上，参加哪怕一个五人小合唱所产生的影响大。对工商界人士尤其如此：别的不说，在北京你接触大人物的机会远远大于任何地方，而大资源则只在大人物手中。

综上所述，所有到了北京的人，绝少有离开的，“右派”下放、一九六二年因经济困难而压缩、大规模的插队等政治性的移民除外——就是这些人中的大部分，最后也“叶落归根”了——他们一代一代地在北京居住、繁衍、沉积，形成了明显的地层结构。

在“五州”俱乐部二楼淮扬餐厅对坐的刘心之和谭幼军之间的交往史，则跨越两个地层结构。

刘父和谭父曾经在徐海东大将当旅长的八路军一一五师三四四旅当过同一团的政委和团长。后来刘父随徐去了新四军，而谭父则随林彪去了东北野战军。建国后，两人都奉调入京。但因徐海东大将身体不好，长期处于疗养状态，而林彪在庐山会议后却炙手可热,这就导致两人升迁速度的明显不同:谭父在林彪执军政之际,出任海军副司令、成大军区副职时,刘父只是个后勤政治学院的正师职副院长。

但刘父的结局要比谭父好:刘父一九八七年离休后,在丰台干休所养花、下棋,颐养天年,前年以八十二岁高龄,无疾而终;谭父则在林彪死后,被隔离审查的第三年头上,中了风,随后他大脑清楚、脏器健康,却口不能言、手不能书地在病榻上苦苦挣扎了两年方才撒手人间。

刘心之和谭幼军中小学都是在著名的八一学校上的。后来谭幼军没插队,直接去了海军,并以火箭速度爬升,仅两年就提了干。但其父一出事,他立刻成了自由落体,复员后分到房管所坐冷板凳。一遇开放,他立刻奋不顾身地扎进商海。而刘心之则先插队,再当兵,后上装甲学院,最后以正团职转业,被安排进区工商局当副局长。

两人往来不多,但也还紧密:刘心之在做工商局长时,在权力允许的范围内给谭幼军以不少照顾;而谭幼军也在刘的侄子赴美留学时,提供了关系与担保。

“钱这东西,生不带来,死不带去。”谭幼军从西装口袋中取出个标有“中国银行现金袋”字样的信封,贴着桌子推过两人的中线。

宴会虽进行了两小时,但此间一句有关“黑名单”的话也没出现。两人都心照不宣。

“我有位朋友,原来是外汇管理局分管外汇额度的一个中等‘人物’。此公性极贪,就算问个当日牌价,他也想谋点佣金。简言之,无钱就免开尊口。凭此聚敛精神,他几年工夫内,据保守的估计,也到手几十万。”

谭幼军认为几十万不值一提。

“我说的是美金。”

谭幼军说他指的也是美金。

刘心之不再接茬,继续故事:“后来外汇额度管制取消了,他成了研究室的副主任。这下子他找别人办事,别人也张口是钱。前些天,他儿子上咱们八一学校高中，分不够，托了我内弟。我内弟除去正常收的五万外，光人情费就和他要了同样的数，另外还让他报销了一万的票据。你说他个烂副主任，上什么地方报销去?！我批评我内弟道：如此鸡毛蒜皮的事，不该收这么多钱，太黑。内弟说：'他掌权时，我找他办了件鸽毛瓜子皮的事，他就勒索我这个数的钱。这算客气的了，该把通胀数加权算进去才对！'"

谭幼军若有所思地看着桌子上的信封。

"就这样，他迅速聚起的财富之塔，以加速度坍塌。可我老丈人，一九八六年就从海关关长的位置上退下来，至今逢年过节仍不断人。其中多出手不凡者，估计是当年受过大恩惠的。所以说，与其让票子在手里被通货膨胀给销蚀掉，不如放在经营者那儿生利。"刘心之把筷子倒过来，将信封推过中线。

刘心之当然不是不爱钱。他认为，作为支配能力符号的钱，自出现以来，无人不爱。获得较强的支配能力，是动物都懂的真理。可动物同样也懂得风险和收益比。他当工商局长时，曾讲如下话来说服妻子"拒贿"："在我这个位置上，恨不得背后长四只眼睛才够用：我那些个副手，个个都虎视眈眈地想把我干掉，不能露一点空子给他们钻。"妻子纳闷地反问："他们不都是你提拔的吗？""这不假，可人在当几天副手后，个个都想当正的。这是绝对真理。再往深里说，人本身就是靠不住的。"妻子是一个纯粹的工程师，他就尽量往她的专业上比喻："全世界任何地方的两个电阻串联起来，其值都等于分电阻之和。可人就不一样了：今天他是你的死党，对你忠贞不渝，深究原因，不过是因为他的利益包含在你的利益里面。可明天因为利益格局一变，他就可能出卖你。至于感恩，那更靠不住，我个人认为其强度甚至不如爱情。"妻子不高兴地反驳："对男人也许是这样。"刘心之见话说多了，就往回收，"你要不信，就等着瞧吧！"

此次辩论一年后，刘心之家被盗。因丢的仅是几件衣服和"散碎银子"，所以就没报案。但与他同车下班的常务副局长，分手后，立刻报了案。于是不光派出所所长，就连分局局长、市局刑警队长都出现了：谁不想见识一下地处商贾如云区域的工商局长家到底能丢些什么。他们看到刘心之相对俭朴的家，和听到丢失的东西时,除去失望外,第一反应就是不相信。但妻子却极钦佩他的先见之明:家里值钱的东西,比如建国以来全套的纪念邮票、百余块品相优良的“现大洋”、几张古画,和她一些贵重的首饰,从来就存放在干休所婆婆家的一个大保险箱里。这些东西的前几样,他从不示人,某次她的既是狂热的钱币收藏家又是书画鉴赏家的舅舅来京参观展览时,任他老人家口沫横飞地讲了半天有关收藏的事,丈夫竟然无半点响应。至于后者,每次需要时,他都亲自替她挑选一件在相应场合中不丢“份儿”,但又绝对不出众的戴上,事后再亲自放回,从不厌其烦。

总而言之,刘心之在管理资产时——他有一笔在国人中堪称庞大的资产,是他苦心经营多年的产物——把安全放在首位。他将自己的“有形资产”,分成若干种形式,放在若干个地方,防止在“一棵树上吊死”的局面出现。而对“无形资产”一项,他能不将其变现,就绝不变现:既云“无形”,那别人偷不走不说,还无法查对。而以谭幼军的信封厚度计算,即使是百元美钞,也不过几千。让他用这么点钱,就还了这大人情,实在是便宜他了。

谭幼军把钱收起来:“时下讲究‘现过现’。你非要存我这儿,想取时要没了,可别后悔。”

“当心一语成谶。”刘心之摆摆手,“泰坦尼克号自称是‘不沉的船’。殊不知这个‘沉’字对船来讲,相当不吉利。要让我来挑,我绝不坐它。”

谭幼军是行动派,不善理论研讨:“只要买卖不塌,你存我这儿的钱就认账。”

“认账不等于能拿到。”

“您这可算是说出个真理:老百姓把辛辛苦苦攒的钱存进银行,然后高高兴兴地数利息,天真地以为本钱尚在……”

“其实早被你这样的人给贷走了,它们只是在票面上存在而已。”刘心之没举目前银行吓人的“呆账率”为例,此乃机密。在相当多的时候,凡真实的东西,都属机密。“我所见过住别墅、开奔驰、养小蜜的,没一个不是玩银行贷款的。”他见谭幼军眼睛看着别处，知道触着他的“痛处”，就把话头扭转，“将来我‘偏师借重黄公略’时，别装傻就行。”

“如果我上了‘黑名单’，那你就‘借重不成’了。”

刘心之心想：“黑名单”的本意就不是让你还钱，那是不可能的，而是让你再也贷不到钱，继续损失。

“现在是赚快钱的时代。而银行贷款来得最快。”

刘心之笑着指出“赚快钱”在香港话中，是妓女的专用词。

“可不是。”谭幼军也笑了，“前些天有人给我介绍了个模特兼妓女。此人进门就脱，并连声催我提高速度。我说你他妈的也太工业了，半点‘情’也没有。谁知她说：‘你在我这儿只能找到性。’你玩过‘鸡’吗？”

“你说呢？”刘心之反问。

“没有一个官员会承认曾经涉足花丛，连想过也不承认。可其中不少人，你给他们找，他们就要。”

刘心之不想再讨论，象征性地看下表后说该走了。

谭幼军说有个安全的地方虚席以待。

“本人作为一个中共的现职高级干部，即便是和你这样的人一起在这儿吃饭，也是冒了很大的风险的。”

谭幼军让刘这股居高临下的味道弄得不太舒服。可在他与刘交往的过程中，他是收大于支的，无法硬起来。虽说他预感到刘心之肯定会要他办件大事，但这仅是预感，不是可以摆出来的现实。所以他也看看表，说正好可飞抵广州，与陈天纵谈事。

刘心之很随便地问：“浩然的陈天纵？”

谭幼军点头。

刘心之将身体调整成另一姿势，请谭幼军通报陈天纵的情况。信息对他来讲，是最有价值的“通货”。

陈天纵认为,董事会作为组织,已被“驯化”。

但董事会和种群一样,总有例外。

眼下,此“例外”正在发言。

此人叫金元善,是董事,也是浩然电子公司的总经理。

浩然电子公司,原是南京一家生产电话的小厂,它在金元善手里,改产进口元件的计算机,正好赶上浪潮,迅速发展起来。发展到一定阶段,它不可避免地遇到资金问题。这时金元善出“奇招”,说服当地政府,将公司股份的百分之五十一,卖给了浩然。有资金注入,一下子就上了个台阶。这时米金违背当初的诺言,将好友孔崇明派去当总经理,而将金元善调到浩然香港分公司当副手。金元善虽十二万分的不服,可干不过由一帮精明律师组成的队伍,只好去了香港。

孔崇明清华大学电子系毕业,白皙面孔,身材挺拔,看上去相当排场。他曾经在美国一家名不见经传的大学读过硕士,是台球、保龄球、壁球、高尔夫的高手,而这几项正是米金最喜欢又玩不好的。

孔一上任,就大刀阔斧地改机构,换干部。陈天纵考虑到他和米之关系,在办公会上谨慎地提出还是“放一放”。但米金一口就否决了:“让他改去吧。一张白纸好画最新、最美的图画。”“可浩然电子并非一张白纸,它已有了自己的轮廓。”陈天纵说。“那就把它涂成一张白纸。”米金虽意识到自己的逻辑错误,但他从来认为“一把手”最显著的特点,就是“能坚持”。

陈天纵缄口不言。作副职最基本的一点,就是在适当的时候讲适当的话,能说则说,不能说则算。他曾把此理论讲给一位在大学教文科的朋友听。朋友不同意:“古语云:‘千士之诺诺,不如一士之谔谔。’”他委婉地反驳道:“您的概念出了毛病:本人非‘士’,而是‘官’。‘士’是知识分子,他们应该永远对当政者持批评态度,一旦‘诺诺’,价值也就荡然无存了。而小‘官’对大‘官’,顶多是先‘谔’后‘诺’。大王永远要比小王大,否则牌就没法玩了。”

正如陈天纵所料,孔崇明到位不到一年,电子公司就大显颓势。好在它底子厚,“百足之虫,死而不僵”,一直凑合到他当总裁时也没垮。他上任的第一号任免命令,就是将金元善与孔崇明对调。在赴南京宣布任命的途中,他非常感慨地对金元善说:“假设一个企业有上千职工,个个都想把它搞好,可结果却不一定,而总经理一个人想把它搞坏,则必定能搞坏。”

若论陈与金的个人关系,其实不算好。金元善毕业于江苏一个地区级的师范专科学校,并留校当教员。开放后,下了海。他的学识不高,但管人却自有一套。某次为一个项目的批准,陈天纵托人找到一位副省长,此人批了两次,都没起作用,但赴美考察归来的金元善一个礼拜就把有关批文都搞到手了。陈天纵问办法、途径。他含糊地说:“土人土办法。告诉你也没用。”听到这话,陈天纵想起金元善前次赴美,总公司批准三人,可他却只去一个。陈天纵提醒说起码要带个翻译。他简单地回答:“美国雇更便宜。”陈问路上怎么办。他挥挥手中的“快译通”作回答。陈天纵不相信光凭这么个小玩意能行,说是由总公司出钱。金元善说不是钱的问题。而后他确实凭“小玩意”在美国待了两个月,并见到了“微软”和“英特尔”等大公司相当一级的干部,然后给董事会提交了一份虽仅仅三页,但言之有物的报告。

但在高等级的社交场合,金元善却有着明显的劣势。某次为了给电子公司谋求资金,陈天纵携他宴请北京发展银行的官员。金元善在长达两小时的宴会中,总共讲了三句话。第一句是他敬酒时说:“本人是哑巴卖菜刀,不会吆喝,就会菜刀砍菜刀。”随之将手中足有三两的白酒一口喝干后,认真地盯着旁人,弄得别人跟也不是,不跟也不是。第二句是在原则协议达成后,他多少有些不相信地问:“我真的能拿到贷款?”第三句就是在散席时他问银行官员:“我几时能拿到?”后来这位官员讥笑陈天纵道:“你从哪里找来这么一个傻×!”

还有一次,是陈天纵半开玩笑半批评金元善的办公桌太乱:“我总以为,办公桌和人的头脑有函数关系。”于是金元善毫无幽默感地回答:“假设我这乱七八糟的办公桌等于我乱七八糟的头脑的话,您那张什么都没有的办公桌又等于什么呢?”

当然,陈天纵认为这些因文化背景形成的个人好恶并不影响工作,一把手应该能超越意识形态。

金元善发言中心是“伏羲计划”的落实问题。

“伏羲计划”是浩然公司研发部委托某院士搞的一个项目。陈天纵认为，浩然作为一个大公司，光“吃着嘴里的，看着碗里的，想着锅里的”还不够，没“端出来”的也应该在考虑之列。当然，他不会从纯科学角度出发来确定项目，他纯粹是从市场出发的。所以当风闻微软斥巨资进军有线电视业，制定、实施“维纳斯计划”时，他便命令研发部制定相应计划。

“维纳斯计划”的核心就是在家用电视机上装一个“盒子”，使之能与因特网联接，从而使用户可以在网上通讯、购物、娱乐、学习等，并连接和控制其他家用电器。而它的核心之核心，则是这个“机顶盒”，是用微软的视窗CE操作系统作为平台，在它上面只能运行微软的其他软件。

陈天纵从资料得知中国只有一千万台个人电脑——其中绝大部分不过是高级摆设——却有三亿台电视机。他马上意识到这是星空般辽阔的市场。见市场不进，对商人来讲是“有罪”的。当然，盲目进入不可取，先要伸“触角”试探。

“伸触角”开始设计的名字很本色：浩然机顶盒研究计划。后被那位院士改为“伏羲计划”。他说伏羲氏是中国人的祖先，他教给国人猎、渔、耕，用它将会有很大的号召力。

当时公司高层中不少人都认为此乃“赔钱买卖”。但陈天纵认为光是“浩然和院士一起搞研发”一说，就是笔大资产。

只用五个月的时间，该院士便向公司提交了报告，也就是“伏羲计划”的雏形。经费支出却仅有八十万。“养一支二流的球队，一年还要千万之巨。真不算贵。”陈天纵在研究此计划的会上说。

可陈天纵只是在原则上支持“伏羲计划”，并不打算真的投入大资金。与微软这个计算机行业的“巨无霸”对抗，无疑是以卵击石。他非看不起国人：中国人能干，在纯理论方面尤其突出。但这仅是一个方面。举例来说，同样干装卸活，在中国干一天，顶多是五十块钱，而在美国干一天，最少也是五十美金。这十倍之差的原因,并非是美国人效率高,而是因为美国的经济环境好。天府之国的四川,种子撒下,等着收获就是了;可在山陕之地,你就是再精耕细作,亩产也十不及一。再从另一角度论证,微软因为资金雄厚,动辄数亿美元的资金就投放在广告上了,很快就把大众的注意力吸引过去——就算大家卖的都是一样的金子,吆喝得响的还是占便宜。

综上所述,与得天独厚,又占有丰富资金的微软作战,绝对是得不偿失的。

不过,陈天纵也不准备完全放弃。摆开与微软作战的姿态,花上一些钱,即使不能占领部分市场,起码也能回收一些“媒体注意力”。

当时微软总裁盖茨翩翩君临深圳公布他精心制作的“维纳斯计划”时,国内著名的个人电脑厂商、家电厂商都趋之若鹜,对这位无冕之王顶礼膜拜——这些精英级的人物,都懂得与之联合,无异于拱手出让国内市场。其中除去部分欲分一杯羹者外,多数是害怕微软报复:此前,微软投资数亿美元,实施“反盗版”计划。他们用不太光明的手段,派人伪装成用户,购买盗版的微软版软件,然后以此为物证,分别将若干家电脑公司或送上知识产权法庭或私下索取数百万人民币的赔偿。

这招“杀鸡给猴看”极其有效,使得把柄在微软手,或自认为有把柄在微软手的公司,唯其马首是瞻。现如今,谁不用盗版?更何况,微软卖给中国的软件比在它本土销售要贵得多:Windows 完整版在美国卖一百八十九美元,在中国却卖一千九百九十八元人民币;office97 专业版更邪火,得九千七百六十元人民币。这个价位“公家”也要想一想,更甭提私人了。就是盖茨本人,以前也说:“我知道中国人不花钱买软件,喜欢偷。但我希望他们偷我们的,因为他们会上瘾,收入在未来十年。”故此举完全是从政治目的。

面对微软的攻势,陈天纵没作回击之想。南斯拉夫向来多灾多难,所以他们一直居安思危,对军队非常重视,就是退役的老兵,也享受医疗、交通等各方面的照顾。可当北约空军轰炸他们本土时,虽口口声声说要报复,但除去防空外,始终不见大行动——北约的飞机都是从意大利的空军基地起飞的,南斯拉夫没有中程导弹,飞机也不行,拿什么报复?

“院士”却有不同看法:“中国不是南斯拉夫,我们有核弹。他美国的核弹先进,数量也多,能毁灭地球一千次。可我们能毁灭一次。这‘一次’和‘一千次’,没有本质区别。”

陈天纵强调自己仅是比喻。

“院士”说他当然知道是比喻:“今后是网络的社会。网络中最重要的就是带宽和技术标准。微软已经技术标准在握,再让它掌握了有线电视网丰富的带宽,国内的电脑网络业真的和现在的大学一样,全成学院了。”

陈天纵懂得“院士”末一句话的含义。现在的大学,纷纷将原来的“系”改为“学院”。比方自动控制系和电力系的拖动专业、机械系的仪表专业组成“信息工程学院”;建筑系和力学系组成“建筑工程学院”。换言之,“系”的建制已不复存在。“院士”取其谐音,“没戏”唱的意思。

可他却没料到“院士”的爱国热情,很快就变成了物质:国内的许多大学、科研机关,还有一些没参与“维纳斯计划”的电脑、VCD 厂家,纷纷响应他的号召,有钱出钱,有人出人,就连信息技术部和开发银行的官员也参加进来。

人在“院士”旗下,钱和有关钱的允诺则在“伏羲计划”账上,也就是浩然公司的账上。

这钱大约有两千万的样子。初步可供建立一条“机顶盒”的生产线。

金元善目前在会上争取的就是这条生产线。这对他来说,除去资金外,还意味上百个工作机会。江苏虽然是发达省份,但人口也同样发达,工作机会相当金贵。

陈天纵也懂得其中奥秘,但他还是说:“重新建条生产线,还是利用参加计划的成员厂家的生产线加以改造,是需要认真讨论的。”

金元善赶紧把他准备好的报告,散发给各位董事。

陈天纵也让董事会秘书散发按他“改造”思路拟就的报告。

董事们同时收到两个截然不同的报告,一时有些不知所措了。

“咱们下午再议吧。”辛哲光宣布散会。

“您怎么知道我要争取这生产线,早早就把报告准备好了?”金元善跟在陈天纵后面,不无讨好地问。

陈天纵没说明自己其实委托两个不同的小组,准备了“内设”和“外委”两份相反的可研报告,届时用哪份就拿哪份。这样做是有原因的:总公司和分公司,就和中央政府和各省一样,有相同,也有不同的利益,冲突时,大家都维护自己的。当然,他肯定愿意把生产线建在浩然内部,这样一来即使“伏羲计划”一败涂地,设备总是留下了,二来建生产线可以用浩然的人和浩然的部分产品,肥水不流外人田。

但一想便说的商人绝对不是好商人。从压低金元善的价格计,陈天纵也要提出相反意见。他眼睛看着窗外不时落叶的枫树说:“美国南卡罗来纳州众议员瑞佛斯在他三十年议员生涯中,为他的选区争取到的项目之多,使得他的同僚们都打趣他道:‘瑞佛斯,如果再往你的选区里放进其他任何东西,它就会沉下去了。’”

金元善不很懂总裁的意思,只好眨眨眼。

五

星期六下午，关鉴照例在儿子打篮球时，帮他打扫卧室。儿子多次表示要自己干。妻子也说高中的孩子，该自理了。但他仍抢着干：现在的孩子，几乎将时间全用在功课上了——其中还包含不少永远用不上的科目。日前，儿子的学校办了场智力竞赛，他饶有兴趣地去旁听——启发智力是教育的根本。可结果却大失所望：所问不是汉武帝死于哪一年，便是比谁最快画出人之嗅脑中的海马回和杏仁核的形状图，并用英文讲明其功能。儿子因将“海马”与“杏仁”的功能背反，从而在最后一关被淘汰下来。散会后，他拍拍多少有些沮丧的儿子的肩膀说：“你爹我对生物最感兴趣，可就这也画不出你那么漂亮的图，英文也发不出你这牛津音。”受到表扬的儿子情绪开始恢复。“再说这种机械式的问答，根本不代表智力。”

收拾完屋子，他随手打开电脑，想看看儿子在玩些什么游戏。这台 IBM586，是孩子舅舅送的，也是这家中最值钱之物。儿子收到后，要求上网。被妻子否决，说网上乱七八糟的东西太多。持反对意见的他说：“人的思想如水，是堵不住的。告诉他该看什么，不该看什么就是了。”妻子不放心，经常察看。但她像大多数女性一样，极难进入纯理性的逻辑世界，根本找不到儿子的东西“放”在哪儿。关鉴则从不操这心。

不操心归不操心，电脑出现的界面仍使他惊骇：自动进入的名曰“学习 99”的文件中，几乎全部是色情描写，其赤裸度，已无以复加。他耐住往上冒的火，将文件浏览了一遍。

除《金瓶梅》《肉蒲团》,他似曾相识外,大部分均为现代性爱描写,并附有大量的图形画面,其姿势、体位之复杂,不少他闻所未闻。别的不说,光是把这些东西下载、编辑就得花多少时间?他盯着这被命名为“情爱物语”的文件,用手指充满力度地敲击着任意键。还“物语”呢!你小子懂得什么叫“物语”!

天渐渐黑下来,他的怒火也渐渐平息。之所以开机便进入此《物语》,肯定是因为昨天我没敲门就进他的房间,他匆忙关闭电源所至。一会儿要找个机会好好和他谈谈。

正想着,大汗淋漓的儿子驾着风火轮般地闯进门来:“您又私入白虎堂军机重地,该当何罪?”因男孩子固有的马虎,他根本没观察父亲的脸色,“您能不能回避一下?”他连背心带运动衣一起往下脱时说。

关鉴退出后很久,眼中仍闪动着儿子宽阔的胸膛、肌理分明的肌肉,鼻腔里还回荡着微甜的汗味。

一顿安静的晚饭。关鉴与妻子有个默契:决不在吃饭的时候批评孩子。那既让孩子没面子,从而失去回旋的余地——有些事,只能在双亲中的一个面前承认,若都在场,机会就丧失了。再者,辛苦一天的孩子,好不容易放松一下,不应该再强加掠夺。

席间,妻子说起父亲的事。

岳父是一九三八年参加革命,曾在延安抗大学习过。解放战争时期,参加中央南下工作团,到四川剿完匪后,就留在那里。今天的四川,当时是四个省,他为其中一个省的省委副书记。用他的话说:“一九五六年评定工资,我们几个书记一商量,级别就定了。我是九级。打那以后,再也没动过。”当毛泽东做出“钢铁是元帅,交通、电力为先行官”的工业布局后,他调到中央燃料动力部。而后在东北电力局当过副局长,再以后,就回到电力部做干部司司长做到离休。他的个性极强,为官清廉。部长换来换去,可他却在干部司司长这个关键位置上稳坐不动。有人问原因时,他总是说:“一,我不谋私;二,从原则出发办事。而这两者相加，便是毛主席说的‘保持向党的领导机关负责和向人民群众负责的一致性’。”

关鉴当上处长后的一天，已经离休十多年的岳父，突然静极思动，要去延安。关鉴责无旁贷，只得陪他去。对于陕西，他两眼一抹黑，便求刘心之向有关方面打招呼。

因为刘这个招呼，整个接待过程安排得严丝合缝。

故地重游的岳父，兴致勃勃，高兴得像个孩子。充满感情地给关鉴形容当年的延河水是如何的大，枣又是如何的香。接着又讲掌故：“这‘大砭沟’原来叫‘大便沟’。”并指点山上一孔接近坍塌的窑洞，说在此打了两天两夜的麻将，赢了当时的延安县委王书记一只羊。

关鉴纳闷供给制时期，羊从何来。

岳父说王书记是本地干部，不同于他们这些“外来户”，有家有业的。接着，他驻足于一坪院落，久久不肯离去。

关鉴没去打扰岳父：当人对着落日、星亮沉思时，总有他们的道理。

离开后很久，岳父才说是在此学会的跳舞，并在舞会上认识岳母。

关鉴问岳母彼时之身份。当他被嵌入这个家族谱系时，岳母已故去。从相片上看，她是位漂亮的女士。

岳父说是延安县青年救国会的干事，而他时任此单位的主要负责人。

“如此说来，您是‘近水楼台先得月’了？”关鉴调侃道。

“应该说她是‘向阳花木早逢春’才对。”岳父虽已年近八十，可思维、动作仍充满活力。

逗留两天中，岳父游党中央当年所在地凤凰山麓、杨家坪，八路军总部所在地枣园、王家坪。最后还去了离市区四、五十公里的南泥湾。他结合具体景物，随时向关鉴讲具体的政治技巧：“毛主席非常注意信息和外交，凡是外面来的电报，不管是南京方面，还是莫斯科的，都要经过他才能决定是扩散还是‘留中不发’。信息对一个政权是很重要的。边区政府的交际科，也直接归他领导。你们做调查工作，实际上就是信息工作，是领导的耳目喉舌，不可等闲视之。”

关鉴心想：自己工作的重要性自己最知道，便问起毛当时是如何处理党与边区政府的关系的。从文字资料看去，边区政府机构和党中央多有重叠。

“国民党中央在国共合作初期，仅批准陕北成立一个行政公署，首脑名义为行政公署主任。党中央多次要求南京方面按省政府来对待，但未获同意。洛川会议后，便自行决定组织边区政府，完全按照一个省的建制。”

关鉴对岳父含糊其词的回答不满意，继续追问。

“边区政府第一任主席是林伯渠。你知道他是党内著名的‘五老’之一。他本色书生，加之后来张国焘掺和进去，”岳父沉吟好一会儿才说，“所以干部、军事、外交不用说，财经、教育、文化，也以中央定的为准。”接着他又补充道，“战时和平时不一样，党政是不好分的。”

战时分不开，平时更分不开了，关鉴想，其中道理，大概与“吃喝”之事一样：艰苦时期，基层的干部平素有一顿没一顿的，所以到上级机关开完会后，通常要给他们改善改善，这原本无可厚非，可在和平时期，这个传统依然保留，聚餐的水平自然就水涨船高了，最后终于演变成屡禁不止的“大吃大喝”。把政府看成是党的一个部门的想法，在许多掌权者的头脑中根深蒂固，直到最近这些年，才有所改善。但这些话要是说出来，岳父会不高兴：任何人听到有人批评他为之奋斗一辈子的事业时，都会不高兴。而陪他老人家出来玩的根本目的，就是让他高兴。

岳父在回答关鉴关于当时干部待遇问题时，言简意赅地说：“都是供给制，分别不大。”

但关鉴还是有疑问：毛主席、朱德、周恩来、张闻天等在杨家坪时，共住一个大院子中的小院子内，可到了枣园，张闻天就不在小院子内了，窑洞里的摆设也缺了木制的澡盆，这无疑与他在党内的地位下降有关。

岳父的回答仍是言简意赅：绝对的平均是没有的。

可在“鲁艺”的礼堂时，岳父的话中还是露出端倪：“我们这些小伙子，听报告时，都抢着坐在前排，为的是能捡些烟头抽，散了会，还提着马灯找。”

关鉴别有用心地问品牌。

“红锡包、恒大都有，运气好了，就是大前门。”岳父的烟瘾之大，在电力部是有名的。记得当时电力文协的一位书法家曾经题书“一生工资半烟草”赠他。

关鉴实在忍不住就问：“既然均为供给，领导烟来自何方？”

“当时负责外贸的叶季壮他们，回来时会带些书籍、烟草之类的送给首长。”话一出口，岳父便觉失口，马上补充道，“任何人都对这没意见：他们夜以继日地工作，没烟根本顶不住。”

但肯定不是所有的夜以继日的工作者都有烟草供应。此乃必要条件，而非充分条件。最后关鉴还是忍住了质询的欲望，此后，他只是一言不发地小心伺候着。

岳父自然有所感觉，离开延安前一天的晚上，他盘腿坐炕般坐在市委招待所套间的“席梦思”床上，抽着烟对关鉴说：“你鞍前马后地追随我这么多天，我也该传点真经于你。”接着他就“看事物要从大处着眼，放过细枝末节”论述了一番。

关鉴是在“大道理”声中长大的，但仍耐心听完。

但岳父很快便转入具体，就如何处理与领导的关系一题设问。

关鉴认为这很简单：按领导指示办就是。

“照你这说法，官是个人就能当了。抽象地说，你的回答也对。但具体说某天，你的最高领导，想收拾他的副手时，命令你干件明显不利于副手的事，你如何处理？”

关鉴说如不出圈，办就是了。

“又过了一段时间，可能因为副手的靠山得势，也可能因为这位副手将调到一个权力机关，比方组织部之类的。‘一把手’想与之重修旧好，这时他决不会下一个‘罪己诏’，而是找只‘替罪羊’，中标的必是你这样的傻狍子。”

关鉴讨教处理方法。

“生存对于军队、企业和个人，永远都是第一位的。首先要使自己立于不败之地:事前就要想好领导变卦后的对策。如果这事明显不利于你,能拖就拖。这一拖,也许他们相互的关系就发生了变化。实在不能拖,就打个折扣,留个余地。”

关鉴认为此等做法,与官僚何异?

“和平时代容易产生庸人和官僚。当年我们在这儿的时候,”岳父指指地面,“是国难当头,急于用人之际。可会做官和不会做官的人仍有极大的不同。”

此番话之精髓,关鉴平素也听人说过,但从岳父嘴里说出,实在是破天荒。“我从未想到过‘老一辈革命家’会作如是说。”

“他‘老两辈革命家’也是搞政治的,而政治就是利益的比较。利益是流动变化的。”

关鉴见时间不早,便提议休息。意犹未尽的岳父,又聊了会儿别的,才去洗澡。他是洗冷水浴的,据称六十年不改。

关鉴为避老人更衣,退到自己房间。但他没敢洗,怕老人出意外。俗语云“七十不留食,八十不留宿”就是此道理。

估计老人洗完,他去敲门。见没反应,赶紧闯入。

只见老人身披浴衣,正凭窗眺望夜景。

良久,老人才回过身来,目中无人地说:“我们那会儿,天上的星星要比现在多,空气也比现在甜。”

他凝重迷惘的神情,令关鉴有些害怕。

“此一别,来生再会了。”岳父又将脸转向窗外。

岳父的脸部线条刚毅,关鉴见过他一张早年参加国共谈判时,穿国民党上尉军装的照片,当时他对妻子说:“怎么这么像蒋介石?”妻子看了一下后说:“看来你还有点眼光,好多人都这么说。”但此刻从侧面看去,线条已柔和至极。“您什么时候想来,我肯定陪您来。”他赶紧回答。

“怕是来不及想了!”

关鉴不想在这个诱发伤感的问题上纠缠,忙催促岳父休息。

关鉴没想到老人一语成谶:归来数月后,例行检查时,岳父被查出食道癌晚期。

岳父一家人立刻乱成一团,开了好几次会,才定下对老人明言。

关鉴很不幸地被推举为代表。“当年老爷子去东南亚旅游,需要人陪伴,老爷子都挑中了我,可最后还是被你姐夫抢去了。”他嘟囔道,“这正如《杨门女将》中佘太君所唱:庆升平,朝堂内群小并进;烽烟起,又把元帅印送到杨门。”

可此任务并不艰巨:关鉴一进岳父病房,口都没张,岳父就笑着说出三个关键词:“癌症? 晚期? 食道? ”

三个词不是连续说,关鉴只好接连点三次头。

“不管泰山、鸿毛,反正人固有一死。”岳父极其豁达地说,“要是没有现代医学,活到六十岁都不易,否则为啥管七十叫‘古稀’呢? 我已经‘耄耋’了,何恋之有! ”

关鉴着实被感动了。

从提高生存质量计,未施行手术,采取了放、化疗类保守疗法。岳父在治疗过程中,很是配合。三个月后,片子上已经看不出肿瘤了。

欢呼声中,老人过了八十大寿。

俗话说:是癌症治不好,治好不是癌。岳父依规律,渐入绝境。这一个月来,只能靠尊严支撑,勉强行走至卫生间。

“现在到了用子女的时候了。”妻子说,“可大姐的身体你知道,二姐在美国。”

关鉴本想说:还有你弟弟呢! 但忍了回去。从某种意义上说,家庭政治之险恶,不亚于官场,在官场上,充其量忍八个小时,而在家则倍之。

“弟弟的情况你是知道的。他买卖本来经营得红红火火,可谁知东南亚金融危机一来,他的几个大客户身价顿时减了三分之一,甚至化为乌有。他吃了不少倒账,现在实在是没有能力。”妻子说这话时,声音中都带有潮湿。

关鉴自以为对小舅子了解颇深:八十年代初,双轨制时期,他在北京倒批文;全国只有深发展、深万科等几只股票时,他就动用上百万资金,雇佣数十人,在深交所排队买股票;后来又在广西北海玩过房地产、在山西玩过煤炭——换言之,凡是最挣钱的浪潮,他无一波没赶上。可就是因为粗陋、骄横、好色、喜赌,最终没落下钱。东南亚危机中吃倒账?这话除去他姐、他爹,谁也骗不了。

但关鉴还是口是心非地说:“东南亚危机前不久,著名的世界经济论坛会议集中了全世界最高级的经济学家,在瑞士美丽的阿尔卑斯山麓,研讨了好久,竟无一人能预见,甭说咱们兄弟了。”

“他抽不出身来,说要派他太太来。”

关鉴心想:这可万万使不得。这位弟妹原是深圳著名的辉煌歌舞厅的领班,俗称“妈妈桑”也。他曾在海南机场餐厅遇到这对准备度蜜月的醉醺醺的两夫妻。口无遮拦的小舅子张嘴就说:“我这太太是‘窑变’来的。”没等他反应,小舅子便注释道:“不是瓷器的窑变,而是从窑子里变出来的。”他不愿意讨论这问题,便问是如何认识的。“在我当嫖哥,他当婊妹时认识的。”自认为反应敏捷的他,好久才将“朴哥”、“表妹”译成原文。当他问她是哪儿的人时,已经大醉的小舅子说:“小姐不知何许人也,亦不详其姓氏、家庭、经历。”被逗乐的他问小两口准备到何处度蜜月,弟妹首次开口说是泰国。

关鉴立刻联想起自己的大学老师:此公四十年代末毕业于北大经济系,为凯恩斯赤字经济学说的忠实信奉者,当他和辅仁毕业的一位同道结为伉俪时,倾其所有去了英国朝拜。他注视着眼前这对夫妻,有失忠厚地想道:泰国色情业之发达,举世闻名,两位去那儿,实乃“度”得其所。

又谈了十分钟,关鉴借口要起飞,走开了。可就在这十分钟内,他已从弟妹经过努力妨止的、严重夺人醉酒程度的话中,听出她深深心计。至于“心计深深深几许”,他无法定量分析。但他相信,娱乐界中的“辉煌”出身,等同于学界的清华出身,均为顶尖级人物,赖也会赖出个样子。

她肯定是为财产计,自己要求来的。“大手笔”的小舅子是不会在乎老爷子这几个钱的。至于岳父财产的数量,他从未问过。这其中的道理,和副职不能插手干部安排一样——那是正职自己管的事。但恶战在即是无疑的：弟妹对岳父的财产，尤其是房子，垂涎已久。而小舅子又是唯一的儿子，以农村出身的弟妹观点看，房子归她天经地义。但妻子和大姨子们，已开过若干次会了，结论是决不给她。对妻子和她姐姐们的亲和力、战斗力，他是深有体会的。“咱们的财力，你这个当家人最清楚。倾其所有，外加可透支部分，一股脑儿地投进去，给老爷子用。至于人，你驱使就对了。”

妻子对关鉴这掷地有声的几句话，将信将疑。

“聊会儿？”见妻子进厨房后，他对儿子说。

“聊就聊。”儿子跟着他进了房间。

一落座，关鉴就将精心构思的开篇抛出，问儿子是否知道美国的鲍威尔。

儿子说：“美国的鲍威尔肯定比中国叫关鉴的多。”

他明白儿子是在和他逗，就补充道：“五星上将鲍威尔。”儿子对军事之兴趣，甚于他对古董。

“不就是最后当上参谋长联席会议主席那主儿嘛。”儿子笑答，“我有个姓马的同学，他去世的爷爷一九五五年授衔时，顶多是个少将。可他前年说是中将，去年就成了上将，最近又成了大将了。我实在忍不住了，就说：‘您这牛吹得没边儿了。少将、中将太多不好记，上将咱也不敢说您爷爷不是，虽说五十三个，个个都是赫赫有名。但没准您爷爷是国民党那头儿的上将。您一下子把他老人家升为大将，那就肯定是咱们的子弟兵了。可子弟兵的大将共十个，想半天也没个姓马的。’这下气得他一个礼拜没和我搭话茬儿。”

“这边儿”“那头儿”“搭话茬儿”等北京土话，关鉴听去极不顺耳。但今天不想纠正，只是凑趣地说：“国民党的少将不值钱。座山雕就委任杨子荣为‘滨绥图佳保安第五旅上校团副’。你想想，团副就上校了，他们又没大校，旅长还不弄个中将干干。”

儿子对“座山雕”“杨子荣”等关键词不了解，但并不妨碍他理解这段话。

“鲍威尔做校官时，被选为白宫研究员。获此殊荣的都是各行业的佼佼者。

他们能和总统、阁员们讨论政府行政问题，和美国参议员研究立法问题，还能参加会见日本、苏联、中国、波兰和保加利亚领导人。但一位资深的白宫官员反对设立这个职位。他私下里对鲍威尔说：‘政府行为和人的行为一样，并不是全部可告人的。政府成员，欲将理想变成现实，就得去交换、改变、妥协、退让、屈从。对于不了解内情的人来说，这过程是乱七八糟、令人失望，甚至令人震惊的。我目睹这些没关系，因为我政治年事已高，有足够阅历经验。可对你们这些天真烂漫的年轻人就不同了，当你们发现事情原来是如此办的，会大为反感的。’”

儿子入神地听着。

“他见鲍威尔没有完全被说服，就举例说：‘性交本身并没有错，而且还是美好的，但让小孩子们看却有点不道德，得等他们懂事之后才行。我担心你们之中的一部分，在不能把握自己之前，就已经尝到了权力的滋味，从此便沉溺于此，在陶陶然中，往往会忽略这样一个事实：过度纵欲最终是会受到法律制裁的。’”关鉴随手敲了一下计算机键盘。

儿子明白父亲见到了“学习 99”文件。

“别急着进入成人世界。那里不光有爱情、权力，更多的是忧虑、交换、屈辱和烦恼。”

儿子点头后说：“大部分课外文件，都是朋友们传过来的。他们认为好的，就拼命建议你看。”这话他是侧向父亲说的。

他觉得自己和儿子之间的界面实在友好，便继续说：“现在咱们的‘防火墙’软件实在不完善，要是它能控制色情图形文字的传播就好了。”

儿子表示这是根本做不到的。

对网络的了解，关鉴不如儿子，便虚心讨教。

“美国前些时候通过了《通讯规范法》，想限制一下网络的内容。但立刻就遭到猛烈的抨击，说它违反宪法的第一修正案。”

他认为儿子是在夸夸其谈，便问美国宪法第一修正案的内容。

儿子不屑地回答说：“精髓是‘保障言论自由’。”

他惊骇于现在孩子们的涉猎广泛和博闻强记。

“其实这法案根本没用。假设你想向美国销售色情图像,只需将文件服务器在美国境外的阿姆斯特丹之类的地方注册就行了，那是不受美国法令管辖的。再说,因特网本身就是互动式、多方向,含有几百万个交点的媒体。虽然它是政府建的,但现在已管不住它了。”

“就和你是我生的,但现在已经管不住了一样。”关鉴也说不清楚自己到底是喜还是忧,“除非动员父母子女之间、邻居之间相互监督,一发现谁在看不健康的东西就向风化警察报告。”

“那不又回到了您常说的‘文革’时期了吗？”

良久,关鉴才想起用笑话“下台”:“某先生眼见儿子十八岁了,认为应该跟他讨论一番大人的问题了。于是他某日晚召儿子进书房,紧闭房门后,一脸严肃地说:‘孩子,我想跟你讨论一下性爱问题。’儿子立刻回答说:‘好极了,不知道您想知道些什么？”’

儿子也笑着回敬了一个故事:“某八岁的男孩于某天问老爹:‘我是从哪儿来的?’多少有那么点子文化的老爹顿时觉得对孩子进行性教育的时机到了。于是也把孩子请到书房,关好门。然后花了比您今天还长的时间,大谈生命之谜。最后肯定地做结论道:‘我这下是不是解答了你的问题?’孩子说:‘没有。小林说他是从山西来的,我是哪儿来的呢？’”

这下关鉴只有苦笑的份了。

六

董事会散后，辛哲光在广州远郊雅园度假村住了下来。因是秘密行动，随身只带着秘书吴超。

吴超今年三十岁，是一所著名大学核工程系反应堆化工专业的硕士研究生。从建立这个专业的六十年代起，一直到八十年代初期，它都是个闪闪发光的专业，非品学兼优、家庭出身良好者，是不"准入"的。可用现代择业观分析，却不入流了。假设你学的是计算机，那在国内从各级党委政府到旅馆、餐饮都有位置，在国际上需求就更多了，即便移民政策严格且多变的美国，也说"计算机程序员可优先考虑"，就连越南，也在互联网上刊登广告，高薪聘请计算机专业人士。可核工程在国内却是除去大西北、大西南外，别无去处：有谁见过在广东、江苏等富庶地区搞核试验的？放眼国际，亦无选择余地：美国的核技术领域，向来排斥华人；俄罗斯目前穷得直想出卖核弹，零买整买都行；印度倒是想要，可谁也不想去。总而言之，想要你的地方你不去，你想去的地方不要你。

就在吴超走投无路的情况下，辛哲光录用了他。

辛哲光录用吴超，绝非关系，虽然介绍人吴之伯父，是他中央党校的同学。亦非爱惜人才：人才无论何时何地都多的是。而是因为吴超符合他的条件。

他某次曾对米金说："一个局、一个部，看上去架子庞大，干部众多，但真正能完全照首长意志安排的，除去办公室主任外，就是秘书了。对这两个贴身位置，无论你的副职、部门领导都不会插手，这已是定约。所以当首长调动时，秘书就要外放安排。秘书当官，目前已成中国政坛的一道风景线，就是这个道理。”浩然公司董事会没有办公室，所以秘书这个位置尤为重要。

吴超的人机灵、英文好，而且守口如瓶，这些都是当秘书的基本素质。而辛哲光最看中的就是作为独子的吴超，有位无工作、每月要做一次肾透析的母亲。因此，浩然公司的两千月薪，对他是至关重要的。有这条线牵着，他起码暂时受控。

当然，过一段时间，随着吴超的阅历增加，认识的人也多了，自然会另谋高就。就算他不“跳槽”，我也要换人。

任何人控制任何人，都是暂时的：辛哲光想道。

他把随身携带的线装《资治通鉴》摊开在桌上，准备读一段。此书是陈天纵送的，说是清代“殿版”。一位版本专家鉴定后，笑而不语。在追问下，说是“拿不准”。“你们这些专家总是语焉不详，因此才衍生出那么多的古董和更多的故事。”专家就辛的埋怨回答道：“我喜抽中华烟，别人送的至多一半是真的。可我却相信这样一点：这些烟不是他们自己卷的，而是当真的买回来的。”

可陈天纵是不是明知是假，而来蒙我的？对此，辛哲光一直存疑。

吴超电话通知说徐教授来了。

他“快请”音刚落，徐教授便推门而入。

徐教授身高仅一米六十，行路猫一般地敏捷且悄然无声。“辛公。香港一晤，别来无恙？”他说话声音不高，但中气十足，有很强的穿透力。

“托您的福和回春妙手，还能将就。”因徐教授不愿意与人握手，辛哲光也抱拳回敬。

徐教授示意辛哲光开始治疗。

徐的治疗分三部分。首段是气功疗法。

徐之气功疗法与常见的有所不同，并无传统的运气发功，只是与辛哲光面对面地对视。据他解释，只要两人心神澄静，他的功力就能通过目光传送到辛之体内。对此，他还有一个形象的比喻：您日理万机，必损元阳，而山人走名山大川，见奇石怪树、珍禽异兽，得造物之精华，采得元气，两人相连，我就好比水位高的那只水罐，会自然地流传到低的那只里。

辛哲光是学工程出身，总觉得这个比喻不伦不类。不过能说明问题就行。他打量着一步开外，身着精工制作的苏绸裤褂，足登圆口布鞋的徐教授，眼前渐渐变成虚无一片，头脑中也空空如也。

从理论上说，辛哲光认为自己作为一个唯物主义者，不该相信这些不能证明的东西。可对于他的身体上某些因年龄而生发的微妙的疾病，科学却束手无策，而气功之类的“玄学”，确实“信则有”，能起一定的作用。“白猫黑猫，逮着耗子就是好猫。”美国时髦的精神分析大夫，不就靠和人聊天治病吗？

气疗结束，徐教授开始按摩。

辛哲光觉得徐教授确实精通按摩一道，着着中穴，劲道十足。“有时我真的不相信您比我还大六岁，已六十有八了。”

“山人饱食终日，无所用心，付出小，自然损耗就少。”徐教授在进行最后一道“工序”。

徐教授的自喻，使通体舒泰的辛哲光想起个故事：明代陈眉公是巨儒，亦自称山人，并有“云间鹤”之称。一日在王荆石家遇一官，官问此人是谁，答是山人。官说：“既是山人，何不到山里去？”后人有诗曰：翩然一只云间鹤，飞来飞去宰相衙。便是说此事的。徐教授和律师一样，是按工时收费的。单价是每小时一千人民币。所以能请得起的，非达官贵人，便是名商巨贾。

“上次开的药可有些作用？”徐教授进入最后一道程序：给辛哲光把脉。

辛哲光像所有的老年人一样，前列腺有些问题。按说切除就行，可他偏偏极怕手术，所以只得采取保守疗法。正药偏方用了千千万，徐教授的最管用。

“很有些作用。”他答道。

“没有别的反应？”徐教授避开光线后问。

辛哲光欲言又止：服徐的药后，不光尿少无痛了，就是已歇息数年，并以为此生不再的性功能，也跃跃欲试。

“我依您恢复的程度，斟酌修改后，把药给您送来。”

“教授能否赐方于我？”徐教授从来只供药，不给方。辛哲光认为此乃中医特有的保守，怕妙方外传，再无生意，“我可以采用‘买断’的方式。”

“董事长小看本人了。”徐教授面露不悦，“手通心，心传脑，再行方。具体的情况具体分析，一成不变是不行的。”他停了一下，又补充道，“现在时兴什么‘网上诊断’，我就不信那个邪！再说我药中的‘旺拉’，药店是没有的。”

他所谓的“旺拉”，是西藏一种生长在雪线之上生命的极限区内的手掌形植物。因日照强烈，环境清洁，药效极高。据徐说，文成公主入藏过日月山后，体力不支，几近奄奄一息。松赞干布急令悬赏救治，达玛郭恰所献上的“状如人手，叶如宝剑”的“藏宝旺拉”便是此物。他还说，藏医经典《晶珠本草》载：“惟其量少，不可多得。药性温和，药力持久。”藏民视其为“佛根”，鲜有敢采者。据说，只有在五十年代，周总理曾经指示西藏工委，给苏联宇航员采了一些。徐说此次是雇了一些青海的回民，偷偷地搞来的，数目极有限。

辛哲光赶紧表示歉意。

此时吴超进来，说金元善求见。

辛哲光眉头一皱，问金是如何得知他的住地的。

吴超无任何表示。

“你说我是来休息的，不见也罢。”辛哲光知道金元善肯定是为“机顶盒”未能在董事会上通过而来。

要说具体的公司事务，辛哲光不愿意过多干涉。董事长一职，应高高在上，主要管好经理班子就行。这和“党管干部”同一个原理：党委如果过多干预行政事务，最后管不好不说，还会影响党政“一把手”之间的团结。但陈天纵对“伏羲计划”这样的大事情，居然也不事先请示，确实有些过分。他想起陈天纵在会议上眼空四海的样子。这个黄口乳儿，是否把董事会看成他治下的一个部门了？这种倾向值得注意。平衡倘若失去，“最后一班岗”就站不好了。

“董事长显然是个文化人，好读古书。”徐教授看着摊开在桌上的《资治通鉴》说。

辛哲光不止一次从徐教授的话中感觉到他的文化程度不高。通常意义上的中医，均非大儒，可徐却低于一般水平。低就低吧，反正又不是让他辅导孙子功课。“闲来翻翻，也好掌握些平衡之术。”

“您这平衡二字，说尽人间道理。想控制一个单位、一副人体，控制住它的平衡就行了。单位我不懂，可要想让人失去平衡，那很简单。”

辛哲光认真在听。毛主席总说：群众是真正的英雄。

“你先根据医案，造出一种病，然后由一位有医学身份的人对他宣布，就不由他不信。一信他也就真的病了。要是想去病，也不过是找些无关痛痒的药和有关痛痒的话放进他的体内，让平衡恢复就是了。”徐教授把皮包收拾好，这是一只名副其实的“登喜路”皮包。

吴超在医疗过程结束时，很恰当地进来，听到让他与徐教授结账的指示后，他小心翼翼地说金元善一直在外面候着，是否见一下。

这次，辛哲光示意让他进来。

徐教授一进吴超的房间，把皮包一扔，皮鞋一甩，仰天躺到吴超的床上。

“您这动作，六十八岁的人做不出来的。”吴超不无鄙视地看着徐教授。

徐教授原是北京郊区西三旗的居民，自称是正红旗人。吴超认为正红旗是八旗之末，即使真的是，也不值得大吹大擂。徐反驳道：“旗人有正镶之分，正是主子，镶是奴才。就算你是八旗之首的镶黄旗人，身份也没正红旗人高。”

徐早年习武，太极、形意、八卦等内功拳，都能比划两下。加之他是个聪明人，见八十年代初，气功风起，便研究了一番气功和医学。然后在陕西的一位掌管医疗资格、做地区卫生局长的亲戚处，搞到张中医类中“有一技之长”的证书——中国的医疗资格有若干种，其余的都需要科班毕业的正式文凭，独此中医的“一技之长”者，通过地区一级的考试就行——然后，他又被一所未经民政部门审批的“中国生命研究院”聘为客座教授。

有了这两样东西，徐很快步入小康境界。

他是在给吴超母亲看病时与之相识的。他声称能根除吴母的肾病——科学承认自身有限,而迷信则承包了这“有限”之外的所有地方。病当然没看好,但敏锐的吴超意识到这是一个“来钱”的捷径,就找到“徐教授”门上去。

徐一见他,以为是来找“后账”的,就准备电召徒弟来助阵。

吴超伸手按住电话,微笑地道出自己精心炮制的方案。他认为徐只有江湖知名度是不够的,必须要上等级。而上等级的捷径,就是给大人物看病。

徐坦白而又婉转地承认自己的医术有限。

吴超却告诉他一个浅显的学术真理:人体之可贵,就在于许多疾病能够不治自愈。“大兴安岭的火灾绝对不是人扑灭的,而是自己灭的。在没有人的时候,就有森林火灾,如果自己不灭,森林早都烧光了。人所能做的不过是有限地保存自己的家园而已。倘若你万一碰巧给位大人物看好了病,那就和请名人做广告一样,会发生著名的链式反应。”

“链式反应”徐不懂,意思还是明白的。于是便问途径和方法。

吴超的途径有三。一是让徐的中成药,通过美国的药检。人的经济实力达到一定程度后,最注重的就是生命的质量,美国的药检也因此是世界上最严格的,许多临床上效果明显的,都因长期的毒副作用无法验证,而未能通过。二是做一些“软广告”,它的效果要好过硬广告。进入上流社会也是一种软广告。三是要把你的岁数说大。

徐说:“我也知道底下的人是骨头,你就是把它碾碎,也榨不出几两油来。可上流社会看都看不见,如何进得?”

吴超说他自有办法。其实他除去辛哲光外,并不真正认识什么高层人士,但他相信没几个人在事情还没开始办时,就有成打的办法。

徐说他对“美国的药检”连概念都没有,更甭提通过了。

“你的药就是送审,也肯定通不过。我给你弄张证书就是了。”吴超的一位精密仪器系毕业的同学,目前在从事“印刷品复制业”,制作的清华、北大的文凭,若干次通过香港司法局的审查。某次他曾问干吗不印钞票。同学答道:“凡事要有度。印假钞是大案，会惊动公安部。事情一到北京，就是拿钱也不好了了。再说，印一张百元大钞，成本需要十五块钱左右，顶多能按照三十卖出，效益还不如印文凭呢！”

至于吴所说的第三项，徐连声说高：“把岁数往大一说，再弄身带古味的衣服一罩，我整个就是个鹤发童颜、仙风道骨的神医！”

吴超自觉徐还不是根“朽木”，就笑问他今年到底多少岁了。

已进入角色的徐一本正经地说：“六十有五。”

但他很快又沮丧起来：“露了馅怎么办？”

“就是机器也有没法修的时候。治病不治命。再说天下的人多的是，此处不养爷，自有养爷处。天涯何处无芳草？”吴超根据对辛哲光的观察，又补充道，“对那些大人物，你就像对小孩子，越往玄说越好。别看他们整天马列之类的，那都是说给别人听的。他们自己什么也不信。什么也不信的人，只有迷信了。”

徐照吴超的方略，果然成了“名医”，赚到了“大钱”。仅此次诊疗带药费就达三千三百元。

吴超付现金前，向徐要发票。

徐给了他一张空白的，说让他随便填。

“你这种假发票，被浩然的会计认出好几回了。”吴超把票扔回去。为假票一事，他被陈天纵给训了一顿。对此，他虽没对人讲，但一直耿耿于怀。

徐笑着把票捡起，数出一千三后，共同推给吴超。

吴超不动声色地把它们收好。

“从咱们这个行动开始到现在，你赚了我好几万了吧？”把钱拱手相让，徐到底于心不甘。

吴超在徐发达后，曾要求一次性结算清“策划费”和“包装费”。徐却坚持给他百分之四十八的股份。他完全相信这对徐毫无约束力：你无法稽核那“一百”是多少，百分之四十八又意味着什么呢？可苦于没“擒拿”住徐的好着，只有他给多少要多少了。

“你要‘旺拉’不？”徐对集聚钱财有着过人的热情，总想把刚才吴超敲诈走的一千多块弄回来。

“不知道您卖多少钱？”吴超眯缝着眼看徐。

徐很坦然地说一千五百盒，每盒十个。

“上等白萝卜算它十块一斤，雕工按刻玉的计算，每天一百，外加包装和销售成本，每盒不过一百。”

“不要就算了，何苦说得这么难听。”徐教授不高兴了。

吴超也不高兴了：“你真把自己当成大人物了？我只要给深圳方秘书长、北京贸促会的郑主任、海南进出口的黄总打个电话，”徐喜欢吹嘘，每攻克一位“大人物”，总要对他讲，殊不知他是位“信息即财富”的忠实信徒，一一记录在案，“说您刚刚把某个人给治死了，这些大施主的门就永远地对您关闭了。”

徐当然懂得“能从中作梗”是种大权力，马上笑着请“吴大秘书”去桑拿浴。

“你不是请客，而是需要我来当向导。”徐在广州一娱乐场所，曾误中圈套，一度噤若寒蝉。时至今日，还是没人陪伴不敢去。可偏偏他天赋过人且精通“房中术”。某次吴超听到徐问前来“服务”的小姐，带避孕工具若干，小姐说三个，徐表示太少，小姐不高兴地反击道：“您要都用完，我就不收费。”后来小姐果然无钱而返。

“请客也罢，找向导也罢，反正老哥我让你高兴了就是了。”徐教授也深知像吴超这样正在当年，且无家室的人是需要这些服务的。

吴超表示等金元善走了再说。

金元善当然不会空手来见辛哲光。他的贡品是哥窑、官窑、汝窑的三件瓷器，其造型分别为汝窑三足樽、哥窑五足洗、官窑牡丹纹梅瓶。

“真的？”辛哲光戴眼镜时笑问。

“本想给您搞宋朝的，实在搞不到，只好给您搞了些明清时仿的。反正我也说不清，这是说明。”金元善把说明书和发票一同递给辛哲光。

辛哲光没有接。他是古董收藏家，尤喜瓷器。他认为瓷器与钱币、家具、古籍相比，要难保存得多，因此也就更珍贵。“你还算诚实，没说是宋朝的。汝窑开烧没几年，北宋就灭亡了，传世的完整瓷器一共不过七十来件。”

“我从来就有什么说什么，要骗也是别人骗了我。”金元善老实态十足。

辛哲光拿出放大镜看了很久，又仔细地摸索了更久后说：“起码这件汝窑三足樽是清朝仿制的。”

仍是一副谦恭老实相的金元善心中暗笑：这些瓷器都是他从景德镇陶瓷研究所搞来的“高仿品”。当然，价格不菲，总值一万三，另外花费了三千元请鉴定机构出了份“鉴定书”和一张发票。

“有事？”辛哲光看着瓷器问金元善。

“当然，当然。没事也不敢惊动您老人家。”金元善争取“机顶盒生产线”的计划，在董事会上没有得到明确答复，当天晚上再找到陈天纵，谈了十分钟被“送客”后仍然不得要领。所以只好通过吴超的移动电话，得到明确地址后，马上从南京飞南昌，再从那儿携瓷器飞此。

“无事找总裁，有事则找我。”

“小事找总裁，大事找董事长。”金元善从吴超处不光了解到地址，还了解到辛哲光喜欢瓷器、喜欢听奉承话。对于最后一点，他认为没有什么价值：是人就喜欢听奉承话。但吴超精确地指出要在“辛——陈”结合部下刀。为这一信息，他也付出了一些代价。

辛哲光不看金元善的计划书，指令他叙述。

金元善刚从“机顶盒”的重要性说起，便被辛哲光打断：“说重要的。”

“总而言之一句话：我想把那条生产线建在我们那里。可陈总说这事董事会定不了，要等他考察后再定。”

辛哲光皱了下眉。

“我于是说要征求您的意见。”

辛哲光的眼光从瓷器上完全移到金元善身上。

“他说董事长仅是一个人,而不是董事会。他又说,董事会不是董事长的参谋会议,而是一个人人平等的决策团体。”

辛哲光明显地不高兴了。

从本质上说,金元善非挑拨离间之小人。但他实在太需要这条生产线了。当地政府在好地段,批了一块地给他,附带条件是:三年之内,不见规模,则把地收回。可中间被孔崇明一耽误就是一年多。再回来后,一切都要重新开始。眼见期限已到,规模全无。他也曾去找过区长,可区长说此乃人大、政协等民意机构非常关心的项目,本区的十件大事之一,不能有丝毫马虎。

当然,光是公事,不足以激发他的卑鄙因子。更重要的是他在“孔事件”后,价值观起了很化学的变化。这之前,厂内一共才有四个亲戚,就被他开除了两个;而现在,用工人的话说:金总的亲戚够一个车间。另外,掌管材料供应的是他太太,财务总管是他的岳父。顺理成章,这些亲戚在给他办了不少事的同时,也造成了不小的压力。农村来的亲戚尤甚:他们到了这六朝古都,没一个想离开不说,还把家属都迁来了,来了就要有地方住;而城市的亲戚没房要房,有房的想换大的。

而所有这些,只要投资一到,就全都迎刃而解了——要说几千万块钱,全用来盖房,也盖不了几栋,关键在于有了这个项目,可以用它抵押来向银行贷,贷来的钱建厂建到一定规模后,可以再抵押贷款。

谁都知道,住宅虽属固定资产,但它既不能流动,又形不成生产力。推原论始,它是福利。不到万般无奈,任何一个企业家,也不会用贷款发工资、办福利。金元善也犹豫过。可金太太一声当头棒喝,将其喝醒:“你张口企业家,闭口企业家。请问金大企业家:这企业到底是谁的?”金元善确实回答不上来:他承包时,厂子已经有了,否则也无法承包,后来企业发展起来,又被浩然收购,而剩余的四十九股份,不过是一些设备而已,既不能吃住,也不能变现。“你不过是一张纸:废你、用你,不都一张十六开的文件?再说,你已经四十岁了,还能干几年?”从这以后,金元善抛弃犹豫,将精华完全用在“自己的事业”上。

金元善觉得抓住了要害，便进一步说："这项目利是小不了的，我们职工也凑了一些钱，准备投进去。我们可以给您一些股份。"

辛哲光动眉毛表示不以为然。

"公司的领导层都有份。"金元善自以为得计。

"这些问题与项目无关。"辛哲光从来都是看大问题、大方向的。更何况他懂得这"股份分红"不过是镜花水月：姑且不论它是否能形成"红利"，就是形成了，也在几年之后，届时他肯定不在这个位置上了，而这份待遇是给"位置"而不是给人的。"我和董事们研究一下，尽快给你答复。"

金元善再度拿出他的锲而不舍精神，斗胆问具体时间。

辛哲光想了一下，明确在月内。

金元善又说了几句"英明果断"、"雷厉风行"之类的奉承话后，又巴结说可以给辛哲光搞到"主席瓷"。

辛哲光无任何表示，连眼皮都没抬。

金元善只得告退了。

辛哲光闭目沉思了大约一个小时后，决心下定：风起于青萍之末。只要某个部位有癌变的可能，就要当机立断地切除它。

他电召吴超要米金的电话。

"'听金鼓声而思大将'。"他仅一句客套后，就切入正题，"我不管你在世界的什么地方，马上赶回来，浩然公司有件大事要你负责。"

听到召唤，米金很是激动："我永远就在您身边。"他当然知道这召唤意味着什么。"我会拿出十倍的干劲，来报答您对我的恩情。"

放下电话后，辛哲光不无得意地认为自己的干部政策掌握得不错：有些人暂时无用，但一定要把他储备好——手下的干部就像凉席、扇子一样，不常用，但必须有。

七

箭岩高尔夫球场是陈天纵最喜欢的地方。这里有常年青翠的松林、蜿蜒的天然河流,背景则是雄伟的燕山山脉。

高尔夫虽非陈天纵强项,但他仍姿势优雅地打出第三穴的第二击:“我最喜欢吸这里的空气,听这里的鸟叫。”他放慢速度,好让谭幼军跟上。

“清风明月也得买啊!”虽然已是深秋天气,谭幼军的脸上还是沁出细汗。

“您就不能跟钱脱离开一会儿吗?”陈天纵笑问。

谭幼军明确表示不能,并用“树欲静而风不止”来强调。

陈天纵更正说:“在许多时候,您都是风而不是树。”

“你说要是洪老头还在世的话,该凭什么吃饭?”谭幼军用力打出一杆,附带起不少泥土,把球打到不知道什么地方去了。

陈天纵把彪马球裤上的一星泥土掸掉的同时,想起了洪老头。

洪老头是典型的旗人——这“典型”二字,指的是除去吃喝玩乐外,别无谋生之道的意思——因时代变化,他只好用卖鸟、卖鸽子来维持。

而在一九六七年,“停课闹革命”的陈天纵,和因参加“联动”而被抓进监狱刚出来的谭幼军,也不约而同地加入了捕鸟养鸽子的行列。

按说谭幼军参加的“北京市中学生联合行动委员会”是反对江青、林彪的。而其父是“四野”出身,正处加速上升阶段,他不参与当属下限。可实际上当时除去少数高层人士外,所有的人都认为党是“铁板一块”,根本不知道“党外有党,党内有派”——此正合孔子所说“惟上智下愚不移”。但他被释放后，其父严令他不得再加入任何“有组织的活动”，一度甚至派警卫员看守他。他万般无奈，只好脱离耀武扬威的“红卫兵组织”，加入到“逍遥派”中来。

谭幼军先是养鸽子。鸽子这东西，江湖人称“气虫”：不是今天我的鸽子被你的“挟裹”走了，就是你的鸽子被我的“召”到笼子里。我去要，你不给。那好，我天天仰着脖子，等你的鸽子放飞。一旦见有单只的飞起来，立刻将我的一大群轰起来。鸽子和人差不多，喜欢“扎堆随群”，一旦你的被“迫降”在我的“基地”上，非名贵的一弩弓打死吃肉，较名贵的想招儿往下逗，只要在房檐一探头，一网罩住，锁进笼子，带到东直门鸽子市就卖。于是乎，和平鸽经常诱发血光之灾。抄家期间号称打“黑帮”、“走资派”，连续打断三条一九五五年授衔时发的两寸宽牛皮武装带的他，自然是奋勇当先。当某次他一脚将成都空军贺司令儿子的生殖器踢断后，老爷子终于火了。先是派两个警卫员上房用墩布、鸡毛掸子一通轰——鸽子如受贿犯怕检察院一样，最怕老鹰，而这两样东西被挥舞时极像老鹰。结果如他后来形容的“我这才知道什么叫‘鸟兽散’”。有记忆力和胆量格外大，且又恋家的鸽子飞回来，也被坐在院中藤椅上，手持小口径步枪的老爷子，一枪一只，全部打完。

陈天纵也是从鸽子入道的。他不像谭一样，一养就是百余只，他也养不起：一百只鸽子，一天少说吃十斤老玉米，且不说这东西不好买，就是有卖处，也有钱，粮票却搞不来。而谭家用谭幼军的话形容：鼎盛时期连警卫带秘书、保健护士，一共有十多人。人多方有腾挪处。陈天纵则专养大脑门、弯嘴、大翅膀的“西洋鸽”精品。某次他从海淀钳工老李处，花三十元钱买到对珍贵的“白蹼”雏鸽子。此对鸽子带有脚环，号称是出自英国信鸽协会。可谁知那只公“白蹼”是瘸子，不能尽“鸽道”，无法踩蛋。闻说此事的父亲，看过鸽子的脚环后说：“鸽子我不懂，英国信鸽协会的拼法也不知道。但我肯定它不是：漫说五个元音连缀在一起，就是三个也没法读了。”他再一打听，方知钳工老李自己会做鸽子脚环，做好后，随便找几个英文字模往上敲，最后往鸽子脚上一套，使之身价百倍。

有感鸽道险恶，他终于与谭幼军殊途同归，汇集到圆明园逮鸟玩。

彼时的圆明园，不像现在这样金碧辉煌，活脱一只磨光铜锈的战国鼎，而是残垣断柱，荒凉一片，找块石头往福海里一扔，真的可“惊起沙鸥一片”。

粘鸟需要“油子”——也就是养熟的鸟——把“油子”往一根杆子上一拴，旁边再插上若干根抹上胶的树枝，见鸟群飞过，躲在一边的粘鸟人，便拉动拴在杆子上的绳子，“油子”因此而跳跃，就像捕食一样，于是鸟群中的响应者，便俯冲下落，运气不好落在胶杆上，便成典型的“鸟为食亡”。

换言之，捕鸟之多少，完全取决于“油子”的好坏和胶的黏度。

洪老头是专业人士，他的“油子”既多且好。其中有一只“梧桐雀”，尤其出色，见天上飞什么鸟就学什么鸟叫。于是，洪老头不光能粘到麻雀、燕雀等北京地区常见鸟，就连黄雀也能粘到，某次甚至粘到珍贵的“虎皮鹦鹉”。

结为同伴的陈谭两人气得不行。谭幼军甚至要动武，说一弹弓把洪老头的“油子”干掉算了。陈天纵却认为这对他们没什么好处。商量好久，陈天纵终于提议两人共同出资，买一张粘网。

粘网是比羽毛球网还大两三倍的网，把它架在“油子”所在地附近的树上，使鸟“误投罗网”。其价格为四十块钱，这在当时可是大数目。

网买来后，他们不布别处，专门张开在洪老头的“油子”所在地。当洪老头的“油子”哄下鸟来后，他们就一块大石头飞过去，被惊的鸟顺理成章地“自投罗网”了。而在正常情况下鸟们要先落了地，然后在找食的过程中，三跳两跳方才能跳到胶杆上。

洪老头此时近五十岁，不过是孩子们眼中的“老头”而已。他根据“穷文富武”之原理，很会几下摔跤、武术。但经验告诉他，绝对不要和十六七的孩子们怄气，他们大脑的保护机制尚未完善，为屁大一点事，就会旋风般地挥舞着菜刀来和你玩命。于是他“转场”了。

但洪老头转到哪儿，陈、谭之流就跟到哪儿。很快，圆明园可供选择的地方就用光了。他终于决定先礼后兵，采取行动了。

他所谓的“礼”，不过是弄了几个荤素凉菜，一瓶子“二锅头”，请两个毛头小子吃上一顿。如若不行，再揍上他们一顿。

“礼”先起了作用：男孩子对酒的兴趣，大概仅次于性。一两下去，他们已皈依“洪门”；再加一两，则对洪老头顶礼膜拜；到了三两，简直就是死心塌地了。

以后的岁月中，洪老头也着实教了两人一些东西。首先，他让两人出钱，买了若干张粘网，使得鸟的捕获量大大提高。其次，他让陈天纵负责销售，他和谭幼军则专事捕捉业。

“鸟业托拉斯”运营不到一个月，粘网的钱就赚回来了。此后便是纯利。

有了钱，洪老头就教两人喝酒、玩麻将。这后一项，使洪老头分给两人的钱，迅速回笼。

谭幼军很快就沉湎于这两个项目中，并把它们变成终生的爱好。

陈天纵则对洪老头的“买卖经”更感兴趣。洪老头说：买卖一道，最忌讳急形恶状，你就想要对方的钱想得要死，也不要露出“想”来，这样会使得你的利润大大增加。其次就是“吹牛不要脸红”、“哄死人不用偿命”两条。并补充说，买卖就是骗，看谁骗了谁，所谓诚实，不过是不要骗得太厉害罢了。

当陈天纵提问何种买卖利润最大时，洪老头脱口就点出“鸦片、人口、武器”三样：“当然，这些东西要玩命的不说，也太缺德。我有一个堂叔，是卖鸦片的，三房太太，生了六个孩子，不论男女，个个没屁眼儿。”

他接着点出的项目就是卖药：“除了劫道，就是卖药。”他强调说，“‘三反’、‘五反’时，不少资本家都被政府拿住，可政府查了‘同仁堂’老乐家多少次，也无功而返，最后不得不封他个‘守法户’。后来我问过‘同仁堂’的账房先生，他说他们国内的买卖不光不赚钱，多少还要赔一些，全靠伦敦、巴黎等分号来弥补。”

陈天纵有些不相信。

“现在兴卖处理品。卖处理布、处理鞋、处理自行车等，大家都拼命抢；处理吃的东西，除去‘节粮度荒’时期，买的人就不算多了；你给我处理个药看看，一准没人买。”

陈天纵认为是这个理：人有病，无论公费、私费，张嘴就让医生开好药，决不会买处理品。

“老乐家把在国外的药，都加上‘精制’二字，价钱就一跟头十万八千里了。”洪老头一副身临其境的样子。

用哈佛大学 MBA 的说法，洪老头教学最著名的案例就是“铁砂掌案”。在尚武的六十年代末，少年们个个喜欢技击。但教武术的师傅，至多能收入些烟酒点心——徒弟们没钱不说，就是有，也没有给的意识，再说，就是给，师傅也不敢要。

可洪老头教练“铁砂掌”，却自有高招。

用现代的观点看，“铁沙掌”无非是让手掌的刚度增加，敏感度减少而已。但经洪老头云山雾罩地描述一番，再穿插包括蒙古亲王僧格林沁在内的若干小故事，着实“迷”住了七、八个小男孩。和所有的硬功夫一样，“铁砂掌”的教学量不大，不过就是用手先往绿豆后往铁砂中插。问题是经过这样磨炼的手掌，必然皮肤和肌肉都要轻度受伤。而若想伤愈，则需药来洗。而这药钱徒弟们自然是要付的。当然，洪老头不会使用“伤”之类的话语，而是说此乃巩固功夫的必经之路。

药要一块三一副，一副在第一阶段可用三次。但第二阶段则可用两次。到了最后一个阶段，只能用一次了。而每个阶段需要两个月。

“铁砂掌”就像现在的速成“托福”学习班一样，迅速地迷惑住很多人。而世界上肯定没有真正的“铁砂掌”，也正如没有速成的语言。洪老头的收入却日见丰厚。

陈天纵曾经对洪老头的药品做过成分和成本分析。其成分无非是些活血化瘀的草本植物，其成本中最大的，也就是一毛三分一钱的“藏红花”。整合下来，洪老头月进二百元。而当时谭父以九级少将之尊，月入也不过这个数。

洪老头一有钱，做派就变了：原来打七分钱一两的散白酒、抽“丰收”烟的他，现在也是先瓶装“二锅头”“前门”烟，后“泸州大曲”“牡丹”烟地“派”起来。一九六八年春节，他竟然犒劳自己两瓶“茅台酒”。

两人追随洪老头大约有一年多的样子，就要被“潮流”裹走了。洪老头作恋恋不舍状，说是要送点告别礼给他们。

他的告别礼就是一套春宫画和一本封面是一枝梅花、一个瓶子、一个美女的古书。

两个少年看得不禁面红心跳。

洪老头不以为然地教训道：“是人就会干这个。有什么好脸红的？”

谭幼军用透明纸将春宫图拓了下来。陈天纵则更注重那本书。他认为书胜过图像，因为它能描写表面下的东西。多年后，他方知这专事宣淫的书是《金瓶梅》色情段落之集成。

大规模的插队，很快使洪老头的生源枯竭，瓦解了他的好日子。

三年后，返京探亲的两人相约去看洪老头。他们到达“洪府”时——洪老头从来称自家为“洪府”，其实不过是两南一东的三间砖房而已——它已被夷为平地。问很远处的邻居，说是战备防空洞打“洪府”底下过，后来下了场大雨，一溜儿房都塌了。问洪老头人怎么样，却没人说得上来。

陈天纵击出最后一杆后，若有所思地说：“你刚才是问洪老头现在活着会干什么吗？”

谭幼军看了他一眼。

“他肯定在卖药。”陈天纵说。

“我现在有一桩和卖药差不多的买卖。”谭幼军把球具收拾到电瓶车上，并让陈天纵上。

陈天纵则宁愿徒步：“糟糕的交易打扮成机会后，才会来敲门。”他主政以来，谭幼军试图与他合作的生意极多，但他只认可了其中少数几笔。总的核算，浩然多少也有些进账。可据负责此项工作的人说，“君联”赚得非常多。当时他反驳说是：“别管人家赚多少，咱们赚了就行。”

“绝对的好买卖。”谭幼军控制车速，与陈天纵平行。

陈天纵笑而不语。他谭幼军是个信息广、善计划却缺乏实干能力的人。某次谭专门找到南京，对正在那儿公干的他说，已经把北京111、103、105路电车总站的地皮搞到手了。他根本不相信：车站卖了，电车上哪儿停去？谭幼军开始解释："并不是真的买下，而是利用它们的地方，在上面盖一幢三十层的大楼。一楼不要，照样当它的总站，然后分给公交公司十层就行了。现在我只需要资金的支持。"

这个主意被写入脑海后，一直在盘旋。陈天纵一回北京，就派浩然调查部的人去做可行性研究。十多个人干了一个月后，基本同意投资。

可就在陈天纵准备邀谭幼军签署合作协议，路过"111"总站时，发现那里已经动工。他马上派员去打听，根本就没有"君联"的份儿。

后来他就此事质询过谭幼军。谭幼军口气轻松地回答："商场如战场。这就叫'中原逐鹿'，鹿绝对只会死在'捷足者手'。谁叫你犹豫来的！"

从客观分析，陈天纵绝对不相信这是他犹豫的结果：上亿的投资，不是买白菜，当下就能成交。调查研究、筹措资金等不用说，光是把若干家单位集合起来，做法律文书，一两个月也完不了。

不过他认为这些都是谭幼军用道听途说，显示自己力量的"孩子气"的做法。他愿意相信谭幼军。毕竟是在毫无利害关系的少年时代建立起来的友谊。

"本人准备在香港成立一个生物制品公司。我可以很负责任地说，生物技术就是到下个世纪中叶，也肯定是最时髦的产业。"

"留着到吃饭时说。"陈天纵看见一位顶多二十五六岁的女士，挥舞着纱巾如小鹿一般向他们奔来，"'翩翩一骑来者谁？'。你的'童养媳'吧？"

"你的语言真是越来越贫乏了。"谭幼军笑着说，"我们结婚已经一年多了。"

"对你来说，这确实可算是'金婚'了。"谭幼军更换婚姻伴侣的速度大于他更换汽车的速度，这在商场上已是人人皆知。

"达令！""童养媳"作拥抱谭幼军状。

谭幼军赶紧制止后，向陈天纵用中文介绍完她的身份后，改用英文补充道："这是我的'战利品'。"

“谁是谁的‘战利品’？”陈天纵眯缝着眼睛打量着眼前这位通体法国名牌、“夏奈尔”香味四溢的女人，用英文反问，“你是不是把主谓语给用反了？”

“你们又在讲英文。”“童养媳”无疑极善用身体语言，说时辅之许多动作，“打仗还要用语法？”

陈天纵从她一知半解的英文程度估计她不是大学没读完，就是在某个“野鸡”大学混了张文凭。不过我要是有此等白皙皮肤、深合美学原理的脸和身材，也不会在“寒窗”内受“十年苦”。他想。

北京像关鉴岳父这个级别的官员确实多如牛毛。一个部就有上百个局级干部，这还不算享受局级待遇的。而部级单位起码有上百个。建国五十年，最少也更换了三批。这也就是说，有数万之众。这还没把有自己独立医疗体系的军队算上。

就是因为数量关系，关鉴的岳父只能住电力总医院的高干病房。

任何单位在主业之外办医院，绝少成功者。主官的注意力不在此，是原因之一。之二是这些单位，原来不过是机关的医务室之类的，顶多治些头痛脑热类不治也能自愈的病。后来因为机构膨胀，个人的职务、职称等需求，渐渐演变成大医院的。

关鉴听说，这里最高职衔者，乃院长也：他被煤炭医学院授予名誉硕士——煤炭医学院有一个校办药厂，它出什么，院长就要什么，可惜的是煤炭医学院没有博士学位授予权，若有，肯定会给他一个。

关鉴曾和太太开玩笑说：“我的汽车要坏了，肯定不敢找一个‘名誉修理工’来修。”

当然，癌症是看不好的病。但看不好不等于不好好看。而这里的医生、护士一副买卖人派，别说“小费”不给，就是给得慢了，都立刻会体现出来。

这些关鉴都能忍受：看病从来就是花钱的事。他无法忍受的事情有二。

一是卫生间紧靠马桶边，有一张硕大无朋的洗面台。医院不是宾馆，谁在这儿化妆？他起初只是不满意，但到岳父解手需要人时，他就觉出不便来：身体体积如他，一个人出恭，因洗面台的面积问题，都侧着身，更甭提一个人伺候一个人了。他几次提出让岳父使用便盆，可一辈子享受尊严的老人家根本不肯。所以他只好站在浴缸里给岳父擦拭。这肯定是哪个王八蛋在装修医院时，为了扩大工程量，好提高回扣的份额而做出的设计。他每干一次，都狠狠咒骂一回。

二是一次因为值班医生脱岗，岳父竟一夜没用上止痛药。谁都知道，对晚期癌症病人来说，止痛药远比饭重要。他质问那位值班医生为何如此不人道时，该医生反问："人道？我从来就没听说过这个词儿！"

有鉴于此，他终于抹下脸来求刘心之帮忙换一个能让岳父"尊严地走完最后一程"的医院。

刘心之很爽快地就答应了，并责怪他为什么不早说，随之一个电话就把事办了。当关鉴说感谢话时，他笑着说："广义地说，您岳父就是我岳父。"

"我根本就没听出你这话有占便宜的成分。"关鉴扭头看着病房墙壁上张贴的"第一，查出趋势，保证首长健康；第二，消除病变，确保首长安全；第三，尽量减少首长痛苦"的医护守则说道，"这是我见过的最切合实际的规则。"

刘心之看表后告别："至于费用问题，我想办法给你们免多少算多少。"

关鉴说这就不用操心了。

"真的不操心，能花你们个倾家荡产：这里有世界上最好的瑞士药，其价格是物价最昂贵的纽约的一倍，而且几乎全部在《药典》之外。"刘心之知道关鉴的岳父早已离休，而离休的干部，是不能出《药典》规定范围的，"而且有这些东西，会大大地延长病人的生命长度。"

"能延多长算多长。就是倾家荡产也在所不惜。"关鉴真心地说。

"姐夫，这些东西怎么用？"

关鉴刚送刘心之回来，小舅子的太太就指着卫生间的全套日本设备问。

这设备都是装在四星级以上的饭店里的，许多他也没见过。但他还是根据管道的走向、下级设备，大概地给她讲了一番。

她边听边实践,很快就掌握了。

“看来弟妹是个聪明人。”他太太以及大姨子等,当面叫她用“嘿”,背后则称其为“窑姐儿”。他自然不会干预——美国开国总统华盛顿遗言云:不要干预欧洲事务。因为欧洲的国家,小且多不说,还有太多的历史渊源和仇恨,即使结盟,也一日三变——但却人前人后都始终称她为弟妹。

弟妹微微一笑,脸有些红。这是她进这个家的门后,唯一听到的表扬话。

但问到马桶的冲淋设备时,关鉴说这事归他,无须她操心。日本的富强,表现在所有的方面:方便完后不用纸而用水,这绝对符合东方文化“水为净”的原理。

“你教给我,我就会。我爷爷在床上瘫了四年,别说拉屎,就是洗澡也是我一个人。”

从弟妹给岳父换衣服、换床单、喂饭、喂药等,他就看出此言不虚。尤其是岳父稍有不适,她立刻能捕捉到。这种“眼里有活”的本事,说是天赋,也许是夸大,但也必须要生在穷苦人家,并在少年时方能养成。

“那时你多大?”

弟妹说只有十岁。

“你为什么不上学?”

“一个农村的女孩子,上学干什么?”

这质朴的回答,不禁让他心头一酸。

八

谭幼军说吃腻了鱼虾，不肯在俱乐部的餐厅就餐，非驱车十公里，到了一家名曰“稻荷山庄”的饭店。

要说“稻荷山庄”，离机场路不过几公里，但硬是被它营造出一个田野格局的“伪环境”来。

一进屋，谭幼军就大声嚷嚷吃“地羊肉”。

谭太太小声地问陈天纵，什么是地羊肉。

“地羊是狗的学名。”陈天纵回答的声音也不大。

谭太太被描绘出来的樱桃小口一斜，没再说话。

陈天纵看出谭太太的苦衷，就提议来点别的。

“‘今冬吃狗补，明春打老虎’，‘狗肉滚三滚，神仙站不稳’。”谭幼军脱口就是两句俗言。

“现在不还不到冬天吗？”谭太太娇声说。

“我这是泛指。”谭幼军有些不耐烦，“再说越高级的动物，就越分不清季节。比方狗到了发情期，阴部就发红，并伴有特殊的味道，可人就没有明显的标志。你知道为什么吗？”他质问太太。

陈天纵赶紧接话：“别说她，就是博古通今的陈总，也不知道为什么。”

“这是女人的一个阴谋，源自穴居时期。那时是群交，将排卵期隐蔽起来，使得任何一个与之性交的男人，都以为她所怀的孩子是自己的，这样她就可以获得最丰富的营养，在哺育孩子时，也可获得各方的帮助。”谭幼军越说越得意。

陈天纵不习惯当着女士讨论性，就将话题扭到“狗”上。

说到狗，谭幼军简直是滔滔不绝。什么“一黄、二黑、三花、四白”，什么“小狗补肾、中狗补血、老狗去风湿”，什么“江苏的龟汁狗肉，广州的狗肉煲，广西的脆皮狗，湖南的狗肉火锅，安徽的卤狗肉，五香狗肉”等等，不一而足。

陈天纵好不容易才插入，讲了个故事：“某日有人给我们送去一只动物。我太太打电话让我快回，说她不会收拾。我让她给我形容。她说：‘这东西没有头，也没有皮，比羊大，但肯定不是猪。’我听后说：‘该不是麒麟吧？’等赶回去一看，便说：‘这他妈的不是狗吗？你怎么连这个也不认识？’说得她不好意思起来。等我做好之后，任满家肉香，就是不吃。”

谭太太见缝插针，赶紧说她也不喜欢吃狗肉。

谭幼军于是又点了猪蹄。

根据“谁做东，谁负责”的原理，陈天纵只好由他去了。

猪蹄一上桌，谭幼军三下五除二就将其“分析”了。

“‘庖丁解牛’该更名‘谭公解猪’才是。”陈天纵笑道。

谭幼军先从理论上阐明，猪蹄和熊掌差不多，因为都是胶质一类。然后，他先给陈天纵，再给太太，说：“男的吃了壮阳，女的吃了美容。”

陈天纵出于礼貌，动了一下：“这话听上去像医嘱。”

“粤人最喜这东西，所以尊称它为‘猪手’。”

“只吃前蹄？”陈天纵对食文化造诣不深，凑趣而已。

谭幼军再次强调“尊称”后说：“我到斐济，听那里一个食人族的后裔说，人体之部位肉，属手部好吃，每斩回，必要献给酋长。他还说，美国人要比英国人好吃。”

陈天纵根本不相信他到过斐济，这话题听上去也不舒服，就没接茬。

“你也吃点。”谭幼军转对太太说，“美人都吃这个。《金瓶梅》中的潘金莲，就最喜欢吃蒜泥蘸这个。”

谭太太一副“沉默是金”的样子，来回移动着食物，并不吃。

谭幼军将太太盘中猪手回收后，判断自己的话，超越了太太的知识范围了。

“谁会不知道潘金莲？”谭太太将杏眼睁圆，“没看过《金瓶梅》，还没看过VCD？”

正在这时，狗肉锅上来。谭幼军率先猛吃了一气后，才腾出空间陈天纵是否听说过“PCR”。

“没涮的东西就涮我？”陈天纵反问。

谭幼军不无得意地说：“我猜你也不知道。”

“PCR是聚合酶链式反应的简称，也是当代生物技术史上最伟大的发明之一。它极大地扩展了遗传物质鉴定与操作的可能性。此技术有助于鉴定某一特定的DNA片断，因为它能在短时间内精确地复制成百万的该片断。总而言之，它比克隆技术要伟大，因为它不受限于活的生物体。”陈天纵居高临下地看着谭幼军，“行了吧？”

“看来你在吃喝玩乐之外，也读了一些书。”谭幼军大大咧咧地抹了抹嘴，“目前在香港有一家研究这玩意儿的公司被我收购了。”

陈天纵认为根本不可能：一则香港不会有研究这种费钱且短期内无实效项目的公司，再者即使有，谭幼军买了也没用，除非他有钱没地方花了。

谭幼军说他之所以买，是因为这家公司的科学家研究出一种名叫“聪明基因”的药物，很有商业前途。

陈天纵不相信在香港这个出明星和大亨的地方，还会有科学发明。

“伟大的发明，往往很简单，不一定非得要像你一样，出身于洋学堂的正经学者不可。‘伟哥’的发明就是一个好例子。不过那东西喝了酒吃就不起作用了。”

陈天纵问他是如何知道的。

“毛主席说得好：最聪明的是有实践经验的战士。咱试了也不是一次两次了。”谭幼军说话是毫无忌讳的，“说真的，咱们合伙干吧？”

陈天纵从取乐出发，让谭幼军仔细讲一下。在经济圈中高层运行的人，往往需要自大、偏执、妄想这些品质来支持。他们的人际距离，须比常人提高两倍，而所接触的人之品质，则起码要降低两个数量级，友谊如黄金一般的罕见，寂寞则如现代污染，几乎无所不在。很多时候，陈天纵甚至已忘记自己还是“人”。故他极需与一些相互“不设防”的人交流。

谭幼军说“聪明基因”是一种被改造的基因，乃“NMDA 神经末梢”的一部分。这种神经末梢存在于神经细胞膜中，充当一种生物天线，以接收来自其他细胞的信号。它有多种次单位，其中之一为 NR2B 次单位，包括人类在内的哺乳动物都有，它引导产生一种神经蛋白质，这种蛋白质有助于头脑的联想能力，可辨别两种东西之间的关系。

“让‘花脸’唱‘小生’，实在是为难你了。”陈天纵听出谭幼军这话是“备”出来的。

“反正 NR2B 次单位常见于小动物中，NR2A 次单位常见于老动物中，这就是小孩比老头更容易学会东西的原因。说白了，我这‘聪明基因’，能提升 NR2B 的功能。”

“你是不是就吃了‘聪明基因’？”

谭幼军不加理睬，继续自己的话题：“这药对因年龄关系而产生的记忆力减退和老年性痴呆都大大的有好处，里根总统就一直在服用这药。”

“我大学时遇到过一位高数老师，他教学效果之差，差到能把你原来已建立起的一个挺好的概念给讲没了。”陈天纵认为谭幼军已超过了分给他的谈话“配额”，“不管做事还是吹牛，逻辑都是第一位的：要么是此药刚研制成功，要么是里根总统‘一直’在服用它，反正这两个结论中，必有一个是错的。”

谭幼军最不喜欢的就是陈天纵这种居高临下的态度，可因想拉他“入伙”，不得不屈尊作笑道：“任何一个公司都要做广告，而广告的本质就是夸张。总而言之一句话：你加入不加入我的事业？”

谭幼军认为领导一个公司，总是需要新的思路、新的炒作题材。这些思路和题材,有时来自于实践,被理论家给提升,有的则来自理论家的空想。而这种“空想”如果有资金的支持,就有可能变成现实。再退一万步说,即使变不成现实,资金总是留下了,而资金就是公司的血液。

“非常感谢你开的生物课。”陈天纵端起酒杯,象征性地敬了一下,“至于加入问题,是要和公司董事们商量的。”

谭幼军说他平生最腻味的就是官僚语言,因为它们最乏味、最没信息。然后他正视陈天纵说:“你要是真的把董事会当回事,他们也就不会对你有如此之大的意见了。”

陈天纵的警惕基因立刻被动员,问此话之由来。

谭幼军欲言又止,最后说是“姑妄言之”。

陈天纵却追根寻源。浩然的今天,是他苦心经营的结果,他不能允许它的运行中出现一点问题。

谭幼军作被“挤压”后的无奈状,吞吞吐吐地问:“你的前任是不是叫米金?”

陈天纵惊讶他从何得知。

“从知处知。”谭幼军用带禅味儿的话搪塞,“他好像要重新工作了。”

“他从来就在工作,一直就是我们公司的副董事长。”陈天纵提起的心,稍微放了放。

“你又开始假了不是? 咱们都是玩公司的,副董事长是什么货色,谁又不是不知道。我告诉你,他已经从二线到了一线,不再务虚,要做具体的工作了。”

陈天纵被这真正的“内幕”惊动了。他马上联系到日前副董事长李颖明那个语焉不详的电话,此次通话,无明确的信息,但传达给他一种不祥的感觉。事后经过品味,他打算落实,可李却被派到欧洲考察去了。“莫非后院真的要起火?”他自言自语道。

“不是‘后院起火’,而是‘天庭震怒’。”找到一个教训陈天纵的机会,谭幼军很高兴,“表面看去,你在公司令行禁止、前呼后拥,但实际上你仍然是浩然的一个高级打工崽。和高级妓女仍然是妓女而不是明星一样,高级打工仔也还是打工仔,公司是人家的。”

“浩然是股份制公司,它是大众的,非私人领地。”许多有用的信息在陈天纵脑海中被检索出后汇编:他与辛哲光之间的电话,原属热线,一要即通,而现在则起码“复叫”;金元善上次要求“机顶盒生产线”项目未果后,再不见踪迹,而根据他的性格分析,该死缠滥打才对,想来是另辟蹊径了;另外,有人看见米金在总部出现。

“大众极抽象,而董事长则很具体。”谭幼军觉得抓住了陈之要害,“一个模糊抽象的东西,在高明的应用者手里就会明确具体起来。‘玩人’是辛哲光的终生职业,用洪老头的话讲:他什么鸟没玩过? 你小看他了。”

“你还认识辛董事长?”

谭幼军点头。

陈天纵问为何从未听他提及。

谭幼军强调自己根本就没有汇报的义务。并说陈如果想索取有用的信息,必须设问才是。

“认真检讨,本人自觉并无对辛不起的地方。”陈天纵积多年谈判之经验,知道“设问”的结果,往往不理想,而“自问”式,则会“诱”出些东西来。

谭幼军也是“道”中人,不会简单:倘若把“路径”全部披露的话,自己就会被“短路”,价值也就荡然无存了。领导经常这样指示下级:某事要“经过我”,某事“搞清楚后,向我汇报”……所有这一切,均不过是扼守“路径”而已。微软什么都卖,就是不卖“元程序”。“元程序”是什么? 就是基本“路径”。所以他“王顾左右而言他”。

陈天纵知道该应用人际交往最基本之方式——与之“交换”了。“你刚才说的 PCR 技术,我本人是有一定兴趣的。”浩然公司在他不是“玩票”,是他的一切,为此他是能牺牲部分的。

谭幼军说自己和米金很熟悉——这是条陈天纵根本不能用的“路径”。

“你们怎么会熟悉?”陈天纵并不需要“路径”,他要的是消息。

“认识可上溯到‘文革’时期。”谭幼军信口开河,“真正熟悉,是在他被你干掉后,地点是香港。”

陈天纵认为不存在“干掉”问题,不过是公司人事的正常变动。

谭幼军不搭他的碴,瞟了一眼,见太太正在盯着大屏幕彩电,看某个国家的时装表演:“某次,我将一位以献身宗教一般的热情,献身于色情业的TROSTITATE介绍给他,遂成莫逆。”

谭幼军英文虽不地道,陈天纵还是听懂是妓女。他认为这过于简单了。

“你不入花丛,不知其中奥秘。此TROSTITATE无论桌上、床上,功夫都着实了得。再说,我将其割爱于他,绝对是‘宝剑赠英雄’,惺惺相惜。一位官员曾对我讲:一起喝次酒,顶一起开十次会。以此类推,我和米先生的关系,几乎相当于‘连襟’。”

陈天纵情绪虽不佳,却仍被这些不伦不类的比喻逗笑了:“你觉得我在浩然总裁这个位置好,还是你‘连襟’在这个位置上好?”

“咱们是兄弟,‘连襟’不过是姻亲。血浓于水嘛!不过,”谭幼军眼睛看着太太说,“实践是检验真理的唯一标准。”

“浩然公司原则上同意参加PCR项目。”陈天纵开出“底价”。若在平常,浩然属意的任何项目,即使只有区区数十万元,他也要派人细致考察。他经常教导公司干部:“搬家之前,最好的办法,就是做出新居草图,然后在草图上作业:纸上谈兵,要比实际调动省事得多。”但此刻他顾不上那么多了:对人还是对单位,生存永远是第一。

谭幼军不慌不忙地将那家香港生物技术公司命名为“P公司”后,才开始叙述。

他的叙述,如同作家写历史小说,素材不过是几件,若有“接”不上的地方,就“创作”。至于人物、场景、语言,“姑妄言之”的就更多了。用模糊法计算,他关于“以米换陈”的故事,杜撰的成分大约是百分之七十。比方说辛哲光在广州某度假村召开了秘密会议,在会上定了分几步“换将”的方案,还说米金听到消息后,如何欣喜若狂,大宴宾客,又说金元善给这次活动提供了多少物质支持……

陈天纵根据经验,有效地滤去“杂音”,还原“信号”。就在谭之“故事”结束之时,他已得出“辛一米联合体,欲从伏羲计划入手,逐步侵消他的权力”的结论。

接着他推论道:辛、米之流的计划不能成立。其理由有二:一是他本人的品质无懈可击;二是公司在他的领导下,创造了有史以来最好的业绩;最后一点,也是他认为最重要的,就是他有自己的干部。

谭幼军却认为对“大人物”来说,道德、人品永远是次要的:“林副统帅说:大人物,言不必信,行不必果。也就是说,可以出尔反尔,说了不算,算了不说。道德,是用来约束一般人的。”至于业绩,他认为更扯淡,“黄河的水量逐年减少,已成季节河。可沿河省份,却总说自己‘小流域治理’、‘科学用水’,一年比一年搞得好。一切都不过是一种‘说法’。关键是‘谁说’和‘说谁’。”关于最后一条,他更是旁征博引,进行有力抨击,“太平天国虽被湘军给平了,但从此开‘兵为将有’之恶例,这也正是清朝倒霉的主要原因。清朝完蛋以后,军阀割据多少年,均乃此流毒所致。故而历代领导都非常注意汲取此教训。毛主席在晚年,动议调换八大军区的司令员,就是这个原因。再者说,湘军将领是自己筹款养军队,归他所有,也说得过去,而浩然从理论上和实际上都不是你的。”

对谭之分析,陈天纵还是听得进去的。谭为将门之后,喜读军事历史。办公室书柜中,大部分是《二次大战史》《湘军志》《泰晤士军事地图集》一类的书籍。商业、科学之类的,点缀而已。

“当家三年狗还嫌。董事们喜欢换总经理、总裁,就像男人喜欢换情人一样,永远乐此不疲。再往深里说,现在的人,绝对实用,绝对‘有奶就是娘’。您和您的干部们,既不像解放前的革命者一样,被理想所集合,也不像美国的民主党、共和党一样,被‘政治任命’之类利益所联结,全他妈妈的是打工仔,给谁干也是干。以前的女人,爱说:‘嫁鸡随鸡,嫁狗随狗’,而现在的女人都说:‘嫁谁还不是大米白面?’”

陈天纵确实已被说动,可他嘴上不承认,说自己总有些“铁杆”。

谭幼军惊讶他的冥顽不化:“辛哲光忌讳的也正是这一点。你好好想想,他什么权都给你,可就是不让你当董事,因为只有这样,他才可以在董事会上从容‘研究’你,并在你尾大不掉之时,轻而易举地拿掉你。”

陈天纵确有些慌了。但他随即用“每逢大事有静气”来鼓励自己,保持着表面上的雍容。

谭幼军的感觉很好:在商场上能混出名堂来的人,未必要智商高,但一定要感觉好。要“金风未动蝉先觉”。市场对先知先觉者的回报是最丰厚的。他认为已看破陈天纵的心思,于是他将计划的纲要说出:“你我合作,以 P 公司为平台,收购浩然也罢,掏空它也罢,反正要把它归为己有,好予取予求。”

这显然与浩然投资“P 公司”非同质问题,而且是陈天纵从未考虑过的问题。“棋圣”聂卫平说过:在棋不知道该如何走时,就先放一放,走会走的棋。于是他强调个人消费在他不重要,也不成问题。

“算了吧!”谭幼军给他斟酒。“莫非你现在还能离开你的‘卡迪拉克’、你的顶层公寓、你的金卡、你的随从?这些东西就像你的腿和手一样,已成了你的一部分。可又没一样真的是你的。如果人家把你干掉了,你就会像《肉蒲团》中的‘肉蒲团’了。”他举杯强调道:“建立平台,建立自己的王国。”

陈天纵不想仓促承诺或决定什么,于是他夸奖谭幼军“平台”一词用得很准确:计算机世界并非实在的物理空间,而是一个虚拟的空间。它既无大小,也无高矮、重量。“某一平面”自然也不存在。“平台”不过是个比喻,意思是凡是到此的人,都遵守同样的规范——比方都使用同一种编码的汉语——好进行信息处理。

陈天纵认为,他和谭幼军果真上了同一“平台”,在他是降了“格”的。任何经济活动,在谭都不过是个装钱的“罐子”,除此而外,无任何意义。而对他来说,则是要借助这个“舞台”来实现自己的抱负……

谭幼军看不出陈天纵的心理活动,只好根据“集中兵力”的原则,猛攻他认定的核心。“树欲静而风不止。你现在甭说玩‘费危泼赖’,就是趴到地上管他们叫爷爷,他们也不会放过你。一定会‘痛打落水狗’!”

陈天纵认为此刻必须表示“无所谓”,否则谭幼军会把他自己的想象当成信息去发布,那后果将不堪设想。“充其量,米副董事长也就是负责‘伏羲计划’而已,有什么大不了的?”

“以陈伯达为首、江青为副的‘中央文革小组’成立不久,政治局的功能就丧失殆尽。再说,不在乎米金负责的事情的大小,而在于辛哲光,也就是董事会对你的态度。”

陈天纵虽然知道谭之话语,多是从他个人的商业计划出发的,真假都有。但听后仍觉得寒气瘆人。他与谭幼军微微一碰杯,一口喝干。这在他极罕见。

“你要加入,我他妈的保证 PCR 被炒红、炒火!”谭幼军是阅读身体语言的高手。

陈天纵已决定不再继续谈论这他没准备好的问题。于是拿出惯常的口气说:“你总爱用‘他妈的’‘操’之类的下等人用语,这样无疑会影响效果。生物技术又不是股票,炒什么炒?”

谭幼军没想到陈天纵会陡然拐弯,本想反击说:“你这位‘言必称希腊’的‘真马列主义者’现在不也被人搞得岌岌可危吗?”但又怕把陈从他苦心营造出的“虚拟环境”中激出,便避重就轻地说:“‘他妈的’‘操’这些词早已脱离了它们的原始意义,我把它们加入,不过是想使语言生动些罢了。”

“明星也不是股票,不也能炒?”谭太太在先生的目光指令下,适时地插入,并在桌子底下,悄悄地用膝盖碰了碰陈天纵。

陈天纵将膝盖挪开。这一触动,使他明白了谭幼军所有这一切,都像阿波罗登月、诺曼底登陆一样,是经过精心计划的。而他从来都认为经济活动就是经济活动,不应该有别的因素加入,尤其是这种“下三路”的做法。

谭幼军自饮两杯后,进入了酒之“虚拟世界”,用中国味儿的英文,唱起一首美国民歌。歌词反复就是三句:越老越好的威士忌,越年轻越好的女人,越多越好的钱。

看来他这辈子也改不了这副德行了，想干什么就干什么，什么好使就使什么，既无标准，更无顾忌。陈天纵想。

刘心之的“时代超人”悄悄驶入离环岛大厦相隔一条胡同的停车场——在北京，相隔一条胡同，就等于农村相隔十个村庄——然后步行至大厦，从职工进出的小门，乘坐运货电梯到了标有“海联公司总部”字样的九楼303室门前。

他从不认为这谨慎是多余的：在处处陷阱的官场，安全是最昂贵的。

他掏出钥匙插入后，一转一推。门无声地开了。见客厅无人，他大步且无声地走进里屋。开门时，正好见蒋丹青不慌不忙地把电话放回座机。

“一点响动都没，吓了我一大跳。”蒋丹青今年二十七岁，顾名思貌，其人确如古画中之仕女。最独特的就是那种介乎健康与病态之间的白与之细长的眼睛之间的搭配。

“八十年代，日本的东芝公司帮助苏联潜艇研制了消声设备。这下可好，美国的战略指挥的计算机屏幕上，所有的苏联潜舰都不见了。于是只好派出大量的飞机和军舰环球搜索：没什么事比不知道敌人在何方更可怕的了。后来美方得知是东芝所为，立刻对其实行经济制裁。”

刘心之如此说是有典故的：环岛大厦是改革初年建造的，其设备已显陈旧。可它位于闹中取静处，多长期住户，效益颇好，故业主一直不舍得停业改造。这样就带来了一系列问题，门一开，就“吱、吱”作响，便是其中之一。而他则用高级润滑油注满门轴。其目的就是为了可悄悄进入，侦察蒋丹青。

“我也要对你进行制裁。”

“在哪方面？”刘心之把风衣、西装脱下，挂到壁柜里。

“主要在床上。”蒋丹青热烈地吻了刘心之一下。

“我和你们年轻人不一样，”刘心之边换拖鞋边说：“你们就是看见电梯中无人，也想如此这般一番。而到了我这个年纪，真是要到生日之类的大典之际才会想起来。”

“你瞎说！”蒋丹青坐到刘心之的腿上。“你各个方面都特棒。”

刘心之表示即使棒，也不过是回光返照而已。

他和蒋是在五年前的一次商务宴会上经朋友介绍认识的。宴会散后，朋友问他对蒋的感觉如何时，他回答道：“一位漂亮女士。”朋友又问有无“攻克”之意图。他摇头。朋友不解地反问：“既然如此，又何必称赞呢？”他回答：“我在称赞颐和园漂亮、落日漂亮时，一点把它们弄回家的意思都没有。”他一向很有自知之明，懂得在他这个年纪上，倘若被妙龄女士选中，从几率上讲，百分之八十以上，是看上了他地位、金钱之类的“附属物”。有此理论垫底，他认为已森严壁垒。记得某次谭幼军领他穿越时装表演会的后台，去找主持这活动的广告公司总经理时，那些模特正在换装，身上至多“三点”，但他以受阅部队之军姿走过。事后，谭幼军数次心悦诚服地对人说：“我以为刘局长该‘目不暇接’才对，可他却‘目不斜视’。”

过后，蒋丹青曾两次打电话给他，第三次还把 BP 机号奉告。他当时根本就没记录。可一个月后，在他为一件烦心的事，独自开车到郊外，沿着一条落叶缤纷的土路散步时，蒋丹青的 BP 机号码，鬼使神差地浮现出来。他用自动寻呼呼了她一下。

不过一分钟，蒋丹青的回电便来了。而且开口就说：“刘局长怎么想起呼我来了？”

他赶紧用反问来掩盖慌张：“你怎么知道是我？”

蒋丹青单刀直入道：“你的电话我盼望了很久了。”

就这一句话，一下子就将他和蒋的距离拉近了。

很巧的是，蒋丹青就在离他不远的地方。结果他们一起去了密云水库的“燕巢”度假村。

次日他将蒋丹青送走后，心中懊悔加不舍兼而有之。

之后的一个月内，他没再和蒋丹青联系过，蒋也没找过他。

彷徨中的他，专门就此事咨询谭幼军。当然，他不会直说，而是将问题抽象成理论,并套在一位朋友身上。“要件”具备后,他设问道:“此人年纪和咱们差不多,是否应该‘不远而复’,以免坠入陷阱?”

谭幼军不屑地说:“哪有那么多的陷阱?就是陷阱也没什么。”接着他讲了一个据称是真实的故事:“某地下工作者被捕后,敌人百般拷打,却无任何收获,于是给他使上‘美人计’了。多年后,他得意地对人说:‘美人我享用了,计却没中’。”

他又问此位女士是否仅看中“朋友”的地位。

谭幼军极其直白回答:“所有看上我的女人,都是看上了我的钱。我身上,也只有这东西超过一般水平。”

他又向谭幼军请教具体的方案。

谭幼军笑道:“小说《播火记》中,一位赋闲在家的老将军对人说:‘高蠡起义之前,贾湘农和朱老忠曾经来找过我,请教战略和战术问题。可他们又不肯提供具体的情况,结果双方都不得要领。’”

《播火记》《红旗谱》和《林海雪原》一样,都是刘心之这代人读熟的小说。他懂了谭幼军的意思,不再问了。

再度相逢后,两人在“互动”中,渐入和谐之佳境。

蒋丹青自称北京人,并说在军队大院中长大、毕业于暨南大学中文系。

刘心之是绝对的怀疑论者,就军队的有关问题,一小节、一小节地“审计”蒋丹青。蒋之回答也差强人意。有些不清楚处,她则以“当时年纪小”和“我搞不清”作答。他知道女人确实搞不清好多军队的事,他母亲就是一好例:战史工作人员就著名的“黄崖洞”战役来访问她时,她连当时父亲的职务都说不清。一会儿副连长,一会儿团长。当他让母亲好好想想时,老人家不耐烦地说:“副连长和团长能有多大区别?事说清了就行了。”

可他总觉得蒋丹青不像是“大院”中人。起码语言上就不怎么像。比方刚才她用的“响动”之类的胡同语和浓重的“儿”话音。

至于她的学历,他曾通过工作渠道,向暨南大学中文系查询过。结果确有

“蒋丹青”其人注册。可他仍感觉她的知识深度和广度都不够。但他又不能说出“中文系”学生应该有什么样的水平。如果她说她是数学系或电子系的学生,那只要问问她“费马大定理”或“奈库斯特定理”就行了。

最后,他还是说服了自己。“有些事,大臣还是不知道的好。”这是著名英国小说《是,大臣》中,常务次官对大臣说的名言。什么都知道,不是好事情。找情人,又不是找老婆、选干部。

蒋丹青从来不向他提要求。“海联公司”是他主动给她开办的。当时她说不用。但他仍坚持。“金屋藏娇、金屋藏娇的,金屋咱们没有,预制板的房子还是要有一间的。”

他这样做的原因有二:钱他确实有一些,但那五六十万,属“养老金”。不能动,也没法动:它生长在阳光下,太太和孩子都知道。

其二是如果没有一个载体,“藏娇”的费用无法支付不说,蒋丹青还要“满世界”寻找。而世界则是弱肉强食的丛林,谁知道哪天,她就会一去不复返。再度寻找“知音”,又将带来很大的费用。

公司开始时,就像在母亲温暖的子宫中的婴儿,成长非常顺利——前工商局局长、现经济调查局副局长办公司,不可能不顺利。

当财富积聚到一定规模后,“婴儿”终于破腹而出了:某日蒋丹青说她自己找到一笔生意。

当时他并不是很在意:小姑娘能找到什么样的生意呢?无非是盈利数千元的“小菜”。

当蒋丹青说是代理德国“喜乐宝”软糖时,他马上警觉起来:“我在工商局时,赵永江曾经代理过‘喜乐宝’,可因为这糖太贵,不了了之。”他想从出口处阻塞她,但说的也是实情:“喜乐宝”是软糖中的名牌,在欧洲很畅销。它有点类似口香糖,但能咽下去不说,还不会粘在地上,不好清理。“八十块钱一斤,超过了中国人的消费水平。”

蒋丹青却认为是“此一时,彼一时”也。

他没再反对，而是通过天津海关的关系，将糖扣住，一直到保质期将结束时才放行。

在这笔买卖中，“海联”的积累损失将近一半。但他却认为“值”：你若想控制住一个人，最好的办法就是不让她“长大”。

蒋丹青咬紧牙关，挣扎着又做了几笔“费用”大过“利润”的生意后，终于回到了他的羽翼下。“哪是做生意啊！整个一个玩权。我尽遇到些像你这样的官儿，他们钱想要，人也想要。”她狠狠地说：“老娘不干了还不行？”

但没人能限制“孩子”往大长，刘心之也明白他所做的顶多是让它长得慢一些，多维持一阶段的“平衡”。

但事情有它自己的规律：海联的发展出人意料的顺利，很快资产就超过了二百万。

资金超过一定的规模，挣起钱来就变得很容易。与此同时，刘心之也如吸毒一样上了钱“瘾”，用他的话讲：在法律范围内，把可用的关系用足。要“花开堪折直须折，莫待无花空折枝。”

当然，他不会忘记“控制”：公司的规模大小属次要。关键要看是“谁”的公司。用时髦话说，产权要清晰。他先是将原来的一个部下调来管理财务，并充当公司法人——他不能自己当，也不能让蒋丹青当。如果让她当，不用多长时间，她就会产生“合伙人”的思想，并逐渐失控。

一年半后，他感觉到部下和蒋丹青的关系有些不正常——一切仅仅是感觉，半点明确的证据都没有。所以他在是否“换将”的问题上犹豫起来。没主意之际，他又将此问题抽象后请教谭幼军。谭的回答很简单：“‘用人不疑，疑人不用。’三条腿的蛤蟆不好找，两条腿的人有的是。换一个不全结了？”他想寻找一些反面的论据，便说根据他的了解，部下是个可靠的人。谭说：“他以前也许很可靠，但他和她天天在一起上班，累计相处时间，比她和她丈夫还要长。量变引起质变。”其实他已经知道刘心之和蒋丹青的关系，不愿意捅破罢了。

被谭说服的他，将自己的表弟从河南“调”来，充当法人。一年后，又换成另外一位堂哥。吐故纳新，是维持平衡最好的办法。

聪明的蒋丹青看出了刘心之的不信任，但一声也没吭。照样履行她的“管理”职能，不同的是她将个人开支的比例大大地提高了。

刘心之对此不但没限制，反而感到欣慰。一位“养”着若干位质量颇高的情人的老手曾经对他说：“不要给她们钱、房子这些浮财、不动产，但要鼓励她们消费。久而久之，她们就会习惯这种必须靠你才能维持的生活。最后，她们甚至怕你不再提供动力。”

“我想买一样东西。”蒋丹青在例行的温存前说。

刘心之知道这必是“大东西”无疑：他对她的授权上限是一千元，超过这数，要事先请示。某次她买了一套八千元的西装，不请示而采用分期付款的方法。但很快就被他识破。他念她是“初犯”，只是轻说两句。但三个月后，她又故技重演。于是他将信用卡的对账单放在一个纸夹子内，半开玩笑地给她讲起京剧“野猪林”来。“两个差官一路走，一路打林冲。最后林冲终于忍不住了，一把将差官的水火棒夺下，唱道：二差官做事太欺人，八十万禁军教头忍无可忍。然后一棒横扫，将两人打翻在地。”说完他将单据排开。“本局长多年来一直做的经济工作，多花的账都见过。”

“现在有谁还听京剧啊！”蒋丹青避重就轻。

刘心之将信息传达完毕，并明确知道对方已收到，便“得饶人处且饶人”，不再讨论这个问题。“穿牛仔裤、听流行歌、看通俗小说的人，是永远进不了上流社会的。虽然她是从一所还算著名的大学毕业的。”

此刻的他已经知道蒋丹青非暨南大学学生。不过，暨大中文系确实有一位名叫蒋丹青的。在他的要求下，广东调查分局的同事将此位蒋丹青的相片传来，一放大对照，就昭然若揭了。当然，他只是把这件“证据”放在心里。

“如果你管五州俱乐部那帮人叫‘上流社会’的话，我永远不想进。‘全封闭俱乐部？’”蒋丹青重重地“哼”了一声。“被封住、捂住的东西最后都要烂掉。”

谁也不愿意有人诽谤他所处的阶级。刘心之语带讥讽地说：“真正的暨大学生不应该说‘全封闭’。‘五州’只是对下等人封闭。再说,没有什么东西是真正的‘全封闭’的。另外,也不该使用‘被封住、捂住’‘烂掉’之类的北京俗话。而应该说:不能呼吸、交流的物质最终要腐败。”

蒋丹青肯定是位“识时务”的女人,立刻张开樱桃小口,莺声燕语道:“我要是能说您那么标准的话,那我就不是学士,而是硕士了。”

柔绝对能克刚,刘心之顿起怜香惜玉之心,主动问她想买什么东西。

蒋丹青说是一件“小东西”。

“您是说它体积小还是价钱小?”刘心之调侃道。

蒋丹青说是件“体积小,价钱大”的东西,并请他猜。

刘心之今天遇到了一件比较棘手的事,正想放松一下,就胡乱猜起来。

蒋丹青否定了他的“钻戒”“项链”后,刘心之说:“貂皮大衣?”

蒋丹青说比较接近了。

刘心之说他实在是猜不着了。

蒋丹青这才告诉他是“沙图什”。

刘心之不禁一愣。“沙图什”是英文“SHAHTOOTH”的音译。它实际上是一种披肩。几个世纪以来,印度和巴基斯坦人都视其为上等的装饰品和收藏品。母亲在女儿一出生,就开始攒钱,一切平安的话,到女儿出嫁时,可望得到一条。到了十八世纪,“沙图什”在欧洲开始流行,传说拿破仑就送给约瑟芬一条。近些年来,它更成时尚,成了财富和身份的象征。许多中产阶级都向往有一条。

“沙图什”又轻又软,据说把鸽子蛋裹在里面,便可孵化出小鸽子来。把它攥成一缕,又可穿越戒指,故又称“戒指披肩”。

它的原材料构成一直是一个谜。传说中它是由喜马拉雅山羊蹭在灌木、岩石上的毛织就的。而到了一九八五年,美国的野生动物保护者乔治博士才揭开其身世之谜:它是由青藏高原一种稀有动物藏羚羊的毛构成的。偷猎者们在青藏高原猎杀藏羚羊后,取皮抛尸进行粗加工,然后运到尼泊尔,再到克什米尔制成。

"这可是一种昂贵的东西,据说要一盎司、一盎司的计价。它之所以昂贵,是因为藏羚羊少,而藏羚羊少,是因为它像我们人类一样,需要在非圈养、没动物接近时才能性交。"刘心之在转移话题。"沙图什"他只是在北京一位钱多的试图买一颗星星,用自己的名字来命名的"企业家"妻子的脖子上见过。她是个穷奢极欲的人,所养的小狗的脖子上,还戴着条珍珠项链。她将"沙图什"松松地挂在脖子上,不打结,而用枚闪闪的钻石戒指套住,并逢人就报价"一万"。但问她是否人民币时,她不屑地回答:"我什么时候用人民币计过数?当然是美金。"这披肩她一直披到初夏。

"'沙图什'围在脖子上暖和极了。因为它的毛是中空的。"蒋丹青不肯离开主题。

恐怕是你的心里更暖和。刘心之心里虽然这样想,讲出来的却是一个故事:"插队时,冬天干活非常冷。我在军队的哥哥就建议我扎一条皮带,说是最少顶一件绒衣。但逻辑清晰的我立刻反驳道:要是光膀子扎,连件背心都顶不了。哥哥只好进行补充说明:是在棉袄外面。"

蒋丹青手支住刘心之的膝盖,托着下巴在听。

刘心之虽然明白这"女孩听前辈讲故事"状,不无做作,但还是兴趣盎然地讲:"CITES,也就是《濒危野生动植物种国际贸易公约》已将藏羚羊收入,并列入附录一。这就意味着销售和购买藏羚羊是非法的。将被处以十万美元的罚款,或一年的监禁。"

"可有人就在香港的一家珠宝店内见挂着卖。再说,她们要组一个团,到印度去买。"蒋丹青把脸埋在刘心之的双腿中间说。

"我的下级关鉴的儿子是个篮球迷,一次他将单位为球赛发的双中档球鞋送给了他儿子。他儿子一看就认定是双'破球鞋'。他说:在六十年代,谁要有一双这样的球鞋,就是北京城里最风光的人。他儿子反驳道:但这并改变不了这是双破球鞋的事实。他只好说:现在下岗职工,每个月顶多就是两双这球鞋钱。他儿子又说:这我承认,但这仍然是双破球鞋。"刘心之嗅到蒋丹青头发上淡淡的清香。她从来就不做饭,故而从来头发中没有异味儿。“既然绕不过去,你就买吧。多少钱?”“企业家”的太太才买一万的——这其中很可能还有水分——她要的也贵不到哪里去。

“她们说最少也要三万美金。”

刘心之知道她所说的“她们”是谁:这是一群“小太太”或“准姨太太”组成的团伙,经常在一起健身、美容、打麻将。此组织复杂而精致,什么背景的人都有。某次他的一位朋友想找一位他都“够不上”的银行官员,苦于没“途径”,无意中被蒋丹青得知,一个电话打去,两个电话打回,时间、地点都被“敲定”。但他还是忍不住教训道:“不要攀比。那是没有止境的。雷锋同志说得好:工作上要向高标准看齐,生活上要向低标准看齐。再说印度现在正在和巴基斯坦打仗,你们去了弄不好就玩进去了。”

蒋丹青不高兴了。“不给买就算了。啰啰唆唆干什么?”

刘心之将蒋丹青抱到床上,熟练地脱掉她的衣服。依他的经验,恩爱一番,矛盾即使不会解决,起码也会被粉饰。

但蒋丹青一点都不配合,弄得他兴趣索然,没有完成就结束了。

“你要现金还是支票。”淋浴之前,他已经想通:从本质上说,他和蒋之关系属买与卖,该花也只好花。

蒋丹青说要现金。

为表示不满意,他光着身子拿着钥匙到外屋,拉开帘子,准备开瑞士小“柏克”保险箱。他正要开时,蒋丹青跟了过来。他不客气地将帘子拉上。

这个“柏克”保险箱,是他花一千美金,从香港托人买来的。它能够自定十位号码。这里面存有他的外汇现金和一些重要的文件:现金大约价值十万美元,投资和借贷文件,价值则是前者的数倍。

取出钱后,他往蒋丹青面前一摔,径自进浴室去了。

大约十秒钟后,蒋丹青裸体跟进,帮他搓澡按摩后,将他送入高潮。

九

换医院后，关鉴成了“一分钱一分货”的忠实信徒。可岳父的血亲们，却开始为越攒越多且不能报销的医疗费用着急。

医疗费用报销之规范，除去国家的明文外，各单位还有自己“私法”。但它们所遵循的“纲”，就是患者级别高低与权力大小。以镶牙为例，国家规定部级以上(含部级)便可报销——烤瓷牙，一颗一千。满口换下来，就是三万多——可倘若非部级官员手中权力足够，则可用变通的方法报销：吃万元大餐、洗桑拿浴都能报销，遑论区区药费乎。换角度说，职权兼备的人，一旦生病——不管是真病还是“政治病”，只要不是绝症就行——对想租赁权力者来说，正是送礼的好机会，所封“红包”，通常远远高于费用。

关鉴岳父既非部级，又离休多年，“多病故人疏”。额外费用自然无“销”处。费用构成除少量进口药品外，主部是房费。

虽然刘心之打了招呼，病房日费从六百降至四百，可对只能报一百五十元的岳父来说，尚存二百五十元差额，再加其他，一月就是一万。

关鉴太太曾质问护士凭什么比星级酒店的房费还高。护士委婉地告诉她，两者之间没有可比性。

关鉴赞同护士的说法：酒店里没有呼吸机、心脏起搏设备；也没有会打针、导尿、在你躺着时就给你换褥子的服务员；更没有在医学院苦读八年的医生来探视。

太太嗔怪他总是“胳膊肘往外拐”。

关鉴本想说:“胳膊肘从不会自动外拐,除非有外力。全套擒拿术,就是根据这‘反关节’原理设计出来的。”可考虑到太太心境,没说。“别为费用发愁,在老爷子的存款中列支不就行了。”

太太担心老爹的存款不够。

关鉴请她放心。

太太说:“我在老头身边自小到大,从来没见过他钱的影子,你个外人,凭什么做出这判断?”

“经济调查、经济调查,就是评估某自然人、某法人之财产数量和来路。本处长正是这方面的专家。换言之,就算不够,大家分摊一下,也能过去。”关鉴说这话时,想的却是:医生已明确告知他,岳父的生命长度大约还有三个月。医生对许多疾病束手无策——许多病不过是被某些医学专家发现,并给它起了个名字罢了——但在预言疾病的进程方面,却准确得出奇。再者说,岳父天天说没钱,那是针对现在的有钱人而言,十万八万总是有的。

今天是星期一,关鉴正要上班,岳父电令全体子女到医院集中,他有要事宣布。

医院怕外界干扰,病房从不装备电话。可大家为防意外,就凑钱给老爷子买了部手机。

老爷子一机在手,立刻做运筹帷幄的统帅状,来不来就发布命令,让大家都“动”起来。要不就和天南地北的朋友联系,反反复复地回忆那些“陈芝麻烂谷子”。某次,他与那位在延安窑洞里被他打麻将赢了只羊的王书记——此人最终的职务为某省法院院长——就当年的牌局,足足讨论了一个小时。讨论结束后,王书记又将当年延安县妇救会主任的地址告诉了他。他当日就与之联系。在回忆中,大家又想起共同的朋友。于是再联系。就这样,一张网络以几何级数铺开了。电话费自然也随之成几何级数增加。上月一结账,竟然跃上千元大关。

大家不免口出怨言。

关鉴看着这群“伤心处，从此又添，一段新愁”的人说：“让老爷子尊严、开心地走完最后的路，是咱们做事的宗旨。而与老朋友交流则是最开心的。”

可所有的人，都认为这根本称不上是交流。

“我在农村见几个老太太打麻将，这个出五万时，说是三万。那个则管七索叫六饼。这个问：‘二儿媳妇生了没？’那个回答道：‘中午吃的是捞面’。但这依然是人与人之间的交流。”关鉴觉得他倘若不反驳，网络将会被关闭。

人群是最容易被“吆喝”、“导引”的，他一说，众人就没话了。

关鉴夫妻到医院时，其余的人均先行抵达。

老爷子抖动着雪白的眉毛训斥道：“你们，”他停顿了一下——关鉴认为他本想使用“单位”之类的词——“总是姗姗来迟。”

不等关鉴找原因，太太已将话顶回去，“能来就不错了。”

老爷子一笑了之。

关鉴心想：血亲与拟制血亲之差别，正是在这些细微处方能体现完全。血亲指的是有血缘关系的人，而拟制血亲则是法律认定的亲戚关系。比方“养子”“丈夫”“女婿”之类。

老爷子清清嗓子后宣布：“今天的议题只一个。”

说完，他用仍残余许多活力的眼睛扫视大家。等众人目光都聚焦至他处后，方才庄严地说：“主席说得好：人固有一死。我快要死了。”说到这，他一摆手，制止大家纷至沓来的“宽心话”。“中国人、外国人，在死之前，都要立遗嘱。”说到此，他又停住。

关鉴的弟妹自以为不失时机地递上一杯水。

关鉴观察到，除他外，所有“遗嘱”关联人员，均表现出相当的厌恶与仇视。

但弟妹根本不在乎，继续给老爷子调整枕头。

“不要搞得那么高！”关太太一声厉喝后，亲自动手，将枕头调回。“以后再瞎弄，就不用你了！”

关鉴明白，这根本不是枕头问题，而是主权问题。

老爷子用很超然的态度，注视着一切。等都平静后，才道出纲领："遗嘱是件很严肃的事情，不能草率。"

众人频频点头。

"主席发现林彪图谋不轨后，开始南巡；小平同志在'反击右倾翻案风'开始后，也将各省的领导人召集到北京，嘱他们'好自为之'。两位的意思，就是给大家打招呼。今天，我也先给你们打个招呼。回去之后，你们要充分征求各方面意见，然后把想法整理一下，另找个时间汇总后再定。"这段话，老爷子说得有板有眼。

关鉴差一点就笑出来：为什么古诗云"乡音无改鬓毛衰"呢？就是因为"乡音"是最顽固的，甚至越老越顽固。

不见实质性的东西，大家都很失望，弟妹尤其。

下楼途中，太太说："你说老爷子这是干什么？把话一下子说完该多好？"

"希区柯克讲悬念，中国人书说到紧要处，便'且听下回分解'。艺术是这样，控制人是这样，吃饭也是这样：最幸福的就是点菜那会儿。托尔斯泰说，'幸福就在希望和等待之中'。假设你在饭店一下车，若干侍者就端着酒水、凉热菜、主食和一煲汤在门口等着，该多没劲。"这些话被惯性推出后，关鉴自觉不伦不类，正待回收"覆水"，太太突然"哎"的一声，扶着腰就坐到了台阶上。

他赶紧上前往起扶。

脸色煞白的太太摆手。

大约一分钟后，她才慢慢站起来。"不要紧，大概是累着了。"

在所有的专家中，关鉴对经济、心理、哲学这些"软科学"的专家总是心存疑惑。他曾与一位在国际经合组织供职的亚洲问题首席经济学家有过一席谈。此公曾和他同省插队。而插队的人学问都不会太好：做学问如种地，倘若种子下去，因天旱未出苗，等到夏天雨后再补种，顶多种些"六十天还仓"的高粱之类的了。可此公之差，还是令他惊讶：他无思想不说，引用的论据，基本都来自一些《第四帝国的崛起》《第三次浪潮》之类的"准学术"著作。最可鄙的是，他频频提及“克林顿的顾问对我如何说”“科尔对我如何说”之类“死无对证”的话。至于他遇到的某位心理学家就更要命了，谈着谈着，连《易经》《八卦》都端出来了。但对科学家，他却十足尊重：他们同行聚会，不论你来自何国、何种族、何性别、何信仰，都使用同一“话语系统”，当下便能交流。这其中，他最敬重的当数医学家：原子物理、现代数学这些学科，确实高深，可离你太远。而医学则是你想离都离不开的。故而他建议太太现在挂号看一下。

太太说十点有课，以后再查不迟。

要是在平时，关鉴一定会说：“上不上吧，如果你管它叫‘课’的话。”但今天他没了心情：四十之后，便是人的多事之秋。他坚持去挂号。

“我真的有课。你不是也有会吗？”太太看看手表，“明天咱们一起来如何？”关鉴拗不过她，只好目送她侧身挤上公交车。

一进办公室，杜坚就递给他一份文件。“香港的陆金力，又发来有关浩然陈天纵的资料。检察院等部门也转来一些，我把它们拼到一起。但仍然是副骨架。”

关鉴示意放在桌上。

杜坚又拿出份只有一页的文件。“‘君联’在香港又注册了一家生物技术公司，简称‘P 公司’。”

一说到生物技术，关鉴就联想到妻子的“腰”。她从来不是无事也呻吟的娇女子，出声便非小事。这些念头如日暮时分老树上空的昏鸦，一直盘旋不去。他挥挥手，试图赶走它们，但无效。

“您没事吧？”杜坚诧异了。

“你会同外汇管理局，一起监视君联的资金走向。”关鉴低头在文件上批示。

而以后，他草草阅读完有关浩然的资料。口头指示杜坚密切注意。

敏感的杜坚，觉出关鉴情绪的不稳定，就提醒他请示。

“调查局、调查局，它不是检察院批捕、起诉，也不是法院宣判、执行，有蛛丝马迹就可以查。查出问题来就移送，查不出来就算。”

杜坚规矩地坐在关鉴对面,压低声音问:“我听说刘局长和大老板之间有点那个?”

“哪个?”

“不和谐。”杜坚明确道。

“谁是‘大老板’?”关鉴再问。

杜坚知道自己话多了。

“别用公司之类来类比堂堂的国家机关。什么和谐不和谐的!领导之间的关系不是性生活。”关鉴试图用铅笔戳桌面来调节情绪,可这个粗鲁的反馈却使舵更偏。“你堂堂一个硕士,有空打桥牌、下围棋去,别学街道老太太,用闲话消遣。”

杜坚不想再触“霉头”,收拾文件要走。

“你不是怕夹在缝中受气嘛,我给你个明确的文字指示。”关鉴拿起粗笔,在“浩然资料”送审单上批了“全面调查”四个字。

他并不能预料,这个多少有些草率做出的决定,将影响多少人和多少财产的运行轨迹。

独自轻车简从的出门,在陈天纵担任总裁后,还是第一次。可一来他此行是去山西老家寻根,纯属私事——他明白此属“自欺”:高级领导人,尤其是“一把手”,是永恒的立法者,没人去分辨他行为的性质——理由二,也是真正的理由,便是他想测试一下自己的“独立生存能力”。

“独立生存”,对身居高位者是大考验。有故事说,某高级领导人,在“文革”初期,被批斗后,竟找不回自己的家:从西柏坡起,他就有车坐了。另有故事说:某部长级官员,一直让在商业系统工作的儿媳买中华烟。每次每条付款六元整。分家前,儿媳终于忍不住告知已离休的公公:“中华烟从六块钱涨到三十,再到一百、二百、三百,已经十年了。”公公这才恍然大悟。再有故事说,某副省长退休后回老家探亲。老家所在地政府,自然有招待之责。可他偏偏要独自与老友们

“把酒话桑麻”。临走时，他独自乘公共车到县城换乘火车时，事故发生了：他看不过司机欺负一位驼背负麻袋的老农，上前主持正义。结果被一拳打倒，外加一脚踢下车。老省长气得差一点死过去。被抢救过来后，他在县公安局当局长的侄子，先埋怨他为什么不给他打电话要车，后又说：“您真是不食人间烟火：现在什么世道，还主持正义？”这话又把老省长气昏过去。

但这些都是别人的故事，陈天纵自觉位置对他的影响不大。

可一到北京车站，考验就到达了：别的不说，光购票处的人气，便顶得他上不去。上不去也上，遇难则退，不合他的性格。

一小时拼搏后，他终于买到张去太原的坐票。

十分钟后，他被人流拥上了车。

车刚出站，烟雾便如春日黄昏田野之地气一般升腾起来。他想开窗透透气，可空调车是全封闭的。

万般无奈，他只好向对面的人说：“按规定，此类车是不准抽烟的。”

对坐是个至多三十岁的年轻人，抽的是“希尔顿”。“希尔顿”饭店全球闻名，“希尔顿”烟却极呛。“您要是想抽烟，我告诉您一个秘诀：买列车员一包烟就行。”

陈天纵只好苦笑着把风衣领子树起来，以过滤空气。

随着列车停停止止、各色人等的加入，烟雾的成分也渐趋复杂。陈天纵甚至闻到“小兰花”的味道。

裁判一旦违反规矩，所有的人都敢参与破坏，且必定愈演愈烈。不过现在就这样，陈天纵想：法院动用执行庭警力开讨债公司；银行自己贷款给自己的证券公司，让他们炒股票、期货；某位做某市副市长的朋友曾对他说：“本人就是市政府所办公司的总经理。”他当时质询道：“如果美国的法院、司法部都开公司的话，谁来裁判微软‘捆绑销售’的行为是否垄断？”朋友说：“那不是在美国嘛！在中国，政府就是公司，和真正的公司不同的是，它永远不会破产。至多是更换一下‘法人代表’罢了。”

陈天纵最后终于忍不住了，走到两节车厢连接处，享受一下较新鲜的空气。

但他到底是四十多岁了，双腿渐渐不支身体之重量。无奈之下，他只得坐下来。

渐渐地，他陷入低质、低效的睡眠中。

此前，他曾到列车长办公席去过。列车长看去是手中有卧铺票，可仍向他索证件。他谦恭地双手递去。列车长瞟了一眼标有“浩然集团公司总裁”的证件后，不屑地扔回来，嘴里嘟囔道：“现在的‘总裁’‘总经理’就算没国铁的旅客多的话，也比歌厅、桑拿里的‘鸡’多。”

陈天纵本想说：微软总裁见到中国国家领导人的次数，就算不比克林顿多，也肯定比其他政客多。但转念一想：“平台”不同，是不能对话的。便回归自己的位置。

车未到站之前，他就被乘警的大头皮鞋踢醒。

乘警认真察看车票、证件后，又掏出一张满是相片的纸，对照一番，方才充满狐疑地继续他的盘查生涯。

陈天纵相信他刚才看的定是“部颁”通缉令。幸亏那上面无人与我十分相像。他觉得背后微渗出冷汗，这是他最不喜欢的感觉。可能有五分相像便要到公安局去证明自己的身份。如果不能证明，并且态度不好的话，就会被拘留。

至于被拘留上限，陈天纵曾请教过董岳桥。董说，如果被指控或怀疑犯有普通罪行的话，上限是十四天。接着他补充，如果被怀疑是流窜作案、重复作案、结伙作案的话，则上限是三十七天。

陈天纵当时表示还可以忍受。

于是董岳桥又说：“在这期间，如果遭到逮捕，那么到侦查终结可被合法关押的期限一般是两个月。”

陈天纵认为还在限度之内。

“要是案情复杂，侦查不能终结，经上级检察院批准，还可加一个月；要是涉及面广、取证困难的重大案件，经省级检察院批准，可在上述基础上，再关押两个月。”

陈天纵认为已超出忍耐限度了。

可董岳桥说:“这还不算完,如果在侦查届满时,又发现犯罪嫌疑人另有重大罪行,在从发现之日起,重复上述过程。换言之,可一共羁押十四个月。”

陈天纵着实惊讶法律的弹性。

“要是犯罪嫌疑人不讲出自己的真名、住址,羁押期限自查清身份之日起计算;要是有特殊原因在不宜交付审判的复杂案件,由高检报请全国人大批准延期审理。存在这两种中的任何一种,都可以对犯罪嫌疑人无限期地关押下去。”

陈天纵说这不把人关死了吗?

“你以为怎么着?”董岳桥说:“我实习的时候,一个县的公安局把一个人抓起来四五年后,因收集不到充分的证据,该地的政法委书记说:‘干脆把他关死算了。’”

陈天纵背上的冷汗喷射出来。一下车,他就奔向电话亭,给董岳桥打电话——他不用移动电话已经很久了:车上有车载电话,平素有秘书——这里只有投币电话,而他也没有硬币。只好找人换。他拿着五十元大钞,连问两个人,都被否了。“谁知道你这钱是真是假?”第三个人甚至这样说。最后,他只好和一个瘫痪的“叫花子”换。“别找了。”他拿到硬钱后说。“叫花子”从未想到过还有这样的好事,竟然站起来给他鞠了个躬。

他也没带通讯录——通讯录是以电子形式存放在笔记本电脑中的——只好要通秘书,令她致电董岳桥,以最快的速度赶到太原。

出租汽车司机拉着他围太原城起码绕了一圈后,才将一身狼藉的他,放在号称四星级的太原酒店。他登记完房,用金卡付款。

前台小姐在刷卡机上试了两次,说是刷不上,请他付现金。

“你们用的是什么他妈的破刷卡机!”陈天纵将“脏字”封存多年,此时实在情不自禁。“我这卡全球就没有不能用的地方。”

陈天纵一心想把憋足的气撒出来:人在某种意义上,是由“气”组成的。“气得七窍生烟”“英雄气短”等就是明证。但气之撒处,却颇有讲究。最基本的就是不能撒向领导和“执法”人员,比方刚才的乘警。而最好的就是撒向服务业内人士。因为前者是“管理”和“修理”你的,而后者则因为你口袋里的钱而“求”你的。

小姐显然被震住了,进去请示了一下,就让陈天纵入住了。

一进屋,陈天纵就要通了董岳桥的移动电话。董说他已经过了保定。

睡了一觉的陈天纵,刚收到干洗的衣服,董岳桥便进了他的房间。

“他乡遇故知”的陈天纵,竟破例和董岳桥握了下手。

董岳桥奇怪一向仪仗显赫的陈天纵,为何微服私访。“您访谁?”

“你总不会认为是女朋友吧?”陈天纵开玩笑道。与非雇员说话,可以随便一些。

“没听说过您有。假设有,也不该在山西。”

陈天纵问原因。

董岳桥眨眨睫毛长长的眼睛说:“若有并在此地的话,您此刻应该和她,而不是和我在一起才对。”

陈天纵笑了。

“从前的人当了官,四件事是必须做的:起它一个号,刻它一部稿,坐它一乘轿,讨它一个小。”董岳桥朗朗念道。“您的‘号’就是陈总;‘稿’那就更多了:您自己写的论文、别人写您的。‘轿’更不是一乘、两乘的。就是这个‘小’不知有没有。”

“《婚姻法》基本的一条,就是禁止多妻。看来应该取消你的法学博士称号。”

董岳桥知道陈天纵在使用“转移法”,可被好奇心驱使,又见陈兴致不错,就在“女友”问题上滞留不去。

陈天纵仍在打岔。“太太、女同学、女同事都是我的女朋友。”

董岳桥立刻加了三个前提:非商业、非婚但有性行为的女性。

陈天纵站起来说:“性行为是男女之间最亲密的联系、最深刻的交流。假设它在我与某人之间发生,那就是我与她两人的最高机密,永远不会对人说的。”

董岳桥强调朋友间该坦诚相对。

“坦诚相对并非不要保留隐私。我有一位朋友，婚前生活‘花’得很。可在美国读博士时，遇到了一位台湾纯情女孩，顷刻间坠入婚姻之网。他有感于女孩是处子，就想向她坦陈过去。向我讨教时，我建议不用。他便用刚才那四个字相对。我很随便地说：‘你不怕吓着她，就尽管说。’他于是就去说。可开篇不久，高潮未到，女孩就从他的房子中搬了出去。我只好奉命去做动员。女孩是个学医的，回答道：‘我初步统计了一下，他说出来的、与他有性关系的女人就有十四个，但这只是冰山之一角，乘个系数，他起码有过五六十个女人。再以每个女人与三个男人性交计，我得艾滋病的机会就比别人大出几百倍。我这还没把那些男人寻花问柳、女人招蜂引蝶这两大项加权计算进去。’任何人也无法对冷冰冰的数学做工作，我只好铩羽而归。他要不说，现在没准仍是对美满夫妻。”

董岳桥在不知觉中，被陈天纵给引出原命题。

“咱们去平遥、太谷、祁县一带转转。”陈天纵边穿衣边说。

等他收拾好下楼，董岳桥的“法拉利”已停在门前。

陈天纵从未坐过法拉利车，一上去便觉此车提速极快，给人以飞机起飞的感觉。出了太原，它的卓越功能愈发显现。加之董岳桥很高的驾驶技术，一辆辆地超车。他看着车后掩起的长长尘土，不由地赞叹一番。

“您这身份的人，都喜欢奔驰、卡迪拉克等德国、美国车。它们是好：稳重、大方、性能优良。打个比喻，它们是太太，给您温暖、可靠感”

陈天纵注视着董岳桥戴着手套——这是专门给赛车手用的手套，它用著名的诺梅克斯材料制成，据称在七百度火焰中，提供十二秒的保护时间。董说他还有诺梅克斯制成的防火服，怕吓着陈，没穿——紧紧把握住方向盘的双手，等着听下面的比喻。

“而法拉利则是情人，它能给你刺激、浪漫和飘飘欲仙的感觉。意大利男人天生就喜欢开快车。好像他们血管里流着的不是血，而是汽油。老法拉利本人就是一位著名的赛车手。在意大利人的眼睛里，汽车，尤其是赛车，不是一堆机械简单的组合,而是他们充沛生命力的象征。法拉利赛车至今独步全球赛车界,正是这个原因。”

陈天纵对汽车所知有限,只好换角度应答。“地域确和文化有关:杀人后剥皮分尸类的恐怖大案,多发生在东北。这是因为东北土著不多,大部分是由移民组成的。逸出祖先居住地的移民,血液里的勇敢、动荡的成分肯定大于平常人。欲在此类人群中生存繁衍,必须强化此类性格基因。经常遭遇灾害处出身的人,在同样条件下,也比富裕地出身的人能吃,便是他们的抗灾害基因在起作用。而南方人案,经常采用投毒类做法,阴柔得多,从不轰轰烈烈。”

“您知道我目前最大的愿望是什么?”

陈天纵先从“法学著作”“大律师”等高尚的东西猜起,一直猜到“别墅”“法律事务所合伙人”等世俗的东西,董岳桥都说不对。

“一辆V式十二缸的法拉利赛车。”董岳桥深情地宣布。

陈天纵问那要多少钱。

董岳桥说大约二百万。

此数即使对陈天纵,也不算小。

“我并没说现在就要买。那是我目前所能想到的终极目标。”

陈天纵认为作为终极目标,未免“小”些。

“能达‘小’已不易,何况‘大’者乎?”董岳桥灵巧地从两辆运煤的卡车中间穿过。“您掌握着几乎无数但不能自由支配的钱。管理这样钱的时间长了,您就会被这虚拟的财富所异化。应该有些个人的钱、个人的物质享受欲望。”

陈天纵微微觉得被触动。

在祁县乔家大院,他们草草地浏览了这所因电影《大红灯笼高高挂》而闻名的院落。

“这电影是根据苏童小说《妻妾成群》改编的。小说在台湾《联合日报》连载时,正逢海湾战争。”陈天纵信口讲起个故事:“某次晚宴,台湾陆军参谋长遇到报纸的老总,不问有无战争新闻,而问《妻妾成群》后文。老总有感而发文分析道:不管是什么样的男人,在内心深处,都盼望着妻妾成群。”

“妻妾成群要有妻妾成群的硬件。就我家那房子,让我妻妾成双,我也不敢。”董岳桥说。

“把她们弄上您的法拉利不就结了!”陈天纵的心情受到田园风光的感染,变得好起来。“二战时有‘吉普女郎’,我在深圳也见过不少‘本田女郎’。”

董岳桥问他是否见过“奔驰女郎”。

“如同没有‘奥迪女郎’一样,奔驰车和年轻女郎就不相配。”陈天纵说的“奥迪”,是官员的公务车。“还是‘法拉利女郎’最帅。”

在平遥城,他们浏览了著名的城墙。

陈天纵认为它虽被联合国列入“著名世界文化遗产”,仍透出股假古董味儿。

董岳桥说:“据说中国各省都在申报‘世界文化遗产’,利用各种途径活动,结果却和商家竞相降价一样,都要受到损失。”

在太谷的贾家村,陈天纵首先找到了姥爷的故居。这房子没乔家大院宏伟,更没人精心维修,但它仍然有种没落的气派。

给他们当向导的村委会主任边开那把锈蚀的锁边说:“‘文革’时,我还是孩子。就被大人们警告,不许可损害这的一草一木。你姥爷对咱们贾家村是有过大恩的。”

主任历数在民国多少年,大旱时,陈天纵的姥爷给村里捐献了粮食若干吨;在民国多少年,蝗灾时,又捐银两若干。并说他曾送多少村里的孩子去读洋学堂……最后主任很确切地说:“他老人家光深水井就给村里开了八口。有三口今天还在用。”

董岳桥诧异此人对水井记忆之清晰。“他也许以为你是个大官,在用数字糊弄你。‘姑妄言之’罢了。”

“你有几多人生经验?”陈天纵在院中的水井边站住。“离乡背井、离乡背井。井水是农村人的生命之源,井台则是他们的社交场所。万不能等闲视之。”

院子因无人居住，已荒草满地。他们经过侧院时，宿鸟被惊起，拍翅声清晰可闻，格外给人以肃穆的感觉。

主任指着后院中最大的一棵法国梧桐树说："这是你姥爷从上海带回，并亲手栽种的。"

法国梧桐树大概不适应山西水土，半个多世纪过去，一点没有枝繁叶茂的"总统"派，反倒是委曲求全地生活在松树、杨树的压迫下。

"木犹如此，人何以堪？"陈天纵想起两句诗。

临出院时，陈天纵问主任一个他最关心的问题："您说我姥爷盖房子、学校，捐献的钱是他自己的吗？"因为粗粗算来，这也是一个很大的数目。而从理论上讲，他姥爷一直是在给人"打工"。

"当官的钱，公私是分不清楚的。"主任收下董岳桥奉送的一个品牌一般但做工精细的手包后，变得格外健谈。"村里的钱，还不是支书想怎么花就怎么花？为自己花起来，比花家里的还得理。"

"根据《村民组织法》，您是选出来的村级政权代表，一切大事都该由您管才是。"董岳桥书生气十足地说。"村里没政治、外交、军事，大事就当数财政了。"

"谁说村里没政治？支书就是管政治的。政治就是管人。说到选，那更是儿戏了。你什么时候见过有用的官让人直接选过？要选也是等额选。"主任的气在胸中淤积很久了。"是的，财政归我管。可党管干部，这也就是说，支书连我带财政一起管了。"

董岳桥还想问，被陈天纵制止：不要介入没必要的纠纷。

主任也自觉话多，改回原来的话题。"你姥爷不光当银行行长、阎锡山的财政局长，还有自己的买卖。我爷爷就在他的买卖中干过。"

陈天纵问是什么买卖。

"我爷爷说：反正粮食缺的时候做粮食，布匹、食盐缺的时候做布匹、食盐。他老人家反正手里掌握着无数的钱，另外还有消息，干什么都赚。"

"可最后又赚下了什么呢？"陈天纵感慨道。

“赚下了你们的好出身、好生活，赚下了大伙的纪念。”村主任说。

村主任留宴后，坚持留宿。但被董岳桥婉辞了。在去太谷县城的路上他说：“你也许能忍耐住不洗澡，可您受得了虱子、臭虫吗？另外还有更可怕的。”

陈天纵认为这是危言耸听。

“老乡们明天一早就会闻讯而来，这个让你给儿子找工作，那个让你投资。这些事办不完不说，还会越办越多。”董岳桥有一位客户，接受的遗产中，有一部分是农村的，他协助办理了两个月。最后什么没得到不说，反而赔进去不少钱。

结果真被董岳桥不幸言中：次日他们准备返回时，一位30多岁的贾姓妇女，找到县城宾馆，说是陈天纵的嫡亲外甥女。

“说来也不怕老总你笑话。”贾姓妇女快人快语。“我爷爷就是你姥爷的私生子。”

陈天纵认为姥爷三妻四妾，何必私生？再说即使私生，通常不会在一个村。

“老总您说得有理。”贾姓妇女拿出一个很陈旧的牛皮包，从中取出一些证明来。

证明文件共两件。一是张发黄的相片，上面是姥爷和一个面容清秀的妇女共同抱着一个襁褓中的孩子照的。照相地点是在包头。二是姥爷亲笔写得一首“床前明月光”的唐诗斗方。

陈天纵拿着它们，一时不知所措：相片的真伪不敢说，姥爷的字还是认识的：他老人家票号伙计出身，字写得中规中矩，半点才情和越轨处都没有。再加之他的文化有限，书此唐诗，也合情理。

贾姓妇女指着斗方上的“刘花”两字说：“这就是我祖奶奶。他们在包头时住在一起。后来我祖爷爷就把我们安排在贾家村了。”

陈天纵认为她说得有理：从日期看，斗方在相片之后，从理论上讲，旧时妇女婚后，都会被称为“某某氏”，而不会直呼其名。认不认？他相当为难。

“省长在太原等我们，明天之后的任何时间，你都可以到北京这个地址来找我们。到了一切都可以商量、解决。”董岳桥说着就把证明文件塞回贾姓妇女的手中，然后将陈天纵请上车。

陈天纵看着贾姓妇女愣在那里，直到车拐弯。

“你说她会不会到北京来找咱们？”过了祁县，陈天纵才开始说话。

董岳桥说，要找也是找他，因为留的是他的名片。

陈天纵问她倘若找来，又当如何。

“作为律师，我建议你不认。这倒不是出于经济角度考虑：安排个把人，花上三两万，对您都不是事。关键是此例不可开，否则不知道将会衍生出多少‘贾姓男女’。”

陈天纵点头称是。“给您添麻烦了。”

“作为律师，我生怕别人没麻烦，那样我就要失业了。换句话说，您的麻烦就是我的财源。”董岳桥将车速提到一百二。“其实这些都是小事，您真正的麻烦在于您没有真正属于您的东西。”

陈天纵明白董岳桥之所指，便问消息从何而来。

“我和浩然有着千丝万缕的联系。”董岳桥一语蔽之。

陈天纵有些内急，就提议找到厕所。

董岳桥说找个僻静地即可。

可陈天纵坚持要去厕所。

这时天空中飘拂起今年最后一场雨。董岳桥趁陈天纵上厕所时，用了十五分钟时间，便把车胎换成天气潮湿时用的。据他说，这种轮胎质地柔软，胎面特别设计的花纹，在时速三百公里时，每秒可排水二十六公升。“时刻准备好在特殊情况使用的特殊器具、方法，我以为是专业精神的精髓。”

陈天纵知道董岳桥的话有所指，但他不想回答：既看不清楚情况，也拿不出对策，有什么好说的？为了消除烦闷，他打开车窗。立刻感觉强大气流之冲击。“表上一百四，可我觉得快二百了。”

“您的感觉很对：这表上指示的是英里。”董岳桥答道。

十

本星期是关鉴最繁忙的一个星期。

星期一他随同国家水利计划委员会屠副局长一行，飞抵 H 市，参加一项水利工程的论证。

按说像这类事，应该是水利、计划、建设、财政部门的事，但因此事的发起人飞翔公司的总经理温冈，是“准黑名单”上的人，所以他被派去行调查之责。

一下飞机，H 市的纽副市长便将他们接到长白山下的一个温泉度假村。此处离市区约四十公里之遥，但动用的车辆，全部挂有公安专用的“O”牌，警灯闪闪，一路畅通，只花了不到一小时。

接着安排他们泡温泉。

北京人俗语云：饱洗澡，饿推头。意思是，理发应在饭前：人一饿了，头就会耷拉下来，可任凭理发师调度；而洗澡宜饭后，否则会引起体力透支。但纽副市长显然不被此定理所辖，硬将他们推进热气腾腾的温泉游泳池。

屠副局长已年近六十，自知站的是“最后一班岗”了。故当有人提议不游泳，而去打台球、保龄球之类时，他爽快地同意了。

他一表态，随员们大部分都溜走了。

至于他们溜到什么地方去了，关鉴相信真的去玩球的可能不大。极有可能是在这座吃喝玩住一体的娱乐设施中，寻找“按摩室”“歌厅”去了。至于其中的勾当，是不难想象的。

关鉴曾建立过这样一个理论：真的应该将歌厅、桑拿浴等正名为妓院。因为经常有人会在酒后提议去唱歌、洗澡。如果提议者是主人，你不好反对：人家又没说让你去“买春”！如果你是主人，客人提议要去，你仍不好反对：规规矩矩洗澡、唱歌的人虽比例不大，但还是有的，你无法判断他们是否真唱真洗。可如将其正名为妓院的话，便不会有人说：“我请你们去妓院吧？”或质问道：“你干吗不请我们去逛妓院？”

关鉴在不同场合讲了几次，根本没人响应。最后刘心之忍不住批评他道：“社交两大忌，一为滔滔不绝、详详细细地讲述自己的疾病，因为除了你自己，没人真的关心你。二是在吃饭时说减肥之类的话：设想一下，一位客人正要把块梅菜扣肉送进嘴巴里，你却先在分析此物含有胆固醇若干、脂肪若干，同时列举人体肥胖之后的害处，你说这个客人该有多扫兴？”

关鉴也自觉有些过，但嘴上却不认。

刘心之说：“再者说，歌厅、桑拿浴也有好的。”

关鉴强调它们最后也会变坏，和“劣币驱逐良币”是一个道理。

“您洁身自好就洁身自好您的，别干涉别人的自由好不好？”刘心之说。

关鉴和刘心之共事多年，知道他一旦用严肃的口吻使用“您”，就是不高兴了。于是不再说。

可他实在气不过，回家后与太太诉说此事。

“你真的从来没去过？”太太问。

他说没有。

太太问为什么。

“我不敢干那些事。”

欲听“忠于家庭”、“爱情”之类话的太太，颇有些失望。

“这个‘不敢’很有些内涵。它其实就是觉悟。我看公家那么多的钱，心里也痒痒，可就是不敢拿；我看街上那么多漂亮女人，确也动心，但仅仅是动心，并没有动手，原因也是不敢。”

太太问他怕什么。

“怕性病、怕名誉扫地、怕伤害家庭。”他明白太太希望他“进一步”,论及情感。这情感他也确实有,但就是不想说。

太太说:“反正你机会总是有的。”

关鉴说:“从理论上说是这样,但实际上还没有遇到。”

可这并非实话:他做教员时,一位来自中国开发银行、攻读在职硕士、至多三十岁的苏姓女孩不知道为什么喜欢上他——这他一开始就发现了:她的目光总在寻找机会与他对接。他没办法,只好眼睛看着后墙。他曾在杂志上读到,模特们都被要求目光要在观众头顶上一米,否则将会被干扰得无法表演。他很诧异会有人相中他:一不风流倜傥,二非才华横溢,三则无钱无势,四更不是意气风发的年轻人——在情人界,可说一无是处。

可苏女孩却锲而不舍。某次趁交作业之机,夹带了一块手绢。这手绢是用白绸子自己绣的边,上面用毛笔写道:恨不相逢未嫁时。

他拿到这东西,觉得很烫手。倘若拿回去,定会被治家严谨的太太发现。漫说有字,就是没字也不行:手绢作为传情之载体,历史实在太悠久了。但最难处理的还是那份情。

思来想去,他决定“阴干”。

可手绢能往办公室抽屉放,苏女孩却放不进去。一次课后,她当面问手绢是否收悉?因为是面交,他只得承认。

苏女孩又问是否读懂诗句。

“当然。”他摆出老师的架势,借此拉开距离,“不过你引用错了。”

苏女孩问错在何处。

“我今年四十多岁,你才三十,我未娶时君尚幼,君能嫁时我已老。”他尽量幽默地说。

但苏女孩坚持说他此刻魅力四射。

“我建议你换个角度试试,也许魅力全会消失。”说这话时,他辅之美国式的耸肩。

此后，他觉得有些对苏女孩不起，在判试卷时，有意无意地总添加几分。当然，她成绩总在七八十分之上，并不需要这几分。

再以后，爱情逐渐降格为友谊。隔上一两个月，他们会互相通通电话。渐渐地，它又回归至虚无。

关鉴觉得这水热得出奇，不相信它来自温泉。在初冬的高纬度区，从泉眼处送达于此，出口温度不上百肯定不行。于是他潜至最深处，游了一圈后，果然发现若干排直径在十厘米以上的散热管道。

“找到什么了？小伙子处长。”他刚出水面，屠副局长就问他。

“我觉得自然温度不会这么高，结果真的找到了一组散热管道。”关鉴见屠副局长一直在游泳池边上巡回，以为他踩着边走。经过“探热”，他发现泳池边上根本没台阶。换言之，屠副局长一直在踩水，而这需要非常好的水性。

“不用看也知道。”屠副局长指着一缕缕很细微的水流说道，“它就是沿热力输送轨迹形成的。”

关鉴很佩服屠副局长的观察力。

“小伙子处长，”从上飞机时起，屠副局长就开始使用这个绰号，关鉴也喜欢，“好多事情，不用深入，仅靠观察便能得出结论。”

关鉴扒住游泳池的边，一个引体向上，站了上去，正待拉屠副局长，屠却以一个更标准的动作上了岸。

关鉴夸奖屠副局长的身体与动作。

“我马上退休了。到我这个岁数，权力、金钱都无所谓了，最重要的就是身体。”屠副局长披上浴衣。

“现在时髦‘五十九岁现象’。许多人到了您这时候，都要狠捞一把。”关鉴不是无的放矢：来之前，他做了些案头工作，认为这个项目有不少疑点，所以想弄清屠副局长的态度。

“这些人其实是很不明智：如果你喜欢钱，那也应该早弄。早些弄，倘若有人想揭发,很可能慑于你的权势而不敢,再者说,即使东窗事发,尚存掩盖之余地。到了临退休再弄,从理论到实践,出事的几率都很高。”

关鉴没想到屠副局长说话如此直白。

这时有两位“娱乐”完毕的人,回到了游泳池,装模作样地活动身体准备下水。

“您知道按摩室、歌厅内的勾当吗?”关鉴还想深入探底。

“不真的知道。”屠副局长似笑非笑地说。

关鉴虽然开始喜欢起屠副局长,但还是嫌他驭下不严:“中央曾经多次规定,不允许公务员去高档娱乐场所。”

“门口的平面图上,并没有按摩、歌厅等字样,有的只是理疗、文艺活动室。文件并没有规定公务员不许去理疗、唱歌吧?”

关鉴认为实质与名称无关。

“如果你要禁止某件事情,规定必须具有可操作性。美国法律规定:非法取得的证据不是证据。大明星、大家公认的杀人犯辛普森就因之逃脱了很可能是无限期的徒刑。原因不过是警察在没有法院许可的情况下,搜查了辛普森的住宅,才取得的证据。”

关鉴认为这没有可比性:“作为公家的公务人员,不管那些地方叫什么,也该自觉。”

“既然你说到自觉,那我就觉得‘此题证毕’了。”屠副局长突然变得居高临下,“卖淫几乎是最古老的职业,几乎从有政府那天起,政府就在和卖淫做斗争,看样子想战胜它,是很困难的。”

关鉴还想辩论,但屠却径自走进了更衣室。

午饭精致而简短,目的是让人家睡个长午觉。

午觉后,按议程安排,应该开会。可据飞翔总经理温冈说,中国开发银行的一位要员正在赴会途中,会顺延到明天。

这话引起了除屠副局长外所有人的不满。大家异口同声地质问温冈:他是要员,我们难道就是随员吗?

屠副局长摆手示意大家安静:“水利工程动辄上亿,银行的代表是不能缺的。再说温冈总经理说等银行的要员,并没说咱们不是要员啊?”

这番话,把气氛扭转过来。

“我安排了一个节目,保证让大家满意。”温冈是一位年纪在三十到三十五之间的男子,身材魁梧,仪表一般,操一口东北普通话。

大家无奈,只好跟着他上了一辆奔驰中巴。

车行四十分钟,来到了一片大森林前。

温冈介绍说,此乃H市所属的唯一一片原始森林。

大家都争夸森林的味道好闻,许多人都在拼命地呼吸,说是“换换肺”。

但关鉴却隐隐觉得空气中有带血腥的动物味儿。

众人沿着一条不能通车的小道,步行了十分钟,到达一扇自动大钢门前。

温冈用无线电话通知开门。

关鉴发现他用的是自备的小功率移动电话。

门内是个养熊场。

在这幽雅的环境里,大约囚禁着有三十几只熊。它们住的都是“单间”。有黑熊,也有棕熊。它们见有人来,都扒着笼子往外看,几只看上去年幼的,甚至做出友好的表示。

关鉴问温冈,是否用这些熊繁殖小熊卖。

温冈摇头。

关鉴觉得温冈并不把他当重要人物对待,好在他也自觉不重要。于是离开大队,独自一人走在后面。

突然间,他觉出熊群开始骚动。他四处寻找,见一行四位、身着白衣的彪形大汉走了过来,为首一人,手持一根形状奇特的铁钩。

随着他们的临近,每头熊都有大祸临头之感,哀鸣声由高到低,再由低到高,汇合成一片。在寂静中,显得格外瘆人。

为首的大汉，面无表情地在三号熊笼前站住。

关鉴觉得他们很像早年日本电影《追捕》中，精神病院中的警卫。

说时迟，那时快，为首的大汉闪电般伸出铁钩，钩住黑熊的脖子。黑熊立刻发出临死前的绝望哀叫，熊眼也如同严重的甲状腺功能亢进者一样暴出。

剩余的三条大汉进笼按住黑熊，从熊肚子上一熊毛被剃处，拉出一根透明的塑料管，然后将一支大号针管插入。

关鉴这才明白他们是在抽取熊胆汁：那根塑料管是直通熊胆的。换言之，那道伤口是永远不能愈合的。

随着墨绿色的胆汁缓缓流出，黑熊的身体由抽动变成哆嗦，晶亮的熊眼中，淌出了眼泪。

关鉴不忍再看，就疾步往前走。

他还没出门，就听到有人大叫："三号出事了！"

他赶紧往三号笼跑去，眼前闪动着那只小熊的身影。

到笼前，只见那只不堪虐待的小黑熊，自扒伤口，把一副肠肝拉出来，高举着给众人看。

那鲜血由股股变成滴滴，实在惨不忍睹。

这时温冈大叫："赶快抢救熊掌！"

命令声未落，大汉之一就手挥利斧，四下就把熊掌全部砍下了。

温冈平静地向屠副局长的一位随员解释道："熊掌必须在熊活着的时候砍下来，否则其价值大减。"

或许是杀气太盛，其余的十数只大熊突然不约而同地发出狂暴的喊叫，其声势之大，关鉴觉得只有黄河壶口瀑布才能比拟。

温冈很镇静地命令他的下属："给九号笼的棕熊带上铁马甲，再注射镇静剂。"

"铁马甲"是一副带旋紧螺栓的夹板。它无疑是很厉害的刑具，众熊一见，顿时安静下来。

“熊群如人群。”温冈得意地向众人说，“在平时，为求得食物，它们是温顺的，这时很好管理。可在一些特定的时候，它们会骚动、会暴动。这时你绝对不能慌，要‘胸中自有雄兵百万’，一下子把它们给镇压下去！”他做出一个很有力度的砍杀动作。

你胸中有球的雄兵百万！关鉴在心中狠狠咒骂。与此同时，他决定要行使自己有限的权力，来否定温冈提出的任何项目。我才不管你是水利还是电力，就是你想捐款给慈善机构，我也不同意。像你这种没人性的家伙，谁用你的钱都会得病。

关鉴声称身体不舒服，拒绝出席晚宴。他本想借机“清清肠子”，可没到七点，就饿得受不住了。于是独自上街，吃了一碗热乎乎的面条。

他想不到，回到房间后，还有一个充满戏剧性的电话在等着他。

回北京后，陈天纵觉出那场危及他位置的“病虫害”之症状越来越明显。

症状一是米金的头衔经过添加，成了“执行副董事长”，而且天天来上班。

陈天纵相当看不起职务前面的形容词。某次他在飞机上结识一位歌唱演员，此人的名片格式如下：著名男中音歌唱家国务院特殊津贴获得者国家一级演员。

此后陈天纵以这张名片为案例，教导浩然职员。他分析道：“‘著名’这个词，千万不能用在自我介绍中。如果你用了，便充分证明你不够著名。把国务院颁发的特殊津贴，当成前苏联的‘功勋演员’一样，写在名片上，也不来劲。至于最后一项，那就更荒谬了：倘若有‘国家一级演员’，那势必该有‘省级一级演员’或‘县级一级演员’与之对应。”

综上所述，除去他在商务场合用的名片外，他一般用只印姓名、办公室电话和电子地址的名片。

但此刻陈天纵却觉出米金名片上“执行”二字的分量来。

按说公司具体事务，该由总裁处理。董事长、副董事长和董事会，最大的责任是负责股东们的资产保值、增值。可又有谁能来裁判什么是“具体公司事务”呢?

日前他曾对平素绝少交流的太太谈起此事。终日沉湎于保健、美容与麻将的太太却一语道破:“你在浩然的地位,不过是咱家的保姆:我要是想下厨房做菜,她有什么办法? ”

症状二是,凡是他签署的文件和单据,都要由辛哲光再签。有关这条,董事会专门发文号为“浩董字 980003”、名曰《有关加强浩然集团公司经营管理的特别通知》的文件,它规定:凡三十万元以上的合同签署、十万元以上的财务支出,都要经过董事会。

当然,辛哲光是不会天天上班,处理繁杂公务的。所谓的签字,不过是加盖他的名章罢了。

从理论上讲,辛哲光是浩然集团公司的法人,可他的名章却在陈天纵这里。在这以前,凡属于日常范围的事务,比方说税务报表、工商登记之类的对外事务,统统陈天纵做主盖辛哲光经过公安局批准、在有关机关备案的法人章。

但上述文件一出,立刻又出来一方“辛哲光”章。这章要比陈天纵手中的章面积大,而且是篆书。章就在米金的手里。

陈天纵头一次见这方章时,不禁苦笑。他觉得这很像慈禧太后、慈安太后双双掌管的那方“同道堂”章。此章是咸丰皇帝赏赐给慈禧太后的。咸丰在承德病故后,年幼的同治皇帝继位,慈禧、慈安商定,凡以中央名义发出的旨意,均要在皇帝的玉玺后,加盖“同道堂”章。这一下,便将原来掌握在肃顺等军机大臣手中的权力夺了过来。在这之后的好几十年,慈禧太后都用这方“同道堂”章,掌握着大清帝国的命运。

症状三是,有关项目投资等大问题,虽仍由总裁办公会先讨论,但拿到董事会复议后,却经常变得面目全非,且一望便知是米金的手笔。更可恶的是董事会经常在他缺席的情况下召开。

其他种种症状,不一而足。

陈天纵觉得自己应该采取行动了。按道理说,他非优柔寡断者,但临到做有关自己的决定时,还是犹豫起来。即使是最好的医生,也不愿意给亲属做手术。原因一就是不能客观对待:本来应该全部割舍的,因为亲情,便想多保留一些,而这“留一些”,很可能就要了患者的命。原因二是别人迷信你的声望和能力,但你自己却知道它们值几斤几两。

陈天纵与浩然利益相关、情感深厚,千丝万缕,一时难以决断。

正在这时,谭幼军的电话来了。

陈天纵思来想去,发现偌大个浩然公司,竟连个说知心话的人都没有。心酸之余,便对谭幼军说了几句。

“有个笑话说给你听。”谭幼军声音清晰,“某老外初学中文,认为中国最漂亮的姑娘是‘李万鸡’。某国人纳闷何来此说?他答曰:你们不是总说某皇帝日‘李万鸡’、某领导日‘李万鸡’吗?她要是不漂亮,谁会‘日’她。此国人大笑后告诉他说:是日理万机,而不是日‘李万鸡’。”

陈天纵也不由地笑出声来。

“日理万机的您,怎么会为这点小事发愁?”

陈天纵实在想说:以前的“万机”,几乎都是别人的事,而如今则是自己的事。可这话又不好出口。

“你别被理念所困惑。什么道德啊、为人类做贡献啊、事业啊——全都扯淡!眼下是个崭新的时代。新时代有新规矩。而这规矩是由咱们定的。再往深说,咱们就是定规矩而不是遵守规矩的人。”谭幼军虽然人在香港,却自认为能洞察陈天纵的心态。

陈天纵自己却分析不清。“剪不断,理还乱。”他长叹道。

“商场上只有一条铁律:谁赚钱,谁英雄。换句话说,谁有钱,谁对人类的贡献就大,谁事业的成就就大,谁道德水平就高。”谭幼军真正的“毁人不倦”,“有钱莫问出处。你知道不知道,”他报出一位香港很知名的企业家,“这小子原来是开赌场的,无恶不作。别的不说,在六十年代,每年选出来的香港小姐,都要由他首先‘尝鲜’。但现在衣冠楚楚，人模人样，到处捐款盖医院、盖学校。再说世界著名的‘账单’先生——”

陈天纵一愣后，反映出谭幼军所说的“账单”先生是微软总裁比尔·盖茨——比尔在英文中就是账单的意思。

“这小子现在出手捐款也是十几个亿，可在他的辉煌宫殿下，有多少被他压垮的公司的阴魂？”

陈天纵觉得方向开始清晰。

谭幼军还在宣讲他的理论。

谭幼军费这番口舌，主要是为本身计。他是个日用万金的人，花钱在他永远是件快乐的事。八十年代，一个晚上花掉一万块钱，不很容易，可他却能做到。且不说汽车、别墅这类消费，光饭费就极可观。他吃饭只有两种样式：人请他或他请人，从来不一个人吃。光吃饭也算，可他食不厌精、脍不厌细，要喝鱼翅汤、吃南非鲍，外加好酒。某次他在海军鱼雷研究所工作的同父异母的大哥来港，经他宴请后，大发感慨道：“一碗鱼翅汤五百，一头鲍上千。其实这些玩意儿我家都有，你省下钱来，我做给你吃好了。”他当即反驳道：“你有翅有鲍我信，但这东西要看谁来做。好比你有一块好衣料，让皮尔·卡丹、范思哲给你裁，肯定开出天价，而让大嫂裁缝，就便宜得多，可那能一样吗？这是著名的鱼翅大师杨贯一的大徒弟做的汤，这味道是无可比拟的。”军工部门的效益目前欠佳，大哥因之再感慨那瓶“五粮液”的天价：“这瓶酒，就是我这个大校一年的工资，简直荒谬绝伦！”谭幼军当然不会贬低大哥的职位：对人毕生从事的工作，就像对女人的贞操一样，丝毫诋毁不能有。“这不是酒贵，而是大校的工资过低。”他附和道。大哥又认为五粮液虽是好酒，但万万不该上“万”：“我根本不信它比普通的五粮液好上几十倍！”“好一点就不得了：少将就比您这大校高一级，但却风光百倍。这之间的关系非算数级数，而是几何级数。”无言以对的大哥只得引杜诗“朱门酒肉臭，路有冻死骨”来抒怀。谭幼军还是不服：“要是‘朱门’没了酒肉，路上恐怕都是‘冻死骨’了。这是最高温和最低温的关系：香港的冬天，最高温是十八度，那最低温就低不到哪里去。”

以上所说，尚不包括他在女人、轮盘赌、赛马上的花费。这些费用之昂，绝不能小视。情妇——尤其是“养”出于纯商业目的归属于他的情妇——之消费，跟奢侈的太太、女儿不是一个概念：她们毕竟是自己的人，起码从理论上把你的钱看作是她们的钱，所谓奢侈，不过是有些超出常规罢了。而他的那些情妇，对待他的钱，如同腐败官员对待国家的钱，把花掉它们当成天职，不把你花得“床头黄金尽”，她们就绝对不会罢休。

有人也许要问：区区几个女人，天天花能花多少？可问题的关键在于这几个女人不仅仅是个体，还代表一个家族。A情妇会说，给我弟弟在公司里找个活干吧。情到浓处，你会同意。于是他的弟弟就进了你的公司。你当然不会安排你的“准小舅子”干粗活，至少也要负责点什么。而被他所负责的项目，肯定一塌糊涂。B情妇则说，和我父亲的公司做点买卖吧！如果你同意了，买回来的东西，质量价格比，一定低得无以复加。而你卖给她父亲的，则必然反之……大家也许会说：你拒绝她的要求不就结了？但中国人一生下来，便被嵌入“十伦”中之一格，有责任，也有义务照顾和你有血缘或姻缘关系的人，就是皇帝也不能免，君不见，无论《包公案》还是《施公案》，不就是一部和皇亲国戚的斗争史吗？

至于赌博，那更是一个无底洞。善良人也许会认为赌博是件公平的事，无论大小，也有输有赢。但一位资深赌场老板说得好：我只见过输太多来不起的，从来没见过赢太多而不来。赢了还想赢，是人的本性。

凡此种种，都要有一个出处。村支书花了饭费、娱乐费，通常会直截了当地在单据上面批示：从“村提留”中支出，或批：从道路费中支出。国营大企业的领导人，则把这些费用转嫁到材料供应商或工程承包商身上——他们除去真正的公务应酬外，绝少在国家允许的“厂长基金”内列支个人消费，因为这个科目是要经过职工代表大会审议的。至于那些更大的官们，则无须为这些小事操心：这世界上不缺的就是想用钱来换取他们手中权力的人。

但不管是谁，钱都要有个实实在在“来”的地方。

谭幼军的来钱处有二：

一是向银行借。多年前，贷款是件很容易的事。在八十年代初，中央银行给各省分行，分行又给地区的中心支行下达贷款规模，要求他们按政治任务来完成。于是一些胆量大的人——谭幼军正属此列——从银行贷走了大量的款项。有时他们甚至以同一个项目，分别向不同的银行贷款。按照银行惯例，你以一个项目为由贷走了钱，他们应该监督这笔钱的使用，项目进展到什么程度，款就拨付到什么程度。可银行官员们为完成任务计，更兼有回扣作润滑剂，多是虚应故事。但就算那些银行官员们是清廉的，也很难真正监督到位。假设你用银行的钱，建了一条印刷线，然后你再偷偷地把印刷线租给“二渠道”的书商，而他们付的钱，你不上账。另外你还可以在任何时候给这条生产线“更换零件”，进行“技术改造”，至于你是否“换”、“改”了，只有天知道。这样到了还款时，你便可以坦然地把账往银行官员们面前一摊，说：“反正就是这本账和这条生产线，你们想要就拿回去，钱我是还不上了。”银行官员们想稽核也没处下手，更不敢把抵押给银行的生产线拿回去。

谭幼军正是用这办法，把数额巨大的贷款“吃”下去，然后通过胃肠、肝脏慢慢地分解、消化掉了。他有句名言：“公司是什么？不过是一本账而已。只要你有能力平衡这本账，你就是一个优秀的企业家。”

但国家银行，尤其在它们变成商业银行后，渐渐地学乖了——银行如同池塘，如果人人都光想往出引水，谁也不回馈，它必然枯竭。再往深里说，商业银行靠的就是存贷款之间的利息差。而做十单正常赚钱的生意，一桩血本无归的买卖，便能把利润“吃”干。在你向他们贷款时，除要反复审查你的《可行性报告》外，还要求你提供“可变现性强”的抵押品。这泛指那些容易变回钱的抵押品，比方国库券、银行存折、商品房之类。倘若你拿不出这些东西，而要你的工厂、商店之类“可变现性差”的东西为抵押时，银行就要给你打个很大的折扣，让你贷不走多少钱。与此同时，银行也加强了对贷款官员的约束、监督机制，定期审查他们的项目，如“坏账”超过规定，就会影响他们的收入与提拔。于是乎，信贷处长、科长的职位变得不那么炙手可热了。

综上所述，谭幼军这条渠道，渐渐地干涸了。对此他处之坦然。先说这“符合辩证法。‘若待上苑花似锦，出门俱是看花人。’”然后又说，“此处不养爷，自有养爷处。”

办法二是充分利用股份制做文章。

股份制是现代企业制度重要的组成部分。但“经要和尚来念，法要官来行”。它到了谭幼军之流的手中，又成了敛财的渠道。

他的手法说来很简单。他执掌的“君联证券”就是一家股份制公司，一旦没钱花了，他就“扩股”——“扩股”有两种：一是送股，也就是每股送若干，属红利性质；二是配售，也就是每股卖若干。他之工具主要是后者。配售说白了，不过是生产、买卖的规模扩大，需要原股东再拿出钱来支持。但要人出钱从来不容易，除去“新项目”要有吸引力外，还需要做大量宣传。而他自命是“包装”老手，换言之，就是不好的项目，甚至子虚乌有的项目，他也能说服股东们掏腰包。私下里他经常以电影导演自居：导演拿着一个麦克风，面对一些群众演员，背对空无一人的广场，动情地喊道：“你们看，长跑队伍过来了，跑在最前面的残疾运动员某某，他胸怀祖国人民对他的希望，克服身体的痛楚……咱们给他加油啊！”于是大家的情，真的被他煽起来，掌声雷鸣般地响起。

当然，完全凭空也不行，也要辅之以钱。他认为真正出钱的人往往可以忽视，即使认为他们不存在，也无不可。对公司而言，存在的是股东的代表，也就是董事会的董事。只要把他们“照顾”好了，钱就会源源不断地进账。拿钱说服，也要讲究手法，直截了当地送钱给董事，他们也没法拿，所以要以“董事费”、“干股”、“红利”等名目把钱送出去。而钱之所至，金石为开。

但这些以新项目为名的钱进来后，不能像自己的钱一样，想花就花，要有渠道。他与陈天纵所谈的“P 公司”，就是渠道。他是这样想的：股份制公司当大到一定的规模后，与国营大企业就没差别了。股东们就相当于银行。只要把公司股份结构搞得复杂一些——A 母公司里有乙子公司，而甲子公司里又有 B 母公司的股份,山重水复,乱如迷宫,使人一下子弄不清楚。他总爱说:“不要怕乱,而要建设性地利用混乱。”他把一些鲜为人知或广为人知的会计原则应用到极限,使钱在里面来回运动,直到它能“花”为止。

要说谭幼军从上述渠道内弄出钱之总量,已达数亿。要把这么多钱消费掉,按说不容易。但公司首脑的作风,某种意义上,便是公司文化。他的属下,个个都是花钱好手。他从来不责怪他们。这倒不是因为他大方,而是因为要把钱“洗”出来花,一个人是不行的,需要一个由工程师、律师、经理人员组成的说假话的团队,方能把明摆着的事,说到云里雾里去。而维持这个团队,是需要费用的。更何况,还需要贿赂相关的官员……凡此种种,钱真到能“花”时,已经是十去七八了。

眼下,预感到一轮新的财务危机将来临的他,正在说服遇到政治危机的陈天纵加入“P 公司”乃是当务之急:“蒋介石有他的黄埔体系、阎锡山有他的山西窄轨铁路、基辛格有他的哈佛讲坛和出版商——人要有自己的根据地,就永远能立于不败之地。”他懂得说服人最好的办法,就是设身处地地为他着想,“P 公司也许就是咱们后半生安身立命之所在。”

陈天纵被说动了,开始详细地问 P 公司的资金来源、现有的技术力量等具体问题。

这些正好是谭幼军说不清楚的问题:“我会派我的财务顾问来和你谈。”

十一

吃完简单的晚饭，关鉴独自回到卧室看电视。H 市新闻恰好播放有关温冈的飞翔公司与世界银行代表会谈的消息，出席会谈的有纽副市长。

新闻之后，又播由一家中央新闻单位制作、题为《飞翔之路》的专题片。其中还有养熊场的镜头，说是“野生动物保护”的新措施。

弄虚作假到了这个地步，真可谓登峰造极！关鉴恶狠狠地咒骂道。如果我拥有“一票否决权”的话，就不管温冈上什么项目，都坚决否了它。

他拿出装帧豪华的《巴东水坝可行性报告》，重重地拍在桌上。当然，这个项目有可能是个好项目，但这如同妓女偶尔会产生真爱情、强盗骗子忽发奇想，做些慈善举动一样，从概率论，大约是九十九比一。

不过要“否”掉别人的项目，通常是“谁主张，谁举证”——必须拿出硬道理来。

他以很快的速度，读着报告。很快，他就找出了漏洞：从当地的地图上看，水库的库区有两个人口在两千人以上的村庄——一九九五年地图说有两千人，到了一九九八年底，再加上隐瞒的人口，他估计最少该有三千人——而在报告上，它们却失踪了。另外，水库还要毁掉一片原始森林和一个玉米高产区。

有这两条就够了。他不无得意地将要点记在本上。

电话响起来。他提起后问都没问，便说“不去”：刚才有两个电话，分别是屠副局长手下官员和温冈本人，内容是请他“潇洒”一番，他估计此电话也不会有新意。

“那我去行不行？”电话里传来似曾相识的女声，“听出我是谁来了吗？”

“你听出我了？”关鉴来了个小小的狡猾。

“你是我这个电话的标的，我焉能不知道你是关处长？”

关鉴表示完欢迎，放下电话后，仍对来人一无所知。刘心之曾讲过这样一个故事：某次他在打牌时，一位操标准普通话的人，将电话打到他的手机上。此人开口便问能否听出他来。刘老实地回答不能。“你忘了咱们一起下棋的时候啦？”对方启发刘的记忆。刘检索一番后说仍想不起来。对方又说：“曾记否，当年一起喝茅台，大醉方归？”刘仍无方向。于是对方只好自报家门，并随之抱怨刘“人一阔，脸就变”，把他“相忘于江湖”了：原来是位与刘在一个公社插队的同学。刘后来说：“假设他操某种口音，那都要好猜一些，可他偏偏说最普通的话。再假设他提出的不是下棋、喝茅台酒这两样特征，也好办：我和太多的人下过棋，又和太多的人喝过茅台酒。”关鉴听后马上说：“假设她说和你睡过觉，或议过结婚意向的话，那对你来说，猜得范围肯定更加广泛。”刘心之晃着茶杯说：“假设将其中的内容换成硫酸的话，我一定全泼到你脸上。”关鉴虚挡一下后，将此人定义为“平头百姓”。接着他分析道：“下棋、喝茅台酒对你来说是家常便饭，而对他而言，是唯一的一次，故一提便是。”刘心之说：“然也。”

关鉴开窗户换气时，已断定来人非温冈之流指派的“小姐”：她们若会使用“标的”“焉能不知”这些词汇，就不用干这“强体力”活了。

可他万没想到来人竟是苏女士——再管她叫“苏女孩”是绝对不合适的。他已将审查委员名单上的“中国开发银行信贷总局苏处长”，与眼前这位仪态万方的女士“对”上了。

为掩饰尴尬，关鉴嘟嘟囔囔地说：“真没想到会是你。”

“看见会议名单时，也没想到？”苏女士质问。

关鉴摇头。

“我一见名单，就觉得是你。他们在饭桌上形容有位‘一肚皮不合时宜’的人,我就知道准是你。要不是温冈在我房间磨蹭个没完,早就来了。”她接着很郑重地问,“听到我的电话很久后,你还是没想起是我吧?”

关鉴狡辩道:“不是没想起,而是不敢想。”

“骗人!”苏女士娇声嗔怪道,“我听你一声‘喂’,就千真万确了。你的声音特别好听,充满男性的磁力。”

关鉴已无法应付局面,只好用开提箱,取自备的“乌龙茶”这些小动作来抵挡。

“男人和女人就是不一样!”苏女士万千感慨地定性。

“是不一样。是不一样。”关鉴只有连声应答的份儿,“从生理到心理都不一样。”

苏女士觉得关鉴手足无措的样子挺有趣:“你还记得上课时,给我们推荐的那本书吗?”

关鉴老实地承认不记得了:每当他读到本好书,都要迫不及待地向人推荐。此“病”到了调查局后,才慢慢改掉,因为这里均非以看书为职业的。“你吃不吃核桃?”他又取出给妻子买的“本地特产”,双手用力,“咔嚓”一声将其捏成了碎末。

“再下去,就该问我煮不煮包方便面了吧?”苏女士看到他箱中的“康师傅”。被诱导的关鉴差一点就答出来。我这是怎么啦?他深吸一口气,努力镇静自己。我又不是她的债务人!如此失态,真是不体面。

“你推荐的是《我与兰登书屋》。书中有段关于乔伊斯的叙述,君尚记否?”逐渐恢复的关鉴,在摇头的同时,落座于苏对面的沙发,并跷起了二郎腿。

苏女士娓娓谈起书中故事:兰登书屋的主人贝内特想带一位他非常喜欢的姑娘去海滩玩,可姑娘的监护人、她的姐夫说:“你必须找一位陪伴她的女性,否则她的父母知道会杀死我的。”贝内特一时无合适人选,这时乔伊斯说:“我的儿子、儿媳也要去那儿,让她陪伴就行了。同时我保证,一到那儿,你就再也见不到他们了,直到回来前。这样一切不都合乎礼仪了吗?”小乔伊斯夫妇是非常讨人喜欢的，他们一起度过一段美好的时光。与此同时，小乔伊斯还给贝内特和他的女友拍了电影。三十年后，为纪念乔伊斯，电视台播放了这段片子。有人通知贝内特，而他看后根本认不出那位姑娘。后来他又重复看了三次，才猛然想起。三天后，他终于寻觅到那位姑娘。他一开口，对方马上就说："贝内特，我料到你会打电话来。""你看了那天的节目了？""当然看了。""你认出我来了？"贝内特问。"你这家伙，难道你没认出我来？""节目真棒，是不是？""是的，我都哭了。"

关鉴也想起这故事，虽然他当时是从"生意"的角度向学生们推荐这本书的："后来贝内特邀请女友一起吃午饭。女友说：'我要拒绝了。我看了电视，知道你现在的样子。可你并不知道我现在的模样。事情就这样下去吧！你记住我年轻时的模样就行了。'"他顿了一下，继续叙述道，"贝内特连哄带骗，但女友就是不去，'绝对拒绝。你就记住我那时的模样吧，我现在巴不得和那时一个样。'"

苏女士一直端着下巴，听关鉴的叙述。

故事结束了，两人相对无言地坐着。

"一向可好？"苏女士打破沉默。

关鉴点头："你升得真快。"

"我是硕士嘛。"

关鉴显然想回避往事："此刻的国务院学位委员会，已大大地加强了对学位授予的管理力度。"

"总也忘记不了你讲的课。"苏女士坚决不被误导，"你推荐的书，只要能找到的，我都读了。"

关鉴觉得再不说两句，就大悖于情理了："我也常想起你当时的样子来。"他本想说：我也能想起你当时的样子。可这话还不如不说。

苏女士显然受感动，正要接叙，与关鉴同屋水利部的马科长门也不敲便闯了进来。进来后，立刻发觉格局不对，便用充满醉意的语调问道："我还想喝点啤酒，你去不去？"

关鉴当然不会去。

“怎么是两人一屋？”苏女士问，“要说你也是处长啊！”

“处长和处长能一样？”关鉴猜想苏女士一定和屠副局长一样，是个大套间，“有笑话说：领导在开会前问宣传官员：电视台的记者来了没有？官员说没来。领导说：‘还不赶快派车去接！’接着他又问：报社的记者来了没有？官员说：也没来。‘赶快给他们打电话。’再就问到广播电台的记者。官员还说没来。‘没来就算了。咱们开会。’”他说着站起身，“简而言之。一个会缺谁开不了，谁便是这个会的主角。”

“飞翔公司想向世界银行贷款，需要我们行协助。”苏女士简单地介绍。

关鉴表示不相信。世界银行并非普通的银行。它有权使用各国民众的税金，但任何个人都无权申请世界银行的贷款，因为它的贷款对象是各国政府，确切地说，是仅仅限于无法通过其他渠道获得贷款的政府。

苏女士简略地介绍说，世界银行从七十年代起，开始喜欢向第三世界的国家贷款，不过附加些政治，或类似政治的条件。某些人因之称其为“小联合国”。目前世界已成“单极”，它很想通过贷款来影响我们。

关鉴不想显得无知，就尽力调动存储，与苏女士对话：“世行原准备给三峡工程贷款，可政府考虑到贷款附带的苛刻条件，拒绝了这笔数十亿美元的贷款：三峡的移民规模实在太大，无法按照世行的标准安置这一千二百万人。”

苏女士感叹一番“富人把自己的标准强加于人”后说：“这其实是一个很英明的决策：政府知道世行原定的贷款计划还没有完成，从别的项目上，仍可以获得三十亿左右的贷款。”

关鉴插入道：“按说要专款专用的。”

问题进入苏女士的专业领域，她显得游刃有余：“专款专用这没错，但这中间有个技术问题：假设你得到十亿美元的教育贷款，便可以削减相应的原定投入，从而把它转移到你要用的地方。”

关鉴问飞翔公司是如何得到贷款的。

“通过一些世行协助建立的中介机构，也就是所谓的简称 DFI 的金融开发机构，如印度工业信贷投资公司、土耳其开发银行之类的，私营企业也能获得世行的贷款，其规模大约是总贷款的百分之八。”

“区区飞翔公司，怎么够得着？”关鉴不想向苏女士介绍下午的血腥场面。

“桥梁就是我们行。”苏女士说，“再说一个单位，不一定要很大的规模，才能办成事。只要你有股子精神就行。另外，温冈的项目也选得不错：世行最喜欢在世界各地建水坝。”

“水坝这东西，不是什么飞翔之类的公司能造的。从张居正到孙中山，哪个不想修三峡大坝？长吟‘高峡出平湖’的毛泽东就更想了。可他那么浪漫的人，论证了多少次，也不敢贸然动手。也就是现在，有这个国力，才敢开工。”关鉴晃动着手中的铅笔，“修水坝绝对是政府行为：移民怎么办？航运怎么办？生态问题怎么办？它飞翔的牛皮吹得没边了！”

苏女士笑眯眯地看着激动的关鉴说：“我好像又回到了你的课堂上，‘书生意气，挥斥方遒’。”

“苏学生，你回答我的问题。”关鉴趁势问。

“世行从一九四五年成立到今，共发放三千多亿美元贷款。其中不少放瞎了：印度的萨达萨来大坝建好了多少年，可就是不敢蓄水，因为库区的农民都不搬走，孟加拉、加纳的水坝也是如此。”苏女士说着就突然打住，不愿继续了。

关鉴不相信飞翔公司的水坝能通过世行专家的审查。

“别迷信世行专家。审查这个项目的世行官员，除去一位美国名牌大学毕业生外，就是一位长春水利学校毕业、后来移民到以色列的中国人。”

关鉴想起刚才电视片中的介绍，问是否温冈的同学。

“不能证明是同学，但起码是校友。”苏女士看看手表，“我该走了。”

“明天再聊。”关鉴起身送客。

“明天的日程满满的。我住1226号。手机是13905145516。”苏女士正面对关鉴说。

关鉴点头。

“你不用笔记？”苏女士显然嫌关鉴敷衍她。

关鉴流畅地复述了一遍。

苏女士对他的记忆力表示惊诧。

“1226，是毛泽东的生日；1390 不用记，全国第一批次的数字移动电话都是这号；五一年是我生的那一年，四十五是天安门事件发生的月份，而 516 正是著名的‘五·一六’通知。”

“你使用才华时，总是大款花钱一般的奢侈。”苏女士软声说，“待会儿再见。”

关鉴觉得自己弄巧成拙了。

九十年代的北京城，有着相当一批冒险家，他们携带着资本、关系、知识，以卑躬屈膝、前倨后恭、寡廉鲜耻、颐指气使、唯我独尊等各种态度、方法，活跃于社会的各个层次。

刘心之的海联公司既然进入网络，他就必须在这个恶劣的经济环境中，与这批冒险家打交道。某次，一位自称有很深背景的人，声称手中有批枪支，可以卖到美洲去。刘心之不相信，此人便领他到郊区的一个仓库，让他目睹若干箱枪管被锯短的自动步枪。刘心之毛骨悚然之余，惊讶这些东西怎么会流到民间。此人含糊地说完“自有来处”后，强调起武器生意的利润来。

走私武器的利润甚至要大于毒品，总在百倍上下。可这违背刘心之的原则：赚钱是为享受，而干这种枪毙三回都有富裕的事，危险实在太大——在这个问题上，正如马克思说：人在满足了基本的需求之后，安全感就成了压倒一切的首要。就算百分之五百的利润，也不会去冒“绞首”的危险。他婉言谢绝了这笔送上门来的“好生意”。于是在很长时间内，被中间介绍人称为“胆小鬼”，蒋丹青也有附议的趋向。

一年后，中间人连同武器的拥有者，一同进了监狱。他正在庆幸自己的先见之明时，蒋丹青说，两人中的一个因证据不足被释放，另一个被判两年徒刑，缓刑两年,都在自由世界中滋润地活着。他根本不相信:像这类案子,一般能上到很高的级别。蒋丹青说:“他们成天在长城饭店、昆仑饭店一带吃饭、跳舞、砸金花。”为了证实,他带着蒋丹青去了这几个地方,没费多大劲儿,就遇到了大“砸”金花的中间人。

“砸金花”是类似“伏尔浩斯”的纸牌赌戏,中间人下注之大,令刘心之眩目。中间人邀请他加入,他谢绝道:“这不是我这等收入的人玩的东西。”“您要想加入我们的行列还不容易。”中间人将他拉到一边,又给他介绍新生意。他听都没敢听,就开溜了。

蒋丹青却认为听听没什么不可以。“武器买卖咱们不过是听了听、看了看,就被公安局、安全局查了个不亦乐乎。”蒋丹青不以为然地说:“公安局也就是传了我两次,有什么不亦乐乎的?”刘心之不想告诉她,为“埋”这事,他的花费已在五位数之上。“再说他们这些真正的当事人不也都没事吗?”刘心之用老前辈的口吻教训道:“他们没事,不证明你就没事。而且往往是吃肉的没事,喝汤的反而有事:吃了肉的,有足够的钱去了事,而喝汤的就是全拿出来,也不过是汤而已。”

涉世未深的蒋丹青,追求金钱的热情无比高涨。没两天,又通过“太太网络”,联系上来中国寻宝的一位日本皇室成员。

刘心之认为这纯属无稽之谈,可拗不过蒋丹青,便一起在“全聚德”宴请这位皇室成员。行前,他出于习惯,读了些相关的资料。

皇室成员是一位已八十高龄的老人,可神清气朗,各种器官的“年龄”给人以六十左右的感觉。他自称是大成天皇的私生子,但一直在皇宫中长大,属“准亲王”。然后拿出“登喜路”烟斗,一锅一锅地边抽边讲。

故事的结构极其宏大,说是裕仁天皇的弟弟秩父宫亲王,曾指挥过一个代号为“金百合”的秘密行动,将日军掠夺的财富收到皇室账下。日本军方、情报组织、黑社会都参与了这个行动。

“准亲王”极善营造神秘气氛,说只有少数几位皇室成员见过这些财产。参与这些藏匿工作的战俘和日本士兵,在完成任务之后,不是和宝藏一起被埋到山洞里、沉入海底,就是"神秘地失踪"了。

刘心之在背景材料中读到过有关亲王在二战中任职的记录,便问秩父宫亲王当时任何职。

"准亲王"微微一笑,说在所有文字资料中,秩父宫亲王在战争期间,一直在富士山附近的别墅里养病。而实际上,他的足迹遍布中国、香港、越南、柬埔寨、马来西亚、苏门答腊和菲律宾。

"准亲王"见大家的注意力渐渐地被吸引,就说战后日本经济之所以创造奇迹,和"金百合"提供的财富有相当关系。

刘心之根据常识提出异议:战败后,日本被麦克阿瑟率领的美军所占领,被监控的皇室若想隐藏财产,绝非易事。

一位热心的参加者嫌刘心之打断故事,迫不及待地反驳道:"麦帅少评估一些皇室的财产,不就全结了。实在不行,就往东条英机这批死定了的人身上推。东条之类的武士道,能为天皇做些贡献,肯定觉得无上荣光。"

"准亲王"没表示赞同,而是隐晦地说:"麦克阿瑟将军在香港的某银行存有数百万美元的黄金,这是核心人士都知道的,也被资料所证明。没有他的帮助,裕仁天皇不可能被免于起诉,日本国也绝对不能仅向受害者赔偿二十亿美元。"刘心之拿不出道理反驳"准亲王",只得"姑妄听之"。

"准亲王"开始将这个宏伟的故事"解构",说到中国部分。

"小故事"如下:彼时日本的三菱、三井、住友、安南四大财阀,为获取东北和华北的优质焦炭、长纤维棉花,还有长江流域、海南的高品位铁矿石等战略物资,成立了一个基金会。战败后,为东山再起,这笔基金被隐藏在吉林、广西、湖南三个省,分别由九位长老掌管。而这九个长老,则由一位名叫李旗的人统领。目前李旗已九十岁了,急于移交这笔财富。

刘心之认为,"准亲王"是考虑到中国人的民族情感,才将掠夺换成"基金"说。

可急于相信这故事的太太、先生们，根本没空分析，纷纷就有关事项，提出问题。

“准亲王”严肃地从“登喜路”公文包中取出一个缎面册子，其中除去若干张手绘的草图外，还有美元、英镑、美国债券和宝石等的实物和照片。

传阅一圈后，大家问“准亲王”，哪些方面需要配合。

刘心之已认定除钱外，不会再有什么了。

在充满密谋、机关、残酷政治斗争的皇宫内长大的“准亲王”，没刘心之设想得那么简单。他先让大家贡献关系，看谁在什么地方有人——最好是个组织——能够协助寻找。“为保密起见，当初设计这个组织时，属单线联系。日久天长，难免有中断处，要接续上，需要得力之人。”他在浓浓的烟雾后面说。

众人你一言我一语地“进贡”，其“贡品”，从“经济研究会”、“黄河文化学会”到退休的“副兵团职干部”、古董专家，无奇不有。

“准亲王”认真地记录后，很快给大家分了工。刘心之分到的是湖南。

“准亲王”说：“咱们也要成立一个基金会。”

大家都同意。

“准亲王”问谁负责为好。

大家公推他。

“准亲王”这才“破题”，说需要些经费：“我要负责和日本方面联系，在贵国也要跑一些地方。三菱、三井方面，当然很积极，但因战后一些条约的限制，他们不便公开出面。”

大家纷纷出资。最多的是三万元。

轮到刘心之时，他开口就是十万。

于是，他顺理成章地被委任为“基金会”的秘书长。

在回去的路上，蒋丹青担心将来找不到“宝”，会被埋怨就说：“你出的钱是不是太多了？”

“我的一位朋友，在深圳买到瓶假的人头马。我问他后悔不后悔。他说一点也不。原因就是他给小贩的钱,也是假的。"

蒋丹青担心他在协议上的签字。

"《合同法》的前提是'依法成立的合同,受本法律保护。'"刘心之灵巧地把握着方向盘,"姑且不论有无宝藏,他来中国找,本身就是非法的。非法合同,法律才不保护呢!"

后来,"准亲王"给刘心之打了若干次电话,见没有下文,就不再打了。

总结此事时,刘心之十分遗憾自己不是作家,否则准能创作出好作品。他说:"神秘的日本皇室、亲王、私生子、权力斗争、秘密行动、暗杀、黄金、美元……所有构筑政治、经济小说的基本元素,它无一不备。"

蒋丹青听了只好尴尬地笑。

但此刻他手头却有笔千真万确的买卖:他一位在外贸部工作的朋友,搞到了一张十万打纯棉内衣的订单,希望他在资金和关系方面提供帮助。

纺织品一直是中国的传统工业,可因东南亚金融危机后,各国的货币纷纷贬值,美国商人原需在中国采购的东西,都跑到那些国家去了,致使大陆许多产品积压,开工不足。这其中的道理就好比一排十多家饭店都降价了,唯独中国一家不降,所以除去有深厚关系者外,谁也不来吃了。

中国政府对此采取了一系列措施:提高出口退税的比例、给予生产厂家以原材料方面的优惠、公开拍卖配额、拉动内需等。可即使这样,出口生意的意思依然不大,利润根本谈不上,至多是能创汇而已——创汇概念本身就很含糊:它是指利润?还是仅仅是把人民币换成了外国钱?

这些还是次要因素。关键是政府把配额许可证制度由"暗箱操作"改成了公开拍卖。

所谓配额,是欧美发达国家对中国的一种限制。换言之,就是欧美市场的"准入"证明:一年给你一百万打,或两百万打。一旦达到,美国市场就关闭。而这些配额,到了外贸部手中后,以前是按照计划经济的思路,分配给广州、上海等地的专业公司,由它们来做。而这些公司发现与其自己做,不如将其卖掉:自己做需要占用资金，耗费人力，倘若管理不善，还要赔钱；将其卖给一些有能力的人，干收利润，何乐不为？这样，配额本身就有了价格。各级掌管配额官员的“好处”，也埋伏在其中了。

国家发现此弊端后，采取了公开拍卖的方式。任何东西一“拍”，价值就突现“阳光”下，文章也没法作了。

但一些“有识之士”，想出了许多“曲径通幽”的方法。其中之一，便是刘心之和朋友准备采用的。因为南美国家属于北美贸易圈，美国对它们，是没有配额限制的。若将纺织品搞到那里，便可敞开向美国出口。可此地劳动力昂贵，工人的技术、工厂的设备都成问题。所以简单的办法，是把大陆生产的纺织品运往彼处，然后改换商标，再出口美国。

此事说易行难，关键就是在这南美某国家，能否将商标换好。

经刘心之和朋友反复商讨，决定在香港换商标，到南美换装箱单据，再直运美国。

分工是朋友负责南美换单据，刘心之负责香港换商标。

与此计划“套裁”的是另外一个计划。

这个计划的轮廓如下：海湾战争后，国际社会对伊拉克实行经济制裁，不让其石油出口，只有换取药品、少量儿童食品的石油除外。但制裁永远是个政治名词，有利润在，经济活动就在，不同的是伊拉克会把石油的价格降低。

伊拉克石油的价格一低，便与国内市场的石油产生了差价。刘心之和另一位朋友拟定的计划，就是消化这个差价。

此朋友为北京远方石油公司总经理。远方在广东湛江、福建厦门有两大分公司。石油就要从这“口”往进流。

朋友经营此类逃避关税、走私石油买卖，已经多年。手下“通关士”就有一批——如报关进入的话，政府出于政治考虑，能否同意尚在其次，关税本身就会把利润吃掉大部分。

朋友的买卖规模宏大，据知情者说，一年的营业额便达数十亿，原不在乎刘心之的数百万加入。这是刘心之争取来的:钱出了境,再变成钱回来,就和从北京到上海的汽车拉了货去,而空车返回一样。经济的办法是回来时再捎些货。伊拉克的石油就是他选择的介质。

宦海风波和学术训练,早把刘心之锻炼成敢作敢为、认真仔细的人。他以谭幼军在香港的P公司为枢纽,彼此反复商谈,明确了双方的义务与权利,签订了若干个协议。这个环节布置好后,他又以海联公司的名义,与朋友的远方,以及远方派生出来的保力公司签订了一系列合同。

此刻,刘心之正把这些文件锁进"柏克"保险箱中——现代生意,尤其是这种多层次、多回路的跨国生意,已非口头承诺或袖子里拿捏手指就能做的了,它必然要产生大量的文件,其数量之多,使这个小保险箱只能放下核心部分。

刘心之开闭保险箱时,故意用身子挡住蒋丹青的视线。

"好像谁真的想偷你东西似的。"蒋丹青对他这个动作不满意之极,否则不会往出说,"也真的难为你记得住,隔几天就换个号码。"

"你怎么知道我换了号码?"刘心之警惕起来:这个保险箱的号码是按键式的,可以随时更换。

"从动作就能看出来:一会儿按十下,一会儿按八下的。不是换号是什么?"刘心之放心了。

"你活得累不累?"蒋丹青早就觉出刘心之心中充满不安全感:倘若有份重要文件,他起码分两处存放,就和古代调兵的"虎符"一样,对不上就不能用。他们进入环岛大厦的第一天,刘心之就反复巡查,最后终于自以为是地发现此大厦的消防措施不力,然后买了两个小型的灭火器和一副防毒面具,放在屋子里。她嫌它们难看,每每收入柜子中。而刘心之每次来,都要将其归位。她不满地质问:"这些东西能用几回?""每天用两回的是炒菜锅。最好是一回也不要用。但用时必须随手可得。"刘心之回答道。

"累,当然累!现在有谁不累?"刘心之懂得形体语言之力量,搂住蒋丹青说:"只有和你在一起的时候,才会轻松一点。"

被怀抱的蒋丹青想:鬼才信你这话!

关鉴在似睡非睡中,听到电话响。他拿起“喂”了一声,对方没反应,便又放回去。

大约一分钟后,此过程重复。

“可能是应召女郎之类。”关鉴自己也觉不能自圆其说。

“我这人睡着后,什么都听不见的。”马科长背朝关鉴说。

关鉴不想鬼鬼祟祟,便不等马科长睡着,就出了屋子。

他和苏女士一起度过了一个非常奇特的夜晚。之所以称之为奇特,就是它虽没有完成,却又比较圆满。

苏女士最后这样评价关鉴:“我从没听说过,更没见过你这样的先生。不过我实在是不想破坏你费尽心力建起来的道德大坝。”

关鉴赞扬苏女士几句后,说有一事,不知道当讲不当讲。

苏女士说:“但讲无妨。”

她原以为话题有关情感、家庭方面,不料竟是有关水坝工程的。

苏女士不高兴了,沉吟良久方说:“你我既然已经到了比友谊高,但不是爱情的程度,我就告诉你句实话:我也是奉命来参加这个会的。”

关鉴问是否旨在通过此项目。

苏女士表示如果项目本身没问题,她将写份同意的报告。

关鉴明白只要她和屠副局长两个重要人物签署同意报告的话,这个项目在技术、经济两个方面就有了保证,从官僚程序上讲,第一步便无懈可击了。“观点决定你能观察到什么。明天咱们一起寻找这个项目的‘不可行’处如何?”

苏女士表示为难:“要知道,我们行的高层领导,想把这事办成。”

关鉴问:“你们老板是不是能从中得到好处?”

“你不该问我没法回答的问题。”苏女士很懂官场规矩,“再说,世行有的是钱,它们来了中国之后,便会撒在这片土地上。谁也拿不走了。”

关鉴嗅着她头发中发出的芬芳:“但债务永远是债务,现在看是收入,总有一天是要还的。再者说,我根本不相信温冈会把钱用在水坝建设上。水坝不过是他的一只‘钱罐子’而已。”

“现在谁往那么远想?”被抚摸的苏女士幽幽地说,“别杞人忧天了。”

“眼下虽说庸人辈出,但想做些事情的还大有人在。起码我不能让劳民伤财的事情,从我的笔下通过。”关鉴破天荒地将作招待用的“大熊猫”烟,取出一支点燃,“就算世行的钱是白要的,为了装样子骗世行官员,咱们就得耗费多少财力、人力?”

“你我不过是这部已开始运行的庞大机器中的小小一个部件而已。”关鉴所说,苏女士了解得甚至比他还要透彻。

“一位当发电厂总工程师的朋友对我说:电厂锅炉、汽轮机、发电机和附属设备的关键部件大约一万多个,只要其中任何一个连同备用件一块坏了,整个系统便会停止工作。”关鉴看着窗外渐渐清晰起来的晨光说,“换句话说,当我看到世界上有一些好事因我而发生,而有一些坏事因我而避免,就会觉得格外地兴奋。”

苏女士似被催眠术带入梦境,竟然同意起关鉴的观点来。

温冈的水坝项目,在初步审查会上未获通过。所以他们离开H市时,市级领导和开道的警车都不见了。

苏女士到省城有事办,没与大家同行返京。

“我没想到您也不同意这个项目上。”关鉴的座位正好挨着屠副局长。

“小伙子处长,您这话见外不是:我是多年老水利,什么项目没见过?”屠副局长做不高兴状。

“我替苏处长谢谢您。”有屠副局长的关键一票,苏女士回去就好交代了:既然从技术上通不过,资金筹措便无从谈起。

屠副局长眼中充满诙谐,问关鉴以何资格代表苏女士。

关鉴自知失言:“我和她是老熟人了。”他掩饰道。

“小城故事多啊!”屠副局长宽宏大量地笑笑,不再深究,“我不是替你们想,而是替自己想。”

关鉴本想等屠副局长道出下文。但屠没说。于是他只好问。

“天鹅一向引吭高歌,若到‘绝唱’时分,突然变成沙哑嗓子,您说该多煞风景!”屠副局长看着舷窗外渐渐西落的太阳说。

十二

辛哲光是讲实际的人，他并不相信米金的管理能力，因为这已被米金在陈之前执政时的“业绩”所充分地证明。但他仍心存侥幸，认为米会在“赋闲”期间，韬光养晦，读些书，反思一些问题，有些长进。但事与愿违：米金“重新”工作后，变本加厉地捞取私利，仅在进口价值八十万美元电子元器件一单生意中，便获五十万人民币的“好处”。

如果光他一个人“捞”，浩然尚且能经受。问题的关键是他新任用的人，比方孔崇明之流，也加入“捞”的集团。另外，原来一些不错的干部，见白花花的银子，流来流去，又没人“看守”，也难免伸手。人人都搜刮攫取，浩然就渐显颓势。深陷于书房大沙发内的辛哲光展开思想。遥想当年，国民党之所以失败，除共产党的强大攻势外，蒋介石在抗战胜利后，没能控制住在重庆“清苦”若干年的干部，在“光复”后的“接收”过程中的贪婪欲望，致使其经济崩溃，也是一个重要原因：表面看，打仗是打枪、打炮、打人，推原论始，却是打钱，没钱就没得打。试想一下，宋美龄哀求献媚，好不容易从美国争取来的援助，不是抵岸后不几天就出现在黑市上，就是在大陆打一个晃，便又回到了美国的银行，有的则根本就没离开美国本土。这样的仗还有什么打头？

说实在话，辛哲光对浩然的亏损并不很在意。关键是米金连“账面盈利”都做不到。如能做到，几年后，他不做董事长时，“打包”一交，就全结了。人们或许会问：一个账面盈利、本质亏损的公司谁会接？可实际却是亏损归亏损，只要它还有“剩余价值”，“追求者”就大有人在。他们获得后，也绝不会“揭发”前任——这是必须的默契，否则便是挑选你的人缺乏“识人之明”——只是继续“做文章”至任期结束。

可米金领导的团体，连续两次财务报告被审计公司所否，这就危及根本了：浩然是上市公司，每年都要向股东们公布中期业绩、年度业绩，如连续亏损，并且额度不小，国有资产管理部门、证券监管部门、股东大会，就会唯辛哲光是问。

辛哲光曾斥责米金，米金支支吾吾说不出什么来。最后还是副董事长李颖明讲出了其中原委：陈天纵所结构的公司经营系统，太精致复杂。

辛哲光懂得李的意思是让陈天纵重新掌握公司。但他当时没表态。

公司是什么？别人看去，它虽然抽象，但我知道，浩然其实就是我，我在对它负责。当然，无论我如何经营，浩然也不能从严格意义上变成我的。准确地说，就是它不能遗传。但从广义的角度说，只要有自己的干部，这个公司就在我的手中。

辛哲光闭上眼睛，将问题抽象出来：米金是“自己人”，可无管理能力；陈天纵有能力，但非“自己人”。若能结合就好了。天下十全十美的事实在是不多啊！

既然他们生理上不能合二为一，就要让他们在浩然的权力体系中合二为一。米金负责监督，陈天纵负责具体经营。两个人分别作为两翼，让我的权力之鸟高高飞翔。想到这，辛哲光觉得有阵微微的兴奋，从体内升起，他自觉这是身体良好的表征。当然，他们是具体的人，非雷锋所谓的“拧在哪里，就在哪里发光”的“螺丝钉”。我必须给他们好处：手里要是没有米，就永远叫不来鸡。

原则一旦建立，辛哲光立刻拿出了具体办法。陈天纵是一个杰出的管理者，以前之所以唯我独尊，是我这个董事长疏于约束、管教。估计他在权力失而复得后，必会感激涕零，以十倍的努力回报之。而对米金，我则要指出他的不妥的行为，凉他一阵子：有瑕疵的干部最好用，只要他不驯服，就重提他的“前科”。

当然，米金手中的权力，是不会轻易交出来的。必须使用一些手段。用什么手段呢？辛哲光睁开眼睛。

一小时后，辛哲光通过电话吩咐吴超起草一份号召全公司“学习管理”的文件。

电话另一端的吴超不禁一愣：辛哲光绝少在“人事”之外，指示发文件，尤其是这种“虚”的文件。

“孙子兵法云：虚者实之，实者虚之。”辛哲光针对吴超的疑问说，“毛主席发现刘少奇的问题时，就批《海瑞罢官》；‘文革’中认为保守派的力量过大时，就批《水浒》，所以‘文革派’才说：《水浒》中有人要架空晁盖，现在有人要架空毛主席。”辛哲光觉得说多了，便立刻打住——大人物必须吝惜言语，“三天之内，将草稿给我。”

吴超放下电话，握笔两小时，竟没找到落处。他细细将辛有关海瑞和《水浒》的论述想了一遍，便致电党校孔教授。

他张口就问孔教授：“有钱挣不挣？”

孔是他父亲的同乡、中学同学，从小起，他便以长辈待之。孔是全才，不光能写理论文章、经济文章、规章制度、文艺评论，甚至中学生作文他都能写。平常有些他写不了的，或不屑写的，都交代给孔。这样一来二往，孔在他眼中，就成了匠人，顶多是“大匠”而已，说话可省去繁文缛节，开门见山。

孔教授是党校党史教研组主任，党史专家。党史从建国直至八十年代，博大精深不说，还变幻莫测，“废”了不少人，也成就不少人。可现在却渐渐不实用起来：别的不说，从收入论，他就比在重点中学教语文的太太低三倍。男人的收入少过太太，非常令人尴尬。“当然干。”他不假思索地回答。

“咱们要一起讨论一下宗旨，是您来，还是我去？”吴超居高临下地问。

孔教授说当然是他去：“请您明示地点。”他谦恭地问。

吴超稍加思索，就命令孔教授到香格里拉饭店集合：凡大机关起草政策性的文件，总在某饭店集中一批人。更何况他没有结婚，每天都要找吃饭处，饭店一住，饭费就进了房费。

一小时不到，号称是孔子多少代孙、有“博导”头衔的孔教授便风风火火地赶到香格里拉。

吴超开出两千块钱的价后又补充道："如果写得好，上面可能另有赏赐。"

孔教授当然觉得有些委屈，但他买房款有大的缺口需弥补。两千块虽然解决不了根本，但正如西方谚语所说，此乃"往大海里撒尿，不无小补"。

关鉴再次发现妻子扶着腰吃力地往起站，并追问无结果后，他立刻判断出她患有严重的疾病，不过因岳父生病、儿子高考等诸多原因，她不能说。

他循逻辑推断，有病必有诊断书。等妻子上班后，他认真地在家中寻找一番，结果一无所获。于是他再按逻辑图指示，去了妻子的合同医院。

他用自己的工作证，顺利地调出了妻子的病历。

病历是电脑打的，规整清晰。在"急进性肾小球肾炎"的总标题下，有一系列指标。

他不敢怠慢，立刻从关系网络中，调出最强者：供职于中日友好医院的毕博士。

毕博士虽然刚下夜班，但因关鉴是一位能在诸多方面影响他的人介绍来的，不得不挣扎起身，在他用外科精神布置的精致的家中接待客人。

他一看便知何病，但仍做认真状，仔细将病历看了两遍，方才肯定了病历上的诊断。

关鉴恳求解释。

"如果病历所载的所有诊断都成立的话，患者得的就是一种病情会急剧恶化的急进性肾小球肾炎。"他虽知道病主是来人的夫人，但仍用"患者"这个名字，"患者常在几周或数月内由血尿、蛋白尿发展为少尿、无尿、肾功能衰竭。"

关鉴的脸色迅速变白。

"本病简称为急进性肾炎。病理改变为广泛的肾小球囊内新月体形成，因此又称新月体性肾炎或毛细血管外增殖性肾炎。"毕博士在十年医学院、五年医院生涯中，专门对肾病下功夫，说起来如数家珍，"患者多为中青年，男女的比例为二比一。”

比例对关鉴毫无意义,他需要的是治疗方案。

毕博士已是司空见惯,慢悠悠地说:“该病的确诊依赖病理学检查,故对急剧恶化的肾功能患者,应尽早进行肾活检。”

在与毕博士确定了肾活检的时间后,关鉴有些胆怯地问此病的预后。

“本病来势凶猛,一旦确定,应积极治疗,否则百分之八九十的患者于半年内死于尿毒症。”

关鉴用勉强运转的思维能力,问治疗手段。

“一种是靠透析,此乃权宜之计,多对老年人用。另一种则是肾移植。”

关鉴问是否常人所说的换肾。

毕博士点头。

“我的肾可以吗?”关鉴着急地问。

“从理论上讲,可能性不大。”

“可我是她的亲属啊?”

毕博士明白来人已丧失逻辑判断力:“亲属在医学中,通常指血亲。非血亲等同于一般人,可能性为数十万分之一,通常要在广泛的对象中寻找。”

关鉴的恢复能力是惊人的,立刻转入实质阶段,问换肾的过程。

毕博士被委托的虽仅是医疗咨询,但他还是给关鉴讲解了换肾的程序:“除去高昂的费用外,寻找合适的肾脏是关键。最好是有合适的捐献者,否则就要等合适的临床死亡者自愿捐献的肾脏。”

关鉴迅速排除亲属捐献的可能性:儿子即使想捐,妻子也不会要,其他人也不可能捐。他于是问最快的时间。

毕博士表示此乃可遇而不可求的事。

情急之下,关鉴提出了“买肾”说。

“我国法律明令禁止人体器官买卖。”毕博士虽参与过一些“准器官买卖”,但仍冠冕堂皇地说。

关鉴作道歉的表示后，提出最后的问题：费用。

“这很难确切地回答。大概需要三十万元左右。”毕博士已估计到来人可能完全委托于他，故在预算中加入了自己的份额。

“我一事不烦二主，请您立刻安排我爱人在您的医院住院，并请按最快的换肾程序进行，费用不成问题。”

毕博士表示住院不是他能决定的。

关鉴把匆匆准备好的、内装两千块钱的信封沿茶几推了过去——从严格的意义上说，这或许算得上是贿赂，但他却把它解释为合理补偿，等同他花一节课五十块钱，为儿子聘请的家庭教师。

毕博士虽没接信封，却改口说想想办法，但强调自己在医院无行政职务，存在一定难度。

关鉴懂得其中的关节：重点中学计划外招生时，表面上看是由校长们做主，但他们在做主时，已将学校关键岗位上的教师考虑进去。否则他们一撂挑子，就“打翻狗食盆，谁也吃不成”了。“您克服难度，剩下的我来办。”他表态道。

毕博士听完客气地将数种联系方法告知关鉴，然后送他出门。

孔教授看吴超自住套间，给他却是单间，不禁忿忿然。但很快便用“不以物喜，不以己悲”的古训将情绪克服。他将手提电脑连接上网时想：要说神气，老子也神气过！但旋即自感有“阿 Q”味道，于是摇头摆脱，连续击键，进入因特网“共产党历史”之界面。

孔教授的履历，确也辉煌、过硬：一九六五年人民大学马列主义专业毕业后，被分配到清华大学基础课马列主义教研组。别看此单位听起来不大，但此教研组的主任，是当时的教育部长、清华大学校长蒋南翔亲自兼任的。

若论马列主义水平，孔教授至今认为蒋南翔是他所见过党内高级干部之第一人。引经据典自不用说，关键是蒋南翔将马列主义观点贯穿于所有的具体问题分析中。某次他陪同蒋一起出差去上海视察——蒋欣赏他的才华，数次出差都带他,以理论秘书对待——在火车上正逢毛主席诗词《满江红》发表。一时间,人人传诵,“小小环球,有几个苍蝇碰壁”声洋溢车厢。当他被蒋校长召进包厢后,仍沉浸在兴奋中,不等蒋问,便自动颂扬起毛之才华,从文辞说到书法。

蒋南翔默默地听完,安排他查一段资料,便命其告退。

一个月后,他陪蒋在清华校园的秋风落叶中散步时,蒋论及辩证法时说:“任何事物的发展,都是一个渐进的、缓慢的过程。量变之积累,方能引起质变。想在一时或一天之内办成某件事是不行的。”

他立刻联想起主席诗词中的“一万年太久,只争朝夕”句,但又没敢继续往下想。

再以后便是“文革”。在斗争蒋南翔时,他作为“黑帮爪牙”在台下陪斗。他目睹挂着数十斤重的铁牌子、一米多高帽子的蒋南翔,在红卫兵说“毛泽东思想是顶峰”时,仍然称:“顶峰是不对的,从哲学的角度说,顶峰就不能发展了。”此语一出,根本不讲哲学、专门讲武学的红卫兵,拳脚如暴风骤雨。

蒋南翔之言传身教,给他很大影响。在江青委托迟群、谢静宜一伙,搞“批林、批孔”,组成化名为“梁效”的清华、北大两校写作组时,非常想吸收能写并同时又是孔子后裔的他参加。而他则拖来拖去,迟迟不去报到。最后,身为清华大学党委书记、来自著名的八三四一部队、与谢静宜并称是“毛主席的两兵”的迟群,让人带话给他“如果再不来,就是不看好我们,应采取组织手段”。

万般无奈的他,只好加入。加入之后,他见到老前辈、北大著名历史学教授周一良、语言学教授魏建功等也在里面,多少放些心。

不久,他陪同迟群出差上海。当时已是中共中央副主席的王洪文、上海市委副书记徐景贤宴请迟群。他们一见面就拥抱,并且猜拳行令喝得十分热闹。酒酣耳热之际,迟群指着他对王洪文说:“他不知道是孔子的多少代孙子,又是旧清华的理论干将,现在也和咱们一起批他的老祖宗了,用主席的话说:正是‘枯木朽株齐努力’啊!”

看着满桌市场上根本见不到的名酒佳肴的他,在感觉到极大侮辱的同时,从心底开始"看不好"这些"'文革'代表人物"。回来后,他马上办调动。可请调报告送到迟群手中时,他却"留中"不发。

他懂得"事情不能硬办"的道理,又采取"拖和等"的办法。最后终于等到一九七五年江青在政治局挨批、迟群称病不上班的大好机会,顺利地调到一所中学教书。

一年后,"四人帮"垮台。他还想回清华,可却办不到了。等蒋南翔在三中全会后,再度出任教育部长,需要一位理论秘书时,他赶紧去申请。蒋南翔本人愿意要他,可他却未能通过审查,原因是他参加过"梁效"。

他只好自认倒霉:组织上并没说你有什么罪恶,只是说你参加过,而你参加过则是板上钉钉的事实。

他费尽周折,才调到党校。

再以后,他见到周一良在《毕竟是书生》一书中,对"梁效"一事,轻松带过时,心里的懊悔就别提了。再加上经济形势的强大压力,他的世界观彻底地变了,成了一个唯利是图的人。

孔教授进入他建立的网页,一检索,发现访问人数一栏下,仍是令人沮丧的"0"——他懂得在因特网上靠网页获利,不是容易事,除非像《人民日报》《星岛日报》等大报,可以招揽广告,或者像黄健翔那样,会谈足球类的热门话题。可一个关心你的人也没有,实在太令人伤心。

他伤心未了,吴超就让他到餐厅吃饭。

吴超客气地让他点菜。

他看看十人的单间中,只孤零零地他们两个人,便问投资规模。

吴超笑答:"没听说过有什么限制。"这话米金最喜欢说,他学到手很久了,可惜的是用的机会不多,"你尽管点你喜欢的,我点我喜欢的。"

孔教授只点了一道菜:龙虾。他非常喜欢澳洲龙虾生吃时滑爽的味道。

吴超点了红烧鲍翅后,再点南非极品鲜鲍:"我喝碗'粉条汤',再吃个'饼子'就足够了。"生意场中人,通常称鱼翅汤叫"粉条汤"、管鲍鱼叫"饼子"。

服务员明白这些人的噱头，问是何“粉”何“饼”。

吴超说是红烧天九翅和南非极品鲜鲍。

至多小康的孔教授不谙此道，不无巴结地问吴超吃过多大的龙虾。

“我的一个朋友在山东买了个小岛，那次我在那儿度假，要是想吃龙虾了，就中午到沙滩上去转悠，看见哪只爬上来晒太阳的龙虾大，就叫厨子提溜儿着哪只回去煮着吃。”

孔教授明白这是调侃，不再继续话题。

龙虾上来后，吴超一脸坏笑地问孔听说过“四大傻”没有。

孔教授摇头。北京常流行一些顺口溜，而且多以“四”为上限：倘若长达“八”或“九”则很难传诵，而少到“一”或“二”便放不下“机关”。

“这第一傻是‘手机腰里挎’，您没手机，没您的份；第二傻是‘购物到燕莎’，您没钱也没车，买东西顶多在门口的超市；第三傻说的就是您：‘吃饭点龙虾’，龙虾有什么吃头？论好吃、论派，都不如这东西。”

孔教授明白相对位置，一点气不生不说，还问第四傻是什么。

“‘挣钱小姐花’。”吴超朗声诵道，“这更没您的份了！您这岁数、这身板，就算小姐白让您玩，您也玩不动啊！用老百姓的话说，您‘老汉是好老汉’，却‘有枪没子弹’了。”

这回孔教授确实生气了：你可以说一个男人是傻瓜、是懦夫、是残废，就是不能说他没性能力。但他还是忍下了。你就是当年的王洪文，这样的人，无论在官场、生意场上，都绝对长不了的！他在心中定论。

吴超也自觉过分。可人一旦自以为高人一等，就明知错也不肯检讨。

两人默默地吃了一阵，孔教授开言问文章的架构和宗旨。

吴超的回答大而化之，孔教授不满意，要求做进一步的阐述。

“我要是都明白，您不成了打字员了？”吴超反问。

泥人也有土性，孔教授积存的火冒了出来：“就是订购家具，也要有式样、颜色、房子尺寸等参数。你这活我干不了！”

吴超一听，赶紧赔着笑脸说好话。

孔教授也见好就收，先从“务虚”的角度切入：“你们董事长从不过问具体的公司事务，此番介入，恐怕有背景。”

吴超说了一番背景，着重谈到陈和米之争。

孔教授默记。

吴超在接下来的闲聊中，又谈到辛哲光说起的“文革派”、“保守派”和有关“海瑞的一出戏”。

孔教授问是否《海瑞罢官》。

吴超的文史知识很有限，只是说听上去像。

“微言大义！微言大义！”孔教授看吴超茫然的样子，又找回了感觉，“有了这话，这文章就好写了。”

吴超赶紧讨教。

这小子嘴脸变得倒也快，孔教授想，看来但凡能从社会上捞取到好处的人，比方获得官职、金钱等的人，都必有过人之处。他略微向吴超解释了一些——不能说透，说透了吴超很可能将自己短路。

吴超听后说：“我也挺佩服老爷子的平衡艺术。看来搞好一个单位，光用封官许愿是不行的。”

孔教授虽然认为吴超“不足与高士语”，可为了显示实力，还是耐心地解释道：“封官许愿这个词是在‘文革’中被误用的：官是不能‘封’而要‘授’，只有爵位才能‘封’。”

吴超刚一点头，又记起自己的身份，补充道：“不管是‘封’是‘授’，反正我这个官掌握的财力，恐怕比你们的校长还要大。”

孔教授心想：无论从哪种意义上说，秘书也不能算官，顶多和过去的幕僚一样。至于财力，你小子不过是临时掌握一下罢了。换言之，你是因为这趟“差”的缘故。从这点上，又能显示出了你小子不是官：官有固定的管辖范围和职能，而“差”则是临时性的，哪怕是钦差、肥差都是一交了事。再从另一个角度说，秘书横行,不是好兆头。

当然,孔教授的这些思想,半点也不会溢流到脸上。

十三

关鉴没想到朝夕相处的妻子躯体之中，竟蕴藏着如此之大的力量。她平静地回答了他的问题，并同意马上住院治疗。

“但我有个附加条件。”她说。

此刻即使她有一千个条件，关鉴也会答应。

她的条件，包含着三个内容：不要让父亲知道她患病；不要让儿子知道病之程度；不换肾。

前两条，关鉴都能接受：岳父已在弥留之际，儿子今年就要高考。末一条他则绝不能接受：“你的病唯一痊愈的希望就是换肾。”

“我知道。”妻子不耐烦起来。

关鉴不敢再吱声。

妻子见状，改用温柔的语调说：“我妈是浙江人，她老人家常说：出门三十里，敢不带伞，大胆。因为那地方的雨说下就下。她还说：人到四十敢不做板，大胆。做板，就是做棺材。所以我小时候，她带我回老家，经常见到一些大户人家的后院，停着若干口棺材。”她的眼神变得有些迷惘，“奇怪的是那些棺材都没盖子。”

关鉴不敢猛然岔开，就顺着说：“人们常说：万一你有个三长两短，就是指棺材是由三块长的，两块短的组成的。而最后那块盖子，则叫‘盖棺论定’。”

“我就喜欢你这种说来就来的鬼才。”妻子摸了一下关鉴不无粗糙的脸，“我连你的一半也没有。”说到这，她的目光又散开了，“到了咱们这个岁数，已经可以无所畏惧地谈到死了。其实人活在世上的目的不就是送走老人，养大孩子吗？老爸马上就走，孩子上了大学，也就算成了人，我的任务也就交代了。”

“还有我呢?！”关鉴着急地说。

“你还可以再娶一个太太嘛！”妻子笑着说，“对孩子来说，有亲妈、后妈之分，而对你，太太就是太太，顶多从时间顺序上分个前妻、后妻，并无亲疏。用你的话说：非血亲也。”说到这，她话锋一转，“我已经深入了解过了：且不说肾源不好找，就算是找到了，光这一块就要十万，手术费要两万，然后用的防止排斥反应的药物，也大约在十万左右，加在一起就是三十万，你我这等工薪阶层怎能承受？”

“肾源我去想办法，钱我也能想出办法来。”关鉴赶紧表态。

“你总也放不下男子汉的大架子。”妻子把浮肿的脚放在关鉴的膝盖上，“就是把你卖了，能值三十万？”

“整个卖当然不行。一个正当妙龄的女孩，也就是个十万八万的。”关鉴在说这话时，已经初步拿出了筹款的方案，“但零售却有可能：比方卖一个眼球、一块皮肤、若干升血液。”他唯独没说到的是肾脏，他曾动过自己的肾的念头，但这需要买卖双方匹配，想买的，不一定买得着，想卖的，也不一定能卖出去。

“眼球单位该是只，血液更不是啤酒，没有论升的：你一共才几升？”妻子说着、说着，就闭上了眼睛。

趁这工夫，关鉴仔细地思考着他拟定的方案。

所谓方案，不过是两个大概的方向：一是岳父的房子和存款，一是借贷。

当然，岳父的存款和房子，肯定不会属于我个人，即使我有天大的困难。但钱可以暂借，房子可以在给别人的前提下，我把房产证押给银行，从而贷出钱来。

方向二，是向朋友们告贷。但想来想去，能借出二三十万的朋友屈指可数。而在这几个中，能真的借出来的，连一个也没有。当然，这并不是关系不够，而是我的能力不行:今年我已四十大几,就算工作到六十,以每年不吃不喝计,也不过是二十万收入。以此为基数,向别人借一倍的钱,不借给你也是情有可原的。

这也情有可原,那也情有可原,唯独这换肾刻不容缓。两条腿走路,有奶就是娘。关鉴在关灯的同时,也关掉了思想。

辛哲光看完孔教授写的文章,缓缓地问吴超:"你写的?"

一心等待夸奖的吴超赶紧点头。

"真的?"

吴超从来没见过辛哲光如此犀利的目光。在其照射下,只好低声说:"我布置了个大概意思,别人帮我润色了一下。"

"你还算诚实。"辛哲光晃动着手中薄薄的两页纸,"你写不出'世有伯乐,后有千里马',因为你没这阅历;你也写不出'床前明月光,疑是地上霜',因为你没这才情。你这捉刀人,年龄起码超过五十五岁了。"

吴超点头。

"请他来,我想和他聊一聊。"辛哲光命令道。

吴超很不愿意把孔教授介绍给辛哲光,因为这样一来,他们之间有事,就不用经过他了。"经过"是一项很大的权力:单位的正职,只要对原来由某位副职或部门领导管的事,说上句"今后这事要经过我",权力便立刻发生转移。但辛哲光吩咐的事,他又不敢不办。只得在请孔教授来辛宅的路上,叮嘱孔教授别说多余的话。

敏感的孔教授意识到本身地位的微妙变化,改用教授口吻说:"我教书多年,不敢说'桃李满天下',起码也'桃李半天下';不敢说阅人无数,也阅人多多——什么是多余,还是知道的。"

辛哲光很客气地把孔教授让进客厅,特地沏名茶招待。茶具则是一套洁白如玉,饰有红梅花图案、青翠竹叶的细白瓷。

"'主席瓷'?"孔教授仔细端详一番后问。

辛哲光脸上立刻泛起一团笑容:“您也有一套?”

“‘主席瓷’、‘主席瓷’,非我等能拥有的。说句不好听的,我要是也有,它也就不珍贵了。”孔教授谦恭地说。

所谓“主席瓷”,是指一九七五年,中央要求景德镇古窑、古瓷研究所,专门给毛泽东主席烧制的一批瓷器,史称“七五〇一工程”。这批瓷器以明朝正德官窑之器型为蓝本,包括盖碗、茶杯、品锅等,共有一百三十八件。当时,唐山、长沙、景德镇等“瓷都”都参与了竞争。最后景德镇的贡品被选中。据说,江西省的公安局长坐镇景德镇一年多,烧出千余件瓷器,选送中南海。然后,有关部门命令将剩余的全部就地销毁。可因这批瓷器实是空前绝后的精品,命令未被执行:研究所将一部分放在珍品陈列馆中,另一部分,封存入库。一九八二年,研究所将入库的部分,分给了本所职工。于是,它们渐渐地散落民间。

辛哲光的这两只茶杯,是金元善贡献的。“古瓷真假难辨,倒不如买一些近代的好瓷器,看上去也赏心悦目。”他并没有指明出处。

孔教授附和道:“古玩、古玩的,关键要能玩。山上的石头,哪块也有好几十万年了,不好看也是白搭。”他将手中的“主席瓷”小心翼翼放下,“我有一位玩古董的小朋友,在有‘主席瓷’的拍卖会开拍时,正在香港。回来听说后,百般求告,最后只从这批‘主席瓷’中,搞到一只马桶。他认真地将其包扎珍藏。有人讥笑他时,他反驳说:‘现在,是马桶,但用不了几年,它就变成上世纪的古董了。谁要不服,给咱找把十九世纪的夜壶看看?’”

“说的也是,咱们这些人也快成了跨世纪的古董了。”辛哲光转动着手中的“主席瓷”说,“东晋时大司马桓温,北征时见自己少年时所种的柳树,已经十围,不禁感叹道:树犹如此,人何以堪。”

来之前,孔教授和备课一样,早筛选过吴超所谈和另外渠道获得的信息,勾勒出辛哲光的心理图像,故此刻能对症下药地说:“咱们这代人,有咱们这代人的宝贵政治经验。要活到老,学到老,用到老;要有‘与人奋斗,其乐无穷’的精神。”

这话实在说得辛哲光舒服、熨帖。他立刻谈起浩然公司的情况。

孔教授是位杰出的听众，在他的诱导下，谈话逐渐深入到“很内部”。

“您的战略部署相当正确。”孔教授见辛哲光基本说完，便高屋建瓴地总结道，“政治就是利益的比较，平衡就是它的核心。要搞好平衡，必须使得陈、米双方的力量差不多。”他接着举例说，“我记得在麦克纳马拉当国防部长的六十年代，苏、美双方的核竞争非常激烈。美方有一派的理论是：发展反弹道导弹，以增加自己的防御能力。但一位战略专家对麦克纳马拉说：假设你用一美元来发展防御能力，对方只要用五十美分来发展进攻能力，就能抵消你防御能力的增长。这样下去，你是竞争不过对方的。麦克纳马拉马上就理解了这话的深刻含义，开始增加进攻能力。因为只有在对方首次核打击后，你仍具备毁灭对方的能力，才能威慑住对方，从而保持和平。核心是威慑，威慑才能平衡。”

辛哲光频频点头。

“苏联解体后，世界成了单极的，超级大国就剩美国一个，平衡被破坏，世界于是就动荡起来。为了遏制美国人的为所欲为，我们必须建立一个足以与之抗衡的联盟。非如此，世界不能稳定。”

辛哲光按动遥控器的按钮，若有若无的中国古乐，作为背景，悄悄响起，烘托着两人的谈话。辛哲光略带江浙味儿的口音，和孔教授的标准京味儿的口音交织在一起，把谈话从现实引向虚无。在这个过程中，双方想要恭维的目的、建立的关系，已经完美地完成。

等到茶色变淡，辛哲光已把孔教授领到书房，观看他的收藏。

这里的家具，几乎除去紫檀便是花梨木。

孔教授对木器不太懂，就专门说瓷器：“官窑瓷器，和民窑太不一样了。”他指点着一只瓷坛说，“它在这儿一放，有春秋铜鼎的千钧之势，给人以不可撼的感觉。”他接着将手中的“主席瓷”放过去一比后说，“新的东西，到底和老的东西不一样。老的让时光一淬，一点点贼光都没有。”

辛哲光矜持地一笑，又将孔教授领到有天窗的一间大房子中。

房中万紫千红，全是花，其中大部分都在违背时令盛开着。

孔教授一看这一房的花，便知道这是批量采购的，并且定时送回花房养护。这无疑需要大量金钱的支持。他也喜欢花，但无力采购，只得从朋友处采枝要种，然后自己嫁接、培养，经过近二十年的经营，规模虽然远不如这大，但精品却比这儿多。

“您看这盆景——”辛哲光指着一盆说。

孔教授仔细地观察了一番这盆以杜鹃为主的盆景后，不禁脱口称赞。这株杜鹃，起码也有几十年了，老气横秋中，依然花事繁忙，而且造型独特。

“据说它在浙江三年一度的杜鹃赛会上得过第二名，要卖的话，值个十万八万的。”辛哲光不无夸耀地说。

恐怕还不止。孔教授其实非常嫉妒辛哲光在短短的几年内，依靠权力、金钱，就积聚起如此盛大的花会。但他不会因为感情而影响工作，略一思索便说：“您知道这盆景是如何培养的吗？”

辛哲光摇头。他近年来才开始养花，并确如孔教授所想：批量采购，定期养护。

“你看这儿的挠度，”孔教授指着杜鹃上一很奇特的弯说，“不可能是自然形成的，而是用锯子把这儿锯下一块来，然后把枝干弯过去，再固定住，等它慢慢长好。”

辛哲光不太相信：如此粗的树干，又如何能弯过来呢？

“用铰链、千斤顶。”孔教授不止一次看到花房的匠人干这活，所以很肯定，“你再看这洞，”他指点着杜鹃底部的洞，“它是用电钻钻出来的。”

辛哲光仔细观察后认为非如此口径不会如此规矩。

孔教授接着又指出“老皮”等数处人工创作的痕迹。

辛哲光只有点头的份儿。

“任何一个单位，不管它是政府机关、大专院校，还是公司，治理它们都和制作这盆景一样，必须用心机、有手段和适当的工具。”孔教授画龙点睛道。

很受启发的辛哲光，此时不得不说："所说极是。"

在回客厅途中，孔教授就杜鹃花做专题报告。他说，现在世界上，至少也有一万种杜鹃，杜鹃的母本虽在中国，但研究却在欧洲。杜鹃的造型，在他们手里简直是随心所欲：想让他们矮，就喷矮化剂；想让它们高，则反之。

辛哲光立刻联想到浩然的公司干部。

回到客厅，辛哲光命令吴超把一紫杉盆景送给孔教授。

很受感动的孔教授，为了报答，转动着"主席瓷"说："我有句话，不知道当讲不当讲？"

辛哲光说："咱们弟兄之间，什么话不能说？"

"您用'主席瓷'行，但千万不能产生主席的感觉。"

辛哲光有些摸不清头脑。

"现在任何干部，和毛主席都没有可比性。"

辛哲光认为这是当然。

"主席将权力一直掌握到死，而咱们这些普通人，即使权力斗争术再高，也是无法掌权到底。"孔教授将"主席瓷"举到夕阳中做观察，"最好的办法是在下场时，手中有经济实力。"

辛哲光觉得受到了震动，讨教办法。

"我不是经济学家，但现在有不少公司在改制，这是一个绝好的机会。"孔教授接着举出某公司在改制时，分给元老们若干股票，其市场值已达千万。

"我拨些经费给您，您给咱们组织些人，提供几条改制的思路于我。"辛哲光说。

这等于找到了一个项目，孔教授自然很乐意。第二天，他就将班子建立起来。

董岳桥也以经济法专家和孔太太学生的双重身份参加这个班子。当然，他并不知道，这项目专题研究是给浩然公司做的。

妻子病后，关鉴最大的希望，莫过于岳父赶紧立遗嘱了。因为只有这样，他的计划才能进行。与此同时，他也找了若干位朋友，试图借贷。但朋友们一听数目，不是说没有，就是承诺一两万。对此，他并不见怪：货币本性就决定了它是一种稀少的东西，否则也不会人人都拼命去追求，别人不借给你，也是正常的。

由于此心理作怪，关鉴探望岳父更勤了。

岳父已到达最后的关头。换言之，就是吃任何止疼药、打任何止疼针都不管用了。所以当关鉴和妻子去探望时，医生问是否实行冬眠疗法。

关鉴赶紧问此疗法是否一用就不再苏醒。

医生说不过是把杜冷丁之类的强力止疼药品，从静脉输入。当药量达到一定程度后，病人就会自动睡去。当药力过后，病人又会醒来。

关鉴问醒来时，头脑是否清楚。

医生说通常是清楚的。

关鉴纳闷如此为何称其“冬眠”。

“此疗法会使病人睡觉的时间越来越长，清醒的时间越来越短，”医生很是耐心，“直至……”他到此打住。

关太太追问直至何方。

“直至永远。”

关鉴表示此事关系甚大，需要商量。

关鉴趁岳父睡着时，用电话和大姨子们商量。大家没有不同意见。他要小舅子的公司电话，根本没人接。他再要他的手机，回答是“没有开机”。

“您不用问他了。”一直在卫生间收拾、用微波炉做饭的弟妹突然插入，“这事他已委托我全权。”

关鉴非常惊讶她会用“委托”、“全权”之类的词汇，也惊讶她的语言能力：短短几个月，她的乡音已无法辨认。一位语言学家曾说：对十岁以前的孩子，语言是没有难易之分的。可她已经三十了，竟学得如此快。

“她的生理年龄三十，或者还要多，但文化年龄可能只有几岁。”妻子根本不想掩盖对她的鄙视。

若在平时，关鉴一定会制止，但今天他没有。

妻子给似醒非醒的父亲擦擦口水后，走到大窗户前："你看这松鼠。"

关鉴赶紧趋前观看。

"我小时候家中的院子里，有三棵马尾松，上面住着好几十只松鼠。我们天天和它们一起玩，尤其是在假期的时候。我和姐姐、弟弟给它们都起了名字。到了一九六四年的冬天，我们突然发现'燕燕'不见了。我们就找啊找，可总也找不到。最后妈妈对我们说：'燕燕'死了。弟弟说：就是死了，我们也要把它找到。可最后还是没找到。我们于是把它定义为失踪，因为'活不见人，死不见尸'。"

关鉴点头表示同意，虽然他明知松鼠和大象、牦牛一样，从不会死在自己的活动区域内，当它们知道大限将近时，会独自一个，尊严地走向死亡营地。如果有细心的观察者的话，一定会在某个地方，找到类似西藏有上万具牦牛尸骨的山谷一样的"松鼠陵"。

"从'燕燕'失踪了后，我们接着又发现'都都''林林'等都失踪了。这下子我们终于相信了妈妈的话。我们只好替它们照顾后代。"妻子双手支撑着下巴，样子活脱一个女孩，"人要是像'燕燕'它们一样，能够无牵挂地走向生命的尽头，该有多好啊！"

关鉴相信妻子不是从书本上，而是在实践中，搞清楚松鼠的生命机制的。

醒来的岳父，响亮地咳嗽了一声，这是他身上唯一与往日无异的生命迹象。

大家赶紧围过去，开始和岳父闲聊。

聊着、聊着，关鉴自觉地把谈话导向"冬眠疗法"。

岳父果断地决定实行："存款的数目、房屋的面积，我都盘清了。明天，你们去请公证处的公证员来，我要立正式遗嘱了。"

虽然是明摆在眼前的事，但大家听起来，仍然不禁黯然神伤。

"我很可能一睡去就再也醒不来。"岳父坦然地说，"但也很可能再次醒来，因为我的心、肺功能良好。醒来之后，遗嘱还是有可能修改的。"

关鉴等只好跟着笑。

又聊了几句后，关鉴见已经是下午四点整，而这是妻子的治疗时间，便用眼神暗示她回到对面楼的病房去——妻子坚持要在这儿做前期治疗，关鉴只好再托刘心之联系。

妻子接受了暗示，借故走了。

妻子走后，岳父让儿媳妇去看看今天的报纸来了没有。

她一走，岳父就招呼关鉴坐到他的床前，闭着眼睛问："你们是不是有什么事情瞒着我？"

关鉴赶紧说没有。

岳父猛然睁眼，用激光般的目光盯住关鉴。

关鉴几乎招架不住。

"我昨天上午，见小群进了对面四号楼。"小群是关鉴妻子的小名。

关鉴对岳父的分析能力深有体会，故先摸底，再作对策。

"要是她从我这里出去，取道四号楼，也能解释。可为什么她要直接去那儿呢？我托人打听了一下，那儿是泌尿科病房。"岳父的目光仍然聚在关鉴的脸上。

关鉴庆幸自己没有"提前撒谎"："她到那里去看一下病。"

岳父问是什么病。

"我也不好说。"关鉴假装不好意思地捋了一下头发，"总而言之，泌尿科嘛，大概是妇女方面的病。"

"为什么要在这个医院看？"

"在这看，医疗费可记在您的账上，我们就可以省几个钱。"虽然岳父的医疗费用，还要大家分摊，但谁也不会对他说。

岳父显然如释重负，一下子瘫在枕头上："你们也是'官人'，官人得了病，记在谁的账上也是个国家付，没关系。"

关鉴有些哭笑不得。

"你俩刚才交换眼色，我一下子就截获了。"岳父的声音虽微弱，但节奏清晰，“我在延安时，虽是个孩子，但若有男女，趁开会、吃饭之际，交换信息，总是会被我侦查出来。等到了土改时，这等事更是一眼望穿。”

关鉴将紧张的大脑放松。

“我说几点意见，你记录一下。”

关鉴赶紧掏出纸笔记录。

岳父遗嘱的大意，不出关鉴所料：房子给了小舅子，存款共有大约八万元人民币，三个女儿平分。

“你的文笔好，又当过翰林。润色一下，明天请公证员来。”说到这，岳父见弟妹出去了，就压低声音说，“我办公桌左边第二个抽屉里，还有一万块钱集资款的证明，你悄悄拿去，给小群看病用。”

关鉴明白这是岳父对他鞍前马后照顾的回报，同时也知道这笔以在山西开煤矿为名，由电力部老干部局出面募集的款子，早已变成某些人盘中餐、身上衣，甚至是各种各样的床上“用品”——想要也要不回来了：且不说像岳父这样的“三八式”局级干部，就是副部长以上、去世的老红军，同样血本无归。但别人有东西给你，你就必须表示感谢。

对关鉴的感谢，重新陷入昏迷的岳父，没任何表示。他只是在准睡眠状态中，断断续续地喃喃自语：“‘死去元知万事空’。谁个不知道？可就是放不下啊！”

十四

题为《必须学管理》的文件，在浩然公司下发后，公司的局面骤变，权力发生了悄悄的转移。

但陈天纵却非原来的陈天纵了：总裁、厂长也好，书记、处长也好，一旦他们觉得自己受到了耍弄，便如同初恋的少女被人“玩”后，再不会相信爱情永恒说一样。

他是在江苏浩然电子公司视察时，首先从金元善的态度上得知公司的态势有了变化——将近一年的时间，他并无具体的工作，无非是各处转转，做些调研工作。

金元善只是在他抵达时，象征性地露了一面，就推说有重要的应酬，溜之乎也了。给他安排的房子，也是普通饭店的标准间。金办主任说：“三星以上的酒店都满了，只好给您安排二星级酒店。”

以前他莅临时，金元善总是亲自迎接，然后下榻于当地最高级的酒店最高级的房间，吃最好的饭。“恕我孤陋寡闻：两颗星也叫酒店的话，什么叫旅馆？”他调侃道——这段时间以来，他无论在公司总部，还是在公司所属单位，几乎都有过这样的遭遇，并且有越演越烈的趋向，无奈之中，只能以幽默对待。

办公室主任回答不上来。

陈天纵知道他不过是个办事的，做不了主，一切都是金元善的命令。反正我此次来，并不是为了浩然的工作，而是看看有无可能，给 P 公司寻找一些资金——他很快便将心态平稳。

他在窄小的床上睡了一晚。次日清晨起来，想练习太极拳，很快就被厨房大烟囱冒出的浓烟熏了回来。匆匆吃了顿对他这位食不厌精、脍不厌细的美食家来说，相当粗糙的早饭后，便试图上网看看电子邮件，可他携带来的若干个插销中的任何一个，也无法进入旅馆的插座。万般无奈，他只得取出民国时，赵氏汝珍写的《古玩指南》来读。

这是一本竖排无标点的古书，读起来很费力。但要读就读这种真的古董书——现在坊间充斥各类假古董不说，连讲解古董的书，也尽是些道听途说的假书。用假书指南，就算遇到真的古董，也认不出来了。

读着、读着，他竟然破天荒地在太阳高挂的上午睡着了。

大约十一点左右，金元善突然造访。其目的是请他去当地最高级的古城酒店居住。

“一动不如一静，我在这里挺好。”陈天纵不知金这样做的原因，故而试探道，“再说也快走了。”

“您别老走走的，让人听着心里不好受。”金元善指示办公室主任帮陈天纵收拾行李，“还有好多问题没向您请示汇报呢！”

陈天纵认为这不过是金为人精明的表现，或者是惯性所致，并没深究，半推半就地到了古城酒店。

一到酒店，陈天纵趁金元善出去安排午饭之机，接通了互联网，并阅读了《必须学管理》的公司文件。

此文件虽不过千余字，但架势很大。开篇是：“近些日子以来，公司学习风气日淡，管理日见松弛。这是什么原因呢……往深里挖掘，主要领导人本身素质低，又不注重学习，是最重要的。‘以其昏昏’想‘使人昭昭’是不行的。”

其行文之随便，颇有当年毛泽东的“喜怒笑骂，皆成文章”的风格。陈天纵连读两遍后，基本吃透辛哲光的意图。

算这小子聪明！关闭电脑时他想。欲使一个公司发达，首先需要找一位有能力、兢兢业业的领导人，然后靠调动大家的积极性，数年如一日地努力，方有小成。可若想让它完蛋，只须用任何一个“米金类”的人便足矣。

午饭开在当地首屈一指的“甲天下”饭店。

在点鱼翅时，金元善说是“杨贯一嫡传弟子亲手烹调的”。他在昨天早些时候，便阅读了《必须学管理》的传真件。其中深意并没看出，仅觉得有些蹊跷。晚上临睡时，疑团又从心中升起，久久不散，于是给吴超打了个电话。吴三言两语，就把事情说清楚了。

他埋怨吴超不早告诉他。

“首长身边的工作人员，永远不会主动地向基层的人通报信息。该你来问才是。”吴超一副中枢重臣的口吻，“当外官，‘京信常通’是最紧要的。而‘常通’的前提则是‘炭敬常丰’。”“炭敬”是清朝时外官对京官冬天送礼的别称。他刚从孔教授处学来。

“炭敬”、“冰敬”的，金元善头一次听说，但内容却很“旧”。“以后多给您意思、意思就是了。”

“如果你老把‘意思’弄成‘不够意思’，将来收拾起你来，我也只得‘不好意思’了。”吴超说完就主动放下电话。

金元善给陈天纵斟完酒后，双手捧杯，连敬三杯。

陈天纵却只是意思了一下。

宴会的气氛一直在低水平上运行。

红烧大鲍翅上来时，讷于言的金元善，只得再次强调此乃“杨贯一徒弟”的作品的老调。

陈天纵挑了两下龙须面一般粗细的鱼翅后，说有个故事要讲。

金元善赶紧带头鼓掌。

“李文忠公欲巴结慈禧太后，”陈天纵故意使用李鸿章的谥号，见大家都不懂，就解释了一番，他要的就是这效果，“就到琉璃厂花一万两银子，买了一尊宣德炉。宣德炉你们知道吗？”

在目前中国的高收入阶层中，玩古董已蔚然成风。此阶层的结构虽复杂，但大致不过两类：一是收入可公开的生意人、企业家、艺术家，称之为“明来”；另外就是收入是黑色和灰色的官员，称之“暗来”。无论明暗，他们对冰箱、彩电、沙发、服装的热情，在登峰造极后，已变得无所谓，房产也不在话下。于是对他们来说，古董就是首选——对“暗来”一类尤其如此：如果你买豪华车和别墅，等同于自己投案自首；投资也不行；可买件古董，不显山，不露水，还能传之后世，若有人查，便说是祖宗留下来的，虽说他的祖宗，不过是陕北的一位面朝黄土、背朝天、活动半径超不过十公里的老农民。金元善混迹于两道之中，为办事送礼起见，多少也学来一些这方面的知识，但其范围大都在瓷器、字画方面，对“重铜器”不太了解。

“宣德炉是古人焚香之用，它虽是铜做的，但这铜不是一般的铜：掺了金银等贵金属不说，还要冶炼十二回。要知道普通的铜冶炼四回，便已珠光宝气，即使是千古传颂的干将莫邪，也不过六炼而已。经过十二炼的宣德炉，其宝色内涵，珠光外现，看上去柔软异常。”陈天纵见大家都在注意听，兴致就上来了，“打个你们都听得懂的比方：就像少女的肌肤，一掐就出水。”

众人都笑了。

“在清一代宣德炉传世已不多，李鸿章到手的这个有殊砂斑的就更为难得。他嫌装宣德炉的盒子旧，让老板换个新的。老板微微一笑，说这个盒子是原配，想找也找不到呢。可给太后送礼，盒子不能太旧，于是李鸿章在外面又加了一个锦盒。他朝见慈禧后，把锦盒放在跪拜处，便退了出来。这时慈禧吩咐李莲英道：‘小李子，看看李鸿章给咱们拿来了什么新鲜玩意儿。’李莲英把锦盒呈上，慈禧打开一看，眉头一皱道：‘现在这个世道，宣德炉也成了好东西了。小李子，你拿去玩吧！’”

大家齐赞李莲英好运气，唯独金元善明白其中的意思。

有生以来，关鉴头一次经历正式遗嘱的签订。

这是一个很经典的场面:一男一女两位公证员,分立在关鉴岳父床位的两侧。其中女性公证员用清晰的普通话,向围成半圆形的众人宣读遗嘱内容。

除去岳父的“浮财”外,不动产仅房屋一项。房屋的面积,是两位公证员亲临房产部门,查验图纸后,取得的准确数据:共一百五十一平方米。

遗嘱共三条款。其核心内容是“浮财”平分,房子给小舅子。最后一条,也是岳父认为最关键的一条:要在他死后遗嘱才能生效。

起草遗嘱时,公证员和关鉴等,都认为这条不用写,这是不言而喻的:遗嘱制定人如活着,遗嘱是不起作用的。

但因岳父坚持,只好写入条文中。

宣读完毕,公证员问大家是否认为此遗嘱是在遗嘱制定人头脑清醒的情况下签署的。

大家点头。

公证员又问大家有无异议。

大家嘴上虽没说,可心里对把房子分配给“弟妹”极有意见。但面对奄奄一息的老爷子,再说一些违背他意志的话,实在太不人道。

公证员宣布遗嘱有效。

从“冬眠疗法”中苏醒不过一小时的岳父,朗声说道:“你们要知道,我仍然有修改遗嘱的权力。”

大家说知道。

其他人都认为这遗嘱再怎么改,也无关宏旨。可关鉴不这么想:假设节外生枝,老头剥夺了弟妹的房屋继承权,那影响就大了。他私下里已和弟妹达成协议,其内容是,她继承房子后,把房产证借给他,用来抵押贷款,给妻子治病,作为交换条件,他负责协调方方面面的关系,不让遗嘱签订出现意外。弟妹说要向小舅子请示。但很久没有回音,直到前天,才说同意。于是关鉴首先说服了太太,又说服了大姨子们。

“如果没我做工作,今天的事情大概不会这么顺利。”当众人散去、岳父重新

"冬眠"后，关鉴暗示弟妹道。

弟妹说了些很得体的感谢话。

可关鉴仍不放心："遗嘱虽已签订，但还有改的可能。就是在爸爸百年之后，遗嘱能否顺利执行，也存在问题。"

弟妹关心地问原因。在她看来，在"穿官服"的"官人"监督下制定的东西，无论如何应该得到执行。

"漫说区区一份遗嘱，就是比这大得多的法院裁定，都得不到执行，要不然干吗报上老说要'解决执行难'问题呢！"关鉴绝非想占些便宜，才威胁像弟妹这样没文化的外地人。可太太的病，非取道于此不能解决：刘心之已答应尽快帮忙解决肾源，肾源一到，钱就非交不可。他这样也是不得已为之。

弟妹还是有些不相信。

"你在深圳待过，肯定听说过那里法院的一个执行庭庭长，从北京调去仅两年，就搞到手近千万资产，别的不说，光高尔夫俱乐部的会员证就有好几个。要是法院一宣判，就自动执行，谁送他钱?!"关鉴想尽量举些弟妹熟悉的例子，"你爱看清朝电视剧，肯定记得咸丰皇帝死前封肃顺等八人为'顾命大臣'，也就是他的遗嘱执行人和监督人，但后来他们不都被慈禧太后给收拾了。"

弟妹在很注意地听。

"别的不说，她们要往老爷子的房子里一搬，你就没治。"关鉴觉得再威胁下去，就不近人情了，于是话锋一转，说道，"当然，有我在，尽量不会让这样的事情发生。但也不能保证这样的事情不发生。"

"姐夫你可要帮助我啊！"弟妹是住在医院里的，老爷子一过世，她马上面临着住什么地方的问题。

关鉴满口答应。他认为这协议，是个双赢的协议：她住上了房，而他给太太看了病，两全其美。

金元善的宴会还没有结束，吴超催陈天纵回京的电话就来了。

陈天纵自以为是高级管理人员，非辛哲光招之即来、挥之即去的小伙计，借口工作没完，要再过两天。

“麦克纳马拉是哈佛大学毕业，所以被哈佛校友肯尼迪选为国防部长。后来肯尼迪在任中被刺身亡，他又给约翰逊干。约翰逊是个言语粗俗的人，但麦克纳马拉对他唯命是从的劲儿，连他的孩子都看不惯。”吴超参加了孔教授牵头的调研小组，从那儿贩回不少类似知识。善于故弄玄虚的孔，导师般地指定他读一本麦克纳马拉的政治传记，“比方麦克纳马拉一家在周末聚餐时，约翰逊突然来电话，约他吃饭，他马上就说‘是的，总统先生’。类似的事情发生的太多，孩子们不禁抗议说：您是部长，不是幕僚，犯不着这样唯唯诺诺。麦克纳马拉解释道：我不是在巴结他个人，我这样做，是出于对美国总统这个职位的尊敬。”

陈天纵觉得吴之比喻不伦不类：“美国总统是世界上最有实力的国家的一把手。克林顿之所以在莱温斯基的事情上，宁肯受那么多的屈辱，而不去职，就是因为此职位太好。至于多好，我没当过，也不知道。但据我所知，咱们公司中任何一个职位，与之都无可比性。”

“但肯尼迪也好，约翰逊、克林顿也好，他们都顶多干两届八年。而在咱们这样不伦不类的公司，天知道各种职位能做多长时间。”在以前，吴超对陈天纵是相当尊敬的，但从这次事件后，尊敬到底少了几分。

自从离开大学课堂后，陈天纵绝少听到有人用这样的口吻和他说话了，故而他不想反馈。

吴超认为陈天纵是在认真听，于是又将他在当秘书之初，辛哲光给他讲的旧事，与自己从杂志上看来的轶事，打包在一起，发送出去：“周恩来曾经叮嘱秘书：凡是主席叫，无论何情况，立刻通知他。某次，他刚服用了安眠药睡下，主席的电话来了。当毛听说情况后，说不用叫醒总理了。周事后知道，狠狠地批了秘书一通。另外一次，在周于沈阳视察的一个深夜，毛的秘书来电通知次日开会。周立刻命令东北空军司令准备飞机。司令说雾大不能飞。他又问：从山海关绕一下行不行？司令了解后说仍然不行。周于是命令准备专列。后来他的秘书回忆说:专列一路不停,开得飞快,给人以飘起来的感觉。”

陈天纵认为这更是无稽之谈:周是在长期的军事斗争、政治斗争中,为毛的高超所折服。他与毛的关系,就是古代的“皇权”与“相权”的关系:一国之内,皇上要是不用宰相了,宰相就会失业。因为这两个位置,分别独一无二。而他和辛哲光的关系,不过聘用和被聘用的关系,浩然不用,有的是地方需要他这样的高级管理人员。更何况,他和谭幼军已有了另外的计划。

吴超见陈天纵默默,判定他在努力接收,又喋喋不休地谈古论今。

这曾经是个受过较好教育,并且较机灵的小伙子。真没想到,不过两年时间,他就学成这样。真乃“近朱者赤”。谁要是把公司当成一个行政机关来玩,把属员都培养成政客,那这个公司就完了:政客是从属于政治的,而政治则是利益的比较。换言之,政客可以说了不算,算了不说,但经理人员,最基本的素质就是要实事求是。

但陈天纵不想得罪吴超。孔子云:唯女子和小人难养。小人与人交,一语不和,便兴风作浪,小鬼跌金刚的事时有发生。更何况,他还想借浩然这只“鸡”,给自己下几个“蛋”呢。于是,他答应马上就回去:“但愿机场今天没雾,周恩来能及时赶到毛泽东那里去开会。”

三个小时后,陈天纵已经安坐在南京到北京航班的头等舱内。

飞机准时起飞。

这是一架进口的飞机,机重一百三十七吨,价值十亿人民币,座位一百三。

陈天纵很喜欢在升空飞机中的感觉:在这个与世隔绝的全封闭系统中,任何烦恼都会暂时消失——所谓“飘飘然”,大概就源于此。

起飞大约十分钟后,陈天纵发现空姐们纷纷通过头等舱,进入了驾驶舱。她们为什么不准备饮料和小食品?他心中掠过一丝疑惑。

我快成了草木皆兵的惊弓之鸟了。陈天纵梳理了一下头发,开始读最新一期《在线》杂志。

但他仍从返回岗位的空姐脸上,捕捉到深层次的不安:她们虽受过很好的训练，但那顶多能弥补、掩盖部分。

他招呼本舱的空姐，问是否飞机有异常。

空姐微笑地回答说，一切正常。

陈天纵从不怀疑自己的判断力，再说他隐约地感觉到飞机转了一弯：“如果你能告诉我真实情况，我将非常感谢。”他看见杯子中的水面，发生了不易察觉的倾斜，这说明飞机在下降。

空姐仍用职业化微笑作答。

当空姐再度经过陈天纵身旁时，他请空姐换本杂志：“我非常想知道真实情况。”在杂志的上端，露出五张交叉的百元人民币的一只小角。

空姐本能地四顾，发现头等舱三位乘客中，两位在睡觉：“飞机的前起落架放不下去了。”她低声说。

“刚起飞怎么就知道放不下去了？”陈天纵问。

“仪器指示的。”

陈天纵问要紧不要紧。

空姐把杂志中人民币露出的部分塞回，说不要紧：“这种情况有过，他们有办法排除。”

陈天纵也认为问题不大：如果要紧的话，漫说五百，就是五万人民币，空姐也顾不上了。人之不存，钱之何附！他要求空姐及时提供情况。

又过了十分钟，空姐回来时，脸上遍布慌张：“用尽了一切办法，那该死的起落架，还是纹丝不动。”

陈天纵问有无预案。

“说是要着陆‘墩’一下，看能不能把前起落架‘墩’下来。”

陈天纵问“墩”不下来，又当如何。

空姐说只有强行迫降了。

他还想再问，空姐被召回驾驶舱。

五分钟后，空姐回来说：“我被调到商务舱，协助维持秩序。”

陈天纵有些机械地问："要不要我去帮忙？"

"你有什么要对家里人说的，就写下来，放到这个盒子里。"空姐掏出一个精致的铝盒子，"这里面有隔热层，烧不坏的。"

"那你写下的放在哪里呢？"陈天纵知道此盒子是一人一个配发给乘务员的。

"今天刚好是我二十三岁的生日。我父母知道我爱他们。我还没结婚，更没财产。没必要写。"空姐不很连贯地回答。

空姐走后很久，陈天纵也没想起该写什么：他已经没有父母了；可以肯定他的太太在他死后不久，便会像忘掉一盒没用完的化妆品一样地忘掉他；孩子身上有他的基因，他当然会想他们，但他们是否想他，那则是另外的问题了——他和他们在一起的时间太少；至于工作，就算有什么要说，他也不想说；但更为可悲的，除去银行里少得可怜的一两百万存款与妻子居住的房子外，他发现根本就无财产可处分。

我真是"赤条条来去无牵挂"！他双手交叉，枕在脑后想。我甚至还不如姥爷，他到底还遗传下去一些东西，比方房子，比方名声，比方那位在半个世纪之后还在寻找他的"刘花"后裔。

倘若此次逃过此劫，我必定要轰轰烈烈地给自己挣下一份产业。他拿出笔记本，开始构思今后的行动计划。

就在这个过程中，飞机连续着陆两次，试图把前起落架给"墩"下来，结果没有成功。

飞机再度爬高。

他知道这样做，一是为了让地面有所准备，二来是为了燃油耗尽，减少迫降时着火的危险，但飞机的油箱之构造，与汽车的相仿，总有一个"油底"是吸不起来的。而光这个"油底"燃烧起来，便是灭顶之灾。

"是福不是祸，是祸躲不过"，不要去想自己没有办法的事。他再度进入工作状态，虽然效率低下。

飞机大约又飞行了两个小时后,机长再度召集所有的工作人员开会。然后通过扩音机宣布:飞机将强行迫降,请所有的旅客都到后舱去,这样能使机头翘起,减少摩擦起火的危险。

陈天纵在赴后舱途中，对空姐说:“有什么需要我的吗？我很擅长组织工作。”

空姐使用了“听天由命”一词后,又提出了一个请求:“您能和我坐在一起吗？”

陈天纵说当然可以。

两个人坐在后舱的前排座位上。

人们一听机长让所有的人到后舱,便以为越后越好。其实后舱的前排是最好的：这里离舱门最近，一旦着火，逃生的可能最大。看来人群的盲目性最大——陈天纵在此段思考的结尾处总结道。

机长又让大家系安全带。

陈天纵让空姐不用系。

“您有航空经历？”空姐问。

“我有常识。”陈天纵盯着空姐脸上美丽而柔和的线条——这是当空姐的必要条件,“降落时,用脚顶住前排椅子就行。省去解安全带的几秒钟,也许就能捡条命。”

“可我们机长有数千小时的飞行时间啊？”

“在这几千小时中,他遇到过几次迫降?这其中又有几次是着起火来的?”陈天纵反问。

空姐折服后,握住陈天纵的手。

陈天纵发现这只手在高频颤抖,他于是让她不要抖。

出于职业,空姐不肯承认。

“人在临死前,心脏并不是像想象的那样,越跳越慢,最后停住的,而是越跳越快,最后快到只有表皮在颤抖。”虽然陈天纵自我控制也很不容易,但仍尽力安慰空姐。

“您就不害怕？”

陈天纵本来想用“老夫听惯怒涛声”来强调男子汉气概，但考虑到空姐的文化程度，改说道：“和你在一起，就是出事，也是‘牡丹花下死’。”说到这，他及时停住：以前他除非在极私人的朋友面前，才会偶尔涉及有关两性之间的事。

没等空姐回答，飞机就迫降了。

这一刻，所有的人都被推到生死线上。

驾驶员的技术，无疑是一流的。飞机以绝佳的“轻两点”的姿势着陆，然后机头才着陆，滑行了大约四百米的样子，才在跑道的尽头停住。

据目击者事后形容，跑道上火星四射，如同上万个电焊枪在工作。

下了飞机后，陈天纵在救护车和消防车之间与空姐告别：“我绝对不想再次遇到这样的事故，但要非遇不可，我还是愿意在你的飞机上。”

空姐表示在同样的情况下，仍然愿意和他在一起。

“那好，让咱们再握一次已经握了很久的手。”陈天纵伸出手来。

空姐却不肯伸：“你还没有问过我的名字呢？”

“小姐贵姓？”陈天纵笑问。

空姐简洁地回答说：“余若雁。”

“多有诗意的名字啊！”陈天纵由衷地称赞。接着，他把自己的名片递给空姐，并且破例将包括手机在内的所有通讯途径都告知空姐。

十五

随“冬眠疗法”大量进入岳父体内的杜冷丁类强力麻醉药，确实使之对剧烈的疼痛丧失感觉，达到医护守则第三条所要求的“尽量减少首长痛苦”。此类药会使人上瘾，这关鉴也知道。但他实在没有想到药力维持时间竟会以如此之快的速度递减：岳父先是一天输两次，便可安睡三四个小时，并保持两三个小时无疼痛和三四个小时在承受范围之内的疼痛，但一星期后，各个单位时间，便缩短了一半。

医生遵病人和家属的请求，把药量增加一倍。

人体非常唯物，岳父立刻恢复到“冬眠”初之情形。

但三天之内，岳父一天一个台阶地往下走。

医生遵嘱再度加大药量。

听到这话，岳父用极其微弱的声音说：“不要了。已经没用了。”

关鉴假装答应，仍用眼色示意护士执行医案。

此时的岳父，已无法捕捉任何信息。

这次加大药量后，作用期不过两小时。更可怕的是一旦药力殆尽，岳父就像毒瘾深重的吸毒者发作一样，在床上翻来覆去，其面目之狰狞，其力量之大，远远超出一般人的想象。

“让我去吧！”在一番挣扎，体力消耗极大，开始注射，但又没有进入“冬眠”时，岳父用仅剩几根骨头和一层皮肤的手抓住关鉴的手，“你是这群娘们中唯一的男子汉,就做个主吧!”

关鉴看着一辈子威风凛凛的岳父此刻的模样,心中实在不忍。可这不是他一个人能做主的事:“大家说要等小弟回来。”

“等那小子干什么!他心里从来就没我这当爹的。”岳父深陷的眼窝中,射出近乎五彩的光,“这种事是不能商量的,一商量就完。你就定吧。”话到此,药力发作,岳父再度陷入昏迷状态。

他要真是我老子,我谁也不商量,让他痛痛快快地走就是了。但偏偏他不是。可说不是也是。换言之,你有做子女的义务,但无做子女的权利——坐在椅子上的关鉴,拼命伸展疲倦已极的身体。

自从妻子住院进行前期治疗,她名下的看护配额,便由他承担。他身体的底子不错,尚能勉强支撑,可精神之疲倦,已接近极限。

现在假设他真是我父亲,想让他走,该走什么路——假寐后的关鉴,头脑运转相对灵活起来——现在我应该拿出预案,这样一旦在会议上通过,立刻就可实行。

说来也巧,他一出房门,便遇到郭医生。

论起来,关鉴和郭医生还有些渊源:郭是他插队的那个县的人,并且就在他“插”的公社联合学校读过初中——农村教育落后,通常要若干个公社才有所中学,异地读书是常事。从时间上推论,他们曾喝过同一口井中的水、在同一片天空下生活过。故岳父一入住、听到有关郭医生的一鳞半爪后,关鉴立刻与之套近乎。

攀谈越久,支撑点越多,最后关鉴将两人的关系定性为老乡。郭医生也挺有幽默感,立刻接着说:“我们家乡的民歌唱得好:‘老乡见老乡’,不免‘两眼泪汪汪’。”

“认亲”之后,郭医生对关鉴岳父颇多照顾。关鉴说话也可开门见山:“您说我家‘老地主’还有康复的希望吗?”郭家乡的人,均称岳父为“地主”,此典由“男为种子,女为土地”衍生出来。说实在话,关鉴并不喜欢这个俚称,但既然是“老乡”，必须使用“老乡平台”上的规范语言。

“您受过高等教育，您自己说吧。”

郭医生极喜北京普通话，说得也挺好。可关鉴总觉像高手临摹名画：从局部论，无丝毫差错，但就是少点子“神韵”。

“我这就像写文章一样，总得‘戴’顶‘帽子’嘛！老爷子想痛快地走，你给想个办法吧！”

“‘安乐死’？”郭医生摆摆手，“您还是让我多干几天吧！”

关鉴当然知道“安乐死”只在少数几个国家合法。中国法律界，也曾数次讨论此，但在如何判定“病人是否自愿”这个要件上，歧见甚多：如果病人陷入昏迷，家属同意算不算？再比如，病人先同意，并有书面文件，但临时口头反悔，该怎么办等等，不一而足。因此未获通过。据说有位医生应病人要求，对其实施了“安乐死”，后被告上法庭。按说“法无明文规定不定罪”，但法官给他套用“故意杀人”罪，判刑十五年。医生不服，上诉后二审法院改成“过失杀人”，刑期为十年。幸亏终审法院开“天眼”，定性为“医疗事故”，由行政机关去仲裁了事。

“我哪能往法庭上送您。”关鉴充满劲道地拍拍郭医生的肩膀，“没有其他路？”

“如果你们家属都同意，在您家‘老地主’再次昏迷时，抢救稍微不及时……”郭医生做了一个含糊的手势。

“但彼时，正逢你值班才行。”关鉴说。岳父在五天和三天前，分别发生了两次重度昏迷，但都被抢救过来了。在这个级别的医院，病人不在措施用尽、体力耗尽的情况下，是不会“走”的。

“我会和有关人士商量。”郭医生掏烟给关鉴。

关鉴不敢在“禁烟”的牌子底下吸烟，就放在鼻子上闻。

郭医生却径自点燃，并喷出浓浓的一大口烟——看得出他是个烟瘾深重的人：“我三岁时，爷爷就教我吸烟。五岁时，就教我喝酒。所以我虽读书读到了头，而且还是学医的，就是改不了这习惯。”

“老爷子的事拜托了。”关鉴叮嘱道。

“想让他多拖些时候,我做得到。想让他老人家舒坦地走,我也做得到。你就放心吧。”郭医生将烟头掐灭在自制的随身烟灰袋中。

关鉴知道郭医生是敢作敢为的人。郭是某位位置和年事同样极高的领导干部医疗保健小组的候补成员。某次其中一位离京办事,他作为替补者到岗。就在这期间,这位老人在吃鱼时,一根刺卡在嗓子里。几位德高望重的医生,其中还包括一位是军事医学科学院的院士,都束手无策。这并非真的束手无策,如果是位普通人,一钳子就出来了,可这些专家年轻时,便负责这位老人的保健,对他敬若神明,谁也不敢下手,反复商量方案。最后郭医生忍不住主动请战——他在这个小组中是负责胸腹部分的,咽喉部并不归他管。领导批准后,他只用了十秒钟,便把刺取了出来。老人从此认为他的医术高明,在他的职称和职务问题上,多方关照。

关鉴曾就此轶事询问郭医生,郭承认事实与传闻相差无几。

“清朝人说‘翰林院文章,太医院药方’就是这个道理:翰林院的文章讲究八面玲珑,太医院的药方讲究个不急不躁,主要是没人想负这个责任。”关鉴很文化地恭维郭医生,“天才棋手吴清源十岁到日本,不久便把‘名人’杀败了。可许多棋力比他强的日本棋手,却都败下来。其中的关键是吴清源没有日本文化背景,体会不到‘名人’这个称号的巨大压力。”

郭医生看上去很受用。

“只要老人家走得痛快,您的恩情我们是不会忘记的。”

郭医生不高兴地扬扬眉毛:“你这话暗示什么?少给老乡我来这套。”

说这话时,弟妹正好从关鉴背后经过,可他却没看见。

刘心之用十余天时间,跑了若干个地方,才将纺织品——油料生意的国内部分完成。回到北京后的第一件事,就是给纺织厂打款。此时他才发现,钱少了一部分。

问都别问,这钱定是蒋丹青挪了。

他问蒋丹青把钱挪去干什么了。

蒋丹青说是买“沙图什”去了。

“区区一条‘沙图什’,也要不了十万美金啊!”蒋丹青动用的是他存在公司美元账户上的钱。

“我不光买一条自己用,而是把它当成生意来做的。”蒋丹青多少有些脸红。

刘心之并没有发火,他明白当事情已经无可挽回时,发火只能伤害自己。

他背朝蒋丹青,淡淡地说了句:“下不为例。”

蒋丹青说:“我想和你说来的,但一怕你不同意,二来那阵儿你正在香港和谭幼军谈生意。”

“我和谭幼军谈的什么生意?”刘心之板起面孔问。

蒋丹青很少见刘心之这么严肃,赶紧说不过是随便猜猜。

“最好不要随便去猜什么事。”刘心之阴森森地说,“有些事是不能猜的:猜错了,会给你带来灭顶之灾,猜对了,仍是灭顶之灾。”

蒋丹青被刘心之说话的内容和语气弄得脊背上的汗毛都挺立起来了。但生性不服输的她强辩道:“你又不止这么一点美元,我用用就不行?”

“你知道我有多少?”刘心之的语调更加低沉、阴森。他确实不止这样一点美元,遵照“狡兔三窟”之原则,他的钱分别化名存在上海、广州等地,境外则只在香港有一个数字账号,问题的关键在于这些存款的凭证的一部分放在这儿的保险箱中。

这下蒋丹青是真的害怕了:她看到刘心之脖子上的筋在跳,而这她只有在他达到性高潮时见过。“我随便说说。”她不敢再使用“猜”字。

刘心之相信蒋丹青确实在“猜”:在发现美元被挪用时,他曾仔细地察看了保险箱里的物品,发现没有动过的痕迹——每次他都要在箱内的文件、凭证上做些记号:一根头发、一滴胶水。如有人动,不会不察觉。蒋用的美元,是从归她管理的账户上挪的。

“你用钱做生意，原本是好事。可为什么不对我说？”他走到蒋丹青跟前，伸出宽大的手掌，抚摸着她细长的脖子，“亲爱的，以后有什么事都要对我说，对我说，就没什么不可以办的。”说这话时，他已决定在适当的时机，把保险箱从这儿调走。

蒋丹青此刻什么都没想，只是害怕。刘心之的臂力，她多次领教过。她曾经非常欣赏他胳膊上肌理分明的肌肉，不止一次地抚摸、亲吻它们。而这会儿她相信，只要它们一收缩，自己的脖子就会被拧断——某次在看外国影碟中的格斗场面时，她问刘：“我看人脖子的力量挺大的，他怎么一下子就把它给弄断了？”刘心之回答道：“颈椎有如算盘珠子，中间是空的，用来通过神经束，周围则是肌肉。你前后左右扭曲它们，肌肉的张力都能抵抗消化之，可当你高速旋转它们时，它们的抵抗力就很一般了。”说话时，他辅之以迅捷并充满力度的动作。

刘心之不费多大力，就把体重一百的蒋丹青提起放到床上。

蒋丹青觉得“例行公事”即将开始。

但刘心之说实在太累，不想做爱了，连澡都没洗，就关灯睡了。

蒋丹青对刘心之过人的精力很有了解：他要说累了，原因肯定是非体力的。她在黑暗中想，他也没法不累：妻子、兄弟、情人、朋友，没一个他相信的。任何事情都事必躬亲。我原来以为他是好脾气，但从今天的事情看，他在关键时刻绝对能下毒手。我一定要给自己留条后路。

想到这，蒋丹青开始向已经进入深睡眠状态的刘心之发起攻击。

刘心之开始是被动的，但苏醒的男性意识，很快使他恢复主动。

大约十分钟后，原以为能“折腾”一番刘心之，从而满足报复心理的蒋丹青，就像一条被鱼竿钓起的鱼一样，拼命地扭动，并且很快越过了临界值。

这场性事，属于身体与思想背道而驰的典范。

辛哲光深谙操纵的精髓，并未立刻将权力还给陈天纵：加工好的零件，要放几天；和好的面，要醒一会儿。这些都是为了消除它们的残余应力，使之在今后的系统中，不能一枝独秀。

陈天纵当然明白辛哲光的“良苦用心”，每天都去上班，但什么决定也不做，潜心制订与谭幼军合作成立 P 公司的计划。

既然 P 公司是生物技术公司，所以他最关心的就是公司的首席科学家。关于这个问题，他反复向谭幼军强调。

“世上没什么人比我更懂得‘科学技术就是生产力’这个道理了。”星期六，谭幼军致电陈天纵，侃侃而谈，“你知道我喜欢赌钱。可赌钱就难免输。百输之后，我就请来一位美国毕业的华人数学博士，据说他是著名概率专家王浩的学生。他告诉我说，可用‘高一低’的方法来计算点数。而这个方法并没被列入香港赌场的‘黑名单’。但还是不止一次地被赌场的侦探看出来，请出赌场。香港是球大的城市，三弄两弄，谁也认识我们了。于是我只去玩轮盘赌。数学家对付不了轮盘赌，我就请来一位物理学家，正所谓‘外事不问张昭，内事不问周瑜’。此公说可以用运动的基本规律来计算小球何时滚出轨道，其先决条件是知道小球的速度和轮盘的速度，因为两者的方向是不一样的。他提出构想，我将其付诸实行：我弄来一个小录音机，把麦克风绑在手上，并打上石膏，让人看起来像是骨折。然后我在赌桌旁坐下，把手靠近轮盘，录下小球滚过去的声音。很快便将结论得出。有了结论，就像知道股票的收盘价，无往而不胜。”

陈天纵知道谭幼军的话向来多水分，但还是认真在听。

“本来一切都顺利，但很快就出了问题。”

陈天纵断定问题出在贪心上。

“也可以这么说。你不赌钱，不能体会赢钱人的心理：越赢就越想赢。更可怕的是一些人，看我们老赢钱，我们下什么注，他们就跟什么注。最后老板什么理由都不说，客气地将我们请出了赌场。”

陈天纵说：“等香港、澳门所有的赌场都把你们客气地请出之后，你们赢的钱应该也很可观了吧？”

“港澳地区赌场大概有个类似赌业联合会的组织存在。一旦被某大赌场列为‘不受欢迎的人’,别的大赌场都不欢迎你,大概是我的相片被传真到那些地方了。后来,我雇了一些人来干,可他们都异口同声地说:没赚多少钱。我只好再雇些人去监督他们。开始收入要多一些,但渐渐地又不行了。最后我见费用和收益差不多,只得作罢。”

被勾起谈兴的陈天纵,也讲了个故事:“某位先是单干的打假英雄,见效益不错,便成立了家打假公司。‘人怕出名猪怕壮’,各种媒体难免采访他们。报纸还好说,最怕的是上电视:人人都认识你,怎么可能再买得到假货呢?可作为一个赢利性实体,又不能不借助于媒体的力量。于是他们想出了对策:把被采访的公司人员的脸打上棋盘格。商家苦于应付之际,也想起了科学,请去我手下的一位计算机专家。专家不费吹灰之力,便将影像上的棋盘格去掉,还庐山以真面目。商家从此广而告之,让售货员强记这些人的面孔,以便及时识别。这招挺灵,打假公司的人如入泥潭,渐渐地寸步难行,而我们的计算机专家也因此狠赚了一笔。”

谭幼军接着谈笑了几句后,进入正题:“科学家我出了,资金还望老兄多想办法。”

陈天纵说他正在寻找资金源、疏通管道。

谭幼军让他别来虚的:“米金告诉我,你又重新执政了。这是大好时机,机不可失,时不再来。往出拨些钱,还不是一句话的事?”

“对没失去过的东西,不存在‘重新’之说。”陈天纵非常腻味听米金这个名字,“再者说,对于钱这个世上最稀少的东西,一句话是解决不了的。”

谭幼军目前的财务状况已经很差,急需要资金注入。所以很说了几句奉承话,但最后还是回到主题:“资金一过来,公司便可以开张,然后股票就可以在香港上市。以后你坐在那里数钞票就是了。”

“君子爱财,取之有道。这事要董事会通过才行,否则便是不合法的。”

谭幼军说:“玩董事会你已经玩了多年,还不是轻车熟路?”

陈天纵说:“今非昔比,辛哲光这一关不知道过不过得去。”

“我的一位朋友，最喜欢打麻将，因为这，每每和太太吵架。他来求教于我。我立刻送他个点子：把你太太也教会。这招绝灵，上了瘾的太太，一打就是通宵，而且回来后觉都不敢睡，笑眯眯地把所有的家务都干了。”

陈天纵虽觉受启发，但仍担心辛哲光不肯接受。

“现在的官，别说像你们那位‘日薄西山，气息奄奄’的董事长，就是如日中天的正品官，不要钱的主儿也少见。”

陈天纵仍觉张不开口：无论公私事务，他绝少用钱办。

如果不是为了把浩然的资金吸引过来，谭幼军肯定会针对陈天纵的酸文假醋说：送钱就和妓女初出道一样，“苞”一开，一切就迎刃而解了。可做生意不能图痛快，就改说道：“咱们又不是赤裸裸地送他钞票，而是送他一些 P 公司的干股，今后能分利不说，而且股票一上市，立刻就是几个跟头。”

陈天纵想想也对，便强调谭幼军必须拿出像样的公司报告，如此方具备可操作性。

谭幼军说他不缺的就是准备报告的行家里手。

陈天纵刚收线，电话复又响起。他从“来电显示”栏上看，是陌生电话，就没有接。

电话顽固地响了大约一分钟后，转到他的移动电话。他看还是那个号码，仍拒绝接听。

接着，他家的第二台电话又响了。他一看，还是那个号码。

这次他不得不接了：此台电话私密性极高，知道的都是熟人。

来电者是空姐余若雁。

“你在上海？”他隐隐觉得兴奋。

“北京，刚回来。”

陈天纵请她明确地点，他马上去接。要说他遇到的女人不算少，上了生意场后就更多了，其中亦不乏貌若天仙且寡廉鲜耻之辈。记得某次在哈尔滨开分公司的年会，一位广告公司的小姐盯上了他。此人为中俄混血，身材卓绝，风度也好,走路的姿势尤佳:优雅而简洁。她对他的追求,已达女人之极限。但他仍拒绝进入。在返京途中,一位兄弟公司的老总开玩笑地问他结果。他坦然地说:“花都未开,果从何来?”老总问原因。“她太缺乏广告人的职业风度了。”“要是我,”此总浩叹一声,“绝对要把她咪西了。”这很可能就是你在生意场中摸爬滚打二十年,身家不过百万的原因——当时他想。

余若雁却说,还是她自己来的好。

他立刻将准确地址告知。

为迎候余若雁的到来,他特地自选一条鲜艳的领带,还打了个经典的温沙领结。

这在他十分罕见:对在生意场中遇到的女人,他之所以不动心,是因为很难分辨她们是冲着他的地位、钱,还是冲着他的人来的。其实这无法分辨:在许多时候,这些东西是掺杂的。但既然无法分辨,那么就和一桩成功失败各占百分之五十的生意一样,只有舍弃。更何况,理论告诉他:在他这个年龄段,纯粹为他的“人”而来的女士,即使有,也不会多。

可余若雁是例外:她根本不知道我是什么人,而且还共过生死。衣冠楚楚的陈天纵在屋子里来回走着,他甚至从一只梨子状的官窑瓷瓶上看出女性生殖器官的图腾,然后又从牡丹花中嗅出禁果灼热的芬芳。

余若雁翩然而至,陈天纵形容道:“门铃一响,不等我开,你就飘进来了。”

余若雁掠了一下瀑布一般流畅地倾泻至肩头的黑发后说:“您这么大一个人物,怎么说话中学生似的?”

陈天纵笑问她何以判断他是大人物。

“您住的小区门口二十四小时的保安和电子监视设备;院子里草坪的面积比足球场还大,而且是身材一般高的英国草;您房子的面积,”余若雁稍一观察,便做结论,“起码有一百八九十平方。这样的房子,别说让我买,就是送给我,我也住不起。”接着她历数“物业管理费”要若干、房产税要若干。

陈天纵惊讶她的知识的来源。

余若雁说来自于各类杂志:“您知道,我是在北京胡同的大杂院里长大的,”她细长的手指,优雅地捧起茶杯,如得道高僧般小口品茶,“这么说都有些夸张,那是一个地震时建的棚子,和装您这大屏幕彩电的纸箱子差不多大小,无论冬夏,没一天好受的。后来靠拆迁,老爸总算到手套单元房,虽说有好几十平方,地址却是大兴,他和我妈去了,我就是回来也很少去,在外面到处打游击。大兴说是北京,和石家庄、太原有什么区别?除非你有车——我的话特别多,您嫌烦了吧?”

陈天纵就像被人介绍给职务高的官员一样,连声解释说:“不烦。不烦。”

“所以我最大的心愿,就是有套房子。您这么大的不敢想,有五分之一就满足了。但地点要好一些。”余若雁舔舔抹有本色口红的嘴唇。

陈天纵立刻下断语说“一定能实现”,时间就在“不远的将来”。虽然他心里明白这完全取决于她能否把握住机会了:沙特阿拉伯在发现石油之前的全部国家财产,只用一匹马就能驮走,后来他们却试图买下整个世界,而石油已在他们国家的地下沉睡了千百万年了。美丽的女人首先要知道自己是美丽的,然后选中一位能提供自己所想的郎君,一股脑儿把全部资源投进去。可叹的是,这个世界上充满了“假大款”“假才子”,可偏偏他们这些毫无底蕴支撑的外露部分,最能迎合女孩子们的虚荣心。

余若雁无法观察陈天纵的意识流,径自往下说:“目前当然买不起房子,所以我最喜欢从外面看好房子。里面人家不让看,这就又回到老题目上:看杂志。您知道,别的女孩看《时尚》时,专看《伊人》《先生》版,而我却看《家居》。”

如果换个对象,陈天纵一定会说:“您是不用看《伊人》,看自己就行;《先生》您可以看我;至于家居,我这里的布置,怕是《时尚》想登,我还要考虑一下。”但他不想在余若雁面前显得轻佻没分量。

余若雁进来后,申请换拖鞋。陈天纵说他的地毯不怕人踩。于是她就光脚在屋子里参观,说这样踩地毯最舒服。

余若雁在博古格前停下,欣赏一阵后,断定都是“真东西”。

“某古董大家看后说这架子东西都该扔，我是为了自己看着高兴才留下的。”陈天纵不相信她会懂古董，就逗趣杜撰道。

“我老爸喜欢古董，他买不起真的，就买些近代人仿制的画，然后没事就挂起来，抽一口烟，就往上吐一口，说是要把它‘作旧’。一次他买了个‘板指’，嫌不润，又没‘血沁’，就把它放到一只鸡的肚子里，再埋到地下。说等几年再挖出来，就成古董了。还有一次，他买到只小碗，也是嫌新，上来就把碗底弄了几个小豁口，说是太完整了不像是古代的。我问为什么不弄碗口。他说碗口要是豁了，就不值钱了。然后他把碗放进一口大瓶子里，并且家里有什么化学溶剂，他就往里面放什么，最后再浓浓地吐上一口烟，把瓶子盖拧紧。这个过程，大约两礼拜重复一次。我和妈都笑话他。而他却说：爱迪生搞发明，就是这样试来试去的。后来我们都管他叫‘余迪生’。”

陈天纵忍俊不禁了。他实在喜欢这充满烟火气的新鲜笑话。

得到鼓励的余若雁，继续说她的古董知识：“新瓷器有‘贼光’，弄不掉就不值钱。”

“人，尤其是女人，在十五到二十五岁之间，皮肤有一种特有的光泽。此时最上相了。模特儿选这个年龄段，原因正在此。”陈天纵看着余若雁的脸说，“另外，摄影师还喜欢用身材较苗条、较高的。”他把目光投向其身体。

余若雁问后者的原因。

“摄影机的取景范围是一定的，苗条则左右移动的余地大，而高则容易展现：旗杆就是这个道理。”

余若雁似乎下意识地摸了一下自己的脸。

陈天纵感到一阵冲动，几乎伸出手去。

手虽然没伸，但这个信号已经被识读。

其实在这之前，信号的力量已经全部展现：头等舱位、大房子、古董、地毯……不一而足。

这些信号如同孔雀长长的尾巴——从空气动力学上说，长尾巴绝对不利于飞行。可孔雀在进化的过程中,非但保留,且越演越烈。这只能做如下解释:它确实对飞行不利,但尾巴越长无疑就证明这只孔雀越有力量。

余若雁识别出这些信号,并被播发信号的主体所诱惑。

接下来的事情,已经毫无新鲜之处:人类在性行为方面,有着惊人的一致性。需要强调的是,陈天纵所使用的方式是朴素无华的。而这正好对应于余若雁的完全投入,是纯生物性事件。

如同"反右"不会发生在"重庆谈判"期间、"文革"不会发生在长征途中一样,陈天纵发生此事,也只有现在。此刻,他价值观、世界观的嬗变已完成,而且正好有空:若在他事业的鼎盛期,这会儿他肯定正在一个商务会议或出差途中,即便接到余若雁的电话,他也没时间。更重要的,此时正逢其事业低潮,低潮需要鼓励、需要通过一些事情、行为,来证实自己的存在和能力。

事毕之后,他问余若雁:"我老了吗?"

余若雁摇头。

陈天纵不太相信。

"男人能染发、能用手术拉紧皮肤,可就是没法铸造出这东西来。"余若雁抚摸着陈天纵极有弹性的长纤维肌肉。

十六

如果人生确是一段不知何处起、何处终的旅程的话，关鉴岳父最后一程还算顺畅：他在昏迷中渐渐走向虚无——昏迷是高阶睡眠，而睡眠中逝去，算是善终。

当时正好是郭医生值班。

告别仪式时，除小舅子外，所有的亲属都到场了。岳父的朋友来得很少：他们或先于他到了八宝山，或是行动不便：北京太大，无车老人，行动绝难。

因无大首长莅临，仪式的规格就不高。倘若来位决策圈中人物，如同画龙点睛，秩序要好得多不说，第一休息室也会打开。而现在他们得在人群中拼命寻找来宾，然后将他们塞进一间小休息室中。

“岳部长说好来的，怎么又变了卦？”关鉴“大连襟”向电力部老干局局长抱怨道。

老干部局局长原是干部局分管领导干部处的副局长，因政治斗争失败，明升暗降至此，郁积的火，一年多了，随散随生，总量没有变。故不阴不阳地说：“天要下雨，娘要嫁人。这都是下人管不了的事。”但他考虑到尚有善后事宜要与家属谈判，所以缓和语气说“要是有事，我可转告部长。”

“大连襟”赶紧说谢谢。

旁观的关鉴，懂得老干局长不过是在搪塞：以他目前的位置，漫说大部长，就是分管部长，也难得一见，一旦见上，光自己的事就说不完。他也理解“大连襟”如此巴结的原因:他乃“文革”前老高三毕业生,插队时和大姨子在一起,这个村庄只有他们两位“插青”,同是天涯孤旅,朝夕相处,很快导致未婚先孕——在六七十年代的中国,避孕用品像麻醉药一样,是向已婚夫妇免费发放的,属非卖品,流产手续则如现在移民去美国一般的繁复——因此在古板的岳父家中,被视作大逆不道。多年来,本该属“大”的他就像没有政治地位的小国家一样,在国际事务中,极少有发言机会。岳父临下台前,多少觉得有些亏待他,才将其调到电力部机关。十多年过去,他在没有科级位置的部机关,只上了一个台阶:副处级职员。

倘若五十三岁的“大连襟”,能在此位置上干到退休,也就烧高香了。可“屋漏偏逢连阴雨”,他赶上国家机构改革,电力部改为国家电力公司。此名称之变,不能小看。叫电力部时,不光拥有大批国家投资建设的电厂,还以裁判的身份,代表国家制定电力政策、规划、立相关的法规。这其中的好处,光从中秋、春节两大喜庆日,云集在机关门口、拉着各地土特产的汽车和从车上下来,夹着皮包频繁进出的人群这一大景观上,就能看出:你想上电力项目它管,厂网建设它管,建成后,每月发多少电,它也管,另外,它还通过“条条”,直管干部。可一旦改为公司,则是单纯的企业了。政一简,兵自然要精。其途径据说有二:五十五岁以上、副处级以下、机关不再需要的,基本按退休对待;四十岁以下的多余人员,自谋出路无望的话,可参加“MBA”之类的培训,两三年后文凭到手再议。而“大连襟”则两头不着边,焉能不愁?假设今天来位部长级干部,起码可以家属名义,提提这事,多少给部长留个印象。

关鉴正想着,老干部局一位专管丧事的老干事大声吆喝道:“大家按照我发给你们的名单顺序到第四告别厅向遗体告别。”

人们鱼贯而出。

无人致悼词,也无人主持。只有一位殡仪馆的工作人员出面按动一个不很洁净的白色开关,促使哀乐从不知埋伏在什么地方的音箱中涌出。

关鉴搀扶着病体支离的太太,立在家属列中,分别向来吊唁的有关人士致意。

等人们散去，家属们一齐扑向鲜花丛中的老人家遗体，放声大哭。

关鉴用眼神指令儿子，一起搀架已经哭哑嗓子的妻子。

司空见惯的殡仪人员，不耐烦地看着这一切，并提醒众人不要把鲜花弄坏。

“弄坏我们赔！”关鉴厉声喝道。他对这冷冰冰、极端工业化的处理方法反感已极，苦于无处释放罢了。

工作人员看看眼前这个怒目金刚式的大汉，噤声退后。

关鉴已记不起自己有多少年没有掉过眼泪了，所以目光落在岳父的遗体和趴在遗体上，哭得几乎昏过去的弟妹身上，脑海里一片空白。

遗体被推走，然后被送入焚化炉。

一小时后，骨灰从焚化炉后面的一个漏斗漏下。没人主动去拣，关鉴安顿儿子照顾躺在椅子上，已接近虚脱的妻子，独自上前。

没有烧透的大骨头中，有几根发出墨绿色的光。关鉴知道这是大量药物积淀的结果，他将这些放在一边，然后将晶体状、微温的骨灰收入红绸袋子中。

在骨灰安放问题上，纠纷又起：建国初期，周恩来说要给在革命战争中牺牲的烈士们，找一块“安息”的“宝地”。他亲自率领官员和专家们，百般寻找，方才找到了八宝山这地方。此地有山有树，风水不坏，且庙宇中只居住着一批为数不多、被冯玉祥从宫中赶出的太监，动迁任务不大。将太监们妥善安置后，略事修建，便成了中国的“伟人祠”。五十年代，高级干部正值盛年，早逝的不多。所以任弼时的墓地，要比后来存放中央委员、全国人大常委、政协全国常委以上干部骨灰的一室还要大。进门处的一片墓地中，则多是处长级干部，甚至中央机关的一些科长，也土葬在此。可到七十年代，随着干部们去世的高峰期到来，骨灰原是沿着四壁安放，后来就变成一排排的，犹如图书馆放书的格局。再以后，屋子里已经放不下了，只好在露天建立一堵堵“骨灰墙”：骨灰放至墙中，外面用镶嵌相片的瓷砖加以封闭。这样自然带来一个问题：谁都不愿意在最上面或最下面，而想在和人眼平行的位置左右。

而关鉴岳父的骨灰安放地偏偏在最底下一排。

首先提出这个问题的是大姨子。

工作人员很不客气地否定了她有关“换位”的请求。

“我们总不能每次来看爸爸，都蹲着看吧？”她说。

“那你们叫谁蹲着？”工作人员反问。

乖巧的弟妹赶紧把事先准备好的红包塞过去。

工作人员把红包扔回来：“少来这套！你们知道这是什么地方？这是革命圣地！”他感觉到侮辱，“别说你小小的一个局长。”他指指骨灰存放证上“级别”一栏说，“部长、副部长在底下的多着呢！”

大姨子显然气不过，说是要去找领导。

“你们就是找来毛主席，”这位顶多不过三十岁的工作人员朝天安门方向一指，“也不顶用。你们该学学周恩来：人家官儿不比你们大？还是贡献不比你们大？可连骨灰也没有留，全撒在祖国的江河大地上了。”

“要是谁都不留骨灰，你不失业了？”大连襟在帮助太太。

“你以为我想干这个？我早就不想干了！”工作人员把桌子一拍。

关鉴见双方都接近不可理喻，就赶紧借口找领导，率领众人离开现场：人与人的争吵，和国与国的战争一样，一旦真的开打，就很难停住，通常要逐步升级，直到双方都筋疲力尽为止。

离开争吵现场后，关鉴试图劝说大姨子不要去找领导：“你换我也换，这牌真也没法玩了。”

“牌？玩什么牌？敢情不是你爸爸。”大姨子一句话便把关鉴噎回去。

关鉴自知失言，只好捅捅妻子。

“大姐，我有些支持不住了。”妻子有气无力地说，“要不然，咱们先把爸爸安放了，过几天再托人找机会换？”

大姨子的态度立刻变了，连声说行。

事不宜迟，关鉴趁机让妻子出面，提议大家一起吃顿饭，然后开个会把有关遗产分割的事情定了。

说这话时，他多少为自己的“猴急”感到羞愧。记得岳父刚提出遗嘱问题、妻子的病尚不为人知时，他曾开玩笑说：“若按标准的官僚做法，届时咱们到长城之类的饭店，开上几个房间，缅怀一番老人家，然后聚餐一下，给大家分些纪念品，这样一来，钱就不用分了，也没得分了。”可就在昨天，刘心之通知他说：肾源已经基本落实，估计在二十天之内便能到达，希望准备好钱。而即使今天便把房产证拿到手，欲在期限内办完抵押贷款的有关手续，也不宽裕了。一分钱绝对放倒英雄汉！他在心中感叹道。

关太太在家中的地位一向很高，加之重病缠身，要求一提出，就和大首长牵头开会一样，事事都顺。

饭开在燕京饭店的一个可放两桌的包厢里。

为了给后面的会增加点润滑剂，关鉴开篇就说，这饭他请了。

大连襟口是心非地说：“轮也应该轮到我。”

关鉴赶紧说是分在他名下的招待费额度，再不花就作废了。其实甭说他，就是大局长也无招待费：调查局是新成立的机构，没有“第三产业”支持，而无论多大的领导，也不能在国家经费项下列支饭费，他们有客，都是“另想办法”。

大连襟提议喝两杯，被关鉴以“这日子，不宜喝酒”为名，否决了：大连襟好酒无量，而任何人，一过临界值，就会节外生枝。

饭局丰盛而紧凑。饭后因地制宜，召开了会议。

因为遗嘱在，有所遵循，没出什么大乱子。关鉴主动提出。只要有岳父眉批的那套《列宁全集》和平常与岳父对弈时常用的围棋——一副很普通的云子，主要是为了纪念。

但在弟妹的房子继承问题上，大姨子首先发难：“你把房子拿走了，让我们姐妹到什么地方去聚？”

弟妹不识时务地说：“可以轮流嘛。”

“我家反正放不下。”大姨子把茶杯的盖子狠狠地一放，“二妹、三妹，你们的家能放下这么多人吗？”

关鉴的二大姨子和妻子，当然同意“放不下”理论。

面对突然严峻起来的形势，弟妹手足无措地强调起遗嘱来。

“如果被遗赠的对象，未尽到义务，可依法取消她接收遗产的权利。”关鉴的二连襟说。他在一家证券交易所工作，曾自修法律，虽两次考“证券律师”没通过，但受太太所托，用法律唬唬弟妹还是有富裕的。

“我是尽了力的。”弟妹真的着急了。

“谁能证明？”发言的仍是二连襟。

弟妹当然在这圈子里找不到证人。

“而我们则都可以证明你没有尽到义务。”二连襟此刻完全是律师身份，而律师要完全代表当事人的利益，其做法与正义、真理无关，“就是上法院打官司，你也打不赢。另外，我们还可以说老爷子当时已经糊涂了。”

大姨子这时准备给弟妹以最后的一击：“更何况房产证在我们手里。”她晃动着手中的一个夹子。

关鉴看得出，弟妹差一点就扑过去抢了。

“大家都冷静一点。”关鉴知道再不出面，对今后事体有大碍——当然，房产证掌握在大姨子所代表的一派手中，他毫无疑问能要去抵押贷款。但另一个毫无疑问的是，弟妹一定会去告。而被牵扯到诉讼中的物品，是不能私下处分的。倘若等官司结束，别说肾脏，就是“黄花菜也凉了”。

众人在关鉴重低音的笼罩下，渐渐趋于安静。

“大家都是兄弟姐妹，不能因为爸爸一走，就星散了。定期聚会是必要的。而聚会就要有场所，联合国不还有个总部吗？”关鉴环顾。

除去弟妹外，众人都用赞许的目光看着他。

“小弟的经济状况，大家都是知道的。叶落归根时，咱们总不能让小弟他的孩子，流落街头吧？”关鉴只字不提“遗嘱”、“房产”之类的敏感字眼，而从情感角度切入。

众人没反应。

弟妹的眼中,重燃希望之光。

“我有个方案,供大家参考。”关鉴领导和操纵会议的经验比在座的任何人都丰富,懂得决定性的意见,用“供参考”的面目出现时,效果最好,“爸爸共有五间大房,你们三姐妹各自拥有一间的使用权,而小弟在北京没家,给他两间如何?”

大家用无言来表示同意,随后提出不过是些枝节的问题。

在这些无关宏旨的问题中,关鉴压迫弟妹同意大家的意见。他明白,以大姨子为代表的这些人,并非真的想要房产,是“气”不过罢了。至于一间房的“使用权”,更无实用意义,必然会随着时间的推移而消亡。

会议基本成功:大家分得了房屋理论上的一部分,而弟妹则拿到了房产证。

在关鉴一家三口回去的出租车上,他不无得意地对儿子说:“一个好的生意,一定要让买卖双方,”话到此,他想起抵押贷款一事,便改口道,“或三方都赢。”

陈天纵无须人吓唬“荆州丢了”,便能自拔于绮梦。第三天一清早,他致电董岳桥,请他过来会谈。

董岳桥一进门,就猎犬一般地抽动着鼻子说:“我好像嗅出这冬末的房屋中,荡漾着春天的气息。”

陈天纵笑笑没说话。

董岳桥由此断定陈天纵心情不错,所以当他听到余若雁从里屋发出的声音后,便说:“如此宽阔的房子,倘若无女士主持,便像一桌子好饭,却没酒和汤一样。”

陈天纵微笑地回答:“你的房子也不小,不也没女主人吗?”

董岳桥说像他这样的现代派,怎么会没有女人在身边,不过是非“常任”的罢了。

陈天纵问品位如何。

“朋友某，在科威特灭火一年，因害怕艾滋病，洁身自好。故归来时高度性饥渴，声称‘只要是母的、只要是活的’全行。此定理可逆反之：处在性资源蕴藏号称大陆之首的北京，开掘出来当然都是高品位的富矿。”董岳桥欣赏着手中的唐山用新技术生产的茶杯，“我们这拨人讲究试婚。您喜欢把过程数字化，这样说吧：最长的周期，也不过是三个月。这期间，不同波形叠加的情况也时有发生。”

陈天纵认为实在匪夷所思：“多次谐波叠加，往往会发生振荡。”他的科技背景很深，顺着往下说，“再说当某次波来临时，你如何将其从混成的信号中滤出来呢？”董岳桥的智商挺高，记住数十位与之关系密切的女士名字，问题还不大，但生活永远是曾经在什么餐厅吃饭令她喜欢、什么电视节目让她失望之类无穷多的细节组成的，记忆它们的内存要求，肯定超过人脑极限。

“台湾国大开会时，民进党的女国代霸占主席台不走，国民党籍的国代则高喊：把她们带出场去！这‘带出场’是携台湾歌厅小姐夜宿的专用词。民进国代因此指责国民党代表对她进行‘人身侮辱’，最后由国民党籍代表道歉了事。”

陈天纵觉得董岳桥此说不着边际。

“台湾这些国大代表、立法委员，若非夜夜出入灯红酒绿的风月场，这话也不会脱口而出。此情景大概很普遍，故林忆莲才会唱出一首荡气回肠的《爱上一个不回家的人》。”

陈天纵仍不得要领。

“俗文化离生活最近，我要写首歌，肯定比《连名字你都叫错》要精彩。”董岳桥这才“破题”。

陈天纵隐约记起在七十年代末，大陆流行港台歌曲时，邓丽君唱过这名字的歌：“你这在通讯技术上叫‘时分多址’、‘频分多址’。”他开玩笑道，“时分多址”是把一个单位时间，分给多人用，因为一个人不会老在讲话，总有间歇处。而在这间歇处，别人的语音信号就可以过去了，“频分多址”不过是依同样原理来分频率罢了。

“老陪女士们逛商店、喝茶、吃饭,去的都是差不多的地方,‘情景词汇’相仿佛,张冠李戴的事时有发生。现代女性虽开放,仍不能容忍她之卧榻上,有别人翻滚。我苦思冥想,终于拿出一方案:任何敏感事均不谈,专谈美国大片。大片的时效性最强,现在您如果想看‘泰坦尼克号’,除了碟,保证您在任何影院也看不上。”董岳桥扶了一下领带结,“您说我这是不是叫‘码分多址’更确切。”

陈天纵没想到董岳桥的科技知识挺新、挺厚:码分多址是摩托罗拉在蜂窝移动系统,首先采用的多路多用新技术,它把连续的真实信号,放大成“伪随机信号”,然后从中取样,进行传送。

“你们过得还好?”董岳桥很愿意和陈天纵接近:想当大科学家,最好的办法就是给现任的大科学家当学生、助手;想发大财,最好的办法则是给大企业家、大商人当伙计和朋友。上次山西之行,他已介入了陈之私生活,算是有了扇窗户,此刻若能破窗为门,让自己进去,以后的事就好说了。

陈天纵点头。

“陈总的眼光当然不会错,但我的好奇心仍驱使我想知道更多的参数。”

“一言以蔽之:恨不相逢未娶时。”陈天纵单方面终止交流。

董岳桥已从余之声色判断出她顶多二十来岁。于是心说,你就是想在“未娶时”相逢,也逢不上啊:你未娶时,她不是在襁褓中,便是在她妈的肚子里,没准还是液体呢!但他脸上一点表情没有,正襟危坐,静听下文。

“今天请你来,是想让你从法律和经济角度,帮我制订一下具体实施方案。”陈天纵通过对董岳桥多年的考察,已将其级别从“可用类”升级到“可信任类”。开场白后,陈天纵仔细介绍了与谭幼军合作建立P公司的构想。

董岳桥把眼睛的面积缩小一半,认真在听。

陈天纵除去想搞一个具体的计划,最想获得的是伦理基础。弄钱的想法一旦产生,便如病变细胞分裂,由二到四,然后到八。如此速度,不过几十次,便能达百亿之多。但浩然公司是上市公司,虽说资本来源多元,毕竟是别人的钱,你可以用公务的名义,无节制地花,可无论明目张胆地弄走,还是移花接木地弄走，从本质上来说，都是"往走弄"，属"不地道"。干不地道的事，是需要有人支持、怂恿的。

董岳桥参加孔教授的研究小组是偶然的，但在过程中，与陈天纵的关系被孔教授得知，然后由孔传送给辛哲光。当小组的研究报告完成后，辛哲光专门单独接见了他一次。谈话中，辛哲光暗示他将研究结果透露给陈天纵。

董岳桥不太明白辛哲光的意思，出来后专门到孔府讨教。孔教授很渊博地说："尼克松为获得政治利益，在当选后，试图打开冰冻多年的中美关系。可直接说，又怕被拒，面子上下不来。基辛格博士便给他出了个主意：让和中国友好的巴基斯坦总统叶海亚汗转达。从此，一个世界新纪元开始了。"

董岳桥虽对七十年代初的史实不很清楚，但稍加分析，便得出了结论：辛哲光想通过浩然的体制、结构之变化，获得好处。可他以董事长身份，不好直接发动，要陈天纵能主动提起，事情就顺理成章了。

董岳桥将心得坦白。孔教授立刻以老师身份评估道："孺子可教！"接着，孔教授代表辛哲光，保证他在今后的过程中，承揽全部的法律事务。交换条件是：他必须在严格保密的前提下，把研究的结果，以私人意见贡献给陈天纵。如果能说服陈天纵及早采取行动，则另外有"干股"之类的报酬。

所以即使陈今天不找董岳桥，董岳桥也会相机找他。

但董岳桥并没有像智力竞赛中毛躁的抢答者一样，马上回答——早泄永远不是好事情——而是保持沉默。

陈天纵也在等待。

"您肯定知道 MBO 吧？"空出足够思考的时间后，董岳桥问。

陈天纵知道。MB0 是英文"Manage—nent Buyout"的简称，译成汉语，就是"经理层融资收购"。说穿了，不过是某个公司的经理人员拿出钱来，把这个公司买下。可这和 P 公司有什么关系呢？

"通过您认识谭幼军总经理后，与之在香港有过数次往来，他虽有些实力，但不够大。"董岳桥认为他对谭幼军有足够的了解，定性地说，让他选择一位真正的商务合作伙伴的话,绝不选谭。谭的公司,就像一块千疮百孔的巨大海绵体,不管多少钱进去,也不会有反应。陈之选谭,不过是想通过一条渠道,把浩然的钱“洗”出来罢了。而这正与辛哲光、孔教授和他本人的构思相符合,他是不会反对的,“既然实力不够,便需投入资金。但仅仅凭‘聪明基因’和几个科学家加个P公司,在董事会上、法律上,都通不过。”

陈天纵同意。

“强行划拨也许行,但长久不了:您总不能一次就拨走一两个亿吧?”

陈天纵说当然不能。

“而巧立名目则会被视为盗窃。”

陈天纵认为这不是被“视为”,而是“就是”盗窃。

“可‘经理层融资收购’便无上述弊病。”董岳桥用自动铅笔在一张白纸上先画了个大圆圈,“这是浩然公司。”他接着又画了个小圆圈,“这是P公司。”他用红笔把P公司的圆圈劈成两半,“浩然如果愿意,可以与之成立一个股份制公司,但要由谭幼军先生控股,向在香港的一个搞生物技术的,高科技公司注入资金,天经地义。”

陈天纵没有表情地听着。

“然后再由这个P公司出资,购买浩然公司的股份。”

陈天纵提出的疑问一是,这样做如何能叫“经理层融资收购”?二是收购浩然的资金庞大不说,国内有关部门很可能会制止。

“在您输送到P公司的资金中,应该有一部分明确说是你们浩然的经理人员、董事会成员个人的钱。这既照顾了大家的利益,也符合MBO的原意。然后,由P公司出面,在香港融资。我跟您说,买一个大公司,并不一定比买一辆汽车费钱:买汽车,要当下拿出现钱来,而买公司,只需要有关的文件,将其完美包装,就可以把钱借到。”董岳桥接着在浩然的大圆圈中,又画了若干个小圆圈,“浩然的其余部分不要,只要它的精华部分就行了,比方浩然电子之类的。这样,浩然依然存在,不过空洞一些罢了。”

陈天纵把图转到自己方向,仔细地看了很久后问:“法律上说得通?”他并不知道这张潦草的图,是一个专家小组的研究成果。

“大的方面是通的,具体的问题要专门研究。”董岳桥不愿意显得胸有成竹,“现在的关键是你能不能说服董事会:此关不过,一切都是白搭。”

陈天纵没说话:有“经理层融资收购”这一招,董事会应该能够顺利拿下的。

“现行法律、法规对类似行动尚无限制,应及早行动才是。”

陈天纵点头。

董岳桥觉得自己的任务完成得很圆满。

十七

上次我是什么时候来的？关鉴手插入风衣口袋，在琉璃厂入口处瑟瑟秋风中想。一年前？两年前？最终他也没想起来。反正也是同样的气候，欲买《大明律·卷第一》未果。

他使劲甩甩头，可头发和思想重负一样地不肯就范。他只好继续前行。

今天他与弟妹约好去取房产证，银行方面的朋友也答应按“从重、从快”的方针，协助他办理贷款抵押手续。刘心之致电给他：肾源在三天内到达。数事叠加，竟迫使他半夜醒来，并再也睡不着：近来他睡眠极差，眼袋部位出现大片阴影。杜坚曾笑道：“您要是位女士，‘眼影’钱就省了。”他没有理这个“少年不识愁滋味”的小子。

于是他只好起床在外面乱转——弟妹处是不能去的：早六点到一位孤身女人家，等于半夜去。信马由缰，便抵达琉璃厂。

几摊转过，关鉴发现一把奇怪的尺子。此尺由某种他不认识的木头雕刻而成，装在一个黄铜盒子里。

“三宝太监郑和下西洋时带回来的，拢共没几把，传到今儿个就更少了。我在这儿干了二十年，头回见。”摊主渲染道。

关鉴认定摊主的文化程度不过中学，关于古中国外交活动，光知道张骞通西域、郑和下西洋这些课本上固有的。他掏出眼镜，仔细阅读镌刻在盒上的说明。

读到末尾，关鉴不禁笑出声来。说明指出，此乃科尼岛上的彼得尺，是用来度量阴茎大小的。换言之，它和摆在国际计量局那根截面为H形、质量为铂铱金属的米尺原器一样，是一个标准。除去正常状态下的长度标准外，此尺还规定了勃起时它的下限。

摊主很纳闷。

“往后随便您往利马窦、马可尼身上安都行，可千万不能安在郑和身上。”关鉴把尺子放回去。

摊主问原因。

关鉴没有贡献自己的研究成果：倘若摊主知道出处，信息立刻变成金钱，加在收藏者头上。

行进中，一把日本武士刀吸引住关鉴，他从皮鞘中抽刀仔细观看。男人从能独立行动起，就喜欢刀枪。他曾拥有一枝虎头牌猎枪，并撂倒飞禽走兽无数。枪支管制条例公布后，便上交了。前年，几位好友相约到山西阳高县打猎，他去公安局，办理了非常繁复的手续，才借出来。可枪已如同三十年不见的情人，早已面目全非了。别的不说，锈蚀得连扳机都扣不动了。异常伤心的他，整整擦了两天枪，然后用油纸包好送回。此后，再没动过外借的心思。枪没了，兴趣就转移到刀上。日本武士刀是全世界最著名的，遇到了不可不看。

刀很锋利，看得出材质不错。再一细看，上面有德川幕府的字样。关鉴不禁笑了：幕府时代，日本锻炼不出如此之好的钢材。

再往前走，又遇到了若干把如出一辙的武士刀。

“德川是日本的大将军，幕府就是司令，也就是说，这是德川司令用的。”摊主热情地介绍道，“‘红粉送佳人，宝剑赠英雄’。您要是喜欢，就给个价。”

“德川将军确实不止一个，但你们这也未必多了点。”关鉴顺摊一指。德川和西圆寺一样，是日本贵族姓氏，其为首的就是将军。

“您不知道，在百团大战时，八路军缴获了日军的一个武器库。这库房里有一箱子全是德川司令的备用刀。”摊主笑容可掬且一脸诚恳。

关鉴懒得对话，放下刀，转到近邻的瓷器摊上。攀谈中，摊主见他懂行，主动往出拿东西。

凡是真古瓷，无论明清，关鉴都买不起，但他仍想看。遇到知音的摊主，来了情绪，说他是山西来的，有两只好碗，而住地离此不远，邀关鉴去看看。

摊主盛情难却是一，关鉴自觉很冷是二，便同意了。

在小旅店中，关鉴见到了三只青花瓷瓶，分别标有“大明万历造”、“大清康熙年制”、“大清乾隆年制”。

关鉴看了大约十分钟，笑着把瓶子统统还给摊主，问有无更好的。

“我要是有唐代青釉、越窑瓷器，早就不摆地摊了！”摊主的脸立刻拉了下来。

“想蒙人，必须有道。”关鉴见摊主变脸，也把“纸”戳破，“这瓶底的缺，”他指点着说，“全都差不多，换句话说，就算不是一个人磨的，也出自同一台机器。更要命的是你这款，”他把“万历”、“乾隆”两瓶放在一起，“绝对是一个人写的。造假也要成本，你该找个真品，仿真放大，再贴到胎上烧去。”

摊主自然最清楚不过，可嘴巴不软：“我说同志，你说话要注意：懂就是懂，不懂就是不懂。随便说是要吃大亏的。”

“北京是首善之区不说，你要是有动武的心思，不妨试试。”关鉴把脸和肌肉同时绷紧。

见多识广的摊主不过是虚张声势，见状及时住了嘴。

出店门时，天已大亮。即使如此，关鉴依旧费好大的劲儿，通过九曲十八弯，回归正道。

来到岳父家，门铃一按，弟妹的笑脸就出现了。

一进门，关鉴便发现屋内已大变：一尘不染不说，原来杂乱的家具不是被清理，就是到了它该去的地方，新添的几件，确有画龙点睛之妙。他本来想引毛泽东“萧瑟秋风今又是，换了人间”赞之，考虑到弟妹的文化背景，怕画蛇添足，便用了不少家常赞词。

说完后，关鉴自觉挺没派的：若非妻子的病，我绝不会如此之“媚”。看来利益之“发动机”一旦点燃，是很难停下来的。

弟妹端茶送水，竭尽热情。

过程中，关鉴发现弟妹的装备，已颇具几分北京味道：纯羊绒毛衣配全棉衬衫，弹力良好的裤子，看上去怪舒适的拖鞋。

弟妹忙完，笑眯眯地坐在他对面。

略事寒暄，关鉴切入正题。

“您不来找我，我也会找您。”弟妹一字一板地对关鉴说，“前天晚上，你兄弟回来，把房产证给拿走了，说是要去抵押贷款做生意。”

关鉴一下子就蒙了：房产证不是别的，它是妻子的肾啊！“您可不敢拿这事和我开玩笑？”他明知大势已去，可仍心存侥幸。

弟妹说这千真万确：“在我们农村，男人就是皇上，谁敢不听他们的话?！”

关鉴最少在五分钟内没有说话，狠狠地盯着喋喋不休的弟妹。

弟妹毫无惧色地迎接他的目光。

“你这不是在玩我吗？”关鉴咬着牙说。

“玩?你知道什么是被人玩吗?”弟妹脸上的“笑容源”立刻关闭，代之是阴毒表情，“我出道时，不到十七岁。进歌厅的头一天，用你们阔爷们的话讲，就被人‘办’了。那也是个北京人，你这岁数。”

关鉴虽很经过些风雨，可仍被弟妹这可怖的语气、表情吓了一跳。

“他肯定是吃了药，把我当成了一块肉，连续地‘办’，第二天，连路都走不了。后来我就习惯了。再后来，我就到了桑拿，你知道我一天最多接过多少客？”

关鉴当然无从知道。

“十五个。你知道，这是我努力争取的结果。要让我接二十个三十个，我才高兴呢！”说到此，弟妹用停顿来平息过急的呼吸，“这十五份钱中，桑拿老板要拿走三份。我不服，他告诉我说：‘你知道我在这儿让你们赚钱，担待的是什么罪名吗？容留卖淫！给人抓住，不是枪毙，就是无期。’跑堂的也要拿走两份：他就和你家岳父一样，谁和他不好，就不提拔谁。不提拔你，有天大的本事也白搭。”

若在平常，关鉴定会痛击她这个诽谤性的比喻，但今天没有。

“后来我到了饭店，陪人吃饭。在我们这行中，这和跑街的变成了坐大班台的经理一样，比开始时高了好几级。”

关鉴也松了一口气：听血泪控诉等同吃“忆苦饭”，绝对不是好事情。

“我以为会好一些，谁知不过是鼻涕变成了痰。有一回，北边来了个大老板，说权力大得没边，只要他同意，你就能把货运到全世界随便一个地方。陪他吃饭的人有十几个。喝酒喝到半中腰，他们就点了我们十个姐妹，进门就让我们脱了衣服，在地上爬：这个拔你一根毛，那个掐你一下。数那个大老板最可恶，我爬过去一次，他就拿雪茄烟头烫我一下，回回烫在最要命的地方。他边烫还边告诉我，他用的是真正的哈瓦那雪茄。”弟妹说到这，仰脖将茶一口喝干，“后来我嫁给了你兄弟，那也不是个玩意儿。可我都忍了。我为什么？我不是就为我儿子的将来吗？”

关于歌厅、桑拿浴内的勾当，关鉴从未听过如此详尽、残忍的叙述。他联想起在某次全家聚餐时，老板赠送了一道往烧热的石头上放肉的新菜——此乃铁板烧的变种——当老板介绍它的名字叫“桑拿肉”时，大家都笑了，二大姨子还故意探头看：“这里面怎么没有小姐啊？”可唯独弟妹捂着嘴跑了出去。二大姨子看着她的背影，不怀好意地说：“是不是又怀孕了？”此时，他完全明白了弟妹产生条件反射的原因。

“我知道你媳妇的腰子有病，想换一个。但你们当大官的，有的是钱，干吗非要抢走我这可怜的一点？我的就是我的！”弟妹双手交叉于胸前，似乎在抱着什么。

关鉴不得不解释他的官不大，而且也没钱。

“‘到广州觉得钱少，到海南觉得身体不好，到北京觉得官小。’”弟妹渐渐恢复常态，“前年我回家，镇上的书记托村书记叫我去陪吃饭后，说要‘玩玩我这个下过南洋的妞’。我不干，他就让我随便开价，说是三千五千都行。他才是多大的官？能和你比？”

关鉴说书记即使有钱，也是非法所得。

“你就没非法所得？”弟妹尖锐地反问。

关鉴觉得即便能证明自己清白廉洁，也于事无补，就告辞了。

弟妹送至门口时，大概想起了关鉴平素的友善，多少有些不好意思：“大哥您是好人，等姐姐做手术时，我一定到医院伺候。”

关鉴表示感谢：房产属谁，处分权就属谁。不借完全合理合法。再想到她所受的屈辱——无论“色情业”中，还是在这个家中——所作所为就是有些过分，也可原谅。更何况她还真心地表示愿意帮忙。

“另外，你和郭医生商量怎么把老爷子弄死，”弟妹本来不过是想把人情送足，没想到漏了嘴。她看到关鉴的脸色立变，立刻意识到这原本准备在拿不到房的情况下用的“撒手锏”，不能随便玩，便改口说道，“看我这张不是东西的嘴！”她非象征性地给自己来了个响亮的嘴巴，“你们是想让老爷子痛快点走，是好意。”

关鉴注视着她。

“反正我是不会对人随便说的。”弟妹说完，赶紧把门关上。

关鉴看着新更换的、密不透风的“盼盼”防盗门想：看来人心之叵测，无论怎么估计都不过分。

门内的弟妹，在确信关鉴走了后，直奔隐藏在新买的立柜中的新买的保险箱前，按图索骥，费了好大的力，从中取出了房产证。

她像生头胎的产妇欣赏初生婴儿一样地仔细欣赏着房产证。

这是一本墨绿色封面的证件。序号是“京房地证第 0089435 号”。内容包括“权属人”、“权属来源”、“所有制性质”、“建筑面积”等项目。

“权属人”当然是她先生和她本人；“权属来源”是继承；“所有制性质”是私有；“建筑面积”为一百六十六平方米。

这几项，是她最感兴趣的。她抚摸一阵自己的名字后，又把证件推远观察。

“我的就是我的。谁也拿不走！”她喃喃自语道，“俗话说得好：爹有娘有，不如自己有。”

驾驭浩然公司，在陈天纵不过是轻车熟路。他主政不过月余，公司就变得井然起来：原来含糊不清的财务报表，又成了清晰且有条理的“流水账”；在米金手里制定的，用副董事长李颖明话讲“是份‘狗搅八泡屎，泡泡舔不净’的屁规划”，也变成分有方向、符合逻辑的纲领性文件。

感觉到这些变化，辛哲光挺高兴。加之报给证券监管部门、股东大会的“年度报表”已迫在眉睫，便让吴超打电话约陈天纵一叙。

他原以为陈天纵会拖上一两天，没想电话后两小时，陈天纵便落座于他家客厅的沙发上。

“来时匆匆，没准备礼物。”陈天纵表示歉意。

看来此人确实聪明。辛哲光在表示了“你之才华、业绩，是最好的礼物”后，不无得意地想：部下就要摔打、锻炼，“百炼钢化成绕指柔”。当然，此人在一段时间内，确有“架空”我的想法，这也正常：无论官场、商场，凡在其中，个个都想往上走。能改就好。在政治上，没有永恒的敌人，也没有永恒的朋友。只要他能为我所用。

陈天纵没多说话，在静等。谭幼军曾评价他道：“你这个人的思维速度极快，覆盖的范围特大，要说这也是好事。可你太快、太广了，便叫人生厌了。”随后他问“乒乓球”、“气压计”的故事，还记得否。

陈天纵当然记得。

小学自然课时，老师讲解“浮力”时，举例说有个乒乓球掉在一根手伸不进的管子里，该怎么办？同学们有的说要用夹子，有的说往里面灌水。而早在四十年代，家中就有吸尘器的陈天纵，说“一吸就出来”了。老师从来讨厌这个家庭条件优越、反应快的孩子，马上附加“没电”这个限制条件。但他就是不肯用水，而说：“往里面撒泡尿，它也能出来。”此回答，引发哄堂大笑，他也因此被罚站了一节课。

“气压计”则是初中故事。物理老师出题目说:“某人不知楼房有多高,但有只气压计。该如何办?”当时刚学完“气压和高度之关系”课,大部分人都能正确回答,唯独陈天纵不满意这个答案,在试卷上写道:把气压计送给大楼的管理人员,问他有多高。结果不光是不及格,而且化成“此学生有思想问题”的结论,写入期末操行评定中。

共同回忆过后,谭幼军总结说:“装傻是大功夫,‘木秀于林,风必摧之’、‘大智若愚’是千古名训。”

陈天纵认同此理,更加之 P 公司的事,要于辛哲光商议,故一言不发地作谦恭状。

辛哲光当然不会直奔主题,而是采用漫谈法:“建国后,毛主席退到二线,一线的工作由刘少奇和总理主持。这种分工,有着天然的、结构性的问题:一线工作的同志,当然会犯很多错误,而在二线的人,看得比较清楚,但碍于身份,有时提,有时不提,久而久之,矛盾就积下了。”

陈天纵正襟危坐,边听边想:你和毛泽东根本就没有可比性。毛的威望,是在长期的斗争中建立起来的,在许多他的同事中,他半人半神。而你的职位,不过是别人授予的。

“后来毛主席在一定程度上,也承认过自己的错误。一九六五年,他曾对彭德怀说:看来庐山之争,真理可能在你手里。对于像主席这样的人物来说,这话也就不容易了。”辛哲光在开脱自己。

陈天纵所想却与辛哲光南辕北辙。他扶了一下领带,我不是彭德怀,你也没毛泽东的本事,咱们不过是“暂时的同路人”罢了。

辛哲光开始等待反馈。

陈天纵感觉再不发言,就“过火”了:“宏观上,今后还希望您多指点。我给您汇报一下具体的工作。”他从皮包里拿出年度报告,请辛过目。

辛哲光说他不看了,然后就问利润情况。

陈天纵说每股大约可分红一毛三分:"这是初步估算,确切数目只会比这个高。"

辛哲光觉得挺满意,米金准备的报告,基调就是"持平"。而"持平"对股东们来说,就是"无钱可分"。这样的报告怎么能出台呢?当然,陈天纵重新接手,不过是个把月的事,不可能扭转大局。换言之,亏损是必然的。他多次指示,米金也很努力,但至多做到"持平"。可陈天纵却轻而易举地上了"盈利"这个台阶。

亏损在普通人看,是客观存在。但在辛、陈们看,则是一种可变的数字。如果需要将其消灭,交代了股东们,则可以把该付的钱不付,或者将它列入"开发、研制新产品"一项中。至于以后这个"新产品"的效益如何,那是以后的事。到时候,如还需要,仍可顺延。

"能交代过董事会和审计部门?"董事会不在辛哲光的眼里,他最关心的是后者。

陈天纵胸有成竹地点头。

实的事办完,辛哲光便准备办"虚"的事。董岳桥已向他汇报了陈天纵的具体计划。换言之,陈天纵已在他的掌握之中。可他明白这类事存在一定风险,须让陈天纵主动提出。

为控制节奏,辛哲光来了个"闲笔",吟诵起墙上的条幅。此乃一位当代著名书法家写的袁枚诗句"连朝细雨刚三月,小院无人又一年"。诵毕,他转对陈天纵说:"咱们也是'辛辛苦苦又一年'啊!"

你辛的什么苦!陈天纵自以为洞察辛哲光之思路。对我来说,则是"风雨飘摇又一年"。但他嘴上说出来的,却是另外一些需要请示的问题。

辛哲光认为这些不过是"余兴",不太用心。

也在把握时机的陈天纵见状便提出与P公司联合的意向。

辛哲光很随意地边听边点头。

陈天纵接着又谈到资金等问题。

"P公司的资信情况了解过?"辛哲光等陈天纵全说完后问。

陈天纵表示毫无问题。

辛哲光又问资本外调有无法律方面的问题。

陈天纵说没问题。

“不知道董事们对这事有何意见。”辛哲光把身体放松。

“您在董事会可是一言九鼎。”陈天纵恭维道。

辛哲光摆摆手:“现在的董事们,个个都明白手中一票的分量,非个人能左右的。”

“资金投向高科技领域,风险是不可避免的。这笔钱也不会例外。”陈天纵认为辛哲光在提高自己的价格,“因此,香港方面,给各位董事准备了一些内部优先股。”

辛哲光没有反应。

“现在国际上通行 GP。”陈天纵认为赤裸裸地对辛哲光行贿,辛接收的概率就会极低,所以他经过深思熟虑后,拿出了这个方案。

辛哲光以反问表示不懂 GP 的意思。

为了弥补自己用英文之失误,陈天纵赶紧说此乃国际上在公司合作时,一方支付给另一方年纪比较大的高级人员的巨额资金的特定名称,翻译过来,就是“金色降落伞”的意思。

这部分,董岳桥的汇报中没有,因此辛哲光让陈天纵解释仔细。

陈天纵大概地说了一番“P 公司”制定的“金色降落伞”计划。

辛哲光好久没有反应。

陈天纵不由地担心起来:“金色降落伞”根本不是他说的意思。其本意是兼并一方支付给被兼并一方被解雇的高级主管人员的巨额款项,为的是使得原来的经理人员乐于离开位置,减少阻力。他给改头换面。如果让辛觉察,事情也许就吹了。

“要知道,负责资金的保值、增值,是我这个董事长的首要责任。”辛哲光并没和陈天纵讨论“金色降落伞”计划,而是字正腔圆地讲述自己的职责,“你把刚才所说的情况，给我写份备忘录。我试试能否说服大家。”

陈天纵说这责无旁贷。

辛哲光见陈天纵随着自己涌起的波，一浪一浪地前进，不禁有些得意。但得意之余，他仍不忘把最后的个人责任也推掉：“要是有 CP，也好，我正准备给我工作过的商贸大学建立一个奖学金。真是‘好雨知时节’啊！”

见辛哲光很配合自己的计划，陈天纵非常高兴。同时，他也佩服辛哲光的说话艺术：辛哲光对钱财之热爱，他是深有体会的，可难能可贵的是，他从来都不提钱，真正能做到“不着一字，尽得风流”。

十八

房产抵押告吹,关鉴四处寻找资金时,方才明白常言“干活嫌人少,请客嫌人多”乃绝对真理:在被他评估为有能力、可能出借的亲戚、朋友中,奔波了三天,只到手区区三万元。

万般无奈,他想起了苏女士。

按动电话键时,他的手有些抖,一度甚至想放弃通话——堂堂的七尺男儿,向年龄小很多的女士借钱,如何开口?

犹豫间,苏女士已发问:“是关先生吧?”

关鉴诧异她的敏感。

“您当年常说:八个样板戏不用看,光听声锣,便知是哪出。我也有这功能:您甭说话,光凭呼吸的幅度和频率就能判断。”苏女士没告诉他,自己的电话装有来电显示。

关鉴支支吾吾地说有事相求,并约一起吃饭。

“就您那两个工资,还是省了吧。”接着,苏女士就把场景框定在她家,时间是晚八点。

关鉴本想问她先生在不在,可怕暧昧度过大,引起歧义,便没说。

晚八点,关鉴准时到苏女士家。

一照面,他就觉出苏女士神情不太自然。进屋后,他立刻发现她先生在家。

“比你早十分钟进门,”苏女士用不大的声音,简略地说,“正在洗澡。”

关鉴惋惜之余，也庆幸：倘若早来十一分钟，该是何局面？

“他本来说后天回，谁知今天突然回来了。”苏女士再度调低声音，“近来他总这么神出鬼没的。”

为了调节气氛，关鉴说：“疑神疑鬼方才神出鬼没，否则，老乡们就不会说：丑妻近地家中宝了。”

“讨厌！”压力下的苏女士，仍不忘做出似嗔非嗔、很女性的回应。

听到与卧室连通的卫生间的门响，关鉴为见面时，不至于仓皇，赶紧问她先生在何方供职。

苏女士说在中国银行。

两人心神不定地闲扯，等待男主人出场。

男主人却始终没亮相。

在此种微妙的态势下，关鉴的钱自然没法借了。二十分钟后，他主动告辞。

“再坐一会儿？”苏女士言不由衷地挽留。

关鉴苦笑后，起身穿衣。

“我送送你。”苏女士说完在家居服外套了件大衣，跟着出了门。

关鉴明白这不太合适，却无法劝阻。

两人无言地走出小区后，苏女士首先打破沉默，问关鉴有什么事。

关鉴迟疑了一下，说没什么事。

“没事你绝对想不起我！”苏女士完全凭女性的直觉，洞察关鉴内心。

关鉴再次强调没事。

“再不说实话，我就将你在我心中的地位打八折。”进入路灯阴影的苏女士，不肯前行。

“如果方便的话，能不能借给我些钱？”关鉴眼朝苏宅方向，艰难地说。

“多少？”

“你能借给我多少？”关鉴对苏女士的家底并不了解。

“要是你在给别人活动贷款，那么抵押品说得过去的情况下，我能借给你一千万。”

关鉴说是私人借钱。

“买房？”

关鉴摇头。

“买汽车？”

关鉴仍摇头。

“那无疑是受到某个小情人的要挟了！”苏女士调侃道。

“您高估了我的欲望、魅力和能力。”关鉴苦笑。

苏女士看了一下手表：“速将申请项目报上来。”

关鉴讲出了原因。

苏女士好一阵没说话。

“我知道，在现在，向别人借钱，是件很讨厌的事。”关鉴不禁口吃起来。

“谁说你讨厌来的？谁说你讨厌来的？”苏女士连连质问，“我是在想，从什么地方能腾挪出钱来。”

关鉴赶紧道歉。

“如果不伤筋动骨，能借给你三万。使劲努努力，能借给你五万。”

一阵感激潮涌心头，关鉴相信三万已伤筋动骨，五万则动摇了根本：“三万足够了。”

“明天上午十点，我派人把五万送到你办公室。”

“某次，某国家机关被人盗窃，几乎所有男人的办公桌抽屉里都有钱，而女士中只有一位未婚的抽屉里有钱。”送苏女士返回途中，关鉴用此小故事表达自己的感激。

“首先，银行官员没有你想象的那么腐败。其次，我家中的钱，肯定不止这么多，但我的‘可调财力’却只有这么多。最后，上次你如果先反对，随后赞同东北飞翔公司的水坝项目的话，此刻根本不用借钱。”

关鉴本想说：宁肯借款，也决不同意建水坝。但话出口时，却改为：“我不反对,你也会反对的。”

进入苏宅视野,苏女士停步伸手。

关鉴握住这只充满女性特征的手,好一阵没放:“我头一次向一位女性借这么多的钱。”

“我也是头一次借给一个大男人这么多的钱。”

“明天我让来人将欠条带回去。”

苏女士把手抽回的同时说:“鉴于您的偿还能力和我钱的路径,欠条根本无意义。”

苏女士消失后,向来以反应快著称的关鉴,才明白她的话之底蕴:五万元是我四年纯收入,扣除相关用度,并假设一切平安的话,十年能还清就谢天谢地了;而她的钱,肯定是来自某秘密处,换言之,是不能见“阳光”的,而欠条只有在法庭上才有用。

关鉴准时收到苏女士的五万元后,信心大增。立刻致电刘心之,说“万事俱备”,只差肾源了。

十分钟后,刘心之回电说肾源明天到。

关鉴没想到这么快,愣了一下。

心细如发的刘心之,即刻追问钱是否真的到位。

“到位十五万。剩下的一个星期内准备好。”关鉴又慌起来。

“换肾不是急诊,医院拿不到钱,绝对不会施行手术。”刘心之不紧不慢地说。

关鉴没吭声:他此时非常希望刘心之主动借钱给他。

刘心之也没有吭声:他此时非常希望关鉴向他借钱。其原因是杜坚在上周五的月度汇报会上说,谭幼军的“君联证券公司”一案,已初具规模。书生气十足的局长当即指示:由点及面,扩大战果。会后,他请杜坚到办公室,详细询问了情况。情况没有他想象的那么坏,主体在君联本身,至多牵涉到陈天纵的浩然公司——他与陈天纵仅一面之交,没必要细问——目前看来,问题不大。但事情一旦捅破，想从上面捂住，已不太可能：局长不但好大喜功，而且急功近利。所以最妥当的做法，就是将此事“阴干”。如完全“阴干”办不到，也要将此事控制在“君联”本身违规的范围之内。因为他与谭幼军之间在纺织品——油料买卖中的合作，已到欲罢不能的程度。而“阴干”的关键在关鉴。关的态度虽不明朗，但他相信只要关鉴一拿他的钱，便如同在牛鼻子上穿上了绳子。更何况这笔钱是救命钱，用了吐不出来。可也不能主动出借——在现今社会，无论什么原因，主动奉献，都很不合逻辑。

最后忍不住的肯定是关鉴：“你借给我十万块钱，我用岳父的房子做抵押。”实在没办法，他只好撒谎。话出口后，他红着脸在心中感谢电话发明者贝尔：若是面对面，这话是出不了口的。

“老丈人的房子分给了你？”刘心之并不知道内幕，这样问是在走必要的程序，让事情看起来像真的。

关鉴红着脸说是真的。

“十万块钱，我一下子拿不出来。”刘心之假装思考后说，“先借给你五万如何？”

关鉴不明白这是“关子”，着急地说：“缺五万和缺十万还不是一个意思？”

“我又不欠你的！”刘心之作生气状。

“您就好人做到底吧！”关鉴急忙将语气切换到“求人”频段上。

刘心之答应想办法。

下午四点，刘心之通知心急如焚的关鉴到环岛大厦的大厅后，致电 9303 找蒋女士，她会把钱送下来的。

关鉴生怕蒋女士认错人。

“像你这样的丑男人，想找一个替身还真不容易。”刘心之说完就放下电话。

关鉴再次准确地拿到了钱。

他将钱存入医院指定的银行，换了一张卡，卡一交到医院的财务室后，一切都变得顺利起来。

陈天纵携余若雁抵达深圳,下榻于朋友借给他的别墅中。次日,谭幼军从香港过来,商谈合作事宜。

谈判在艰难中,渐渐变得深刻。四个小时下来,计划渐趋完整。

计划的进程如下:首期向P公司注入一亿资金,其来源由浩然公司发行新股募集,其理由一是“伏羲计划”,二是P公司的“聪明基因”和转基因产品。

陈天纵知道这两个项目,起码在目前是纸上谈兵。为封杀董事、监事们,他决定在新股上市的同时,由负责股票发行的“君联证券公司”出面,给董、监事们以买职工股的名义,按发行价买下二百万股,等股票一上市,就将其卖掉,从而吃掉溢价款——如今大量资金云集股票的一级市场,也就是证券商负责承销后,向公众发行的阶段。资金的高度集中,使中签率不过千分之三。倘若在此阶段,利用优先权拿到股票,然后投放到二级市场,也就是自由买卖的沪、深两股票交易所,是稳赚不赔的。最保守的估计,浩然新股一二级市场的价格差,也在百分之五十左右。

谭幼军随即便问购买这批股票的资金来源。

陈天纵让他垫付。

谭幼军说他的钱正在周转,一时回不来。

陈天纵不相信他的话:堂堂的君联,怎么连这点钱也没有?

但谭幼军这次说的是实话:刘心之以平息调查局对君联的调查相交换,将他本来就不多的资金,挤到纺织品——油料的买卖当中去了。

“那你动用客户的保证金好了。”陈天纵认为他缺少诚意。

“实在不行,动就动,我怕的是证监会觉察,坏了大事。”谭幼军也知道自己承担新股发行,已有可观的佣金可拿,不出力是不行的。

陈天纵想想也是,不能小不忍乱大谋,便答应从浩然的流动资金中出这笔钱。

接下来,是这笔溢价款放在何处、以何方式提现。

这是谭幼军的拿手好戏。他落实浩然共有三十名董、监事后说:“我虚拟三十个大户的名字,将二百万股买下,然后你们再印些股权证,用它来我公司提现金好了。"

"现在,咱们已经可以假定此事已通过董事会。"陈天纵把咖啡壶往谭幼军方向一推,"于是,一亿资金到达P公司的账上。这以后,该如何运作呢?"

谭幼军光抽烟,不回答。目前他尚不清楚陈天纵是想从这一个亿中分成,还是真的想干点什么。

陈天纵也不说话。

虽然谭幼军知道先开口要吃亏,可自己是"始作俑者",必须先说。于是他简略地说,"聪明基因"已进入人体试验阶段,正需要大量资金支持。

陈天纵认为这不太可能。新药产生过程如下:首先要由研制者写出报告,报请卫生部专家鉴定组鉴定。如通过,则可向卫生部申请"人身试验"。倘若被批准,便可在卫生部指定的一两家医院内进行小范围人身试验,在此阶段,不光无钱可赚,反而要赔一些——说服病人、医生使用未经验证的新药,物力支持是必须的。经过一段时间,新药被试验医院和专家们认定为无毒副作用,且疗效显著,就可申请在卫生部指定的若干个医院内进行大规模的人体试验。这个阶段完成后,再经卫生部批准,此新药就可正式上市了。此过程相当漫长,需要几年到几十年。

"谁能等那么长的时间。"谭幼军笑着说,"卫生部一位重要人物,已承担起'聪明基因'在一年之中进入市场的责任。"

陈天纵却认为不管认识谁,程序也要走完,一年是绝对不够的。

"药的事,你不懂。"谭幼军摆手说,"别说有批文,就是什么也没有,照样卖。"他接着问,"你记得胡优吧?"

陈天纵说记得。胡优是卫生部一位老副部长的儿子,其父在延安时期,就负责首长保健。他们是中学同学。

"他下海后,先是卖电子产品,栽了好几个跟头,方才找准位置,收拾老爷子残部,在卫生系统卖药。几年摸索,发现卖普药赚不了大钱,就开始卖新特药。后来越卖越疯狂,干脆连批文都不要,专从国外搞新药仿制。其中有些药,尚在临床试验阶段,他就卖开了。某次,在他卖的丙肝疫苗中竟然查出了肝炎病毒,不照样没事?”

陈天纵听去不禁毛骨悚然:“咱们就是不赚钱,也不干这生孩子没屁眼的事。”

“你还想生孩子?”

陈天纵说孩子生不生另议,丧尽天良是不行的。

“咱们的‘聪明基因’,至多是效果不显著,妨碍人体健康是不可能的。”谭幼军明白不能将道德判断和具体问题联系在一起,否则一旦通不过道德关,问题就没法谈了。他灵巧地换了个轻松话题,“卖药主要靠广告。日前,我给香港一位‘伟哥’厂商写了句空前绝后的广告词,你想不想听听?”

陈天纵表示听听无妨。

谭幼军一字一板地说:“没什么大不了的!”

陈天纵想了一会儿,便笑出声来:“他们给了你多少钱?”

“要给我钱来的,我说本人乃客串玩票,再说也不缺钱,给不给吧。他们不好白拿我的成果,就给了箱伟哥。匀你一些?”

“我和你不一样,非‘唯武器论者’。”陈天纵接着询问P公司“转基因”产品情况。

谭幼军对转基因至多算一知半解,怕在注重细节的陈天纵面前露馅,便敷衍道:“你到香港,和我属下‘生命科学院’的首席科学家细谈吧。”

陈天纵诧异何来“生命科学院”。

谭幼军得意地说:“全称是‘香港生命科学院’。我上个月为配合浩然加盟P公司,专门注册的。”

陈天纵相当佩服他的想象力。

谭幼军见陈天纵挺高兴,趁机问他是“明修栈道,暗度陈仓”还是“直捣黄龙府”。

“你这话是什么意思？”陈天纵立刻不高兴了。

“董、监事们都提现，我也想给你变现一部分。”谭幼军赶紧把话往回缩。

“钱对我这样的人来说，在消费方面已毫无意义。它们对我意味着一种支配力、一种权力、一个舞台。有了这些，我才可以使我的梦想成真。”

谭幼军虽阅历极多，仍测不出陈天纵话之真假深浅。

此时，余若雁从楼上下来，略事寒暄后，又得体地退了出去。

谭幼军用亮闪闪的眼睛，一直追踪到她消失后，才赞叹她的身材道：“真是魔鬼黄金比例。你从什么地方搞来的？”

“搞？你给我搞一个看看！”陈天纵在嫌谭幼军粗俗时，也不无得意。

“我用什么词？请？好像只有财神之类的佛，才配这个字。”

“应该说：你在什么地方遇到的？”

谭幼军鹦鹉学舌般地重复。

陈天纵也简略地讲了与余若雁相遇的经过。

“我说你怎么不到香港直接去考察，原来是带着她不方便。”

陈天纵显然不想再讨论这个问题。

“有什么了不起的？一个男人喜欢若干个女人，有什么错？我要是遇到如此绝代佳人，绝对不会放过。怎么样，给她来点职工优先股？”

陈天纵本来想说：这是我的事。但想想太生硬，便说：“她不太喜欢钱。”

“是人就喜欢钱，女人也是人，她们甚至因红颜易逝而更喜欢钱。”

陈天纵起身下逐客令：“我不留你吃晚饭了。”

“此处不留爷，自有留爷处。”谭幼军拿起风衣，摇晃着车钥匙走了。

他走后，陈天纵开车领着余若雁一起去逛商店。

在最昂贵的商店里，他反复挑选，给余若雁买了件秋装和一个翡翠戒指。

余若雁脸上挂着灿烂的笑说：“这个价钱，还不如买它呢。”她似乎更心仪柜台中的一枚不大的钻戒。

陈天纵耐心地解释道：“玉乃石头精华，而翡翠则是玉之精华。翡翠的颜色从‘见绿’到‘墨绿’分为十级，另一个指标是透明度，它也叫‘水’，从‘不透’到‘通透’也分十级。你这块，‘七水八分绿’，属好玉。”

“关键是我已经有块玉了。”她把挂在脖子上的玉摘下来给陈天纵看，“我爸爸送的生日礼物。”

这玉陈天纵早已见过了，但仍接过来，装模作样地将两块玉放在灯光下比。比了一阵，又把玉交给余若雁。

余若雁认真地比较了一番后说：“真是‘不怕不识货，就怕货比货’。你的要比我老爸的好得多。”

“好得多还了得？好一点就不得了。”余父送的玉，按行家的看法，叫作“鼻涕底”不说，既邪且花，与这块根本不可同日而语。他这样说，是给她留面子。

说实在的，在结识陈天纵之前，余若雁算不算真正的美人，还有待商榷。但就在这短短的一个月的时间里，她在陈天纵和美容顾问无微不至的指点下，加之她过人的天赋，于是从看人的神情到皮肤护理、从发型到步态、从首饰到内衣，都发生了天翻地覆的变化，一扫原来“胡同姑娘”的憨态，变得雍容华贵起来。

从商店出来，陈天纵开始研究到何处吃饭问题。

“反正不去昨天那个旋转餐厅吃了。别看那儿的菜单有小说那么厚，桌布也是亚麻的，可除去贵，一无是处。”昨天的晚饭，开在国际大厦的顶层，“我在飞机上干了两年，只总结出一条道理——”

陈天纵作洗耳恭听状。

“海拔越高，饭菜的质量越差。”

陈天纵一听便笑起来：“多年来，我一直在寻找，就是找不到规律。没想到被你这个黄毛丫头一语道破。”

余若雁得意地笑了起来。

于是，陈天纵带她到了海边的一个小店。

“这儿的空气真好闻。”余若雁放下车窗，猛吸好几大口。

陈天纵为了训练她的言谈举止，就问怎么好闻。

“反正比飞机上的好闻：在那里面，往往是到了上海，吸的还是北京的旧空气。”

在进店途中，陈天纵还在品味她语言中的鲜活。

此店门脸虽小，后面的院子却很大，停满了各种高级轿车。

陈天纵向她解释道：“深圳的上流社会人士，在城里吃腻了，都跑到这儿尝鲜。这儿有世界上最鲜的海鲜、最野的野生动物和最便宜的法国酒。”

余若雁对最后一项表示不解。

“走私来的。”陈天纵悄悄地说。

大厅足有两亩地大。桌与桌之间，有着相当的间隔。饭菜如陈天纵所言，丰盛而稀罕。服务也周到。

陈天纵破例喝得大醉，连车也不会开了。最后只好雇个司机把他们送回别墅。一路上，他不断地说：“酒不醉人人自醉。”

这是无梦的一夜。思想停止了，肉体的感受最圆满。

天亮时，陈天纵隐约听到电话响，但实在是动不了。

电话在固执地响，最后好像是有人接了。

次日九点，董岳桥来电说，新股发行的法律预案，已通过了有关部门的审查，并说，《大明律》其余几卷，如陈天纵之所料，已经买到手。

陈天纵接着问他是否凌晨来过电话。

“这点规矩我是懂的：梦是不能惊的，尤其是春梦。”董岳桥调侃道。

陈天纵再问余若雁。

余若雁则说根本就没听到电话。

十九

妻子的手术过程,关鉴用一句话便能概括:无比顺利。

器官移植的过程中,最令人担心的莫过排异反应:植入患者体内的新器官会被患者的免疫系统认为是“外来者”而遭到排异。通常,医生就像对不听话的孩子施行“强压”一样,采用多种药物抑制患者的免疫系统。于是,有些患者的免疫系统也如同个性强的孩子,以癌症和脆骨症等疾病来表现自己的逆反。

这个问题被刘心之解决了:他经互联网得知英国剑桥大学的卡恩教授开发出一种可以减少器官移植排异反应的新技术。其核心是在患者手术前,向其体内注射一种名为“坎帕斯”的人工合成抗体。该抗体可以暂时清除血液中的淋巴细胞,在免疫系统进入“冬眠”,使器官植入患者体内后,不再遭到免疫系统的排异。被“欺骗”的免疫系统渐渐苏醒后,如同酒醉者不复记忆当时情况一样,将被植入的器官“误认为”原有的组成部分。

当然,“坎帕斯”目前尚在临床试验阶段,没通过英国当局的药检,更没通过我国卫生部的药检。换言之,它是一种非法的药。在刘心之建议使用时,关鉴也不无犹豫:他从来都认为,“法”是不可侵犯的。

“‘法’有若干种,宪法是根本大法,不容侵犯。可另外也有‘文法’之类的,某些时候,不成文法,反而能成就一篇好文章嘛。”刘心之开导道。

理论问题解决了,关鉴开始为药品能否带进来、医生能否同意使用等技术问题担忧。

“倘若没有环境支持,我绝不说这话。”刘心之报出一位著名的笑星兼丑星的名字,说其人正在英国待命。

关鉴还是怕让海关查到:“他又不是免检的外交官。”

“和那也差不多。”刘心之接着举例为证,“某次,某地方电视台缺少一种数字设备,便托经香港回国的笑星带台回来,并许诺将差价给他。于是他扛着箱子就进了‘无报关物品’通道。慧眼识物的海关官员当即拦住他,要开箱检查。可等他一摘墨镜,海关官员就笑了,聊了两句后,便挥手放行。临行前,官员嘱咐道:‘以后再带要报关上税的东西,最好换个箱子,起码也要把箱子上的品牌遮掩住。’”

关鉴诧异笑星何来此神通。

刘心之于是设问:“邓丽君唱支歌值几千港币,歌厅的歌女,唱同样的歌,至多值几十块,这是为什么?”

关鉴说是嗓子缘故。

刘心之进一步假设歌女的嗓子比邓丽君好,可为什么仍然赚不到那么多钱。

关鉴思考一下后,转移到容貌上。

“邓丽君长得不漂亮,世人有目共睹。”刘心之张口大笑,露出刚洗的雪白牙齿,“但你非要这么说,我也只好进一步假设此小姐长得比邓丽君漂亮,然后再问收入差的原因。”

关鉴实在想不出原因了,只好说:“任何人也顶不住一直问。”

刘心之这才得意地说:“关键在于邓丽君身上聚集了媒体的注意力。媒体的注意力和权力、容貌、宝藏一样,同属稀有资源。企业凭什么斥巨资做广告?目的就在购买你的注意力。”

关鉴不无恭维地感叹道:“此种教师语气,原是属于我的。什么时候让你‘购买’去的?”

刘心之也假装谦虚地说:“虽然‘闻道有先后’,但‘术业有专攻’。”

“批准你使用笑星带药来。”关鉴用上级的语气和刘心之开了个玩笑后，又问如何通主治大夫毕博士这关。

刘心之说毕博士早就入了“关”，起码也在“北美自由贸易圈”内，“关税”都用不着上。

“坎帕斯”如期抵达，施用之前，关鉴仍担心地咨询毕博士。

毕博士学究气十足地说：“医学界尚在定性分析阶段，起码也在‘准定性阶段’。但据有关资料反应，”他用的是“坎帕斯”的英文名字，“CAMPATH能将移植器官遭排异的可能性降低百分之五十。”

关鉴生怕毕博士是因为关系和钱，才同意使用“坎帕斯”，故致电刘心之，想讨个担保。

在环岛大厦的刘心之正好处理完刚刚收到的有关纺织品——油料买卖的文件，买卖进展基本顺利，心情不错，谈兴甚高：“我在工商局做副科长时，顶头上司老许科长有了外遇，他太太找分管局长，大闹天宫。分管局长是刚提拔的知识分子干部，书生气十足地说：我个人认为老许不会有这样的事。许太太尖锐地反问：你凭什么认为他没这事？分管局长当下理屈词穷。于是许太太又闹到大局长处。大局长抗战末期参加工作，农村、工厂干过多年，类似民事纠纷处理多了，根本不在老许有无外遇这个‘莫须有’的问题上纠缠，而是反问许太太：他工资上缴不上缴？许太太说上缴。他又问：他每天夜里回不回家？许太太说下班就回。于是大局长总结道：‘如此说来，你还是正宫娘娘嘛！我看你就算了吧。’许太太嘴巴上不服，但想想也是这个理，就偃旗息鼓了。”

关鉴的心情可没刘心之那么好，所以埋怨刘心之聚谈终日，却统统言不及义。

“毕博士没让你在医院的‘生死文书’上就‘坎帕斯’一药签字吧？”

关鉴说没有。

“他有无口头警告你这药危险？”

关鉴说没有。

“他是专家，现在没人可信，也只有信他了。”刘心之总结道。

“即使‘坎帕斯’能降低百分之五十的排异反应，可还有百分之五十啊。”关鉴此时心情如高考前的孩子、决战前的统帅。

“第一届中日围棋赛时，小林光一九段把聂卫平之前的六位选手都给宰了。于是聂棋圣面前除他外还有加藤正夫、藤泽秀行三人。但他一个、一个把他们收拾掉。第二届更玄：前面的选手给聂棋圣剩下了五个，以与每人对局有百分之五十的胜率计算，自乘五次，也就是百分之三多一点。但聂棋圣说：棋是一盘一盘下的，百分比不说明问题。”说话间，刘心之把正沉浸在一出无穷无尽的电视连续剧中的蒋丹青拉到腿上，“棋如人生，人生如棋，一关一关地过就是了，别想这想那的。”

此番开导，着实让关鉴感动：“我真不知说什么好。”他觉得眼睛里很热，“以后用着我时就吩咐吧！”

刘心之心机费尽，讨的就是这句话，可他仍批评关鉴“俗”：“你准备好太太痊愈的庆祝酒吧！”

关鉴迫不及待地交代岳父在东北电业局工作时，有人猎到只东北虎，送给岳父几根虎骨，岳父泡了一坛酒，一直没舍得喝。此酒就在他手，届时一定贡献。

“这个‘有人’该不是高岗吧？”刘心之开玩笑道。高干们均知高岗爱打猎，并且喜欢把猎物制成标本或将皮、肉、骨送人，借以炫耀。

关鉴解释说：“我老丈人到东北前，高岗已到北京。就算他在，也不会把虎骨送给我丈人这类无名小卒。”

刘心之讥笑关鉴越来越薄弱的幽默感后，便放下电话。

蒋丹青问是什么人，让刘心之如此上心。

刘心之说是一位朋友。

“我倒是你的朋友，可你从没这么耐心过。”蒋丹青醋意盎然地说。

刘心之把蒋丹青抱往卧室的途中，强调对她另有关心方式。

蒋丹青朝空中踢着双腿笑着问刘心之，这是否是他唯一的方式？

刘心之当然明白蒋丹青所指：近一年来，蒋丹青多次要求在“海联”内实行“现代企业制度”，分给她一些具体的好处，可自从纺织品——油料买卖开始后，刘心之的钱投了进去，只是答应在“收获”后分给她。可她却坚持要兑现。被逼无奈，他只好提出将在“水清”小区的别墅送给她。

诺言发出已数月，这期间，他收到蒋丹青无数暗示。他知道今天若不兑现，性生活质量无疑要降低百分之五十以上。于是把蒋丹青放到床上后，从皮包内取出一个优质牛皮纸信封，递了过去：“一个小时后你再看。”以他对她的了解，知道她绝对耐不住。

蒋丹青果然要当下看。

于是，刘心之退了一步。他知道任何退步，都会收到回报。

从信封中取出那份经过公证的“水清”别墅的赠予合同后，蒋丹青的手不禁抖了起来。人一生奋斗的基本目的，不外乎食与住。干鲍鱼也好，鲨鱼翅也好，味道不过如此。人们之所以追求，因为它们乃“吃”一道的重要指标。而对“住”来说，最大的参数就是别墅了：以前童话中的王子，总是骑着白马，把公主或灰姑娘，驮向宫殿。而这个神话的现代版就是一位成功人士，开着卡迪拉克，载着一位靓女，驶向宽阔道路尽头的别墅。

蒋丹青反复阅读着这份经过公证的赠予合同。她原本是想以买的方式，通过交易市场，使别墅易手。刘心之也同意，但附加条件是她出相关的税费。她到房地产交易市场一打听，发现契约税百分之一、营业税千分之五，另外还有印花税、转让税等若干种，这些不过几万块钱而已，关键是增值税：此税是在房屋增值的前提下收取的，其税率从百分之二十起征，然后开始以百分之二十的阶梯累进。据一位经验丰富的律师评估，刘心之以二百万在一九九六年房地产市场最低迷时购买的别墅，此刻的市场价已达三百八十万到四百万之间。换言之，她要卖，就要交纳差额百分之四十、近八十万的增值税。这笔钱，她没有出处。

刘心之见她没头苍蝇似的转了几天后，开始愁眉不展，便提出了“赠予方案”。

她怕这中间有名堂，自己挑了一位律师起草合同，然后再到公证处公证。公证书制作需要一个星期的时间，中间又隔了个节日，所以今天刘心之才取回。

“该不会有假吧？”话一出口，她就后悔了，改说道，“我是逗你玩呢！”

“假的真的，你自己明天跑一趟公证处不就知道了？”刘心之并没有生气。

“真的！真的！肯定是真的！”她把合同抱在胸前，又推远观察。

“从此这房子就是你的了，你可以像蜗牛一样，到什么地方都驮着它。”刘心之微笑着观察她孩子气的动作。

蒋丹青赶紧将证书收好，向他扑过来。

为了延长快感到来的时间，刘心之拼命把思想移向其他事务，最后落到这份“赠予合同”上。

赠予是一个民事法律行为。法律规定它是可以附带条件的。但他并没有附带诸如让蒋丹青“陪他三年”之类的条件。因为法律还说附带的条件“不能违背社会公德”，如果违背，所附带的条件就视同“没有”。而“陪”无疑是违背的，附带也没用。另外，法律并没有规定“不能把房子赠予情人”，所以这个“赠予”行为有效。

可在法律上有效，并不等于蒋丹青拿到了房屋的所有权。法律规定，房屋的赠予，与一般赠予不同，必须“登记”，才能转让它的所有权。而登记机关，据北京市规定，是房管部门。换言之，如果没到房管部门登记，这别墅就没有“交付”，而“交付”是“赠予”的依据。再往深里说，这别墅的所有权仍在他手里，那份赠予合同，虽然经过公证，从法律上说，只是初级阶段，离完成还远着呢！

如果我不反悔的话，如果她知道在法律的沼泽地中如何跋涉的话，她或许能拿到这别墅。但我可能不反悔吗？她可能知道吗？刘心之在高潮来临的最后一刻想。

陈天纵的“建立P公司”和“经理层收购”计划，因为有一大笔“溢价款”支持，进行得很顺利，以至于他觉得有些太顺了。

但他并不知道有个不顺在等着他。

这个不顺的发源地就在离开十米远的米金办公室里。

米金的办公室和陈天纵的一样，也是套间带卫生间，此刻他正和孔崇明在里间商讨对付陈天纵的行动。

孔崇明在经营浩然电子失败后，在香港分公司极不得志。等米金一翻起来，第一件事就是把孔崇明从香港召回总部，先是让他接管“伏羲计划”，然后就让他当上了总管。

这两个人经过挫折后，格外珍惜权力，也明白“一荣俱荣，一损俱损”的道理，合作很是默契。

他们没想到权力竟如此稍纵即逝，此刻最后悔的是当初没把陈天纵干掉。

“古人说：除恶务尽。实在是太有道理了。”虽然屋子里已烟雾腾腾，但米金仍一根接一根地抽着雪茄。“复辟”之后，他曾一下子就把烟给戒了。并给公司的职员们写了封公开信，号召所有吸烟者戒烟，并加强锻炼。而权力一失去，他立刻开抽不说，还上了个等级，香烟变雪茄了。

孔崇明的分析能力显然高过米金，知道问题的根源不在陈天纵，而在辛哲光。在辛看来，无论陈、米，都是手中的一张牌。但他不会把这问题说透：米金和辛有很深的渊源不说，还重感情。记得在他掌权时，辛哲光推荐一位学森林分类的研究生到浩然来，让米金酌办。米金当下就批了，并说在开发房地产时，很需要这样的人才。事后他问米金：咱们要森林分类干什么？米金说：“董事长是我的老上级，甭说是研究生，就是瞎子、瘸子我也要。”有鉴于此，他只是淡淡地说：“咱们应该抓住时机，加强攻势才行。”

“你们这些鸟知识分子，光知道说原则、概念。倒说说该怎么加强？”米金在屋子里像豹子一样，来回绕着圈，“光凭咱们掌握的事，干掉陈天纵有富裕，可这中间有董事长，我是投鼠忌器啊！”

孔崇明心说：陈天纵现在不是老鼠，而是老虎，别说是玉器，就是老娘也得往出推。但他仍然缄口不言，等米金来问。

米金果然发问了。

孔崇明转动着手中的新型派克笔，慢悠悠地说："要想中心不被毁，最好的办法是没有中心，没中心敌方就没有可打击处了……"

米金日渐稀疏的眉毛凝聚成一个点。

"咱们可以研究一下，把整个一个计划分割成若干个'小件'，然后通过不同的渠道送到某个或若干个要害部门去，由他们来组装。这样，谁也分辨不出这信息来自何处。陈天纵即使有天大的本事，也无法阻断。"孔崇明说这段话的主旨其实是为了打消米金在辛哲光问题上的顾虑：把消息分割后播放出去，即使辛哲光将来被陷，也顶多是怀疑而已。

很久以来，米金一直在是否将"P公司溢价股票"一事和盘托出上犹豫。这事是董事会研究同意的，而董事会中藏龙卧虎不说，陈天纵更是手握大权，经营多年，倘若觉察后将事情平息，最后倒霉的一定是自己：现在的监察机关中，想给有权势的人当眼线的人甚多。而自己的"告密者"的身份一旦被确定，将来根本无法在商场上立足：谁敢和一个这样的人打交道？而自己不到五十，路还很有一截。与其如此，不如乖乖地拿着数十万溢价款，找个地方颐养天年。

可孔崇明提供的思路不同：多渠道发送"小件"，让收到它们的人自己去组装。这样一来事件中人无法阻止；二来人不是计算机，自己发出的"小件"也没有编号，这样被组装起来的东西，肯定和原来的不一样，无法确定其来源。

想到这，米金在办公桌前坐定，拿出纸笔，和孔崇明一起商量如何"分割"信息。

二十

随着妻子一天天的康复,关鉴也一天天地将精力转移到工作上去。他的归纳能力是惊人的,很快找到问题的关键。他指示杜坚,将全部力量集中在君联公司身上。

杜坚却觉得浩然的问题更有典型意义:君联毕竟是个小公司,而且还有香港背景,而浩然则是个大的、国有股份占控制地位的公司,若在其中找到问题,无疑是大功劳。

“毛主席教导说:与其伤其十指,不如断其一指。要集中优势兵力,各个击破。”若要调查浩然,需要上级批准。而目前大局长正在意大利参加国际反贪大会,刘心之在主持工作。而关鉴隐约感到,刘心之对有关君联、浩然的问题均不热心。他曾提起过,刘心之只是让写个报告,供局务会研究。报告送上去,结果是泥牛入海。但气只可鼓,不可泄。所以他对杜坚说,“抓住君联,难免‘拔出萝卜带出泥’来,到时一案结了就是了。”

杜坚是何等聪明之人,立刻领会了关鉴的意思,将最精锐的人马一股脑儿地投放在“君联”一案上不说,还运用了包括计算机在内的许多现代化手段,将检察院、海关、银行电脑中存的资料,都调来使用。很快,一份内容翔实、逻辑清晰的调查报告就出来了。

关鉴将这份经过他认真修改的调查报告呈刘心之。

刘心之收到报告后的第三天,也就是星期六的中午,约关鉴一起吃午饭。

午饭开在一家名约“涮涮涮”的火锅店。刘心之显然是此常客,上来就点一位著名的评书演员田地的“家酿酒”。

老板满脸堆笑地说,只剩不多几瓶了,留作招牌,不想再卖。

“如果你不卖,我就花钱雇几个小伙子,每天在你这儿占着桌子涮白菜。”刘心之开玩笑道。

“如此说来,我也只好忍痛割爱。”老板变戏法似的从柜台底下取出一只没商标的坛子。

刘心之从皮包中拿出把锋利无比的美国搏击专用坎博刀——此刀是铬、锑等论公斤买的高级合金制成的,价值两百美金。据说不管以什么方式扔出去,最后总是刀尖朝前。他用前面的锯齿,几下便把坛子的泥封启开。

关鉴问刘心之怎么“一下子”就把老板的“好东西”勾出来了。

“老板之所以搪塞,无非是想卖个高价罢了。这道理和勾引良家妇女一样:你一拉她的手,她就会说:‘别。别。’其实你看上了她,她也看上了你,这样说,不过是为了提高身价。”

关鉴笑道:“想不到首长还有这么一手。”

“首长也是听人说的。”刘心之挑出了木塞,酒香立刻弥漫,“据说现在的妓女,一进门就催你脱衣服,然后假装叫两声,一等你精神变物质,便收费走人,让你的神秘感、仪式感荡然无存。”

“谁让你到妓女那里去找神秘感和仪式感去了?您的‘买点’就不对。”关鉴抢过酒瓶,给刘心之倒酒。在妻子生病期间,刘心之在软硬件方面都帮了大忙,关鉴觉得应该对他表现足够的尊敬。

“首长不过是在做‘形而上’的讨论,并没真的去买。”刘心之举起杯。

关鉴赶紧响应。

一杯下肚,关鉴称赞了一番酒美后,便询问此酒的后劲如何:“大前年我出差路过插队的地方,老房东请我喝家酿酒、家酿醋。醋一入口,我就觉得虽四十好几了,但味蕾仍然丰富无比。而这家酿酒一下肚,我不光觉出食道和胃的清晰轮廓，甚至连肝脏，除去边缘外，主体也有感觉。那哪是喝酒啊！整个一个消化系统全面造影。”

“首长不是老房东，从来不干让人下不了场，或留后遗症的事。”刘心之从包中取出个小瓶子，说是自备的调料。

关鉴一用，觉得味道果然不凡，便问配方。

“一个很复杂的化学过程，多年精心研究的结果。”刘心之概括道。

关鉴说是术后的妻子，味觉极差，该给她吃些“香”的东西。

刘心之说可以免费赠送一些，配方却不能相告。

“你就是告诉我，我也不会去生产。”

“信息在谁手里，谁的价值就高。”刘心之说完又纠正关鉴的涮法。

关鉴不相信涮个羊肉，还能有多少讲究。

刘心之滔滔不绝地从羊的品种选择、饲料选择到宰杀方法、腌制方法、燃料、器具等，讲了足足五分钟。

关鉴说这听起来不像是吃饭，简直是诺曼底登陆、阿波罗登月那样的系统工程。

“那些玩意儿都是‘硬’组合，而这是软的：口外的羊，用这配料；山西的羊，用那配料。而每一款配料中，有的是君，有的是臣。你拥有，我辅佐，最后形成了相依为命的关系。”

这些对关鉴来说，属闻所未闻。

酒未到微醺，刘心之就不肯喝了，说一会儿要开车带关鉴去看一个惊险场面。

吃完饭，关鉴要结账，被刘心之给阻止了：“抛开‘谁提议，谁结账’这条老定埋不说，你还真的没有这么多的钱。”

关鉴不服气：“翅、鲍我请不起，区区涮顿羊肉尚能承担。”

刘心之将账单递给关鉴。

关鉴一看，老实地承认没有如此之多的钱：“五百三？简直是拦路抢劫！”

刘心之说“田地家酿”就要四百四。

“他又不是路易十三,一个说书的而已。”

“所以路易十三要一万,他只要四百四。”刘心之接着做进一步解释,“不过他的利润也不小,因为他不做广告、不纳税,只靠私下传播。”

关鉴认为此非现代商业做法,最终也大不到哪儿去。

“也不能小看:它的扩散,如同性病传播,你拷贝给我,我拷贝给你,一个几何级数关系,翻上十来次,也不得了。再者说,企业虽讲究规模效应,可规模大了,弊病也多,而越大的企业,消除弊病就越难,道理和胖子搔不到自己后背的痒处一样。”

说话间,已到了昌平蜡像宫。

尚在停车场,关鉴就听到一片鼎沸人声:“蜡像是什么时候火起来的?”

“到歌厅不一定是为了唱歌,到桑拿浴室,也不一定是为了洗澡。”刘心之把请柬递给广场门卫。

门卫劈开人潮,把两人领到最前排一块特地划出的地方。

“什么表演?该不是‘成人秀’吧?”关鉴不解地看着周围衣着考究、教养不俗的人群。

“我发现你的废话是越来越多了。要是‘成人秀’,我能带你来吗?那不等于送把柄于你?”

关鉴没有反驳。

大约五分钟后,两辆崭新的 VOLVO 轿车开进了广场。

“这是一场对撞表演。”刘心之说。

“让它们俩撞?”关鉴看着这一鲜红一墨绿、令人爱不释手、总价值超过百万的车,惊讶地问。

“据说此类表演在国外司空见惯,可在中国还是第一次。”刘心之指着红的那辆说,“这车装了防侧撞装置,那个没装。据说这种侧撞防护系统是 VOLVO 的独家产品,眼下正在推广。”

表演正式开始。

首先是红 VOLVO 以六十公里的时速，从侧面撞击无侧撞防护系统的、静态的墨绿色 VOLVO。

“砰”的一声巨响后，红车的引擎盖隆起、大灯被毁。而没有装侧撞防护系统的墨绿色车中的“人”，根据电脑指示，受到重创。

收拾完场子后，略加整理的墨绿色车，同样以六十公里的时速，从左面撞向静态的红车的前后门结合部。

也是一声巨响。接着电脑指示，红车中的“人”无任何损伤。

人群涌上去，观察这两辆 VOLVO的内部。

“除去对撞外，侧撞是最严重的事故，大概占事故发生率的百分之二十五。国外单向的高速公路多，防侧撞便成重中之重。据说这种侧撞防护系统，”刘心之在红车的圈子外讲解，“能够将侧撞时的巨大能量，通过横梁、支柱、车顶等吸收、分解。”

关鉴在惊讶 VOLVO车制作之精良、构思之巧妙的同时，也惊讶刘心之汽车知识之丰富。

刘心之没说在香港看过数次类似表演，而说全部从书本得来。

快到关鉴家时，刘心之漫不经心地说：“你知道不知道，谭幼军家和我家有些渊源？”

“君联的谭幼军？”关鉴反问。

刘心之点头：“他爹和我爹都在八路军一一五师干过，解放后来往也比较多。我们俩还同岁。”他放慢车速，“说来可笑：我们还在肚子里时，父母便约定：若是一男一女，就结为夫妻。”

“指腹为婚。”关鉴并不知道刘心之的话只有一半是真的，“他来找过你？”

刘心之摇头：“他根本不知道咱们的作为，干吗来找我？”

关鉴没再问。

“他经商后，我和他的来往也就是礼节性的。”刘心之再度减慢车速，“我的意思是,法内开恩,能放他过去,就放他过去。"

"这要看问题的大小了。"关鉴经过思考后回答。如在向刘心之借款前,以他的性格,很可能不回答。

"问题本身并没有一个标准。或者说,标准已经过时:八十年代初,如果受贿四千元,便可以判你五年。在九十年代初,有一位副省长,在工作调动时,利用两个星期告别,这期间拿了下属的东西和吃下属的饭,共计四千块钱,活把个副省长给弄没了。可现在的四千块钱,也就半顿好饭。"

关鉴表示他会具体情况,具体分析的。

"偌大个君联,往深里查,问题是小不了的。"刘心之将车拐进关鉴家的胡同,"可现在不请客、不送礼,便无法生存。"

对于君联的情况,关鉴已了如指掌:"你放心,我绝对不会小题大做,故意为难他们。"他从侧面观察刘心之,但刘心之正面向前,什么也看不出。

"话又说回来了不是?"刘心之在关鉴家门前停住车,"我估计他们的问题也小不了。但那只是咱们看,北京城里有不少人是成了精的,有些咱们看是大问题,比方我想升成大局长。可在上面,不过是句话。"

关鉴差一点就问:是不是无论多大问题都不要查了?但考虑到借款的背景,没说。

刘心之却从他眼中"读"了出来:"我的意思是,谭幼军就是装有防撞击装置的车。光凭咱们,是搬他不动的,弄不好,还会惹出好多麻烦。"

关鉴这才明白刘心之带他看"撞击"表演的深意:"那他也不用紧张啊?"

"我给你把话说白了吧:如果你这边不起劲,给他一段时间,他会把问题解决的。可如果你查个没完,就会招至很多部门插手。乱拳打死老师傅的事,也是经常发生的。"

关鉴在打开车门的同时问刘心之:"我只想知道:您个人和谭幼军之间有没有经济往来?"

刘心之没有想到关鉴会这么"直",下意识回答没有。

“没有就好。”关鉴下了车，“我会把您的因素在调查时考虑进去的。另外，”他扶着车门说，“非常感谢您的饭和精彩的撞车表演。”

次日上午，关鉴亲自去北京图书馆查阅了《中国人民解放军将帅名录》，发现刘父和谭父确实在一一五师三四四旅当过同一团的团长和政委。

有了这条信息，关鉴觉得释然。现今的社会，人与人的关系，随着交通和通讯的发展，日趋复杂化。记得在去年调查湖南国际信托公司案时，当事人在他抵达后的当天，便请出他在长沙的一位同学，到旅馆说情。而派他领导这事，是行前临时决定的——一处的职权范围，仅在北京，派他去，是因为负责中南的处长病了。此同学与他关系一般，他当然不会承诺什么。接着，国际信托公司方面，又派人到北京，把他的大连襟请来了。大连襟向他解释说：他姐夫的妹夫是长沙人，并有一个亲戚在信托公司工作。大连襟从来对关鉴无丝毫影响力。他只是感叹这张网编织之迅速与复杂精致。

谭幼军凭家族关系找刘心之说情，符合逻辑：关鉴在合上《将帅名录》的同时如释重负地想。

用心理学解释，关鉴之所以如此做，主要原因是他在潜意识里就不愿意相信刘心之已深深地卷入此事。

直觉——从本质上说，直觉不是一种感觉，而是一种最复杂也最简单的认知程序——其实已经告诉关鉴，刘心之不是泛泛地说情。如果使用“前事件指标”来评估刘的卷入度的话，当下就可以得出结论。“前事件指标”是一种预测工具，指那些在事件发生前，可以让我们预知结果的可观察现象，比方一个人进入商店，就是他要买东西的“前事件指标”，而他站在一件商品前，则是一个更强的“前事件指标”。

刘心之对君联破格的关心、拖延报告的批复、请关鉴吃饭、看撞车表演……这些都是很强的前事件指标。

但因为多年的朋友关系、因为向他借过钱、因为他是上级……所有这些因素，促使关鉴摒弃直觉，而相信他所谓的“专家的逻辑”。

一个典型的春天傍晚。位于北京东北的一座著名水库旁的“香蜜”度假村的一所有五个房间的别墅。

陈天纵独自坐在阳台的帆布躺椅上，凝望着立刻就要没落于水中的如血残阳。

余若雁在离他三米处的躺椅上小睡。她认为，睡眠是最好的美容方法。

听到这理论，陈天纵不禁心想：如果有选择的可能，下辈子我也当女人——当然，要是一个漂亮的女人。女人如笼养的鸟，有大量的时间，用来养护自身。而男人则如在野外觅食的田鼠，因为被别的动物捕食的概率极大，所以投放在自身的资源很少，因而老得极快。现在莫说美容，就是想睡个踏实觉，也是一个很奢侈的愿望。

从浩然的资金开始向香港P公司运动那天起，陈天纵便明白他进入了一个不可逆的过程中。别的且不说，从法律上讲，把发行新股的资金，躲避证券监管，输向境外，挪作他用，已经是犯罪了，更不要说私分溢价款项。

陈天纵并非一开始便是个社会财富贪婪的攫取者。从三十岁学业完成，开始投身经营界，一直到辛哲光重新重用米为止，他自认为工作还是兢兢业业的。他曾经不止一次地在各种场合讲：财富和贫穷一样，均能衡量人的品格。大吃大喝，既是挥霍，又不卫生，性杂交就更不可取，故他一向洁身自好。但“米金”事件一发生，他就觉悟了：你工作再勤勉辛苦，一旦上级认为你“用不着”或“不好用”了，很轻松地便能把你变得什么也不是。

别人也许会问：什么也不是了，有什么了不起？大部分人不也什么都不是吗？但关键问题是陈天纵曾经“是”过、“有”过。俗话说：二茬的光棍最难熬。原因就是他体验过性的极大乐趣。从来不知道的人，也就算了。权力对一个男人的诱惑，大概仅次于性。权力意味着厚赏，意味着别人的尊敬、汽车、别墅、美女。它是本，本没了，就像下金蛋的鸡没了。害怕失去权力，是所有掌权人的通病。

“米金事件”使陈天纵明白了“鸡”之不稳定性。既然“鸡”——哪怕是煮熟的“鸡”——也说飞就飞，那就需要在它没飞走之前，多囤积一些“蛋”，有了“鸡蛋”，条件适当，可以重新孵化出“鸡”来。

当然，他对谭幼军的公司是有正确的认识的。那里没有制度、规矩，甚至法律都不存在，真正是一片混沌。可又有哪个正经的公司，会同意你“洗钱”？但他在与谭幼军签订协议时，还是相当认真的。虽然他知道钱之运动，和热量、水一样，从来都是从高往低流，如要逆之，就要付出代价。但他内心深处，仍然还希望在某一天，P公司能摆脱浩然、君联，由他个人来执掌。

红日落了下去，风从湖面上吹来，拂动他日渐稀疏的头发。他侧头整理时，瞥见余若雁睡梦中的一个灿烂的笑容。

他将头定位在这个角度上。

如果说“米金事件”使他完成了政治性的转变的话，“飞机事件”则是他道德转变的分水岭。

董岳桥见到余若雁后，曾这样评价道：“你是我见过的不多的忠实于婚姻契约，与配偶反复性交，把配偶当成唯一的或者是最主要的性伴侣的男性高级经理人员……”

倘若在从前，他定会斥责董岳桥放肆，但这次没有。

“忠实于婚姻，被认为是一种规范。规范一旦建立，对规范的违背就存在了。要知道，违背规范，是件很刺激、很有意思的事。”董岳桥以此为纲，纲举目张地举了不少例子。

他说，人总自封为万物之灵，其实人的动物性深深地埋藏在体内，比方嫉妒、比方贪婪、比方……而最大的共性，就是人和动物一样，总是想把自己的基因更多地传下去。有此驱动，摩洛哥皇帝伊斯梅尔才创下七百个子女的纪录。

他又说，人们作为爱情象征的鸳鸯，其实也不是一夫一妻的，而老虎和猩猩等除去一夜夫妻外什么也不是。

董岳桥阐述这套理论时，陈天纵听得非常专注。任何人在干大事情时，都要寻求理论支持。希特勒因此有了“日耳曼血统最优论”；张春桥则反复强调“上层建筑对经济基础的反作用”。

他很好地接受了董岳桥的理论,并将其付诸实践。

含有众多水分子的风渐渐地凉起来,陈天纵走过去,将余若雁轻轻推醒。

其实,余若雁一直在假寐。她之所以这样做,除去美容外,主要是和陈天纵谈话太费力:陈天纵在思想水平上,要高过她一大块。另外,他还非常喜欢抽象的谈话,读在她看来古怪深奥的书籍。娱乐方面陈则喜欢长时间在草地上散步、听京剧和古典音乐、欣赏古建筑。即使是委曲求全地陪她打上几局自称"不喜欢,也不擅长的网球",也要比她强上一大截。而她则只喜欢读通俗小说、听刘德华的歌、逛时装商店。某次,陈天纵问她读过的最高级的书是什么?她想了一下后说是《红与黑》。他接着就其提了几个问题。她的回答全部似是而非。听完他笑了笑,傲慢地说:"我相信你只看过电影。"

从这以后,她尽量避免与他讨论此类话题。倘若不幸遭遇,她便赠他一个迷人的笑——她美丽、聪明的母亲教导她道:笑是一个女人最有力的武器,远比哭、骂、闹更能约束男人。

可与谭幼军在一起,她却无此感觉。谭幼军在深圳首次见到她后,就半夜里来了电话。她拿起电话,问是谁。谭幼军直接地回答:"你知道我是谁。我没有事,只是想问候一下你。"在陈天纵酒醒后,问谁的电话,她鬼使神差地说不知道。上个月,陈天纵带她去香港考察。中间有一天,陈要与在新华社香港分社的姐姐、姐夫一起过。此两位都是古板、本分的知识分子,不能携她出席。于是,陈就将她委托给谭幼军。她和谭幼军在时装店、美容店逗留时,找到了无穷无尽的话题。谭幼军还替她买单。她当然是要推脱的。但谭一句话便将其说服了:"'同是天涯购物人',谁买不一样。"最后,谭幼军在他的一处秘密住宅中,将一只早已准备好的钻戒套在她手上时,她一点害怕的意思也没有,虽然她明明知道这以后会是什么。

客观地说,谭幼军在性能力上,不如陈天纵,属"银样镴枪头"一类,但谭幼军知道曲意奉承,花样繁多,也给她以另一类型的满足。最后,谭幼军邀请她在适当的时候,到他的公司工作。对此,她没敢答应:陈天纵是不好惹的。但谭幼军针对她的疑虑，赤裸裸地回答道："他在香港不会有什么地位的。他总想掌握P公司，可他应该知道，钱在谁的地盘上，就由谁说了算。"在送她回住地时，她不无担心地暗示谭幼军保密。谭幼军答应后，很得意地给她讲了个故事："小学时有道智力测验题：船夫、羊、狼和白菜，要一起渡河，但船每次至多带两样，可羊和狼单独在岸上时会被吃，而羊和白菜单独在一起时，又会吃白菜，该怎么过？"类似故事她听过，但已不复记忆。于是，谭幼军说："先带羊和狼过去，然后再把狼留在对岸，将羊带回，再带白菜一起过。可咱们愚蠢的陈总裁，却把羊和白菜单独放在一起。"她听完笑着说："我才不是菜呢！你却是只狼，一只大色狼！"陈天纵又轻轻地推了她一下。

她这才正式苏醒，并给陈天纵一个无比迷人的微笑。

陈天纵开车把她带到水库旁的一个小饭店里。和半熟脸的老板打招呼后，就让上个"肘子炖鱼"。老板立刻将刚捞起的三条鲤鱼去鳞开膛，放进盛有排骨汤的砂锅里，然后把备有辣椒、姜末、葱丝、精盐等调料的小碟子放到每个人面前，接着再把一盘切好的肘子肉倒进锅里。随着砂锅下炭火的燃烧，难以形容的香味儿，洋溢在小小的屋子里。再接着，陈天纵又倒进些许白菜心和豆腐，然后就给余若雁先盛了一碗。

她吃了一碗，又要了一碗，并夸奖这是有生以来所吃过的最美的一顿。

陈天纵认为此话言过其实。

她只好杜撰说在十三陵水库吃过类似的。

陈天纵的眉毛又皱了起来。

她胆怯地问原因：她听陈天纵在电话里让秘书订"水边别墅"时，秘书问十三陵可否，他当下就说："除去这个地方，任何地方都行。"

陈天纵不肯回答。

他讨厌十三陵是有原因的。一位古文物界的朋友对他讲，吴晗在上清华时，本想研究中古史。胡适告诉他说："中古的资料比较少，清朝又太近，研究明代历史最合适。"吴晗虽照他的话去做了，但他过于热爱政治，学术成就并不很大。在他当了北京市副市长后，立誓要发掘一座明代皇帝的陵墓，好占有足够多的资料，写一本能“立得住”的著作。这个心愿他完成了，被发掘的是十三陵中的定陵。可也正因为此，他不光自己在“文革”中死于非命，连太太、孩子都未能幸免。这位朋友还说，有一位附近的农民，用定陵中往进滚棺材的圆木，给自己做了个柜子，最后他的孩子捉迷藏时，竖着进去，却横着出来。

陈天纵以前并不迷信，可自从向P公司注入资金以来，变得越来越迷信，甚至像朋友讲的这种“莫须有”的陈年烂谷子也翻了出来。

余若雁做出一副可怜巴巴的样子在等回答。

于心不忍的陈天纵，只好给她以一个含糊的解释：“13在西方，是个不吉利的数字。陵墓则无论东西方，都不吉利。所以还是不提的好。”

余若雁用笑容表示懂了。

回到别墅之后，两人经历了一场热烈的性爱。

陈天纵因为是在天荒地老处，所以格外放纵。

而余若雁则从来是肆无忌惮的。

事毕之后，她称赞陈天纵性器官之伟大。

“真的吗？”陈天纵用与他年龄不相称的天真语气反问。

她说是真的。

陈天纵说她并没有统计数字可佐证：“莫扎特歌剧‘唐璜’中，唐的仆人李卜雷娄跟唐娜·埃尔维拉吹嘘唐璜光在西班牙就勾引了一千零三个女人。如果在唐璜的女友中，搞一个调查统计，方才权威。”

余若雁说她凭借的是感觉。

陈天纵认为这也说过去了。接着，他又告诉她一个小秘密：“几乎每个男人，从性觉醒时起，就害怕自己的性器小。故经常在上厕所时，去和别人比，而比的结果，总是觉得自己的小。你知道是什么原因吗？”

“我从什么地方去知道这么多男人的事？”余若雁娇嗔地反问。

“是因为人看自己的性器时，是从正面看下去的，看到的只是它在X轴方向的投影。而看别人的时,则是从侧面看的,连 X 轴和 Y 轴的都能看到。换言之,此时看到的性器的实际长度为根号下 X平方加 Y 平方。”

余若雁出于礼貌,问了一下最后一句的意思。

陈天纵给她讲完勾股定理后,意犹未尽,讲起故事来:“华罗庚在五十年代,率领一批科学家,去苏联计算卫星轨迹。在火车上,他灵机一动,出了个上联:‘三强韩赵魏’,请大家对下联。结果没人能对。于是,华先生得意地说:‘九章勾股弦’。”到此,他顿了一下,给余若雁以消化的时间,“这是妙对:同行的有原子物理学家钱三强,还有数学家赵九章,他一下子把两个人的名字,都装进去了。”

此掌故对余若雁说,属天书类。但她见他说得高兴,只好找她熟悉的话题趋奉之:“我从小就觉得它很神秘,就和第一次去十三”话一出口,她立刻打住,没让那个“陵”字出口。

但敏感的陈天纵,已经觉悟到了。但这次他没有指出,生怕一语成谶。

接下来,是个噩梦联翩的夜晚。陈天纵先是觉得自己到了悬崖边上,此时害怕的是前面的万丈深渊;接着,他害怕自己掉下去;再以后,在下坠途中的他,最害怕的就是如何着陆的问题了。

二十一

有杜坚等一批得力干将配合,关鉴领导的调查活动很快接近尾声。他始料未及的是调查的结果竟如此丰硕。

杜坚望着一脸愁云的他,不解地说:“战果丰硕总该是好事情吧?”

“大炼钢铁时,我妈单位的一位职工,一天砍伐了三十棵树,上了报纸不说,年底还被评为市级劳模,再以前,谁生五个孩子,谁便是‘英雄母亲’。可现在,你在北京城里任何地方的树,给咱们砍个试试?或者有本事给咱们再生个二胎?”

杜坚嘟囔道:“我种树还来不及呢!孩子我更是一个也不想要。”他实在不明白好脾气的处长今天是怎么了。

“你看看这钱。”关鉴将《调查报告》翻到有关浩然集团公司部分,“五千万逃逸出境了。你知道这是谁的钱?”

“浩然的呗。”杜坚随口应答。

“是股东们的钱!是咱们纳税人的钱!”关鉴高声说的同时,不禁想起自己在筹措二十万块钱时所受的艰辛。

“上报后,让有关部门往回追就是了。”杜坚掏出笔,在手里转动着。

“追?你当是你媳妇跑回娘家去了,说个追就追回来了?香港虽说回归,但它的司法还是独立的。再者说,现在的钱,都是电子形态的,可能根本就没在香港逗留,便溜到鬼也找不到的地方去了。”关鉴说着就激动起来,“别说跑到外面,即便在国内,被贪污的钱到追回时,少说也十去三四了。”

杜坚也感到问题的严重性:“我赶紧回去把报告完成。”

关鉴从抽屉里拿出一份文件:“关于浩然资金转移问题,我已专门起草了一个报告,你看看,给把把关、润色一下,我马上报上去。”

“您这是在玩我?什么时候有过下级给上级把关、润色的?”杜坚不肯接。

“让你把,你就把。”关鉴假装严厉地说。

大约一个小时后,杜坚把打印好的文件送回来。

关鉴将大部分肌肉放松,仔细地阅读了一遍,发现改动不大,只是更通顺了。他用称赞将杜坚打发走后,闭上眼睛,开始思索文件是否上报刘心之的问题。

刘心之是分管领导,按程序,应该经过他。但这只是应该,而不是必须,直接找大局长也无可厚非。但中国官场疆界,外人看去是模糊的,可官场中人,却个个清楚自己的权力范围。关鉴记起某次和海关联合办案,在签文件时,海关一位副关长在文件的顶天处签了个字,然后递给刘心之。刘心之拿着文件思考了好一会儿,才在与副关长签名处成九十度角,签上名。刘心之事后解释:“他海关的副关长和我平级,凭什么签在我上面?”关鉴这才大悟。

如果这份报告,仅存在官僚技术问题,关鉴也不会这般犹豫。核心问题是刘心之和大局长之间有矛盾,说严重了,他们在某种意义上是政敌。所以同时报给两人的方案也行不通:联合国某组织召开宴会,一位新礼宾官员,循惯例,按照英文字母排了座位,名单送审时,被上司批了一通——若按此顺序,伊朗、伊拉克、以色列将坐在一张桌子上。

但他们两个都是党员,用主席的话说:在工人阶级内部,没有根本的利害冲突。给谁也一样。想到此,关鉴拿着文件站了起来。

旋即他感觉到不祥,便又坐下,拿起不知谁丢下的一支已风干的烟,放在鼻子底下嗅着。

待烟丝抖空后,他已将不祥之感分析透了:刘心之与此事有关,他应该回避,再往深了说,他很可能有利益在其中。

他不愿意继续想，拿文件上了电梯。

在敲局长的门时，他最后下了决心。

局长用一分钟，便将文件读完。接着他令秘书将文件套“红头”打印，分送检察院、证监会、海关、外汇管理局。

关鉴本想再强调一番速度问题，可转念一想，局长是“老官僚”，不会不懂。

局长显然看出关鉴的心思，笑着说：“国家机器是个复杂的迷宫。有人这样形容：你照它的屁股踢一脚的话，大约明年才会传到大脑。不过我知道最短的途径是哪条。”

告辞出来，路经刘心之办公室时，有些心虚的关鉴，不由自主地敲了敲门。无反馈。再敲，仍如此。

回到办公室后，经过电询，方知刘到上海出差了。

他不禁庆幸自己的好运气。

蒋丹青在环岛大厦，接到刘心之已经安抵上海的电话。

“你也不早点来电话，让我白担心半天。”蒋丹青脸部虽无表情，声音却如夏日芭蕉，娇翠欲滴。

刘心之说下飞机后第一要事，就是致电于她。

“我用秒表给你掐着时间呢！到上海是一个钟点，现在已经两个多了。”

刘心之这才想起他此刻在香港，而非上海。他在用“气象条件差”弥补的同时想：说谎真乃系统工程，半点疏忽都不能有。他此次来港，是为加快纺织品——油料买卖进程。可对单位、对家里、对蒋，他都说是去上海。

蒋丹青要他住所的电话。

刘心之说要在办完事后，才能确定住在什么地方。

“你是不是又在故伎重演？”在能用成语时，蒋丹青总是用成语。刘心之对她总持高度怀疑，若干次说到外地出差，但当天就回来了。

刘心之本想说：“我现在哪来的那么多闲工夫！”可又怕刺伤蒋丹青：眼下正

是用人之际。就改用:"'试玉要烧三月满',你是玉,不用烧了。"

通话结束没五分钟,蒋丹青便重新要出刘心之,说了些鸡毛蒜皮的事后,收了线。她最明白刘心之口是心非的程度,此通电话,起码可以证明他不在北京:若在北京,电话一要便通,而要接通手机访问地的电话,则略有延迟。

他即使不在上海,也在比上海更远的地方。蒋丹青通过"延迟度"计算,得出结论。

只要不在北京就好办!她立刻致电一位异性密友。然后下床将自己精心打扮成漫不经心的样子。

一个小时不到,风风火火的异性密友出现了。他来自蒋丹青的河北老家,在北京的一家房地产公司当保安。

此人年不过三十,身高一米八十有余,体格健壮,身材匀称,只是言语略显木讷。

好在他与蒋丹青主要的交流手段不是语言。

两人交流的时间长度,足以完成一桩小买卖的谈判。

事毕之后,两人各自回归自然位置,喘息着、修养着。

蒋丹青与异性密友的关系,非常符合劳伦斯在《查泰莱夫人和她的情人》一书中所描写的经典模式:嫁给一位残疾贵族,而与身体健壮的守林人私通。当然,刘心之的综合性能力也堪称卓越,在自然方面之不足,均用技术补上了。可这用《红楼梦》中晴雯给宝玉补雀金裘后所说:"补虽补了,终究不像。"更何况,她在刘面前,总有低其一等之感。而这位异性密友,性能力"纯天然"不说,对她的容貌、学识,更是崇拜得五体投地。

天,渐渐地黑了下来。但在窗帘紧拉的房间里无法辨别。

"第三次浪潮"过后,两个人彻底疲倦了。

一座建筑物看去是水泥、钢铁、玻璃这些无机物的混合体,但实际上它与人一样,必须不断地更新细胞、治疗疾病、补充营养,总而言之,要把一定的收益,投放于自身的维护、改造。

蒋丹青曾就“饭店为什么总在装修”，请教刘心之。

刘心之笑曰：“就和你总爱买新衣服一样。新衣服给人新感觉。如果你穿上新衣服，咱们再到一个新地方，那么做爱时，你我便互有新人的感觉。”

她当下将刘心之判为“流氓”。

刘心之纠正道：“非然也。我至多是个‘泛性论者’。”

她于是说：“泛性论者就是流氓。”

若依照刘心之的拟人化说法，环岛大厦便是个纵欲过度的妓女：它因为不忍心看钱白白流淌，所以夜以继日地什么客都接；它不锻炼，必要的检查、治疗都不做。这样，它就迅速地衰老了、没落了。

终于有一天，它底层配电室中，负责向整座大厦供电的九条主电缆中三号电缆的保护继电器，因负荷过大而动作。于是，三号电缆承载的负荷，立刻分配到其余八条上。而这八条中的六条的继电保护器都动作，将它们解列出来。而剩余两条的保护设备，因年久失修，顽固不动。

这情形，非常像九个哥们儿一起扛一件重物。突然，其中七个离开队列。那么，剩下的两个势必被压垮。

只有一分钟时间，两条过热的电缆，便起火了。

电缆起火，不像一般易燃品被点燃那样，是一截、一截地燃烧，而是一下子，整条电缆都起火。原因是它们通过的是同一电流，而热量之产生，只与电流的强度有关。

火从空调管道喷出，点燃了房间内的床铺、沙发、木隔板后，又冲出门去，把楼道里的地毯点燃：肮脏的地毯，是最好的燃料。整个楼梯道，此刻则发挥大烟囱功能，把火焰“呼、呼”地往上吸。

很快，火就着到了九层。

正在卫生间梳洗的蒋丹青先闻到了烟味儿。

起初，她并没有在意，以为是厨房的油烟串了上来——此事以前也发生过——但她一出卫生间，就发现不对：淡淡的烟是从门缝中进来的。

她本能地意识到发生了火灾，一把拉起了还在酣睡的异性密友，另一只手拿起了移动电话。

两个人相携冲出门去。

楼道中的烟，并不算大。因刘心之经常的教诲，蒋丹青凭直觉跑向消防通道。

就在她准备推门的一瞬间，手机响了。

她自己也不知道为什么在这个时候还要接电话。

授话人是刘心之："你的电话为什么打不通？"他上来便质问。

蒋丹青大声喊："着火了！我们正在往外跑！"

刘心之在一秒钟内，便拿出了对策。他让蒋丹青"不要慌"，接着命令她赶紧把保险柜最上面的一包用胶带缠好的文件拿出来。

"我还要命呢！"蒋丹青吼叫着。

"那东西比命还重要！"刘心之命令道，"赶快回去取！"

如果蒋丹青就此关闭电话，那么她现在仍会活在世上，虽然不会太幸福。可她是被刘心之给命令惯了，已进入了条件反射的阶段，下意识地问了一句："钥匙和号码我都不知道。"

重复了两遍密码后，刘心之下了道命令："你边往回走，我边指示钥匙的所在地。"

异性密友拉紧蒋丹青，不让她回去。

刘心之虽远在数千里外，但他判断形势的能力是惊人的："别听他的。我告诉你：文件底下，还有五万多美元，你取出来就归了你。"

听到这话，蒋丹青甩脱了异性密友的手。

"如果你不去，我将取消那份别墅的赠予合同。"说完，刘心之一改命令口吻，缓和地说，"防毒面具在壁柜的第二层，我教过你怎么用。"

他如是说的首要考虑，并非蒋之安全：如果她出不来，一切都白搭。

这最后一句，如同棋之"棋筋"，坚定了蒋丹青的决心。她让异性密友一起去。被本能驱使的异性密友,连回答都顾不上,扭头冲进满是烟雾的消防通道。

蒋丹青跑回房间的第一件事,就是戴上防毒面具。

这东西果然管用,一戴上便不觉呛了——其效果,与骑摩托车戴头盔一样:虽速度仍那么高,可你的感觉却起码好了二分之一。

蒋丹青在防毒面具营造的“伪环境”中,循复杂的程序,打开保险柜,取出文件和美元。

等她怀抱这两样物品,再度打开房门时,拼命寻找可燃物和氧气的烈焰,如决堤的洪水向她压来:防毒面具不是石棉消防服,只能抵挡烟雾,对烈焰则全无防护能力。

次日清晨,人们清理现场时,发现了蒋丹青:她是此次火灾两位死者之一,另外一位八十岁的男子,死在床上,据解剖分析,他死于心脏病。

一位资深的消防专家看着蒋丹青遗体的轮廓说:“是个女的,还很年轻。”

环岛大厦的客房部经理本想补充:“还很漂亮。”但怕不合时宜,没说。

“据说她是回去取东西?”因为要调查火灾原因,大厦的警卫拦住了所有出来的人,其中包括蒋丹青的异性密友,消防专家已将他们一一询问,“是不是钱?”

客房部经理知道绝不是钱:从现场发现的敞口小保险柜的体积计算,即使它塞满百元大钞,也顶多几十万。以蒋丹青的身份——其实是刘心之的身份:他们是环岛老住户,时间一长,什么秘密都没有了,更加之蒋丹青喜欢有一句、没一句地谈论刘心之,借以抬高身价——是不会为了这样区区几个钱,去冒生命危险的。

但客房部经理没讲出他的分析。分析就是猜,分析不对就是瞎猜,而瞎猜在任何时候、对任何人都不是好事情。

消防专家一行走后,刘心之戴着一副深色的墨镜来到环岛。当警卫拦他时,他对一位挂武警少校军衔的军官说:“总队的古副政委没跟你说有位‘心先生’

要来？”从不乱分寸的他，怕今后有麻烦，特地将名中一字化姓。

少校立刻命令战士放行：就在刚才，古副政委还来电话询问“心先生”来否，并附带指示，配合“心先生”看他想看的任何地方。

刘心之大步越过警戒线。

少校尾随在后问：“我和您一起去？”古副政委兼总队政治部主任，专管干部，平素沉默寡言，他一开口，事便小不了。

刘心之摇头表示不用。

但少校仍远远跟着，以备不时之需。

刘心之从一楼徒步上行，在三层五层分别进了几个房间，最后他到了九楼。

经过火灾的房间，全都变得一模一样：墙壁上附着着一层漆黑的绒毛；地上是没踝的黑灰；爆裂的玻璃，呈星状放射；变形的席梦思床弹簧则如千万愤怒的人伸出的手臂。

刘心之围着房子绕了一圈，经过保险柜时，他都没有低头看：路边的果子，一定是酸的，在拥挤的股票交易所的地上，你也不可能捡到百元钞票，同理，经过大火和多人观察过的保险柜里，肯定什么都没有。

刘心之下到一楼时，热情的少校请他到临时办公室去洗洗脸。

稍事清洗，刘心之便问有无火灾的相片。

少校赶紧把全套相片都拿了出来。

这些相片都是“拍立得”摄的，效果不太好。

刘心之看得很仔细，每张用的时间都差不多。全部看完之后他问现场有无特殊的东西。

少校摇着头说：“水火无情，它们一经过，任何好东西都留不住。”

刘心之说了句谢谢后，就和少校握手告别。

在长城饭店底层的豪华桑拿浴室内，刘心之经过两个小时的认真思索后，给谭幼军去了个电话，通报有关调查浩然非法挪用资金的事。

谭幼军不禁愤怒地斥责道：“如此大规模的调查，并且由你所在的单位主办,你怎么可能不知道？为什么现在才告诉我？”

刘心之尽量用轻松的语调说:“我小姨子就住在中南海的红墙外面,但这并不等于她知道红墙里面的事。我跟你讲过好多次:大老板和我不对劲,我早就被排斥在决策圈子外面了。”

谭幼军嘟囔了两句后,只好表示理解。

“你们要是有办法将关鉴处长摆平,事情也许能过去。”在香港期间,刘心之一位在检察院工作的朋友,就将此事通知了他,并说报告经过高层人士批示。他当时之所以没说,是因为他觉得浩然和他的关系不大。可现在火灾已将文件毁掉一部分,若想完成纺织品——油料买卖,更要谭幼军通力配合。倘若谭此时落入法网,他的钱也要“泡汤”。

谭幼军要求尽量详细地提供有关关鉴的资料。

除去关鉴和自己的关系外,刘心之毫无保留地贡献出一切。

谭幼军恢复能力极强,不过片刻,便开起玩笑来:“电影《林则徐》中,有这样一个镜头:林到达广州后,有人报告正在玩牌的颠地,说新来了钦差大臣,要禁烟了。颠地一边出牌,一边指示给林送钱。此人说林是个很清廉的人,不要钱。颠地反问:他是不是中国人？此人说是。颠地于是说:那我就不信他不要钱。”

刘心之警告道:“据我所知,钱对关处长不太起作用。”

谭幼军说:“对任何事,我都起码有三套方案,否则就不是谭司令的儿子！”

星期六的下午,关鉴给躺在床上的妻子读一篇小说。小说的作者是位女士。当读到“三十岁的男人,有贼心没贼胆;四十岁的男人,有贼胆没贼心,五十岁……”时,他故意顿住。

妻子在从儿子“房间”传来的巨量“滚石”乐曲声中,关心地追问下文。

“五十岁的男人,贼心也有,贼胆也有,但是贼没了。”关鉴故作悲哀地说。

“你老夸自己是:二十而立,三十则不惑,四十便知天命。照此推论:你现在应该贼心、贼胆和贼共存。”

“你说得不错，问题在于这个‘贼’身边有一位警察。此警察明察秋毫，故而致使本人空有贼心、贼胆和贼。”妻子生病以来，关鉴觉得两人间的默契越来越深。

妻子正要再说，电话响了。关鉴拿起无绳电话一接听，就走了出去。

五分钟后，他回来说：“有人要请饭。批准不？”

“是女士就批。”妻子笑道。

“那我怕是去不成了。”关鉴躺到妻子身边。来电话的是苏女士，约的地方是五州俱乐部，时间在一小时后。

“去吧，我相信你。”妻子象征性地推了下关鉴。儿子处传来的音乐很响，可她仍分辨出电话中是女声——人的耳朵能在众多的嘈杂声中，听到自己想听的声音，此现象在声学中被称为“鸡尾酒令现象”。另外，她也在丈夫脸上看到些许不自然。但她仍同意他去：大禹治水，靠的是疏导。

关鉴又躺了五分钟，才收拾出门。

在五州俱乐部，关鉴一眼就认出坐在苏女士身边的陈天纵：他虽然没见过陈本人，但从杜坚汇编的材料中，多次见过相片。

苏女士给两个人相互介绍后，便说另有应酬，得先走。

关鉴送她到门口时问两人是何时接上头的。

“我们才认识。我们大行长下午命令我把他介绍给你，要当工作来完成。命令就这么多，现在已完成。此后，就不必要考虑我的因素了。”

关鉴表示理解和感谢：“谁把咱们之间的关系透露出去的？”

“肯定是你。我从来没对任何人提起过。”苏女士打开手袋，取出一千块钱，“为了你不处于‘吃人家的嘴短’的尴尬境地，把这拿上，然后将发票连同余款还我就行了。”

关鉴再次感谢。此地是会员制，菜要比外面贵一倍。而他身上不足三百元。

苏女士叮嘱关鉴“好自为之”后，就挥手告别。

谭幼军是今天上午致电陈天纵的。当然，他未将全部情况通报于陈：他害怕陈知道严重性后，一走了之。而他还需要陈将输送资金的任务完成。可一点不告诉陈，也将影响资金的输送。所以最好的办法，是用限量信息，刺激起陈，让他找到关鉴，私下里摆平此事。

陈天纵收到信息，先是慌张了一阵：向司法人员行贿，在他还是头一回。但随后就平静下来，按照谭幼军的网络图，很快通过苏女士联系上关鉴。

陈天纵等关鉴落座后，殷勤地倒茶，周到地寒暄，然后提议“小酌一番”。

关鉴爽快地同意了。他现在是“手中有钱，心里不慌”。

富丽堂皇的包间中，凉菜和酒已摆好，它们精致而名贵。

陈天纵以“插队”话题开局。他说，插队不仅是种难得的人生体验，而且是一个男人力争上游的一部分。

关鉴没有应答，而在关注陈天纵的脸。这是一张健康、平整、光华、线索匀称的脸，无疑是优秀的基因和良好的后天生活的表征，他想。据说雌性动物在选择配偶时，总喜欢挑选那些毛色光鲜、体格雄壮的雄性，因为这些特征，表明这些雄性能摄入足够的能量，且没有被疾病所困扰。

关鉴也相信，起码在很长时间里，陈天纵是一位“力争上游”的男人，否则他的脸上，便会像小舅子一样，浮现出酒色与匪气和霸气。

可他为什么走上犯罪不归路呢——关鉴从来相信，经过深思熟虑的犯罪，极少不远而复者。尤其是像陈天纵这样已将巨额资金弄出境的人。

陈天纵接着说，插队的岁月不仅弥足珍贵，而且是可以待价而沽的经验。

听到这，关鉴突然觉悟了：云南的“烟王”为什么在临退休前，将自己的辉煌葬送？为什么“五十九岁”现象如此普遍？就是他们认为此时是将自己“沽”出的最佳时刻。可什么促使陈在盛年就铤而走险呢？

陈天纵见关鉴总是不说话，不禁有些急躁，就省略了两个计划好的程序，直接问道：“听说你在给太太换肾的过程中，产生了一些债务？”

关鉴立刻明白“卖”他者，刘心之也：某次会议闲暇期，他曾和刘心之聊过几句有关苏女士的事，另外，债务的事，太太和儿子都不知道，更别提外人了。二者合一,非刘莫属。

“你是听谁说的?”关鉴直面陈天纵问。

陈天纵并没回答,而是讲了个故事:“美国著名的摄影记者约翰·菲利浦斯在中东地区一九四三年动乱时,访问叙利亚。在一座法国的军营里,款待他的法国军官让一位理发师给他刮脸。那位理发师拿着屠刀一般的刮脸刀,左一下右一下给他刮完脸。事后他说这脸刮得过快,太不舒服。于是法国军官解释道:‘我想理发师有些紧张。’他耸耸肩后说:‘他就要被处决了,我想他临死前还可以派些用场。’”

“理发师”的故事,是陈天纵精心安排的“话眼”。他认为它一可提高关鉴的地位,二可接续下文。

见陈天纵举杯,关鉴也适时接应。

“我目前仍在总裁位置上,还可以做许多事。”陈天纵将杯底亮给关鉴看,“我们香港P公司,准备成立董事会。如果你有兴趣,可以安排你当董事,这是一个有薪的位置。”

关鉴问薪水几何。

陈天纵说是十万港币:“你若认为于你的职务有妨碍的话,当专职董事也行。既然是专职,薪水也会加倍。”

“就这些?”关鉴问。

“房子和家属的医疗费都可以打包一起解决。”陈天纵见关鉴入了圈套,便将底亮出来。

“确实不少。一年相当于我这样的处长干七八年。”关鉴捂住酒杯,不让陈天纵倒酒,接着就招呼服务员进来算账。

陈天纵实在不明白形势为何在片刻间逆转。

关鉴将六百块钱扔在桌子上,然后命令服务员将所有的菜的一半“打包”,“酒归你了。”因为总账一千三,故他有此说。

“一位美国的经济学家创造了‘金色降落伞’的概念。像你我这样年纪的人,都应该未雨绸缪，给自己准备一顶‘金色降落伞’，好安全着陆。”陈天纵在做最后的努力。

已经站起来的关鉴，又坐下说：“一位美国的联邦检察官曾这样说：二十世纪九十年代的白领犯罪就是‘洗钱’。而‘洗钱’的法律概念就是‘隐瞒收益的存在、非法来源或非法使用并将收益伪装成合法的特定过程’。”

陈天纵一向清晰、文明的眼睛，变得浑浊、邪恶起来。

关鉴一点不惮地与之对视。

“你是一个顽固的王八蛋！”陈天纵怒吼道。

“了解我的人不多，你有幸成了其中的一个。”关鉴站了起来，“如果你现在终止犯罪，政府在量刑时会考虑的。”接着他边往出走边说，“不过我知道对你这样有文化、懂法律的人说这也是白说。”

关鉴走后，陈天纵在椅子上坐了很久，才醒过神来，给谭幼军打了个电话。

谭幼军听完汇报后说：“你干完了你的事，剩下的就是我的事了。静以观变吧。”

没了主心骨的陈天纵，想听听具体的方案。

谭幼军说那是另外一行的事，没必要打听。

一周七天，关鉴最喜欢星期五晚上，因为而后是大块的自由时间；最珍惜的则是周日下午，因为它最静谧，且又是休息的尾声。

针对此理论，儿子嘟囔道：“您可以休息、安息，可对我来说，天天是没完没了的学习。”说完，便进自己的房间，一头扎入题海。

关鉴坐在刚睡着的妻子旁边，把玩新淘来的两枚银圆。

这是两枚最普通、离现代最近、发行量最大的银圆，分别是民国十年的“袁大头”和民国二十三年的“孙大头”。妻子讥笑他“格”低，说这些都是收藏家不要的。他说：“我管别人干什么！我喜欢就行。用不了几天，它们摇身一变，也成上个世纪的古董了。再说，值钱的银圆，咱们也买不起。”听到这话，手术后，隔一天来帮忙一天的弟妹，赶紧问何种式样的值钱。他说："两条龙的、单帆船和拄拐杖的老头的最珍贵。"弟妹说她姥姥还埋着一包，等回去挖出来看看，若有，一定孝敬。妻子听后很高兴——弟妹毕竟是她这个系统的，而且农村的人，真正最能收藏。但他则根本不抱希望：这些银圆他也只是在图书上见过，任何一枚都起码值一幢别墅。弟妹回家后，说找了许多，但"龙是一条，帆却成双，拄拐杖的老头有，可是个外国人。"他一听就笑了：这又是普通一类，至多每枚五十块钱。

听到门铃响，关鉴怕惊醒妻子，赶紧去开门。

赶在儿子前面，他开了门。

来客共两位，一高一矮，年纪均在二十五到三十之间。他隔着防盗门问何事。

对方说是煤气公司检查煤气管道的。

关鉴随手打开门，领着他们往厨房走。

走在后面的矮个把防盗门"咔嗒"一声关闭。

厨房是走廊改建的，非常狭窄，外加一个吊装橱柜，高个就得低头走路。进之前，关鉴提醒两人小心。

可他话音未落，便觉自己已被强力高速拥入。随后，后脑上就挨了重重一击——事后分析，是吊柜救了关鉴：打击者橡皮棒举得不够高，致使力度不够。

九十九度是热水，而一百度则是沸水。就是这"一度"之差，使关鉴有了回旋余地，他抓起炒勺奋力给高个子兜头一击。

在高个子伸手拦阻的同时，关鉴照着他的生殖器便是一脚：凡插过队的男性，均在一定程度上接触过技击，他虽不精通，但在学校操场上、江湖游走中，多少也学来了两手，知道男人的关键所在。

非常可惜的是，高个一拧身，把腿当成受力部位。

"靠边一点。"矮个喊道。

可他话音未落，自己却如被戳破的气球一般，慢慢倒下：关鉴儿子的哑铃一横扫，正中矮个脖子。

哑铃五公斤一个，儿子每天都要练不知多少下。前年去广州旅游时，关鉴一提行李，发现重量异常，才发现儿子悄悄地把哑铃放了进去。他训儿子道：“飞机不是火车，每超重一公斤，起码要收你十块钱以上。”儿子不服气地反驳道：“伟大的乔丹，不管到世界上的任何地方，都要带着自己的运动器械。”“他姓乔，而你姓关。”他命令儿子将哑铃取出，“到广州买，也比这便宜。”儿子很委屈地把哑铃放回。在整个旅游期间，儿子都因此闷闷不乐。

没想到，今天这个伟大的哑铃，发挥了巨大的作用。

接着，儿子从后面卡住了高个的脖子，其臂力之大，使得高个的眼睛都突了出来。

关鉴的第二脚，正中第一脚的目的地。

十五分钟后，接到 110 报警的巡警赶到，将两个基本丧失行动能力的歹徒用车载走。

这两个人，并没有交代出多少东西，关鉴相信他们作为犯罪组织基层人员，不会知道什么有价值的东西，就赶回家去。

进门一看，儿子正在和惊魂未定的妻子说话。

“你不要紧吧？”妻子关心地问。

关鉴说声“不要紧”后，夸奖儿子行动之及时。

“我一见这两个人，感觉就不好。”儿子得意地总结，“第一，他们穿得太干净，不像工人；第二，他们没带工具。”

关鉴赶紧自责。

“您总喜欢逻辑分析，而我靠感觉。您知道促使我想也不想，拿着哑铃就冲出来的是什么吗？”儿子问。

从儿子回房到两人发起攻击，至多十秒钟时间。关鉴怎么也分析不出儿子的反应怎么那么快：“莫非是父子之间的心灵感应？”最后，他只好借助于玄学。

“我和您一起往里走，就在我进屋时，听防盗门‘咔嗒’一响，立刻觉得不妙：哪有查煤气的人，关人家防盗门的？所以从床下抄起哑铃就往外冲。”儿子眉飞色舞地形容,“幸亏我赶到得早,否则歹徒都被您给干掉了。”

关鉴笑着说:“你再晚点,恐怕结果反了过来。”

妻子惊讶儿子感觉之准确,并慈爱地抚摸着儿子的头说:“真是‘上阵还得父子兵’啊!”

被夸的儿子,不好意思地换话题问歹徒来自何方。

关鉴的回答使两人均不得要领。他不想说“刘心之——谭幼军——陈天纵”一案,怕他们担心。

“他们应该派一些干练的歹徒来,这些草包,不够收拾的。”儿子说。

妻子命令他“赶紧住嘴”,然后训斥他道:“还派干练的!这就把我吓得够呛。”

出于职业习惯,关鉴没向母子透露歹徒接到的指令是:把他打得“一个月内起不来,但不能打死”。

尾 声

次日，警察赶到陈天纵的住宅后，发现他刚刚离开。

第三天，警察到刘心之的住宅后，发现他起码离开三天了。

于是，由公安部发出搜捕令。

在碰头会上，公安部边防检查局局长询问关鉴，这两个人从什么方向出境的可能性最大。

关鉴用儿子教他的“直觉法”判断，陈天纵一定从关口走。

局长问原因。

关鉴开始用习惯的逻辑分析：陈天纵养尊处优多年，独自生存能力不强，无法长时间地隐蔽——所有的逃犯，都要在小旅馆、桑拿浴这些藏污纳垢的地方生活，而陈一向儒雅，无此知识。他也无法跋山涉水走偷渡之路：此乃专门一行，无内线，根本得不到信任。所以，他唯一的方法，便是凭运气用假护照闯关。

至于刘心之，关鉴说他无法确定。刘心之通“黑白”两道，且向来天马行空，独来独往。

十三天后，陈天纵在深圳海关落网。

刘心之至今没有下落。

谭幼军携余若雁先是在南美一个国家，后来据说到了印度尼西亚，再以后，就没有消息了。

浩然公司投到香港P公司的钱，虽经多方努力，至今分文未能追回。

辛哲光被免职。

浩然集团公司，被勒令停业整顿，其股票，也在丑闻被披露后的五天里，每天下跌十个百分点。

上海文艺出版社　二〇〇一年一月

《金色降落伞》《啄木鸟》　二〇〇〇年第十二期

博弈时代

第一章

宁水曾经做过都城，可惜是春秋时，一个很早就被灭掉的小国之都城。而今它既非省会，也非历史名城，不过是一个标准的地级市而已。所幸的是，一条大江，劈城而过，给它平添了几分壮丽。

市检察院检察长高策和市检察院反贪局长周鞍钢正在江边钓鱼。

周鞍钢今年四十岁，火气极旺，频频提竿，但总是一无所获。

已是耳顺之年的高策，教导道："别着急，慢慢来。这江里有不少的鱼。"

周鞍钢干脆把鱼竿收起来："鱼是不少，可总是在你钓不到的地方。"

"男人的事，大体可分为两种：猎取和垂钓。猎取需要的是勇气、力量、速度。而垂钓，则需要耐心和智慧。可惜的是，这耐心和智慧，需要经验。经验却要用青春来换。经验有了，青春却没了。"

周鞍钢笑着说："这不是您的话，而是杰克·伦敦说的。"

"难为你还知道杰克·伦敦。我还以为你是被电视剧饲养大的呢！"

"您不过比我大二十岁。"

"人生一共也不过三四个二十岁。"说话间，高策提竿、收线，一条活蹦乱跳的鱼，就到了他的手里。

"看您的动作，一气呵成，一点儿也不像六十岁的人。"

"像不像和是不是不是一回事。卓别林在英国旅游期间，遇到乡间正在举行'谁像卓别林'的比赛，他就兴致勃勃地参加了。结果得了第三名。"

“您在会议上，总是高头讲章，为何不讲讲这些生动活泼的事例？”周鞍钢人生的关键几步，都是在高策手中完成的。两个人的感情极好。

“我猜想，你们在背后，一定说我这个老头‘面目可憎，言语乏味’吧？”高策又钓到一条红色的鱼。

“没有，绝对没有！”若在以往，周鞍钢也许会就此开一个玩笑。但此刻他不会，临近退居二线的人，往往很敏感。

“你有权保持沉默。”高策重新甩竿，“好在你们很快就不用听我的说教了。”

周鞍钢真情地说：“我们会怀念您的。”

“怀念不敢当，别诅咒我，就谢天谢地了。当家三年狗都嫌，何况我这个当了六年家的一把手。到时候，你要是还愿意听我说的话，我会告诉你很多有意思的事情。就怕你没有这份心情了。”

“我周鞍钢缺点多多，但有一点可以向您保证，在能说真话的时候，绝对说真话。”

“连心里话都说出来？”

“基本上。”

“已经从‘绝对’降格成‘基本’。”高策侧过脸问，“既然如此，你干吗不问问我推荐了谁来接班？”

“这是组织上的事。”

“幸亏你没有问，否则我会让你失望的。”

“您也不说，我也不问。”周鞍钢唱了一句歌词，作为回答。

“歌厅学来的？”

周鞍钢做委屈状：“高检冤枉我。坐车出长途，跟着司机小王的唱片学会的。”说话间，他见对岸渐渐地聚集起一群人，便提议道，“高检，您看那边怎么啦？咱们过去看看？”

“你去吧。”高策目不转睛地看着水面。

“我去去就来。”周鞍钢说罢，驾车急速离去。

“孤舟蓑笠翁，独钓寒江雪。”高策低声吟诵道。大权在握的人，在将去职之际，总会有些说不出的酸楚感觉，他自不能免。但他很快就将情绪调整过来。望着即将沉没于江水的红日，朗朗念道：“长江后浪推前浪！”

他所谓的“后浪”，自然是周鞍钢。周忠诚于事业，且不很计较个人得失——完全不计较个人得失的人，实际上是不存在的。但周在个人与国家、集体利益发生冲突的时候，能够很好地平衡之。同时周有大局观，而且很有执行力，任何事情，你只要交给他，他总是能够超出你的想象完成。综上所述，高策向市委组织部推荐了周鞍钢。至于这推荐的力度到底有多大，他不清楚。市委书记陈永康，刚刚从一个大型石化企业调来，虽然以前与之有些渊源，但很久没有联系了。再者说，检察长是个炙手可热的“好位子”，自然会吸引许多能量颇大的人追求。更重要的是，周鞍钢太勇于任事了：做事多，虽然成绩大，但错误自然也多。这就会给那些攻其一点、不及其余的人提供素材。

一群人聚集在由一道绳索和若干警察组成的防线外面。周鞍钢穿越人群后，对阻拦他的警察亮亮手中的工作证。警察向他敬礼，放他进去。

只见若干名警察正围绕在一具女尸跟前勘查，他看了一下后，认为不过是一桩普通的溺水死亡事故，便准备离去。

市公安局长苏群挡住周鞍钢去路：“嗨！你来干吗？”

周鞍钢不满地说：“才当了几天局长，人话就不会说了？什么叫‘嗨’？我没名没姓？”因年龄相仿，又同在政法界，所以两个人在多年之前就成了好朋友。

苏群指指红白相间的隔离带：“按说连话都不应该跟你说。”

“对不起，对不起！行了吧？我原来还以为有人落水。没想到误入你的领地。”

“要是在美国，我就可以因为你未经允许进入而开枪射击。”

“这不是在中国吗？死者是什么人？”

“我又不是神仙，尸体一浮出水面，我就能掌握她的全部情况？”苏群顿了一下，还是透露了一些情况：“一位被毁容的年轻女性。”

“如此说来,是刑事案件了?”

苏群调侃道:“看来你没我想象的那么傻。”

“很不幸,我多少有些常识。有事找我。”周鞍钢伸出手。

“我才不找你呢！我又不贪污。”

周鞍钢边开车门边说:“一个错误的概念。你以前没有贪污,不保证以后不会贪污,防病要胜于治病。”

隆德药业公司是隆德集团公司的下属企业,坐落在宁水远郊的一片茂密的树林当中。大楼很现代化,但满是爬山虎的墙壁,给人几分悠久感。外面高而密的栅栏,又给人几分神秘感。

一辆黑色的奔驰轿车抵达大门。警卫拦截,要求出示证件。司机把证件递给警卫。警卫查验后说:“对不起。今天需要特别通行证。”

“我拉的是隆德的大老板。”司机的语调甚是居高临下,宰相门人七品官,乃千古不变的真理。

后排的隆德公司董事长方兴正襟危坐,一言不发。他今年五十三岁,衣着、发型,都显露一种精心修饰后的简洁。

警卫客气地说:“有命令,只认证件不认人。”

司机正要发火,方兴说道:“给李总打电话。”

高策上车后,对周鞍钢说:“我还以为你把我给忘了呢。”

“我就是忘了我自己,也不会忘了您。”

“以前你不会忘,现在可就难说了,我已经指日可待了。”

“高检显然低估了部下的人格。别说您还在任,就是您退休了,我也保证做到‘台上台下一个样’。”

“台上台下如何能够一个样呢?差别不要太大,我就感恩戴德了。”他见周鞍钢不停地更换挡位,超过一辆又一辆的车,就系上了安全带。

"您不相信我的技术？"

"我只在电视里，见过舒马赫在超过对手后，使用这种平拉的方法。"

周鞍钢得意地拍拍方向盘："舒马赫是人，我也是人。一样！"

"可车和车却不一样。舒马赫车的四条轮胎，价值就会超过你整台车。还是慢点儿，十次肇事九次快，这是血的教训。"

周鞍钢显然放慢了车速："JK 汽车公司洗钱案，是他们公司的形象代言人提供的线索。此人是赛车手出身，在英国玩过 F1，空闲时，他没少指点我。"

"你知道市立医院普外马教授吗？"

"马一刀，当然知道。"

"那你倘若胸腹部出了问题，来找我好了。"

周鞍钢纳闷地问："找您？"

"我跟他是总角之交。总角之交，你懂吗？"

周鞍钢不以为然地说："不就是发小吗？可这不等于您会做手术啊。"

"我与之相交四十年，他可没少指点我。"

周鞍钢笑了："荒谬的逻辑，一定会导出荒谬的结果。"

"孺子可教也！"

隆德药业公司一间足有一百平方的办公室中央，摆放着孤零零的两只沙发，上面只坐着方兴一个人。

投影电视屏幕上播放着一张复杂的分子结构图。身材挺拔的隆德药业总经理、首席科学家李帅边用电光笔点划，边用纯正的普通话解说："这是代号 KG 的抗流感药物第八次实验后的分子结构图。"他按动计算机键盘。投影屏幕上的图形换成了另外一张，"流感病毒通常分为 A、B、C 三类，B 类和 C 类流感病毒基本属于人类特有，通常较少产生变异。而 A 类病毒，则是哺乳动物和鸟类都会感染的病毒。"

"禽流感是否属于此类？"方兴提问。

“是的。禽流感病毒的表达式中,H和N分别代表病毒表面的两种重要的蛋白质。其中H可以使病毒附着于生物细胞的受体,使其感染。而N则会破坏细胞受体,使得病毒在宿主体内自由传播。禽流感病毒基因组的特点是其序列的不连续性。它由八个基因节段组成,节段极容易发生重配,并且可以在不同宿主之间发生转移。当同一宿主遇到两种不同的病毒后,就会导致病毒变异。一九五七年和一九六八年的人群流感大流行,就是此原因。”

“一九六八年的大流感,我记忆犹新。”方兴顿了一下,“KG能够完全防治A、B、C三类病毒引起的流感?”

“KG的作用类似发达国家应付流感的TAMIFLU。能够有效地阻断不同基因节段的重配。”

方兴皱了一下眉头:“价格比较达菲如何?”

李帅没有想到方兴如此内行,不由得一惊:“因为有中药的成分,价格仅仅为达菲的十分之一。”他不再敢使用英文。

方兴聚精会神地盯着屏幕,好像是在看一张名画。良久后方才说:“有多大可能?”

李帅肯定地说:“应该在百分之七十以上。”

方兴赞赏道:“一个很不坏的比例。”

“方总,说起来有些惭愧。这个项目的总投入已经快到一个亿了,可总也达不到预期的目的。”

方兴摆摆手:“隆德集团是大型国有企业,也是上市公司。而你们则是我们集团公司中的龙头企业。从股票市场上募集来的钱,就是做实验用的。如果一次就成功,那就不叫科学实验了。有科学依据、有正确的研究方向、有你这样的精英挂帅,这个险值得冒。第九次不成,就来第十次、第十一次。”

李帅感动地说:“感谢董事长的理解。”

“我只有一点要提醒你们注意。”

“董事长请指示。”

“在我担任隆德董事长这个职务之前,你们这个项目过于张扬了。”

“是的。您的前任,不是干企业出身,喜欢造势。”

“而这样做的后果,势必会引起国内外一些利益集团的关注。一个亿投下去,也许还要一个亿,其最终的结果是什么呢?不过是一张配方。全部数据资料,放在一个U盘里就能够拿走。保密是个大问题。”

“您放心。”

方兴直视着李帅:“人上一百,形形色色。”

李帅不无得意地说:“直接参加这个项目研究的有八十多人。如果算上间接参加的一百也多。但真正掌握核心机密的,却只有我一个人。”

方兴诧异地问:“怎么会这样呢?”

“我像因特网切割信息一样,把这个项目切割成若干个小包。而我则是最后将这些零星信息总成的那台计算机。”

方兴问袁因了解多少。袁是这个项目的总工程师,一个很老实可靠的人。

“袁总当然了解得比别人要多一些。”

“多多少?”方兴是操纵组织的老手,明白不能权力部门化,更不能个人化。听到“隔着一层”的回答,他追问,“一层什么?盔甲?还是窗户纸?”

李帅经不起追问,回避方兴的目光。

方兴放缓语气:“一个亿投进去,产出的就是三个亿、四个亿。换句话说,如果泄密,将有三四个亿的国有资产流失。”

李帅不服气地说:“董事长言重了!”

“你我的岗位不同,看问题的角度自然就有所不同。作为隆德集团的董事长,我的首要责任就是保证国有资产保值、增值。”方兴看着手腕上那块朴素的全钢欧米茄表,担忧地说,“我相信此刻在这世界上的某个角落,准确地说是N个角落,N个人,正在关注着KG项目。甚至比你我都要专心。实验开始时通知我。”

香港。某办公大楼底层的一间很小的办公室里，毕玛制药公司总裁林恕正在翻阅手中的一沓文件。林恕是一位五十岁左右的男子，肌肉发达，面部毫无表情，阴沉沉的给人以很有分量的感觉。他端详着文件夹中方兴和李帅的放大相片，用纯正的国语问站在面前的副经理：“隆德制药那面有消息吗？”

副经理是一个干瘪、瘦小的港人，操一口港味儿浓重的普通话：“按照您的指示，派去了两个人。二号至今一点儿消息都没有；一号还在外围徘徊，无法接近目标。”

林恕合上卷宗：“方兴和李帅是关键人物。这两个人必须拿下一个。”

“可是……”

林恕训斥道：“锲而不舍，金石可镂。锲而舍之，朽木不折！”

副经理显然不懂这些成语，递过来一份文件：“也不是一点儿进展没有，李帅的前恋人宁夕找到了。”

林恕打开文件。宁夕的相片赫然入目：一位美丽的中年女士。他久久地注视着相片。

“花了很大的代价，才找到宁夕的下落。”

“没有什么比重温旧情更容易的了。虽然她已经徐娘半老，派她去。”

“她目前在香港科技大学做副教授，收入稳定。我已联系过了，她不答应。”

林恕看看手表：“今晚七点，我与她共进晚餐。”

副经理从来就觉得林恕笼罩在一层迷雾当中，无法看清其真面目。十年前，林恕来到了香港，随身携带着二千万港元的现金。在让这笔现金合法地进入香港的银行系统的过程中，副经理起了不小的作用，从而开始了合作。这些年来，林恕如同坟墓一样地沉默，有关自己的信息，无点滴透露。他对林的了解，完全来自分析：此乃一位仓皇出逃的大陆贪官。判定他是“官”并不很困难，那种颐指气使的做派，好大喜功的作风，非官莫属。至于来自大陆，从口音就能听出来。仓皇出逃，是因为他见到林恕时，林只有两只塞满钞票的大箱子，连一件衣服、相片之类的私人物品都没有。不是仓皇出逃，又能作何解释？

副经理答应再去试试。

林恕严厉地说:“今晚七点,我必须在皇后大道的法国餐厅见到她。”

高策坐在普通观众席上,注视着主席台当中桌子上的那只梅花古瓶。周鞍钢悄悄地坐到高策旁边,高策很惊讶他如何找到这里来了。

周鞍钢没有回答:“您怎么没开手机?”

“散步路过这里,巧遇远大制药公司总经理麦建捐献文物仪式,就随便进来看看。”

“麦建?就是原来那个药贩子?”

高策点点头。

“开发新药,可是一项投入巨大的系统工程。这小子哪里来的钱?”

“想必有来处。或者……”高策顿住,“或者根本就没有钱。”

他看看周鞍钢:“我跟你说过多少次,反应太快,不是好事情。尤其是对于官员来说。二十年前,我在一个县里当县长。当时的县委书记和你一样,也是政法大学的毕业生,此公颇喜文物。有一次,下乡的时候,找到了几张宋版书残页喜不自胜,当众炫耀。我很随便地看了看,就以为不是。”

周鞍钢有些不相信:“您是专家?”

“这残页上的‘胤’字、‘顼’字、‘构’字都写全了。”

“没有避讳。”周鞍钢没有理会高策的侧目,继续说,“宋太祖叫作赵匡胤、宋高宗叫作赵构。要是宋版书,就应该避开这两个字。哎,这个‘顼’是谁?”

“宋神宗赵顼。”

周鞍钢这才想起刚才的话题:“后来呢?”

“后来这位书记同志,青云直上。而且一直在影响着我的进程。”

周鞍钢笑着说:“我知道这位当年的县委书记是谁了。”

“老子说:‘上士闻道,勤而行之;中士闻道,若存若亡;下士闻道,大笑之。’不笑不足以为道。”

周鞍钢依旧笑着说:“下士明白。”

说话间,仪式开始。麦建得意地举着大红证书,对着众多的摄像机和记者说:“每当看见伟大中华之文物流失海外,建每每痛心疾首。让国宝回归,乃我们企业家无可推卸的职责。乱世黄金,盛世文物嘛!建愿意拿出黄金换回文物,为当前的太平盛世,出一点儿力。”

麦建的一番话引来各种摄像器材一起开始动作,麦建很恰当地摆出姿势。高策起身往外走,周鞍钢也随之出来。

高策似乎毫无目的地说:“你看懂那个瓶子了没有?”

“瓶子?那个满是梅花的瓶子?”

“那是个赝品。”

“隔着那么远,您就看出来了?”

“瓶子在闪光灯的照耀下,贼光闪闪。至多是台湾高级仿品。”

“商人总是追求利润的。利润何在?”

“这恐怕是你们的事了。我不过是提个醒而已。”话到此,原本应该打住。高策似乎意犹未尽,“你看京剧吗?”

“也看也不看。”

“上来翻跟头的,都是马童之类的人物。关公虽说是武将,可却要读《春秋》。”

周鞍钢老实地说:“您的话,我不懂。”

高策笑笑:“不懂也好。”

法国餐厅里面的人不多。此类高级餐厅如同高尔夫球场,必须垒起高高的金钱门槛,阻隔凡人进入,否则就会丧失存在的意义。

林恕正襟危坐。从表面上看,谁也看不出他在想事情。当然,他不会去回想自己的经历,曾经的辉煌,已毫无意义。他想的是迫在眉睫的事物。

五年前,他就盯上了 KG 项目。在这个项目上,他几乎投入了全部。在 KG 还只是一个构思的时候,他已经降服隆德公司董事长于建欣。没承想,刚刚进入关键阶段,于建欣锒铛入狱。一切只好从头开始。

侍者把宁夕领到他的面前。几乎没有什么例行的寒暄,林恕就开始宣讲他的理论——以前他在大陆的时候就是这样做的。他曾经是一个地区的负责人,属下的单位很是庞杂。某些时候要到一个单位去做报告,而实际上,他对这个单位并无太多了解,或者根本不了解。但他仍然能讲。百试不爽的方法就是讲理论,只要你说得很肯定,听众就会信服。

林恕很权威地说:“人与人的关系,一共只有三种:血缘关系、性关系、经济关系。”

宁夕沉静地望着眼前这位阴沉沉的男子在侃侃而谈,不发一言。

林恕的副经理是通过她服务的大学董事会一位董事与她联系的。校长的面子可以不买,但校董的面子却不可以不买,资本的意志至高无上。

“这个世界上任何东西都是有价值的。只要价格合适,就没有谈不成的买卖。”

宁夕矜持地笑笑:“对于你们男人来说,也许是这样的。”她不是不喜欢钱,现在大概没有人不喜欢钱,至多是嘴上说不喜欢钱。但这个男人提出的计划,竟然要把“偷盗”、“感情”等捆绑在一起。这是她绝不能够接受的。

“我说的是真理。真理是不分种族、性别的。”

“我可以保留我的意见吗?”

“当然。”说罢,林恕举起酒杯,“为了友谊干杯。”

宁夕与之碰杯后,象征性地喝了一小口。这之后,出现了片刻冷场。

她显然不愿意这样的场面继续下去,便说:“对面桌上那位女士戴的珍珠项链好漂亮。”她打算说完这句话就告辞。

他很随便地看了一眼后说:“珍珠项链的价值随着时间负增长。人老珠黄就是这个意思。她人也老,珠也黄。”

她被他居高临下的态度激怒:“但这串项链所附带的感情价值,却会与日俱增。”

他笑笑:“你是科学家,准确地说是化学家。化学家最崇尚实验,咱们来做个实验如何?”

她不知道他葫芦里卖的是什么药,看着他不说话。

“我可以把这串你所谓附带着感情价值的项链买过来。”

“我看不一定。”

他站起来,过去对那位女士说:“你可以把这串项链转让给我吗?”

女士白了他一眼,决绝地说:“绝对不可以!”

林恕开出一万港币的价格。听女士说,此乃母亲之礼物后,他又加了一万。

女士口气已经不那么硬:“礼物是不能出让的。”

林恕再加一万港币。

女士刚要说话,却被她的先生拦住。先生是懂行的人,深知讨价还价的精髓:“不卖。多少钱也不卖。”

“四万港币。”见这对夫妇不说话了。他看看表,取出支票簿。

先生涨红脸:“五万港币。”

“四万是最终的价格。”他做收回支票簿的姿态。

先生伸手去摘太太脖子上的项链。太太象征性地挣扎了一下,然后听任他把项链取下。

林恕走回自己的桌子,将这串至多价值一万港币的项链送给了宁夕。

宁夕显然受到极大的震撼,神经质地抚摸项链。

林恕得意地点燃一支雪茄。

“你真的把它给我了?”

“当然。”

她不愿意自己心里美好的东西被毁:“我可以把它还给那位女士吗?”

“既然我把它赠予你,处分权就完全在你。但前提是你能够找到它的主人。”

她回头一看,邻桌上已经空无一人。

“他们怕我反悔,赶紧溜之乎也。”他起身,“如果宁教授能够考虑一下我的建议的话,我将不胜感激。”

宁夕的心理防线一下子被击溃了,并且在瞬间就做出了决定,多年的独身生活,使得她锻炼出这样的能力。“你坐下。”

林恕听话地坐下。

宁夕询价:“如果我原则上同意你的建议,你如何付费?”

“一百万港币。”

“如果我搞到配方的话,你再付给我多少?”

“再付给你一百万。”

“你不觉得少一些吗?”作为一名化学家,宁夕深知 KG 配方的价值。

他居高临下地说:“请容我把单位说出来——美元。”

宁夕与之对视。

周鞍钢在会议结束时,作总结性发言:“今后再收到这类关于招待费超支、差旅费超标的举报,尤其是不具名的举报,一律不查。”

检察官那红发言:“但隆德药业的做法有些过分了,一个月吃掉了四万块钱。四万块钱几乎等于咱们在座的这些人半年的工资。”

“此问题要从两个方面分析。隆德药业是隆德集团最优质的资产,其年营业额将近两个亿。和这个数目相比,这钱并不多。一个家庭,也要拿出一些钱来送礼、请客。何况一个企业?”周鞍钢顿了一下,“其次是,随着时代的变化,吃的问题已经解决了。我记得一位美国企业家讲过这样一个故事:在四十年代后期,他在日本请客,经常能请到内阁大臣一级的人物。有些时候,首相都会出席。首相夫人甚至把自己的一份带回去给孩子吃。但到了五十年代,全多请到局长一级的干部了。等到了五十年代中期,就很难请到重要人物了。这是为什么?因为日本经济的发展,人们已经解决了吃饭的问题。”

那红二十七岁,是位疾恶如仇的女士:“话虽这么说,但我还是非常痛恨这些利用公款大吃大喝的人。”

“我也同样痛恨。但这不是咱们工作的重点。在新形势下，职务犯罪也有新特点。权力通常在土地和金融这两个领域寻租。这有许多先例。”

检察官徐纲插言说：“还有贿赂。”

周鞍钢归纳道：“资本是追求利润的。贿赂对于行贿的人来说，也是成本。大规模的贿赂，通常不离这两个领域。咱们要在这方面痛下功夫。”

麦建的别墅，地处宁水高尚住宅区中，进门望去相当豪华。其实，他只布置了客厅和餐厅两个房间。这幢别墅是用分期付款的方式购买的，首付就是一百万人民币。这几乎耗尽了他全部的现金。他的部下兼情妇秦芳当时就表示异议。他对她说：“克林顿的老子是开火车的。有一次，小克林顿问老克林顿如何才能成为有钱人，老克林顿告诉他，我不知道怎么才能发财。但我知道有钱人都打高尔夫。小克林顿遵循父亲的教诲，结果成了总统。”接着，他总结道：“只有和有钱人混在一起，才可能成为有钱人。而和有钱人混，起码要像个有钱人。”

麦建进屋后，把皮鞋踢出老远，接着把领带拉下，很随便地扔在沙发上。然后他一伸手。秦芳像一只小猫一样，听话地凑过去。他搂抱着她说：“我今天的戏唱得怎么样？”

秦芳娇声说：“精彩极了！”

“‘文革’时候，我就经常参加演出。进入商场后，这点儿小本事还派上了大用场。人生大舞台，一点儿错没有！”

她奉承道：“麦总要是有机会接受系统的训练，没准能成为一个大演员呢！”

他不屑地说：“演员算老几？你看那些大明星，我说的是女的，最后还不是个个嫁给了商人？他们演戏赚来的那点儿钱，和商人比不过是九牛一毛。”

“但您出手是不是大了点儿？五百万可不是小数目。”

“这你就不懂了。什么样的人才算有钱？买大别墅、开凯迪拉克都不算。”他当然不会告诉她，这个瓶子是他在台湾买的高仿真赝品，“有钱人必须买没有用的东西。比方买马、买古董，最好是买个星星之类的。比方我把太阳买下了，世界上的人就都要改‘太阳照耀着我们’为‘麦建照耀着我们’。”

“可是……”秦芳欲言又止。

“可是咱们公司的账，已经快红了不是？”他得意地笑笑，“这就叫‘千金买马骨’。国宝我都买得起，你还怕银行不借给咱们钱？”

“这倒也是。可咱们能抵押的都抵押过了。”

“女人就是笨。在这家银行抵押过了，还可以到那家银行去抵押嘛！”

“麦总的头脑就是伟大！”

“抢银行不能用枪抢。”没有多少男人，能够经得住美丽女人的刻意奉承，他自然不例外，“而要用笔和文件抢。你看广东那几个笨蛋，开枪杀人闹出那么大的动静，也不过抢了几百万，最后带都带不走。过去不说，就是你给我管账这些日子，咱们就从银行贷出多少钱来？五千万也多吧？”

她准确地报出六千四百万。

他得意地说：“还是咱们的效率高吧？”

“可银行的钱最终是要还的啊！”

“我也没说不还啊。”他双手一摊。

“咱们拿什么还啊？”她特别强调“咱们”两字。

他一下子变得严肃起来：“隆德制药的 KG。”这是他第一次对秦芳说。

秦芳其实很早就知道 KG，或者说她就是为了 KG 来的。她是一个对金钱极其敏感的人，在她只有十六岁的时候，某次在当时宁水最高级的华宇商厦观察一只钻戒——当然，她根本买不起如此昂贵的东西，不过是过过眼瘾罢了，正好遇到全市大停电。灯一熄灭，她不假思索拿起钻戒就跑。这是一种难得的素质，犹如优秀足球运动员的射门意识一样：若无天赋，绝难培养。可惜的是，没等出门电就来了。因为是未成年人，她被拘留了三天了事。但她非但没有因此悔改，对金钱的热情反而与日俱增。“KG？”她故作惊讶地反问：“KG 是什么？”装傻能够让你获得更多的东西。这是她的人生经验之一。

飞机穿越厚厚的云层之后,耀眼的阳光就从舷窗泻入。宁夕戴上了墨镜。这副顶级的“雷朋”墨镜,是她得到了林恕五十万港币的定金之后,给自己买的礼物。当然,她不会忘记给李帅也买一副。

她破例提前一个小时出发,到位于“山顶”的高尚住宅区转了一圈。她已经决定,这个“项目”完成之后,要在这里买一幢房子。她自然知道区区百万美金是不够的,但新计划的轮廓,已经很清晰地存储在她的头脑之中。

隆德制药公司的总工程师袁因,是一位年近花甲、生就一副典型南方人面孔的男子。当他出了香港机场,坐上专门来接他的汽车后。便闭上了眼睛:他知道,等待他的是漫长的技术谈判。可不过十分钟,他就感觉有些不对头,汽车上了环城高速。

袁因质问司机:“你要把我拉到哪去?”

司机阴沉沉地回答:“你该去的地方。”

情急之中的袁因赶紧拉车门。

司机从反光镜中注视着袁因:“我要是你,就不干这种徒劳的事。”

袁因不听,继续行动。

司机的语调不高,但充满威慑力:“后面的车门是自动闭锁的,只有我能打开。还要提醒袁先生的是:此刻的时速是一百二十英里。”

袁因看看飞速后退的树木,只得服从。他是一个听天由命的人,他这一代人很少不如此。小时候,被教导要听父母的话,上学之后又被要求听老师的话,再以后则是听组织的话。换言之,服从已经溶入其血液、骨髓当中。

在一间很有些日本风格的居室里面,袁因和林恕对坐。

袁因慢慢地把桌子上的一张支票推回去:“我是一位科学家。我也只是科学家。所以,我不需要这些东西。”他是个清心寡欲的人,自从 KG 上马,遇到两次收买他都拒绝了。前董事长兼总裁于建欣的被捕,更坚定了他的理念。

林恕当然不会懂得袁因的内心，以为嫌少就强调道:“这只是预付的定金。如果你能……”

袁因打断道:“我知道你要的是什么。”

“是什么？”

“KG。”

“是的。KG。一种即将出世的高效抗流感药物。”

袁因断然拒绝:“这是不可能的。”

“如果我给这个数目乘以十呢？”

“对于你们商人来讲,金钱是一种能力。掌握的资金越多,能力就越大。对我就不同了,我今年五十八岁,再过两年我就退休了。我的工资足以使我安度晚年,甚至还花不了。”

“你就不想留给你的后代吗？”林恕相信很多人,自己并不需要钱,弄钱全都是为了子女。

袁因骄傲地说:“我只有一个女儿。我留给她的是良知、是知识,这些都是高尚的精神财富。”

林恕阴沉沉地问:“如此说来,你是不愿意与我合作了？”

袁因坦然地说:“看来也只好这样了。”

林恕重新宣讲他的“人和人的关系一共只有三种”的理论后说:“既然经济关系对你不起作用,我们只好来试试这其他的了。”他按动手中的遥控器。

悬挂在墙壁上的超薄电视亮了起来。

袁因不禁呆住，屏幕上播放出一名少女在呜咽中说的话:“爸爸，你救救我！”

镜头戛然而止。林恕很残酷地把影像倒回去,重新放最后一个镜头。袁因呆呆地看着屏幕。当屏幕上再度空白时,他的泪水一下子流出来。

林恕轻描淡写地说:“男儿有泪不轻弹,只缘未到伤心处。”

袁因想站起来,可又站不起来,他断断续续地说:“你们是怎么找到她的？”

“如此美丽的麻省理工学院航空系高才生能有几个？要知道，这个世界是很小很小的。麦克卢汉怎么说来着，对了，地球村。”林恕转动着桌子上的地球仪。

袁因有气无力地问：“你们要把她怎么样？”

“项庄舞剑，意在沛公。”林恕转到他的面前。

袁因与之对视：“可我手里并没有配方。”

林恕转到他的背后：“我知道这个配方只掌握在李帅一个人的手里。但你部分地掌握配方，而且你是最接近配方的人。”

袁因的方寸已乱：“我不能保证拿到配方。”

林恕慢悠悠地说：“我八十年代才从内地出来。所以我知道这样两句话：世上无难事，只要肯登攀。”

袁因彻底垮了：“我想办法拿到配方，你们一定要保证我女儿的安全。”

“我是生意人，生意人最讲究诚信。”

袁因似乎已经没有了主意：“你要给我写一个保证。”

“任何契约，只有在法庭上才起作用。在江湖上只是废纸一张。而这种交易是不能上法庭的。”袁因瘫倒在沙发上。

隆德公司实验室里，聚集着很多穿白大褂的人。周鞍钢进入时，方兴、李帅、苏群已经在里面了。首先和他打招呼的是苏群：“我怎么又碰到你？”

周鞍钢笑着说：“我最恨你这股子‘普天之下，莫非王土’的劲儿！”

“我是为了保证KG实验安全来的。你是为什么来？莫非又闻到了金钱遁走的味道？”

周鞍钢反击说：“金钱是没有味道的。”

苏群把周鞍钢引向方兴：“先入为主，我给你介绍一下，这位是——”

周鞍钢对着向他微笑的方兴说：“方兴兄，你看有这个必要吗？”

方兴对苏群解释：“我和鞍钢兄是两代的交情了。”他的父亲与周鞍钢的父亲，同在一个部队里。虽然级别要差不少，但两个人很早就认识。

苏群惊讶地说:“我怎么没听说?”

周鞍钢故作不屑地说:“你没听说过的事多着呢!”

方兴介绍道:“这位是隆德制药总经理李帅。”

李帅正在专心致志地看仪器里运动着的样本,没有听见。

方兴还要说什么,被周鞍钢制止了:“让他干自己的活儿吧。咱们换个地方说话。”

隆德药业公司会客室,周鞍钢说自己早就听说方兴调到隆德集团担任董事长,一直想来看看,可总是抽不出时间。

方兴笑道:“我想你今天来的目的,不光是看我吧?”

“但这是主要目的。”

“那么次要目的呢?”

周鞍钢坦白地说:“KG 是一个大项目,作为一名检察官,有责任关心它。”

苏群插言道:“这就奇怪了:保证这个项目的安全是我的职责。有我们在犯罪分子就会感到一种震慑力。可贪污是暗中进行的,谁也不会因为反贪局长的出现而不去贪污。正所谓好人教不坏,坏人不用教。”

周鞍钢反击道:“弱智的分类方法!只有小孩子才会问这是好人,还是坏人?我来宣讲一下,起码可以起到预防的作用。”

方兴插入:“周局长讲得有道理。一个单位和一具人体一样,是需要医生的。”

周鞍钢说:“一位名医曾经说,人若想健康地生活,第一,首先要有健康的生活方式。这包括合理的饮食、适当的锻炼;其次,要经常检查身体。”

苏群不同意:“甭管什么单位,如果让你们检察院颠过来倒过去地查,一定会查出问题来。”

周鞍钢说:“你把原因和结果反了过来。没有问题,我是查不出来的。”

方兴很是敏锐:“这位名医还说,医生的作用只有百分之八。”

周鞍钢笑了："小时候，我就经常和你比较学问，但总是比不过你。那会儿还以为是你比我大几岁的缘故，看来这不是唯一的原因。"听苏群问两个人多久没有见面了，他说："大约七、八年？但肯定没有十年。"

方兴点头："八年了。"

苏群又问在八年中，可常有联系。

"只是在每年过年的时候，通一个电话。"方兴说，"那两句唐诗怎么说来着？"

周鞍钢不假思索地说："相见也无事，不来常思量。"

方兴笑着说："周局长是不是有特异功能？"

"既然二位如此默契，我就不在这当电灯泡了。"苏群起身，"我还要去看看现场保卫情况，不打搅了。"

"我很担心你们这个项目。一个亿的投资，最后化成这么大一张磁盘。这势必要引起许多人的关注。"周鞍钢挥动着手中的笔记本，"如果把这一个亿建成一个工厂、一座桥梁，那它是拿不走的。至多不过有些人在当中吃回扣。可这个，一拿走就血本无归！"

方兴赞扬道："看来时间对你一点儿不起作用。你还是那么热情洋溢。"

周鞍钢被说得有些不好意思。

"这个问题，也时刻压在我的心头。他们会拿着各种各样的武器向我们进攻。其中最主要的武器，就是钱。"

"方兄也别怪我说话难听。你的前任于建欣，就是倒在这上面的。"

方兴宽宏大量地笑笑："其实你一来，我就明白了。"

"初步查明，他不过是接受了三万美元的贿赂。你想想区区三万美元，他就要卖掉价值一个亿的东西，实在太可恶了。"

"他在任的时候，方才进行了三次实验。"

"在KG还看不见曙光的时候，就已经有人开始投资了。所以我有理由相信，他们人还在，心不死。"多年的办案经验，周鞍钢获得这样一个经验，投入越大,就越难收手。前年办的一个贿赂案中,行贿人其实已经察觉到自己的行贿对象已经引起反贪局的关注,但仍然锲而不舍。被一网打尽后,周鞍钢曾经问过原因。这位行贿人说:“我已经投入了五百万,收不回来就万劫不复。继续干下去,或许还有生的可能。”

“你不相信我?”方兴问。

周鞍钢真诚地说:“相信。我像相信我自己一样地相信你。”

“你错了。你不应该相信我,也不应该相信任何人。经济学假定:人是理性的、自私的。所以是不能相信的,能相信的只有制度。我这里有非常完好的制度,从我自己做起,任何无关人员,尤其是高管人员,不管他是董事长、副董事长,还是总经理,都不得接触核心机密。我把这范围控制在最小最小。”

“真正掌握机密的有几人?”

方兴伸出手指头:“只有一个人。”

“李帅?”

“对。”

“此人是否可靠?”

“你在重复我刚才回答过的问题。如果你非要问的话,我只能告诉你,目前还没有发现他有不可靠的迹象。”

李帅属于那种一帆风顺的人,从小学到大学,一直都名列前茅。清华毕业后,很顺利地在麻省理工学院读完了硕士、博士。然后,他回了国。很多人以为他一定会去清华做教授,母校也确实邀请了他。但他选择了隆德公司。

他的朋友们都认为,隆德公司虽然是名列中国百强之列的超大型的国企,但无论如何,也不能与清华相比。

对于这种质疑,李帅没有回答。从小,他就是一个不会向任何人敞开内心的人。他选择隆德,是经过周密而慎重的考虑的。人在世界上,无非是为了名利。清华有名,但隆德有利。在隆德药业公司被股份化了之后,集团公司董事长于建欣承诺给他百分之三的期权。换言之,一旦 KG 成功,他就是百万级的富翁。到那时,可以另作选择。

有此动力,他工作起来相当投入。高强度的工作,常常使得他深感疲倦。而驱逐疲劳的方法,除去睡觉外就是跳迪斯科。他不喜欢人,深信“他人即地狱”;但又离不开人。而迪斯科正好满足这两个条件。可以在人群中孤独地宣泄,又不用与人进行深刻的交流。此刻,他正在疯狂的音乐、疯狂的灯光、疯狂的人群陪伴下,大动作地舞动着。

宁夕在舞动中渐渐地接近李帅。她与李帅对舞,李帅被她所吸引。两人配合得很默契。突然,李帅被一个特别的动作所吸引。他一把拉住对方的同时,大声喊道:“宁夕!”

宁夕也做出激动的样子,大声喊道:“李帅!”

李帅将宁夕拉出舞池。

袁因在他下榻的宾馆中,凭窗眺望。窗外万家灯火,车流如水。

他几乎可以说是中国老派知识分子的标本:在大学中,结识了妻子。然后工作、结婚、生子。除去三年前,妻子因为一次交通事故去世外,生活中一点儿令人激动的事情都没有。女儿曾经开玩笑:说他是“最后的恐龙”。

他知道自己没有李帅那样的才华、想象力,成不了科学家。但他也知道,自己是一位优秀的工程师:一丝不苟、程序第一、服从命令,所有这些工程师应该具备的品质,他一条也不缺。他对名誉、金钱,也看得很淡。当于建欣答应给他百分之一的期权时,他一点儿不觉得激动。他曾这样回答女儿的提问:“也许,在你获得麻省理工的博士学位时爸爸会激动。因为这曾经是爸爸的理想。”

可谁知,等来的却是这样一个噩耗。

电话响。他无动于衷。电话在顽固地响,他依旧一动不动。

李帅在咖啡厅里,十分兴奋地喝着啤酒:“跳着跳着,我一下子就认出你来了。”

宁夕没有那么兴奋:“我一直在等着你认出我来。”

“你什么时候来的?”

“前天。”

李帅问为何不给他打电话。

“我不知道你的电话。但我想,你工作累了一定会来跳舞的。所以三天来,我一直就在这个舞厅等。”

李帅反问:“我要是不来呢?”

她很肯定地说:“你一定会来的,我相信我的感觉。”

李帅很感动:“你还是当年的样子。”

宁夕下意识地摸摸脸:“老了,岁月无敌。”

李帅固执地重复:“不,你没有变!”

“你说没有变,就没有变好了。”

“当年你为什么一声不吭,就离开了我?”

“你要回国创业,可我不想回来。”

李帅不解地问:“那你可以跟我商量啊!”

“你什么时候听过别人的话?”

李帅不好意思地说:“也是,我这个人就是固执。”

“固执是缺点,也是优点。”

李帅握住宁夕的手:“你还好吗?”

宁夕也动情地说:“没有你的日子,很难过。”

第二章

周鞍钢的家，面积不算小，大约有一百二十平方米左右。分到这套房的时候，妻子张琴曾经主张“好好地”装修一番，他不同意。张琴说：“别人都装。”他当下反驳道：“别人都装，你就装？一点儿主见都没有。”接着他逐条批驳，“只有像故宫那么高的房子才可以吊顶，只有像冬宫那样大的房子才可以装护墙板，只有像凡尔赛宫那样的房子才可以使用水晶吊灯。就咱们这样的房子，高度不过两米六，每间房面积不过十五平方米，装什么装？”张琴自然对付不了这重量级的攻击，只好在家具配套上做些文章。但他依旧不依不饶：“配套是很荒谬的概念。你买了黄色的床，就要配置棕色的窗帘，然后波及衣柜、沙发。推演下去，到了最后你就会发现睡在你身边的我，也和你不配了。”张琴一如既往地退却，但在梳妆镜的问题上，她坚持要买一个好的，他也做出了妥协。后来他见张琴常在镜前流连不去，便讽刺道：“其实，别的都可以买好的，唯独这镜子不该。因为好的镜子，能把时光留给你的痕迹，毫无保留地反映出来。”接着，他得意地念了两句诗：“最是人间留不住，朱颜辞镜花辞树。”张琴因此一个星期没有和他说话。

此刻周鞍钢正在与十岁的儿子周小擎讨论功课，妻子张琴在一边收拾房间。

他看完儿子的作文，笑着对张琴说：“你听听，我姥姥家的院子里，有一棵百年老树，它经历了千年风霜。”他摸了一下周小擎的头，“百年老树，如何能经历千年风霜？啊？”

周小擎不服气地说:“怎么就不能？”他是一个聪明而顽皮的孩子,兴趣全然在篮球上。

他继续往下念:“姥爷经常在这棵树下讲故事,他的故事特别生动。连蚊子也趴在我的胳膊上静静地听。”他看看周小擎:“这句还行。有创意。”

周小擎得意地说:“文学是我的强项。”

“小学哪来的文学、数学,有的只是语文和算术。”

周小擎根本不理睬他的调侃，自顾自地说:“在文学中，古文更是我的强项。”

“越说越玄了。”

周小擎不服气:“不信你说上句,我对下句。”

“要是对不上来,就洗一个礼拜的碗。”

“要是对上来,你就洗一个礼拜的碗。”

“我是爸爸。”

“爸爸怎么啦？”

“好、好。洗就洗。你听着。”他想了一下后说,“有朋自远方来。”

周小擎很敏捷地回答:“尚能饭否？”

他大笑起来,对妻子说:“你听见你的宝贝儿子对的下句没有？”

儿子不服气地说:“朋友来了,就是要开饭嘛！”

他笑得更厉害了。

张琴斥责道:“亏你还笑得出来。你儿子的功课都成了什么了？不是一般的差！”

“我儿子就是不一般。他有思想,百年老树,经历千年风霜,这是相对论在文学中的应用;蚊子在静静地听,标准的拟人写法。至于用‘尚能饭否’来对‘有朋自远方来’,也是集句的做法。杨振宁就用‘劝君更进一杯酒’对‘与尔同销万古愁’。梁启超更是用‘更能消几番风雨’来对‘最可惜一片江山’。”他是一个很喜欢读书的人。尤其是古诗词。

张琴根本不同意："考初中凭的是分数。分数不够重点，就得要赞助费。八一中学就要五万。"她很认真地对儿子说，"儿子，今年可得努力。考上了，就等于爹妈多赚了一年，差不多两年的工资。"

周小擎很不愿意听，学习不好的孩子，最怕别人提学习。

"别老跟孩子说钱。不就重点中学吗？考不上就考不上呗。有什么了不起！"他知道儿子是那种偏重于行动，很有主见的孩子，不应该老是打击。

周小擎得意地附和道："就是！"

张琴无奈地看着这对父子："我大学里教外国文学的马教授讲过一句俄国谚语，'苹果落地，不会离树太远！'"

他搂着儿子说："我以前还真的不知道你妈上过大学。"

周小擎接着说："可一定上过重点中学。"

经过一阵有着相当的动作强度和时间长度的做爱之后，李帅与宁夕相拥着，躺在单人床上。宁夕环顾着房间："你这房间，又乱又脏。"

李帅借用《陋室铭》中的话回答："圣人居之，何乱之有？"

宁夕看着李帅的眼睛问："你干吗不结婚？"

"等你呗！"他不结婚，一来是因为不愿意受到约束；二来也是因为很容易找到性伴侣。

"我要是老不出现呢？"

"我就一直等下去。"他当然不会说实话，一个人如果要把实话全部说出，命运一定很悲惨。

宁夕幽幽地说："男人的誓言都是写在水上的。"

"写在心上的。"李帅搂住宁夕。

"你怎么不问问我的情况？"

"我不问。"

“为什么？”

“你是女人。女人总有女人的难处。漂亮的女人难处更大！”对于宁夕在这个时候出现他是有警惕的，但现在还不是问的时候。或者说根本问不出来，而需要认真地勘验。

“我嫁过一次人，两年后就分手了。”

李帅捂住她的嘴：“别说了，我不想听。”

“那我就不说了。”

“过去不重要。”

宁夕断断续续地说：“那将来，你还要我吗？”

“你怎么会提出这么愚蠢的问题？”李帅深吻宁夕。

麦建躺在别墅卧室中那张硕大无比的床上，看着裸体在房间里走动的秦芳说：“李帅的资料，你都读过了？”见她点头，又说，“从明天起，你专攻李帅。”

虽然她已经完全洞察麦建的内心，但还是故作诧异地问：“专攻李帅？”

“对。”

她重新躺在他身边：“用什么方法？”

“商鞅曾经说，‘邦国生死存亡之际，无所不用其极’。”

“无所不用其极？”她反应了一下后，拍拍枕头，“也包括这个？”

“主要是这个！此乃利器也！”

她的眼泪一下子就出来了：“你真残酷！”

他笑着说：“我可以用八个字来评价你这位前演员。”他看着她的泪眼说，“台上没戏，台下尽戏？”

她重重地“哼”了一声，扭过脸去。

他拍拍她的肩膀：“表演才能，加上这魔鬼身段，很不错的组合。应该是攻无不克！”

“你真的这么狠心？”

“你我都是成年人。成年人应该有成年人的语言。你应该知道,KG对我的重要性。”

“比我重要!”

“重要得多!”多年的商场生涯,已经让他心如铁石。并且使他明白这样一个道理,难听的话,要说得简明扼要。

秦芳眼泪再度泉涌。她的眼泪犹如苏东坡的文章,常行其所当行,常止于不可不止。

他和没看见一样,继续说:“你看过《三岔口》吗?”他自问自答,“应该没有看过。现在就像在那家没有灯光的黑店里面,三路人马在摸黑交手。”

“三路人马?”她似乎不经意地问。

“关注KG的组织,除去咱们起码还有两家。其中有美国背景的毕玛制药公司,对我威胁最大。中原逐鹿,不知道鹿死谁手啊?”他抚摸着秦芳的胳膊,“非如此,我也舍不得你这个天生尤物啊!”

“那我能得到什么好处?”出卖身体,她根本不在乎。关键是卖个什么价钱。

他笑了:“这就像个谈生意的样子了。我给你远大公司百分之十的股份。”

“我才不要这种镜花水月的东西。”

他皱皱眉:“我的公司,可是实实在在的实体,怎么叫镜花水月呢?”

“目前确实是。可你一个电话,就可以把内核抽掉。零的百分之十,仍然是零。”她用了一年的时间,也没能全部搞清楚麦建所设立的财务迷阵。

他摸摸她的脑袋:“你比我想象的要聪明。开价吧。”

“一千万港币。”

他睁大眼睛问:“你就不怕吓着自己?”

“KG制剂总投入就是一个亿人民币。一个亿的百分之十,就是一千万。”她为此而来,自然有充分的准备。

他看着她,慢慢地说:“我认可你的价格。”

她寸步不让:“你要预付百分之十。”

“一旦你与李帅有了实质性的接触,钱立刻就到你的账上。”

“见不到钱,我是不会采取行动的。”她冷冷地说。接近李帅其实是她的目标,这不过是讨价还价的方式而已,某个东西即使你非常想要,也要做出不想要的样子。非如此,不会有太好收益。

“你这个条件未免过于苛刻了吧?你这是无本生意。”

她针锋相对地说:“我是有成本的。它就是我的青春、我的美貌!”

他很不以为然:“这些就是不用,也会随时间消耗掉的。”

“正因为它不能保存、不能回收,所以必须兑现!”

“你就不怕我换将?”

她笑着说:“你不一定有合适的人选。”

他威胁道:“三条腿的蛤蟆不好找,那叫金蟾。两条腿的人有的是!”

“用你的话说,你在中原逐鹿!你没有时间。”

他软了下来:“棋逢对手。好,只好跟你签这个‘城下之盟’。”

她搂住他:“应该叫作床上之盟才对。”

李帅专注于他专用计算机上的数据流,袁因招呼他两声,都没有听见。在工作的时候他从来心无旁骛,非如此,他也取得不了今天的成绩。

袁因知道他的工作习惯,提高音调说:“李总。”

李帅这才抬起头来:“袁总什么时候回来的?”

“刚下飞机。”

李帅目光又回到计算机上:“谈得如何?”

“还可以。”

李帅重新扫了一眼袁因:“你的脸色不太好。是不是身体不舒服?”

袁因摸摸自己的脸:“没什么。”

“要是不舒服,就回去休息两天。”

袁因说话间,靠近计算机屏幕:“试验怎么样?”

李帅感觉到他的靠近之后，关闭了这个界面："有些进展，不过不大。"

"离成功还有……"

李帅转过身说："成功这东西，有时候你明明知道近在咫尺，可就是拿不到。"

宁水市委书记陈永康的办公室带有他显著的个人特点。首先是空无一物的办公桌，许多高级和不那么高级的干部，办公桌上总是文件堆积如山，试图给人以日理万机的感觉。其次是书柜，官员办公室书柜里面的书，大部分是装饰品。往往是些大部头成套的精装书。但这里的书，显然大部分阅读过，其中有些还夹着纸条。

陈永康微笑着对高策说："你对自己的将来有什么考虑？"

高策笑着说："我怎么考虑有用吗？我亲爱的战友。"他与陈永康在"文革"初期，曾经在一个县里插队锻炼。故有此一说。

陈永康也笑了："人人都说，干部一临近退休，就有什么说什么，没有顾忌了。这是不是也是'五十九现象'的表现之一？"

"我想这种'五十九现象'总比抓紧时间捞钱要好。"

"其实许多人在钱的问题上，是很盲目的。假设一个干部，尤其是你我这样的干部。"他与高策往来虽不多，但视高为知己。插队时候，两个人曾经有过一次触及"文革"本质的彻夜深谈。有些人，你与他可能每天在一起，说无数的话，但终归是浅层次的。而刻骨铭心的谈话，有一次就足够。

"慢，我怎么能跟你比？"

"怎么不能比？你我都是所谓的地市级嘛！"

"你这话骗骗小孩子还差不多。我这个检察长要变你这个市委书记，首先要变成副市长，然后进常委，再成副书记，再成市长。然后才能窥视你这个位置：中间有四个台阶要爬，咫尺天涯！"

"我一直都干不过你铁一样的逻辑去。咱们还是说原来的话题。一个干部，贪污了一千万，或者还要多一些的钱，他能怎么用呢？首先，他不能投资，因为这几乎等于不打自招。其次，他不能高消费，这也等于不打自招。第三，他还不能存到银行里生息，因为现在是存款实名制。”

“有一个贪污犯告诉我，所有的法律中他最恨两条：第一是一夫一妻制；然后就是存款实名制。他就是因为家里被盗，方才露馅的。”

陈永康自话自说：“这样，他只能把钱留给儿孙。可儿孙要是出息，比方像高检察长您的公子，堂堂的北大生物系博士，要遗产何用？如果没出息，去吸毒、赌博，那么一千万和一千块是没有区别的。到最后还是精赤条条。”

“这么深刻的分析，为什么不在大会上讲讲呢？”

“有些话，也只能私下里说说。”陈永康一下子变得严肃起来，“经过考察，组织上已经同意你到人大工作了。”

“谢谢组织。”

陈永康问到核心问题：“现在关键是谁来接任你的检察长位置。”

“你是真的征求我的意见，还是心里早有人了？”虽然当年陈永康将他视为知己，还曾经写下鲁迅的话“人生得一知己足矣，斯世当同怀视之。”送给他。但此时毕竟有上下级之分。如果贸然说出，将会很尴尬。

“当然是真的。”检察长是一个很重要的位置。福建赖昌星案、辽宁马向东案中，落马的检察长数量就是反证。因此有很多人在谋算此位置，到目前为止，与他打招呼的省级干部就有五六个，但他最看重的还是高策的意见。

高策毫不犹豫地说：“周鞍钢。”

这个回答有些出乎陈永康的意料：“徐副检察长是不是更合适一些？他经验丰富，为人正派。”

“周鞍钢同志经验也很丰富，为人也很正派。而且比较徐检，他对法律和现代经济更为熟悉。”

“汉承秦制，或者说秦汉一家。在那个时候，举荐的官员如果出了问题，举荐者要连坐的。”

“连坐我也认了。”

陈永康强调道：“人品，关键是人品。”

“我认为人品是起码条件。他要是连这个条件都不能满足，我提都不会提。”

方兴的办公室是四套间：一间秘书室、一间小客厅、一间办公室、一间卧室。

李帅虽然提前预约了，但还是足足等了半个小时才见到方兴。他开门见山地说：“所有的条件都已经具备，可以开始合成试验了。”

“这是你权力范围之内的事，你自己决定吧。”方兴当领导从来不事必躬亲，而是委任责成。如果事必躬亲，将来责任就会落到你一个人的头上。只有委任责成，才可以保持批评的权力。

李帅正要说什么，电话响。方兴看看来电显示后又看看李帅，李帅识趣地退到远处。

“是我。好，马上就来。”方兴放下电话后，起身问李帅，“你自己开车来的？”

“是的。”

“能不能把车借给我用用？”

“普天之下，莫非王土。别说要我的车，你要什么我就给你什么。”

方兴似乎心情很不错，边往外走边说：“咱们是现代企业，和政府机关不一样。你是独立的法人，我不过是集团公司的董事长。你有权利处分你的一切财产。”

李帅把车钥匙递给方兴：“话是这么说。可我要是真的这么做，用不了几天我这个法人也就不法了。说到底，我不过是你手下的一名干部。”

方兴也笑道：“起码在KG完成之前不会。还是那句老话，任何一个大项目真正起作用的不过是三两个人，有些时候，往往是一个人。”

“谢谢夸奖。”李帅诡秘地眨眨眼，“有一个问题，我不知道能不能问？”得到同意后，他问：“是不是有一位美丽、端庄的女士在某个地方等着您？”

方兴笑道：“你怎么会有这种想法？”

“一夫一妻是社会的需要，而不是人的需要。动物试验表明，就是人们通常作为爱情象征的鸳鸯，都不是一夫一妻，老虎、燕子之类的就更不是了。”

“按说没有一个现职的高级干部会回答你这个问题。但考虑到你是科学家，有着无穷无尽的好奇心，我破格破例地回答一次。是有人在等我，但肯定不是女士。”他说的是实话，在男女问题上，他是相当谨慎的。他曾经这样批评一名出生活问题的干部，“连自己的身体器官都管理不好，如何能够管理一个机构？”

“那你为什么要用我的车？”因为方兴在一次会议上，曾经用“国士无双”来评价他，所以他以为放肆一些也无妨。

“你问得太多了。”方兴顿时严肃起来。不能让部下过于接近自己。过于接近，神秘的光环将不复存在。许多大人物能治天下，而不能治左右，就是这个道理。

没有实验的时候，隆德药业大楼并不那么戒备森严。一名值夜班的保安，正在门房里面昏昏欲睡。无论何事，都是有成本的，倘若想让如此之大的一幢楼，日夜有人巡逻值班，必须要有一个二十人以上的队伍。换言之，一年就要五十万以上的花销。很少有单位能够做到。

正因为如此，袁因才得以在无人知晓的情况下，悄悄地进入试验室，打开了计算机。他接上移动硬盘之后，迅捷地敲击键盘。屏幕上界面变幻，配方显现。这是一个很大的文件，很用了一会儿时间才完成作业。他小心地“擦拭”掉一切痕迹，关闭计算机。

与此同时，实验室的楼道中，李帅正在一步三级地上楼。他是能不坐电梯就不坐电梯的人，锻炼也要因地制宜。

因为没有经验，也没有预案，袁因听到了动静后，如同一只慌张的兔子般地四顾。随后，动作笨拙地隐藏在窗帘后面。

李帅一进入房间，就感觉到有些不对头。人的感知系统是听觉、视觉、嗅觉、触觉等的叠加，有些时候，还能加上“第六感觉”。他无法分析“不对劲儿”来自何方,但就是觉得不对劲儿。打开灯后他使劲儿抽动了一下鼻子,并没有异味儿。他于是开始搜寻,就在他接近袁因藏身处的时候,电话响了。他拿起电话。

电话的一端是宁夕:"李帅吗?"

"哪位?"

她笑道:"看来你的女朋友够多的。"

"宁夕啊,有事?"

"当然有事。"

他还在继续寻找:"有事你说。"

她娇声道:"我想你了。"

李帅已经接近窗帘:"我还要加一个班。"

她假装生气地说:"工作比我重要。"

"不是一种东西就没有可比性。"

"我非要比一比。"

他脸上露出无奈的表情。

"你要是半个小时之内不来,我就从这楼上跳下去。"

他也只好笑着说:"一哭二闹三上吊,女人的惯用伎俩。"

她怨恨地说:"没想到你这么快就烦我了。"

"好啦,好啦。我马上回来就是了。"李帅说罢,关门离开试验室。

此时的袁因,几乎瘫在地上。作为一名高级知识分子,他从来没想过自己会做这等事。不是我要做,是别人强迫我做。他边下楼边想,林恕说得对:血缘关系是三种关系中最高级的关系。在金钱与生存相比较的时候,所有的人都会毫不犹豫地选择生存。性关系之影响,虽然要深远一些,但还是可以割断的,起码会随着年龄的增加而逐渐淡化。唯独血缘是无法摆脱片刻的,更不要提割舍了。我不后悔自己的选择,永远不后悔!出了大门之后,袁因自言自语道。

隆德公司专用的别墅,隐藏在一片老式别墅区的最深处。别墅中,副省长祝启昕正在与方兴下围棋。这盘棋已经是残局。方兴纵观全局后,故意卖了一个破绽。这种事情,如同拍马屁一样,必须不露声色,如若让对方看出来,则几乎等同于蔑视。祝启昕长考了大约十分钟,终于抓住了这个机会下出关键的一手。

方兴自然也要长考一番,然后把手中的棋子,小心地放回棋盒认输。他的一生宦辙,与祝息息相关。尤其在几次关键时刻,都是由祝相助,方才过关。故此,他必须全面回报。

祝启昕六十岁左右,口音有着些许江浙味道自作主张:"输多少?"

"退不出子来,五目左右?"

"五目。就是五目。"

"祝副省长的棋艺炉火纯青。"

"要靠这个养老呢。前些时候,我到法国访问,他们国家电力公司的总经理和我一样大,也准备退休。我问他退休之后,打算干什么?他说他一生最大的心愿有两个。你猜猜都是什么?"

这种随机的问题,方兴猜不着。就算能猜着,他也不会说。

"他是一个天文爱好者。用了五年时间,在家里装了一个小型的天文台,可一直没时间用。退休之后,要好好观察星空。"

方兴问第二个是什么。

"他喜欢航海。自己有一个游艇,准备申请一个牌照,去周游世界。我们没有这个条件,只好用下棋来打发余生了。"

"如果祝副省长愿意,可以到隆德来当顾问。"方兴此话,不过是一个试探气球。隆德确实是一个庞然大物,但却是一个千疮百孔的庞然大物。从来那一天起,他就制定了两年内离开的计划。

"你这是应酬话。就算我愿意,政策也不允许:再者说,到时候你也不在隆德了。"

方兴静静地听,一言不发。

"经委施主任明年就要退休了。到时候,如果条件成熟,你去吧。"

“经委是您分管的部门，您看合适，我就去。”这个消息，省委组织部的一位副部长，在祝启昕来宁水之前就已经透露给他了，并说他乃后备人选之一。但这个人情，必须记在祝启昕的账上。

“经委确实是我分管。可干部问题我管不了，我只有建议权。所以，我要提醒你两件事：第一不能出事；第二要有业绩。”

方兴频频点头。

祝启昕仰靠在沙发上：“围棋如人生，奥妙无穷。这民被吏围、吏被官围、官被大臣围、大臣被皇帝围、皇帝被天地围、天地被宇宙围，围来围去，没有穷尽。”

方兴恭维道：“祝副省长总是能够微言大义。”

周鞍钢与高策在沿江的林荫道上散步。高策看看手表说：“走够定额了吧？”

“没有。”

他停住：“我看够了。”

周鞍钢拉住他：“我说没够就没够。”

高策无奈，只得往前走。

“昨天老嫂子见了我就说，老高肯定在办公室坐了一天。我问她怎么知道的。她说他的衣服胳膊上两个弯、膝盖上两个弯，一看就是一天没动地方。”

高策无奈且幸福地笑笑：“女人总是从小处着眼。有什么办法呢？隆德集团前董事长于建欣的案子马上就要起诉了。这个案子过于庞杂，要把它办成铁案不容易。”

“起诉处的老刘跟我说过好几次，你们反贪的就像做菜的大师傅，风光、出名、热热闹闹。而我们起诉的就像打杂的，专门替你们打扫战场。我说，检察官从严格意义上讲，就是政府的律师。从这个角度说，我们反贪局的不过是马前卒而已。”

“真不知道你们从哪里来的那么多乱七八糟的比喻。”

“隆德集团的财产构成过于复杂了，复杂就容易出事，我好像总有一种不祥的感觉？”他见高策站住，就再度拉他，“您别又站住了，边走边说。走路是最好的运动，因为人走了好几千年了，整个人体结构就是围绕着走路这个中心建立起来的，像保龄球，”他做了一个很夸张的投掷保龄球的动作，“还有高尔夫，”他接着做了一个挥杆动作，“这些动作，都是根据运动的需要，而不是人体的需要设计的。很多运动员有伤，就是这个道理。”

“几个月之后，我想坐办公室、坐汽车，也没得坐了。到时候，光剩下走了。”

“到时候，我陪您走。”

“虽然我知道你根本做不到这一点，但我不怀疑你的诚意，不过你不可能有时间。怎么样？对我这个位置有没有想法。”

“要说没有，那是假的。”

“我就喜欢你说实话这一点。你具备这个资历，而且你不会出经济问题，生活作风问题，应该也不会出。”

“不是应该不会出，而是绝对不会出。”

高策指点道：“你要注意的就是周边的关系。”

“这么多年都这么过来了，临阵磨枪也不管用。让我当，我就好好当，不让当，我就好好当我的反贪局长。是金子在什么地方都会发光。”对于自己的缺点，周鞍钢很清楚，他以办事为唯一目的，所以经常越出“二百里领海”，侵入别人的领地，并且不止一次遭到反击。他也常常提醒自己，但是事到临头，总是情不自禁。用高策的话来说，是“改也难”。

“这话应该别人来说才对。”

“我这个人，总是想把心里话说出来。”

“我认识一位作家，作品写得不错，可就是引不起关注，我于是请教一位评论家。你猜他怎么说。”

周鞍钢老实地回答：“猜不着。我要是能猜着了，就不干这活儿了。”

“他说此作家确实不错，但就是说得太多、太清楚。我反问，莫非不好吗？他说，好是好，可这样就没给我们评论家留下余地。我们也就无话可说了。”

周鞍钢笑着说:“这道理其实我懂。您没发现,每次我给您打报告的时候,都故意留下一些破绽,好让您修改?”

“算了吧。你每次都干巴巴地几根骨头,连穿靴戴帽都不会。有些时候,我的批示要比内文还多。”

“谁叫我遇到了您这样的好领导了呢?”周鞍钢笑着说。

假设李帅的房间原来是一片寒山瘦水的话,那宁夕就是春风。虽然不过数日,已经满眼温馨之绿意。

李帅在狼吞虎咽地吃着饭菜:“这是我吃过的最好吃的饭。”

宁夕很幸福地看着李帅在吃:“我明知你说的是假话,但还是挺高兴的。”

“真话。除了我妈做的饭,你做的最好吃。你从哪里学来的这手淮扬菜手艺?”观察人,必须从细微处着眼。这就是为什么只有欧阳修能从猫的瞳孔,看出乃是“正午之牡丹”的道理。

“书本上呗!我就像做试验一样,一步一步地严格按照配方做。”

“以前你最讨厌做饭。认为吃饱了就行,没必要瞎耽误时间。我记得你的菜谱一共是六样:白菜炒肉、肉炒白菜、炒白菜、炒肉、汤里有菜、菜里有汤。”他扳着手指头在数。

“也没有那么不堪。”

“现在你怎么转变了观念?”

“我从一本书上看到,要征服一个男人,必须通过他的胃。”

他眉毛一挑:“你想征服我?”

她赶紧解释:“不是你们男人所谓的征服。”

他举起酒杯:“这还差不多。”

她与之碰杯:“我就喜欢你身上这股霸气。”

他笑着反问:“只有霸气?”

“还有帅气、才气。”

他得意地一口干掉杯中酒。

李帅住宅对面,有一座三十层的高楼。在二十九层的一间没有开灯的房间里,秦芳在用一架德国远红外望远镜观察李帅的房间。望远镜性能绝佳,加上李帅的房间没有拉窗帘,故而一切清晰可见:李帅正与宁夕在沙发上亲热。她用带蓝牙耳机的移动电话与麦建说话:“看来你的一个亿和我的一千万泡汤了。”

麦建不紧不慢地反问:“怎么?”

“你希望我占领的位置,已经被人占领了。”

麦建忙问此话何意。

“他那里已经有了一个女人。”

“也许是只鸡。”

“我要是连鸡和正常女人都认不出来,还敢接你这活儿?”她调整焦距。镜头落在宁夕乱扔在一旁的衣服、首饰上,“你见过有鸡穿夏奈尔内衣,戴钻石首饰的吗?”

“假的吧?”

“流光溢彩的钻石,我认不出来就不是女人了。”

麦建鼓励道:“努力寻找,总有机会。”

“一名女记者,在结识了一位著名的足球教练之后,从她原来供职的足球周刊,跳槽到一足球报社。这个行动致使周刊的销量锐减。周刊的主编急了,赶紧派一个比她更年轻、学历更高、更漂亮的女记者去采访这位教练。但一点儿效果都没有。你知道为什么吗?”

麦建不耐烦地说:“有事说事,不要啰唆!”

“因为这个位置是唯一的位置。一旦被占据,后来的人再优秀也没有用。”

麦建不屑地说:“你要是这么说,就太不了解男人了。”

“我知道很多男人会喜欢很多女人,但在一个阶段,他只会喜欢一个女人。”

麦建强调道:“接近李帅的办法不止一个,不要只把自己当成女人。”

秦芳似有所悟。

别的人思考重大问题时，总喜欢找一个安静的地方。方兴却不同，他只能在自己的办公室里。这些年来他调动了不少单位，但只要这个办公室属于他，他的思维就充满活力。

方兴的先天条件相当不错，父亲是一位老红军，官至大区副职。他自己在军队里就入了党、提了干，然后被推荐上了大学，也就是所谓的工农兵学员。按说，这是一个不被认可的学历，但很快就被他优秀的后续学历给取代了：美国斯坦福大学公共行政管理硕士学位。这到任何地方，都是响当当的。

有了这些，应该仕途顺畅。如果不是在临江市任常务副市长时，发生了那场污染事件，他此刻恐怕已经在省长位置上了。

当时，路过临江市的一艘货船发生了事故，船上的苯泄漏到江水中。他虽不是学工程的，但也知道苯是有毒物质：在英国，一千磅以上的苯，无论运输还是存放必须申报。但他认为，这不过是路过的船，泄漏的量也不大，船方申报不过数十公斤，即使翻上几倍，也没有什么大不了的。可一旦让媒体知道，就会引起轩然大波，起码沿江一带要停水。水是工业、生活的生命，一旦叫停，必是一场大灾难。因此，他下令封锁了消息。

当然，他通过协调，让属于国家电网公司主管的临江水库，加大流量到平时的三倍，这样苯就会很快地被稀释。

事情原本就这么顺利地过去了。可不知道怎么被临江大学的一位教授知道了。在人大会上突然发难，把事情原原本本地捅了出来。

这种事情轮到别人身上，撤职是一定的。但他只是到了隆德集团公司当总裁而已。用他朋友的话说“这是因为你的质量大。”

质量大的物体，可能不会被质量小的物体击毁，但无疑会影响它的速度。

他是个知己的人——知己比知彼要难得多——明白在政治上，一旦染上污点，很难升到更高的位置上去。在官场角逐中，你比别人优秀，不能保证你胜出。但你比别人的错误多，就一定失败。

初来隆德集团公司，他甚至对祝启昕怀有一种感激之情——感激之情在常人很普通，但在官场上却是不常见的。搞政治的人，如果被感情蒙住眼睛，无异于自戕。但一个月的调研之后，他立刻明白了祝启昕的用意：祝从来把隆德当作自己的领地，在于建欣当政时期，确实也是如此。偌大一个隆德，被你一下我一下，搞的摇摇欲坠。当然，从表面上看，还是金碧辉煌的。祝之所以要他来，不过是维持这虚假的繁荣而已。

既然参加游戏，就必须遵守游戏规则。他大刀阔斧地进行了一系列改革。当然，不过是表面上的，并不真正地伤筋动骨。与此同时，制定了一个两年离开隆德的计划。

正因为如此，他才把经委主任这个位置看得很重。虽说经委主任也是正厅职，但却是旱涝保收的政府官员。弄好了，人大、政协的副职还是有希望的。为官不到省部级，说到底也不过是一个风尘俗吏。

殷鉴不远，千万不能出事。悠悠万事，惟此为大！想到这，他把一直拿在手里的雪茄烟点燃。

夕阳从阔大的落地窗中流泻在墙上一张很大的列宾《伏尔加河上的纤夫》的油画复制品上，这是一幅林恕最喜欢的油面。但此刻的他，虽然面朝着它，但目光是散乱的，根本就不在油画上。

副经理进入，他看到这副景象，没敢说话。

但林恕已经发现了他的到来，头也不回地说："有事？"

副经理恭敬地说："汇丰银行的那笔款子已经到期了。"

"知道了。"林恕长期为官，加上对现代经济并不熟悉，来港之后几次投资都失败了。二千万元，从消费层而上说，够一辈子的。但要经商、办实业，不过是沧海一粟。近两年来，他不得不靠银行贷款维持。

"问题是他们要到法院起诉咱们。"副经理认为必须把话说透。

"知道了。"

副经理识趣地准备退出。

“不要走。”他回过头来，走到写字台前。见副经理自动跟过来，他拿出一封早已准备好的信，递给副经理，“你去菲律宾找毛瓜先生，拿到钱转到咱们的账上，把汇丰的债还上。”

副经理在接过信的同时，望了林恕一眼。

“你知道毛瓜先生是做什么的吧？”

“菲律宾最著名的赌场老板。”

“岂止是菲律宾，我看在整个东南亚，他也是数一数二的。东南亚金融危机之后，百业凋零，唯独他的行情不跌反涨，你知道为什么吗？”

副经理答说不知道。

“那你知道这笔借款的利息是多少吗？”

副经理也说不知道。

他赞扬道：“你这个从不多嘴的习惯很好：我告诉你，月息百分之十。”

副经理微微一哆嗦：“十个月就翻倍。”

林恕质问：“你是怕我还不上？”

副经理还是不说话。

“项羽在垓下之战失利后，原本是可以渡过江去的。可他想到的却是自己带来的八千子弟兵，无一生还，自觉无颜见江东父老。所以就自刎了。”林恕似乎在自言自语，“其实，他在江东，还很有资本。如果过得江去，用司马迁在《史记》里的话说，‘卷土重来，也未可知’！”他当然知道高利贷的利害。但到了这个紧要关头，该借还要借。只要 KG 到手，一切都可以摊销入内。

“您一定能够过得江去，卷土重来。”副经理此话绝对出自真心。在对 KG 不断投入当中，他自己的钱也跟进去了。如果林恕不能卷土重来，他的钱自然也就没有生还的希望了。

在看守所的审讯室里，周鞍钢与隆德公司前董事长于建欣对坐。

“还好？”在办理此案之时，周鞍钢整整与于建欣面对面待了两个月，相互已经很熟悉了。

于建欣虽身陷牢狱，但依旧收拾得很整洁："托你的福，还好。"

周鞍钢递给于建欣一支香烟："很遗憾，我没有你最喜欢抽的软包中华烟。"于在被捕之前一直抽软包中华不说，而且还必须是编号为"3"的。

于建欣点燃后，拼命吸了一口后说："此一时，彼一时。"

"我想问你一个问题。"

于建欣抢先说道："那我要先问你一个问题。"

"问吧。"

"听说你要当检察长了？"

"你从哪里知道的？"

于建欣不无得意地说："秀才不出门，便知天下事。你说是不是？"

"无可奉告。"

"你当反贪局长几年了？"

"三年多。"

"而我却在这里面住了一年多了。在你的政治生涯中，我这个案子是你破的最大案子吧？"于建欣狠狠地吸着香烟。

"是的。数你的职位最高，涉案金额最大。"

于建欣入狱之后，最想念的就是自己的儿子。然后就是以往的奢华生活：美酒、美女、华服、高尔夫、赛车。至于自己的太太，一次也没有想起来过。而这一切，都被眼前这个人给毁了！想到这，他的血压陡然升高，眼睛都红了，"破案之后，你就从副局长，变成了正局长。'今来县宰加朱绂，便是生灵血染成'啊！"

周鞍钢威严地看着他："还有两句，'官仓老鼠大如斗，见人开仓亦不走'。"他指指自己，"本局长就是那个捉拿官仓鼠的人！"

于建欣退却了。与检察官硬顶，闹不好会影响自己在狱中还算过得去的生活："那你好好捉去吧！我告诉你，官仓鼠是捉不完的！"

"这一点你说的对，确实捉不完。他们与经济共生。但我工作的目的，是要把他们控制在一个能够忍受的范围之内。”

“小心。跟老鼠打交道的时间长了,自己身上也会沾染上老鼠的味道。”

他打开笔记本:“这不是你操心的事,现在咱们来谈正题。两千年八月,也就是你临被捕的前一个月,有五百万港币汇到香港的一个匿名账户上去了?”

于建欣笑眯眯地看着周鞍钢:“你都知道了,还问我干什么?”

“在这之后,这笔钱被分成三笔,汇到三个账户上,然后被人提成现金。我的问题是,这笔钱是干什么用的?这些人都是些什么人?”

“我不知道。”

“你不可能不知道。”

于建欣坚决否认:“我就是不知道。”

“你应该知道自己的罪的大小吧?”

“我的罪有多大,是你们这些人定的。我知道不知道有什么用?”

“如果你坦白,尤其替国家挽回损失,对你的刑期长短是很有影响的。甚至可以从宽处理。”

“我从一九七三年参加工作起,一步一个台阶,一个也没落下。直到登上正厅级位置,职务就是我的一切。可我在这个位置坐了没一年,就被你和你的同事们给拉了下来。没有职务,我就没有了一切。一切都没有了,我还在乎刑期的长短?”于建欣再度愤怒起来,以往的浮华世界历历在目。

“你真的不想说?”

于建欣一点儿表示也没有。

“你的案子,马上就要提起公诉了。这是最后的坦白机会。刚才我说了,有重大立功表现,可以从宽处理。从宽和从轻不一样,从轻是指三到七年的刑期,按低的算……”

“从宽就是把我的罪名降一个档次。”于建欣打断他的话,“在监狱里待着,没文件可批,也没会可开。唯一陪伴我的就是一本《刑法》,我把它读过来读过去。说句实在话,对它我可能比你这个什么政法学院的本科生还要熟悉。”

“既然熟悉，你就好好学学。”周鞍钢转对身边的法警说，“把他带走。”

周鞍钢默默地看着于建欣的背影。他审问过的犯人有数百名，其中最嚣张的就是这个人。不用说，此人一定有强有力的支持。这种支持能够穿越法律屏障，深入监狱。若想攻下此人，必须切断他与外界的一切联系，粉碎他的幻想。

在公安局的刑侦技术室，法医学教授陈述，正在给一个人头模型戴发套。从外表看去，他一点儿警察特征都没有：身高不过一点七〇，白皙的皮肤，细长的眼睛，说话的声音也很小。但其实他在全国警界，有着很大的名声。通过他的鉴定分析，破获的案子已经有数百，其中甚至有数十起陈年积案。

他先是从被淹死的那具女尸的颅骨分析出死者是岭南人。接着他又说：“再把她身体皮肤的颜色加权考虑进去，我们就可以得出了她面部皮肤的颜色。”

一名警察问：“什么叫加权？”

“就是综合考虑的意思。”苏群转对陈述说，“我说老同学，你最好使用我们这些基层干警能听懂的语言。”

陈述又把眼珠按上：“虽然她的头颅完全被砸扁，但仍然可以根据皮肤的张力计算出她的整个面部轮廓。”对于眼睛的颜色，是否也能计算出来的问题，他的回答是否定的，“黑眼睛。这是从统计角度出发的。”

苏群调侃道：“我明白了，黄皮肤，黑眼睛。”

陈述已经全部做完头像，他退远，欣赏着自己的成果。

苏群等都跟着退远。

苏群问：“这和真人有多像？”

陈述想了一下：“保守地估计，也有百分之八十。”

苏群问能否再提高一些。

陈述笑了：“如果做到百分之百，那你们不全都得失业了？”

“那我就去刑警学院当教授，看看是什么滋味。”苏群摆手命令旁边的干警，“照相。马上在电视台播放，让观众提供线索。”

由陈述教授复制出来的女人头像，通过电缆传遍宁水，也传到了一间很小的房子里的一台很小的电视机上。

观看电视的是一位视力欠佳的老年人。他看到，准确地说是感觉到这张脸的轮廓很熟悉。于是他往前凑，一直快凑到屏幕上了，方才认定。随后，他穿上衣服，去了公用电话亭。

第三章

这几天以来，林恕只给袁因发过一次电子邮件，此外再没有给他施加过压力。他认为人就是一个核反应堆，只要给创造好条件，就会自动进行增殖反应，从内部产生能量。自己所要做的不过是调控这能量，既不能过大，也不能过小。

不出林恕之所料，来自内部的压力，驱使袁因再度深夜潜入李帅办公室。给李帅的计算机上，安装了一个“特洛伊木马”程序。

李帅一如既往地将全部身心投放在电脑上，不停地将化学公式转变成统计数据，然后由统计数据转换成分子结构图。

宁夕端了一杯茶过去，默不作声地把茶放在桌子上，然后转身欲走开。

他拉住她的手：“待一会儿？”

她指指电脑屏幕：“你工作吧。”

他把她抱在膝盖上：“工作哪有你重要。”他点划着图形，“你认识不认识这些是什么？”

她看了一眼：“好像是一种药。”

“什么叫好像？”

她笑着说：“就是不能肯定的意思。”

“你其实一眼就能看出这是药，而且基本上能判断是治疗什么病的药。因为你当年是最好的学生。”

宁夕不无悲哀地说:“最好的学生有什么用? 在香港科技大学,也不过教一些公共课。”

他迅速地瞟了她一眼:“怎么? ”

“我没有学位啊! ”

“当初你为什么不和我一起? ”

她眼睛看着远处:“我能不回答吗? ”

“当然。”他静默片刻后问,“和我一起搞研究吧。我正缺少一个助手,不,是一个合作伙伴。”

“我当你的生活伙伴还差不多。我对前沿化学,已经很陌生了。”

他注视着她的眼睛,宁夕的眼中一片宁静。

她与之对视:“你看出了什么没有? ”

他没有看出任何不对劲儿的地方, 于是说:“我看出了历经风霜之后的纯真。”

她似乎有些被感动:“回光返照而已。”说罢,离开李帅。

他敲击键盘,改换界面后,输入一个程序。

检察官的工作,其实是相当枯燥的,基本上是由案头的文字工作构成。所有的一切,都由此发端。周鞍钢无数次地对属下强调:“干咱们这行的,认真远比才华重要。”

今天一上班,他就调出了于建欣的材料,一共十本。然后,一动不动地阅读了整整四个小时,直到那红叫他去吃饭。他不愿意中断思路,说看完这一段再去。

那红刚走片刻,一位将近三十岁的陌生男子推门而入。

周鞍钢客气地询问他找谁? 公共机关,来一个陌生人,也不足为怪。

来人很沉着地表示找错地方了,随后不等周鞍钢再发问,迅速离开。

他起初没往心里去,到了门口他又想了一下,没有锁门。随后,他快步来到饭厅,坐到那红面前,神秘地问道:“你每天做案头工作,是否感到单调?”

“当然!”

他笑着说:“想不想调剂一下?”

那红惊喜地问:“您要派我出差的话,最好到东北。没准我还能看到雪呢。”

他说不是出差,而是请她看戏。见那红不信,他又问:“看不看?有很多后备干部呢!”

那红毕竟是年轻人,喜欢热闹:“当然看。”

他顺手抄起一条餐巾,摆手道:“那好,跟我走。”

他领着她,到了办公楼走廊尽头,用餐巾把楼道门的两扇大玻璃门系上。然后又把百思不得其解的那红,领到另外一个出口的门前:“你就在这把着。一会儿,我要是追一个人下来,他一看见你在这,就一定会向那扇被我关闭了的门跑去。这会儿,你我共同来一个瓮中捉鳖!”

“您越说,我越糊涂了。”

“马上就会清楚了。在学校学过擒拿吧?”

“女子第三名。”

“那你将遇到一次很好的实习机会!”他说罢,快步上楼。

那红虽然很莫名其妙,但还是依照周鞍钢的指示,做好了备战准备。

高策走过来, 边听那红的解释, 边奇怪地看着门把手上的毛巾:“等什么人?”

“周局没说,只说是一个肯定要来的人。”

高策笑道:“《等待戈多》。”

那红没听清,正要问,只见一个人一步三个台阶,从楼上奔下来。他一看高策等站在楼梯口,就如同周鞍钢所预料的向门撞去。但没能撞动,于是他试图从高策处夺路。见高策严阵以待,他只得返回。

但这条路已经被周鞍钢严密封锁。

困兽犹斗,他硬着头皮往上冲。不过一个回合,他就被周鞍钢击倒在地。

苏群办公室很乱，桌子上的文件堆积如山。此刻他把一只脚放在椅子上，披着警服批阅文件。这幅景象曾经被周鞍钢讥笑为：“活脱一个孙猴子在弼马温官署办公。”一位新分配来的档案系大学本科的毕业生，曾经想给他的文件用科学的方法分类，当即被他拒绝：“我的文件不用分类。我想要什么，一伸手就能找到。”

这话不是吹嘘，当警官报告说：“无名女尸已被确定为隆德药业的雇员金秋子”后，他立刻想起了周鞍钢给他的备忘录，并马上找出来，然后命令警官联系周鞍钢。

而此刻周鞍钢的办公室正聚集着很多人，听他大侃了一番“围师必阙”的兵法之后，开始认领被那个小偷偷走的钱。从统计上呈现出一个明显的规律：绝大部分现金属于男士，女士们不过是些零星的东西。而男士当中，数检察官徐纲的钱最多。

那红不依不饶地对正在清点大信封中现金的徐纲说：“好啊徐纲，你竟然有这么多的私房钱。我告诉你老婆去。”

徐纲赶紧向那红作揖：“我的好妹妹，哥请你吃饭还不行？”见那红要他交代这钱的来路和去处，他很无奈地说：“来路就是加班费和伙食尾巴。”

周鞍钢拍着信封说：“多大的伙食，就有这么大的尾巴。”

那红坚持要问去处。见徐纲说不清楚，她就很主观地说：“去处就是情人！”

徐纲翻动着千元左右的钞票：“就这点儿钱，还能养情人？”

周鞍钢很感兴趣地问：“以你的估计，养情人需要多少钱？”

徐纲眨眨眼说：“这要看是专业情人，还是业余情人了。”见周鞍钢问有何区别。他解释说：“专业情人就是指使用权和所有权统一的情人。业余情人是指两权分离者。也就是说她在是你的情人的同时，也是别人的情人或太太。”

周鞍钢笑着说：“你小子还挺内行。要听就听专业的。”

徐纲掰着手指头：“怎么也得有所房子吧？然后得有辆车，最次也得是广州本田吧?情人不是太太,自然不会做饭,所以怎么也得有点儿饭钱吧?然后,也得添置点儿衣服首饰之类的,尤其是遇到圣诞节、情人节,七月七的,更要加倍。粗算下来,基本建设投资要五十万,费用每年二三十万。只有大款和大贪官才养得起。”他晃动着手中的钱,“这点儿钱,杯水车薪。”

那红不依不饶:“也许这只是冰山之一角。”

周鞍钢调解道:“根据‘疑罪从无’的原则,你就放过他吧。”

那红这才作罢:“周局,你怎么发现那人是小偷的?感觉?”

“感觉来自于分析。你想想看,检察院是权力机关,没有人会不敲门就进来。反过来说,如果有的话,此人不是来自更高的机关,就一定有问题。”

“那您凭什么判断其人非上级?”

“上级机关的人来之前,通常有电话,而且不会在这个钟点。再者说,这个人眼中有鬼鬼祟祟的贼光。”周鞍钢眼珠一转,“谁能告诉我,为什么男人在办公室里存放私房钱的比率那么大呢?”见没人能回答,他就点将徐纲。

徐纲胡乱应付道:“下意识吧。”

周鞍钢由此做出一番分析:“我以为,其主要原因是因为在家里掌管钱财的通常是女人。她如果想花的话,就很方便。而丧失财权的男人,在不得已的情况下,才积攒私房钱。由此推导到咱们的工作,什么人贪污的可能性最大呢?就是那些随时害怕权力消失的人。”

徐纲补充道:“一个人在大权在握时,很少会动这个脑筋。今年过年,我在银行就发现了这个现象,取款的百分之八十以上都是男性公民,而存款的则反了过来。”

那红问他要说明什么。

徐纲总结道:“这说明钱最后都流到了女人手里。”

等人都散尽之后,周鞍钢看手机时,才发现有若干个未接电话。刚才为了不惊动盗贼,他把手机改成了无声。他赶紧回拨。

苏群在电话的另一端说:“您拨的电话是空号,请您查询后再拨。”

"别闹了。有什么事,接连十二道金牌?"

苏群接着说出了含有"隆德集团"、"金秋子"、"于建欣"的一段话。

周鞍钢站了起来:"不会搞错?"

苏群不满地说:"你怀疑我的职业水准?"

周鞍钢:"我马上过去。"

一个由李帅主持的小型会议正在召开。

"众所周知,KG已经临近成功。这是一座金矿,而且是一座富矿。同时也是咱们隆德药业的生命线。"李帅强调道,"很自然,咱们知道它的宝贵,咱们的敌人也知道。"

因为他使用了"敌人"这个不常用的词,引起人们些许笑声。

"我这绝不是危言耸听。我有确凿的证据。"他指指桌子上的电脑,"有人在我的电脑中安装了一个'特洛伊木马'。"见许多人呈现惶惑的神情,他解释说:"特洛伊木马是一个特殊的软件。装入你的电脑后,它就像当年在木马肚子里的伏兵一样,在你使用电脑的时候,能够自动记录下你的密码。你们可能不知道,我的门锁是一把可以自动记录开门次数、时间的锁。它告诉我,昨天晚上有人潜入我的办公室,试图取回探测到的数据。"

人们鸦雀无声。

"可以肯定。这个人就在咱们公司,也许就在咱们这些人当中。"李帅目光如剑,扫视众人,见袁因的眼中露出瞬间惶恐,"当然,这个人是徒劳的。我相信我所设计的密码,没有人能解开。所以我奉劝这个人,也许是若干个人,但不会超过三个。赶紧悬崖勒马!"

他再度扫视众人,众人唯唯诺诺。

李帅宣布了散会,但单独把袁因留下。他从来没有真正地相信过袁因。当然,这不是针对袁因一个人的,他从来不相信任何人。但如果让他对袁因以前的工作做一个鉴定的话,他还是很满意的。可他信奉"人是动态"的原理,过去不能证明将来。

至于筛选的第一个对象是袁因，他自有道理：KG 的核心部分，只有他一个人掌握。而其余的支干也就是工艺程序，则由袁因和他同时掌握。这就和春秋战国时期掌兵的虎符一样：别的人拿到一半，毫无意义。

李帅眯起眼睛，注视着袁因说：“大的方案已经基本完成，你是隆德，当然也是咱们省最好的工程师，工艺方面全靠你了。”

袁因拿出一支雪茄，无视不许抽烟的禁令点燃后，刻板地回答：“责无旁贷。”

“袁总向来一言九鼎。”他知道袁因在妻子去世之后就把烟戒了，理由就是要为女儿好好活着。今天却破了例。看来一定有原因，“我记得你把烟给戒了，怎么又抽上了？”

袁因不置可否地“呃”了一声。

李帅认为一个运行长久而良好的系统，只有强大的外部扰动，平衡才能被破坏。他要探究这扰动的来源：“是不是遇到什么难事？”

袁因无动于衷地看着李帅，一点儿回答的意思都没有。

李帅没有放弃从袁因处提取信息的努力：“别的忙我帮不上，要是经济方面的你就尽管说。药业集团的一切资源，都可以为你服务。”

“李总没有其他事了吧？”绝少撒谎的袁因，自觉很难承受压力，急于离开。

“没有了。”

“那我走了。”袁因说罢，起身离开。

李帅默默地看着他离去。他几乎能够肯定袁因就是“特洛伊木马”的始作俑者。没有信息，本身就是信息。就好比一个国家，突然关闭了边境上的口岸、全部的机场，那就证明这个国家出了大事。像袁因这样老实的“老年人”，已经不会涉足情场，那么唯一的原因，就是钱。

李帅信手在一张纸上写道：“防止灯下黑！”

阳光给整个房间镀了一层美丽的金色。宁夕沐浴在了温暖的冬日阳光中，几次伸手准备打开电脑，但最后还是放弃了。

她与李帅一起生活了三年。三年当中，她最深刻的体会，就是李帅是一个充满防范心理的人、一个有条有理的人。举个例子：就是在最青春冲动的日子里、最冲动的时刻，如果没有避孕工具他也会在最后关头中止性行为，哪怕她再三声称没关系也没有用。这在她以后经历的若干男人中，没有一个能够做到。

因此，从逻辑推断：面对一座 KG 这样的宝藏，他起码也要设计三道以上的防线。不能动，绝对不能动。欲速则不达。

她之所以接受林恕的“邀请”，表面上看是为了钱，但钱只是一个方面，而且是不太重要的方面。她离开李帅之后，与那个她至今想起来都恶心的男人结了婚——这是她自我评定最失败的一次投资行为：怎么会把自己最宝贵的性资源，一股脑儿押在这么一个废物身上呢？离婚后，她明白一定要抓住青春的尾巴，抓住一个像李帅这样的男人。制定这个目标时，她就明白不太可能重新得到李帅了。依她的看法，像李帅这样的“良驹”，是不会吃“回头草”的。

但林恕的出现，使得一切都改变了。KG 就是“良驹”的“笼头”，男人可以放弃女人、子女、父母，甚至健康，但绝对不会放弃事业。她敏锐地意识到此乃天赐良机。并且决定紧紧抓住这个“笼头”。

当然，她也明白，也许李帅不一定会乖乖地就范，但最坏自己也有那笔钱保底。她突然想起，今天是和林恕约定的联系时间。于是，顺手拿起桌子上的电话。刚要拨号，又放了回去，谁知道李帅会不会在电话上安放一个机关？她拿出自己的电话，换上一张新卡，开始拨号。

周鞍钢在苏群的办公室内，如同在自己的办公室里一样的自然。边在复印机上复印边说：“我想，这可能不是为了钱。”

苏群反驳道：“不为钱为什么？为某种主义？”

“我想可能是和 KG 配方有关。”

苏群不以为然地说:“归根结底还是个钱。从全球性刑事犯罪活动分类看,绝大部分都是经济类。”

“KG 已经试验了八次,一次比一次更接近理想值,所以能引起某些人很大的兴趣,甚至不惜杀人。这是外部条件,不以咱们的意志为转移。这也就是说,他们必然要来腐蚀隆德的干部。因此,咱们要防腐。防腐的同时既保护了国家财产,也保护了干部。”

苏群讥讽道:“我这两把刷子,加上又忙,根本教不了我儿子。所以我就把他送到我二哥那去了。我二哥你知道,是个正儿八经的学者,最好为人师。前天,儿子回来后我问他,二伯是不是三句话就会说到学习?他说不对,二伯一句话就说到学习上了。他除去学习什么也不会说。”

周鞍钢进入思考时,外力无法干扰。他自言自语道:“医生重要的是防病。”

“我看你才是病了呢!还是老话,好人教不坏,坏人不用教!”

周鞍钢指着苏群,用命令的口吻说:“你要加强对 KG 配方的保卫工作。”

苏群对周鞍钢的动作、言语极为不满:“你不过是一个反贪局长,凭什么命令我这个公安局长?”

周鞍钢立刻降低姿态:“我这不是求你帮忙吗?”

苏群的权威得到认可,高兴起来:“这才像句话。我问你一个问题。”

“问。您随便问。”

“听说你小子有可能当检察长?”

“丘吉尔当政的某一天,就一个财政问题咨询手下的经济顾问们。这些人一共给他列举了四种可能性,让他选择。丘吉尔长叹一声后说:幸亏凯恩斯不在,否则起码也有六种可能。”

苏群想了一下后说:“我看你能当上。”

“凭什么?”

“你已经学会了在碰到不好回答的问题时,不是说很原则的话,就是说别的一些让人不得要领的话。那句古话怎么说来着,对,王顾左右而言他。这是当大官的基本功。”

“想当,也有可能当。但不一定当得上。”

“真的想当,我倒是有一个建议。”

“说。”

苏群压低声调说:“离开隆德远一点儿。”

周鞍钢不以为然地说:“风马牛不相及!”

“隆德是块肥肉。用你的话说,就是利益所在。而利益所在,权力也就在。你随便一弄,就不知道触到哪根神经上。小煤窑为何屡禁不止?就是因为好多官员在其中有股份。八十块钱成本,能卖二百多。因为利益太大。”

“干部也不是某个人说了算的。”周鞍钢不以为然地说。

“如果有人想让你当,就算这个人是主要领导,比方永康书记,也不能保证你当上。但是能保证让你当不上的人却有很多。”

周鞍钢想了想:“你说的也在理。可我豁出去不当了总行吧?”

苏群双手一摊:“既然你都豁出去了,夫复何言?”

自从陈永康明确表示,让他去人大后,高策就开始悄悄地收拾东西。他在这间办公室里,已经坐了六个年头。以现在官员的流动速度论,这可以算作长了。六年的岁月,使得他与办公室融为一体。官员与办公室之关系,如同骑手与赛马,是很有感情的。既然融为一体,就要慢慢地剥离。

周鞍钢一进来,他就立刻停止了收拾。

周鞍钢很敏感:“您收拾东西干什么?”

高策见他已经觉察,就说:“不要等逐客令来了,再仓皇辞庙。”

周鞍钢与这位赏识他的上级,是很有感情的:“那也用不着这么早嘛!”

高策指指沙发,示意他坐:“早乎哉,不早也!”

“您这么干,让我心里挺不是滋味儿。”

“有什么不是滋味儿的?《红楼梦》说得好,千里搭长棚,天下就没有不散的宴席。说吧,有什么事。”

他把关于隆德药业的情况,以及自己的设想向高策做了汇报。

高策沉思片刻说:“你的指导思想是对的。一旦某个地方出现了大的利益,各种势力都会齐聚那里,中东就是好例子。”

周鞍钢抢着说:“世界经济依赖石油,而大部分石油都来自中东。因此不光美国、欧盟,就是俄罗斯、日本都很关心中东事务。”

高策并无怒意地指责道:“你就不能让一个快退休的老人把话说完?”

周鞍钢赶快道歉。

“作为一个资深官僚,日本人管干部叫作官僚。我不止一次地向你说过,反应快,尤其比你的领导反应快,不是好事情。巴尔扎克的小说《葛朗台》你看过没有?”

周鞍钢纠正道:“是《欧也妮·葛朗台》。”

“葛朗台总是装作结巴。这样就使得他的谈判对手不耐烦,代替他说话,从而漏了底。”

周鞍钢的嘴唇动了动,最终还是把话咽了回去。

“工作组是要成立,但组长不能由你来担任。”

周鞍钢反问:“舍我其谁?”

高策指指自己:“我。”

周鞍钢诧异地反问:“您?您从来没有担任这样一个职务的先例。”

“例由人开,这是其一。其二,请你放心,我不会干涉你的工作的。我不过是个幌子,幌子这东西在某些时候,是很有用的,拉大旗作虎皮就是这个意思。有成绩,归你。有错误,归我。”高策走到书柜前,取出一张画来,“既然你已经看见了我的动向,就把这个送给你吧。”

这是一幅水墨画,画的是一只小耗子,面对一盏油灯。旁边是一首儿歌。作者是一位在宁水首屈一指的画家。“小耗子,上灯台。偷油吃,下不来。”周鞍钢朗诵完问道,“这不是首儿歌吗?有什么意思?”

高策指指天花板:“当心上去下不来。”

周鞍钢也跟着得意地笑了。

高策知道自己中了圈套:“你知道还问?”

“你不是说让我反应慢一些吗?”

“可我没叫你明知故问啊?”

李帅进入家门后,仿照日本人大声喊道:“我回来了!”宁夕赶紧起身,迎上前去。他象征性地吻了她一下。

她正准备深深地回吻,手机响了。她迟疑了一下,欲接。

他放开她:“总是在关键的时候掉链子。接吧,也许是一个重要的电话。”

她打开电话接听,授话人是林恕。她很简洁地问:“你找我?下午本来想让你和我一起去逛商店。现在晚了,明天上午九点再联系。”

林恕显然读懂了话之内涵,一言不发地挂断了电话。

林恕从语言上读懂了宁夕的话,李帅也从她笑容的曲线读出了不自然。但他往沙发上一躺,大大咧咧地说:“我已经饿穿了!”

她笑着把电话放进挂在衣架上的外衣口袋里:“片刻就好。”

他等她进了厨房后,像一只豹子一般无声地从沙发上翻起,奔向宁夕的外衣,取出电话:来电的界面上一片空白,显然已经删除了。他再翻看“本机号码”,发现是原来号码。他若有所思地放下电话,打开电脑。“使用记录”的界面显示,最后一次使用的时间是昨天晚上。他躺回沙发,想了一会儿后,大声喊道:“水涨船高。你今天要是还想征服我,就得拿出起码两道新菜来。”

宁夕应声而出:“恐怕不止两道,我要给你一个惊喜!”

他喝完汤后,称赞不止:“真好喝!”

她笑着说:“你不是说,你一下子就看出《红楼梦》前后不是一人写的了吗?”

“我说过这样的话?”

“你说前八十回里,贾母、凤姐、林黛玉等在吃饭的时候,总是说这菜在某某某处是如何如何做的。然后浅尝辄止，便命令丫鬟端下去。而在高鹗的续书中，林黛玉竟然在大吃特吃的同时还说，这菜真好吃！完全不是贵族做派。你还说，高鹗虽然不懂吃饭、穿衣，但是懂围棋。一说到棋，就要狠狠地形容一番。”

他深情地将一调羹汤送入她的嘴中：“难为你还记得。”

宁水的夜晚颇有些寒意。但袁因却浑然不觉，一直在公用电话亭旁徘徊。电话一响，他即刻拿起来。听出是林恕时，不禁有些如释重负的感觉。随即，他委婉地表示自己已竭尽全力，但仍然无法取得配方。

林恕的回答却是不容置疑命令式的：“那就再想新的办法。”

“我已经黔驴技穷了。我在李帅的电脑里放了‘特洛伊木马’，轻而易举地就被他给识破了。”

林恕沉默。

袁因接着提出把自己的全部家产贡献给林恕，“钱的事情，应该能用钱来了结。”这是他不多的社会经验之一。

林恕询问他的资产总值。言语之中，似乎并没有不屑。

他顿感希望，报出一百万。这个经过反复斟酌的数字，几乎是他的全部家产的百分之八十。剩余的百分之二十，他准备讨价还价用。

“你知道我雇用波士顿的黑帮，花了多少钱吗？二十万。”

袁因赶紧说：“我可以再追加十万。”

“是美金。”

袁因感觉到头晕，但还是坚持着说出全部：“我卖了房子，再加上信用。可以承担。”

“我是个生意人，不能满足把本钱拿回来。我从来不威胁人，何况这仅仅是此一单项之投入。”

袁因的眼泪流下来：“我确实没有办法了！”

林恕不紧不慢地说：“一只虫子想进入一只苹果。但这个苹果没有疤痕，于是它围绕着苹果转啊转。终于有一天,它找到了疤痕。请注意,这个疤痕可能是它找到的,也可能是它创造的,它于是进入。好啦,我不多说了,你是高级知识分子,我想你已经完全明白了。”随即,便把电话挂断。

在监视点,秦芳和麦建已经把一套前东德生产的声电转换装置调试完毕。这套设备,虽然已经是十多年前冷战时期专门为间谍使用的窃听设备,但无论音响、画面质量都很高。

麦建称赞道:“德国人做的东西,就是地道。我爷爷那会儿,在前门旧货市场上买了一台电风扇,现在还在转。”

秦芳专心听喇叭里传来的声音,不置可否。虽然她很清楚麦建是在上世纪七十年代支左时期,随着在军队当营教导员的父亲来到此地的。爷爷乃是标准的农民,根本不可能去过北京,更不会用电风扇。

李帅与宁夕并排躺在床上,他们显然并不知道有人在监听他们。

“你是知道的,我这个人防范戒备心理很重。”傍晚那个莫名其妙的电话,始终萦绕在李帅心头,挥之不去。故而以此开头,进行试探。

宁夕笑笑,没有回答。

“其实这没有什么不好。如果你把一个人定义成好人,和他订下生死之交。而他实际上是一个坏人,那你非得被他坑死不成。俗话说:没有家鬼,送不了家人。而如果你把他定义成一个坏人,而他实际上是一个好人,那就一点儿关系也没有。”

她做聆听状。

“我都七、八年没有见你了。”

她准确地补充道:“八年零两个月。”

他虽然没有看着她,但仍然能够从自己专门置放在宁夕脖子底下的胳膊感觉到她的脉搏:“所以你的突然出现,不由我不警惕。”他没有感觉到异常。于是发出了第二个测试信号，“你知道我在研究什么吧？”

“多少听你说过一些。”

“这是一个价值很高的产品。光硬性投入，就已经达到一个亿人民币。在中国，就某个项目而言，这是一个很大的数目。”

“这在任何国家，也不是一个小数字。”

他于是用漫不经心的语气说：“所以请你要原谅我的警惕。”

她当然知道这是测试，于是，她摸摸他的脸：“只要你爱我，其余都无所谓。”

他还是没有觉出异常来：“但现在可以把警戒气球降下来了。”

“你时刻警惕着吧，我一点儿也不会在意。”

他长叹一口气后说：“对你的考察完毕了。我已经把你列入‘最可信赖的人’的名单中。”

宁夕假作惊讶地说：“考察我？危言耸听！”

他觉出一丝异常：“我把电脑放在了家里，故意放在家里。而刚才我看过，它根本就没有被人动过。”

“被人动过，你还能知道？”

“我的电脑里有一个程序，能记录所有的开启时间。”

“那我要是开过之后，把记录删除呢？”

“删除后的东西，都在垃圾箱里。”

“我清除垃圾箱。”

“清除垃圾箱，也有记录。而且被我隐藏起来了，一个攻不破的连环套。”

“有这个必要吗？”

“以前有，但现在没有了。”他接着讲了一个故事。四年前，他曾经与一位很清纯的女孩同居。很快，两个人就建立起很深的默契。针对宁夕的提问，他形容道：“可以用眼神交流。”

她不无醋意地说：“交换双方，必须有特别灵敏的感知系统才行！”

他接着讲：“有一次，我到瑞士参加一个会议。会议提前结束了，我到了北京，正好赶上一趟晚点的飞机。为了给她一个意外的惊喜，我没有给她打电话，下了飞机直接回来。”

她缓缓地说：“结果你受到了意外的伤害！”

“我很顺利地开了门。但我立刻发现，我的拖鞋不见了。接着听到卧室的门‘咔嗒’一声被锁上。”

她紧紧地搂抱住他：“你进去了？”

“没有。这还用进去吗？我扭头就走了。从此就再也没有见过她。”

“宁水不过是一个邮票大的城市，还能碰不上？”

“说也奇怪，一次都没有碰上过。”

“也没有听到过她的消息？”

“如果你拆除了某个程序，那么在它下面所悬挂的一切，都不存在了。”

她搂住他：“我保证，你永远不会再受到这样的伤害！”

“我什么样的伤害也不愿意受到。”他望着天花板说。这个结构精致的故事，纯粹是他创作出来的。这样做的目的，是为了粘住宁夕。而粘女人最好的胶，就是爱情。

秦芳把录音刻到光盘上反复听了三个小时。最后集中在这样一段对话上。

宁夕问：“你还赌钱吗？”

李帅回答：“拉斯维加斯那一次，是最后一次。”

宁夕：“那我给你一个奖励。”

一声亲吻。

李帅说：“当时我就像一架坠入螺旋的飞机，靠自己的力量，根本就出不来。”

麦建已经睡醒，出来一把把秦芳从后面抱住，然后进入卧室。

秦芳虽然很被动，但从麦建的角度，却一点儿感觉不出来。她时刻配合着麦建，但心中却想着另外的事情，她根本没打算把一切都押在麦建身上。准确地说，麦建不过是通往 KG 宝藏的一条途径、开掘的一件工具。最终的目的，是自己获取 KG，然后卖给出价更高的人。

第四章

随着李帅的启动命令的发出,袁因按下了按钮。仪器慢慢地转动起来,然后开始加速。

李帅默默地注视着这一切。在所有参加 KG 项目的人当中,他自以为唯有他最了解 KG 的意义。感冒是最常见的疾病,也是最难治愈的疾病。自从科学家从猪的鼻子的分泌物里分离出禽流感病毒后,全世界都为之震惊。猪有复制禽类和人类流感病毒的能力,因此,禽流感和人类流感病毒在猪宿主体内重新组合,会产生一种新型的、致命的,能够在人与人之间传播的菌株,这仅仅是一个时间问题。换言之,一个新的流感大流行所有的要素全都具备,再一次的全球流行性感冒不可避免。因此,KG 可以说是生正逢时,只需服用一粒,便可在半年之中,预防感冒。

在世界范围内评判,中国的制药水平,无疑不是第一流,甚至连第二流也算不上,但 KG 却一枝独秀。其原因很简单,里面有中药的成分。

预防感冒的药物,成千上万。瑞士有、德国有,都很有效。但中国有句老话:是药三分毒。而 KG 的毒副作用却远远低于同类药品,且价格低廉。

KG 的研发开始于八年前,地点是省卫生厅所属的一家研究所。后来因为机构精简,研究所归属于中医学院。区区中医学院,如何能够承担起如此庞大的经费? 于是就被隆德集团买下了。随着投入的增加,KG 就像一个孩子一样地成长起来。

李帅之所以选择了隆德,原因有二:KG 是一个很有前途的项目,此乃一。更重要的是隆德有钱,制药是工业,而工业必须有足够的钱支持。但一个五年计划,国家对整个制药业新药研发的投入,也不过七、八个亿,杯水车薪而已。而隆德因为是上市公司,所以有足够的经济支持。

李帅坐到计算机前，把思维方向调整到实验上来。袁因走过来问:“正常吗？”

李帅没有回答,连头也没有抬。袁因似乎无所谓地走开了。随着袁因远去的脚步声,他已经认定了袁因是某个利益集团伸到 KG 项目中的一只“魔爪”。必须斩断魔爪。当然,这不是物理意义上的斩断:下者用力,上者用智。他已经拟定好了若干个预案。

周鞍钢在方兴的办公室内,与之一起观看 KG 实验现场的实况转播。当实验进入常态之后,两个人开始了谈话。

周鞍钢环顾方兴的办公室:“你这办公室真够大的,办公室的大小与职位正相关。”

方兴看着周鞍钢的介绍信:“一孔之见！我在国家计委能源司,见到两位处长在一起办公,而他们分别掌管着发电站和煤矿的审批。”他晃动着手中的介绍信,“有这个必要吗？”

“程序不合法,一切都不合法。这样做,主要是强调一下 KG 的重要性。”

方兴笑道:“倘若有人在徐悲鸿的原作上写上‘这是马’,你不觉得蛇足吗？”

周鞍钢也笑了:“我儿子刚刚认字后,对着挂历上徐悲鸿画的奔马,看了足足十分钟后对我说,这个姓徐的画的马不错。”

“一种美学直觉。”

周鞍钢意味深长地说:“对。是一种美学直觉。美学直觉比较罕见,但对金钱有直觉的人很多。”

“虽然我深知有多少人在觊觎 KG,但是我还是感谢周局长的关心。不过据我所知,你们检察院只有在犯罪发生之后,方才介入的。”

“KG 的使命是什么？”

“预防流感啊。”

“预防犯罪,也是反贪工作的使命。”

“一个聪明的回答。”方兴看看手表,“你刚才说程序不合法,一切都不合法。”

“完全正确。”

“那咱们进行下一个程序,吃饭。”见周鞍钢拟反驳,他说,“是公司食堂。”

隆德公司高管吃饭的小餐厅,是一个大小适中、干净整洁的餐厅,一切都显露出在随便中的精心布置。唯一的桌子摆在当中,四周墙壁上挂着鹿头、羊头等各种标本。一支猎枪斜挂在当中。

周鞍钢饶有兴趣地转了一圈后问:“你喜欢打猎？”

“你实在太孤陋寡闻了,本人乃是一位著名的环保人士。”

“那这些战利品？”

“我的前任留下来的。”

“于建欣喜欢打猎？”

“非常喜欢。不光在国内各处打,还到澳大利亚去打。”

“公款？”

方兴反问道:“你说呢？”

“你们的监察制度允许他这样做？”

“当然不允许。不过老话说得好,经要和尚念,法要官来行。”

“你的意思是,一把手要执意干什么,监事会、董事会都是虚设？”

“我可从来没有说过这样的话。”他文雅地请周鞍钢坐下,给他倒了一杯酒,“这是我专门从咱们市的酒厂买来的建厂时就存下的真正老窖。”

“你为什么不把这些东西清理了？”

“一年多来,我一直在清理这个烂摊子,顾不上这些。”方兴举起杯,“电影上甘岭中有两句歌词,我特别喜欢,朋友来了有好酒。”

周鞍钢立刻接上:“敌人来了有猎枪。”

方兴很郑重地端起酒杯:“我代表隆德集团公司,感谢你们反贪局。”

“感谢我们?”周鞍钢与之碰杯。

“我接手这个摊子的时候,它是一个金玉其外,败絮其中的烂摊子。就是现在被奉为至宝的KG,也因为没有资金,而奄奄一息了。一个企业,大家齐心协力想把它搞好,那不一定能够搞好,还需要许多配套条件。可要想把它搞垮,一把手一个人就行。”

“一把手的品质很重要。”

方兴很郑重地说:“我一生只敬畏两件事,天上的星空和内心的道德。”

他被方兴的语调所感动:“我一点儿怀疑你的意思也没有。我们此次进驻隆德,主要是为了于建欣的案子。”

方兴摆手制止:“不管你们为什么我都欢迎。就算你怀疑我,我也能够理解。”

周鞍钢敬方兴一杯:“你也太开明了。”

“我来隆德后,着手建立了一系列制度。其核心就是‘假定董事长、总经理是靠不住的’。”

周鞍钢来了兴趣:“给我讲讲。”

“简单地说,就是集团公司所属的子公司、分公司中任何一级的董事会的董事、监事会的监事,都有权利弹劾与他同级的董事长、总经理。”

“发生过这样的事吗?”

“两起。”

“都成功了?”

方兴说:“成功了百分之五十。”

“你呢?对你有什么监督没有?”

“很遗憾。我无法对我自己实行监督。就像再高明的理发师也不能给自己理发一样。”

周鞍钢作恍然大悟状:“我忘了你是省管干部了。”

袁因和邢工程师在实验室外的林荫道上散步。实验已经进行了二十四小时。在这二十四小时之内,他不曾休息片刻,刚才是李帅强令其离岗休息。他明白,这是李帅要提取关键数据了。

邢工当然也明白,所以他愤愤不平地说:“这样做也实在太不合理了,他一个人掌握全部秘密!”

袁因望着天上的白云说:“接近秘密,不一定是好事情。”

“对我们这些无名之辈来说,也就这么回事。可您是制药业的元老,实在是太不公平了。”

袁因从来就没有在背后议论人的习惯:“李总还是很敬业的。”

“说句不好听的。他一个人掌握秘密,他要是死了呢?”邢工的年龄与李帅相仿,但学历就差多了,能力就更没法比。因此他很忌妒李帅,而忌妒是一种很大的力量。

袁因停步,看着邢工说:“你还有很长的路要走,所以我有一个建议。”

“您说。”

“要养成一个好的习惯。”

邢工有些不明白:“好习惯?”

“不要在背后议论人,尤其是议论领导。”

邢工赶紧说:“我不过是随便说说。”

“我知道你是随便说。但有些话在被转述后,即使是一字不差也会丢失语境、语气,少了这两样,意思就会很不同。”说完后,袁因也奇怪自己在这个时候,居然还有心思管闲事。也许这也是一种习惯吧。

因为实验很顺利,李帅很欣慰地站起来,突然,眼前一片漆黑,感觉到天旋地转。他摸着椅子的扶手慢慢地坐下,好一阵后才恢复了正常。

袁因当然也看到了李帅的异常动作。但他没有说话:既然李帅拼命控制,就说明他不想让人知道。

李帅平静下来后,径直出了实验室。新鲜的空气、开阔的视野,很快就使得李帅恢复了正常。他双手插在口袋里,信马由缰地走出大门,进入一条僻静的林荫道中。

周鞍钢陪同张琴、儿子采购东西归来,从另外一端进入这条林荫道。他绝少陪同家人采买东西,这倒不是因为没有时间,谁能忙得连这么一点儿时间也没有呢?而是因为他觉得这是一件很没有意思的事情。但周小擎说:“我就想和你在一起逛。”一句话,他就被打动了。血缘的力量,无比神奇。

此刻,周小擎手里正拿着一个大风筝,兴高采烈地走着。

“你爸我当年干这个是好手。能把风筝放到一千多米高。”听周小擎说他吹牛,他又说,“不吹,一千米是保守的估计。”

“一千米的线,有这么大。”周小擎比划了一个环抱,“你根本拿不动。”

周鞍钢摸了一下儿子的脑袋:“以后谁说你的算术不好,我跟他急。”

周小擎知道这是周鞍钢认错的表示,就改变了话题:“你刚才说你抖空竹也是好手。”

“绝对的好手!”他边说边比划抖空竹的动作。

周小擎敬佩地看着父亲:“凡是玩儿的东西,你都是好手?”

张琴接上了话茬:“没错。除去学习,你爸爸全都是好手,和你一样。”

他见周小擎不高兴了,就拍拍他的肩膀说:“我的儿子,要不像他爹像别人,那麻烦就大了!”

周小擎重新高兴起来。

李帅走着走着,突然觉得眼前又发黑,定睛一看原来是两名身材魁梧的大汉横在他面前。

大汉甲低沉地吼道:“把钱拿出来!”

李帅一下子呆若木鸡。他这种从校门进校门的人,从来就没有与人搏斗的经历。

大汉乙亮出匕首:“快!”

李帅确实没有钱:“我没有钱!”

大汉甲给大汉乙使了一个眼色。

大汉乙上前:“钱包!”

李帅乖乖地把钱包掏了出来。

大汉乙翻看,只有几张五十元的钞票:“穷鬼!”说罢,就给了李帅一个上勾拳。

这一拳准确地打在李帅的下巴上,他一下子腾空后摔倒。

等爬起来,李帅已经很愤怒:“你们凭什么打人?”

大汉乙一把抓住李帅的衣服领子:“凭什么?老子凭的就是拳头硬!”说罢一拳把李帅打到大汉甲一边。大汉甲一脚把李帅踢回去,大汉乙用匕首把给了李帅脸一下。

李帅脸上顿时血流如注。

秦芳很适时地出现了,所有这一切是她精心策划的。“住手!”她愤怒地命令道。

大汉甲看了她一眼,不屑地说:“来了个巾帼英雄。”

大汉乙伸手摸摸秦芳的脸蛋:“还挺嫩,一掐能掐出水来!”

当他再度伸手时,秦芳一把抓住他的手指往下按,这是擒拿术的核心——反关节。接着她飞起一脚,把大汉乙打翻。

大汉甲朝秦芳扑来。

一场恶斗。秦芳显然不是两条大汉的对手,慢慢地被逼到墙脚。按照计划她将被击倒在地,并且血流满面。

这时,倒在地上的李帅大声喊道:“来人!来人啊!”

这也在计划中。用麦建的话说："他喊归喊，但一定没有人敢管。"

但周鞍钢不在他的计划内。闻声后，他对张琴说："你们在这别动，我过去看看。"

他的做法，与苏群非常相像：某次，一个大盗窃团伙，雇用了一名杀手，要除掉苏群。杀手埋伏在隐蔽处，先开了一枪，但没有击中。在计划中，苏群是应该逃跑的。谁知道苏群非但不走，反而匍匐向枪手隐蔽处潜行。枪手害怕了，赶紧逃走。这一下，局面立刻倒转。最后，枪手竟然被当场拿获。

张琴害怕地说："还是不要过去了。"

周鞍钢指指周小擎："你怎么能说出这话来？看好孩子！"

周小擎连忙问："爸，你带枪了吗？"

周鞍钢挥动一下拳头："爸这东西，比枪管用。"说罢，向声源奔去。

张琴紧紧拉住孩子。周小擎突然往后面一指："妈，你看那边是不是警察来了？"等她一扭头，他趁机一溜烟地朝着周鞍钢的方向奔去。张琴无奈，也只得跟上去。

等周小擎抵达时，大汉乙已经被周鞍钢打倒，他正在与大汉甲对峙。

周鞍钢采取的是蹲姿。一般人以为，搏斗时应该采用"大鹏展翅"一类的动作。其实这大错特错了，只有自以为不敌对手的动物，才采用这种"威慑性"的动作。比方斗鸡时，公鸡的羽毛都奓起来，原因不过是想让自己的体积显得更大一些，吓唬对手罢了。而深得搏斗精髓的他，却尽量缩小自己的体积。

大汉甲两次挥刀，都被周鞍钢躲过去。事不过三，当大汉甲再次挥刀时，周鞍钢先是踢飞了他的刀，接着一记重拳击中了他的软肋，然后一脚。

这三个动作一气呵成，大汉甲的鼻梁骨显然断了。

周鞍钢的出现，显然不在计划中，大汉甲、乙迅速遁去。

袁因焦急地看看手表："李总怎么还不回来？"

邢工看着旋转的机器，心不在焉地说："不回来就不回来呗。死了张屠夫，就吃混毛猪？”

“他要是出事了，怕是连混毛猪都吃不上。出去找找。”

邢工很随便地说：“这么大个世界，我上哪儿找去？”

袁因严厉地说：“赶快去！”

邢工从来没有见过一向沉默寡言的袁因发如此之大的火，只好悻悻地走出。

此刻的袁因是世界上最害怕李帅出事的人，李帅出事，就等于自己的女儿出事。

周小擎很自豪地向刚到的张琴复述：“我老爸就这样一拳、这样一脚，把两个人干掉了。”他比划着，“这动作绝对能上古龙的小说！”

张琴心跳起码在两百下以上，她下意识地把儿子搂在怀里。儿子显然认为这个动作有损自己男子汉形象，拼命想挣脱，但没能成功：受惊的母亲，力量要大过平常若干倍。

周鞍钢根本没能解读张琴这个动作的含义，因此不能理解张琴的内心，只是在与李帅闲聊：“李总可能不知道，这是我儿子的最高评价。”

李帅已经用手绢捂住了伤口：“这就和商界评论某个案例时说：它能上 MBA 教材一样。”他紧紧握住周鞍钢的手，“谢谢你，周局长。”

秦芳听了“周局长”这三个字后，仔细地看了周鞍钢一眼。

李帅转向她，由衷地问：“请问女壮士尊姓大名？”

“普通市民，值不得留名。”秦芳说罢，扭身要走。

李帅拉住她：“无论如何也得留下姓名。”

秦芳拿起包：“我还有事。”说罢扬长而去。这一切，都是她的设计。救李帅，然后再布置一次邂逅。第一步虽然不圆满，但也能算基本上完成。

麦建不同意这样的切入方法，认为太“小儿科”。她却执意要干，她的设计理念是：伟大的骗局，都是简单的。

秦芳走后，周鞍钢对张琴和孩子们说："你们回家，我送李总回公司。"至于为何要送，他说是怕再出事。

张琴质问道："你就不怕我们出事？"

周鞍钢低声说："李总正在进行一个重要的实验。"他根本不认为此乃寻常路劫，而是一个计划的一部分。

张琴更不服气："法律都保护妇女儿童，你偏偏……"

儿子很男子气地说："妈，让老爸去吧。你这有我呢！"

张琴又气又爱地说："小孩子不要插嘴。"她转对周鞍钢说，"实验就比我们重要？"

"分母不一样，怎么能比较大小？儿子，你说对不对？"他试图从儿子处打开缺口。

不知道周小擎是不懂分数，还是不懂含义。反正是没有反应。

"什么分子、分母的，我们两个，一个是你儿子，一个是你老婆。老婆可以不要，儿子你也不要？"张琴质问。

"好，好。咱们到胡同口，打一辆车，送了李总后，我跟你们一起回家。"该妥协的时候，无论谁都要妥协。

方兴很快笼络了一些人才，其中主要的是一些刚刚从重要岗位上退下来的干部。他把他们聘为顾问，每月发放一定的顾问费，在隆德咨询公司开支。因为人数众多，且其中不少人根本就没有贡献，公司财务部主任丁尼颇有微词。但他却不置可否。在他看来，做生意和搞政治没有区别，最重要的就是管道。有了管道，便可以传输一切。而这些人，就是通往各个部门最好的管道。

当然，其中也有个别经济学家。申井博士，就是其中之一。

说句心里话，他从内心深处，是看不起经济学家的。世界上的学问，一共只有两种：科学和艺术。科学是一种经验，是可以重复的。比方说水是由氢和氧组成的，你不相信我就可以做一个试验给你看。而艺术，则是想象。可经济学既不可以重复，又用大量的数据、公式，来否认自己是艺术。整个一个“四不像”。

但申井却是例外。此人乃资本运作市场上的奇才，曾经成功地帮助 D 公司，用有限的资金，连续控股若干个上市公司，从而塑造了一个神话。既然是神话，总有破灭的那一天。但尤其令人敬佩的是，他奇迹般地在 D 公司全面崩溃之前全身而退。

此刻，方兴正在宁水最高级的大禹酒店，宴请经济学家申井。他是个不喜欢铺张的人，但仍然明白“国士待我，国士报之”的道理。

申井一边熟练地将鲍鱼切成薄薄的小片——这是货真价实的干鲍鱼，价格超过等重的黄金，一边定性地说：“我认为从隆德公司的资产结构看，暂时不可能有明显的业绩。”

方兴在静听，在得知经委主任将要空缺的消息后，他立刻拟定了一个“出成绩”的计划：“不出事”是必要条件，而“出成绩”则是充分条件。非如此，作为祝启昕无法在常委会上发动此事。但这个成绩，不能出得太早，太早就会被人忘怀；也不能太迟，迟了于事无补。必须风云际会，才有暴雨雷霆。

申井很形象地解释道：“假设贵公司就是我，一个普通的自然人。我非常希望有人请我吃饭。因为吃一顿，就节约一顿。星期一方总请，星期二刘总请。星期三老孙请。这样依次排下来，当然是最经济不过的。但是，一周的能量摄入都是由这样的结构组成，将是非常危险的。如果有一天，某顿预定的饭局因为某种原因没能实现，我就得饿着。所以我必须有一笔钱，在没人请客的时候用来吃饭。”

隆德的财务状况，方兴很清楚，但他仍然在听。

“贵公司的资本构成，百分之八十都是银行借款。这样，扣除每年的利息能是正数，就很不容易了。按照通常的说法，负债超过百分之五十的企业，是很危险的企业。假设有一天，没有人请你吃饭了，也就是说资金链条断裂，整个大厦就会在瞬间倒塌。”

方兴举起酒杯说：“如果集中优势兵力，能否在短期内有所斩获？”

申井反问:“您希望有多大的斩获?这个短期是多少?”

方兴知道必须明确地说:“两三个月内,起码要有两个亿。”

“您的企业,若欲腾飞必须有两翼:实业和金融。实业一翼,您有 KG 就足够了。金融一翼么?”他顿住,用叉子叉起冷盘中一块经过雕琢的萝卜,“这是一块萝卜,但它经过包装就成了孔雀。如果要我来设计的话,我就把它雕成风凰。”

“方某不明白孔雀与凤凰的差别?”

“孔雀是一个存在的东西,总会有人说像或者不像。而凤凰是传说中的东西,怎么雕怎么像。但无论雕成什么都不能吃,一吃它就又变成了萝卜。我不知道我说清楚了没有?”

“申博士意思是包装隆德?”

“对,采用包装手法。隆德依然是隆德,但不同的包装,能够产生不同的效应。尤其贵公司是一个上市公司,一旦以一个美好的形象出现在股票市场上,再加上有人推波助澜,股价就会扶摇直上。”

“证监会严禁利用内部消息交易。”方兴完全明白,如果不采用违规手法,隆德根本不可能在短期内创造“大盈利”的局面——不光隆德不可能,任何企业也不可能。但他确实需要,需要就是硬道理。

“如果你把一部分钱,委托给某个基金。比方委托给我们,就不存在什么内部交易了。”

“就算我委托给你,也产生了效益。但这个钱如何能回到隆德公司的账上?又如何能够变成主业收入?”大方向方兴不用咨询也知道,他需要的只是具体的操作方案。

“只要有萝卜,只要有手艺。说凤凰就凤凰,说飞龙就飞龙。”申井不光有想法,而且有操作能力,他控制着一家基金公司和一家金融信托公司。当然,他不会轻易说出来。

方兴表面上无动于衷,内心却打定了主意:隆德集团是一个国有资产控股的企业。推原论始,就是国企,且庞大无比。凡是国企,除去像中石油、国家电力这样高度垄断性的国企外,很少能够在短期内实现盈利的。而他此刻急需短期盈利,除去“包装”外,岂有他哉?

周鞍钢向高策汇报由“李帅被劫”事件引发的联想:“我几乎可以看见一些人,准确地说是一些组织在KG周围集结、行动。”

“一个幽灵,在欧洲徘徊。”他顿了一下,“八公山上,风声鹤唳,草木皆兵。”

“当年希特勒,凭借自己的军事直觉,敏锐地指出,盟军要在诺曼底登陆。可他的将领们都不同意,最终他屈服了,把主力部署在别的地方。这是一个致命的错误。”

高策宽宏大量地笑笑:“以你我的关系论,应该我是希特勒,你是将领。”

“我不过是打一个比方。”他继续往下说,“KG就好比是一个体弱的新生婴儿。最好的办法,是把它放入一个完全与外界隔离的环境里。”

高策说此乃早已同意过了的事情,无须再论。

“不能光凭一句话。我要人,要经费。”

高策表示人可以给,但经费要自己想办法。宁水财政状况很不好,检察院的办公经费,到了十月份就已经花完。此刻已经捉襟见肘。

他显然已经料到这样的结果,之所以说,是本着吃亏吃在明处的精神:“不给钱,英雄就无用武之地了。”

“用武之地都没有了,还叫什么英雄?”高策双手一摊,“反正我是没钱。”

他起身:“反正这个词一出来,也就没道理可讲了。”

实验还在进行,但李帅却实在坚持不住了。他让袁因顶一会儿,准备回家洗澡、换衣后再来。

袁因却让他睡一觉。

李帅不置可否,他是绝对不会睡一觉再来的。“诸葛一生唯谨慎,吕端大事不糊涂。”他自认为两条都具备。好多人就是因为多睡了一觉,而万劫不复!

宁夕正在离家不远的电话亭内，与林恕通话。她明确表示自己无法接近配方，并且准备退出这个行动。这是她精心准备的说辞，如果林恕同意，她就避免了风险。如果不同意，她可以提高价码。

林恕冷冷地说："你现在和我在一架飞机上。飞机已经升空，谁也出不去。"

她认为这个比喻很不恰当："我又没有卖给你？"

"不是卖给我，而是卖给了魔鬼。连灵魂一起，卖给了魔鬼。"

她当然知道这个出自"浮士德"的典故，但还是重复自己退出的意愿。

林恕回答的语调虽缓和，但锋利如刀："黑手党有一句最常用的话，你的心脏好吗？或者你父亲的心脏好吗？而我只会问，你儿子的心脏好吗？"

她一哆嗦："不许你动我的儿子。"

"你的儿子目前还没有问题。"

她还在哆嗦。

林恕命令道："搞不到配方，就搞样品。好了，工作去吧。工作着是美丽的。"

她呆呆地出了电话亭。她刚走两步，就与李帅打了一个照面。

李帅已经换了衣服，头发也湿漉漉的。他看着还在晃动的电话亭的门说道："我回家洗了一个澡，你没在家，就给你留了一张条。"

她竭力掩饰自己的惊慌："我出去买了点儿东西。"见他看着她空空如也的手，赶紧补充道，"也没什么好买的，就回来了。"

"你打电话来着？"

"是的。"

"怎么不用手机？"

"手机没电了。"说出这话后，她很害怕李帅检查她的手机电池，于是赶紧说，"本来和一位朋友约好的，回家打也行。可想想你也不在家，又不想回去了。"

"你干吗给我解释这些？"他本来确实有检查手机电池的念头。但他毕竟是知识分子，不好意思窥探他人隐私。再者说，一旦验明这牌就无法打下去了。

"我特别怕你产生误会。"她见话题已经转移，便恢复了常态。

他虽然心中充满狐疑，但外部却一点儿没有流露："误会不过是误会。"

她靠近他："我害怕失去你。"

他搂住她消瘦的肩膀："你想到哪去了。等这个试验完了，我陪你到庐山玩儿去。"

她关切地问："你脸上的伤是怎么回事？"

他轻描淡写地说："没什么，不小心碰了一下。"他招呼住一辆出租车。

周鞍钢在隆德药业实验室外，只看见一名警察在站岗，不禁大为不满地致电苏群，指责他偷工减料："平常吹起牛来，总是口口声声地说，我手下有三千警察，一千武警，还有一千经济民警，等老哥我用着你了，才给我派出一个人来。"

苏群也很不满："我手下确实有五千弟兄，但宁水市也有二百万人口。你知道二百万人口，每天要出多少事？"

"那也不能只给我派一个人啊？"

"你看上去是一个人，但实际上要三班倒，也就是三个人。再者说，你那又不是银行，不会遇到武装进攻。有个人威慑一下，就行了。"

"我这里的东西，比银行值钱多了。我相信，人民银行的金库里也不可能有一个亿的现金。"

"你那里和银行不一样。人人都知道银行里有钱，钱谁拿走都能用。可又有谁知道你们那个是干什么的？白给我也不要。要出事，也是内部人。注意内部吧！再见。"苏群挂机。

周鞍钢虽然已经明知苏群放下了电话，可还是大声说道："内部？愚者千虑，必有一得！"

李帅正在与袁因分析药物性能曲线时，袁因的电话响了几声。他看了一下号码后说："我出去接一下电话。"

李帅皱眉道："我下过命令，实验期间，关闭所有的移动通讯工具。"

“是我女儿给我发了一条短信,说要来电话。”

李帅松开眉头:“那你去吧。”

一出实验室的门,袁因迫不及待地复电林恕,根本就没有发现在不远处树后的周鞍钢。按说他是一个谨慎的人,应该观察一下再说。可此刻的他,已经乱了方寸。他低声说:“很困难,几乎不可能。”

林恕冷冷地说:“可能不可能不是我考虑的问题,照我的计划做。”

“做完之后,我的女儿……”

林恕粗暴地打断道:“当务之急是工作,别的事情我会考虑的。”

他呆呆地看着电话空白的屏幕,好一会儿才稳住神进入实验室。

袁因的话,周鞍钢全部听到。虽然他听不到林恕的对话,但他本能地意识到,两个人的谈话与KG有关。“做完之后,我的女儿。”一定有人以袁因的女儿来威胁他!他做出了推论。推论一旦做出,他采取的第一个行动,就是给苏群打电话。

苏群显然在睡觉,很不乐意地埋怨道:“你真是小车不倒只管推。也不看看现在几点了。”

他着急地说:“你给我查查隆德药业总工程师袁因的女儿现在在什么地方,情况怎么样?”

“这种事情,明天早晨说也不迟。”

“我不是已经说了吗!你还啰唆什么?”

“让你这么一打扰,起码两个小时里睡不着。”

“那就和我聊聊天。”

苏群只好打起精神:“《半夜鸡叫》里的周扒皮你还记得吧?”

“记得。”

“周扒皮有事没事,也不让长工睡觉,工钱也不给足。这样表面上看,这家伙占了便宜,实际上他亏吃大了。”

“吃什么亏?”

“好的长工,都会跑到别的地方干去了。剩下的,也会给他磨洋工。”

“你小子多少还懂点经济学。”

“这年头不懂经济学还行? 再见。”

秦芳虽然明知李帅的房间里没有人,但还是隔一会儿,就看一下光电望远镜。

麦建坐在空荡荡的房间里的一只坐垫上,煞有介事地说:“我想明白了。巧取不行,咱们就豪夺。”

她不说话。她之所以与他搅在一起,不过是他提供的KG这个项目。另外,他手下还有一些可以调动的人力资源。她根本不相信他能成功,垫脚石而已。

“我是东北大兴安岭人,我爷爷就是一个猎参人。你不知道什么叫猎参人吧?”

她心里觉得好笑:他一会儿说自己是河北人,一会儿又是山东人。智力真是成问题。连谎都撒不圆满的人,如何能成大事?

“深山老林里,有百年人参、千年人参,这东西可不好找。不过经过唐宋元明清,好找的都让人挖走了。可一些老药农,知道在什么地方能找到。咱爷爷没这本事,只好埋伏在老林子外面,等谁挖了人参出来,”麦建做了一个射击的姿势,“‘砰’地一枪,人参就来了不是! 人参是药,KG也是药。”

她装作害怕的样子:“杀人的事,我可不干。”

“谁说要杀人了啊? 人命关天,咱们要是真的杀了人,肯定全国通缉,不得不亡命天涯。亡命天涯的人,拿着钱也不敢用了。”

她俯身去观察。

他看着她迷人的腰身,不由地从后面抱住。

她怒斥道:“干什么?”

麦建把她拖向卧室:“你知道干什么。”

她狠狠地说:“不行!”

他嬉皮笑脸地说:“咱们是老夫老妻了,还扭捏什么?”

她的高跟鞋重重地跺在他的脚背上,接着就给了他一肘。他顿时疼得弯腰蹲了下来,她回头无动于衷地看着他。在大学里,别人都苦学托福,希望去美国,她却苦练跆拳道。她以为不作高端学问,就没有必要去美国。一个中国人如果在本国都发不了财的话,又如何能在美国发财?实践证明她是对的。那些出国的人,除去嫁给美国佬的外,几乎都回了国。

好一会儿,他才喃喃地说:“不愿意就不愿意呗,何苦下毒手啊!”

她严肃地说:“以前我是你的雇员,不得已忍受你的凌辱。而现在,我是你的合伙人。合伙人,你懂吗?”

他直起腰来:“你依旧是我的雇员。”

“这笔买卖要是成了,我就带着钱离开你。这笔买卖要是砸了,你就完蛋了。所以我把我放在了合伙人的位置上。”体能上的胜利,使得她领了先。必须乘胜追击。

他揉搓着心口:“合伙人也没必要打合伙人啊!”

她拿出一张纸:“照单子上的项目,把一切都安排好。”

麦建愁眉苦脸地看着单子。

第五章

凌晨四点，方兴终于把申井给他的方案仔细研究完。

他慢慢地走到桌前，打开专门存放雪茄的保湿箱，取出“大卫杜夫”牌雪茄，然后用登喜路牌专用雪茄刀切下雪茄头，用火柴点燃。如果一件工具，功能越是单一，它就越高级，反之则低级。比方一点机械动力都没有的帆船就比游艇高级；单纯的音箱，就比组合式的高级。同理，单独的雪茄刀和火柴，就比带打火机的雪茄刀高级。

他让烟在嘴里待了一会儿后吐出去，雪茄是不能吸入肺里的。他承认申井完全理解了他“无中生有，点石成金”的意思。并将其细节化，成为一个精确、缜密、无懈可击的完整计划。

作为一把手，只有两件事：出主意，用干部。他不无得意地想，全能做到的人不多，而我就是其中一个。申井把这份报告递交给他的时候，并没有完全的把握，因为这毕竟是违规的事情。有些不安地说：“狂士狂言，明主择之。”并且解释，“这是文帝时，大臣晁错上书时说的话。”

他当然知道，但不说，而且还知道文帝的批示是“狂士不狂，明主不明，国之害。莫过此焉！”想到这，烟正好抽完。他的决心也已经下定，既然风险不过百分之三十，那就值得干。既然干，就要雷厉风行。他起身，把报告锁入保险柜中。然后安然入睡。

即使不进行试验,袁因也睡不着:针入心窍,何能安眠?他步履蹒跚地行走,试图减缓无穷尽的思虑。口袋里的电话响,他没有听见。电话在顽固地响着,有穿透力的声音,终于唤醒了他。林恕命令他前行一百米,然后站在那等着,有东西要交给他。

他的思虑整整慢了一拍:“你怎么知道我在什么地方?”

林恕根本不回答,继续命令道:“拿到东西后,按照来人指示去做。”

袁因下意识地问:“什么指示?你在哪?”他话音未落,对方已挂掉电话。

他往前走了一百米后站住,电话立刻响起来。一个陌生的声音命令他:“右转三十米,在公共厕所内见。”

在厕所里,一个根本就看不清面目的人,给了袁因一块极小的塑胶片,命令他把它放置在 KG 样品的底下。

袁因不敢接:“我不知道样品放在什么地方。”

“我知道,试验室的保险柜里。”

“以前是放在那里,但这次不一定。”

“林总说了,老鼠总是走熟悉的路,这次也不会例外。以前放在那里,这次一定还放在那里。”

“我不一定有机会。”

“林总说,这和你女儿的生存机会有关。”

“我干完这事,你们是不是就放了我女儿?”

“这要看我们是不是还需要你了。”

袁因勃然大怒:“我不干了!”

来人淡淡地说:“这是你的自由。”

他重新软下来:“它会爆炸?”

“它的功能我不知道,也没必要知道。”来人说罢就匆匆离开。

他脑子里一片空白。慢慢地蹲了下来,双手抱住头,这是标准的胎儿姿势,也是人万般无奈之时的典型反应。这是一个很肮脏的公厕,臭味扑鼻,但他浑然不觉。

看见袁因出走，周鞍钢很着急，他反复按动电话按键，试图要出苏群来。大约五十次后，最后终于通了。他不满地说：“你睡得跟死人似的！要不是我料定你这个日理万机的公安局长不敢关手机，早就不打了。”

“睡觉？我哪有这福气？罪犯和你一样，总是在晚上打扰。”苏群没好气地说，“我在一起绑架案的现场。”

“解决了吗？”他知道绑架是重罪。

“因为债务问题。像你这样业余的人干的，解决了。”

“那你赶紧给我派几个人过来，我都亲自上了。但这里面的人各走各的，我分身乏术。”

苏群肝火显然很旺：“你还亲自吃饭呢。亲自上有什么了不起？不就是个小小的反贪局长吗？”

周鞍钢赶紧设法缓和苏群的情绪：“是的。小小的我，小小的我。”

苏群也笑了：“你就和陈伯达一样，口口声声的‘小小老百姓’其实是‘大大野心家’！咱们不是已经说好了吗？”

“美国的世贸大楼设计的时候，考虑过飞机撞击的可能性。专家计算的结果是三个字：没问题。”周鞍钢顿了一下，“但撞击的对象是波音707，而不是波音747。是无目的的误撞，而不是恶意的攻击。”

“少废话。我最多再给你两个人。”苏群听周鞍钢连声谢谢后，又说，“有人统计过，刑警的平均寿命，只有四十七岁。公安局长，尤其是有一个你这样的朋友的公安局长，肯定达不到这个平均数！”

周鞍钢反驳道：“睡得多、吃得多的人，寿命才短呢！”

计划好在李帅的电话上安装窃听器后，秦芳一整天伏在望远镜上，等待两个人同时出门。直到此刻，才等到机会。她从衣柜里拿出早已准备好的一个提包后，对麦建说：“你在这看着，如果他回来了通知我。只要有三分钟的时间，我就能脱身。”

麦建不满地说:“昨天我是你的老板,刚才我成了合伙人。怎么就这么会儿工夫,我就成了你的马仔了?”

“只要我能赚到钱,当狗、当鸡都行。”她当着麦建的面,脱下外衣,换上一身运动装和一双运动鞋。

他贪婪地看着她的充满女性味道的身体:“你能打开他的锁?”

“锁一共只有两种,机械的、电子的,而我就是学机械电子的。”

“你会的可不止这两种。看来以前让你当秘书,是委屈你了。”他走过去,拍拍电子窃听装置,“咱们不是有这东西吗?还用在电话上安装窃听装置?”

“这东西必须对准目标,才能收到。而且收不到电话里的声音。”她说罢,朝他嫣然一笑,出了门。

在电话亭内,宁夕对林恕在黎明时分把她叫出来通话深感不满,说自己一共有七个手机卡,而且逐日更换。林恕却认为公安部门强大的监听力量,不但能够监听某一特定号码,而且还能监听从一个特定地点发出的电波,所以必须慎之又慎。因为害怕李帅回来,宁夕催促他快说正事。

林恕的正事很简单:确定KG往北京送检验样品的时间、方式。

她表示听明白后,挂断电话,匆匆返回。

大约几十秒钟,秦芳就打开了门。进入之后,直奔电话,然后利索地打开电话,装入窃听器。

与此同时,正在试验室的李帅,似乎想起了什么,拿起桌子上的电话,拨号。

传来一阵忙音。接着,他拨宁夕的手机号,没人接听。

秦芳看看茶几上那部不停地在响的女式手机,无动于衷地继续干手中的活。安装完毕后,刚把电话放回去,电话又响起来。接着,她感觉到腰间的手机振动,麦建通知她,宁夕已经上楼了。她即刻向外屋移动。

就在这时，宁夕开门。

秦芳迅捷地躲到另外一间房子里。这不是仓皇之举动，而是经过策划的。

宁夕一进门，无暇他顾，直奔响个不停的电话。

李帅质问道："你怎么不接电话？"

宁夕娇声说道："我在一个站不起来的地方。"

"不对吧？"李帅的语调充满不信任。

宁夕一副无辜的样子："有什么不对的？"

"咱们家的电话一直在占线。"

"不可能！"

"我明明听到的，怎么不可能？"

"也许正好别人打进来？"

"老实说，你黎明时分，在和谁煲电话粥？"

宁夕委屈地说："你怎么不相信人啊？"

"好啦，回去再说。"

秦芳趁这个机会，溜出房间。

宁夕似乎听到了响动，回头看看，任何异常都没有："你快回来吧，让你说得我都害怕了。"

李帅被软化："试验一完，我就回去。"

李帅刚放下电话，试验发生了异常：计算机曲线高速抖动。机器的声音也变弱。他赶紧过去调整。但曲线并不因此稳定。

袁因插入说道："大概是 A 列第五部分。"

李帅赶紧操作。慢慢地，一切恢复正常。

秦芳在叙述自己的观感，并且做出了自己的判断：宁夕是一个职业的撒谎者。

麦建则做出了自己的哲学判断:“夫妻之间、情人之间,倘若完全的以诚相待,那么连一个月都维持不了。反正本人从三岁起,就开始撒谎了。”

“你说她这么早,出去干什么了?”她望着天花板,绞尽脑汁思索。

“会情人。”

“要是会情人,时间也太短了。十分钟够干什么的?”

“也许是情人赌钱赌输了,在她这挪点头寸。”

“就你这脑子,还老想干大事。我看她要和谁交换什么东西。”刚说完,她就否定掉,“那也可以上门交换啊?对,她是在与某人交换信息!”

他不以为然地说:“你总认为自己是聪明人,其实也就那么一回事。打电话不会在家里打?”

她继续推论:“她是不想留下痕迹。”

他也认真起来:“这么说,这个女人是个工业间谍?”

“起码有这种倾向。对了,她说话还带有一些香港味儿。”

他不解地说:“香港味儿?香港能有什么味儿?”

“不说‘很好’,而说‘蛮好’。不说‘分给谁’而说‘派给谁’。”今天她是头一次真切地听到宁夕讲话,故而听出了细部。

“给我一张她的相片,我就能查出她的底细来。”见她不相信,他不高兴地说,“你以为大哥我在江湖上这么多年是白混的?钱没混下多少,人却认识了很多。”

一切都恢复正常后,李帅的疑心浮出水面。他慢悠悠地对袁因说:“袁总对此次的配方很有些了解?”

袁因没有正面回答:“你看过小说《播火记》吗?”

李帅摇头:“《播火记》?连名字都没有听说过。”

“我忘记你的年龄了。这是一本二十世纪六十年代很流行的小说。小说中的一些农民准备暴动。他们就战术、战略去请教一位北伐时期的老将军。但他们并不真正信任这位老将军,所以只能在原则上讨论。最后也没起什么作用,暴动也因此失败了。”

“我一点没有不信任您的意思!您是我最好的助手。”见袁因不回答,李帅又说,“您对咱们公司的资金情况可能不太了解。咱们只有很少一点资本金,不到一千万。其余一部分是风险资本,一部分是银行贷款,剩下的是集团公司用增发股票的方式,融来钱投放进来的。所有这些,加起来正好被咱们这个试验用掉。如果这次不成功的话,就很难再融来资金。工业不是商业,要是商业,你可以货到再付款。工业是由若干环节组成的,少一个环节,其余的都白费。也就是说,前面的钱都白花了。”

袁因有些犯困,但强忍着。

李帅举例说:“我有一个朋友,在陕西开了一个铜矿。一千万下去后,碰到了一个唐朝的旧井。绕道的钱却没有了,只好宣布破产。商战、商战,和战争没有什么两样。谁先占领了制高点,后面来的人起码要花上十倍的力气,才能上去。所以我不得不谨慎。”

“我根本就没有埋怨李总的意思。”

“埋怨我,我也得这么干。美国总统杜鲁门有一句名言。”李帅敲敲桌子,“‘这里要负最后责任’。”他缓和一下语气又说,“至于您的贡献,我绝对不会埋没。”他指指仪器,“试验一成功,我立刻发表文章。届时,您和我一起署名。如果您希望您署名在前面,我也不会反对。”

袁因认为不得不辩解一下:“我和你一起干了两年了吧?”

“两年多。”

“你认为我是一个贪婪的人吗?”

“绝对不是。无论名和利,您都不在乎。”李帅说的是真话,他此问的目的,就是要探究除此之外,还有什么能够打动袁因。

“有这个认识,我就满意了。我知道我是谁,我不过是一名工程师。工程师和科学家不同,他只是执行机构,不是原动力。你宏大的构思,我是做不来的。”

李帅认为袁因在谦虚。

“到了我这个年纪,既没必要奉承谁,也没必要故作谦虚。”

“试验一旦成功,保守的估计,公司的股价也要翻上两番。届时您手中的股票就可以抛出去套现。”

袁因不想再讨论:“我要去休息一会儿。”

祝启昕正在自己家中,请方兴看一幅发黄的字。他摇头晃脑地读道:“‘书能读时犹未老,诗可暮吟方是闲。’句子不错吧?”

方兴指着落款上的“江涛”二字,询问此何许人也?

祝启昕很高兴有一个炫耀知识的机会:“江涛是笔名,真名叫做齐鸿藻。宁水人,乾隆进士,官居户部侍郎。”

“就是您这个品级的官员?”对江涛的了解,方兴比祝启昕要多得多。他的父亲,曾经一度与有“党内最大的书法家”之称的舒同共过事。两个人虽然不合,但其父还是从舒同那里学会了鉴赏古董字画。而且从解放战争后期开始,不遗余力地搜集。

祝启昕当然不知道内情,继续得意地说:“按照清朝的官制,六部的堂官,要比省里的行政长官高。”

方兴做出闻所未闻、见所未见的样子。

祝启昕越发得意了:“我不喜欢瓷器,也不喜欢钱币,更不喜欢明清家具。那些东西死气沉沉的,我就喜欢字画。”

“但凡做大官、做大生意者,必然是儒雅的。瓷器、钱币多少有些铜臭味道。”

千穿万穿,马屁不穿。祝启昕越发高兴起来:“老话说,树小墙新画不古,此人必是内务府。”

“要说字画这东西,也不值钱。索斯比拍卖行根本就不收。因为假的太多了,我给您找来一幅。”他递给祝启昕一个纸筒。

这幅字,不过是两句寻常的杜诗而已:会当凌绝顶,一览众山小。关键是落款:康生左手。

祝启昕的喜悦之情,溢于言表:“康生的人很坏,可字却写得很好。他常对人说,郭沫若的字,我左手都比他写得好。往事历历,没想到竟成文物矣!”接着他问多少钱。听方兴报出“四百块”的价格,他表示不信:“太便宜了吧?”

方兴把发票递给他:“董建华当了特首,应该有官邸。可他既不能去住港督府,重新给他盖又来不及。所以特区政府和他签订了一个协议:一块钱租下他的房子,作为官邸让他住。”

“我懂了。没有这一块钱,这个合同就不能成立。”祝启昕的目光一直没离开这幅字。

方兴起身:“我走了。”

“没有其他事?”

“来省城开个会,顺路来看看您。”做官的两件要事,就是“京信常通,炭敬常丰”,非如此,这官是没法当的。

“在家里吃饭吧?”

方兴知道这是虚邀,婉言谢绝。

这就是官场的游戏规则。有些话根本就不用说,一说就俗。

在车上待了一夜的周鞍钢,见那红来接班,就开始交代工作。

那红认为这种监视工作,很是小儿科。没必要如此“谆谆教导”。

他一边做扩胸运动,一边说:“美军有两条原则:第一,重要的事情,总是很简单的;第二,简单的事情,总是很难做到的。”

那红望着一点倦态都没有的他,不由地发问:“周局,我真的很纳闷。”

“你小小年纪,纳的什么闷?”

“您近乎无限的精力从何而来?”

他认为这是无法回答的问题,便指指实验室:“他们比咱们辛苦。”

她有些不屑地说:“他们是被利益所驱动。”

“利益驱动是一方面，也有一些其他高尚的成分。”

“主要是利益驱动。试验一旦成功，一注册专利，钱就和长江水一样滚滚而来。荣誉就更少不了了，要是真能攻克流行性感冒这个世界性的难题，没准还能弄个诺贝尔小金人呢！”

“不要排斥利益驱动。只要能给这个世界带来好处。”周鞍钢笑着说，“我还要纠正你一点，小金人是奥斯卡奖。诺贝尔是奖章和证书。”

“还有近百万美元的奖金。可您呢，什么使您这么夜以继日的？”

周鞍钢很认真讲述起来：“我从小，就对不公平的事物很敏感。我们班上有一个同学，神经不很正常，上课的时候经常要走神，有时候说话也前言不搭后语的。”

“精神病？”

“准确地说，应该叫作‘自定旋律’者。世界在他们看来，是另外一个样子。可仅仅因为他的世界和你我的世界不一样，他就成了另类。经常受到同学的欺负。每当遇到这种情况，我总是挺身而出。但老师也同样看不起他，经常讥笑他、讽刺他。”

“你仍然挺身而出？”

“我当然要挺身而出，维持我的理念。但因为力量的对比太悬殊，所以在第二年，我还在同一个教室里上课，不同的是同学和老师。”人的世界观，确实在十岁左右，就基本形成了。它是一个家庭、社区、学校、历史等各种力量相互作用的产物。然后，就将伴随其一生。

那红想了一下后笑着说：“这是我听到过的关于留级最有趣的说法。”

“原因是操行评定不及格。”

“你没改改？”

“我只有在我认为自己错了的时候，才改。我从来不会在压力下低头。”周鞍钢确实言如其人。他在东城区检察院，做基层检察官时，办了一个城建局长贪污案。这位局长，颇有能量，活动若干人游说、利诱，他当然不会为之所动。局长只好拿出最后一招,让区委书记下令中止侦查。但他仍然不服,直接上书市检察院。这是案中人没有想到的,检察院的干部权在区委手中,市检察院只对区检察院进行业务指导。结果,他饱受打击,被调到法律援助中心。直到当时在市政法委做副书记的高策亲自过问,才东山再起。

那红紧追不舍:“你还没有回答我的问题呢?”

“这还叫没回答?”

“我反正没听明白。”

“我一旦看到不公平的事情,比方有人利用职务之便,无偿地占有公共资源。我就深恶痛绝,这是发自内心的。就是我不当这个反贪局长,发现了类似的事情,我也会竭尽全力地讨之!诛之!”

“倘若你的利益和国家利益发生冲突了呢?”

“这要看是个人什么利益,国家又是什么利益。如果个人利益可以放一放,就把它放下。”

“如果放不下呢?”

周鞍钢笑了:“一个人问一位极端的音乐爱好者。‘你喜欢听什么?’答曰‘交响乐’。‘谁的?’答曰‘贝多芬。’‘第几?’答曰‘第九。’‘谁指挥的?’‘小泽征尔指挥的波士顿交响乐乐团。’这个人接着又发出一连串的问题,‘哪一年?第一小提琴手是谁?’最后这位极端爱好者无言以对。要是一直往下问,谁也回答不上来。”

“我这是最后一个问题,问完就不再问了。”

周鞍钢想了想回答:“我目前还没有遇到过,没法回答你。”

那红由衷地说:“我最佩服您的就是您的实事求是精神。”

周鞍钢似乎并不受用:“你天天说实事求是,你知道是什么意思吗?”

那红被问住:“实事求是,就是实事求是呗。”

周鞍钢解释说:“‘实事’就是根据事情的真相,‘求是’就是寻找规律。”

那红点头。

实验室内很安静。在众人的关注下，机器慢慢地停止了转动，计算机屏幕上的曲线也变成了一根直线。

一名工程师，从大玻璃窗里面出来，手里拿着三块放在不锈钢托盘里的结晶体。

李帅命令道："分成三部分，一份拿去做分析，两份存档。"

袁因不紧不慢地说："我去吧。"

李帅否决："不！咱们一起去。"

李帅、袁因、周鞍钢一起进入保密室，一名保密员打开一个大保险柜。

经过包装的结晶体仍然在托盘上。

袁因把那块极小的塑胶片放在手心内，欲上前操作。

李帅上前："我来。"

袁因只得让开。

李帅小心翼翼地把 KG 制剂的样品放入保险柜。然后，他深情地看了它们一眼，关上了柜门。保密员上前，锁住门。

李帅指着保密员说："如果出了事，唯你是问！"

保密员回答说："我对这个事情负全责。"

李帅想了一下后问："你这个密码是可以更改的？"得到肯定的回答后，他向保密员要钥匙，"我要改一下密码。"

保密员很刻板地说："这钥匙按规定只能我一个人拿。"

李帅只好让保密员开门。门开后，他环顾众人，"很抱歉。各位。"

大家很知趣地退出。

在保密室外一直观察整个过程的那红对李帅的所作所为不理解："这个人怎么谁也不相信啊？"

周鞍钢回答道："在分不清楚谁可相信，谁不可信的时候，最好是谁都不相信。"

“谁都不相信,还能做成事情?”

“这是非常时期的非常之举。”周鞍钢边说边瞟着在走廊里不停踱步的袁因。

李帅出来,向众人抱拳道:“很抱歉,各位。”然后招呼袁因离开。

周鞍钢若有所思地看着两个人的背影:“我有一个小问题要问你。你是女人,应该能回答。”

那红不满地反问:“女人怎么啦?”

他赶紧说:“女人的观察力和感觉都比男人要高一个级别。”见那红笑了,他问,“一个人如果有心事,是否会影响他脚步的频率?”

“当然影响。”

“是快还是慢?”

那红想了一下:“因人而异。”

“你这话和没说一样,一点信息都没有。”他正要开车,突然见宁夕从出租车里出来,便问,“这是谁?”

那红也不认识,随口说:“一位女士。”

“这我也看出来了。”他发动汽车。汽车动了一下,但立刻停了下来,他看见匆匆走向宁夕的李帅。

李帅的讨论分析,被宁夕打断,颇觉不快。但抗不住宁夕的一再坚持,只好下楼来,劈头便问她有什么事?

宁夕软绵绵地说:“我给你送来一样东西。”

李帅依旧很生硬地说:“我什么也不需要!”

她柔声说道:“你先看看再说吧。”随后从出租车后备厢内,取出一把精致的折叠躺椅来。

他纳闷地问:“我要这个干什么?”

“化验分析,最少也要十小时,我想化验室里不会有舒服的椅子,就给你买了一把。”

“在美国的时候，我曾经为了试验，整整站了十八个小时没动地方。”

“在美国的时候，你多少岁？现在你又是多少岁？”

他的态度明显地软了下来，虽然话不软：“多少岁，我也不要。”

“听话。”她越发柔顺地说，“我看你左腿的静脉有些曲线，这和老站着有很大关系。”

“好吧。你还有事吗？”

“就这事。”

他也似乎被感动：“结果一出来，我就回去。”

“你一定会成功的，我有感觉。”

他动情地看着宁夕：“你的感觉从来都很可靠。”

她钻进出租车，摆摆手：“再见。”

李帅一直等到汽车没影了，方才转身回来。

看着李帅进入大楼后，周鞑钢恋恋不舍地收起大变焦镜头的照相机：“可惜听不到他们说什么？”

那红一撇嘴：“你怎么对别人的隐私那么感兴趣？”

“我对隐私一点兴趣都没有，我关心的是试验。”

“一男一女在一起还能说什么？关爱呗！”

“也不知道这个女人是谁，从何而来？”

“大概是香港。”

“香港？你有何依据？”

“她的衣服的搭配，化妆的方式有香港味儿。”

周鞑钢来了兴趣：“什么味儿？给我分析分析。”

“味儿只能感觉，不能分析。一分析就没了。”

“人家都说香港女人一打喷嚏，大陆的女人就感冒。两者的装束能有什么区别？”

“虽说差不多,但多少差一点。”

周鞍钢发动着车:“走。咱们去公安局,查查这个女人的底细。”

“高检说对了。您真是风声鹤唳,草木皆兵。”

“这不叫风声鹤唳,草木皆兵。这叫作‘春江水暖鸭先知’,叫作‘金风未动蝉先觉’。”上了马路后,他又补充道,“哪怕最后是竹篮子打水,我也心甘情愿。”

那红不相信“心甘情愿”说。

“区区宁水,能有几个这么大的项目。它要能顺利完成,就是咱们的功劳。”

“它要是不顺利,没准咱们还能干点什么。要是顺利完成,我保证没您一点儿事。”

周鞍钢拍着方向盘说:“如果真是这样,我宁愿咱们没事。”

麦建悄悄地走向睡在地铺上的秦芳,这些天她不肯离开望远镜,一直睡在地铺上,使他很觉得不爽。他还没到,她已经起身。

自从上次,他想用强力使得她就范未果之后,就不敢再用了。此刻只得搓着手,无奈地说:“你是不是睡觉也睁着一只眼?”

“起码要睁着半只。尤其是在和你这样的人打交道的时候。”

“我这样的人怎么啦?我这样的人,就是能办事!”他晃晃手中的传真,“这个女人的下落有了。”

秦芳欲看,麦建不给。他嬉皮笑脸地说:“你必须给我一点奖励才行。”

“你现在不尿床了吧?”

他莫名其妙地回答:“当然。早就不尿床了。”

“那只证明你成功地控制了尿液。除此之外,还得学会控制精液,才能算是一个成年人。”她正色说,“不要忘了,你我是在干一项价值一个亿的工程。拿来!”

权威确实是在斗争中建立的。他被震慑住,慢慢地把传真递给秦芳。

她念道:“宁夕。香港科技大学副教授,化学专家。化学专家?”

“我还知道,她受雇于微观生物技术公司。”

她显然对这个公司一无所知:“微观生物技术公司?”

“微观生物技术公司就是毕玛制药公司的子公司,或者说它们是一个公司。”

“毕玛制药?老板就是林恕?”

他惊诧地反问:“你怎么知道林恕?”

她不告诉他消息的来源:“就是派金秋子来的那个人。”

这回轮到他惊讶了:“谁是金秋子?”

她笑了。所有原来游离的板块,这一下子全都连接起来:“你不知道谁是金秋子,我自然也不知道。这下子我全明白了。”她突然扑上前,搂住麦建。

两个人倒在地铺上。

他的不满情绪还没有过去:“你刚才不是连亲我一下,都不愿意吗?”

“刚才是刚才,现在是现在。”她知道对付麦建这样好色的人,只有用这种方法,才能制止他的追问。

苏群不等传真机完全停止,就把那一页撕了下来,溜了一眼后,递给周鞍钢。

周鞍钢片刻读完:“宁夕。香港科技大学副教授,化学专家。”他晃晃手中的纸,“真是‘得来全不费工夫’!药就是化学。化学就是药。”

苏群看看表:“你还有事没有?没事就跪安吧!”

“你们公安局就是给人民办事的,你凭什么不耐烦?”

“人民是个整体,不是就你一个人。你说说我为了你们这个 KG,花费了我多少人力、物力?就你的事大?”

“对于我来说,这就是目前世界上最大的事。比‘9·11’、‘伊拉克战争’都大。”周鞍钢朝那红一挥手,“咱们走。”

苏群让两个人站住:“连个谢字都没有?”

周鞍钢笑着说:“人民警察为人民,何谢之有? ”

第六章

方兴召见李帅,询问 KG 申报程序启动到批准,所需的时间。这是申井计划之核心:必须有新东西,哪怕只有一条消息,才可以炒作包装。

李帅说要十个工作日。

方兴问随后的程序。

“在若干个指定医院进行小规模的人身试验,这一步需要一年。再以后是大规模人身试验阶段,这一步起码需要一年。”

“能否快一些? ”这个时间长度,是方兴不能接受的。

“不可再快了,这是按照最顺利的情况估算的。如果出现别的情况,比方毒副作用过大,那就需要修改配方,重新走一遍程序。”

“两年时间,对于隆德来说,太长了一点。”

“但对一种新药来说,并不长。如果在美国……”

方兴打断他的话:“我听说有些药品,很快就得到批准。”

“那大概是采用了一些不正当的手法。”他对自己的叙述被打断,感到不快。

方兴及时改变了自己的态度,提出华飞药业也在研究类似的药物,不能让他们取得先机。

李帅却认为华飞的药,与 KG 不是一个思路。

方兴加重语气说:“可公众并不明白细微的差别,市场对先行者的回报是最丰厚的。”

“您的意思是？”

方兴自然不会正面回答，而是讲了一个故事：英国有一名叫奥尼尔的贵族，带领一支船队航行在大西洋上。突然间，他发现了绿树成荫的爱尔兰岛屿，于是奋力向它划去。按照当时的法律，谁先到，岛屿就归谁。当他看到同行的另一只船领先数十米时，就毫不犹豫地砍掉自己的左手，扔到岸上。于是，他就成了爱尔兰岛屿的第一位主人。他家族的纹章，图案就是一只血淋淋的手。

李帅思考片刻后说：“方总的意思是否是为了达到目的，可以不择手段？”

方兴并没有接他的话茬：“你准备什么时候走？”

“明天晚上。”李帅见方兴点头，起身道，“我走了。”

方兴没有任何送客的表示，只是一字一顿地说：“目的至上！”

周鞍钢与高策在一家小店里涮火锅，服务员端上一盘羊肉和一盘鱼片，他一下子都倒进锅里。

高策根本来不及阻拦，只好让他下不为例：“这样会把味道混了。”

“火锅就是为了混味的。要想各吃各的，那您去吃西餐好了。再者说，鱼肉和羊肉在一起，最好吃。鲜字不就是一个鱼字一个羊字吗？羊字底下加一个大字，就是美字：羊大为美。”

“人字加一个羊字，就是佯攻的佯字。你就不会装一装？若非碰到本官这样宽容的上司，你的官运就会戛然而止！”

“宋人有词曰：使李将军，遇高皇帝，万户侯何足道哉！”周鞍钢笑着说，“这是一个互动的过程。‘言者无罪’，才会‘知无不言’。我又不傻。碰着那样的上司，不说就是了。”

“怕是你习惯养成，想不说也办不到。”高策知道他用的是“李广难封”的典故：飞将军李广，虽然战功卓著，但就是因为个性原因、政治原因，终究没有当上万户侯。

“橘树在江南为橘，到江北就成了枳。这不光是橘树的不幸，也是江北人的不幸。隆德集团就像这火锅:虽然它混成一团,但我还是吃出异味来。"

"那是你的味蕾丰富。老华侨一到故乡,第一件事就是去吃家乡的小吃。所谓思乡,不过是想家乡的食物。可他们吃完之后,总不免失望。说东西没有小时候好吃了。其实,东西没有变,而是他们的味蕾随着时光消失而消失了。你看那些小孩子,吃什么什么香。"

"您别打岔。我是说宁夕的出现,绝对不是偶然的。"

"有一次,我与南城法院的刘院长一起参加一个应酬宴会。席间,在一个人的要求下,他签署了一份文件。我虽然没说,但是很反感:饭店不是办公的地方。"

周鞍钢听出了高策的弦外之音,看看四周:"这地方有谁认识咱们?"

"你不认识他,他可不一定不认识你。"

他接受了高策的说法:"那咱们喝酒。"

秦芳、麦建坐在离他俩人不远的一张桌子上吃饭。

当然,他们谁也不认识谁。

听袁因说"机会几乎等于零"后,林恕冷酷地回答:"这就等于说,你女儿生存的机会等于零。"他是相信强力的人,也只相信强力。

袁因果然软下来,要求进一步的指示。

林恕的指示有二:把给袁因的东西放进保险箱内;其次,获得配方和样品。

袁因的声音很小,近乎哀鸣:"我办不到!"

"想办法。想不出来就一直想,直到想出来为止。"说罢,林恕挂断电话。既然施压,就一点不能松懈。要把对方压扁、压干。

周鞍钢在白板上边画图边讲解:"于建欣在被捕前,有人将五百万港币汇到他的账上。而与此同时,隆德集团并没有大规模的经济活动。所以,我认定这笔钱一定和 KG 有关。紧接着,宁夕就出现了。"

高策插言道:“不是紧接着,而是隔了一年多。”

周鞍钢回答说:“这中间的空白,已经被金秋子的死给填补了。可以这样认为,金秋子的死亡,导致宁夕的出现。而目的只有一个——KG。这是一个有机的结合。”

“你不能给法庭线索和想象,要给证据。”

“您给我一个指示,我就给您证据。”

他当然知道周鞍钢想要搜查权,但他不能给搜查权。这如同医生开刀,必须有足够的参数支持:“我的指示只有两个字,等待。”

“要是什么都等不着呢?”

“你去医院检查身体,最后医生告诉你:你的身体很好。我想你是不会觉得遗憾的。”

周鞍钢摸摸自己的脑袋:“姜还是老的辣。”

“我告诉你一条真理。案件就是一杆秤,你要是拿不准,它就跑了。”

周鞍钢纳闷地重复:“案件就像一杆秤?跑了?我不懂。”

他饶有兴趣地看着周鞍钢。

“我的智商不高,您给我解释一下吧。”

他严肃地说:“我跟别人说的时候,他们都懂。”

周鞍钢恍然大悟:“您这是在拿我开玩笑?”

他也笑了:“我就是要试验一下,看看在领导说废话的时候,你什么表现。”

李帅非要让宁夕评估刚才那场做爱中,他的表现。宁夕自然因为害羞,不肯说。他先是肯定宁夕这种态度:“一个知道害羞的女人,才是美丽的女人。”但接下来,还是要她讲出“心里话”。

她只得说:“一场盛宴。”

他不满意,继续追问。

“一场让我很满足的性爱盛宴。”

李帅接着问她是否知道他为何如此投入?

宁夕当然不会知道。

“我明天要走了。”

她不经意地问:“去哪?”

“海北市,而且要走一个星期。”见她没有太多的表示,他不高兴了,“你好像挺愿意我离开似的。”

她吻他时,温柔地说:“怎么会呢?”

“那你干吗不问我干什么去?或者要和我一起去?”他在试探。

“你肯定是干正事。你要是需要我去,会对我说的。”她很懂得掌握度。

他贴着宁夕的耳朵说:“你就不怕我跟别的女人走了?”

“我知道一句老话,说出来你不要生气。”

“你说。”

她强烈地感觉到他的鼻息:“我不想说了。”见他坚持,她慢吞吞地说,“自己家的狗不用拴,别人家的狗拴不住。”

他搂住她:“你比我想象的要坏得多!”

“我看有好多、好多的坏人,不是飞黄腾达,就是腰缠万贯。所以也多少学了一些坏。”

“你就学吧。我的一位小学同学,特别喜欢学一位结巴同学说话,借以讽刺他。最后,他终于成了一个真正的结巴。”

“明天哪班飞机。”

“晚上八点。”

“去那个小城干什么?”

“国家药物鉴定南方中心在那。”

秦芳反复听了几次录音之后,把睡梦中的麦建叫醒。他好半天,也没有真正醒过来,弄清楚“鉴定”的含意。她不耐烦地说:“我妈说过,凡是睡觉叫不醒的人,智商都特别低。"

"这么说,他一定带着样品了?"

她在一张纸上写画的同时,不耐烦地回答道:"你他妈的说的都是废话!"

他凑了过去:"你怎么说话跟鸡似的?有行动方案了?"

"方案早就有了。"

"说给我听听。"

她居高临下地说:"有这个必要吗?"

他绝对是个能软能硬的人:"众人拾柴火焰高。三个臭皮匠,赛过诸葛亮嘛!"

"三百个臭皮匠,还是臭皮匠。诸葛亮是什么人?诸葛亮是天才。诸葛亮是酒,哪怕一口,也是酒。你们这样的臭皮匠是什么?是水,有一百桶也是水。"她推了一下他,"去你的房间,我要休息了。"

他嬉皮笑脸地说:"我要和你一起休息。"

她的脸立刻拉下来,一副不怒而威的样子。

他只得起身:"侯宝林说相声,你鱼没钓着,饭量倒是见长!"

她倒头便睡,根本不理睬他。

身穿舒适的家居服的周鞍钢,躺在沙发上看书,突然连呼:"有意思!"

张琴停下手中的活,说了句:"什么人啊!吓我一跳。"

"先生不知何许人也。好读书,不求甚解。每逢会意,便欣然忘食。"他挥动着书说,"两架在伊拉克禁飞区执行任务的美国空军的F15击落了美国陆军的一架黑鹰直升机。你知道是什么原因吗?"

张琴对这类国际政治、军事之类的话题,根本就不感兴趣。随口应答道:"我要是知道,也到美军去当五星上将了。"

"美军从来就没有女的五星上将。我告诉你吧,这是因为黑鹰没有被列入当天执勤的名单。原因就是空军不认为陆军的直升机是飞机。"

“你没用的东西知道的真不少。”

“对于两种人来说,任何东西都有用。一种是小说家,一种是侦探。”

“你既不是小说家,也不是侦探。当小说家可以赚到稿费;当私人侦探,更可以赚到大钱。”

“你怎么跟苏群的二哥似的,一句话就能说到钱上?我告诉你,小说家的想象力加上侦探的推理、观察,就是检察官必备的素质。”

“废话少说。你和八一中学接上关系了没有?”

他试图回避,起身说道:“又不是地下党,接什么关系?”

张琴自然不会让他滑走:“我不是检察官,我只是一个普通人。对我来说,儿子上中学的事,要比中东这些烂事和你那些破案子要重要得多。”

他无奈地说:“教过我的老师、校长,早都退休了。”

“八一中学前身是军队的子弟学校,你家老爷子在军队待过那么多年,多少也有些个老部下吧?还能没关系?”

“铁打的营房流水的兵。他的老部下也都回家养花、抱孙子了。”

张琴说话变得小心起来:“我记得你们不是在教委办过一个案子吗?处理了一个副主任。”

他顿时严肃起来:“你怎么知道?”

“报纸上都登了。”

他放松下来:“那个副主任都被判刑了。”

“和他一起沾边的,肯定有没判刑的。”

他把手中的书扔到桌上:“就算有,我也不会去说。我从来不利用工作之便营私。”

“你要是不去,我去。”

“你要真去,就意味着你我夫妻关系的结束。”他知道如果利用手中的权力,慢说上八一学校,就是出国留学,也是手到擒来。但这一步一旦迈出去,你就进入了一个权钱交换的系统:你让别人办事,别人找你,你就不能推脱。长此以往,必然会坠入深渊。

“结束就结束。”她不在乎地说。女人在事关子女“生死存亡”之时,必然会不管不顾。此乃母性。母性者,兽性也。它来自本能,与理性无关。

夫妻关系,也是博弈之一种。周鞍钢软下来,答应去找找关系。

她很知道他这种推脱的方法,追问具体方案。

他信奉事缓则圆,随口把方兴抬出来抵挡:“隆德集团经常捐助教育,与八一学校有关系。”见她顿时高兴起来,他感叹道,“难啊!难!做人难作半中年,作天难作四月天。”

“什么意思?”

他朗朗说道:“身要太阳麻要雨,采茶娘子要半晴天。”

困兽犹斗的袁因,犹豫了很久,终于给方兴打了一个电话,只有方兴,才能让他接近KG。他首先对自己在深夜打扰的行为致歉。

方兴笑着说:“袁总客气了?我起码还要两个小时之后才上床。然后再看一个小时的书。”

袁因很少奉承人,但这并不等于不会:“方总虽日理万机,但不脱书生本色。”

他当然知道袁因有事,寒暄过后,首先发问。

“越级请示不是好事情。但有一件事,出于对集团公司利益考虑,我不得不说。”这是他设计的第一步。

“越级一说,是旧管理模式之用语,早已过时。时下是无中心的网络时代。也就是无中心的时代。”他知道袁因深夜来电,一定是有关KG。必须让他把心里话说出来。

袁因用故事来说明:一位生物科学家,与广东的一家企业,组建了一个生产螺旋藻的公司。他以他的技术入股,广东方面出资金。产权明晰,分工合理,是一个完全符合现代企业制度的企业,因此运转良好。两年下来,几乎收回了成本。

可就在这个时候，这位科学家出了车祸，变成了植物人。

方兴立刻明白了此寓言的含意，但不发一言。

袁因只好自己说："以前人们总以为，死了张屠夫，不会就吃混毛猪。可这位科学家的缺失，让这个企业连混毛猪都吃不成了。他失去了知觉，整个企业也没有了灵魂。"说到这，停了下来。

方兴于是鼓励他继续说。有些话，你必须让别人说出来。

"我从来不怀疑李总的为人。但一个人，只有一个人掌握全部技术秘密，是不安全的。应该是三个人，起码要有两个人掌握。"

"那您认为另外一个人该是谁？"

他很有分寸地说："我的责任是提醒方总您。至于用谁，要方总自己考虑。"

方兴表彰袁因"以公司为家"的精神，然后结束了通话。

放下电话后，袁因松了一口气，这是他最后一招。人力已尽，然后听天由命吧。随后，他破天荒地睡着了。

周鞍钢进入高策家时，高策正在读书。他询问所读何书？高策用报纸盖住书，让周鞍钢猜。他根据书的厚度判断："不是《二十四史》，就是《资治通鉴》。"

"你的回答严重缺乏依据。"

周鞍钢言之凿凿："作为管理者，您必须读这些书。因为这样做有助于您了解人性。秦汉时期的人怎么想，现在的人也怎么想。毛主席一举例，就是《汉书》《史记》。他老人家说：刘邦死后，诸吕篡权。我死之后，江青要做乱。结果一切都被他老人家说中了。"

"毛主席他老人家还说，主观主义害死人。"他把书递给周鞍钢。

周鞍钢惊讶地发现竟然是一本《动物》。

"夫复何言？"

周鞍钢当然不会没有话说："如此说来，人的事您基本了解得差不多了，从而要去进入一个陌生的领域。拉法格曾经这样形容他的老丈人马克思，他的头脑就像一艘生火待发的轮船,随时准备驶入任何知识的海洋。”

“你小子拍马屁的功夫见长,又是毛主席,又是马克思。老夫不会上你的当!”他把书递给周鞍钢,“这里面有一篇文章很有意思,有许多动物都能释放外激素。这些外激素,大都是小而简单的分子,极小的浓度就起作用。能指示何时集合、进攻、搬运,也能确定相互房地产的确切边界。据说一只雌蛾放出的全部蚕蛾醇,从理论上讲能引来一万亿只雄蛾。”

“这些雄蛾之间有约定吗?”

“没有。它们完全是出自本能,不约而同。”

周鞍钢点头:“高检微言大义,在下全明白了。”接着他汇报了“KG 上路”的事后,提议派人随同。

高策认为应该由苏群方面派人去,他却认为还是自己人水平高、可靠。

“要相信党,相信群众,这是两条基本原理。再者说,保卫是苏群的专业。”

“我明白了。”

“你明白什么了?”

周鞍钢笑着说:“案件就像一杆秤。”

他也笑了:“我给你讲个笑话。军阀张宗昌小的时候要出门前,他母亲对他说,出去之后不要踩人家的萝卜地,懂不懂?他说懂。母亲又说不要偷吃人家的萝卜,懂不懂?他说懂。他母亲最后说,回来的时候,要给我带一个大萝卜,懂不懂?他还说懂!”

周鞍钢想了一下后,也笑了。

方兴在李帅刚刚在他的办公桌前坐定后,就拿出两张今天中午十二点去海北市的机票,李帅赶紧说已经买好了晚上八点的机票。他郑重地说:“KG 不光是隆德药业,也是隆德集团公司的重要财产。我说过,要慎之又慎。”

李帅的计划被打乱,有些不高兴:“不会不安全。”

“兵不厌诈嘛!”方兴的表情稍微松弛了一下,立刻重新绷紧,“另外,必须再带随员一名。”

李帅拼命把自己的不满压制下去。

“另外请李总把KG配方,复制两份。一份交给集团公司档案部存档,一份交给袁因。”

李帅的脸顿时变色:“这是袁因本人的要求?”

方兴不容置疑地说:“我想我说清楚了?”

李帅知道这句不是问话的问话,必须回答:“说清楚了。”

“那好。去办吧。”

李帅一言不发地走了。他已经完全想清楚此事的前后。但他非但没有因为方兴的不信任而感到不安,反而感到一阵莫名其妙的兴奋:人生本来就是一场争斗,想斗就斗呗!

麦建把机票递给正在望远镜前面观察的秦芳。

她示意他不要说话。片刻之后,她摘下耳机:“机票没用了,他改成了中午的航班。”

他认为不可能:“民航的计算机明确显示,李帅将乘坐晚八点的航班。”

她活动着因长时间观察而酸痛的腰部说:“一位女士,请她的私人医生,切除她丈夫的盲肠。医生奇怪地说,‘去年我刚刚为你的丈夫切除了盲肠。一个人不可能有两个盲肠。’女士笑着说,‘但一个人很可能有两个丈夫’。”见他发呆,她催促道,“赶快去买机票,晚了就没了。”

他其实完全明白了秦芳的意思,刚才发呆是在装傻,他越来越觉得眼前这个女人很聪明。对付聪明的女人,装傻是最好的战略。

李帅望着袁因苍老、浮肿的面孔想道:此人对KG有企图,已经是不争的事实。为此我已经构建好了一个双人博弈的模型,你根本不是对手!但没有想到的是你竟然抬出了方兴。当然,方兴也定有企图,否则他是不会关心这么一点小事情的。于是乎,双人博弈就变成了三人博弈,或者多人博弈。我不怕!他在心中默念:沧海横流,方显出英雄本色!

在觉得沉默的时间足够后,李帅开宗明义,声明自己是科学家。习惯在逻辑世界里生活,而且缺乏行政工作的经验。

袁因脸上的表情很复杂。

“问一句庸俗的话,我对你怎么样?”

袁因的自尊心被触动,可他也不能不回答,于是艰难地说:“不错。”

李帅开始实施战略的第二步,历数自己对袁因的好处:二百平方米的复式住宅、帮助其女联系美国麻省理工学院,并且特批外汇等等,等等。

袁因表示自己不会忘记。

李帅的第三步,是自己虚拟出大学里一位曾经当过右派的老师给他讲的故事。

故事的哲学背景为:人作为个体,可以在某一个阶段相信他、依靠他,但不能永久信任他。至于这位虚拟的老师,为什么当上“右派”,当然是因为朋友的叛卖。讲到这,李帅把一张U盘从抽屉里拿出来,在手中摇晃着:“老师最后的箴言就是,小心灯火,小心朋友!”

袁因差一点儿就伸出手去抢夺,这毕竟与女儿生死攸关。

李帅依旧晃动着U盘:“这就是你要的配方——KG配方。在给你之前,我还有一个问题,是不是你让方总这样做的?”

袁因点点头。

他把磁盘从桌面上滑过来:“你还算老实。”

袁因接过U盘后说:“有一点我要声明一下。我这样做的目的,完全是出于对公司利益的考虑。”

他讽刺道:“你应该说国家利益,这样会更全面、更高尚。”

“我知道我怎么说,你也不会相信。”

他接着又搬出那位虚拟的老师的话“不要听一个人怎么说,而应该看他怎么做!”——虚拟的人物,就有这样的好处。凡是你不便说的话,都可以由他出面。

袁因希望尽快地结束这尴尬的场面,起身告辞。

但袁因快走到门口时,他重新把他召回,把机票给他,这是他计划的第四步。见袁因很意外,他说:“明朝的将领,在抵抗满清的战争中,总是师老无功,原因就是皇帝不信任,每每派出监军。”接着他恶毒地补充了一句,“这些监军,一般都是太监。袁总可知道原因何在?”

袁因当然不会回答。

“太监没有后代。所以做起事情来,无所顾忌。”

袁因此刻不得不说:“我只提出了副本的建议。监督的意见,不知道从哪里来。李总如果觉得不愉快,可以换个人。”

他冷冷地说:“怎么会呢?再说这是公司最高层的决定,无可更改。”

袁因对李帅的嘲讽,一点儿不在意:配方到手,女儿就没事了。

苏群断然否决周鞍钢的提议:“我不能为一件莫须有的事情而派两个人去。”

周鞍钢试图说服他:“这样说吧。一个重要证人可能被杀,你派不派人去。”

“派,当然派。不过这有个前提,此人确实是重要证人,确实可能被杀。”

“据我所知,咱们市从来没有发生过抢劫运钞车的恶性案件。可你们每天都荷枪实弹武装押送。”

“因为如果你不这样干的话,就会有人铤而走险。”

他得意地笑道:“你不想想,一车钞票才多少钱?而这个KG制剂又值多少钱?一个天上,一个地下!再说,前面有金秋子被杀,现在又有海外势力加入。我说过,这是一场博弈。博弈,你懂吗?”

“我没工夫研究这些玄学。”

他解释道:“假设一个礼堂,有两扇门。一扇好走,一扇不好走。这个时候,发生了火灾。你说你应该走哪扇门?”

苏群知道他喜欢捉弄人，便给了个模棱两可的回答：“那还用说。”

“于是大家都奔向那扇好走的门。鲁迅说的不对，应该是地上本来有路，因为走得人多了，反而没有路了。这扇门，也因此变得很拥挤。而那扇本来不好走的门，却相对好走了。根据别人的选择而选择，这就是博弈论的实质。”他当然不会因为炫耀自己的知识，而开罪苏群。结尾的时候，转了回来，“就如同你刚才说的，如果不对运钞车加以保护，就会有人铤而走险。”

苏群为难地说：“你说的这些，确实也有道理。不过我实在是抽不出人来。用《空城计》的话说，我这里是左右琴童人两个，打扫街道的都是老弱残兵。要不这样行不行？我给海北市警方打电话，让他们从下飞机起，就负全责？”

“关于此事，永康书记亲自作过批示的。”周鞍钢威胁道，“你应该知道我是谁！”

苏群笑笑：“你会讲故事，我也会讲。有一位前 NBA 明星，现任美国参议员，去参加一个冷餐会。冷餐会每人只有一块牛排，但他的胃口大，想再问侍者要一块，侍者委婉地拒绝了。谁知道他的明星脾气上来了，质问道，‘你知道我是谁？’接着，他得意地报出自己的身份。侍者反问，‘那你知道我是谁吗？’他下意识地问，‘你是谁？’侍者说，‘我就是那个分配牛排的人，我说一块就是一块。’”

周鞍钢苦笑着说：“一块就一块吧，聊胜于无。”

苏群也觉得有些对不起周鞍钢：“我送你回去。”

“别假仗义了。”

苏群开玩笑道：“你要是当上检察长，也就顶多比我这个公安局长高半格。”

“我要是当上市委书记，你这个公安局长就做不成了。”

“你要是当上市委书记，让我当我也不当！”

袁因从保险柜里取出样品后，小心翼翼地放进一个钢制的手提箱内。

隆德集团公司办公室主任把手提箱锁上后，分别递给一直在监督整个过程的李帅和袁因各一把钥匙。并且声明这只德国生产的移动保险箱，必须要两把钥匙同时插入，才能打开。

李帅客气道："方总深思熟虑。"

袁因扭身去锁保险柜。他刚要关门，突然想起什么，重新打开："我差一点把钥匙忘在里面。"他从保险柜里取出钥匙后，重新关闭保险柜。

办公室主任代表方兴，向两个人解释此举并非对两个人不信任，而是兹事体大，不得不如此。

李帅说他也认为这样做很好。与此同时，他把钢制手提箱锁在自己的手腕上，然后把钥匙递给袁因。见袁因犹豫，他说："我提箱子，你拿钥匙。公平合理。"

袁因这才接过钥匙。

"方总下车伊始，就制定了一整套制度。其核心就是假设被监管者是坏人。"李帅对着办公室主任说，"如果我是坏人，想盗窃这里面的东西，但因为钥匙在一个可靠的人手里，所以我只得打消这个念头。不要相信人，只能相信制度。"

一个很尴尬的场面。

方兴的"兵不厌诈"的策略挺管用。与麦建熟悉的那位民航官员，想尽办法也没有搞来票。麦建却以为他在搪塞，让他随意开价。

民航官员赶紧辩解："麦总待我不薄。要是花钱就能行，我连口都不会张。"

他根本就不相信还有钱办不成的事："实在不行，就让机长偷偷把她带上。"

民航官员无奈地说："飞机不是公共汽车，多一个少一个没关系。再说，我们是机场，管不了飞机。他们分属于不同的航空公司。"

"这是一万块钱。你去找一个顾客，买通他。让他坐下一个航班，不就结了。"他拿出厚厚的一个信封，"一万块钱，普通干部半年的工资。你快去，我就在这死等。"

民航官员很快地在飞往海北的三十四号登机口处，选中了一位穿着比较随便的旅客："您能不能把您的机票让给我？"

旅客看看他的民航制服，笑着说："这是我有生以来听到过的最荒谬的建议。”

民航官员知道此刻必须拿出撒手锏了:“时间就是金钱,金钱就是时间。我给你六千块钱,买您八百块钱的机票。”

旅客饶有兴趣地看着民航官员:“您怎么选中了我?”

民航官员打量着旅客:“看您像商人。商人奔波千里万里,最终还不是为了钱。”

“你的基本判断失误。”旅客拿出了一个证件。

民航官员看了一眼封皮后,赶紧说:“对不起。对不起。”然后迅速离开。

送李帅与袁因的汽车,到了李帅家门口时,李帅声称回家拿两件换洗的衣服。袁因并不认为这是请示,没有表态。李帅却主动邀请他上去。

袁因赶紧说:“不必了。”

李帅讥讽道:“不怕一万,您还不怕万一?”

袁因知道裂痕一旦产生,短时间内很难弥合。只好不说话。

“要是我,我就一定上去。”他话虽这么说,但不等袁因反应,径自走了。

李帅进了门后,携带着箱子,欲进卫生间。宁夕让他把箱子放下再进,他表示不可能。

宁夕不高兴地说:“你是不相信我?”

“我相信你,可它不相信你。”他指指手腕上的链子。

她心疼地埋怨道:“这才真是的。‘文革’的时候,我爸爸设计完一条通讯线路。到了施工的时候,硬是不让他下坑道,说是怕他泄密。可出了问题,就让他在地面上指挥。后来他说,这东西就和长在我身上一样,我要是想泄密,谁也拦不住。”

“你赶紧给我准备两套内衣、两件衬衣。”李帅说罢,进入卫生间。

他进去后,她趴在门上听,没有听到任何异常的响动。

满头大汗的民航官员把一张机票递给麦建:“我今天算是遇着鬼了,第一个对象就找错了。”

麦建检查机票的姓名和航班:“怎么?”

“竟然是个世界货币基金组织的高级官员,拿的是外交官用的红护照。”

他笑了说:“有一次,一个算命的非要给我算命。拗他不过,给了他十块钱让他算算我是干什么的。他观察良久后说,你是一个体力劳动者。我大笑着说,你不认识面相也就算了。怎么连皮茄克、皮鞋也不认识?体力劳动者有穿万宝路茄克、登喜路皮鞋的吗?再见。改日请你吃饭。”说罢,他扬长而去。

拐过弯,他把机票递给一直在那里等候的秦芳。秦芳显然很着急,如果不能与李帅同机抵达海北,就无法知道他下榻何方。计划的第二步,也就无从谈起了。为此,她特地亲吻了一下麦建。

李帅要出门前,宁夕特地从一个陈旧的盒子中取出一个绿色的戒指,坚持要他戴上。他不肯,说自己从来没有戴过这些东西。

她说:“此乃家传之物,戴上能避邪。”

他不以为然地说:“避邪?哪来的邪?”

她给他戴好:“我是怕失去你。”

“该失去的戴手铐、脚镣都没用,铁窗难锁钢铁心。”

她柔声说:“人家的一片心意嘛!”

“心意我心领了。我戴上这个像什么?不像科学家倒像一个暴发户,一副小人得志的样子。”

“那好。”她要往下拿戒指,“随你的便。”

他赶紧说:“好,好。我戴,我戴。”

她这才笑起来,在李帅脸上吻了一下。

他挥挥手中的箱子:“戴着这东西,干什么都不方便。”

李帅刚走,宁夕便接到了林恕的命令:坐下一班飞机去海北。宁夕说:“我走了,他会发现的。"

"两边都是虚拟的声音,你把住宅电话转移到你的手机上就行了。"至于任务是什么,林恕没有说。

第七章

李帅与袁因并排坐在商务舱中一言不发，袁因几次试图打破沉默，但未能奏效。

飞机起飞前最后一刻，秦芳才穿越商务舱，进入普通舱。因为她戴着墨镜，李帅没能认出她来。

飞机起飞后，周鞍钢才放下望远镜。接着，肩膀就受到苏群重重的一击。他揉搓着发疼的肩膀说："你这根本不是亲热的招呼，而是日本著名武士宫本武藏说的，致命一击！怎么？雨后送伞来了？"他不等苏群回答，又问，"海北方面安排好了？"

"司马懿在和诸葛亮对峙的时候，抓住了一个蜀兵。他问蜀兵，你们丞相都管什么？蜀兵说，丞相事无巨细，都管。司马懿又问诸葛亮的起居饮食。蜀兵答曰，吃得不多，睡得很少。司马懿一听就笑了。对部下说，看来诸葛亮不久于人世了。"

"你希望我不久于人世？"

"你不要狭义地理解我的话。我是说一个人的精力有限，不可能什么事情都管。"

"苏局长是举重若轻，周局长是举轻若重。不可同日而语！"他回头看看飞机远去的方向。

苏群笑着说:“孔雀东南飞,五里一徘徊。”

“你这些乱七八糟的东西,都是从哪里学来的?”

“我不像你,上过什么政法学院。”

周鞍钢纠正道:“是政法大学。”

“我考警校,当警察,不过是为了早些找到工作,好给家里减轻一些负担。后来想深造,领导又不让,只好自己胡乱找一些书来读。”

“当时你是不是立志就要当局长?”

“人们老说不想当将军的士兵,不是好士兵。其实没一个士兵,上来就想当将军的。他不过是想当班长,当上班长之后才排长、连长一级一级地想。”

“有道理。飞机是一个密闭的空间,可暂时放心。咱们去喝一杯,我请客。”

飞机确实是一个封闭的空间。但这不保证在其内部,不发生运动。李帅去了卫生间之后,秦芳赶紧过去占领住候补的位置。大约有三分钟左右的样子,卫生间的门开了。

就在他开门的一刹那,秦芳看见他锁钢制手提箱链子的最后一个动作。

李帅看了秦芳一眼,但依旧没有认出来。

周鞍钢和苏群坐在一张小桌子前,喝啤酒。

苏群虽然表面上不服周鞍钢,但其实是很愿意和他在一起的。周鞍钢豪爽、豁达、幽默、善良,且知识很渊博。与之谈话,尤其是争论,绝对能磨砺思想。

争论如同战争,总要有人打第一枪,苏群就周鞍钢“飞机乃密闭的空间”的论点开始了讨论。开头必然是否定:“侦探业务,你肯定不懂。但一听这话,就知道你连侦探小说也没有看过几本。侦探小说最常见的现场,就是在一个封闭的空间内发生的谋杀案。谁没写过密室谋杀,谁就不能算是好的侦探小说家。”

周鞍钢当然明白此乃“踢球兼踢人”的战略,因此饶有兴趣地在看他还能玩儿出什么花样来。

“当然，这密室有好多变数：大雪封闭的山间别墅、孤岛，还有飞机。反正主人能进去，杀人犯就能进去。”

“但大都借用记忆金属、空中加油飞机等谁也没见过、匪夷所思的工具。”

“好的小说不这样。案犯的工具并不超越常识，凶器可能是冰块，杀人之后化了。也可能是煤气。”

“我总以为侦探小说的前提就错了。能安排如此精密复杂结构的案犯，一定有相当高的智商。而有这么高智商的人，应该不使用‘杀人’这一最高犯罪手段，就能够达到自己的目的。”

苏群正要反驳，电话响了。他接听后对周鞍钢说：“他们已经到达海北市，此后将一直在我们的监控之下。”

周鞍钢隐隐觉出一阵感动。感动归感动，他还是要求海北方面提供的一切，苏群都必须知会于他。

“不是一切，而是把本局长认为应该知会与你的知会与你。”

他坚持要求：“一切。”

苏群不满地说：“你这是越俎代庖！”

他嘲笑道：“就会这么两个词，千方百计地用。在KG这事上，就用了三回。”

“正因为会的不多，所以就要老用。不怕千招会，就怕一招绝。”

“一等人，有本事，没脾气；二等人，有本事，有脾气；三等人，没本事，脾气却大得不得了。”他点划着苏群，“你自己想想，是不是第三等？”

李帅和袁因刚一下飞机，一名警察迎上去，敬礼后问：“是隆德药业公司的李总、袁总吗？”

李帅惊讶地点点头。

警察说他是奉命接两位去药品检验中心。

“您怎么能认出我们两个来？”

“两位的相片已经先行传真过来。”警察指指李帅手腕上的钢制手提箱，“您是一位戴手铐的旅客。”

李帅、袁因都笑了。

秦芳见两个人上了停在机场内的警车后,迅速上了一辆出租车,二话不说塞给司机一百块钱,要求他跟上警车。

出租汽车司机很是纳闷:跟踪的事情他遇到过几次,但多是中年妻子跟踪丈夫,或者少年男子跟踪女友,从来就没有见过跟踪警车的。

方兴坐在居中的大沙发上,认真地听着申井在讲解“包装”之役的具体方案。

参加这个绝密会议的还有隆德公司的财务部主任丁尼。她有着很好的学历,财经学院本科毕业,又曾经留学美国。非但如此,她还美丽文静——这些稀缺的资源,集中体现在一个人身上是很罕见的。

投影屏幕上的曲线,随着申井的讲解,不断变换着。他的核心意思是:如若没有大量资金推动隆德公司的股票,即使 KG 通过国家批准,且批量生产投放市场,对贵公司的股票价格影响也不会大。对丁尼的质疑,他讲解说:“经验告诉我,至多不过是一两天的波动而已。”

丁尼说:“这应该是一个很大的利好消息。我们可以开动公关机器,向媒体广泛发布消息。”

申井浅浅一笑:“把一个消息告诉给公众,是需要钱的。就算你们在最黄金的媒体上宣传,投入和产出也不成比例。西方有一句谚语,为赌这点钱熬夜,还不够买蜡烛的。”

丁尼还要说什么,方兴却说:“今天就讲到这吧?”这话虽然听上去是征询语气,实际上却是命令式的。

申井关闭电脑,取出 U 盘。

方兴没有伸手,只是说:“磁盘是不是留给我研究一下?”

“当然可以。”申井把磁盘递过来。

方兴并没有去接。丁尼心领神会,接了过来。

申井取出一个金烟盒,取出一支烟后问方兴:“方总不介意?”

方兴摆摆手:“请便。”

但申井怎么也找不着火。

方兴客气地说:“很对不起,我这里没有火。”

申井因为抽不成烟,一副六神无主的架势。

丁尼随口说:“火柴或许在公文包里。”

申井果然从公文包里找到了火柴:“我抽烟从来不用打火机,燃气会损害香烟的味道。”

“细节的讲究,才是真正的讲究。”方兴伸出手,“再见。”然后他对丁尼说,“丁主任代表我送送申总。”

丁尼点头后,拉开门,请申井出去。

两个人出去之后,方兴稍待了片刻,走到落地窗前。

透过窗户,可以看到丁尼送申井到汽车前,她礼貌地拉开车门,随后挥手作别。

虽然一点异常没有,但他还是感觉到不对。她怎么知道申井用火柴吸烟?魔鬼总是隐藏在细节当中的,要探究之。

方兴的理念是:作为一个掌管大量资源的人,干任何事情都必须三思而后行。不要相信任何人,尤其不要相信你手下的人,有求于你的人。总而言之,不要相信资源相对于你贫乏的人。资源如水,只能从高处流向低处。

海北警方通知苏群,KG已经安全抵达。苏群只是简单地表示感谢,他刚挂机,周鞍钢查问KG安全的电话又来了。他没好气地说:“没有。”

周鞍钢立刻紧张起来:“怎么回事?”

他觉得自己隔着老远,也能看到周鞍钢的样子:“我逗你呢。”

周鞍钢不高兴地说:“你怎么能拿工作开玩笑?”

“你清正廉洁,这有目共睹。你的官运也就那么回事,虽然传说你有可能当检察长。但你我都知道,这戏不大。所以我一直不明白你工作的动力来自何方?反复思考后,我认为只有一个来源。”

“什么?”

“来自《共产党宣言》。”他听到周鞍钢得意的笑声后说,“可你别忘了,列宁说过:不会休息的人,就不会工作。”

“遇到我,你就算是跟上鬼了。”

“跟上鬼还算好的,怕的就是让鬼跟上。尤其是那种有八个引擎,大功率的鬼。”

“好了。再见。”周鞍钢挂断电话。

秦芳在与麦建通电话的同时,目光炯炯地注视着大门。她这样做,已经两个小时了。对于他很啰唆的叮咛,她显得极不耐烦:“你应该知道,我是学电气专业的。要是有一个人,对一位电气工程师说高压线是不能摸的,该多没意思?”

“你一会儿是学表演的,一会儿又是学电气的,鬼知道你是学什么的。”

放下电话,她笑了:我是学什么的?我自己也不知道是学什么的。反正什么有用就学什么,大象无形。她正想着,李帅和袁因出来上了汽车,她赶紧发动着汽车紧跟在后面。

方兴只用了一个小时,就把经过申井细化的“实施计划书”读完。并将其解构、消化之。

太阳底下没有什么新鲜事,申井所提倡的不过是自称“K先生”的吕梁、新疆的唐万新的操纵股价的老方法。不同的是,吕梁的载体是“科技”,唐万新的载体是“产业整合”,而申井计划则是“KG”而已。用KG研制成功为起因,然后就像网球双打一样,找上几家金融机构,来来回回地买卖隆德的股票,给股民一个“繁荣”的假象,这样他们就会跟进。与此同时,再慢慢地释放手中的能量。等广大股民们明白过来，现金已经到了自己的手里。

对于这个方案，方兴没有道德上的障碍，惟上智下愚不移，这是千古真理。他所关心的只是资金的来源和安全。为此，他把丁尼叫来研究“可行性”。

丁尼用很专业的术语，高度评价了这个计划。最后总结说：“我认为可以作为公司战略。”

“战略？”方兴眉头一皱，隆德的战略，只能出自于他本人。

“我说错了。应该是战术。”她很注意观察方兴的表情，见他的脸色渐渐缓和，便说，“您的战略构思，确实很宏大。但这些小战术，能很快收到实效。您可能看了这个月的财务报表，咱们的现金收入已经到了红线之下了。”

方兴的眉头又皱起来。一个企业的现金收入如果不足的话，那将是很危险的。他命令丁尼“处理”这份财务报表。

她说上报的报表，已“处理”过了，并且给他讲了一个道理：短期的财务报表好处理，但如果要把长期的亏损隐藏起来，必须布置一个财务迷阵。

方兴当然知道隆德集团公司，将面临着长期的亏损。这些亏损并不是于建欣一个人造成的。于的所作所为不过是起到“瓦解”的作用，更可怕的是“土崩”。“土崩现象”，在黄土高原窑洞区最为常见。连阴雨下个没完，慢慢地渗透到土壤内部，只要达到一定的数量值，窑洞会在毫无前兆的情况下一下子崩塌。有鉴于此，他必须迅速离开。

她见他沉思，认为被击中了要害，便提出利用申井的金融关系网络，来制造“繁荣”。

他没有回答，淡淡地说：“你可以走了。”召她前来不过验证、考察而已，并不是讨论“战略、战术”问题。大事不赖众谋，这些都是要自己来决定的。

她并没有走，而是满脸洋溢着迷人的微笑，撩了一下头发，发出“一起吃晚饭”的邀请。从上小学开始，她就明白了自己美丽容貌的力量。上大学时就更不用说了，导师不光把考试题目提前告诉了她，还跪在地上恳求她。工作之后，更是攻无不克，战无不胜。

其实他从丁尼一进来，就发现她没有穿“上班装”，而是穿着很性感的裙子——假设一位女士打扮得很漂亮,就如同一件商品提高了质量。而质量的提高,等同于价格的下降。换言之,就是希望引起需求的增加,尽快地“卖出去”,并且卖一个好价钱。“既然没事,我就讲个故事给你听。我的一位朋友喜欢古物。像我这样,上了点年纪的人,或多或少地都喜欢有古旧色彩的东西。当他听说师大孙教授有一套明朝殿版的《宋史》之后,便志在必得。我告诉他不可能。他却认为没有人可以抵抗八十万块钱的巨大诱惑。要知道,是上世纪九十年代初期的八十万。”

“几乎相当于现在的四百万。”

“我于是对他说,谓予不信,拭目以待。果不其然,他虽然把价钱开到百万,还是碰了一个大钉子。你可知道原因？”

“或许是这套《宋史》,可能对孙教授有感情价值。”

“当时,孙教授已经快八十岁了。对于一个八十岁的垂暮老翁,金钱几乎完全丧失了意义。”

她明白了故事之寓意,但并没有半点不好意思。

他也知道“不好意思”这种品质,不属于丁尼这个年龄段的女人:“孙教授故去之后,我这位朋友,只用了区区十万块钱,就买下了这套《宋史》。”这完全是他杜撰的,为了给她一个台阶下。在即将开始的金融运作中,她是一件重要的工具。“红粉送佳人,宝剑赠英雄。以后有机会,我请你。”

她沿着这个台阶,走了出去。她与申井曾经是“伙伴”,既是生意伙伴,也是性伙伴。在于建欣时代,两个人就在一起做过一些事情。本来也有大的策划,可没来得及实行。所以这次机会来了,一定要抓住。其实,这个机会她也是创造者之一。隆德即将面临大面积亏损的假象是她制造的,也是她告诉申井,通过祝副省长“迂回进攻”的。她知道这个计划一旦成功,必将有大规模的资金运作。而在这运作当中,充当“操刀手”的她和申井,肯定不缺机会。至于引诱方兴,乃是一个子计划。对于这个子计划,她没有指望一蹴而就。虽说女人勾引男人,要比男人勾引女人的成功率高很多,但对方兴这样一个“很冷”的人,还是要假以时日。

方兴的思考,充满了理性。性不是不重要,妻子一直在国外不肯回来。但丁尼绝对不是解决性问题的对象。“兔子不吃窝边草”是一个常识,没了窝边草,兔子也就离死不远了。

宁夕一出机场,电话就响了,一看是李帅,不免有些紧张。“喂”了几声后,还是没有反应,便直接说:“你怎么不说话?”

李帅笑着说:“你知道我是谁吗?就让我说话。”

她笑道:“还用你说话?你一出气,我就知道你是谁。”

他半开玩笑半认真地说:“这是第十次电话了。十次是我的上限,超过十次我就不打了。”见她不信,又说,“你真的不信?我可是严谨的科学家。”

“不管你有多严谨,我还是不信。”

“你要知道,科学家,尤其是一些不老实的科学家……”他打住。

她装出着急的语气说:“不老实就怎么啦?”

“就会不停地修改他们的试验数据,一直修改到他自己满意为止。就像黄禹锡一样,你知道黄禹锡吗?”

她当然知道黄禹锡。黄是韩国“首席科学家”,在二〇〇三年,首次宣布利用人类体细胞和卵子培育出人体干细胞。二〇〇四年,又宣布培育出世界上第一只克隆狗。但最近被揭露他在论文中所提到的十一个干细胞中,有九个是伪造的。她长出一口气后说:“我可没有造假。”

“刚才你为什么不接电话?”

她在接到来海北的命令之后,便设定了若干预案。此刻正好应用:“我出去了一下。”

他调侃道:“我走了,你是不是有‘翻身农奴把歌唱’的感觉?”

“你才翻身农奴把歌唱呢!我做头发去了。”

他唱了一句电影歌词:“阿妹梳妆为哪般?”

“别开玩笑了。你在海北怎么样？”

“挺好。你呢？”

宁夕娇声说：“不太好。”

“怎么？”

“老是想你。”

“老夫老妻，想什么。”

“谁和你是老夫老妻？你要几天才完？”

“鉴定要三天。”

“你好自为之。”

李帅笑着说：“我怎么听上去像是威胁？”

“你再说，我就去海北了。”

“我求之不得！”

她笑着说：“口是心非。”

袁因在李帅隔壁的房间中，以很低的声音用手机通知林恕配方已经拿到，接着就问何时释放女儿。

林恕的回答也很简明：拿到配方，并且“验明正身”之后。

“有什么能保证我把配方给了你，就能见到我的女儿？”

“什么都不能保证，你只能碰运气。”

因为在预料之中，因此他斩钉截铁地说：“你给我听好了，我不要我的女儿了，你也别想得到配方。”

这回答也在林恕的预料之中：“你不会不要你的女儿的，而且配方在你的手里没有用。”

“我估计我见到我的女儿的可能很小，小过百分之三十，所以我决定放弃。至于配方有没有用，你自己心里清楚。好酒不怕巷子深，我就不相信全世界就你一个买主？”

“你不一定卖得出去。KG 不是钢铁、石油，需要特定的买主。再者说，如若你擅自处理，我就会知会中国政府。这样就算你拿到了钱，也没有藏身之地。像你这种文质彬彬的人，根本无法亡命天涯。”

“你大概不了解我有很深的背景。”袁因困兽犹斗，精心构造出这个谎言。

“背景是哪个国家？”林恕紧张起来。

“无可奉告。”

林恕软下来，提议袁因先交出配方的一半，同时他把袁因的女儿带到香港来，然后用另一半来换你的女儿。

占了上风的袁因认为这一局已经胜了，便问联系方式。

林恕说用因特网。

“我这里没有电脑。”

林恕说一小时后，自然有人送去。至于地址，他连问都没有问。

周鞍钢独自提着一大包东西与张琴、周小擎在街道上行走，这在本月已是第二次。原因之一，就是路遇李帅被劫事件后，张琴很害怕。其二，就是买的东西，是用来给儿子上学“铺路”用的。这两个理由，他根本就无法推辞。

前行的张琴，回望踯躅行走的周鞍钢说：“每次我叫你逛商场，你就和流放似地。”

他懂得这种挑战，是无须回应的。可周小擎却不服气了：“那我爸也是被沙皇流放西伯利亚的贵族！”

他高兴地拍拍儿子的脑袋。

张琴埋怨道：“凡是没用的东西，你一听就会！”

父子俩人相对一笑。

她于是气不打一处来：“姓周的，就是你把儿子给教坏了。”

周鞍钢幸福地端详着儿子：“我看他挺好。”

张琴没好气地说：“怎么好？我怎么就看不出来？”

“俗话说，儿子是自己的好。”话说到这，他突然觉得不合适，就此打住。

她是知道下句的，于是追问：“那什么是别人的好？”

周鞍钢一时语塞。见她不依不饶，便把东西递给周小擎，指指旁边灯火辉煌的涅瓦饭店，说要去方便一下。

周小擎从来没有进过这种大饭店，担心地问：“人家让你撒尿？”

“那些穿得像沙皇将军似的人，都是吓唬人的，你看老爸我的。”周鞍钢说罢，昂首挺胸进入大厅。

“老爸就是行！”

张琴说：“行什么行？不就是一个破饭店吗？要能在里面吃饭才是本事呢！”

周小擎问：“儿子是自己的好，那什么是别人的好？”

张琴当然不会回答：“等你爸回来，你自己问他。”

“你不知道？”

“这么高深复杂的问题，你妈怎么会知道？”

涅瓦饭店是宁水最好的西餐店，西餐店大都没有包厢。若非宁水商业银行行长戴平坚持，方兴是不会来此用餐的。

他与戴平是中学同学，而后的几十年中，只见过不多几次。但彼此对对方的“宦辙”，还是很关注的。当他得知戴平由省行的稽核处长外放到宁水作行长后，几次电话相约但都阴差阳错，没有能吃成饭。

此次饭局，是方兴发起的：金融迷阵，离不开银行的配合。

他举起酒杯说：“还是老同学亲。十年没见面，见面就和没有分开过一样。”

戴平附和道：“我在华尔街的时候，发现一个很奇怪的现象，他们不探究你爸爸是谁，也不探究你有多少钱，就探究同学。那些好学校毕业的学生，比方哈佛、耶鲁之类的同学会门第森严之极。可只要一进去，立刻就感到春天般的温暖。”

对戴平，他很是了解。美国纽约商学院硕士毕业，并且在华尔街股票交易所当过操盘手、部门主管。在中国有这样经历的人不多,尤其是在二十世纪九十年代初。如不是因为戴平的“不检点”,成为某个商业银行总行级别的领导,应该是顺理成章的。可就是这些“不检点”毁了他。

他很钦佩戴平的领导之胆量,怎么敢让这样的人独当一面呢?控制使用,已经是上限了。他虽然这样想,但说出来的却尽是一些恭维的话。能将心理活动与言语截然分开,是需要多年锤炼的。

方兴投之以桃,戴平自然报之以李。说得也是一些恭维话:“就是,同学之间不能摆派。比方老兄你,那么大的买卖依旧平易近人得很。”

“此话有概念性的错误。隆德集团是国有企业,本人仅仅是经理人员而已。”

戴平不以为然地说:“谁都知道现在的国有企业,统统是法人缺位。既然法人缺位,也就是说,你看守的是一些没主的东西。我插队的村子里有一个光棍,虽说是光棍但夜夜不虚度。换言之,他名义上没有媳妇。但谁的媳妇,都是他的媳妇。”

他认为戴平的比喻不但粗俗,而且不贴切。但他不是来与戴平切磋学问的。若论切磋学问,排队排一千名也轮不到戴平。他正设法转入正题之时,目光正好与穿越餐厅的周鞍钢相遇,且不容回避。

以下的一切,都很程式化,给两个人互相介绍。

戴平对周鞍钢很恭敬,恭敬得方兴觉得过分了。他不禁想:这个人一定曾经栽到过反贪局的手里。

戴平双手把名片递给周鞍钢后,向周索要名片。“真对不起,我没有名片。”见戴平不相信,周鞍钢解释道,“在反贪局、公安局、监狱管理局这些被国人称为强力机关的工作者,通常是不发名片的,因为他们总不能说:欢迎您到我们单位里来。”

他在戴平双手递名片时,被其腕上的手表所吸引。

戴平也很识趣,笑着说:“只有我这样的商人,才会像‘文革’时期发传单一样给人发名片。人家不要都不行。来,喝一杯。”

周鞍钢已经把他手表的样式牢牢记住，于是说："我这个不速之客，滞留的时间够长了。不打扰两位老同学聚会深谈了。"

方兴觉察到周鞍钢似乎在观察戴平身上的一件物品，虽不知道是什么，但本能地退到安全距离之外，表示不过是随便聚谈而已。

等周走后，他开始观察戴平，研究是什么引起周的兴趣。很快就得出了结论是手表："你戴的是什么牌子的手表？我能看看吗？"

因为方兴一下子把话说完，戴平不得不摘下来。

方兴一下子就认了出来，但什么也没说还给了戴平。

戴平把一大杯白兰地一口喝下去之后，解释道："假的。"他也有些后悔。假设今天不是周末，不是老同学单独宴请，而且这之后他还要与一名新情人幽会，他是不会戴这种名贵手表的。银行虽然是新成立的股份制银行，但毕竟是国有控股的。换言之，他也是国家干部。可一个人有了好东西，不展现出来，就如同"锦衣夜行"，心里很痒痒。穷玩车，富玩表。一款好表，最能展示身份。

方兴不置可否地说："假作真时真亦假，当心玩物丧志。"

白兰地很快地穿越了戴平的大脑屏障，他随口说道："我已经无志可丧了。到了这把年纪，还有什么盼望？不像你。"

方兴听他的话，已经缺少了理智，便决定今天到此为止。

公共汽车上，只有周鞍钢一家人和另外两个乘客。周鞍钢若有所思地用手托住下巴：方兴、戴平，还有那只手表，一直在他的头脑中旋转。

周小擎从侧面看着父亲："爸爸的样子特别像那座有名的雕像，那雕像叫什么来的？"

他开玩笑道："《思想者》，是不是？"

周小擎得到了父亲的呼应，显然很高兴："对。就是《思想者》！"

张琴其实也很高兴，但说出来的话，却是另外的味道："你可真会往自己脸上贴金！"

"贴就贴点呗！人要衣装，佛要金装。"

一辆高级轿车从公共汽车旁边无声地掠过。周小擎把脑袋探出车窗，望着汽车闪闪发光的尾灯问："老爸你认识这是什么车吗？"

他看也没看便说："不认识，你爸我对汽车了解不多。"

周小擎因为找到了一个表现的机会而高兴："这是宝马车，BMW。"

因为周鞍钢在儿子上学的事情上，表现出来的被动性，张琴很不高兴。这种不高兴，会随时随地的表现出来。她讥讽道："你爸除去认识贪污犯，什么也不认识。"

周小擎显然想岔开这个话题："爸，咱们什么时候能买得起这样一辆车就好了。"

张琴的攻击目标，转向了周小擎："这就要看你是不是好好学习了。"

周小擎立刻一言不发。

他只得设法调动儿子的情绪："儿子，你知不知道 PIAGET 是什么意思？"

周小擎用手指头在自己的手掌上写这些字母，嘴里还念叨着："PIAGET，PIAGET。"随后很大人气地说，"你能缩小一下范围吗？"

"一款手表。"

周小擎脱口答道："您要是早说，问题早就解决了——伯爵表。"

"伯爵表比欧米茄要好？"

这个问题显然超出了周小擎的知识范畴，他回答不上来。

张琴却说："不是好一点儿。一只这样的手表，起码要十万块钱。我的一个朋友嫁给了一个起先是做塑料打火机的小企业主，就到手了这样一块表。"

"如果是镶钻的呢？"

张琴很内行地问是多少钻。得到周鞍钢"一圈都是"后，她说："这叫满天星。最少也在三十万以上。"她的那位女友，不止一次地炫耀过这款手表。

周鞍钢喃喃自语道："三十万？三十万！"

张琴看着周鞍钢沉思的样子，感到很可笑："怎么，你想给我买一块？"

“想都不敢想。”

周小擎假装大人说话:“老爸,你就给妈买一块吧。妈跟你这么多年,也不容易。”

周鞍钢假装威胁道:“你要是再给我使坏,我也往学习上说了。”

周小擎立刻就缩了回去。

袁因锁好了房门,拉上了窗帘又仔细地检查了林恕派人送来的电脑,才插入U盘阅读配方,这并非多此一举。林恕这种人,很可能在电脑上安装某种无线发射装置,你阅读的同时信息也发射走了。还没有把配方读完,就有人敲门。他赶紧把电脑配方界面关闭,拉开窗帘方才去开门。

进来的是服务员,他态度暧昧地问:“您需要什么服务吗?我们这里能提供任何项目的最高级的服务。”

他没好气地说:“最高级的服务,就是有求必应。”

服务员显然不太懂这话是什么意思,重复道:“有求必应?”

他不耐烦地说:“就是我不叫你,你不要来打扰。”说罢,粗暴地把门关上。

回到电脑前,他打开界面试图再看,电话响。他的心情显然很紧张,按动发送键把文件发走。看着文件一点一点地被发走,他才去接听电话。

在香港林恕办公室,有一台大屏幕彩电,李帅的位置通过全球卫星定位系统,清晰地显示在屏幕上。信号源就是宁夕送给李帅的那枚戒指。

这一套系统,很花了一些钱。但他懂得不投入就不产出的道理。工欲善其事,必先利其器。

在两个小时前,他曾经通过一个网站,给李帅的手机发了一条信息。内容是:停泊在港口的安娜公主号游轮上,有整个东南亚最好的赌场。

李帅嗜赌的信息,是宁夕在无意中透露给他的,但立刻引起了他的重视。赌博是仅次于吸毒的恶习,一旦沾染上终生不改。有些人之所以洗手,大都是外力所致。换言之,一旦外力撤销立刻会“原形毕露”。

根据这些原理,他相信没有外力压迫的李帅,一定会被吸引过去。

果不其然,李帅在晚饭后出了门,向港口方向走去。

他注视着自己的得意之作:派遣宁夕、控制袁因,所有这一切,都是为了KG。知道部分计划的副经理,认为没有必要“下这么多套”。他却认为此项目,一生中只能遇到一次。必须确保成功。

他看到有邮件进入系统,当确定来自袁因后,便立刻打开。

屏幕上出现配方界面:图表、公式、曲线。

林恕得意地自言自语:“真是‘踏破铁鞋’啊!”

当他得知KG项目时,敏锐地意识到其价值,然后开始寻找买家。寻找买家并不是一件容易事,知识产权保护,已经形成全球共识。发达国家不会买,但仔细分析,这不过是一种表面现象:追求利润的资本,怎么会放弃这样一桩好买卖呢?他通过一些渠道播放出信息之后,果不其然,有若干家找上门来。他最后选中了一家地处东南亚某国的药业公司。之所以如此,就是因为他知道这家公司,其实是一家美国制药公司的代理公司。

他只懂得一些制药的皮毛,但还是很有兴趣地看着配方,翻动页面的手不禁有些颤抖。页面很快地读完,当他准备看第二遍时,界面中出现了很奇怪的景象:字迹开始高度旋转,最后凝成一团然后变成一个亮点。

他着急地敲击键盘,亮点渐渐扩大,但变成了一只小白兔。小白兔跳跃了几下之后,很高兴地说:本文件只能阅读一次。本文件只能阅读一次。永别了。

小白兔不见了。但出现了两行字:主说:一切源于尘土,又归于尘土。阿门!

屏幕上一片亮点。

他疯狂地敲击键盘。当他明白这是徒劳后,恢复了镇静。每逢大事有静气,这是他最喜欢的格言。他重新调出了李帅的位置,他已经很接近安娜公主号了。

一切都在可操控的范围之中。接着,他调出了宁夕的坐标。

宁夕的坐标,与李帅的坐标,几乎重叠。

通过在宁水的耳目,他早就知道秦芳、麦建等也在觊觎 KG。而且也知道了他们具体的计划,所以他派宁夕去海北,去钳制秦芳。

让李帅堕入赌博泥潭,从而控制住他是他的设计原旨。毛瓜是干这行的老手,但并没有让宁夕跟踪李帅的计划。

她很可能破坏这次计划。想到这,林恕伸手去拿电话,来电的果然是宁夕。面对宁夕的质问,林恕坦承一切都是他的安排。

宁夕一下子瘫软下来,有气无力地质问道:“你怎么能让他到这样的地方去?”

林恕明确地告诉宁夕:“此事的始作俑者,你也有一份。”并且命令她停止跟踪。更不能劝阻,否则后果自负。说完,他就放下了电话。他完全相信自己对宁夕的控制力。果不其然,他从屏幕上看到了宁夕停止了运动。

正因为此,他没有给毛瓜打电话,让他制止宁夕上船。如果他说了,秦芳是不能如此顺利地上船的:赌博场上,很少有女人。

第八章

赌场老板毛瓜，通过监视器，巡视着整个赌场。

这家设在轮船上的赌场，颇有些规模；没有规模，何来效益？二十世纪九十年代中期，毛瓜就敏锐地意识到机会来了。计划经济时代，管理得严格不说，人们也没有钱。而现在，开放了，也有了钱。两个条件都具备了，可以大干一场了。

他的第一方案，就是从乌克兰买一艘退役的巡洋舰。一艘巡洋舰，可以装载数千官兵，改成舒适度高一些的赌场，起码也可容纳一千人。规模可以了，但因为“巴统”的干涉，没能成功。于是，他退了一步，买下这艘安娜公主号。

有利有弊，规模虽说小了一些，但机动性却高了，这些年他一直在中国东南沿海转悠。哪个地方风声紧了，就转移到另外一个地方去。大陆的机构繁杂，政出多门，总有接缝处。这一点，在中缅边境上长大的他不会不知道。

他把监视器转移到李帅所在的台子上。李帅已经赢了不少钱，面前都是筹码。

他知道事情已经不可逆转了。

李帅正在与一位穿着很绅士的赌场职员玩十三点。他自觉手风很顺，就加人了赌注。职员翻牌后，双手一摊表示认输。

李帅得意地笑起来：“底掉了？”

“我是这里的职员。为了防止作弊，每天输钱有底线。先生赢了这么多，还不请我喝一杯？”

李帅招呼住路过的服务生,从他的托盘中取过两杯酒,然后很随便地扔进一个价值五百元的大筹码。在赌场,钱已经不是钱。

职员于是开始实施毛瓜计划的第二步,邀请李帅去押宝。

押宝不同于十三点。十三点是一种对手游戏,金额不会大。而押宝的对手是赌场,资本可以认为是无限的。

“押就押,反正这些够输的了。”李帅喝了口酒后,拍拍职员的肩膀,“这东西不光有运气,还有概率的计算。你知道一百七十四的立方是多少吗?”

职员摇头:“这要计算机来算。”

他春风得意地说:“你信不信,任何一个随机数的立方或者开立方,我都能在三十秒内算出来。”

职员表示很肯定的相信之后,带领李帅走回押宝台。

在不远处轮盘赌台的秦芳,也看到了李帅走向深渊。

高策在江边做一套自己编的体操。他是个喜欢创新的人,认为传统的体操都是根据统计数据制定的,不符合他的个人情况。

周鞍钢见他很认真地做操,不忍心打扰就站在了他的身后。

高策头也不回地说:“你怎么来了?”

周鞍钢赶紧转到前面:“您不回头,怎么就知道有人?又怎么会知道是我?”

“你还没有回答我的问题呢?”

“巧遇而已。”

高策没有停止活动:“我小的时候,身体特别好,从来不生病。所以我很羡慕那些经常生病的同学。理由很简单,有病就可以不上学。有一次,我谎称不舒服去卫生所看病,回来后老爷子问:怎么样?我说:发烧了。他问多少度?我想多说点儿没坏处。就说:一百度。老爷子笑笑说:那你就休息一天吧。”

“您的意思是,您家老爷子特别智慧,从来不揭穿善意的谎言。”

“你曲解了我的意思。我的意思是,老爷子是想让我自己明白我在说谎。”

周鞍钢赶紧说自己没有说谎。

“人老了,三件事:贪财、怕死、不瞌睡。而我在你这个年纪的时候,睡也睡不醒。说吧,有什么事?”

周鞍钢讲述了戴平那块全是钻石的伯爵表。

“满天星?”

“您还知道满天星?莫不是您家里也有一块?”

“我还知道核弹是U235制造的呢?莫非我家里也有一个核弹?那次咱们在北京参加反腐败大会,会后的展览上就有。”

周鞍钢摸摸自己的脑袋:“我怎么没见着?”

“一个人如果在机械博物馆里看见机械、在历史博物馆里看见历史,他就是一般人。可如果他在机械博物馆里看见了历史,在历史博物馆里看见了机械,他就不是一般人。”

周鞍钢承认自己观察力一般后,转回正题并做出结论:“满天星乃冰山之一角。”接着,他否定了高策的“礼物”说,“国人之间,很少会送这样贵重的礼物。在改革开放之前,除去极少数有底的人外,全中国没几个存款超过万元的。要不然怎么会有‘万元户’这么一说呢?”

“从那时到现在,已经十年过去了。”

“十年对资本完成原始积累来说,不过是短暂的瞬间。再说,我已经调查过了,此人单位的同事从来就没有见过他戴这个表。这也就是说他只是在昨天,也就是休息日拿出来戴戴。这就等于说这表来路不明。”

高策认为这个推论缺乏依据。

“如果您有一位漂亮的太太,那您一定走到哪带到哪。可如果您有一位漂亮的情妇,您只有在十分保险的情况下才带她出来。”

“我的太太不漂亮,起码现在不漂亮了,我更没有情妇。所以,我不是很理解你的比喻。但是,我基本上能猜出此人是做什么工作的。”

“您要能猜出来,我就穿着衣服,游到对岸去。”

“我问你三个问题,你只需要回答是或不是。”

“可以。”

高策伸出一根手指头,问此人是否公务员?见周鞍钢摇头后,他又问是否大型国有企业领导人?周鞍钢点头后,他三问是否金融系统的?

周鞍钢装模作样地解衣服的扣子:“看样子,我得牺牲一回了。”

“等我说完你再下去。”他说罢,坐在一块石头上,“二十世纪八十年代中期,有一架苏制米格二十九叛逃到日本。日本专家打不开,只好请美国人来。美国人也很感兴趣,因为飞机的速度一旦超过二点五马赫,就会发生热障。可米格二十九却把这个问题解决得很好。打开一看,发现根本没有什么新技术。任何一个局部,都是已知的。”

“既然全部已知,为什么美国人做不出来?”

“美国人缺乏总体构思。”高策话锋一转,“少量的金钱,我指的是几十万,不是你我的工作主要目标。我们的目标是千万、亿万。中国最近加入了世界反洗钱组织,你知道吗?”

周鞍钢当然知道。

“非法所得,一定要通过某条渠道,融入合法的金融系统内。我知道一个人,他出生于西北一个贫苦农民的家庭,可他曾经在瑞士日内瓦湖畔有一座美丽的别墅,旁边住着著名影星莎朗斯通。”

“我越来越佩服您了,您居然知道莎朗斯通。”

“他还有一个法国情妇, 一位经常在世界各地高档服装店购买时装的法国情妇。”高策把手指的关节捏得“嘎嘎”作响,“而所有这一切,都是由若干个匿名账户支付的。而这个匿名账户的内容,就是中国人民的血汗!”

周鞍钢望着面色严峻的高策:“没有抓回来?”

他不无沉痛地说:“人最后是抓回来了,但钱却没有回来。中国的经济已经融入世界经济,在这个大背景下切断洗钱渠道,是重中之重!”

“上面有明确授权?”

“腐败分子有很多，而抓重点是不需要授权的。再说，上面的决策基础，也是由咱们这些下面的人提供的。”

周鞍钢感叹道：“真是‘胜读十年书’！”

他看着类似周鞍钢这样的年轻人成长，感到由衷地高兴：“才十年？我还以为会更多一些呢！”

李帅面前的筹码和他的科学家风度一起荡然无存：衬衫纽扣解开，额头上满是细细的汗珠。人性中有许多“恶”的成分。这些东西一旦被激活，就像火山喷发一样地不可遏止。

他摘下手表后，想了想又褪下戒指。脸色阴沉地放在“独一门”上。这已经是他身上最后的财产了。

刚才还和颜悦色的职员，此时冷若冰霜地说：“不要实物，只要现金。”

李帅以拉斯维加斯、澳门赌场为例，说这些等同于硬通货。

职员冷淡地说：“拉斯维加斯是拉斯维加斯，我们是我们。”

“对。对。在这里你们是立法者！”他恨恨地说完，掏出钱包取出信用卡，“我这是张金卡。可以透支十万的金卡，你们要不要？”

职员接过金卡，递给旁边的一位小伙计：“去查一下。”

他着急地说：“那我现在就开始押了？”见职员不同意，他就问原因。

职员说：“谁知道你的金卡是真的还是假的？”

他指指自己：“你看我像骗子？”

职员无情地说：“像骗子的不一定是骗子。”

他无奈地坐下。人口喝着水。

在遥远处一直在用余光密切地关注李帅的秦芳。知道李帅到了深渊的边缘。

朝阳很难得地进入了林恕的办公室，林恕的心情也因此很好。李帅进入了自己的掌握之中,等于成功了一半。把如此之多的资源组合到一起,乃是一个伟大的系统工程,甚至不亚于登月。阿波罗计划,所组合的不过是一些机械、电子类的东西,而我组合的乃是人——一些利欲熏心的小人。

他甚至有些沾沾自喜。但旋即把这种沾沾自喜克服掉:生死存亡的博弈,岂容大意?他于是命令副经理:“给我找一根袁因女儿的手指来。”

副经理不解地问道:“袁因的女儿不是在美国吗?”

他意识到自己的错误,但不肯承认:“我是要你找一个手指,送给袁因。哼,他敢骗我!”

副经理虽然在生意场上搏杀,但真正地血肉之战从未经历过。因此他斗胆说:“我看袁因没有必要骗咱们。”

他来回踱着步:“也许有,也许没有,关键是要给这个家伙施加一些压力。有句老话,人没压力轻飘飘,井没压力不喷油。快去!”

副经理不知道到什么地方去找手指。

“别人肾脏、心脏都搞得到,你区区一根手指都搞不到?”训斥完,他看副经理还愣在那里,又说,“去买,买不来就去抢。只要是年轻女人的手指就行!”

高策的办公室,已经简约了很多。所有的私人物品,都不见了。

周鞍钢对此颇有感触:许多老干部,位置没有了,但汽车不退,办公室不腾。汽车不退倒也情有可原,毕竟是有用的交通工具。可办公室有什么用呢?不过是身份的象征罢了。实体都没有了,象征还有什么用?

议论之后,高策讲了他老丈人的故事:老头是一个不小的官,曾经担任过中央某部的副职,上世纪八十年代就离休了。经过“顾问”之类的虚职过渡之后,没有了办公室。这一下子,老头顿时六神无主。到最后,家人只好把院子里的地震棚改建成“办公室”。于是,这尊神就归了位。每天早晨,都要到这间不见阳光的房子里去坐上两个小时以上,直到去世。

“换个角度,也许就能理解了。时间长了,办公室已经变成了这些人身体的一部分。”说话间，他把周鞍钢领到办公室的里间的墙壁前。然后拉开帷幕，展现里面的中国地图。

周鞍钢仔细观察了一番后说：“不就是一张中国地图吗？比例还和我的那张一样，有什么可稀罕的？”

他走到周鞍钢的背后说：“你啊，到底还是嫩！”

“哪里嫩？”

他慢悠悠地说：“我上中学的时候，有一位老师告诉我们做试验有三大要素。第一是观察，第二也是观察，第三还是观察。我们都以为是废话。”

“我也认为是废话。”

他把一只茶杯放在桌子上：“于是他发给我们每人一只烧杯。自己面前也放了一只，声明烧杯里的液体，含有百分之五的马尿。然后他命令我们跟着他做。他把手指伸入茶杯，然后在嘴里舔了一下。”

“你们跟着做了吗？”

“当然。他说这是期中考试唯一的题目。分、分，学生的命根！焉敢不做。”

周鞍钢不怀好意地问：“味道如何？”

“不但酸，而且涩。”

周鞍钢得意地说：“应该是这个味道。”

“你喝过马尿？”

“讲好是观察，和理论有什么相干？”他接着讲，“最后这位先生哈哈大笑，判我们全体不及格。”见周鞍钢不解，于是他又重复了一遍刚才的动作。

周鞍钢这次算是看清楚了：“先生伸进尿液里的是中指，而舔的却是食指。”

“看来孺子可教！”

周鞍钢恍然大悟，返回地图前。观察片刻后，他看出了机关，揭去那张中国地图后，一张手绘的图表赫然入目：所有需要重点防范的单位，都一目了然。

高策双手枕在脑后，尽量舒展身体：“这可能是我离任前做的最后一件大事了。”周鞍钢要求复制一份。他认为没有必要：“三个月，最多不会超过六个月，这问办公室就属于你了。”

“属于谁还不好说呢。待会儿我拿个相机来,拍一张就是了。”

输了钱的赌徒,总被“捞回本”的思想控制,而且希望一蹴而就。这样做的结果,就是加大赌注,然后就会一败涂地。李帅自然不会例外,不过两个小时就输个精光。他垂头丧气地往外走,到门口被两名精瘦的汉子拦住。他没好气地说:“怎么? 赢了钱你们不让我走,输了钱你们也不让我走? 告诉你,要钱没有,要命有一条!”

职员说:“想要无赖,你可找错了地方!”他指指两条汉子,“这两位是泰拳高手,断人筋骨片刻之间的事。”

李帅一介书生,肯定要被威慑住,问自己透支了多少?

职员递给他一叠单据,让他自己算,讥讽道:“你不是说一百七十四的立方,几秒钟就能算出来吗? 告诉你,一共透支七十八万。”

李帅一惊,赌在兴头上根本就没有留意,他的信用卡不可能有如此之多的信用度。但看看单据,张张都有自己的签名。

职员明知李帅的身份,还是说让他回家取现金。听他说家在宁水后,他冷冰冰地说:“那我们就跟你到宁水去。”

他急了:“可我在这里还有工作呢!”

职员紧逼:“要钱也是我们的工作!”

他当然懂得“软过关口硬过河”的道理,恳请他们宽限一个月。

职员讥讽道:“这里不是慈善机构,我们也不傻!”

他只得亮出自己的身份:“我堂堂的隆德药业总裁,还会骗你们?”

职员越发不屑了:“总裁?总裁是什么东西?告诉你,这儿就认一样东西——钱。没钱就带走!”见李帅被吓坏了,职员说,“让你的家人或者单位带钱来赎!”

李帅几乎瘫软在地上。

在这关键时刻,秦芳插入进来:“我可以替他还钱。”

这显然出乎职员的意料，赌场之上根本就没有人情。他在世界各地的赌场上度过了半生，还从来没有见过一位女士在关键时刻挺身而出。他上下打量着秦芳："你是谁？"

秦芳坦然地回答："我是谁，不重要。你们不就认钱吗？我有钱。"

秦芳自然没有如此之多的现金，她是用自己在香港的卡付账。职员很快地确认了这笔钱转账成功，毛瓜接着就命令放人。

在电话另一端的林恕一听，气急败坏地说："毛老板，千万不能让他走！"

毛瓜的声音冷酷而平稳："结清账就走人。"

他赶紧开出自己的价码："您扣住他，我加倍给你钱。"

毛瓜却很不以为然："一行有一行的规矩。要是人家结清账，我还要扣人，以后谁还上我这里赌钱？"林恕赶紧声明包赔损失。毛瓜于是认为有必要教训一下这个自以为是的家伙："你应该知道，我的买卖遍布东南亚。用你们商人的话说，我有我的无形资产、我的品牌。砸了我的牌子，你赔得起？"他顿了一下又说，"记住把你的钱还了就行了。"说罢，挂机。

周鞍钢躺在沙发上睡觉。张琴在一旁打毛衣，现在已经很少有人自己打毛衣了，因为毕竟不如机织的好看。可由于周鞍钢根本就不在乎穿什么，所以这个习惯保持了下来。电视剧一结束，他的鼾声顿时停住，上前把电视关闭："什么破作家，连个故事都编不圆！编故事应该符合'情理之中，意料之外'八字原则。可这些家伙，总是编出一些'意料之中，情理之外'的东西来。"

张琴质疑他的判断："你一直在睡觉，根本就没有看。"

周鞍钢指点着电视说："说这个女孩，特别喜欢他们经理。见经理经营不善破产了，就从她姐姐那里借来三百万炒股票。谁知道不到一个月，就把这三百万都赔光了。"

"股市赔起钱来，就是很快。"

"这里面有两点错误，她姐姐哪来的如此多的钱？就是有，也不会借给她。"

“姐妹情深，也难说。”

“情深的人，鲜有钱多的。钱总是被那些无情的利欲熏心的人弄走了。”他继续自己的分析，“我刚才粗粗算了一下，一个月要把这么多钱赔光，必须每天就买那些跌停板的股票。这可需要大本事。”

“说得也是。她要是有这个本事，还不如每天买那个涨停板的股票。一个月下来，三百万不就变成六百万了？”张琴见丈夫惊讶她的股票知识，随口说道：“股票是什么？股票是钱！这年头，开头是艺术也好是科学也罢，最后都要归到钱上。”

他认为张琴的理论很灰色，就以自己为例：“我就不说钱。”

张琴一语中的：“那是因为你没钱可说。”

他赶紧投降：“儿子不能跟你说学习，我不能跟你说钱。一说准崩。”

“杨振宁的妈、李嘉诚的太太，一准不会跟她们的儿子、丈夫说学习和钱。”

他见话不投机，便准备去睡觉。张琴却叫住他，问儿子上学的事。他哭丧着脸说：“这下子可戳到我们父子的软肋上了，儿子学习不好，老子没有钱。可八一中学要么要好学生，要么要真金白银。”他双手一摊，“不行咱们先放一放，以后再议？”

张琴指指沙发：“少跟我打官腔。你躲得了初一，躲不了十五。你给我坐下！”

他只好坐下，听着张琴反复地说了一个小时。

宁夕很听林恕的话，一直没敢上船。既然参加博弈，就要遵守博弈之规则。李帅上船，至多是欠下一些赌债，将来还就是了。搞到KG，利用林恕得到李帅，才是终极目的。

但一见李帅与一位年轻且美丽的女子从安娜公主号上下来，她感觉如雷轰顶、好一会儿，才说服了自己：这也许是一个妓女。男人偶然出格，是可以原谅的。但她马上推翻了自己的结论：女人装束很简洁、精致，妓女没有这个品位。俩人相携进入一家大排档后，她更加相信秦芳非妓女，妓女不会到这种地方吃饭，一定回到宾馆叫餐:她躲在饭馆对面一棵树后,死死地盯着这两个人:绵绵细雨,很快将其淋透,但她浑然不觉。

对于宁夕的跟踪,李帅也浑然不觉。已经二十四个小时没吃饭的他,正在秦芳无微不至的照顾下狼吞虎咽。

秦芳当然发现了宁夕拙劣的跟踪。但她做不知状,贤妻一般注视着他。

他吃完一大盘蛋炒饭后,方才感觉到她温暖的眼神:“你别这么看我,看得我都不好意思了。”

她笑着说:“我不看。我不看。”

他端起汤盆:“你不喝汤了?”见她摇头。“那我把它全喝了。”说罢,他端起汤盆仰头倒入。

她注视着李帅一动一动的喉结,此时她的神情与刚才大相径庭,完全被阴毒占据。

他放下了汤盆后说:“我的吃相实在不雅。男人吃饭,就是和女人吃饭不一样。男人的饭量大,就和飞机空中加油一样,几千公升的油,必须在几秒钟内加进去。因为让两架相对静止的飞机保持平衡,不是一件容易事。”说着,他掏出一块肮脏的手绢。

她把一张餐巾纸递过去。

他接过后,看看手绢:“出来时,新换的。一天一夜,就弄得这么脏。”见她笑而不语,又说,“赌博到底是高强度的劳动。”他突然有所觉悟,“我好像在什么地方见过你?”

她眉毛一挑,将正面全部展现给李帅。

他竭力思索:“宁水?对。宁水,宁水小巷。”他做了一个拙劣的“反关节”。“擒拿术。对,就是你!”他情不自禁地握住她放在餐桌上的手,“你认出我来了没有?”

她继续微笑。

他恍然大悟:“你早就认出我来了。对不对?”他自问自答,“一定是这样的,否则你不会在虎穴之中挺身相助的。”

她依旧在神秘地微笑。此时无声胜有声,让李帅自己把这一切都联系起来,正是她的目的。

大排档外,宁夕目不转睛看着很亲密的两个人。她脸色通红,浑身哆嗦。手中拿着一块与李帅一样的手绢,手绢渐渐被绞成绳索状。

秦芳自称徐芳远。乃LX通讯公司远东分公司雇员,因为回宁水老家探亲,才在小巷里巧遇李帅。

以李帅的头脑,自然不会轻易相信秦芳所说的一切。天下哪里有这么巧的事情?他断定有名堂,而且很可能与KG有关。他因此试探性地说:“我一定还你钱。”

秦芳嫣然一笑:“这天经地义。”

李帅听到这话,有些释然:像自己这样的男人,被一个女人喜欢上,也是正常的。女人与男人不同,一旦喜欢上,就会不惜一切。

两个人上了出租车。

车拐了两个弯之后,秦芳就发现宁夕乘坐的出租车紧跟在后面。所以送李帅到了住处之后,不管李帅怎么邀请都不肯上去。

宁夕承诺了三倍的钱,才让自己乘坐的老旧桑塔纳跟上了他们乘坐的本田车。当她看见李帅独自下了车,秦芳一个人乘车走了之后不禁长出一口气。

司机扭过头来对宁夕说:“戏完了,埋单吧。”

她拿出钱包,又放回去。心想,这很可能是那个女人释放的烟幕弹。

司机讥讽道:“后悔了?”

她命令继续等。见司机有些不情愿,她质问道:“你是不是钱多得不想挣了?”

“倒没有多到这个程度,我主要是怕您反悔。”当司机收到百元定金后,高兴地说，“您愿意等到下个世纪，我也没意见。”

林恕很快就从毛瓜给他传送过来的影像资料中认出秦芳。

他与秦芳只是在于建欣时代有过间接的联系，从来没有见过面。也没有必要见面，KG在内地不会有买主。要卖只能卖到海外，他的强项正在于此。他原以为他们是无法绕过他去的。

他反复端详着秦芳的相片。看样子，这个漂亮女人有意独吞。你也不怕噎着！他狠狠地说。但也不可大意，女人毕竟有女人的优势。必须去一趟，会会这个女人，顺便给袁因施加一些压力。

他就这样坐在沙发上，一动不动地思考着各种方案、细节，一直到天亮。

司机睡了一觉醒来，发现宁夕目光炯炯地注视着宾馆的大门，于是问：“都七个小时了，要是没有情况，就不会有情况了。”见她不理睬，他以为被说动，就点燃一支香烟，继续说：“我结过三次婚，可还是搞不懂女人。这女人特别的怪，别说别人不知道她想什么，就是她们自己也不知道在想什么。”见依旧没有反应，他接着说，“您说您是希望他跟那个女的走，还是不希望？”

她明白她如果不制止，这个饶舌的男人就会一直说下去：“我雇你是开车的，不是聊天的。”

他显然不是敏感的人，继续说：“三生修得同船渡。咱们同车这么久，也算是个朋友了。既然是朋友，我就跟您说句实话，丈夫、丈夫，一丈之内才是你夫。别的不说，就这大饭店里的东西，看上去光光鲜鲜的，可你要是到厨房一看，嘿，保证你吃不下去。”

就在这时，她发现李帅出大门，坐上了汽车。她立刻命令：“跟上！”车刚一开动，手机就响了，是林恕来电。她生怕被李帅摆脱，顾不上回电，把手机改成了无声状态。

林恕反复拨号，但不见反应。他很恼怒，但表面上看不出来。正在这时，副经理送来了袁因女儿的手指。同时讲述手指的来历:“我先去医院,很不巧,他们只有一个建筑工人的断指。我一看,太粗。没办法,只好去找强子。”

林恕漫不经心地问是哪个强子。

副经理惊讶地反问:“就是把老顾家大儿子绑架,索价一个亿的那个强子。”

林恕不相信他能够直接找到强子本人,但还是说:“这不是杀鸡用牛刀吗?”

副经理解释并非强子本人,而是他的手下的一个部门负责人。

他从副经理闪烁的眼神中,已发现此乃纯虚构,但还是试探价格。

副经理认为他已经上了道,继续说:“我本来也以为便宜不了,因为是加急。可他们立刻就拿来不算,最后结账也不过八千块。”

他故意摆弄着小盒子问:“这东西他们也有存货?”

副经理添油加醋地说:“他说是出去现采购的。”

林恕把盒子关闭:“够黑!”

副经理小心翼翼地问:“那钱怎么办?他们还等着呢。”

千里来龙,到此结穴。林恕已经完全明白了副经理之用心:“你先垫上。”

副经理的脸色,顿时黯淡下来,他之所以绕了这么大一个圈子,就是为了把垫付的现金拿回来。

林恕明白在此用人之际,必须平衡下属的心态:“你是怕我赖账?”

副经理不很爽快地否认。

他确实不是一个小气的人。但此刻他已经很少有现金。而好钢必须用在刀刃上:“我确实有些周转不灵。许多大的企业,比方IBM、比方韩国大宇集团。都有这种情况。”

副经理鼓起勇气说:“但他们有资产。”

“咱们也有资产!”他自信地指指电脑,“AK是无价之宝。”为了不让更多的人知情,他专门给KG起了AK的代号,“咱们的买卖,就像珠宝古董生意。三年不开张,开张吃三年。卖豆腐一朝,不如卖肉的一刀!”见副经理被说服,他指示道,“去给我买一张去海北的机票,普通舱就可以。”驾驭人与驾驭牲口,并无二致，只要牵住鼻子，就如臂使指。

南方药物鉴定中心的几名技术人员在总工程师的主持下，正在研究KG的分析报告。由一台电脑投射在银幕上的曲线在不停地变化，最后终于停住。

总工程师问大家有什么感觉。

一名工程师首先说：“我似乎感觉到一些异常。”

众人点头附和。

总工程师没有明确表态，只是说：“兹事体大，等我请示研究一下后再说。现在要保密。”

众人没有异议。

宁夕看见李帅进了药物鉴定所的大门，才松了一口气。给林恕回电。

对林恕严厉地指责，她一言不发。知道林恕命令她必须关注李帅身边的那个“女人”时，她才第一次说话：“不用你说，我也会这样做！”

他一下子品出她十足的“醋意”。立刻说：“没有我的命令，你不能采取任何行动。”

她这回没有服软：“我是成年人，知道该怎么做。”

他马上问：“你是不是重新爱上李帅了？”

她的眼泪一下子流了出来。

“感情是感情，生意是生意。谁要是把两件事混在一起，一定会双双失去。”

她一字一顿地说着：“宁愿玉碎！”

林恕当然知道此刻不能再给她施加压力。多数女人在金钱与情感发生冲突的时候，都会选择后者。他于是承诺在恰当的时候，会除掉这个女人。

她追问林恕可有这个女人的资料。

他当然不会透露分毫，信息是最宝贵的资产。

第九章

负责 KG 的李警官,透过药物鉴定中心检验室的大玻璃窗,看汪总与李帅、袁因在计算机前交谈。当然,声音是一点儿听不到的,所以很是无聊。

一名工程师从里面出来。递给李警官一支烟。

工程师是一位喜欢说话的人。正巧李警官也是,两个人攀谈起来。工程师说他从大学毕业,就一直在这个单位工作,但由警察全程陪同,还是第一次见到。

警察只说他也感到很奇怪。关于内幕,他只说:“是我们局长亲自指示的。”

工程师问为什么?

李警官守口如瓶:“局长交办的事,我从来不问为什么?”他指指窗户里,“有情况?”

工程师并没有李警官那样的保密感:“好像是有点异常。”针对李警官的追问,他一语道出实质,“是我第一个发现的,送检的样品与说明不匹配。”

李警官做出小学生状,继续请教。工程师显然想起了总工程师的保密规定,闪烁其词地说:“这是一个很专业的问题。”

李警官恭维道:“能把复杂的问题说白了的老师才是好老师。”

工程师受到激励:“说白了就是包装和内容不一样。”

“他们干吗把不一样的东西送来鉴定?这东西不是他们自己研究出来的吗?”

“我想你一定喜欢电影。现在的电影、电视剧里面,经常有亲子鉴定的故事:

一般来说,问题大多出在是不是生父上。”工程师扳着手指头,“有的时候,是因为母亲的一夜情,有的时候是因为强暴。而在这种情况下,父亲本人是不知情的。因为谁是谁的父亲,仅仅是在理论上的。”

李警官其实听明白了,但说出来的却是:“你都快把我说糊涂了。”

“而对母亲来说,这孩子明明白白是她生下来的,很直观。所以,如果生母的身份受到怀疑。只有两种可能:第一,是事故。比方地震来了,慌乱之中,把初生婴儿抱错。除去这个,就只有一种可能了,那就是阴谋!”

李警官还想确认:“你是说药物好比是婴儿,发明它的人就是婴儿的母亲。现在孩子抱错了,很可能是阴谋。”

工程师赶紧摆手:“我可没有这么说。”

“你别害怕。我又不是让你上法庭作证。”等工程师走后,李警官把这条消息用手机信息发送到负责人那里。

针对李帅忧心忡忡地“会不会出事”的发问,袁因很冷淡地说:“如果每个环节都正确的话,就不会出事。”

他不高兴地说:“天气预报要是说,明天一定会下雨。这话绝对正确,可是信息量等于零。这么大个地球,总有下雨的地方。我现在关心的是这个地方会不会下雨。”见袁因不说话,也不肯面对他,他威胁道,“你别忘了,你我可是一起来的!”

这下子袁因不能不说了:“我这个岁数的人,都喜欢京剧。当年的八个样板戏,别说看,就是听一声锣,都知道是哪出。再往前,还有一出戏叫作《杨门女将》,是中央戏曲学院首届毕业生的毕业作。其中佘太君有一段很著名的唱段:庆生平,朝堂内,群小并进。烽烟起,又把元帅印送到杨门。”

“京剧我确实不懂,但计算机我懂。我要是不懂计算机,就会被那匹特洛伊木马里的伏兵杀个人仰马翻。”他注视着袁因说。

“你是怀疑那匹特洛伊木马是我安放的?”

“你起码是怀疑对象之一。”

“你想知道我是怎么想的吗？”

“非常想知道。”

袁因知道此刻以攻为守是最好的方法：“首先，我怀疑那匹特洛伊木马是否真的存在。其次，如果它真的存在的话，很可能就是你自己安放的。”

“笑话！我有这个必要吗？KG 本来就是我研究出来的。”

袁因正色道：“我要纠正一下，应该是我们研究出来的。”

他大声说道：“但我是主要的，不可或缺的，不可替代的。因此，我没必要这么干。”

袁因见自己的战术起了作用，准备鸣金收兵：“我不过是随便说说，你用不着激动。”

“我没有激动……”他的电话响。他看了一下来电显示后，转过身去接听。来电话的是秦芳，她约李帅在长江大酒店大厅见面。

经过仔细考虑，林恕决定不能把“手指”寄给宁夕：一个情绪波动的女人，不堪重用。他立刻电告副经理。对副经理“已经投寄出去了”的回答，他毫不犹豫地命令：“要出来！”

副经理无可奈何地说：“信投放进信箱里了，怎么能要出来？”

“前苏联克格勃遇到这种情况，就会把整个邮筒锯下搬走。”

副经理其实没有投寄，这也是博弈。但他还是过了一会儿，才问寄给谁。

林恕简短地回答：“宁水 1221 信箱武鸣先生。”

李帅在长江大酒店前下车时，接到秦芳让他“看看是否有尾巴”的信息。他惊诧她如何会有此奇怪之念头，所以嘴上答应，但头也没回地进了大厅。大厅内根本就没有秦芳踪迹。他不准备等，只要借来债，债务人就永远大于债权人。

不等他想完，秦芳的电话就追踪而至，她在花园酒店 2626 房，李帅不由得感叹:“真是‘主帅不明将士苦’!”

她也用《孙子兵法》的话回答:“兵不厌诈嘛!”

他锐利地反问:“你在用兵?”

她赶紧解释:“随便打个比喻。好,待会儿见。”

挂机后,李帅想了一下走向总台。查问是否有一位徐芳远女士住在这里。

回答是肯定的:“刚刚退房离开。”

袁因在绝对封闭的房间内,致电林恕。对是否收到配方的提问,林恕的回答是肯定的,但很冷淡。他根本不在乎对方的态度,着急地问何时能够见到女儿。

“你回到宁水就能见到。”

他有些不相信:“真的?”

林恕平淡地说:“我保证。”

他生怕再生出变化,赶紧问:“那还需要我干什么?”

林恕冷酷地说:“没有什么具体的指示,不过你要是有空,最好看看你配方的磁盘。”说罢挂机。

他觉得有些蹊跷,赶快取出电脑,插上U盘,调阅配方文件:屏幕上一片空白,他大骇。连连敲击键盘,界面上突然出现一只大老虎。老虎吼叫着:“本文件只可阅读,不能传输、拷贝。你传输了,所以我吃掉了一切。”

老虎的血盆大口充满界面,然后一切归于平静。

他不由地呆若木鸡。

李帅敲开门后,如他所料,秦芳果然身穿薄如蝉翼睡衣,并且用一个能够全面展示身体曲线的舞蹈动作来欢迎李帅。他也随之施展演技,双手捂住眼睛表示炫目。

“你喝什么?”

他坐到沙发上,打量着这个豪华套间说:“除酒以外,什么都行。”

她嘴一撅:“我偏偏要你喝酒。”她给李帅倒了一杯威士忌,“干杯。”说罢仰头倒入。见他只是象征性地喝了一点,她嗔怪道:“干杯!”

“威士忌必须用体温将其加热,然后一小口、一小口地品尝。”

她娇声说:“人家就要你一口喝干。”

他当然明白这些都是引诱勾引的标准程序:“这样做是暴殄天物。”

“暴殄天物就暴殄天物。”她硬是协助他把酒倒入喉咙。随后,她打开音响伸手邀请李帅跳舞。

这是他没有想到的:“大白天的就喝酒跳舞?”

她挑逗道:“怎么,不可以吗?”

“我总觉得有违常规。”

她拉着他旋转:“你知道人和动物最大的区别是什么吗?”

他不假思索地说:“人会思想。”

秦芳反问:“莫非动物就不会思想?你对狗好,狗就对你好。这不是思想是什么?重新回答。”

“不知道了。”

“我告诉你吧,老虎、鲸鱼,几乎所有的动物,都有固定的发情期。它们只有在这个时候,才能发生性关系。而人不同。”她把嘴唇迎上去。

这套组合拳,是李帅根本无法抗拒的。或者说,他根本不想抗拒。

苏群坐在前排,小学生一般聆听一位只有三十多岁的教授讲课,并且很认真地做着笔记。

教授很生动地将立法行为比喻成灌制香肠:“各个部门,都想把自己的想法放进去。一根肠衣,你要往里面放肉,我要往里面放酒,他来放酱油。如果肉是精肉,酒是汾酒,酱油是老抽。那么这就是一根好的香肠。换句话说,这就是一部好的法律。”

苏群的电话振动,他悄悄地接听。办公室主任通报很简短:海北方面有情况。他挂机后,给周鞍钢发了一条短信:速到政法学院大门口。

教授的课,已经到了尾声:"法律浩如烟海,于是大家都引用对自己有利的。这是允许的,你既然立了法,就应该允许别人钻空子。最后,我给大家讲一个小故事。牛津大学法学院的一名学生诉老师'在考试的时候,没有给他们提供啤酒和面包'。因为根据十八世纪的校规,教师如果不这样做的话,就会被罚款五英镑。老师什么都没说,乖乖地掏出了五个英镑。到了下次这位教师来上课时,教师罚这名学生十个英镑。理由就是他没有按照十七世纪的校规佩剑。下课。"

学生们发出会心的微笑。

疯狂的做爱后,秦芳与李帅满足且疲惫地躺在床上一动不动,就像一对坏了的玩具。好一会儿后,李帅才说:"你不觉得这一切来得太快了?"对于性爱,他一点道德障碍都没有。性爱不过是一种成人的游戏而已,根本没有任何内涵。之所以这样问,是他认为必须探明秦芳的底细。

秦芳闭着眼睛,躺在李帅的怀中:"快?谁还怕幸福来得快?"

他嗅着她头发里的香气,继续放出测试信号:"还是太快。"

"你不喜欢我?"

他赶紧说:"喜欢。喜欢。"

"就是。美国有这样一首民歌:越老越好的威士忌,越年轻越好的女人。你在美国待过,怎么连这点道理都不懂?"

他立刻警惕起来:"你怎么知道我在美国待过?"

她赶紧掩饰自己的失误:"你今天早晨告诉我的啊。"

他扳过她的脸,怀疑地看着她问:"我怎么不记得了?"

"你说你从昨大到今大的事,还记得多少?"

"倒也是。可你连我是干什么的都不知道。"

"知道这干什么?最重要的是及时行乐。"

他正要说什么,电话响了。是宁夕来电,她也看见了号码:"别理她!"

他不习惯被人命令,侧身接听。

宁夕凭借直觉,认为李帅“睡意惺忪”。

他采用反攻为守的做法:“我听着你才睡意惺忪呢。”

宁夕笑了:“你说对了一半,我在做美容。”

见秦芳拼命靠拢电话,他生怕宁夕听到秦芳的鼻息,挪开电话:“怎么又做。我走的那天,你不是才做的?”

“美容还有做够的时候?”

秦芳见李帅躲闪,干脆趴到他的身上。他只好尽快结束通话:“我还有事。”

宁夕似乎感觉到什么:“是不是你旁边有一个女人?”听李帅否认,她说,“那你说你爱我。”

李帅显然不愿意说:“说这有什么意思?”

宁夕坚持:“我爱听。”

李帅看着趴在自己身上,与之面对面的秦芳,很无奈地说:“我爱你。”

秦芳怕自己笑出声来,用床单捂住嘴。等李帅挂机之后,才笑出声来。

“你笑什么?”

她直言不讳地说:“我笑你太不老练了。你那句‘我爱你’,太缺乏真诚了。我要是你家那个黄脸婆,一准听出来了。”

他不愿意听:“她不是黄脸婆,也不是我家里的。你搞错了。”

她分析道:“如果她像我这样年轻,就会很自信。如果她像我这样只是你的情人,根本就没必要问,你爱跟谁睡觉就和谁睡觉去好了。你找人,我也找人。”

他直视着她说:“说真的,我实在不习惯你这种赤裸裸的说话方式。”

她一点也不回避“赤裸裸怎么啦?赤裸裸就是真。真还不好吗?”

两个人开始了第二轮做爱。

宁夕怎么都感觉李帅有不对劲的地方。她甚至幻想出他正在与那个女人做爱。于是她打通了林恕电话,让他用定位系统,确定李帅此刻的位置。林恕推说在外面。她命令道:“立刻给我回去!”

他对她的语气感到恼怒:“我要是不回去呢?”

她决绝地说:“那我就消失了。”

他重施故技:“那后果就……”

她打断道:“你也不用威胁我。找不到他,我就什么也不顾了。”

“好吧。”林恕只好屈服。世界上,只有两种人最可怕:不要钱的和不要命的。而宁夕此刻两者都不要了。

苏群在学校门口等了好一会儿,才见周鞍钢很滑稽地骑着一辆女式摩托车过来。

他不等苏群埋怨,就率先辩解:“这东西无论你怎么加油,就是走不快。”

“这女式摩托车,连档位都没有,当然走不快。”对周鞍钢让他上车的邀请,他很不屑:“我要是坐在这玩意儿后面,被我手下的弟兄们看见,还不笑掉大牙。咱们边走边说。”

周鞍钢推着摩托车,两个人一起往前走。不过片刻,他就支持不住了,他晃动着摩托车说:“这东西骑着挺牛,推着可真重。”

苏群讥笑道:“骑着也牛不到哪去!”

他让苏群赶快告诉他所谓的“重要消息”。

苏群却指着路边的一家叫作“饭是钢”的饭店招牌说:“咱们是不是进去证明一下‘人是铁’?”

他无奈地说:“敲诈勒索也应该光明正大一些。何苦文绉绉的?”

简单的酒菜,很快就上来了。他一直等着苏群说出消息,但苏群就是不说。最后他实在忍不住了,开口问道:“你大礼拜天的把我诓来,到底有什么事?”

苏群举起酒杯:“干杯。”

“你先说,然后我就干。”

“干了我才说。”

“干就干,谁叫消息在你手里。”说罢,他把一杯啤酒喝下肚。

“这喝啤酒啊，我的本事最大。”他又给自己倒了一杯，然后一仰脖喝干。

“我不信。要是碰见一个酒量比你大的人，你怎么办？”

“那就和他比速度。先用小扎和他干，他要是和你差不多，就改用大扎。如果还没有打败他，就改吹瓶子。”苏群拿起空瓶子，竖在嘴上，“要求一口气喝干。这最难，很少有人能做到。你没法换气不说，流的还特别快。”

他知道苏群不把牛吹完，是不会说正事的：“这是因为瓶子比扎的高度高。”

“可一瓶子酒没有一扎多啊？”

他给苏群讲解“液体压强只与液体质量和高度相关”的定律。

苏群不懂且不服：“可它少啊。”

“一看你中学就没好好念。一时半会儿跟你说不清楚，快讲你的情报吧。”

苏群严肃起来：“海北方面说，KG 似乎有些问题。”

他注意力一下子集聚起来：“通不过？”

“据说，只是据说啊。因为鉴定的程序还没有走完。”

他不耐烦了：“你试着从一半说起，看看我能不能听懂。”

“你要是再跟我摆领导派，我就不说了。”

他双手作揖道：“你可真是信息帝国主义者！”

“海北公安的同志和鉴定中心的汪总接触过了。汪总说这个样品，很像是前面几次失败的样品混在一起后加工的。”

他提出假说：“或许这种鸡尾酒的做法，正是 KG 的基本构思。何大一博士治疗艾滋病，就是用这种做法。”

苏群用指关节敲击着桌子说：“连话都听不懂，还想当检察长？失败的样品。混合、加工这是我的关键词。”

“你的意思是有人故意这样做的？”

苏群起身：“如何推论是你的事，我还有事。”周鞍钢不让他走，要商量协同作战的有关事宜。他将最后一杯啤酒喝完后说：“商量也轮不着你和我商量。”

“那你要和谁商量？”

苏群隔着窗户看见自己的三菱警车已经来了，便说："别看你小子的级别和我一样，但你不过是检察院一个部门的领导。而我则是公安局的领导，去叫高策来跟我说。"

"为了满足你的虚荣心，我明天就把高检请到你那去。"他掏出钱包，"等我结了账送你。"

苏群指指窗外的警车："不用啦，我的车来了。"

秦芳把眼前的头发撩开后说："我想跟你要点东西，不知道你给不给？"

李帅抚摸着秦芳光洁的腹部说："什么东西我都不知道，怎么回答？"

她撒娇道："我就是要你先回答。"

"给，给。只要是我的，你要什么我给什么。谁叫我欠你那么多的钱，那么大的人情。"

她拿起他的手："我要你这个戒指。"

他捂住戒指，好像怕被人抢走似的："你要这东西干什么？"

她很女人气地说："人家就是想要嘛！"

"这是一个老戒指，不值什么钱。待会儿我带你去商店买。你看上什么，就买什么。"

她不高兴了："你拿什么买？信用卡都透支了。"

"这个戒指是母亲留给我的。"他几乎能够想象到宁夕见不到这个戒指，会闹出多么大的麻烦。

"怕是小妈吧？"她说罢扭回身去。

他无奈地褪下戒指："不就一个戒指吗？也值当生这么大的气。"

她接过戒指，顿时高兴起来："真好看。"

"那你戴上啊。"

她戴上试了试："大点儿。"

他满心希望她把戒指还给他："我说你戴上也不合适。"

“不合适我也要。”她打开床头的一个金属小盒子,把戒指放了进去。

匆匆赶回的林恕,此刻已经调出海北市电子地图,键入命令。不过片刻,李帅戒指发出的信息就会被锁定。

他正要将其嵌入海北市的电子地图中。就在这一刻,因远在千里之外的秦芳将戒指放人金属盒中,使得信息源被屏蔽,光点自然也就跟着消失了。

他以为李帅进了电梯之类的死角,就耐心地等,但始终没有等来。

等李帅接完宁夕第二个“查岗”电话后,秦芳讥讽道:“看来你那个黄脸婆实在对你不放心。”

他为了掩饰尴尬,说道:“将在外,君命有所不受。”

“或许这个君就在海北。”

“不可能。”

“你怎么知道不可能?”

他提出自己的论据:“我打我家里的电话,立刻就有人接。”

她起身向卫生间走去:“你还号称是科学家呢,连‘呼叫转移’这么一个小花招都识不破。”

他望着她曲线优美的背影,陷入了沉思。他当然不是等闲之辈,已经看出了她所作所为不过是为了控制住他。而控制住他的目的,显然是为了 KG。此刻的当务之急,就是摆脱控制。在这个思想的指导下,他很快的拟定了一个还款计划。当她穿戴整齐出来后,他一言不发地把计划书递过去。

“房子三十万、汽车八万、存款十八万。”秦芳很快把“计划书”看完:“算得还挺细,把利息都给我计算好了。”

“欠债还钱,天经地义。”

“还有,十万的缺口如何弥补?”

他以他目前的收入计算,最长在两年之内归还。

她笑着问:“你没有可卖的东西啦?”

为了诱导她坦白心中所想，他讲了一个故事："一个警察问一个人贩子。其实此人并非职业的人贩子，票友而已。'你怎么能够拐卖自己的亲妹妹？'人贩子说：'我已经一个月没找到活了。正好我妹妹来了。'警察又问：'那你也不能这么缺德啊？'人贩子答道：'我三天没吃饭了。我连我自己都想卖。实在是没人要。"

"你真想卖你自己？"

"怕是没人要。"

她认真地说："我要。"

"一个十八岁的大姑娘，也不过几万块。我一个老男人，何用之有？"

她当然不会现在就说KG，她拥抱李帅说："我就是喜欢你这个人。"

周鞍钢心不在焉地行驶在街道上。"样品，混合。样品，混合。"这两个关键词，一直在他的脑海里盘旋，使得他没能看见刚刚亮起来的红灯。就连停车线前站立的警察当头棒喝，他居然也没听见。

警察立刻用对讲机通知下一个岗楼，拦截这个骑女式摩托车的男人。

于是他顺理成章地被拦截。他满脸堆笑地说："我临时用一下车。"

已经呼吸了四个小时汽车尾气的警察，不耐烦地命令道："驾照！"

他拿出了工作证："我没有驾照，我在检察院工作。"

警察看也不看："在司法机关工作，就更应该懂法。"

"是的，是的。"

警察当仁不让："交通法规有没有规定，在司法机关工作的人，可以不用驾驶执照？"

他谦恭地说："没有。"

警察的气渐渐地消了："我看你还挺老实的。这样吧，在这站着等另外一个违反交通法规的人来代替你。"

他急了："警察同志，我确实有急事。"

警察白了他一眼："要知道，这已经是最轻的处罚了。"

他正要再说什么,苏群的警车停在旁边。

苏群探出头来,招呼警察过去。

警察迅速跑过去,解释了周鞍钢的所作所为。

苏群看着远处的周鞍钢说道:“把这小子放了吧。这小子满脑子都是安邦定国的大事,根本就看不见红灯。”

警察道:“是。”

警车开动前,苏群向周鞍钢摆摆手。

他也顽皮地给苏群敬了一个不标准的礼。

李帅很有些心不在焉,没等这家海北最高的旋转餐厅转完一周,就已经把饭吃完,然后就要走。

秦芳看看窗外的景色,无限凄婉地说:“这么美好的夜晚,你忍心把我一个人抛下?”

他一心挂念着 KG:“我手头还有些工作。”

“我们公司大中华地区的总裁,是一个工作狂。有事没事,都要驱赶着大家工作。当然,他也是以身作则,一年就要用掉二百张飞机票。终于有一天,赶上了一场车祸,一下子就什么工作也没有了。”她说着端起酒杯。

他无奈地迎合。

在药品鉴定中心的小会议室内,KG 的鉴定结果出来了。结论是:样品与配方背离。

汪总要求再次核对关键数据。

主任工程师表示:“万无一失。”

汪总郑重地说:“必须再次核对。因为这牵涉到很多的金钱、很多的人。”

总工程师默默地收拾起文件,离开。汪总拿起了电话,要通了海北市公安局内保处。

第十章

在一家幽静的中档饭店里，袁因宴请药物鉴定中心的沈工。沈工年纪与李帅相仿。但酒量不小，独自一人已经喝掉了大半瓶五粮液。

虽然鉴定中心的核心层，并没有向外透露 KG 的有关问题，但袁因还是从气氛中感觉出来了。他必须知道底细，故而精心设计了这个饭局。他见沈工已经微醉，便拿出一个信封递过去："这是隆德集团的一点小意思。"

"袁总见外了不是。"沈工话虽这样说，但还是把信封接了过去。这不算是贿赂，而是企业间的一种通行的做法。

袁因趁机与之干了一杯。

酒是一种奇妙的东西，即使现代医学，仍然无法解释它是如何穿越脑血屏障的。这一杯下去，沈工立刻过了临界点。他拍着袁因的肩膀称兄道弟，说自己很了解袁因。

袁因心乱如麻，随口说："有时候，我自己都不了解自己。"

沈工固执地说："可我了解你。"

袁因配合性地点头。

沈工也知道袁因不会平白无故地请客，与之相识已经有好几年了，除去公务宴请外，从没有过私人小酌。此番设局，必定与 KG 有关。他使用发问的方式，讨论李帅其人。

袁因含糊地说李帅是个有才华的人。

沈工打断道:“谁没有点才华呢? 我是问他的人品如何?”

袁因没有背后议论人的习惯,但为了套出 KG 的底细,也只好附和:“说真的,我不是很了解。他跟我的年龄有差别,是隔代人。”

沈工不满意袁因的定性回答:“我跟你也是隔代人啊!咱们不是挺说的来?”

“既然你把话都说到这份儿上,我也跟你实话实说。你们这代人,这其中不包括你,你是例外。”袁因的话语已经不很连贯,“你们生长在一个拜金的年代。办起事情来,比较自私、比较心狠手辣。只要有利益,就不怕做亏心事。”

沈工不以为然:“虽然你把我当成了例外,可这话也实在太不中听了。你们这代人就不自私、不心狠手辣、就不做亏心事?”

袁因想起了自己,于是说:“在特别大的外力压迫下也会做,但不会主动去做。这就是区别。”

沈工可能自觉应该在完全醉了之前,把 KG 的底细告诉袁因,否则对不起信封中的钱。刚才他摸摸了厚度,估计有五千块的样子:“越说越远了。咱们还是说李帅吧。KG 是他挂帅,你不过是个跑龙套的。”听到袁因“龙套都算不上”的回答后,他一语定性:“那我就给你交个底,他在弄虚作假。”

袁因一下子愣了。

沈工一口气把内幕全都说了出来。

袁因甚至开始怀疑自己的耳朵:“他们为什么要那样干呢? 他们是隆德药业的董事长、总经理啊!”

“隆德药业是什么? 不过是一个股份制公司。所谓的董事长、总裁不过是董事会任命的干部。任命,你懂吗?”沈工已经开始失控,一口气地说下去,“宋朝的官有顶纱帽、清朝的官有顶戴,他有什么? 不过是一张纸或者说是黑板上的一行字。明天有谁不高兴,擦掉就写上别人了。而 KG 是什么? 我记得你们对 KG 的基本评估:有阶段性的突破。流感是个大家伙,阶段性的突破就很了不起了,商业价值很大。谁要是把它掌握在手里,就可以拥兵自重。”

袁因承认沈工的分析有道理,李帅确实在拥兵自重。否则不会从一开始就把这个试验分割成若干个独立的部分,而由他一个人总其成。

沈工大发议论:“旧社会的药房老板不也这样干。配药的时候,自己把自己锁起来。我告诉你,一切都是他计划好的,像诺曼底登陆一样,是经过精密策划的。”

袁因觉得信息已经很充分,就提议散伙。他必须回去准备。沈工却不想散。他只得倚老卖老:“我实在太累了。”

沈工似乎清醒了一些:“好吧。”他摇摇晃晃地站起来,叮嘱道,“我今天告诉你的,是高度机密。明白吗?高度机密。”

袁因扶着他往出走:“明白。”

“我是怕你掉进陷阱。”沈工醉态可掬,“你要是对别人说,可就害了我了。”

袁因郑重地承诺:“我已经是将近花甲之人了,这点利害还是知道的。”

周鞍钢就 KG 的问题,在自己的办公室内召开会议。参加的有那红、徐纲等人。这是一个复杂的案子,必须群策群力。

徐纲首先做出评估:至少有三个利益集团,在觊觎 KG。一定要设法监控。

周鞍钢反问:“怎么监控?羁押?”

徐纲自己退了回来:“羁押似乎不妥,证据不足。”

周鞍钢引用鉴定中心那位工程师的原话:“如果一个孩子的理论上的父亲和实际上的父亲搞错的话,可能有很多原因,例如婚外情等等。但母亲不是生母的话,就只有两个原因,事故和阴谋。KG 就是孩子,李帅、袁因等就是它的生母!”

众人就此展开了讨论。

那红首先提出了“毁弃说”。阴谋者毁掉样品,同时把配方存放在一个谁也找不到的地方。

针对大家的质疑,那红解释道:“样品不重要。只要取得了有关的指标,样品完全可以毁弃。重要的是配方。”

徐纲不同意:“配方不是有副本吗?”

那红说:“是有副本。但样品可以调包,配方就不可以?”

周鞍钢理清了思路:“咱们是否可以这样假定。最后一次试验,取得了重大成果。所以才有了假样品。”

这个说法,是有逻辑基础的。非如此,调包就毫无意义。

接下来的讨论,已经接近了实质。样品不重要,关键是最后一次试验的配方。

周鞍钢认为配方的物化很可能是一张磁盘。

徐纲是检察院内部的计算机专家。他认为很可能连磁盘都没有,而是把配方做成一个文件,发到一个网址上。然后再把磁盘一毁、发送纪录一删,一切均消弭于无形了。

这话引起周鞍钢高度的重视。存放在一个虚拟的地方的东西,不知道路径,任何人也找不出来。既然如此就不能惊动他,起码在他把配方吐出来之前,不能惊动他。

针对“他要是不吐”的反驳,周鞍钢说:“有吃有吐,方才符合生物代谢的规律。《孙子兵法》云:‘围师必阙’。咱们外松内紧,给他留下一条路,他一定会做。”

至于这个“他”是李帅,任何人都没有怀疑。因为只有他才能做到这些。

徐纲看看手表后,对周鞍钢说:“是不是该吃饭了?”

周鞍钢笑着说:“那好,我请客。”

那红却要抢着请客。

徐纲用话剧演员的腔调说:“请客,让女人走开!”

那红说她有重要消息宣布。

徐纲对那红选择的请客地点很不满意,认为快餐只有女人和小孩子吃。远不如点两个炒菜,来一瓶啤酒过瘾。

周鞍钢却对“中式快餐”和“西式快餐”进行了比较,最后得出了“西优中劣”的结论。理由就是:中式快餐,比方包子,不能凉吃不说,还要坐着吃。而一份汉堡、一瓶可乐,可以在大街上边走边吃。

就在晚餐的尾声时,那红要求大家一起端起饮料杯。接下来她邀请在座所有的人,出席她在后天举行的婚礼。

徐纲顿时假装哭泣。

周鞍钢知道徐纲要搞恶作剧。果不其然,徐纲装模作样地说:“完了。完了!”之后又说,“我老是想,兔子不吃窝边草。这下子好啦,窝边草让别人吃了。”

那红笑着说:“你就是想吃窝边草,窝边草还不想让你吃呢!”

周鞍钢嗔怪那红太会保密了后,询问“那一半”为何方人氏?

那红说爱人在银行工作,名叫贺新辉。

徐纲说以自己如此杰出的观察力,怎么一点觉察都没有。

那红道出根源:“我们是中学同学。他大学毕业以后,就到英国学金融去了。今年才回国。”

徐纲于是说:“如此说来,我还好受一点。青梅竹马的力量,别人比不了。唉!”他浩叹一声,“古诗云:恨不相逢未嫁时。不对,应该是:恨不相逢青梅时。”

那红笑着说:“什么破诗,连韵都不押!”

当出租车在李帅下榻的宾馆停住后,李帅邀请秦芳上去。

秦芳感觉到宁夕肯定在附近,但没有说。“不啦。我还你自由了!”

李帅其实也不愿意秦芳上去,因为袁因就住在他的隔壁。再说,他还要想一些问题:“我要是不要呢?”

秦芳当然知道这是标准的口是心非,但不会说出来,只是问:“你什么时候走?”

李帅当然不会说有关KG的事情:“如果一切顺利,明天就走。最迟也不过后天。”

“我也差不多。”

李帅打开车门:“那咱们宁水再见。”

秦芳点头。

李帅欲关车门。

秦芳侧过脸来:“你就这么走啦?”

李帅于是给了秦芳一个深吻。

秦芳很满足地回吻李帅。她相信自己的判断力,故意要让宁夕看到这一幕。因为只有这样,才能形成对峙局面。只要对峙,就会有交易的机会。

果不其然,树后的宁夕清晰地看到了这一幕。林昶提供不了李帅的坐标,她因此决定来这里守株待兔。怒火、妒火交叉燃烧着她的心,她紧紧咬住嘴唇。

袁因也在自己房间里看到了这一切。他虽然没有别的信息源,但感觉到这个女人的出现,一定会使得问题更加复杂化。

高策对周鞍钢的方案大加赞许:“一个很好的方案。这样的方案我是想不出来的。”

周鞍钢也笑了:“我的经验告诉我,这不是好兆头:比方现在开始分房子、调工资了,领导把你叫去,上来就说你是如何、如何的好,后面准是让你等下回分房子,以后再调工资。”

高策由衷地说:“也许我从前是这样的,但这次绝对是出于真心。前苏联国内战争中,涌现出一大批英雄,比方夏伯阳、伏洛西洛夫、铁木辛格。但到了卫国战争,他们迅速被朱可夫这样的新一代将领所取代。这不是因为他们的斗志被磨灭,而是因为他们的思想、战略战术过时了,骑兵是对付不了坦克的。”

“您的表扬强度,都让我害怕起来了。”

高策不理睬他,继续说道:“虚拟,要害是虚拟。一个亿,化成一串数,然后存放到一个虚拟的空间了。就和数字账户一样,你不知道密码就没有这笔钱,即使你是这钱真正的主人。瑞士银行,就有大量的匿名数字账户。”他顿了一下,“看样子,KG 取得了重大的突破。非如此,他或他们是不值当动这么大的手脚。”

周鞍钢称赞高策英明。

高策不满地说："你别给我戴高帽子。这是最简单的逻辑推理，中学生都会。"

周鞍钢埋怨高策过于直白："当面就揭穿别人的谎言，尤其是善意的谎言，会让说谎人的心里很不好受。"

高策继续自己的推理："以李帅的智力，必定有一个很好的脱身预案。"

周鞍钢也认为肯定有。

高策接着提出了两大可能："李帅之外，别人有无作案可能；或者李帅是受到了操纵，自己浑然不知。"

周鞍钢认为两种可能都有："但无论哪一种，李帅的核心地位是不可动摇的。换句话说，任何势力都要通过他方才能达到目的。我们应该抓住这个纲，纲举目张。"

高策接着以"非典"为例，讲出了一番道理："鉴于我们对它的了解很少，故而对付其最好的方法就是把患者，其中包括疑似患者隔离起来，防止蔓延。然后再研究其内部结构，找到根治方法。"

周鞍钢抽象地恭维高策讲话很有庄子风度，但具体却是否定的："可我有些担心这种隔离的有效性。万一走漏，后果不堪设想。"

高策却以为对于传染病来说，非典型肺炎不是最难控制的，虽然它通过空气传播，但中间媒介是人。倘若媒介是蚊子、苍蝇、老鼠，那才是大麻烦。最后，他意味深长地说，"你可以对人群晓以利害，通过行政命令他们，甚至通过法律强迫他们。但对于动物，这些都不起作用。"

"您的意思是，他们是理性的人，活动是可以推断的。因此咱们……"

高策笑着说："既然你明白了，就不用说了。说破了不值钱。"

正在香港机场候机准备去海北的林恕，通过机场无线网络系统，前后收到了秦芳的资料和李帅今晚将回宁水的两个邮件。

林恕顾不上看秦芳的资料，赶紧用电话要出宁夕，命令她马上乘坐最近的一班飞机回宁水。

宁夕固执地说李帅不走，她就不走。

林恕只好解释："李帅将乘坐今天晚上的飞机回宁水。"

宁夕怕是调虎离山之计，便问林恕是怎么知道的。

林恕耐住性子说："不只你一个人在干这活。"

宁夕说她要看看李帅到底和谁一起走。

林恕训斥道："你真是不可理喻。他回去后，看见你不在，就会前功尽弃！"

宁夕想想也是，就答应了。

打发了宁夕之后，林恕打开秦芳的资料。资料很简略：秦芳，远大公司职员。年龄，二十九岁。学历某大学哲学硕士。籍贯，不详。

有关麦建的描述就更简略：麦建远大投资贸易公司总经理，三十八岁。

林恕心说：看来以前小看他们了。不可再等闲视之，以免小鬼跌金刚！

他走向售票处，买了一张去宁水市的机票。

在进候机楼的通道上，袁因放出第一个试探气球，问李帅回去如何交代。鉴定中心只给了一个简单而笼统的结论：不予通过。并没有说明原因。

李帅阴沉着脸反问："交代什么？向谁交代？"

袁因不说话。

李帅意犹未尽："科学研究允许失败。必须允许失败！"

袁因承认："这倒也是。"

李帅很不满意地说："什么叫也是？就是！"

袁因看看李帅，稍微拉开一些距离。配方和样品肯定就在这个人手里，而且他也要在这上面动脑筋。

李帅晃晃手中的文件："报告里的数据和我所掌握的数据差距太大。我怀疑这其中有阴谋。"

袁因回击道："都是阳光操作，哪里来的阴谋？"

李帅:“阴谋要是叫别人知道了,就不叫阴谋了。回去我要请求公安机关介入。”

袁因认为李帅是在欲盖弥彰。

方兴一共只有两种运动方式:快步走和太极拳。刚刚走到微微出汗之际,他感觉到手机的振动,止步接听,这个手机号码只有极个别的人知道,也很少使用。

来电的是丁尼,她通报了 KG 未能通过鉴定的消息。

“把这个消息控制在最小的范围之内。”他不假思索地说。

“有难度。”

方兴低声且严厉地说:“控制住!”他所谓的控制,就是隆德官方不承认这个消息。否则申井计划就无法实施。说罢,他继续快步前行。

不一会儿,他听到后面有重重的脚步声,便头也不回地避让。没承想,后来者竟然拍击他的肩膀。他回头一看是周鞍钢,高兴地说:“怎么是你?”

周鞍钢也是一身运动衣:“这话应该我来问才对?”

方兴说:“怎么? 这莫非是你的领地?”

周鞍钢笑着说:“当然不是我的领地,可也不是你应该来的地方。”

方兴不明白这话的含义。

周鞍钢解释道:“像你这样的大老板,应该去打高尔夫才对。你没听人家说,高尔夫应该叫作高尔富才对。或者就像万科的总裁王石那样,去爬珠穆朗玛。走路这种低成本的体育活动,只属于我们这些公务员。”

“你没见每次中央发关于党风廉政建设的文件,都要说一句:国有企业,或者国有控股企业的领导人,参照执行? 至于珠穆朗玛,我就是想上,也上不去。”

“你杰出的幽默感都上哪去了?”周鞍钢是专门为了 KG 前来的,但他不会直说。虽然有着两代人的交情,但他从来都觉得方兴有一层穿不透的铠甲。

方兴自然也知道周鞍钢是为了 KG 而来的,但他也不会首先发问。于是,他想出了一个相关联的话题:“匈牙利有一位数学家发现了这样一条定律,任何人和任何人之间,只隔着五个人。”

周鞍钢表示不解。

“举个例子,你就明白了。你说你想和谁联系吧?”

周鞍钢说出了一个自己心仪的作家——金庸。

“这都用不了五个人。我们有个项目在与浙江大学合作,而金庸是浙江大学人文学院的院长。”

周鞍钢来了兴趣,把布什做研究材料。

方兴不假思索地说:“我的一位朋友,在美国做总统研究。他经常与布什的顾问有电子邮件联系。”

周鞍钢回到了正题:“那我想找一个罪犯。”

方兴笑道:“这就是你的事了。”他在等周鞍钢的下文。

谁知周鞍钢没有往下说,只是问他会不会打高尔夫球。

方兴说自己会一点儿,因为一点儿不会,就会失掉商机的,和香港、东南亚的商人打交道时尤其如此。

周鞍钢说自己也打过两回,接着就问方兴还记得汪明否?

方兴自然记得。汪明乃汪副司令的大公子,与他同学六年。

“今年初,我在海南开会,他不知道从哪听说了,非要请我吃一顿饭。吃完了,就请我打高尔夫。”周鞍钢停了下来,“当时他是海南国际开发银行行长。吃饭的时候,我发现他两只手的颜色不一样,一黑一白。”

方兴其实已经知道了答案,但仍然问:“白化病?”

周鞍钢说:“非也!乃高尔夫手套留下的痕迹。”

“如此说来,他经常干这个了?”

“这小子不断地讥笑我的球技。最后我火了,就说,要论身体的协调能力,你差远了。关键是我没你钱多、闲工夫多。他听了也不高兴,我们就此散伙了。”周鞍钢做了一个伸展运动,“当时我就想,像他这样,中午就喝一瓶XO,下午就打高尔夫的行长能是个好行长？果不其然，上个月他就出逃了。”

方兴已经从央行的《金融通报》上看见了这条消息，但还是佯作不知。

周鞍钢正色说：“临走之前，还卷走了八千万美元。”

方兴长叹道：“八千万美元？就是将近七个亿人民币。太可怕了！”

周鞍钢说：“我跟我太太说的时候，她似乎没你这么惊讶。”

方兴认为这很正常：“不搞经济的人，对千万以上的钱是没有概念的。”

“我只好给她打了个比喻。假设每天都有人给你送三万块钱。下雨要来，刮风也得来，这样十年是一个亿。而七个亿就要七十年。听完了，她的嘴巴好半天合不上。”

方兴严肃地说：“对付这样的人，你们应该拿出措施来。”

周鞍钢说已经通过国际刑警组织，将其控制起来。但引渡的法律手续很是繁杂，就算引渡回来，这些钱也会十去八九了。

方兴却认为即使如此，也应该将其绳之以法，用以警示他人。

周鞍钢认为方兴说得对：“一定要降低漏网率。不过，只要利润足够高，一些人依然会冒绞首的危险。”

方兴在拐弯处停住：“企业内部制度的健全，也很重要。广东开平不过是个弹丸之地，而那儿的一位银行行长利用银行体制的漏洞，竟然盗窃了将近五个亿的美元，并且逃之夭夭。”

两个人的谈话，竟然没有一句涉及KG。

飞往宁水的飞机商务舱，一共只有八个座位。

李帅、袁因、秦芳恰巧在一排。

李帅、秦芳目光接触之时，很是淡漠。

在一旁假寐的袁因，密切注视着这两个人。

但一点儿异常都没有发现。

宁水邮政事业，显然没有跟上时代的发展。因此，邮件的分拣系统显得不堪重负。

即使如此，邮局也在邮件传输带的进口和出口安装了两套邮件检测仪。

副经理在香港投递的邮包，通过了进口处的检查员。但被出口处的检查员截住了。

在宁水市机场的出口，李帅一眼就看到了翘首以待的宁夕。出于礼貌，他只好给她和袁因互相作了介绍。

袁因握手后，很老派地称赞道："郎才女貌，天作之合，神仙伴侣。"

李帅虚邀袁因坐宁夕的车。

袁因当然推辞。

袁因走后，宁夕仍然四下张望。

李帅纳闷地问："你在看什么？"

宁夕笑着说："我在看你是不是从海北带一位漂亮女士回来。"

李帅很坦然说："我还没有把你娶回家，你就这么大的醋劲儿。以后可怎么得了？"

宁夕边发动车，边嘴巴一撅说道："人家喜欢你嘛！"

李帅大大咧咧地坐在副驾驶的位置上："因为你喜欢我，所以你就认为天下所有的女人都喜欢我。这是一个典型的逻辑错误。"

车开走后，秦芳才出现。她招呼住一辆出租。

等她的出租开走后，林恕出现。

儿子蹑手蹑脚地进入周鞍钢的书房，准备吓他一跳。就在他快要到他背后发声时，正在操作电脑的周鞍钢，头也不回地说："儿子，你怎么还不去睡觉？"

儿子很失望地说："又让你发现了！"

周鞍钢这才回过头来："你天天来这套，都已经成了规律性的东西了。孙子兵法云:出其不意,攻其不备。要是罪犯也像你这样就好了。”

儿子搂住周鞍钢的脖子:“怎么个好法?”

周鞍钢也搂住儿子:“那就有一个抓一个。”

“我有一个问题,不知道您能不能回答?”

“你爸我就像一本百科全书,随时打开在你需要的那一页上。”

“刚才我看电视,发现这样一个问题。都是二战的犯罪国,为什么德国人认错,而日本人老不认?”

周鞍钢很认真地看着儿子。

周小擎被他看得有些发毛:“怎么啦,老爸?”

“你提了一个极有水平的问题。”他高兴地说:“德国法西斯,是以纳粹党为代表。而日本法西斯,则是以天皇为代表的。”

周小擎的反应很快:“纳粹党被消灭了,可天皇还在。”

“你不光提出一个极有水平的问题,而且做出了极有水平的回答。”

周小擎的兴趣转换得很快,指着屏幕上一些莫名其妙的文字和数字问道:“您在玩儿游戏?”

周鞍钢关闭掉这个界面:“老爸我可没有这个福气。”

“那您干什么呢?”

周鞍钢坦白相告:“我在研究一个案子。”

儿子坐到周鞍钢的腿上:“以后我给你设计一个程序,一下子就把坏蛋抓住了。”

周鞍钢正要说什么,张琴进入:“就算你设计出来这个程序,你爸这台破电脑也运行不了。快睡觉去!”

儿子在周鞍钢的脸上亲了一下后,默默地走出去。

周鞍钢埋怨道:“你可真会煞风景。”

张琴不以为然地说:“就你这破风景,还用杀?”

周鞍钢纠正道:“是煞风景,而不是杀风景。”

张琴离开前说:“一个意思。你也早点睡,眼圈都黑得跟上了眼影似的。”

周鞍钢摸摸自己的眼睛,随后继续工作。

秦芳进入房间时,麦建正在用望远镜观察李帅房间。

麦建俯身望远镜,头也不回地说:“这两个人要说岁数也不大。小别胜新婚,怎么也不亲热亲热?”

秦芳不满意地说:“叫你干活,不是叫你看色情片。”

麦建回过头来:“搂草打兔子,我这也是捎带的。怎么样?配方到手了?”

“你以为配方是电影票?”

麦建不满意了:“花了三十多万,怎么也得有点儿收获吧?这可都是我的血汗钱。”

“舍不得孩子,套不着狼。”

麦建逼近秦芳:“孩子已经出去了,这狼什么时候套着?”

秦芳把高跟鞋脱下:“已经套住了。”

麦建的眼睛里立刻放出光芒:“那配方呢?”

秦芳一边脱衣服,一边说:“我告诉你,这可是一个系统工程。”

麦建不解地问:“系统?工程?什么意思?”

秦芳不屑地说:“跟你也说不清。这么说吧,已经跟他发生了关系,这仅仅是第一步。”

麦建嬉皮笑脸地问:“发生了关系?什么关系?男女关系?”

她退后一步,躲避他口中逼人的酒气:“关系建立了,就需要时间。泡着、泡着,就能泡出来。”

麦建上前搂抱秦芳:“就和泡茶、泡妞一样?”

秦芳眉毛一竖:“我今天可没心情。”

麦建用力抱住秦芳:“你没有,可我有。”

秦芳把脸拉下来:“你别自找没趣!”

麦建只好松开手。

秦芳边往洗手间走边说:“你给皇朝大酒店打一个电话,给我订一个套间。”

麦建追过去问:“订房间干什么?”

秦芳在洗手间里回答:“我要摆一个局。”

一场按照常规意义也算成功的性爱之后,李帅疲惫已极。

宁夕回忆着刚才的每一个细节,最后终于忍耐不住,把自己的感受说了出来:“我总觉得有些不对劲儿。”

李帅睡意蒙眬地说:“哪不对劲儿?”

宁夕确实说不出来:“反正你和以前不一样了。”

李帅只得转过来:“你觉得不对劲儿,就是不对劲儿。疑人偷斧这个典故说的就是这个。”

宁夕知道这些问题是无法讨论的,便问:“是不是药品鉴定的事不太顺?”

李帅伸手关灯:“我不想说这个,睡觉吧。”

不过片刻,他就睡去了。但宁夕却一点儿睡意都没有。

张琴睡着后很久,周鞍钢还在看书。到了两点,他准备关灯睡觉。

就在这时,苏群的电话进入。

周鞍钢小声问道:“什么事?”

苏群笑着说:“我也骚扰骚扰你。”

周鞍钢看看已经被吵醒的张琴,越发低声:“快说。什么事?”

苏群这才说出“包裹事件”。

周鞍钢很不满:“可疑的包裹关我什么事?”

苏群也不满了:“香港来的。上次您老人家不是吩咐我,凡是有香港方面的一切可疑的事物,都要向你汇报吗?”

周鞍钢听完,立刻起身悄悄穿衣服。

就在他准备关灯离开的一刹那,张琴突然说:“你给我站住。”

周鞍钢笑笑:“你醒了?”

张琴坐了起来:“我倒是想不醒呢?干什么去?”

周鞍钢说:“有个案子。”

张琴看看表:“这个钟点,还有案子?不是去会情人吧?”

周鞍钢俯身在张琴的额头上吻了一下:“永远不会,我这辈子只有你。”

张琴虽然满意这个回答,但还是用“鬼才信!”三个字来结束这次谈话。

第十一章

周鞍钢进入公安局会议室时，苏群、陈述和若干警官已围坐在会议桌旁，居中的位置虚席以待。苏群要他去坐，周鞍钢当然不会上这个当："你这不是把我放在火上烤吗？"

"你要是不坐在这，我就宣布散会。"

"坐就坐，吓唬谁？"周鞍钢在中间的位置坐下后，才发现陈述，赶紧招呼道："陈教授穿上警服，我都不认识了。"

一脸疲惫的陈述与之握手："我其实只是路过宁水，不知道怎么被苏群知道，硬拉我来凑数。"

苏群在自己的单位开会，感觉特别好："人多力量大嘛！"

陈述认为此乃无稽之谈："听着很像小孩子打群架。"

苏群示意后，一位警官打开投影设备，一根手指出现在屏幕上。

苏群简略地说："经过陈教授检查，起码有两点是可以肯定的，手指来自一位女性，二十岁左右。其次，是被刀砍下来的。"

陈述注解道："还没有来得及做仪器分析，凭肉眼观察，难免有误。"

周鞍钢奉承道："您'观千剑而识器'。应该不会错。"

苏群对周鞍钢动不动就引经据典，颇为不满："别酸了，咱们开始分析吧。你知道我为什么叫你来吗？"周鞍钢当然不会知道。他于是讲解道，"第一，这个包裹来自香港，而且是从威玛公司所在的街区邮局邮寄的。"

周鞍钢根本没有听说过“威玛公司”。

苏群解释说:“就是金秋子在香港时供职的那个公司。”

周鞍钢质问:“我怎么不知道这事?”

苏群再次向警官示意:“让周局长知道知道。”

屏幕上出现金秋子的图像和文字资料:金秋子,二十七岁。香港威玛公司雇员,后供职于隆德药业。二〇〇四年被杀。

因为没戴隐形眼镜,秦芳看不清楚体温表上的读数,就让麦建代看。

麦建看了看后说:“三十八度五。不算低。”

全身酸痛的秦芳起身:“可能是感冒。”

“也可能是艾滋病。艾滋病的初期症状,就是发烧。”

“我要是得了艾滋病,一定是你传染的。”

“我不过是开一个玩笑。艾滋病又不是感冒,想得也不一定能得上。”他见她穿衣服,便问,“你这么早去哪?医院还没有开门呢!”

“医院?我哪有那福气?我要在李帅上班前到位。”

他不无醋意地说:“他也不一定一上班就会给你打电话。”

“李帅这个人极其多疑。万一他打了,我必须在岗。”

他坐了起来:“你是不是喜欢上他了?”

她直白地说:“要在你们两个人中间挑一个的话,我肯定挑他。但现在我谁也不要。”

“是不是你另有喜欢的人。”

她简捷地回答:“我喜欢钱。钱永远年轻,钱永远不会欺骗人,永远最可靠。”说话间她已经穿戴完毕,准备出门。

他提醒她应该梳妆一番再走。

她背上包:“人误地一时,地误人一年。”

他重新躺下:“那我再睡一会儿。”

她止步："你知道你为什么到了这么大岁数，依然不过小康水平吗？"

麦建也是一个很自我的人："我根本不以为我岁数大。男人四十一枝花。而且我的财产水平，也绝不止小康。"

她坚持自己的观点："就是因为懒惰、拖拉。"

他强调自己发起者的身份："我是精子，虽然只有一点点，但没有我，一切都扯淡！"

她在关门前，狠狠地说："要不是因为这一点，我根本不会带你玩儿！"

他坐在地铺上，自言自语道："你带我玩儿？休想！"

在会议接近尾声时，周鞍钢说："寄这个手指的目的，显然是在威胁。因此，威胁谁就是最重要的问题：所以我建议，把这个包裹仍然放回邮局。看看谁来取，好顺藤摸瓜。"

苏群立刻说："你说得很对。小孙啊。把包裹放回去。"

警官纳闷地说："您不已经命令放回去了吗？"

苏群假装摸摸自己的脑袋："你看我这个脑子？"

"你少来这套！"周鞍钢转向陈述，"是否应该从断指上取下一块组织？"

陈述点头："是的。有了它，就可以做 DNA 分析，将来会是很有力的证据。"

苏群很认真地说："我倒把这事给忘了。"

周鞍钢得意地说："智者千虑，必有一失！"刚刚说完，就看见小孙与苏群会心一笑，立刻觉出自己上当了。自我谴责道，"我这个人怎么不长记性呢？"他转对陈述说，"我请你吃饭？"

陈述很认真地回答："请人吃饭用疑问句，显得十分虚情假意。此其一也；其次，如果不请晚餐的话，最少也应该请午餐。绝无请早茶的道理。"

"吃早茶的时候，咱们可以商量午餐和晚餐的事。"

苏群趁火打劫道："周局长很不 WTO，凡有好事，总把我忘了。这次必须带上我。"

周鞍钢不同意:“我们两个有机密话说。”

苏群纳闷地看着两个人:“你们很熟悉?”

周鞍钢占了上风,很得意地说:“相当熟悉。”

苏群疑惑地看着两个人:“不应该。你们既不是同学,也不是老乡。”

“我刚当检察官的时候,对一名杀人犯提起公诉,而陈述教授则是被告请来的律师。”

苏群向陈述问结果,陈述笑而不答。他只好问周鞍钢。

周鞍钢笑着对陈述说:“这家伙每次听到我走麦城都特别高兴,我索性让他好好高兴高兴。我诉的是一位胁从犯:主犯开的第一枪,他开的第二枪。”

苏群抢着说:“这是显而易见的杀人罪。”

周鞍钢笑了:“我也是基于同样的心理而犯了错误。陈教授证明了被害人在受到第一次枪击之后,已经死亡。他因此提出了一个著名的论断,尸体是不能被谋杀的。”说到这,他停住,把精彩部分留给陈述。

陈述接着说:“第一枪表面上看,仅伤及被害人的肺部,但肺部主动脉壁破裂。根据计算,十分钟后胸腔将会充满血液,心脏将停止跳动。而第二枪是在二十分钟之后,方由我的当事人射在这具尸体上。而尸体,是不能被谋杀的。”

苏群想了一下后,佩服地说:“就是,一个人不能死两次。”他转向周鞍钢,“这么简单的事情,你怎么也会搞错?”

“许多伟大的发明,事后看都是很简单的。”周鞍钢站起身,“关键问题是,开第一枪的被告,是洪江公司总经理的儿子。开第二枪的则是一位下岗矿工的儿子,他怕他去告发,胁迫他开了第二枪。其实,我也很想给这个小伙子开脱,可只有他自己的供述,孤证不立。多亏陈教授了。所以,我今天才请客。”

林恕得知秦芳住在皇朝大酒店 2226 号房间,因此请求宾馆的副总让他住进 2228 房间。当然他明白此乃不情之请,便给了副总一个看上去很薄的信封:香港习惯,送钱不能裸体。

副总立刻查了一下,结果2228已经住人。而且是个德国人,德国人的不肯通融,世界闻名。

林恕微笑着说:“我建议您看看信封的内容。虽然它很薄, 而且它只是一半。”

副总禁不住诱惑,打开信封,里面是五张百元美钞。他让林恕稍候,匆匆出去了。不过片刻,副总就回来,拿来了房间的钥匙:“我告诉这个鬼子,隔壁的房间发现了蟑螂,因此要喷杀虫剂,”

林恕对细节从不感兴趣,接过钥匙,付了另外一半钱后走了。

对周鞍钢成立KG调查小组的方案,高策只有一条意见:方兴不要参加。

周鞍钢莫名其妙地说:“你认为他不可靠? ”

“我仅仅是一个建议,就和咱们经常给涉案单位发出的司法建议一样。”

周鞍钢自以为对方兴很了解,就介绍了一番。

高策很少直接批评人,他只是重提“疑似病人隔离”说。

“但方兴绝非疑似病人。他在领导岗位上已经多年, 很有政绩, 操守也很好。”

“注意,你接连用了两个‘很’字。”

周鞍钢坚持自己的意见:“如果没有方兴的参加,很难有效地调配隆德集团的资源。封建时代,政权到了县这一级就没有了。但没有不等于没有统治,政令都是通过乡村士绅来贯彻的。抗战期间,八路军也建立了类似村委会的机构。”

高策很了解他的固执,只好说:“这人啊,一轮到身边的人、熟悉的人,观察力、判断力,就要打一个大大的折扣。但我提醒你,于建欣和他的前任,都是在这个岗位上倒下去的。”

“你踢进去第一个球,然后又踢进去第二个球,但这对你能否踢进去第三个球,一点帮助都没有。”

高策看着周鞍钢,没有说话。

秦芳进入皇朝大酒店房间不久,李帅就来电话了。他首先对自己昨晚上没有机会给她打电话,表示道歉。

“别解释。这个我懂,回家了嘛!”

“其实我没有一个正式的家。”

“换句话说,你有一个非正式的家。”

他惊讶她逻辑的严密:“昨天晚上,你是在哪过的?”

“皇朝大酒店2226号。”见李帅不信,她说,“你可以把电话打到房间来。”李帅当然不会这样做。于是她笑着说:“你我这种露水夫妻,其实连这也算不上,最多算一夜情,没有任何基础,所以总给人以摇摇欲坠的感觉。”

李帅经过仔细思考,不打算中断这个关系:“海北市算是奠基,今后咱们一定把它夯得结结实实的。好啦,晚上见。我现在还有一个会。”

她也说自己要去做个美容,省得晚上素面朝天。

他笑着说:“素面朝天的原意是,后宫嫔妃朝见皇帝时不事梳妆。”

秦芳反唇相讥:“你可以把自己当成皇帝,但我绝不是妃子。”

提着箱子的林恕在走廊上与秦芳碰了个对面。

在开房间门的时候,他看着秦芳优雅的背影想:这就是信息不对称的好处!我知道你,你不知道我。这类战争,岂有打不赢的道理?

武鸣戴着口罩,径直走进邮局,查询自己的包裹来了没有。

邮局职员听完信箱和姓名之后,按动计算机键盘查询:此乃事先约定的联动信号,楼上办公室内的两名便衣警察小杨、小章立刻行动起来。

屏幕上武鸣影像并不清楚,小杨随之换到四号摄像机上,但仍然不清楚。

小杨立刻起身:“我去跟踪他。”

小章嘱咐道:“这家伙看样子是一个老手,别跟丢了。”

小杨自以为是地说:“我在警校的时候,跟踪科目考第一。”

小章嘲讽道:"我在小学的时候,历史还考过全校第一呢。可现在除去朝代外什么都说不清楚。"

小杨检查了一下手枪:"你是你,我是我。"说罢,快步出屋。

武鸣行色匆匆。小杨很隐秘地跟随在后面。

武鸣进入了一幢楼房。小杨不便进入,就躲进旁边一个楼道。片刻,武鸣下来,小杨继续跟踪。重新回到大街上后,武鸣停在一辆摩托车旁,掏出钥匙,骑上摩托车风驰电掣而去。

小杨拦住一辆汽车,亮出证件:"警察。公务征用你的车辆。"

开车的是一位年轻女士。女士不屑地看着小杨:"警察有什么了不起?你知道我是谁吗?"

小杨不由分说地把她拉下汽车,然后开车追上去。汽车很快地接近摩托车。

武鸣似乎察觉出来,也跟着加速。但摩托车毕竟不是汽车的对手,距离在很快地缩短。但就在红灯将亮不亮的当口,摩托车一个急刹车,然后调头加入对面来的车流。

小杨眼睁睁地看着在隔离带另一边的武鸣,武鸣竟然很得意地向他挥了一下手。

秦芳回到自己的房间后,总感觉到有什么地方不对劲。气味?她使劲抽动鼻子。但未见任何异常,于是她开始在房间里搜寻。最后,她发现床单被按得凹进去一小块。这不怨林恕,此乃男人无法察觉的痕迹。她很快就从床头柜底下找出了窃听器。

祝启昕夫妇莅临宁水,下榻于隆德公司所属的别墅。稍事梳洗之后,祝启昕就邀请方兴出去散步,很多事情是不可以让太太知道的,尤其是干部方面的事情。

方兴表示他已经完全掌控住隆德集团。临出来前,祝夫人趁祝启昕更衣,提出为一场名不见经传的演唱会拉一些赞助。他不假思索地问:“一些是多少?”祝夫人说最少三十万。他当下就答应了四十万——艺术、体育的赞助是有回扣的,这几乎是公开的秘密。有些时候,回扣甚至会大于项目所得——祝夫人自然喜不自胜。为了让祝启昕放心,他才有此说。他相信,祝启昕是知道这事的。

“不出事是前提,出政绩是关键。”祝启昕确实很欣赏方兴。但如此不遗余力地提携之,另外还有重要原因:他的儿子,还有他的一些朋友,都从于建欣手中得到过很多好处。当然,都是以生意、工程为掩护。虽然如此,若是被人揭开盖子,也是很麻烦的事。所以他才把方兴放到了这个岗位上。反过来说,方兴既然付出了,就理应得到回报。

方兴如同与祝夫人讨论“一些是多少”一样,试探这“政绩是多少”:“您可能有所不知,于建欣把个家败得差不多了,补窟窿就花费了……”

祝启昕打断方兴的话:“你参观过北京电影制片厂的布景一条街了吗?”

“走马观花地看过。”

祝启昕意味深长地说:“那里的许多房子,都只有门面。可上了电影,也蛮像回事的。家有七件事,先从紧的来。年底之前,考察组就一定会来。到时候你要拿出一份像样的报告来。”

方兴说一定能够拿出。这些道理他懂且已付诸实践,他现在需要的就是祝启昕的一个承诺。

承诺果然如期而至:“你放心,计划、统计和钱,都在我手里。你说你有钱,我承认你有钱,就等于你有了钱。钱在这会儿,不过是一个数字。等我下去了,你再说你产生了多少利润,别人就会真的问你要。到时候,你就得拿出真金白银来。”

方兴自然要说一些感谢话。

他停住,侧过脸问:“有一首宋诗,‘杖藜扶我过桥东’。你听说过吗?”他并不知道方兴的具体方案,也没必要知道。半年之后他就要着陆了,一切都必须以安全着陆为中心。

“听说过,但背不全。”

祝启昕一字一板地说:"'杖藜扶我过桥东'。好诗啊,好诗!"

"祝副省长能给我解析一下吗?"

"一个老翁,没有拐杖是走不远的。而拐杖没有老翁,也是立不起来的。"

方兴做深思状。其实这些潜规则他很明白。非如此,他是坐不到今天这个位置的。

小杨受到刑警大队大队长的严厉训斥。大队长的语言并不十分丰富:"你知道吗?这个案子是苏局长亲自督办的案件。只许成功,不许失败。"

小杨低声说:"知道。可我没想到他隐藏着一辆摩托车。"

大队长声色俱厉:"没想到?应该想到。这次是和检察院联合办这个案子。他们检察院的人,牛哄哄的,老说咱们公安的素质比不过他们。这次还真的让他们说对了。要是你跟踪中央情报局的人跟丢了,我也没这么大的火。一个平头百姓,也让你跟丢了。羞不羞?"

小章帮腔:"看着是个百姓,没准真在中央情报局培训过呢!"

大队长转向小章:"放屁!宁水市有过国外经历的人,全在我这电脑里。你看哪个人的特征和这个取包裹的家伙对得上?我最不佩服的就是你们这些小知识分子。"他指指电脑。

小章求情道:"看在这个系统是小杨设计的份儿上,您就少骂他两句吧?"

大队长的声调低下来:"平常开车,换档那叫个溜,就和那个赛车手舒什么来的?"

小章说:"舒马赫。"

"对,舒马赫。可真遇到情况,就露馅了。银样镴枪头!"大队长不无爱意地拍拍小杨的头,"调出他进过的那幢楼房的人员名单,一个一个的排查。"

小杨说:"是。"

李帅已经接到了方兴"低调处理"的指示,所以在会上把此次送审的结果描绘成“虽然没有完全通过”但仍然获得了“局部的肯定”，同时希望“各部门按职责查找可以改进的地方。”

会议很简短。结束后，袁因问他为何不把真实情况告诉大家。

李帅头也不抬，拒人千里地说：“我有安排。”

袁因无言而退。

方兴住在离祝启昕别墅稍远一些的一幢小别墅里。这幢别墅是他临时租住的，公司办公室原来租下来的是公司别墅旁一幢相仿佛的别墅。他知道后，立刻就退了：上尊下卑，万古不移。

此刻，他手持一部《汉书》，坐在沙发上想心事。祝启昕的一番话，无异于发令枪响。要想胜出，必须有成绩。实实在在的成绩，根本不可能做出来。唯一的方法，就是采用拉升隆德股票换取现金的申井方案。既然别无选择，就应该义无反顾地去干。

周鞍钢门也没敲，就闯了进来：“汉书下酒，曹句当歌！好。”

方兴问周鞍钢是怎么知道他在这里的，周鞍钢说是从秘书那里打听来的。

“省里来了一位领导，我严令她不许透露我的去向。你一定用你的身份吓唬她来着？”方兴不高兴地说。

“祝副省长？”

方兴认为这也是秘书透露的，皱着眉头说：“这种人，不能用了。”

他赶紧解释此乃分析所得：“您老人家，不喜应酬。省里一来领导，陪的人多得是。可祝副省长是你的老上级，你必须得来。”见方兴不相信，他于是说，“那我再给你亮一手，你在想心事？”

方兴晃晃手里的书：“我明明在看书嘛！”

他得意地讲述了一个故事：湖南名士王闿运客居曾国藩大营三个月，曾国藩偏偏就是不肯稍稍试用。其时军情危急。又不便直接催客人早日离开。某一日，太平军大举进攻，曾氏派亲信李眉生前去窥探其行动。李回来汇报说：王闿运正在读《汉书》。曾国藩笑着说：壬秋将行矣！果不其然，次日王闿运就不辞而别。

方兴很纳闷地问："读《汉书》就是要走？"

"曾国藩的分析是：王闿运饱学之士《汉书》会背，何用捧读？不过是怕人窥破心事，做一个掩护而已。"

"我不会背《汉书》不说，断句都费劲，也不想逃跑。说你的正题吧。"

周鞍钢简略地叙述了KG被调包事件。

方兴虽然掌握的信息与周鞍钢差不多，仍然用怀疑的语气问他能否确定。

他不以为然地说："我是代表组织来跟你商量的，如何会说一些莫须有的事情呢？不能确定的只有两点，谁做的？为什么？"

"不管谁做的，为的都是利益。"

"谁的可能性最大？"

方兴当然知道是李帅。但他不会说："李帅、袁因；袁因、李帅。可能性各占百分之五十。"

"但我们以为，李帅的可能性要大一些，因为只有他一个人掌握配方。这样，用假样品置换真样品，样品与配方一同销售，方才有意义。"

"你的信息，稍嫌陈旧。一星期前，确实是李帅独自掌握着配方。请注意，这并不是我们的疏忽，制药行业就是这个规矩。但在他们临走之前，我为了保险起见，命令他复制了两份，一份存档，一份交给隆德制药的总工程师袁因。"

周鞍钢责问如此之重要的情况，为何不通报。

方兴却以为此乃公司的正常业务，没必要通报。

他拿出一份文件，递给方兴："以后就有必要了。市检察院、公安局成立了一个联合调查小组。我是组长，你和苏群是副组长。"

方兴见把他放在副组长的位置上，隐约有些不快。但没有任何表现，淡淡地说："组长先生，我有一个请求，暂时不要披露这个消息。这样对你们破案有好处。异己分子，请原谅我使用这个过时的词汇，好比是一个肿瘤，在没有弄清楚它的性质、形状、浸润的范围之前,最好不要贸然动手。次要原因就是我们是上市公司,如果这个消息传出去,对我们的股票价格来说,起码相当于拦腰一刀。”

“你这个次要原因,其实是主要原因。”

方兴指指自己和周鞍钢:“你我的立场不同嘛!我在省经委工作的时候,拼命想把各个企业的钱集中使用。经常给大家讲,要集中优势兵力,各个击破,伤其十指,不如断其一指。现在我到了企业,就经常呼吁商场如战场,资金如弹药,应该放在第一线。请别误会,立场虽不同,目标却是一致的。”

“目标不一致,我就不来了。但有一点我要告诉你,KG 的一切,你都要向我汇报。”

方兴笑道:“真是‘一朝权在手,便把令来行’。下官明白。”

周鞍钢当然知道应该平衡方兴的心理,就说他当组长不过是因为他是专职的检察干部,不像方总那样日理万机。最后,他提出借方兴的奔驰用半天。

“半天?半年都没问题。”

“我单位的一位骨干检察官要结婚,怎么也得让她风光一下。”

方兴慷慨地说把公司的五辆奔驰通通开去。资源多了,容易平衡。

“两辆足矣。”

方兴很随意地讲了个有关奔驰的小故事:公司有这么多奔驰,于建欣偏偏又买了一辆加长的林肯。原因就是一位周易大师,认为奔驰车不吉利。

“奔驰还不吉利?闻所未闻。”

“奔驰的标志,乃是圈子里一个人字。坐了会有牢狱之灾。”

“自作孽,不可活。关相术何事?”周鞍钢看见一副围棋,便提议来一盘。

方兴欣然同意。

袁因无精打采地打开门,进入房间。他坐到沙发上,好一会儿才发现茶几上的小盒子,他的脸色顿时变了。他赶紧检查门锁、窗户,发现一切完好无损后,才胆战心惊过去拿起包裹。

武鸣已经换了一身笔挺的西装，在咖啡厅里与林恕聚谈。听完他炫耀性的吹嘘之后，林恕沉思。

“我估计公安局那帮傻孢子，现在正在那座楼里排查呢。”

林恕动动手指，制止他的话：“关键问题是，公安局的人是如何跟上你的？”

“肯定是包裹里的东西，被他们的X光机给查出来了。你放心好了，不会是你的药。”

林恕立刻反问：“药？什么药？”

武鸣赶紧解释：“什么药我不知道。但我知道我去的是药厂的总工程师家。找药厂的工程师，你不是弄药，是干什么？”

林恕逼问消息来源。

“狗窝有狗毛，鸡窝有鸡粪。他的房子里还能没点信息？”

林恕这下子放了心：“我很喜欢跟我的人讲，钱多了是累赘。李嘉诚钱多，儿子就被人绑架了。同样，知道事情多了和钱多了一样，也是累赘。不同的是，钱可以单独拿走，要想擦掉信息，通常是连人一起。”

中间人曾对林恕有过“心狠手辣”的评价，所以他这段话，让武鸣感觉到阴森森的凉意，他说：“这里是宁水，不是香港。”

林恕语调恢复正常：“是的。这里是清平世界，朗朗乾坤。但无论何时何地，只要你有足够的钱，就没有办不成的事。好了，我这不过是随便说说。你可以给药厂的总工打电话了。”他递给武鸣一张纸，“照这个说。”

袁因浑身哆嗦地捧着那个小盒子，看着盒子中那根已经变色的稚嫩手指。这时电话响了，他置若罔闻。电话在顽固地响，他下意识地接听。

对方冷冰冰地说：“收到女儿的手指了？”

他怒吼道：“你是谁？”

“你按照命令行事，否则你会不断地收到手指的。”

他一下子被击倒：“什么命令？”

对方用命令的语气说:“你等着好了。”说完就径自挂机。

他感到天旋地转,摔倒在地。

麦建一进汽车,就把一个窃听器递给秦芳:“蒋门神拳法比不过武松,就改用腿。武松一见,喜上眉梢,心说用腿我可是老祖宗。给咱们安装窃听器,真是瞎了眼!香港这个姓林的,不就住你隔壁吗?这个针孔窃听器是以色列的新产品,从操作板后面的电缆孔塞过去就行。神不知,鬼不觉。”

她把窃听器扔给他:“我决定不用这个了。”

“你刚才不是还说用吗?”他问。

“我改了主意。”

“女人就是朝三暮四、水性杨花。你知道这东西多少钱?五千块从老计那租来的。这个老家伙,隔壁公寓住着一个影星。他们两个的卧室挨着卧室,老计就把这玩意儿从电视电缆孔塞过去,观察影星的私生活。要不是那个影星上戏去了,我还弄不来呢!”

她不屑地说:“看你认识的这些人,全是些下三烂!”

“你想和高尚的人合作,要人家愿意才行。不用这个,你用什么监控林恕?”

“面对面!以前这小子,神龙见首不见尾。现在露面了,正是好机会。反正咱们弄到 KG 配方,也要有路径才能卖出去。”

他不放心她与之单独接触。怕自己被短路。但说出来的话,却是在为秦芳着想:“你能闹过他?”

“我和钱一样,战无不胜,攻无不克!”

“盲目的自信!”

她居高临下地说:“人不自信,何人信之?”

他知道自己没法说服她,就搂住她,想在汽车上苟合。

她挣脱后说:“我要保持精力,与李帅交锋。”

他充满醋意地问:“在床上交锋?”

她打开车门:“需要在哪,就在哪!”

这一盘棋,下了两个小时。起初,周鞍钢的形势很好。但抵挡不住方兴水银泻地般的蚕食,最后输了十多目。在散步的时候,他还在检讨刚才那盘棋。

“你错不在局部,而在精神。佼佼者易污,峣峣者易折。至刚是不能长久的。”

“我就是喜欢大砍大杀,虽败犹荣!”

方兴笑着说:“话已至此,夫复何言?”

“道不同,不相与谋。”他改换话题,“我最近看了一部电视剧,名字忘了,但讲的也是你们卖药行里的事。”

方兴纠正道:“卖药?应该叫制药!美国制药产业的产值,比航空业还高。”

“这药铺掌柜的,也就是你这样的人,一买药材,就是五十万大洋。当年,光绪皇帝,要给慈禧太后送寿礼,大臣告诉他需要四万两银子。他一听就急了:‘这不是抄我的家吗?我一共就这么多私房钱,还想放出去生息呢!’这编剧也不算算,五十万大洋的原材料,要是做成药,还不得卖三百万?而那会儿像我这样的干部,一年也就几十块大洋。简直是胡说八道。”他意犹未尽,“还有,这个药铺的掌柜的,来不来就说要给太后老佛爷上个折子。他凭什么上折子?清朝时只有六部堂官、御史和各省的藩台、臬台、布政使以上的大员,才有资格。”

方兴友好地指出:“倘若你把电视剧当成历史来看,那就是你的错。就和你想在快餐店里吃出滋味来一样。快餐店的目的就是让你吃得下、吃得饱,而不是让你吃得好。”

他看着方兴,笑着说:“真理往往掌握在小人物手里。”

方兴指指远处树树荫中的一座建筑物:“那有一个很不错的饭店。随便吃点?”

他坚决地否掉了这个提议,至于理由,他解释说:“《检察官法》明确规定,不得接受当事人及其代理人的请客送礼。”

“且慢。不过片刻工夫,我怎么又成了当事人了?”

周鞍钢借用方兴“立场不同,则观点不同。”之说法反驳:“有这样一对夫妇。丈夫不想要孩子,要妻子避孕,妻子很想要,就偷偷地怀上了,结果闹上了法庭,丈夫告妻子‘偷窃’其精子,妻子则说精子是丈夫赠予她的。说案子,你是我的助手。要请客,你就成了当事人。”

方兴也借用法律术语来还击:“这不足以说服我,你还需要补充证据。”

他指指饭店的招牌:“既然你要,我就给:这饭店叫什么?”

“归去来兮。”

他得意地说:“这不结了?这话的意思,就是回家去吧!归去来兮,田园将芜胡不归!”

方兴双手合十,表示认输。随后提议用他的车送周鞍钢。

周鞍钢说自己的车马上就到。

“你的车,不如我的车。”

周鞍钢看着向他们驶来的警务用车说道:“我怕坐惯了奔驰下不来。”

“没有这么严重吧?”

“一个人可以在一天之内,习惯奢侈的生活,但倘若你随后把这奢侈去掉,你将一辈子都不会适应。子曰:危邦不入,乱邦不居。”他说罢,上车。

窃听器传送的信号很清晰。林恕在收听的同时,转录到电脑中备案。

李帅首先定调,说自己只能待两个小时。

秦芳跟着说:“不行。我不放你走。”

李帅于是说了一句古语:“小不忍则乱大谋”。

秦芳纠缠了几句后问她要的东西,李帅是否带来?

李帅爽快地说:“给你。”

秦芳欣喜地说:“太好了!谢谢你。”

李帅问她如何谢。

秦芳娇声娇气地说:“你看我的表现。”

接下来是一场性爱发出的声音。

林恕对这些不感兴趣。他的思想，一直凝聚在李帅究竟给了秦芳什么“好东西”？自己究竟要不要马上行动？

在隔壁的性爱结束之前，他已经判定这个“好东西”绝对不会是“配方和样品”，重大事物、人物出现前，都是有征兆的，比方“圣人出，黄河清”，绝对不会如此随随便便。

第十二章

在皇朝大酒店顶楼的总统套间里,丁尼与申井默默地吃着晚餐。

从申井担任隆德集团公司的顾问时起,两个人就开始同居。不是真正意义上的同居,而是以阶段性在酒店开房间为形式的准同居。当然,他们不光是性伙伴,而且是生意伙伴。申井做的是金融生意,她常常利用职务之便,让他用一下隆德的资金。但他并不满意这种小打小闹,一心一意要做一笔大的。早在一九九二年,他就在"一级半市场",收购一些公司已经发行,但未上市的股票。从而掘得"第一桶金"。随后,又承包了一个金融租赁企业在武汉证券交易中心的席位,从而获得了第一个金融管道。其间,斩获甚丰。用他的话说,完全可以过田园牧歌式的生活。但食髓知味,当D公司总裁唐先生提出一个宏伟的"金融帝国"的构想时,他奋不顾身地加入了。

D公司果然做得很大。它利用收购法人股,控制了三个上市公司。然后利用这些平台,融来资金,炒作自己的股票。其间,使用股东账号两万余个,买入三家公司的股票金额为六百多亿元。其时,三家公司的股票市值为一百六十亿。按照移动平均法计算,既得盈利为一百亿。唐先生一时间成为中国经济界的风云人物。

申井有两点与唐先生不同的。一是他不肯抛头露面;二是他明白这样一个基本道理:账面盈利是虚的,一旦有个风吹草动顿时就会化为乌有。所以,他在一个恰当的时刻,以壮士断腕的气概,退了出来。

他退出后不久,唐先生就被提起公诉,最后被判八年徒刑。罪名是“非法吸收公众存款罪”。

申井的牙齿洁白锋利,不过几分钟,就文雅地将一块日本神户顶级牛排吃得干干净净。他用餐巾擦擦嘴后说:“KG 出了问题,方兴也一定会掩盖住。”

“掩盖归掩盖,问题并不会因此没有。”丁尼说。

“当年 D 公司使用的是‘产业整合’,现在隆德用的是‘KG’。两者如出一辙,不过是为二级市场提供一个故事罢了。方兴也需要给省常委会提供一个故事,一个化腐朽为神奇的故事。”他走到落地窗前,望着整个宁水城,“两个故事,都需要这些芸芸众生的钱来支持。”

丁尼走过去,依傍在申井身边。她很钦佩申井的计划能力。

申井搂住丁尼很有骨感的削肩:“你必须掌控住他。”

“他很难穿透,几次试探都失败了。你能告诉我一个具体的方法吗?”

“我没有具体的方法,我只有原则。在和平时期,向人进攻的武器不外乎钱与色。你我没有足以使之动心的金钱,那么只有女色一招了。”

“方兴是个不贪女色的人。”

“食色,性也。只要时机、手段合适,任何男人都是色鬼。”他一锤定音。

“你不会因此嫌弃我吧?”

申井浅浅一笑:“你在我之前,不知道有过多少男人,我嫌弃过你了吗?”他指指房间,“就像这间房。在你我入住之前,不知道有多少人住过。有什么关系呢?再进一步假设,如果戴安娜或者某个有着香艳故事的明星住过,我会觉得更来劲。”

丁尼笑笑,更紧地靠在了申井的身上。

“近来股票市场更加规范,机会不多。要充分地享用这最后的晚餐。”

方兴知道自己遇到了一个重大的麻烦:KG 成功与否,他并不放在心上。就算被调包也没有什么了不起,掩盖就是了,关键是检察院的介入。什么叫作腐败？腐败就是“一经公开，便成丑闻”的现象。他最怕的就是此时此刻出现丑闻，丑闻就是对手攻击你的致命武器。

他点燃了三次烟斗，但一口没抽。

丁尼进来，在他面前走了一个来回，见他浑然不觉，丁尼只好问：“您是不是要吃点儿东西？”

方兴这才如梦初醒：“不用。”

她很女性地说：“思考大问题是很需要能量的，还是吃点儿吧？”

他回过神来，严肃地问：“何出此言？”

“我跟你一年多了，你的习惯我大体上知道。每当你思考重大问题的时候，目光就和T形台上表演的模特一样。”

“模特的目光什么样？”

“模特的目光和演员的目光不一样，他们不能与任何人交流，要面无表情地凝视着虚无。”

他也觉得有些累，该换一下脑筋，便进入模特这个陌生的领域，与她讨论起来。当她说模特的身高必须在一米七五以上时，他就追问原因。丁尼摇头。他于是说出了一番道理：“没有一定的高度，就会影响表现力。旗杆、宽银幕电影都是此原理。”

她柔声说，她对他的理解力之强表示惊叹，并且随之坐到方兴身边。

方兴有意识地往旁边挪了挪。她认为这不过是“试探性的回避”，就往近靠了靠。

他这次没有动，用很冷的语调说：“撒切尔夫人在香港问题上，试图用‘主权换治权’来说服小平同志。小平同志当即斩钉截铁地说：‘主权问题是不能谈判的。否则我们就要重新考虑收回香港的方式和时间。”

她装傻道：“你说什么，我都糊涂了。”

方兴是何许人？一看丁尼的动作，他就明白了她的目的是掌控他。至于她的具体目的是什么，他不知道，也没有兴趣知道。他自以为能够掌控他的人，还没有出生。“你好好想想,就会明白。”说罢,他进入卧室。

这一夜,他再也没有出来过。

她不敢走,更不敢进入方兴的卧室。只得在沙发上睡了一夜。

李帅悄悄地掩上秦芳的房门,然后大步走开。

等进入电梯,他的神情已很坦然,面对电梯里的镜子,梳理了一下头发。出了电梯门,他看看表十一点半。十二点之前,他就可以到家。太晚了,宁夕又要醋意大发,刨根问底儿。

刚出电梯一位服务生就迎上来:“请问是李帅先生吗?”见李帅点头,服务生恭敬地说,“有位先生找您。”

“找我?”李帅很是惊讶,看服务生很肯定,他只好跟着进了宾馆的茶座,来到林恕面前。

林恕没有起身,文雅地做了个“请”的手势。

他自然不会轻易坐下,上下打量着林恕。但半点似曾相识的印象都没有检索出来:“是不是找错人了?”

“李帅先生,没错吧?请坐。”

他这才坐下:“你找我有什么事?”

林恕拿出了一个微型录音机:“有一点儿材料,想请李帅先生听一听。”

他接了过去,按动按钮,林恕把耳机递给他。他自以为不应该受一个陌生人的摆布:“我不习惯用耳机。”

“你听完之后,就会明白这是一个很好的建议。”

他充满怀疑地看了林恕一眼后,还是戴上了耳机。耳机里传来他与秦芳亲热时的种种声音。他稍微一听,脸色顿变,一把拉下了耳机,厉声质问道:“你是从什么地方搞来这东西的?”

林恕很坦然地说:“李先生是个明白人。明白人是不应该提这种问题的。”

他把耳机的线绞成一团:“你要干什么?”

“李先生对这盘录音带的真实性没有怀疑吧？”林恕也是一个不喜欢被动的人。

“单独的录音证据，是不能在法庭上使用的。再说……”李帅已经镇静下来。

“与法律无关。我只想和李先生交一个朋友。”

“你开价吧！”他分析此人一定是宁夕雇佣的，中途变节，换俩钱花。

林恕浅浅一笑：“如果李先生认为这是敲诈，那就大错特错了。我仅仅是想和李先生交个朋友。”

“如果我不想跟你交朋友，你会把这盘录音带交给谁呢？要是想交给我的单位，那我告诉你我所在的单位是一个股份制企业。我本人是一名非党科学家。这种事情，不告不诉，法律、党纪都管不着。要是想交给我的太太，那我告诉你，我没有太太。你或你们，投资投错了方向！”

林恕不愠不火地说：“既然如此，我就把这错了的投资收回来。”他想往回拿录音带。见李帅已经先行把录音带取下，便站起来说，“李先生想要这盘带子留作纪念，那就请把录音机也收下。带子是专用的，别的机器听不了。好，再见。”说罢，离开。他计划的第一步，不过是跟李帅正面接触，已经完成了。

李帅原来以为还有几个回合。林恕突然一走，反而让他有些不知所措。他呆呆地坐了一分钟，方才离开。

对于汽车，李帅的看法与美国人一样：一个活动的家。进了这个家他要通了秦芳，说了林恕的事。

秦芳一点没有惊慌：“无论目标是你是我，无所谓。男欢女爱，天经地义！”

“可是，我怕。”李帅此刻已经意识到此人很可能与KG有关。

“没什么可是。你是宁水人，我也是半个宁水人，这是咱们的地方。几条小泥鳅，掀不起大浪！以后有事，要是你不便出面，我一个人顶着好了！”

他还想说什么，听到电话里传来门铃声，便问：

“谁？”

她答说是她点了夜餐。李帅只好结束通话。

秦芳开门一看。不是侍者,立刻就明白,来人乃是林恕。

林恕摘下茶色镜:“怎么,不请我进去?”

她作了一个“请”的手势。

他很坦然地坐到沙发上:“我看我不用做自我介绍了吧?”说着,拿出烟斗。

“不许在我的房间里抽烟。”

“三年前,我戒了烟后,再没有抽过一口。我只是习惯手里有个烟斗,这是一个很好的英国烟斗。”他把玩着烟斗,“六十年代末,我参加了珍宝岛反击战。当然,你不清楚。那时候,你还没有出生。从那以后,中苏边境一直处于紧张状态。解冻之后,双方部队举行联欢。两边的指挥官虽然没见过面,但都互相熟悉得不得了。有些自己都忘记了的细节,对方竟然知道。”

她直截了当地问林恕想干什么。

他不回答,继续说:“人们不喜欢战争,战争不过是通往和平的一个手段。”

“我没时间和你讨论哲学。”

“哲学指导实践。”他用烟斗指点着她,“如果你仔细思考一下,就会发现你我的目的是相同的。你们杀了金秋子,又从安娜公主号上把我的猎物劫走。这些我都不怪你们。”

她自然不会承认。

他依旧说:“我再次强调,你我的目的是相同的。”

“什么目的?”

“KG。”

“既然你说开了,我也坦言相告。”她在屋子当中来回走着,“KG不属于你我当中的任何人。再往深里说,谁手快就是谁的。”

他面对她睡袍中的裸体,无动于衷:“你误会了我的意思。KG的价值,你我都知道,这是一笔很大的钱。与其你我恶性竞争,不如合作。古语云:杀人一万,自损七千。再这样下去,很可能被第三个人、第四个人弄了去,最后大家都竹篮子打水。你有你的资源,比方李帅现在就被你控制着。”

“也被你控制着。你总该承认,宁夕是你的人吧?”

“如果宁夕能够控制住李帅的话,刚才他就不会在你的床上。”

她走近他:“想要合作,当然可以。不过你要把你的资源都贡献出来。”

他慢慢地解开她睡袍的扣子:“这责无旁贷。”随后,他把她抱起来。走向卧室内的大床。

李帅慢慢驶出停车场后,刚刚加速。面前突然出现了一个背对着他的人,他急忙刹车。可这个人并不躲闪。他放下车窗:“你是怎么回事?”

等此人慢慢地转过身,他失声叫道:“宁夕?”然后赶紧下车,“你怎么来了?”

宁夕目光散乱地看着李帅,一言不发。

“你倒是说话啊?”他摇晃着宁夕,“你怎么跑到这里来了?”

她好像方才回过神来:“你不是说你在单位加班吗?”

他定了定神:“是的。我加班完了,到这里来看一位朋友。”

“可你的车,已经在这停了两个小时了。”

他看看左右:“咱们有话回家去说吧。”

她根本不理睬被堵住的车辆的喇叭声,坚持要在这里说。他明白只能来硬的:“赶快上车!”

她目光如剑:“你不说清楚,我就不上车。”

他急了:“你要是再坚持,我就把车扔在这走了。”

她看了一眼李帅,慢慢地拉开车门。

秦芳赞赏林恕的性爱技巧,但也明确指出精力远不如李帅。

“要么有精力,要么有技巧。只要这两项之和能够满足你的要求,就能成为合作伙伴。”他扳动她的肩膀,让她以一个合适的角度面对他。

她看着他的眼睛说:“合作可以,但我有两个条件。第一,既然合作,就要以诚相待。第二,这个合作,仅仅限于你我两个人知道。我警告你,一旦有第三个人知道,我立刻退出合作。”她明白这场围绕着 KG 展开的博弈很像选举,谁的盟友多,谁胜出的可能就大。

“这是不言而喻的。一笔钱分的人越少越好,我还怕你绕不过麦建呢?”

她不屑地哼了一声:“他不过是座桥,已经可以废弃的桥。”

他认为这场性爱,虽不能使双方互相信任,但起码省去了好多繁文缛节,便开门见山,直接与秦芳讨论“KG 的配方现在何处”这个最关键的问题。

“当然在李帅手里,或者是脑子里。”

“在他的脑子里。只有你,才能挖掘出来。”

“怎么只有我?你不是还有你的宁夕吗?她比我长得好看,又有文化。”

林恕只得承认宁夕已经失控。听秦芳嘲笑他没眼力,他说当时宁夕是唯一的人选,无挑选的余地。再说按道理,三十岁之上的女人,应该不会出情感问题。

她嘲笑他的无知:“情感与年纪关系不大,它只和理智有关。有些女人,一生都被情感所左右。”

“既然假定配方在李帅处,那么真样品在谁的手里?”

她以为从样品离开隆德药业,到送达鉴定中心这个过程中,有可能接触到它的只有三个人:李帅、宁夕、袁因。宁夕可以排除,李帅也不可能,因为样品对他意义不大。

“新药买卖当中,有无样品很不同。一款新车的图纸、相片和一款新车绝对不是一个概念。”他认为有必要给她上一堂销售课。

她以为若在李帅手里,她有把握搞到手,若在袁因手里那就麻烦了。

他当然不会透露他有通向袁因的渠道,于是说:“袁因要这东西干什么?”

“那你我要这个东西干什么?”

他无言以对,同意把袁因纳入监控范围之内。

“李帅这里有宁夕还有我,算是双保险。袁因方面再投入一些力量,估计这个月就能搞定。”她起床倒了两杯酒，递给他一杯：“这就是合作的好处，一加一大于二。”

他与秦芳碰杯时，提议为精诚合作干杯。她却以为最多是有限合作。他想了想后同意：“没有约束力的合作，能做到这样也就不错了。”

秦芳嫣然一笑：“你对我没有，可我对你有。”

“你有什么？法律保护？”

“也差不多。”

“愿闻其详。”

她把酒一口喝干：“我随时都可以向当局检举你。说白了，我可以给你使坏。能给人使坏，是特别大的权力，我掌握这个权力。而且我告诉你，如果你拿到配方跑掉了，当然这种可能不大，那你就会遇到一个人，这个人会用她的余生，在全球范围内追杀你。直到你被杀死，或者她被你杀死。”

他听完，主动与她碰杯：“我不会这样做的。”

她用动听的声音说：“希望你不会。”

俩人碰杯。

面对宁夕发泄式的哭闹，李帅以为听之任之是最好的办法。于是，屋子一片狼藉，随处可见破碎的杯子、撕碎的书籍、被践踏的鲜花。

她眼泪汪汪地走向他：“你都答应要娶我了，怎么还和别的女人胡搞？”

他明白这已经是强弩之末：“我已经说过好几次了。这是最后一次回答你，绝对没有这种事！”

她根本不相信：“你在海北，还不知道干了些什么呢！”

他联想到林恕的出现：“怎么又扯到海北去了？谁跟你说了什么？”

“谁也没说，我就知道。”

他逼问：“一定是有人跟你说了什么！否则你不会说这话。”

“我凭感觉就知道。”

"感觉？我跟你说过多少次，观点决定你观察到什么。"他扶着她的肩膀，"睡觉去吧。"

她赌气地说："要睡我也睡在这张沙发上。"

他笑着说："夫妻无隔宿之仇。走吧。"

"你不说清楚今天为什么去皇朝大酒店，我就不去。"她话虽这么说，但还是被他扶了起来。

他边往卧室走边说："家不是法院，根本就不是讲理的地方。一对夫妻，如果一方要求另一方把所有的事情都说清楚，那将是一件很可怕的事情。模糊数学，关键在于模糊。"

秦芳把睡得正香的林恕推醒，让他回自己的房间去，理由是她喜欢独宿。他不肯走："可我喜欢身边有一个人。"

她变了脸："那你就去买一个橡皮人吧。或者你打电话叫只鸡来。"

林恕惊讶秦芳说话的难听度。

她用被单盖住自己的身体："如果你走开，就听不到了。"她转了个身，背对林恕说，"出去的时候，把门关好。"

他只得无奈地离开。

宁夕在与李帅的性爱中，格外投入。勉为其难的李帅，也因之耗尽了每一分力量。所以一旦完毕，立刻就一动不动。

她依偎在李帅的肩膀上："以前我确实做过一些对不起你的事。但我爱你！"

他已经进入准睡眠状态，含糊地说："我也爱你。"

"可我是真的爱你。"

他只得应答："我也真的爱你，但我也真的困了。"

她摸着他结实的大头肌："困了你就睡吧。"

他瞬间进入了睡眠，宁夕久久地凝视李帅的脸。

周鞍钢试图从张琴处调拨一些“头寸”,可张琴根本不懂头寸的含意。他只好直白地要现金,至于数目,是五百元。用途则是那红结婚之贺礼。张琴则认为二百足矣。她不是一个小气的女人,实在是儿子上中学之事,如同利剑高悬。对于丈夫强调自己的局长身份,她讽刺道:“是局长不错,不过只是一个月只挣二千多块的局长。”

“夫人说得对,我确实挣得不多。可我要的频率也很低啊!我不抽烟、不喝酒。”见张琴狠心加了一百,他不由地浩叹一声说,“我有一位朋友,没有工作,完全依靠太太的收入过活。有一次,他很感慨地对我说,中国所有的法律里面,最棒的一条就是夫妻共同财产。家里只要有钱,就有我一半。”

她纳闷地问:“他要是把他那一半花完了呢?”

“那剩下的财产,还有他的一半。反正只要家里有财产,无论多少总有他的一半。用庄子的话说,叫作一尺之棰,日取其半,万世不竭。”他随手拿起一张纸,“家里的钱,就好比这张纸。你每天撕一半,永远也撕不完。因为一半之后,总有一半。”

“你少跟我兜圈子。三百,一分也不能多。”

他不屈不挠地要求:“家庭好比是一个股份制公司。根据刚才我讲的那条法律,咱们两个各有百分之五十的股份。我有个提议:像国有股减持一样,我来一个家有股减持,就是我把我的股份卖给你一些,换得一些现金。这样做的好处是,你就是这个家最大的股东。用行话说,叫作一股独大。什么事都由你说了算。”

她自然不会上当:“你想送多少,我都没意见。你自己想办法去好了。反正我的钱,要留着给儿子上学用。”

他长叹一声:“你这简直是逼良为娼!”

袁因整整一天一夜。都如同死人一般,躺在沙发上。任凭电话门铃交响。突然间,一切静了下来。门“咔嗒”一声开了,他依旧无动于衷。

林恕慢慢地走到袁因的床前，见他连眼皮都没有抬一下，他阴森森地问：“你为什么不接我的电话？”

袁因不说话，林恕伸手抓住他的衣领：“你不要装死，给我起来。”

袁因慢慢坐起来，就在他坐直的一刹那，猛地扑向林恕，卡住他的脖子。林恕岿然不动，他继续发力。

林恕严肃地说：“好了，住手吧。”见袁因依旧我行我素，他扭动身体，然后反手给了袁因一掌。袁因一下子被击出老远。他慢慢地走过去，一只脚踏在袁因的胸膛上，“我只要稍微一用力，你的胸骨、肋骨都会折断。它们将插入你的肺部、心脏、肝脏。你会因失血过多，慢慢地、痛苦地死去。”

袁因毫无畏惧：“我已经死去很久了。”

林恕抬起脚，狞笑着说：“是不是从收到你女儿的手指时起？”

袁因眼中闪动着绝望的光芒：“你们这帮畜生！”

林恕抬起了脚：“人在金钱面前，都会变成畜生的。你可不能死，因为你女儿起码还有九根手指，在等着你接收。当然，如果你执行我的命令的话，我就会把你女儿放了。”

袁因霍地从地上起来：“我再不相信你们了。我要与你们战斗到底。”

林恕根本不理睬他，自己坐到沙发上：“美国进攻前南斯拉夫，前南斯拉夫的领导人也这么说：我们一定战斗到底。可他们怎么战斗？他们没有导弹、没有飞机，根本就到不了美军的基地。他们只有决心，决心是没有用的。”

“他们还有正义！”

林恕不屑地说：“前南斯拉夫的人，也许有正义。但你没有，你也不配谈正义。你是我们当中的一分子。你已经深深地陷入罪恶和阴谋当中，不能自拔。”

袁因慢慢地软下去：“哀莫大于心死。”

“你可以去死。你已经快六十岁了。够本了。可你想过没有，你那如花似玉的女儿，在魔窟中过的是什么样的日子？”他指着窗外的朝阳，慢吞吞地说，“她没有你这么幸福，她根本就不能选择，她将过一种生不如死的日子，慢慢地、慢慢地腐烂、发疯。”见袁因完全被震慑住。他拿出一个小小的电子仪器，“这是最后一项任务。你只要靠近保险箱，然后轻轻地按动这个按钮，一切就都结束了。你的女儿就会飞回到你的身边。”

袁因调动残存的脑力，思考片刻后问：“我凭什么相信你？”

“还是那句老话。你不可能得到任何保证，你只能相信我。”林恕晃动着手中的遥控器，“要，还是不要？”

袁因伸手接过去。

那红的婚礼很简朴。简朴到除去墙壁上的大红双“喜”字，简直就看不出这是一个婚礼。她一边拆高策、周鞍钢、徐纲带来的礼物，一边强调自己一共就是三桌饭：一桌自己单位，一桌两边家人，再一桌先生单位。而且分开请。

徐纲大口吃着喜糖：“请客就应该这样请。我有一个同学在外交部工作，他给我讲过一个故事：美国总统需要宴请坎特伯雷大主教、智利大使和法国外长。他就座次问题，咨询美国外交部礼宾司。”

周鞍钢纠正道：“美国没有外交部。”

徐纲不服：“关键是故事。专家于是告诉他，你不能把这些人一勺烩。因为坎特伯雷大主教是英国最老的教区的主教，是精神贵族。而大使是国王的代表，而外长是部长。座位就没法子安排。”

周鞍钢的礼物是一只精致的玻璃杯。那红由衷地惊呼：“真好看！”

周鞍钢认为张琴批准的三百块钱，实在拿不出手，就从家中挑选了父亲早年作为社会主义国家友军代表团，出访捷克时带回来的这只玻璃杯。

知道杯子的来历之后，那红越发感动。

徐纲插空让那红看自己的礼物。

“估计不会是什么好东西。”那红边说边拆开那个长长的纸盒，是一幅字，“该不会是你写的吧？”

徐纲假装不高兴的指点着落款处“石开”两字说：“你好好看看。”

那红虽然不知道这个人，但还是说："好像有点儿名。"

徐纲很不满地说："什么叫做好像有点儿名？他就是咱们宁水市的启功。"

周鞍钢插入："这和咱们的解放路被称作宁水市的王府井一样。注意，宁水市的王府井和北京的王府井有着本质的差别。"

徐纲边挂边朗诵这幅字的内容："但愿人长久，千里共婵娟。那红、贺新辉新婚纪念。这字绝了。"

那红也跟着说："字不错。内容也不错。"

高策与周鞍钢的会心对笑，被那红和徐纲同时捕捉到。并且几乎同时发问笑什么？周鞍钢正要说，见高策看他，便改口说："这字确实说得过去。"那红不依，非要问。闹得周鞍钢只好再三强调没什么。最后被逼不过，只好问高策："我说了？"

高策笑着说："不会装，就别装。你要是都听我的，早就不会是今天这个样子。"

"那也成不了别的。我就是您培养出来的干部。您是锅，我就是饼。饼怎么也不会比锅大。"周鞍钢指点那幅挂轴，"但愿人长久，千里共婵娟。这中间的'但愿'两字，就说明他们没在一起。在一起，就没必要说'人长久'。既然不在一起，那他们在什么地方呢？千里之外。整合起来，这对联的意思就是，千里之外的恋人，约好在一个特定的时间一起看月亮。这位宁水的启功同志也真敢写！"

众人都笑了。周鞍钢看看手表说："这个婚礼，怎么和国有企业一样？"见大家不解，他解释说，"法人缺位啊！"

那红赶紧说先生银行的行长叫他去有急事。

徐纲不忿地指责这位行长："他们老板也真够呛。咱们去抓犯罪嫌疑人，倘若遇到他或者他家人的婚礼，也要等完了再说。"

"我看你才真够呛，这有可比性吗？"训完徐纲后，周鞍钢转问那红，"新郎在哪工作？"听说是宁水商业开发银行后，他便问行长可是戴平。那红答说是。

袁因在隆德药业的大楼外，等候李帅离开，可怎么等，李帅也不走。他只好掏出烟斗，准备抽一锅。但怎么也点不着。邢工过来，协助他点燃："自从您宣布戒烟后，我从来没见过您抽烟呢。我太太说，袁总才是真正的知识分子。"

"什么叫作真正的知识分子？"袁因下意识地反问。

"就是那种一旦从理论上认识到什么不好，立刻就下决心改的人。"

袁因苦笑着说："如此说来，我肯定不是！"

邢工惊讶袁因的脸色不好，说自己的爱人在医院工作，可以陪他去查一查。袁因正要谢绝，看见李帅出来开车走了，便借故返回试验室。

试验室内虽然空无一人，但袁因靠近放样品的保险柜时，神情还是极其紧张。他取出遥控器，手哆嗦着准备按动。恰巧，邢工返回，他赶紧把遥控器收入口袋，做出一副若无其事的样子。

邢工看看袁因："袁总，您的脸色越发不好了。是不是心脏不舒服。"

袁因坐下："可能血压有些高。"

邢工着急地要去叫大夫。可袁因说已吃了降压药了，待会儿就会好。邢工取了一份资料后再三叮嘱，如果不舒服就给他打电话，然后才走。

袁因重新取出遥控器，哆哆嗦嗦地对着保险柜。他知道自己这一按，将万劫不复。但最后，还是按动按钮。他神情茫然地站在原地，试图听到什么。但什么也没有发生。

那红的先生贺新辉虽然高大、健壮，但很腼腆。当听到徐纲提出要两个人介绍恋爱经过的要求时，一时竟然不知所措。那红赶紧给徐纲作揖："徐大哥，饶过小妹这一回吧。"

徐纲却决心进行到底："这道程序能否省略，让周局长来仲裁吧。"

周鞍钢赞同徐纲："程序不合法，一切就不合法。"

那红无可奈何地说："怎么说呢？一见钟情吧？"

徐纲追问："从哪一天起？凭什么就一见钟情？"

周鞍钢拍了一下他的肩膀:"审问嫌疑人时，你的逻辑从来就没有这样清楚。"

徐纲不肯退让:"好钢要用在刀刃上,如实招来!"

那红只得说:"怎么说呢?我从一见到他,就有一种天旋地转的感觉。要说原因,可能是因为有些化学因子在起作用。"

徐纲追问:"化学因子?没有说服力。什么因子?"

贺新辉插入:"可能是一种潜在的人们虽然还没有认识到,但可以感觉到的气味。"

那红赞同:"对。很可能就是一种气味。"

徐纲拍拍贺新辉的肩膀:"你知道你的福气有多大吗?我们检察院的小伙子,这其中也包括我本人,几乎都有追求那红的心思。我一度还付诸行动。"

那红笑着说:"徐哥害我!"

"各种方法都用过了,寸功未建。一度我是悲痛欲绝。今天得知是气味问题,心里还好受一点儿。气味这东西是天生的,跟努力没关系。"徐纲假装抹眼泪,"贺门一入深似海,从此小妹是路人!"

那红不同意:"怎么成了路人?最少也是同志啊!来,干杯。"

众多酒杯碰在一起,随后再次相碰。

"作为一位先行者,我贡献一些小经验给你们两个。"不善饮酒的周鞍钢,很快就有了些状态,"夫妻两个在一起,经常会发生一些摩擦:这摩擦就和战争一样,一旦接触上了就会升级:所以我给你们的忠告是:千万不要升级。"

那红很感兴趣,要求说得具体一些。

"小擎出生不久后的一天,我跟张琴发生了口角。她生气地要走,这首先是她升级了:口角是在家里,而走字一出范围就扩大了。我呢,当然不愿意她走。可我表现出来的却是这样一段话'你要走,就把孩子带上。'她一气之下,就把睡梦中的孩子抱上了。我一看就急了,但出于男子汉的虚荣心,就说'你要走了,就不要回来。'她气哼哼地说'永远不回来!'我于是拿出了撒手锏'那你把钥匙放下。’她扔下钥匙就走了。”周鞍钢有条不紊地叙述着，“分析一下，就会得出这样的结果：如果我少说一句，战争就会停留在家庭口角阶段。如果我不让她把孩子带上，她到了喂奶的时间就会自动回来。如果我不说‘别回来’，她到了晚上也会回来，毕竟孩子的衣服和吃的东西都在这。如果我不让她把钥匙留下，她起码还有回来的可能。可惜的是，我把一切都做绝了。”

贺新辉着急地问：“那最后怎么办？”

“有什么怎么办的，我叫上了我老母亲，一起去她娘家负荆请罪呗。”

高策笑着说：“毛主席说，搬起石头砸自己的脚，是中国人形容某些蠢人的一句俗话。”

徐纲说他发现高策相当熟悉毛主席语录，时时引用。

“岂止是熟悉。我会背全本语录，外带‘老三篇’。”周鞍钢要求高策唱出来。他清清嗓子，很周信芳地唱道：“三杯酒，下咽喉，把大事误了！”

只有周鞍钢一个人喊道：“好！”

那红不过瘾地问：“没了？”

高策说当然有，但他不会唱了。

贺新辉很傻地问：“这是京戏吗？”

周鞍钢笑着问：“难道高检唱的是评剧？”

那红埋怨贺新辉不会说话。

高策笑着说：“不怪，不怪。你们是听流行歌曲长大的一辈人。和我们不一样。”

周鞍钢问：“这一辈人”是否包括他。得到高策肯定的回答后，他说，“既然如此，我就和您一起走。”

高策问他何来此说。

周鞍钢拿起外衣：“您先看手表，然后又是‘三杯酒，下咽喉，把大事误了。’不是要走，还是什么？”

高策也拿起外衣：“知我者，鞍钢也！”

李帅是被方兴的秘书招到公司别墅的。到了之后,也只有秘书出面招呼了一下,随后就一直坐在沙发上等。一直等了两个小时,也没有见到方兴踪影……

第十三章

林恕仔细研究了秦芳提供的李帅与宁夕通话的十盘录音带,很专注,不时用一些奇怪的记号做笔记。

当他听到宁夕带着哭腔地说:“你不知道,你真的不知道。我有一天见不到你,心里就空荡荡的。就像吸毒的人没有了毒品一样,有无数小虫子从你的骨头里往外爬。”听了这一段后,认为找到了她失控的真正原因。

在别墅楼上的方兴,一直读了三个小时的书,才下楼接见李帅。他这么做,是为了磨掉李帅的傲气。日本棋手桥本昌浩,有一次下第一手棋,就“长考”了一个半小时。他随便地坐在居中的大沙发上,开篇便问,KG 开始研制至今已有多久了。

李帅有些拘谨地回答:“已经四年多了。”

“我仿佛记得,这是你从回国后主持过的最大的,也是唯一的项目?”得到肯定的回答后,他又问:“这个项目成功了,你除去获得学术地位外,经济上也将会有很大收益?”他其实已经把李帅研究得很透,但该问就要问。

“于总,不,于建欣当年给了我一千万的风险资金,我用技术入股,成立了隆德药业。”

“要是我没有记错的话,后来隆德集团公司又陆续投入了将近八千万。这都是增发股票融来的资金。”

“方总记得很准确，八千二百万。”

“准确地说，去掉 KG，隆德药业几乎一无所有？”

李帅艰难地说：“是的。”

“与此同时，隆德集团也将损失惨重。”方兴翻开面前的一个大笔记本，“资料显示，从这个项目开始起，关键岗位上的关键研究人员，已经更换了百分之九十。对不对？”

李帅有些惶恐：“是这样的。”

方兴语调开始提高：“换言之，能够掌握全面情况的，目前只有你一个人了？”等李帅很勉强地承认后，他将语调升到严厉阶段，“责权利永远是统一的。KG 如果出了问题，就是你的问题！”

李帅头顶上沁出汗珠：“技术方面，我负责。可这次问题，很像是刑事犯罪。是盗窃。”

方兴摆手：“KG 出了什么问题？KG 没有问题！”

李帅纳闷地看着方兴：“根据您的指示，配方交给了袁因，在送审的过程中，他有很多机会接触样品。”

“KG 不能出问题，起码在目前不能出问题。你是我相信的人，袁因也是我相信的人。你们都是好同志！”

李帅真是摸不着头脑了：“可样品明显被调包。冤有头，债有主。”

“大跃进时期，浮夸风起。某地报亩产一万斤，当时的领导不信，说‘我是种过田的。’然后他就去看了，结果确实有一万斤的样子。”方兴指点着李帅问：“你知道是怎么回事吗？”见他摇头，降低语调说，“当地的官员，把许多地里的麦子集中到一起。”

李帅问如若其人亲临，岂不真相大白？

“领导要去什么地方，其实是由底下的人定的。再说，中国太大，根本就看不过来。所以领导搜集信息的办法，主要靠听汇报。就和股票价格一样。”方兴停了一下，“我问你，影响股票价格的因素是什么？”

李帅说当然是上市公司的业绩。

方兴随口说出了一系列依靠提供虚假信息的上市公司，将股票价格拉升数十倍的公司名字。“股票如同气球，升力就是消息。投放好消息，股票价格就上去。反之，就会下来。”

李帅认为提供虚假信息，是违反《证券法》的。

方兴慢吞吞地说：“如果不提供，就什么法也不触犯。”

李帅很懂股票，喜欢赌博的人，很少有不喜欢股票的。他虽然明白了方兴的意思，但还是说：“证监会规定：重大事项，有披露义务。”

方兴接连发问：“何谓重大？何时披露？这些都在上市公司高管的掌控之中。有很大的运作空间。子曰：唯上智下愚不移！”

林恕在宁夕住宅门口，等了两个小时，才看见宁夕出了楼门，就发动着车迎上去。宁夕却不知道林恕的车正向她开来，便伸手招呼一辆急驰的出租车。出租司机猛地减速掉头，驶向宁夕。这个动作太突然，幸亏林恕处理及时，否则就会发生一场大事故。

出租司机是个老江湖，明知自己错了，所以采用先发制人的战术：“你他妈的瞎了眼了？”林恕不还嘴，只是冷冷地看着出租司机。出租司机下了车：“我说你呢，老王八蛋！”他见林恕向宁夕摆摆手，立刻明白了两个人的关系，狠狠地说，“你见了这个小婊子，连命也不要了？”

林恕不得不还击：“你说话放尊重一点儿。”

“你撞了老子的车，还要老子尊重你？”出租司机一把抓住他的衣服领子。

“松手！再不松手……”林恕突然顿住。

出租司机质问：“再不松手你怎么着？”

林恕尽量缓和语气：“有理说理，不要动手。”

“这就是说理！”出租司机说着就给了林恕一拳。

宁夕赶紧过去劝架，被出租司机一下子撞击出老远。

林恕当然不想把事情闹大，提出用钱来解决问题。

“老子不要钱。老子就要打死你这个假洋鬼子！”出租司机说罢又是一拳。

林恕正色说道：“事不过三！”

“那老子就给你凑够三！”出租司机说着一拳又打过来。

林恕挡开后，迅捷地扭住他的胳膊。然后一推，出租司机倒在地上，起不来了。宁夕害怕极了，提议离开。他没有回答，走了过去。出租司机被林恕这下子重击给打怕了，竭力压缩自己的身体。林恕面无表情地拿出钱包，扔下若干张百元大钞。“修车去吧。”然后他拉上宁夕，开车扬长而去。

惊魂甫定的宁夕，不由得称赞林恕的身手。他多少有些得意地说：“柔道黑带。”

宁夕不知道黑带乃是柔道中的最高段位，奇怪地问林恕为何在打败对方后，还要给他钱。

他把车速提高到一百二十迈：“前清时代，公文靠马输送。最急的文书叫作‘六百里加急’。一次，一位信使骑马路过一个村子，竟然把公文筒丢了。拾到的农民知道这是重要公文，就在那等。不过片刻，这名信使就回来了。农民赶紧跪下，双手呈上公文筒。官差接过公文筒，看看封印无误，扬起马鞭就给了这个农民两鞭子。你知道这是为什么吗？”

她认为这种“不赏反罚”的做法匪夷所思。

他把车开上环城路：“如果你赏这个农民钱，他一定会在喝酒的时候吹嘘。遗失公文，无论找回与否，都是重罪。而你给了他两鞭子，他就没法吹了。他总不能说，我等了半天，跪着呈上，然后挨了两鞭子？这个司机收到了钱，就不会告发。咱们干的是秘密勾当，知道的人越少越好。你准备去什么地方？”

宁夕这才发现已经上了环城路，而且车速已经到了一百五十迈，这几乎是这辆普通桑塔纳的速度极限。不由得害怕起来：“你要把我拉到哪里去？”

“样品被调换了。”

她很害怕地系上安全带：“什么样品？”

“KG 样品！”他瞟了她一眼，“真是‘此间乐，不思蜀’。你分析是谁拿的？”她赶紧往袁因身上推。他再度加速：“也可能是李帅，你在家里好好找一找。”

她感到靠背传来的压力，几乎等同于飞机起飞，赶紧答应。

他减下车速：“你不要随便答应。这是任务。”

她害怕地说：“我知道。我要下车。”

他猛地把车停下来。宁夕开门，可是门打不开。他阴森森地说：“你要记住，一切都在我的掌握之中。”

“记住了。”

他这才按动开锁装置，让她下车。

马克思曾经说过：社会是人与人之间各种关系的总和。这话千真万确。但是能看得见的关系，仅仅是冰山之一角，大部分是看不见的。

谁也料不到，麦建竟然与丁尼有关系。此刻，两个人正在一家下等的娱乐场所的包间内会面。麦建搂着丁尼的肩膀，让她接手 KG 项目。她眉毛一挑，问是否秦芳失控。他承认有这个倾向。

她讥笑道：“你不是认为钱有着足够的吸引力吗？”

他感叹道：“更大的钱出现时，小钱就被淹没了。”

她把自己的杯子，送到他嘴边：“看样子光用钱是不行的。”

他喝了一口后说：“不用钱用什么？理想？这东西我从来都没有过。”

“那你就要设法把自己做大！”

“我这不是请你出山来了？”

她推脱：“鱼与熊掌不可兼得。KG 是好，但太大、太复杂，牵涉的人也太多。这样的事情，往往做不成。”

他急了：“养兵千日。你刚到宁水的时候，要不是我跟于建欣说……”

她打断道：“你不要总提从前。从前的事，咱们扯平了。”

他咒骂道：“女人就是没良心！”见她不动声色，他升级道，“女人没一个是好东西！”

“你这话，范围过大了。但有一点可以肯定，咱们两个没一个好东西。”她见他惊讶，又说，“要是咱们俩是好人，就不会坐在这计划弄别人的东西了。”

“英雄莫问出处，钱莫问来路。有了钱，我也会成立一个和洛克菲勒一样的基金会。也会给慈善事业捐款，弄个太平绅士当当。”

她笑着说：“太平绅士？你倒是挺像的。”接着，她改用严肃语调，“KG 不过是一个小小卒子，要看大的。”他忙问大的是什么。她却说：“天机不可泄漏。”他感觉到什么，不停地追问。她于是重提他心爱的“等人挖出人参，然后猎之”的老故事：“你让林恕、秦芳他们忙乎去。到时候咱们来个通吃。”

他惊讶于她的大谋略。丁尼肯定地说：“你一直做不大，就是因为你目光短浅。但你有执行力，等需要的时候，我会通知你。”

方兴明白恩威并施，是驾驭人的基本原则。给李帅施加压力之后，又送他出来。其实，不过是给他每天必做的散步功课，换个名称罢了。

李帅再次强调：“保险柜里还有样品，再送审也不过耽误十天时间。”

他仰望着星空说：“时也势也！庙堂权力重大锐利，生杀予夺，瞬间便可决定人之一生。”

“您的话，我不懂。”李帅老实地说。

这段话，乃方兴内心独白：一个人若要升迁，必须顺时就势。掌管干部权力的人，权力很大，必须谨慎对待。若在平常，他是绝不会说出来的。幸亏李帅没有听懂。因此，他保持了好久的沉默。

李帅误认为这沉默是对自己的批评，有些紧张，解释说 KG 因为其中中药的成分无人能比，因此有着天然的优势。

方兴提到检察院认为这中间有职务犯罪。闹不好，将形成莫大的丑闻。

“方总过虑了。如果您认为这里面没有犯罪，那就没有犯罪。”李帅详细地解释，“美国政府诉微软公司垄断案，从一九九八年一直到两千年底，才结束一审。

如果微软一上诉,这案子不知道要到什么时候才了结。其中原因就是计算机是个很专业的领域,不是专家,很难搞清楚。美国的法官显然有个学习的过程。同样,制药业也是一个很专业的领域,有着很高的壁垒。外人很难插入。”

他见李帅已经完全领会了他的意思,微微一笑:“你是一位科学家,又是民营企业家身份。而我表面上是企业家,实际上却是国家干部。”

李帅明白他此话的意思:作为政府官员,他必须协同检察院调查。但这不等于要让他们真的查出什么来。他于是承诺会正确地“引导”调查,承担责任。

“你对我的话,做出了杰出地理解。”方兴微笑地看着他,“我生平最恨‘有功惜赏,有罪施仁’。适当的时候,我会调整你的期权比例的。”

李帅做出高兴的样子,感谢方兴。然后请他就此止步。

方兴指点着别墅区星星点点的灯光:“咱们公司在这个别墅区有股份,我经常在这里会见重要客人。但即使是最重要的客人,送到这里也是极限。”

李帅上了汽车后,打算抽一支烟再走。和方兴谈话,实在是太累人。他有话不直说,总是绕来绕去地让你猜。就在他要点火的时候,他的眼睛突然被蒙住。接着一个故意憋着的女声说:“不许动!”他虽然眼睛被蒙,但还是把烟点燃。同时平静地说:“宁夕,别闹了。”

宁夕松开手,迫不及待地在车内从后排坐到前排,“你怎么知道是我?听声音听出来的?”

“闻味儿闻出来的。”

“用夏奈尔的女人很多、很多。”

他搂住她的肩膀:“但用夏奈尔同时又吃很多醋的女人不多。你怎么知道我在这里?”她不回答,深吻李帅。他挣脱了一下,没有成功。等深吻完毕后,他才说,“你就和武术大师一样,我都快喘不过气来了。我现在才知道,什么叫作纠缠。”

她撒娇道:“我就要纠缠你。我不纠缠你,叫我纠缠谁?”

“你的推论基于这样一个假定:你天生就有纠缠人的权力。”

“女人就是这样的。世上只有藤缠树，世上哪见树缠藤？”她整理了一下头发，“我今天特别高兴。”

“为什么高兴，而且特别？”

“你的秘书，向我透露了你的去向，我立刻就紧张起来，赶快来此。我高兴你来这不是为了女人。只要不是为了女人，你干什么都行，哪怕杀人放火。”

“你可真无聊。咱们去哪？”

她幸福地说：“只要和你在一起，去哪都行。”

他开玩笑道：“那我就往山崖下开。”

她居然同意：“那我就和你一起融化在星空中。”

他无奈地笑笑，开车下了山。

丁尼很自信地向方兴发起的攻势起了作用。非如此，他不会深夜叫她到别墅来，更不会有酒。此刻，她坐在方兴的对面，不间断地释放着魅力信号。她相信，他一旦投入自己的怀抱，就再也不要想脱离了。老男人谈起恋爱来，就如同干透了的千年古刹着火，没有救的。

他举杯示意。丁尼认为这是一个明确的信号，于是将杯中的 XO 一饮而尽。

他略微品了一小口：“你心里一定认为我是一个冷血的人。”

“我至多认为您是蓝血之人。”蓝血是贵族的意思。她在等方兴问。

“起码要三代，才能出贵族。我的爷爷，不过是四川的一位农民。”他指指桌子上的大笔记本，“你的履历告诉我，你财经学院毕业后，在美国卫思礼读过一年？”

她很坦然地点头。在申请这个职位的时候，为了加深印象，就虚构了这项履历。也不完全是虚构，她曾经在卫思礼上过短训班。

“卫思礼是一个专门培养贵族妇女的学校。宋蔼龄、宋庆龄、宋美龄三姐妹，都曾经在那里就读。是一个好学校。”他慢慢地转动着酒杯，“但你刚才一个动作，就揭穿了你这个谎言，也许叫作玩笑更合适一些。”

她全身紧绷:“什么谎言？我没有说谎啊？”

他紧紧盯住她:“你不能想象一个电力学院的学生，哪怕他只读过一年,不知道欧姆定律吧？以此类推,一位在卫思礼就读的学生,哪怕只读过一个学期,也应该知道法国酒,尤其是这种级别的法国酒该怎么喝。”他见她已完全糊涂了,就做了一个示范。“应该一点儿一点儿品,一位资深的喝酒者告诉我,法国酒是有骨头的,须将其嚼烂才能往下咽。”

“酒也有骨头?您越说越玄了。”她知道必须绕过这个暗礁,便挪坐到他的沙发上,改变了话题,“我能不能看看您这本子里记的都是什么？”见方兴不置可否。她顺手打开笔记本,笔记本里写满了各种各样的符号,根本无法识读。她于是叫道:“一本天书！”

“非天书,岂能让别人读？”

她合上本子,靠在他身上:“我一直想问您一句话。在这个世界上,有没有人能真正看透您？”

“我的一位老领导,在休息之后对我说,某某我真的没看透。某某某我没看出来,竟会是这么一个人。我告诉他,假设你再工作一次,你依然看不透,也看不清。”他接着解释道,“你在台上的时候,某某和某某某是真的唯命是从。但你下台之后,他们是真的对你敬而远之。都是真的,如何能看穿、看透呢？”

她认为自己的原始问题没有得到回答。方兴却认为已经完全回答了。她嫣然一笑,希望得到进一步的解释。

“一个人,如果清澈见底,那么他也许是个好人。但他一定不是一个好领导。好人很单纯,所以很容易领导,或者说根本不用领导。那么,需要领导的,就只剩下坏人了。如果你不知道坏人怎么想,怎么能领导他呢?”接下来,他换成了领导的口吻,“隆德的股票,一直在盘整。我现在需要它动一动,而且要动得漂亮。”

她一阵惊喜,但表面平静:“你看过我拟定的融资方案了？”

“不仅看过,而且仔细研究过。框架相当不错,只是整个流程缺乏监督。”

她认为自己的设计很完美:三家基金共同操作,万无一失。

“牛顿能分析光，开普勒能观察星体，我能看穿人的内心。”他慢吞吞地说到这，突然提高声调，“这三家基金，原本是一家！”

她一下子被击溃：这三家基金，都是由申井掌控的鼎力基金控股的。她不认为方兴能够看出来。

“你们，我指的是你和申井，想从这次隆德股票拉升中获取利益，这我能够理解。但你们应该说清楚。”

她有些不知所措。

方兴的目的不过是拆穿申井、丁尼这套把戏，从而掌控他们，并没有换将的意思。临阵换将，不吉利不说也来不及。搞一次不被人察觉地大幅拉升，需要数千个股票账户，非有多年的准备，根本做不到的，“我会派一名干部去监督的。”

她这才从绝望中，挣扎出来。

李帅的电话响，他随即打开了车窗。因为车速快，风声呼啸，宁夕除去“嗯”“知道了”外，什么也没能听到。但她还是从中品出了异味，追问是谁。李帅含糊地说是一位客户。她不信：“你是搞研究的，又不是营销人员，哪来的客户？就算是客户，那么是谁？哪个单位的？”

“藤缠树，这没错。”他回避要害，“藤寄生在树上，如果它缠得太紧，树就死了。藤于是也就死了。”

“藤与树不是寄生关系，而是共生的关系。”

他以攻为守：“如此说来，你要把我缠死，然后另择高枝？”

“以你的学识，应该知道一个说法、一个概念，不能无限外延。”

他见无法摆脱，便坚决地说：“外延也罢，内涵也罢，反正我今天一定要去！”

她的嘴唇直哆嗦：“你属于我！”

他猛地停住车：“我只属于我自己！”

林恕与秦芳设计好，今晚把李帅调出来，然后，他去李帅家，在宁夕的配合下，寻找 KG 样品。但从秦芳打电话到现在，两个小时过去了，李帅依然不见踪影，“看样子，你的命令不太灵。”

“他一定会来。”秦芳很自信地说。“男女之间的吸引力，要大过金钱、权力。”

林恕看手表：“虽然我完全不同意你说的话，但还是盼望他会来。我今天非常需要他离开家三个小时。”

李帅和宁夕默不作声地坐在车上。

他用余光从反光镜里看到有一辆空载的出租汽车驶来。便说：“我最后问你一遍，你到底下不下？”

她很坚决地说：“我也最后一次回答你，我要和你在一起。”

他突然打开车门，拦截住出租车迅速上去。等她反应过来，汽车已经开走了。她立刻换到驾驶员的位置上，发动着汽车朝着出租车驶去的方向追去。

秦芳挂机后，对林恕说：“他在来的路上，你可以去了。”

他朝她竖竖大拇指：“尽量拖住他，我需要三个小时。”

“十个小时也没问题。问题是母兽一旦进入发情期，完全不可理喻。”她欣赏着自己涂满指甲油的脚，幽幽地说：“说真的，能找一位李帅这样的丈夫也不错！”

他看了她一眼，径自出门。

不一会儿，宁夕就丢了李帅。她发疯一般地在城里乱开。突然间，她重新发现了李帅乘坐的出租车在对面的车道上行驶，准确地说不是看见，而是感觉到那是李帅。于是，她不顾一切地穿越人行横道，一脚刹车，然后掉头就入了原本逆向的车流当中。

若干车辆躲避不及相撞。她根本不在乎，加速而去。

在路上，林恕无数次地打宁夕家里的电话和手机都通，但没有人接听。等到了李帅家门口，他终于放弃了努力，拿出一个助听器模样的东西，放在门上听了片刻。随后拿出一条柔软的钢片，把它插入钢制保险门缝。

门被打开，他从容进入。

进入皇朝大酒店的宁夕，已经完全没有了平常仪态万方的步态。匆匆拉住一个服务生，劈头便问："你见到他了吗？"服务生纳闷地看着她，礼貌地问她是否不舒服。她这才恍然大悟，打开手包，从里面取出一张李帅的相片："就是这个人。你看见这个人了吗？"

服务生看也不看相片："没有。女士。"

她不讲理地说："你倒是好好看看啊！"

服务生依旧保持礼貌，请她去总台查询。

李帅进秦芳的门前，不放心地向外看了看。

秦芳嘲笑道："一只惊弓之鸟。"然后让他脱外衣。他不肯，让她有事快说。

她不高兴地说："就不！"

他只好脱下外衣，搂住她的肩膀，低声下气地说："慢慢说，慢慢说。"

她笑了："没事。一点儿事也没有。"

他的脸阴沉下来："你这不是'烽火戏诸侯'吗？是的，我确实欠你的钱，而且是很多的钱。但这并不等于我是你可以随便吆来喝去的奴仆。"说着，他就穿衣服。

她生气地说："有事，有事。总是问有什么事没有。你们这帮子手里有点儿权的人，张口闭口就是这。没事就不能让你来？"

他没想到会遇到这么猛烈地攻击，一时有些不知所措。

她凑过去，改用极其柔和的声音说道："人家想你了嘛。"说着，她吊在李帅的脖子上。他无可奈何地承受。

皇朝大酒店总台的小姐，微笑地拒绝了宁夕查阅客人名单的要求。她强调她是来找先生。小姐微笑不改地说:“您的心情,我完全理解。但还是无能为力。”

她把早已准备好的一个信封递过去:“如果小姐能帮忙,这就是你的了。”

小姐收起了一些笑容:“本酒店不允许接受任何人的小费。”

她看看四周,瞬间有了主意:“那请问这个酒店只有这一个出口吗?”

“是的。”

她决定死等。

林恕大模大样地开着灯在李帅房间里寻找KG的样品。

他没有料想到的是,所有这一切,都被在对面高楼里监视的麦建尽收眼底。

李帅和秦芳全身赤裸地并排躺在大床上。灯光昏暗,但可以看见李帅的电话在闪烁。他欲接听,遭到秦芳的坚决反对:“这个世界里,只有你和我!”但她的话音未落,自己的手机开始闪烁。她伸手去拿。

他把她的胳膊挡住:“这个世界里,只有你和我!”

她吻了他一下,李帅只好放过她。麦建在电话里告诉她,对面房间里有一个中年男人,在很仔细地找东西。

她回答说:“不会是主人,绝对不会。他们现在都在我的附近。”麦建说他要采取行动。她当然知道是林恕,但无法当着李帅的面制止,只好说,“我建议你最好不要去塔克拉玛干。”挂机后,她不无抱歉地向李帅解释,是在谈一桩生意。

李帅调侃道:“我怎么听着像在谈阴谋?”

“所有的生意,不都和阴谋差不多?”

“说得也是。”他看看手表,“我可以走了吧?”她没有回答,只是爬到了李帅的身上。他长叹一声:“我怎么总被缠着?”

“被人,还是被事?”

“被事也被人。”

她嗔怪道:“这是你的福气。被事缠着,说明你事业有成。被人缠着,说明有人爱你。”他无话可说。

坐在大厅一个能观察全景的位置上的宁夕，目不转睛地看着电梯口。根本就没有注意到一名油头粉面的男子，悄悄地坐到了她身旁。男子搭讪道："太太在等人？"她这才如梦初醒，"嗯"了一声。

男子靠近她："我看太太好寂寞。"

她被这话击中，自言自语道："好寂寞。好寂寞啊！"

男子立刻接着说："我也很寂寞。"

她已经意识到这名男子，一定是传说中的"鸭子"，但还是查问他的身份。

回答很隐晦："本人以排除太太的寂寞为己任。"

"可我不认识你啊？"

男子柔声说道："同是天涯沦落人，相逢何必曾相识？"

她回过神来："没想到你这个吃软饭的，还有点子文化。"

"没点子文化，怎么能配太太这样的女士？"男子说着握住了宁夕的手。

她恍惚的神思，落到男子刚才吟诵的诗句上，自言自语道："同是天涯沦落人。"

男子自觉今天的运气不错，品相好、又有钱的"货"是不容易遇到的。于是更露骨地说："春宵一刻值千金。"

她从恍惚中清醒："你这么年轻，为什么干这个？"

"怎么，有什么不好吗？"

她不解地问："你觉得好？"

男子面无愧色地回答："这个行当，体面，收入丰厚。成本收益比极高。而且也是造福于人类的事。"

她笑了："我接受你的服务。"男子着急地要求上楼去。但她否了这个提案："不用。就在这。"

男子环顾四周，大厅里的灯光逐渐熄灭。剩下的只是几盏小灯，"这倒也别有情趣。"说着，抚摸她的脸。

她推开他的手："你误会了我的意思。你陪我聊天，我照价付款。"她之所以留下这只“鸭子”,是怕自己睡着,抓不住李帅。

正在仔细搜查的林恕,听到了轻微的门锁声,立刻关了灯。这个动作,是手持棒球棒的麦建没有想到的,他愣了一下,不等麦建回过神来,从他背后扑过来的林恕,就用双掌猛击他的双耳。

麦建应声倒下,双手抱住脑袋,身体缩成一团。他已经从刚才的打击中,知道了对手的分量,所以只求自保,不准备反击。

林恕没有再对麦建实施外科手术式的打击,开门走了。

第十四章

李帅实在太疲倦了,不经意间竟然睡着了。一觉醒来,已经是凌晨四点半。赶紧起身穿衣后,打算就不辞而别,想想不合适,就推推秦芳。

秦芳虽然一直醒着,但作睡意浓重状,含糊不清地回应。见他要走,便说:“到了早晨再走吧,反正你也是一夜没回去。”

“天亮之前回去,与整夜不归,有本质差别。九十九度是水,一百度就成了汽。”

她把一个大枕头塞在身后:“能有多大差别?不过是露馅而已。”

他伸手拉门:“馅也有荤素之分。”见她张嘴,他赶紧举起双手,“千万不要节外生枝。”

“你打算从什么地方下去?”

他不以为然地说:“当然是从电梯下去啊。你总不会指望我从窗户下去吧?”

“我劝你最好下到二楼,然后右拐再左拐,就会见到一个楼梯。”她点燃一支女士香烟,“下去之后,就是宾馆的后门。出去就是大马路了。”

“我堂堂李总,凭什么鬼鬼祟祟的?”

她喷出浓浓一口烟:“如果你不相信我的话,你可以出了后门,再到前门看看。你的那个她,一定在那儿候着。”

他将信将疑地说:“谢谢你的提醒。”

她把香烟掐灭:“你走吧,我还要睡一觉。”

他刚走，她就进入了睡眠。这种“拿得起，放得下”的品质，绝对不是一般人能够做到的。但换句话说，她若是不具备这种品质，活不到今天。

李帅依从秦芳地指示，出了酒店。为了验证其指示正确与否，他让出租车从后面绕到前门，然后给了司机一张百元的钞票和一张宁夕的相片：“这是预付的车钱。你进去看看这位女士在不在大厅，回来我还给你钱。”

“只要有钱，我干什么都行。”司机笑着说完，拔下钥匙就走了。不过五分钟，他就回来，笑逐颜开地说：“您要找的人，就在大厅里。”

他有些不相信地问：“你没认错？”

司机把相片还给他：“这种女人不会认错，要模样有模样，要身段有身段的。”

“她一个人？”

司机问是否想听真话。得到肯定地回答后，他一字一板地说：“有一只可爱的小‘鸭子’陪伴。”

“鸭子？”

司机解释说：“女人干那个，叫作鸡，男人干那个，就叫作鸭子。”

“绝对不可能！”

司机开动车后说：“这年头还有什么不可能的事？”

他让车停下，亲自去看。司机怕牵扯到麻烦事里，就劝道：“我说您最好别去，这种事闹不出个所以然来。再说人家在大厅里坐着，又没干别的。”

他想想也是，就命令开车。

男子已经坐着睡了好几觉了。醒来一看，宁夕依旧神采奕奕地扫视着大厅中渐渐多起来的人。便知道这桩生意，油水不大了。便站起来，猫一样地伸了一个懒腰：“埋单。我走我的，你等你的人。”

她下意识地问：“等谁？”

男子从高处看着形容憔悴的宁夕：“当然是你的男人。”他伸手，“我要走了。”

精神恍惚的宁夕，很愚蠢地问：“你不是说只要我需要，就一直陪着我吗？”

“如果需要，我会对某些特定的女人说，我永远陪着你们。”男子以为她要耍赖，“钱我不要了，算我倒霉。”

她温柔地说：“你坐下。我有话说。”

男子知道一夜不睡，就会眼圈发黑、脸色发青。长此以往，就会侵蚀他的“生意本钱”。必须洗个桑拿，好好睡一觉，弥补回来：“有话你说给别人听吧，我已经听腻了。”

她拿出饱满的钱包：“你回答我两个问题，我给你两千块钱。”

男子立刻脸上堆满笑容：“我是答题的专家。”他是两年前，被朋友的电话招来宁水的。当时，几乎日进千元。可后来，干这行的人渐渐地多起来，利润也就跟着摊薄了。价格永远是被市场决定的。

她很认真地问：“你相信男女之间有真情吗？”

男子眼珠转了一转：“也相信，也不相信。”见她晃晃钞票，赶紧说，“我说的是真话。当你年轻、美丽的时候，他会真的爱你。等你没有了这些东西，因为惯性，他还会爱你一段时间。像太太您这样的，目前应该拥有爱情。”

她绝望地说：“没了！没了！”

男子觉得她的钱，已呼之欲出，所以绝不会放过：“您的对手是什么样的女人？”

“我也说不清楚，看上去和我也差不多。”

男子奉承道：“那就是因为别的因素。”

她两眼发直：“但愿。”

男子提议她回家看看。说自己曾经被怀疑是肾病，到最好的医院，花了很多钱，结果是虚惊一场。

她自言自语：“各种症状都全了，怎么会是虚惊？”

男子见她的钱就是不出来，就再提议：“我送您回家。”

"不用。"她把钱递给男子。

男子接过之后,像变戏法一样,不知道把钱放到什么地方去了。两千块钱,能算上是"好收成"了。

这笔钱对宁夕和对男子意义显然不同。她自觉还有所亏欠，便好心地说："小伙子,你有文化,又年轻,快别干这个了。"

男子收到钱后,态度起了变化:"文化?文化多少钱一斤?年轻?年轻时不卖,什么时候卖?鱼活着的时候不卖,莫非等死了再卖?"说罢,扬长而去。

她呆呆地看着他的背影。

袁因双手捧着盛有"女儿"手指的小盒子,跪在太太遗像前,喃喃自语:"子丹,我对不起你啊!你临走前,我答应你一定照顾好闺女。闺女也争气,考取了麻省理工学院。可谁想到会变成这样!"

这样的话,他无数次重复着。最后终于筋疲力尽,瘫软下去。就这样,不知道过了多久。突然间,似乎一道闪电,掠过袁因已经麻痹的大脑——这可能就是佛家所谓的"顿悟"。

顿悟之后的他,开始质疑:这是不是我女儿的手指?他努力调动残存的脑力和智力:该去做DNA鉴定!可女儿的样本,去哪里找?父系的样本好办,母系的样本去哪里找?接下来,他竟然从妻子的首饰盒里面,找到了女儿的胎发。他拿着这些东西,就奔向医院。

在去医院的路上,他突然察觉到自己的荒谬可笑。是否血亲,只要他自己的DNA样本和女儿的样本就行了——人在受到重创之后,不光怀疑能力、推理能力会丧失,就连常识都会暂时遗忘。

麦建在独自疗伤,他用绷带把受伤的手腕包扎好,又用冰块敷在脸上。接着,他打电话给秦芳。

被打扰的秦芳,很不耐烦地回答麦建地提问:"这会儿能干什么,睡觉呗!"

他怨气冲天地说:“你还有心思睡觉?不来看看我这惨样。”她问有多惨。他希望博得同情,形容说,“就和跟泰森打了三个回合一样,惨透了。”

谁知她非但一点不同情,反而讽刺道:“我不是对你说了,不要去塔克拉玛干吗?”

“塔克拉玛干?”他不解地反问。

“就是维吾尔族语。进得去,出不来的意思。”

“谁会维吾尔族语啊,我又不想去参加东突。”

“要是你还自作主张行动,还会遇上泰森。泰森可一拳是一拳。”她多少有些幸灾乐祸地说。

“说的也是,孩子挨了打,不能跟后娘说。你说我怎么这么贱啊,非要自己去找打。”他很后悔打这个电话。

李帅打开门,顿时愣了:房间里狼藉一片,电脑倒扣在地上,电视机的屏幕也如同冰花一般。母亲传给他的一只古花瓶,也被打碎。但这一愣,不过是一个瞬间,他用三级跳的方法,跨越这些杂物,进入卫生间。

然后,他把马桶盖子放下,打开顶棚的入孔,把手伸入摸索。

片刻,脸上露出了欣慰的笑容:KG 样本,安然无恙。

随后,他到客厅坐在沙发上,点燃一支雪茄烟等待宁夕归来。

袁因到医院,等了一个小时后才开门。一问,才知道星期天只看急诊,不作常规检查。他当然不会等到星期一,就找到化验科,恳求值班医生。

值班医生是一位中年女士,很耐心地向袁因解释:“我们这是个机构,就是我同意,一个人也给你干不了。”

袁因拿出准备好的钱:“把他们都请来,我出加班费。”

女大夫的职业自尊受到侮辱:“我说你这个老同志,怎么这么固执啊?”

袁因哀求。

女大夫训斥道:“看你岁数也不小了。你女儿也小不到哪里去,你养她也不是一年、两年了。”

袁因说已经二十六年。

女大夫误会袁因是要做亲子鉴定:“既然你二十六年都等了，还在乎这一天？”

他神情黯然地说:“一天？一天就能要人命啊？”

女大夫冷酷地说:“我爱莫能助！”

宁夕进入时,屋子里依旧是一片狼藉。这是李帅的战术:既然自己先回来了,就和两军对战时,先占领了制高点一样,完全可以把这一切,都归结到她身上。所以没收拾。

宁夕也惊住了,忙问怎么啦？他白了她一眼,一言不发地进入了卧室。她也跟了进去,柔声问已经躺下的李帅:“怎么啦？发脾气了？”

他冷冷地说:“你离开我远一点！”不等回答,又说,“我嫌你脏！”

“脏？”她看看自己的衣服。“那我去洗洗。”说罢起身。

他在背后大声说:“泥土能洗掉,油腻能洗掉,细菌也能洗掉,可进入身体的病毒洗不掉！”见她不明白是什么病毒,他说,“艾滋病病毒！”

她认为此乃一派胡言!

他举证说有人看见宁夕在皇朝大酒店里和一个男妓在一起。

她根本就不反驳:“这个‘有人’就是你。你当时就在皇朝大酒店里面。”

他属于那种天生的撒谎者,坦然至极:“不是我,而是一个匿名电话。”

“别人说什么,你就信什么了？”她松了一口气,

“你撇下我走了,我以为你又去皇朝大酒店会那个女人去了。我不顾一切地追去,可又打听不出来你在哪个房间,只好在大厅里等。这一等就是一宿,我就和那个男人聊了一会儿。这也犯法？”

她的话,他完全相信。但还是做出不相信的样子:“就是聊了一会儿？”

她扳动他的肩膀:“要是有别的事情,我会在大堂里呆着当靶子?”他没有说话,但身体软了一些。“别生气了好不好?”她用力将他的脸扭过来,“我以后再不惹你生气了。”

他明白收兵的时候到了,宽宏大量地说:“你是我的女人!你明白吗?”

“明白。明白。”说着,她把头埋进他的臂膀。她是一个简单的女人,在美国与李帅同居的那段时间里,她确实一心一意地爱李帅。和李帅分开后,她与她的前夫生下了孩子,接着就又离开了他。这之后,她时常想起李帅。但她认为自己已经是残花败柳,无法与之相配了。林恕的出现,使她意识到这是一个千载难逢的机会,使得她有理由去接近李帅。如果能成功地再度占有李帅的心,那自然是皆大欢喜。如果不行,起码还有经济收益。重逢后如胶似漆的日子,使得她根本忘记了自己的使命,忘记了KG。

李帅却与之绝不相同。在于建欣时代,他就从种种蛛丝马迹中感觉出香港有些人在觊觎KG。于建欣不是一个谨慎的人,尤其在酒后,经常会漏一些话出来。以他的智力,很快就拼出一幅基本完整的图画。所以当宁夕一出现,他就感觉到了。秦芳的出现,更证实了他的想法。于是,他决定干一场大的:配方在握,样品也已经到手,缺少的就是最终的买主。他当然明白,如此大的一块肉,是不可能独吞的。即便吞下去,也消化不了,必须经过中间人。而这个中间人当中,最可靠的就是宁夕。秦芳唯利是图,而利益是经常变换的。宁夕则已经被他的感情所俘虏。这种软约束,是很难挣脱的。

当然,这不过是他的第二方案。第一方案,则是更大的图谋。

女大夫看见空荡荡的走廊里,只有袁因一个人孤零零地呆坐在候诊的椅子上。不免动了恻隐之心:“你怎么还在这里啊?”

袁因抬起充血的眼睛,对女大夫说:“我必须在今天得到结果。”女大夫重申这不可能。他已经进入恍惚状态:“我必须得到,这关系着我女儿的生命。”

“如果你要做别的分析,比方有关肿瘤的,我也许会破个例。但DNA检测,早一天晚一天没关系。”

袁因一下子拉住女大夫的手:“这真的关系到我女儿的生命。您就破个例吧!”说着跪下去,“我给您跪下了。”

女大夫无可奈何地看着袁因:“你起来吧。我就破个例,不过费用你要付。”

他喜出望外:“加倍付。一定付。”

女大夫重新打开门:“也不要加倍付。今天没有这个项目, 星期一才能交费。”

他连声说:“行!行!”

大约三个小时之后,DNA鉴定的程序走完最后一步。女大夫拿着打印纸,犹豫地看着袁因,不知道该如何说。斟酌好久才说:“你要有心理准备。”

他已经从她的神情、词句,读出结果一定是“证否”。“不是?”

女大夫高兴他自己问出来,便点点头。她已经开始后悔自己答应袁因的非分之请。好心往往不能得到好报。

袁因高兴地再问:“真的不是?”

她奇怪地点点头:“因为情感、经济等原因,要求作DNA鉴定的人,渐渐地多起来。但多是被证明才高兴,证否后高兴的人不能说没有,但很罕见。”

他激动地说:“您说!”

她也笑了:“说?写也行。”她在鉴定报告上,签下自己的名字。

他拿起报告:“太谢谢您了。”

她实在是想不明白这个花甲老人,为何这么高兴:“真的对你有帮助?”

他深深地给女大夫鞠了一个躬:“太有帮助了!”

因为儿子中考摸底全部及格,周鞍钢承诺给他买一双他喜欢的篮球鞋。一进商店,周小擎目不斜视地直奔乔丹专柜,指点着一双一千八百元乔丹牌的鞋说:“就是这双!”他虽然觉得贵,但不好反对。张琴却坚决不同意。他只好居中斡旋,最后买了一双国产篮球鞋。周小擎自然很不高兴,将其定义为“破球鞋”

后,大步流星地走着。

他只得紧跟其后:“乔丹并不是因为穿上一千多块钱的球鞋,才打得那么好的篮球。”

周小擎头也不回地说:“您说的对,但这还是一双破球鞋。”

张琴当然也有牢骚:“这个姓乔的也是,动不动就生产那么贵的球鞋。这真是让穷人没活路。”

他自然不会接她的话茬儿,快走两步,追上周小擎:“就是你所谓的这双破球鞋,也够下岗工人一个月的工资了。”

周小擎坚持自己的说法:“您说得对,但这仍然是一双破球鞋!”

“你爷爷当年也算是高级干部,可你爸爸我,上了中学之后,就买过一双十二块钱的回力球鞋。除去打球,平常根本舍不得穿。”见“晓之以理”没用,他决定“动之以情”。

周小擎在旋转门前:“您说得对,但这仍然是一双破球鞋。”说罢,跃出旋转门。

他无法击穿儿子铁一样的逻辑,在旋转门内对张琴说:“要不然给他买一双吧?”

她的逻辑也很铁:“要一千八呢!”

“钱就是人用的。干什么花了不一样?一千八就一千八嘛。”

“你给我也没买过这么贵的东西。”

他眉毛一挑:“可我把我本人卖给你了啊!”

“我还把我卖给你了呢!”她走出旋转门后说。

“这就对了。你我的婚姻,如果是桩买卖的话,我就是成本,你就是收益。”

“什么成本收益的?”她听不懂他的话。

“对你来说,你就是成本,我就是收益。当然,这个收益有正有负。”

她想明白了:“那还有儿子呢?”

“儿子?”他想了一下,“儿子是赠品。”接着伸手,“给我点儿钱。”

她很铁面:“真的没了。”

“以后对你所掌握的钱,必须严加监管。走,到自动取款机那提点儿。”

在不远处,冷眼旁观的周小擎,听到父母的决定很是高兴。为了取得最后的胜利,还是做出不高兴的样子,看着周鞍钢把卡插入取款机。在周鞍钢准备输入密码时,张琴让周小擎回避。周小擎不肯,问原因。她说:“小孩子最好不要知道太多的事。”周小擎此刻绝对不会惹母亲生气,说了句:“出去就出去”后,走出取款隔间。

周鞍钢输入密码后,屏幕显示程序都对,就是不见有钱流出。张琴着急地问他是不是把密码搞错了。他边说:“你的生日加儿子的生日,想错都错不了。”然后,重新操作。结果与第一次如出一辙。他拔出卡,出门准备去柜台查询。

门外守候的周小擎眼巴巴望着周鞍钢。听父亲说取款机出了故障,他一下子泄了气,长叹一声:“唉!”

“你怎么老气横秋的?怀疑我们是故意的?”他拍拍儿子的脑袋,“你高伯伯喜欢引用毛主席的话,我们要相信党,相信群众。如果怀疑这两条基本原则,就什么事情也做不成了。”

周小擎垂头丧气地说:“我相信你。可是信用卡上有钱,就不会取不出来。”

“卡上肯定有钱,操作也正确,就是取不出来。”

“你跟我来。”周小擎灵机一动,拉住他就往取款间走,“我告诉你们一个秘密。”他认为此举乃瞎耽误工夫。周小擎却强力拉动:“用您刚才的话说,要相信群众。”

周鞍钢和张琴只好跟着周小擎重新进入。周小擎走到取款机跟前,伸手在出款口处摸了一下。接着,脸上就绽放笑容,口中念念有词:“一、二、三。”话音刚落,他把一条透明胶带撕了下来。紧接着,三千六百元现金就掉了下来。

张琴第一反应,就是质问周小擎从哪里学来的这套。

“这是我们同学告诉我的。有些坏人在出款口底下贴胶布,不让钱掉下来。”周小擎点出一千八百元,把剩余的还给母亲,“取钱的人,以为取款机坏了,就到银行去问。他们趁机把钱取走。”

她感叹道:“现在这些孩子。”

周小擎反驳道:“我说的不是孩子,是大人。”

“这是我见过的技术含量最高的盗窃。现在的小偷,基本功都不行,动不动就会拔出刀子。”他拍拍周小擎的脑袋。“就凭你立的这一大功,也该给你买双乔丹球鞋。”

张琴见儿子异常高兴,也高兴起来,对周鞍钢说:“我给你看好了一套西装,一并买上吧。”

“我不要。”

“你一定喜欢。”

“你怎么知道?”

“我看最适合你。”

“我不像你。你是‘衣衫再多终不悔’。我有穿的就行。再说你看好的,我不一定看好。”

“谁家先生的衣服,不是太太给买的?”

“女人穿衣服,是给别人看的。而男人穿衣服,是给自己看的。把你的标准,强加在我身上,就像把汽车的标准,强加给住宅一样。”正说着,电话响。他接听后说:“好的。我马上来。”挂机后,对张琴和儿子说,“有案子,我得马上走。”

张琴不解:“你是反贪局长,又不是公安局长,哪来的突发案件?”

“跟你说不清。”他出门,伸手招呼出租。

见李帅起床,正在收拾房间的宁夕就说:“你生气也没必要这么毁东西啊!”

“西方有句谚语:生气的时候踢石头,疼的是自己的脚。我才没那么傻呢!”他冲了一杯浓浓的茶。

不知内情的宁夕,以为他在耍赖:“不是你,那是谁?”

他吹动着在茶杯上漂浮的茶叶:“反正不是我。”

“小孩子就可以不承认。刚到香港，我只有一间房子，就和儿子睡在一张床上。他尿床后，我指着床上的尿渍问：这是谁尿的？他说的跟你一样，反正不是我。我说：如果不是你，那就只有我了。”她笑着说完，见他还不承认，便问，“那还能有谁呢？”

“我还正想问你呢。”他瞟着她说，“这些人好像在找什么东西。”

“现在的人，能在家里放什么东西？有钱也在卡上。”她把古瓶的碎片，全部收拾起来，“再说，找什么东西，也没必要这么毁啊？”

他绕屋一周，做出分析：“好像有两个人在这里恶斗了一场。”接着又问是否报警。见她同意，又说，“反正也没丢什么东西，不报也罢。写笔录、现场勘察，怪麻烦的。”这是他精心设计的测试信号。旨在探明她是否在宁水有同谋。

她低头干活：“由你。”

电话响，他接听。秘书通知他，保险柜中的样品被毁。脸色顿变的李帅，快速更衣，匆匆出门。

他出门后，她又干了半个小时，才把房间收拾好。突然，她想起了自己的使命，就打电话约林恕见面。

副经理电告林恕：羁押袁因女儿的美国黑帮，要求追加二万美元的费用。他知道账上已经没有钱，就让副经理与美方通融一下。副经理提醒他说：“林总别忘记他们是美国人。”

美国人很难通融，这他当然知道。但此刻袁因女儿绝对不能出来。他命令副经理去筹措一些钱。副经理当然不会再上当，说已经无法可想。他于是命令副经理用自己的房子去作抵押。

副经理赶紧声明此房在他太太名下。

他让他想办法的同时，提醒他说：“你也有股份在毕玛制药。一荣俱荣，一损俱损。”

副经理已经决心不再投入一分钱：“您经手女人无数，可有什么好办法，让女人拿出钱来？”

他想了一下，便让副经理通知美方，把袁因女儿做掉。副经理强调人命关天，“做掉”一个人需要的费用，远远大于羁押的费用。

因为已经无法可想，他便主动挂机。美方是副经理出面联系的，让他自己想办法解决好了。

周鞍钢到隆德药业的时候，现场的黄线内，只有苏群和一名现场勘察员。他不由得埋怨苏群戒备松懈。

苏群专心地看着现场勘察员，看也不看他：“两个怎么啦？两个就不少！你办公，是办纸，一份文件从这传到那，再加上两句话，又往别处发。我这可不一样。用你的话说，我得拿出真金白银来。”

勘察员汇报说：“这是一个新式保险柜，每开一次都有记录。除去这一次外，最近的一次，就是记录上说的他们去海北鉴定前的那一次。”

周鞍钢连忙问：“这记录是否能更改？”

警官客气地回答：“从理论上说不可能。”

他又问：“为什么？”

苏群插入：“不要问这些没用的问题。他是专家，他说不行就是不行。”

周鞍钢坚持要知道。

警官好像很乐意解释：“这是一个恒温、恒湿的保险柜，专门用来存放这些贵重的化学制品的。门锁的记录装置和控制温度、湿度、警报的是一个芯片。它装在里面，没有钥匙就接触不上。”他指指门内的一个小方孔，“再说，这芯片还有密码。”针对周鞍钢“有谁知道密码？”的提问，他回答说：“这种密码，就和锁的内部图纸一样，用户是不知道的。”

周鞍钢试图排除其他因素，就说厂家一定知道。苏群忍无可忍，敲打着保险柜说：“你看好了，这是前东德的产品。”

“可以去前东德搞嘛？”

苏群立刻讽刺说:"前东德?两德统一是国际政治生活中的大事,博学多才的周局长不会不知道吧?"

他无言以对。

急匆匆地进来的李帅,在准备越过黄线时,被警官拦截:"黄线不可逾越。"

他赶紧说自己是这里的负责人。

"负责人?"苏群扭过头,冷冰冰地对他说,"你好好看看,这就是你负责的东西!"然后,他关闭保险柜的门:"请你暂时回避。"见他愣在那里一动不动,他指指自己,"这里现在归本局长负责!"

李帅只好退出。

周鞍钢认为苏群没有必要对李帅那么凶。

"现场不能进来人。本来连你都不应该放进来,现场的每一点线索都是很宝贵的。"苏群坐到椅子上,"你可以结一次婚,然后再结一次婚,甚至可以有第三次、第四次婚姻。但犯罪现场,只有一次,唯一的一次。所以绝对不允许第三者插足!"

周鞍钢看着他发红的眼睛,便问他多久没有好好睡觉了。

苏群竭力放松身体,说有三十个小时没合眼了。至于累不累,他简洁地说:"不累,一点儿都不累。"

"我看你是累糊涂了,逻辑十分混乱。咱们出去遛遛。"他其实很同情苏群,"我一个朋友,送给我一瓶真正的蜂王浆。那东西能够去除疲劳,改天送给你。"

苏群斜了他一眼:"医学你也懂?"

"不谦虚地说,多少懂一点。"

"陈述告诉我,蜂王浆的化学结构,一遇胃酸,就会全部被破坏。所以吃了白吃。"

"我也没说让你吃啊?"

"不吃往脸上抹?"

"有一种方法,可以不经过胃,抵达大肠。"

“不经过胃？”苏群不解。

“跟洗肠一样,从肛门送进去就是了。”

苏群笑了:“你小子的脑袋不大,歪点子可真不少。”

外面不能谈工作,周鞍钢就讲了个故事:一名他手下的检察官,去西双版纳取证,在森林里迷了路,腿部被蛇咬伤。伤口感染了,引起骨头坏死。等他赶去时,一名主任医师正在看伤员的片子。主任很轻松地说:“先从膝盖底下锯,如果控制不住,锯掉膝盖。实在不行,就连根锯掉。”苏群停住,很专注地听。他动感情地继续讲述:“我一听就急了,上前质问,‘你说的怎么这么轻松,就像锯一根木头似的？’主任医师居高临下地看着我问旁边的医生,‘这是什么人？’我不等别人介绍,继续质问,‘你还有点同情心没有？这是人！活生生的人！’结果……”他咽了一下唾沫。

“结果你被轰了出来。”

“是的。后来有人跟我说,医生是因为见得太多了,所以麻木了。但我相信一个好的医生,是永远不会麻木的。”他在得到苏群肯定的同意后,接着说,“要说我办的案子,牵涉到的金额已经十分巨大。但每逢我见到有人贪污、浪费国家资产,哪怕只有一分钱,仍然十分愤怒。并且我相信会永远愤怒下去！”

“感同身受。”苏群看见李帅正在角落里打电话,便低声问,“他是不是在跟同伙联系？”

周鞍钢没有正面回答,而是反问:“你知道我为何迟迟不正式对隆德药业展开调查吗？”苏群认为是有人干涉。“不是。一旦正式调查,势必会影响 KG 的正常进程。”他引导苏群,避开李帅所在。“别看隆德集团是庞然大物,真正的优质资产并不多。KG 就是王牌之一,也就是通常所说的核心资产。核心要是毁了,这个企业也就毁了。即使抓住几个贪污犯,也大大地有悖初衷。”

苏群同意他的观点,但反对他听之任之。

他说自己绝对没有听之任之,而是外松内紧,全面调查,连李帅的博士论文,都读了一遍。见苏群不相信,他强调说:“我和你不一样,本人正经科班出身,英文是看家本领。”

这一下,戳到苏群的软肋上:“中文还是我的看家本领呢!弄本华罗庚的书来看,没有一个字不认识,但一点意义也没有!”

周鞍钢赶紧承认自己看不懂,但通过他的论文和侧面调查,看出李帅是个相当仔细的人。且每次都能找到正确的方向,并以最短的途径达到目标。

苏群望着还在远处打电话的李帅说:“你就没查出一点儿毛病来?”

“没有人肯说,现在的人,都不喜欢说别人的坏话,尤其当事人是领导的时候,更是这样。线索少啊!”他转向试验室方向,“但愿能够找出一些来。”

苏群让他放心。话音未落,那名勘察员就跑过来。

周鞍钢也知道这一定是有重大突破了,便说:“一骑红尘妃子笑,无人知是荔枝来!你如何这般料事如神?”

苏群得意地说:“一位西方的刑侦专家说过,他拿走死者多少东西,就会留下他的多少东西。”

“上帝保佑。”他假装要画十字。

苏群拉住他的手:“对着我画,我就是你的上帝。”

警官过来,很正式地报告初步勘察结束。他赶紧问是否有重大发现。

警官看看苏群,直到苏群说这其实是周鞍钢的案子后,才说:“有重大线索。”

两个人的眼睛顿时亮了起来。

第十五章

在检察院的会议室，苏群很熟练地操作着电脑，向众人解释KG样品被毁根源：一种新型的遥控强酸溶剂，一旦被激发，它便会呈现喷发状。在销蚀了样品之后自己也被销蚀，随后便成了气体。最后，他不无得意地说：“天网恢恢，疏而不漏。我跟周鞍钢同志讲过，罪犯从犯罪现场拿走多少，就会留下多少。”

苏群讲解结束后，周鞍钢简单地介绍此案轮廓：“此案源于隆德集团公司前任董事长于建欣。随后是金秋子被杀。然后KG送审样品被调换，库存样品被毁。”

接着发言的是徐纲，他先批评调查不力。然后说库存样品被毁，显然是阴谋无疑，坏事变成了好事，可以大张旗鼓地搞了。

周鞍钢针对徐纲的论点，讲了宁水郊区一个乡党委书记贪污的故事：“此人贪污的主要渠道，就是这个乡里的一个香烟辅料厂。”他拿起苏群面前的香烟，边说边解析烟盒，“香烟辅料指的就是香烟外面的玻璃纸，里面的锡纸。诸位不要小看这些东西，净利润就是成本的三倍。”苏群很不满意地把他解析得差不多的香烟取回来。“一个巴掌拍不响。很自然，这个辅料厂的厂长作为这个案子的从犯也被捕了。如果单从检察院的角度看，这是一个破得不错的案子。周期短，且一网打尽。但从全局的角度看，问题就出来了。因为主要领导的被捕，辅料厂就垮台了。没有和尚的庙，连佛像都会被人盗走。破产清算的时候，只有一万多块钱的实物财产。而这个厂鼎盛时期，光流动资金就将近千万。资产流失不说，三百多个就业岗位也随之丧失。所以我建议在办理隆德药业这个案子时，必须从大处着眼。惩办职务贪污，不是目的。发展经济，才是目的。”

苏群发难道：“你的意思是，宁肯放过贪污犯，也不能搞垮一个厂？”

周鞍钢知道苏群是故意挑衅，笑着说：“我从来没这样说过。以改革开放为例，过犹不及是右，矫枉过正是左。必须找准中间地带，突破之。”

苏群的嘴巴动了动，但没有反驳。

袁因很虔诚地把女儿的胎发和相片放在妻子的遗像前，点燃一炷香，退后一步，深深地向着遗像鞠躬。然后他朗朗地说：“你们两个是我在这个世界上最爱的女人。子丹，女儿是你我爱情的结晶，你我生命的延续。你我的肉体都化成了尘土很多很多年之后，女儿，当然，还有咱们的外孙、重外孙还会在阳光下幸福地生活着。为了这些，我愿意牺牲一切。”他擦了一下泪水，“女儿现在在一帮匪徒手中，我必须救她出来。我不知道她在什么地方，但我知道林恕，你可能不知道这个人。我告诉你，这个人就是绑架女儿的罪魁祸首。他给我寄来了一根手指，我去作了 DNA 分析，结果根本不是女儿的手指。我得出结论：绑架女儿的匪帮，是林恕雇佣的。庆父不死，鲁难不已！”他改用很郑重的口吻，“林恕是病灶，我要对他施行外科手术。”

会议在激烈地辩论中进行。

徐纲认为李帅作案的可能不大。原因是李帅是掌握配方的唯一一人，且其人既没有妻子，父母也已经故去。总而言之，他想要钱的话，完全可以趁某一次出席国际会议的机会，溜之大吉。所以应该把怀疑的重点集中到袁因身上。袁因已经到了五十九岁，很可能发生五十九岁现象。他见有人看高策，赶紧解释说，“我指的是在经济领域工作的人。”

高策微笑着摆摆手，示意徐纲说下去。

徐纲继续自己的推论：“袁因需要样品和配方：没有这两样东西，他出去就无法立足。而且,他有动机,唯一的女儿在美国读书。太太几年前去世,他孤身一人要在美国养老,没有钱是不行的。”

众人基本上同意徐纲的分析。最后的总结,高策让周鞍钢作。

周鞍钢的总结很简短:“破案只是一方面,关键是经济建设。这也是我党的工作中心,一切都要围绕这个中心。不能就案论案,要有全局观。”

散会后,周鞍钢留下了苏群:“昨天跟我说的时候,还是一位西方的刑侦专家如何说,今天就变成了‘我和周鞍钢同志如何说’了。”

苏群笑着说:“你天天说自己是正牌的本科生,其实很一般。连‘化’都不懂。这叫融化在血液中,落实在行动上。”

“算你化了。”

“隔着门听你说话,根本不像一个反贪局长。”苏群学周鞍钢的腔调说,“我们不要就案子论案子,我们要有全局观。这话就算不是永康书记说,最少也应该由高检来说。”周鞍钢并不觉得有什么不合适。“你上过本科,老哥我可当过兵。尉官、校官,是没有资格讨论全球战略的。最少也应该是少将一级的军官,否则你会遭到毫不留情的讥笑。”苏群拉开门。

“笑骂由你,我自为之。”周鞍钢的手机响,他看后说,“高检找我。”

苏群幸灾乐祸地说:“肯定是要狠狠地批评你。好,再见。”

袁因在一块磨刀石上,很仔细地磨一把锐利的刀。最后,他用手指试了一下刀锋,一股鲜血涌出来。看着鲜血,袁因脸上露出欣慰的笑容。

高策正在练习书法。他写的是大楷:“老夫喜作黄昏颂,满目青山夕照明。”见周鞍钢进来,便问:“怎么样?”周鞍钢看了看,没有发言。

“我知道你要说什么。不敢恭维,对不对?”

周鞍钢笑了:“您最喜欢叶剑英元帅《八十书怀》中这最后两句,我却喜欢前面两句。”

“前面两句是什么，我一下子还真的想不出来。”

周鞍钢有腔有瀏地念道：“导师创业垂千古，侪辈跟随愧望尘。”

高策看了他一眼：“你已经学会把自己的真实思想藏起来了，也好也不好。”他把毛笔放好，“丁肇中接受记者采访时说，搞科研最重要的就是选择方向。方向对了，其余的就好办了。记者问他，如果你选错了方向该怎么办？丁笑着说，我很幸运，从来没错过。记者又问此次项目进展最重要的是什么？丁说，这是一个要装在航天器上的仪器，最重要的是不能有问题。因为出了问题就没法修。”

周鞍钢很敏感，知道高策认为方向选错了。

“具体情况我掌握的没你们多，我只是提醒你们注意。”高策很少严厉地批评人。他以为做一个领导，如同做老师，好的老师，应该循循善诱，启发学生自己找到答案。

他强调袁因确实有作案的动机。

“我太太不知道从什么地方搞来一些不知名的鱼。她出差前，让我照看这些鱼。于是我精心照料，一点儿不敢大意。”高策看着窗外说，“有一天，我发现这些鱼精神似乎不足。为了讨太太欢心，就留意观察它们。过了一个星期，我发现它们还是没精打采的。于是我得出了结论：它们缺少阳光，万物生长靠太阳嘛。就给它们换了一个有阳光的地方。谁知道第二天，也就是我太太回来的前一天，它们都死了。好像接到了什么命令一样，一天之内统统死干净。”

“这您可要挨骂了。”

“挨骂是自然的。我要说的是不要把自己的想法，强加于人、强加于物。你看着可能的事情，也许不可能。你看着不可能的事情，也许可能。”高策顿了顿，又说，“马克思·韦伯曾经说，一位政治家，必须具备三要素：激情、责任心、对形势清醒地判断。”

“你以为我缺哪样？”

“哪样也不缺。”

“倘若如此，您就不会说这话。”

高策笑着说:“如果你的问题足够多,那么答案就一定在问题里。”

袁因在东海酒店约见小牛。小牛在电信局工作,为了弄清林恕所在,他需要他提供线索。

小牛很确定地告诉袁因,林恕在宁水。

虽然他没有很多的电信知识,也能通过呼叫时间的长短知道林恕在宁水。但目前的关键是要知道具体的地点,起码要精确到一个小区。针对此问题,小牛含糊地说:“从理论上讲,是可能的。”

他烦躁地挥挥手:“不要说理论。我最讨厌理论了!”见小牛反复强调这归另外一个部门管。他就拿出一张卡,声明用上面的三千块钱,换一份林恕电话使用分布图。

小牛接过卡,在手里玩弄着。他感觉出钱的分量,答应成交,然后说要去一趟洗手间。

在他离开之时,袁因点了一瓶人头马 XO。他极少喝酒,更没有喝过如此昂贵的酒。他看着杯中酒,喃喃自语道:“红得像血,红得像血啊!”然后扬脖喝干。

小牛回来坐下:“袁叔,对不起。我碰到了一个熟人。”他的父亲是袁因的好友,故有此称。

袁因已微有醉意:“算了吧。我从小看你长大。你那点儿心眼,还能瞒得过我?你肯定是去查询这卡上有没有钱了?”小牛当然矢口否认。他也就不在这个问题上纠缠,伸手要使用分布图。

小牛说明天才能搞到。

他喝了一大口酒后,命令道:“拿出来吧!”

小牛磨磨蹭蹭地拿出一张计算机打印的纸,递给袁因:“袁叔,这可要保密啊。泄漏用户资料,是砸饭碗的买卖。”

“你是个好人,你不会说谎。”袁因口齿不清地说,“下次你再见到你袁叔时,你一定不认识了。”

他这种状态，让小牛害怕起来，央求他不要喝了。

“岑夫子，丹丘生，将进酒，杯莫停。古来圣贤皆寂寞，唯有饮者留其名。”袁因很是兴奋，思路已经不很清楚。摇摇晃晃地走了两步，重新返回，把手里的若干张百元钞票天女散花一般扔到桌上，“我差点忘了结账。”

“袁叔，要不了这么多。”

“剩下的你留着花吧。你袁叔要它没用了！”袁因说罢离开。

周鞍钢目光虽然停留在计算机屏幕上，但脑子里一直在思考高策刚才那番话。他边敲击着键盘上的问号，边自言自语：“不要把自己的想法强加于人。什么意思？”门突然被打开，张琴怒气冲冲地站在门口。他诧异地问：“你怎么来了？”

她生气地说：“你还有脸问？”

他这才想起来，两个人原本约好去见八一学校的夏校长的。他看看表，对余怒未消的张琴说：“今天已经不早了，要不咱们明天再去？”

她恨恨地说：“明日复明日，明日何其多！”

周鞍钢知道此刻必须服从：“那就赶紧走。”

张琴问：“就这么空着手去？”

“在路上买点儿水果就是了。”

“水果？你以为是看我爸呢？”她把一个小包递给周鞍钢，“把这个东西送给他。”

他打开一看，是一块欧米茄手表。她说这表是托她姐夫在香港春节大打折的时候买的，六千多块。比宁水要便宜一半。

“按照规定，五千块钱以上的就可以立案。”

她不满地说：“立案。立案。你就知道立案！”

“夏校长也不会要啊？我是他的好朋友介绍的。”

她反问道：“朋友介绍你去干什么？还不就是让你送点儿礼？别说中国的官，就是中国的神，也得杀三牲、上果盘。心到神知。再说，礼多人不怪。”

“礼多人不怪，是指礼节多，而不是礼物多。”

“我不用你来说文解字。孩子上了学，才是硬道理。”她收好表，“咱们也不说是买的，说是一个亲戚送的。”

“我认识一位很能干的人，他为了批一块地，买了一千块大洋送给一位当权者。他设计的说法，与你如出一辙，祖上留下来的。”他坐到自己的办公桌前。“其实他父亲是贫农，因为穷得过不下去，才参加红军的。别说大洋，就是铜板也没有几个。结果双双进了监狱。”

“现在谁不这么干？”

“做得人多，并不等于这事情正确。应该从你我做起，社会是由很多细胞组成的……”

“你到底去不去？”

他的回答很坚决：“附带手表，我就不去。”

她的眼泪一下子就出来了：“前年，我做乳腺切除手术，让你给医生送礼，你偏偏不去。结果，比我后来的都做了，我还没做。”

“最后还不是做了？”张琴所说，乃是事实，她整整在医院住了两个星期。他忍无可忍，去找了医院的纪委才轮上做手术。

她一听气更大了：“你知道在医院里面躺着是什么滋味吗？生死未卜，一天等于十年啊！”她的眼泪流了下来，“为了你的自尊心，我怎么着都行。可儿子……”她说不下去了。他赶紧把她扶着坐到沙发上。

她眼泪汪汪地继续说：“你以为我就那么势利，那么贱？非要让儿子上八一学校？这全都是因为你的工作。你当这个破反贪局长，有意无意地不知道得罪了多少人。要都是些普通老百姓也罢了，还都是些有权有势的人。这些人的好日子，一下子被你给弄没了，他们能不报复你吗？”

他将手绢递给她：“我不怕。我一个顶天立地的男子汉，还怕他们这群小鬼？”

“他们奈何不了你，就会对儿子下手。”她不要他的手绢，拿出纸巾擦泪，“咱们儿子就不是念书的料儿，这我早就看出来了，上哪儿也就这样。可上了八一学校，同学多、老师熟悉、地形也熟悉。就是有个什么事，也好躲过。”

“你越说越玄了，又不是在白区搞地下工作。清平世界，朗朗乾坤，你就放心吧。”

“不怕一万，就怕万一。”

“你要是相信神父，就什么都有罪，生下来就有原罪。你要是相信医生，就什么地方都有细菌。门把手上有，这沙发上也有。你要是相信军人，就哪儿也不安全，他们就是驻扎在千里无人烟的沙漠里，也要放双哨。关键看你信什么了。”

她似乎被说服：“我还是想让儿子上八一学校。”

他把她从沙发上拉起来：“上八一学校就上八一学校。我再托托人。走吧，我肚子都饿了。”

她摆脱他的拉扯：“要是看材料，你保证到明天早晨也想不起来。”

袁因走后，小牛立刻就把自己女友小姬叫来共享美食。

小牛吃着吃着突然想起了袁因：“今天袁叔的神态好像不太对。”他接着分析，“他是一个沉默寡言的人，我听小雨讲，他也特别仔细。几十年来，一直记家庭账，精确到分。可今天却一掷千金。”小姬知道小雨是袁因的女儿，也是小牛的同学，于是推定小雨是小牛的初恋情人。他的思路没有被小姬的打岔岔开，说袁因还说了许多莫名其妙的话。至于是什么话，他因为喝多了记不住，但感觉很不祥。最后他得出结论：“袁叔怕要出事。”

小姬问袁因出事，与你有何相干？当知道不相干后，她说：“既然没关系，咱就别管闲事。要不招来了警察，把你以前的事也给抖出来了。喝酒。”

小牛想想也是。

吃完夜宵之后，周鞍钢提议以步当车，走回去。走了一会儿他突然笑起来。张琴很纳闷。他于是说：“我笑你想得出来。”

她依偎在他身上:“人家就是担心嘛!”

“跟着我,你谁都不用怕!”他豪迈地说,“不过你有一点说得对,要是有人想要威胁我,一定是绑架儿子。而你绝对是安全的。”她不解。他解释说,“你我这种关系,是通过婚姻来的。法律上叫作拟制血亲,也就是法律认为的亲戚。而父母、兄弟姐妹、儿子女儿,这些就是血亲。换言之,拟制血亲是可以取消、替代的,而血亲是不可替代的。香港有位知名人士,儿子很不听话。所以他登报与之脱离父子关系,可在他弥留之际,还是把家产留给了儿子。”

张琴思路很女人:“你的意思是有人绑架了我,你不管?”

“管当然要管。问题是罪犯不会做此选择。因为太太是可以置换的,威慑力不够。”

她生气地说:“要是有人绑架你,我就不管。”

他笑着说:“这我相信。有一位著名的房地产商人,被人绑架了。绑匪开价不过一千万。但他太太还是报了警。”

“后来呢?”

“后来他太太就成了房地产公司的董事长。”

“那她先生呢?”

他手一挥:“顺理成章地被撕了票。”

“这位太太一定不是亲的。”

他笑着说:“我已经论证过,‘太太’‘先生’这种关系,没有‘亲、表’一说。亲、表指的是血缘的远近。而你我这种关系,只有前后之分,前妻、大太太、二太太等。”

小牛与小姬吃完饭后,也以步当车走回住所。那种不祥之兆,始终笼罩着小牛。所以在路过电话亭时,他说要打 110 报警。

小姬却认为这种莫须有的事情,是不能随便通知警方的:“你的袁叔出了事,那就不说了。要是没事,你可就麻烦了。”小牛却认为没什么大不了的。“没什么？你说得倒轻巧。你见过遛马、遛狗的，你什么时候见过遛警察的？”她见小牛犹豫，就拿出战无不胜的法宝：“我看你和那个小雨就是不清白。要不你也没有这么大的劲儿。”小牛不再犹豫，也不能犹豫，伸手招呼出租：“就是，生死有命。”俩人上出租。

从小牛提供的表上可以看出：林恕的电话，在皇朝大酒店使用频率最高。因此，袁因就把此当成第一地点。他坐在酒店的大堂里，密切注视着往来的人群。手里紧紧拿着那只装有剔骨尖刀的皮包。

高度注意，是不能持久的。加上酒精的作用，午夜时分他终于睡去。

虽然只睡了十分钟，但却是一个致命的错误：路过的林恕看见了他。

苏群步行到袁因住宅外的监视点巡视。刑警小李说袁因从早上到现在，就没有回来过。他拍拍小李的肩膀，说因为人不够，要到明天中午才会有人替换。

小李表示无所谓后，问这是一个什么案子。听到是牵扯到上亿元的大案后，他吐吐舌头：“我的妈啊，我一辈子也挣不来！”

苏群笑着说：“一辈子？一百辈子能挣出来，就算你小子有本事！”

林恕锁好房门后的第一件事，就是打开皮包，从中取出一截很细的带锯齿状的钢丝绳。然后，从另外一个包里取出两个木把手，装在钢丝绳的两端。此时，门无声地打开，秦芳进入。

“你是怎么进来的？”

“用你进我房间的方法。”她说着坐到了他旁边，拿起钢丝绳看了看后说，“法律明文规定了哪些刀具是管制刀具，规定得很细，连款式都有。枪支更不允许私人持有。立法者犯了一个常识性的错误，杀人不一定用枪、用刀的，这就是一个很好的工具。”她摸着钢丝绳上细细的锯齿，“这个绞索，还可以当钢丝锯用。”

“你想歪了,这绝非杀人工具。”

“如果不是杀人用的,你说是干什么的?放风筝?”她根本用不着他承认,“你要杀谁?”

他拿回钢丝绳:“我谁也不杀。”

“你我既然达成了合作的协议,就一定要有合作的精神。”她严肃地说。

“我很有合作精神。”他也很严肃。

“你杀了人,可以一走了之,可我还要在这块土地上生存。”

“我可以带你走。”

她不屑地说:“这首先是你要能走得了!你没有领教过内地警方的厉害。”

他打断道:“你怎么知道我没有领教过?”

“命案一出,哪怕有丝毫牵连,都会危害全局。”

“这点你放心。这个计划对我,要比对你重要得多。从于建欣时代起,我就开始了行动。行动是有成本的。”

她讽刺道:“谁的买卖没有成本?”

“确实,你和麦建也有成本。但你们的成本,不过区区百万块钱。可我却把全部都压在KG上了。另外,还附带大量的债务。高利贷,你明白吗?”

她轻描淡写地说:“你可以壮士断腕嘛!”

“‘断腕’根本不足以形容,一旦输了,必是‘断头’!”

她很硬地说:“但还是不能杀人。”

他阴森森地说:“此人不除,前功尽弃。”

她从他的眼神中,看出了问题的严重性,改问他有多大把握。

他不假思索地说:“百分之百!”

李帅以电脑作伪装,在思考下一步行动方案。宁夕无声地走过来,递给他一杯热茶,关切地问:“你好像忧心忡忡。”

他抬起头来:“忧心忡忡?我顶多是若有所思。”

她把手插入他的头发里:“我跟你在一起的时间太长了,你瞒不了我。能说,你就跟我说说。不能说,你就说点儿别的。也好宽宽心。”

为了试探她的反应,他说:“KG 样品被毁了。”

“这有什么?有送审的那个,也就足够了。”

李帅进一步试探:“那个样品,也被人调了包。”

她这下子惊讶起来:“去海北只有你和袁总两个人啊?”

“所以说,调包的人,一定是我们两个里的一个。毁掉样品的,也一定是我们两个人里的一个。”

“一定是袁因!”见他问理由,她说,“我了解你。”

他伸了一个懒腰:“你要是检察官就好了。”

宁夕认为样品被毁,不是什么大事。有配方在,可以再做。

他认为这个说法太小儿科:“你也算是一位科学家,应该知道任何一项科研成果,从蓝图到成品,需要多少时间。时不我待啊!”他接着说,“方兴已经约我明天早晨六点,到公司度假别墅去和他谈。”

她怀疑是否搞错了时间。

“方兴以精力充沛著称,据说可以连续工作二十四个小时。”他的眉头锁起来,“看样子,明天我不好过啊!”

她提议早一点儿睡。他说睡不着。她柔声说道:“你洗个热水澡,然后我给你按摩按摩。”见他不耐烦,她的声音越发柔软,“有用,一定有用。”

他抚摸她光滑的手臂:“关键时刻,也只有你了。”

她把他从椅子上拉起来:“这些日子,我反复想了。实在不行,我就跟你到海角天涯。凭你的本事,到哪也不比这差。”

他被动地走向浴室:“话是这么说,可我还是想在中国发展。快四十岁的人了,连根拔起,到哪也会觉得隔。”

她从后面搂着李帅的腰:“咱们先把今天过了,以后的日子长呢!”

秦芳不会直截了当地问林恕要杀谁，而是问他能否下得去手。

他的回答，也是虚的：“我生平最信曾文正公的两句话：挥金如土，杀人如麻。”

她很担心林恕的处理对象是宁夕。因为宁夕一动，满盘皆输。便试探如何解决宁夕失控的问题：“给钱，还是杀了她？”

“既不用给钱，也不用杀她。”林恕抚摸着她的脸说，“你知道她为什么失控吗？”

“不知道。”

“你像一颗巨大的新星。新星不足以形容。你像黑洞，吞没一切，什么都不吐出的黑洞。你的出现，使得原来运转良好的系统，瞬间出现了紊乱。”

“怎么能怨我？没我的时候，甚至在没有你的时候，她就和李帅相爱了。”

他却认为这很不一样：“有一件东西，你不想要了是一回事，被人夺走又是一回事。或者说，一件东西，当有人争夺的时候，它就会变得愈发珍贵起来。争到最后，它完全脱离了它原来的价值，变成一种虚幻的东西。”

“你的意思是要让我下课？或者……她瞟了一眼桌子上的钢丝，“我就是用这个东西的目标。”

他收起钢丝绳：“你是不可或缺的，所以我绝对不会杀你。”

“你很坦白。”

他认为宁夕的作用已经被秦芳取代，只要让她恢复“无害”状态即可。至于方法，那很简单：“擒拿术的关键就是反关节。胳膊、手腕不能朝那边弯，咱们就让它朝那边弯。她不是爱李帅吗？咱们就用毁掉李帅来威胁她。”

“你确实诡计多端，以后我得防着你点儿。”她伸手邀请他去她的房间。他不去，原因是：办大事之前，与女人同房不吉利。她讥笑他迷信。

他解释说：“我不信上帝，也不信任何主义，要是不迷信点儿，也太空了。”

李帅睡得很香甜。宁夕坐在他旁边，深情地凝视他，想叫醒他，可又舍不得，虽然此刻已经是凌晨五点半。不料李帅突然坐起来,睁着眼睛说:“KG 是我的,谁也拿不走!”她就像一个母亲哄孩子一样,抚摸着他说:“是你的,是你的。谁也拿不走。”

他用无神的眼睛看看宁夕,重新睡下。

她轻轻地叹息一声,拿起闹钟,定好时间。

第十六章

李帅站在别墅院子边上，看方兴在练太极拳。他不懂拳术，但看得出他很有功力。同时，他认为方兴是在摆架子，故意不理睬他。

其实方兴并非在拿架子，他做事一向相当投入。对于李帅的到来，浑然不觉。直到以"挑裆锤"收式后，方才发觉。简单地招呼后，他就与李帅走进了别墅外的树林中。

他指示的核心，就是封锁样品被毁的消息。至于李帅所说的检察院的介入，他以为周鞍钢识大体、顾大局，可以谈通。对于媒体，他则以为他们对这种复杂的高技术产业，一向无法深入。即使深究，也要以"小事故"为底线。

李帅自作聪明地说："您的意思我明白。消息张扬出去，对咱们的股票不利。"

他用深不可测的目光看着李帅："作为隆德公司的最高领导，我不持有公司的一分钱股票。"见李帅改口，他又强调说，"同时，我作为国有资产在隆德的总代表，第一，不能让国有资产流失；第二，我还要让它增值。"

李帅在气势上已经被他压住，连声说明白。接着说自己是这场事故的第一责任人，请求董事会处分。

方兴直接问在这一系列事故当中，元凶是谁。

"这个过程，真正的参与者只有我和袁因两个人。不管您相信不相信，我自己知道不是我。"他顿了一下，见方兴没反应，继续说，"您肯定也知道，单要样品毫无意义。可口可乐全世界都有，但它的配方依旧价值连城。”他又顿住，显然希望方兴接话。但方兴径自走到池塘边，看着水中的游鱼，一言不发。他只得自己说：“但掌握配方的只有我和袁因。”

方兴突然发问：“袁因怎么有配方？”

李帅知道他是明知故问。但推功揽过，乃官场之规则，不能违背：“根据规定，总工程师拥有一个配方的副本。”

方兴见李帅明白了自己的意思，便说：“事故发生了，总要有人负责。但绝对不能闹大。稳定第一。”

此刻的李帅，最担心的就是检察院，所以竭力要把目标转移到袁因身上：“袁因干这事，肯定是利益驱动。”

方兴当然不会随着李帅的思路走，强调此事按照事故处理：“袁因和你不一样，他是资深的国家干部，你看给他一个行政记大过的处分怎么样？”

“这是您定的事。”李帅已经无话可说。

方兴见李帅无意中把手伸入池塘当中，大喝道：“拿出来！”

李帅吓了一跳，赶紧把手拿了出来。

他指点着水中游动的鱼群说：“这是从南美引进的食人鲳。”

李帅惊诧地问：“国家不是明令禁止饲养这种鱼吗？”

“此乃是别墅的前主人放养的。”

“根据规定，他有责任处理掉这些鱼。”

方兴慢吞吞地说：“他已经无法做到了。”

“前主人去哪了？”

方兴转过身，背对着李帅说：“一个谁也不愿意去的地方。好，就这样。”

周鞍钢刚到办公室，市政府副秘书长关庚寅就来了。两个人是中学同学，后来又在市委党校、省委党校多次同学，所以可以进行比较深入的谈话。

关庚寅开门见山地指点他应该活动检察长的位置。他自然说这是组织上的事。他于是说:“可对你来说,却是一步登天的事。检察长,副厅级,千载难逢啊。会哭的孩子多吃奶。一个阵地,无产阶级不去占领,资产阶级就会去占领。”

他一针见血地说:“你这么热心,一定有目的。”

关庚寅很坦然地说:“你当了检察长,法院刑庭的靳庭长就可能过来,当反贪局长,他一直有这个想法。他一走,一位我现在不能透露姓名的人士,就可以接替他。当然,光给他一个刑庭庭长,他是不会去的。一定要法院副院长兼刑庭庭长才去。这样,我就可以接这个人的位置。这是一个推磨的过程,一个环节不动,别的都动不了。”

“你我是磨,还是推磨的人?”

“当然是磨。只有永康书记,组织部韩部长才是推磨的人。韩部长不是和你岳父……”

他打断他的话:“既然是磨,咱们就由他们推去好了。”

关庚寅愣了一下:“你是真傻,还是装傻?”

“这不是傻不傻的问题,是个原则问题。有涉原则的问题,我从来不通融。”他见他不相信,便说,“就在昨天晚上,我爱人为我孩子上学的事情,要求我陪同她去送礼,被我断然否决。”

关庚寅见有机可乘,赶紧说:“你孩子上哪所学校?我在政府分管教育。”

周鞍钢本来把关当成孩子上学的“救命稻草”,可他这么一说,反而不能说了。“我根本不以为孩子上哪所学校,是多大的事。考上哪里,就到哪里去上好了。要不然,考试还有什么意思?”

关庚寅只得说:“话已至此,我也没话可说了。我走了。”他起身送他。因为组织部的韩部长,曾经是周鞍钢岳父的部下,所以关庚寅不死心,走到门口停住说道:“天意从来高难问。还是活动活动的好。”

他回答很简捷:“难问就别问!”

方兴与李帅谈完话回来,丁尼立刻将精心准备的早餐端上来。

听麦建讲述了 KG 的事情之后，她动了心：何不一箭双雕？方法当然还是最古老的“色诱”。她相信她的美貌，是一件战无不胜的武器。昨天晚上，她终成正果，上了方兴的床。见方兴吃得很香，她趁机问与李帅都谈了些什么。听了方兴的回答后，她又问：“李帅是一个科学家，他能听懂你的话？”

“他虽然是一位科学家，但也是隆德集团的一名干部。既然是我这里的干部，就应该懂得游戏规则。”方兴用雪白的餐巾擦嘴。

丁尼认为单独处分袁因，一旦宣扬出去，股票价格必定受挫。

方兴给她讲解“话语的权力”的概念：“他说话，有谁听？我已经指令集团公司的有关部门，在宣传方面，凡是涉及 KG，必须经过我。”

丁尼奉承道：“方总真有大将风度，指挥若定。”

他也不免有些自得：“我指挥隆德集团公司，如同小泽征尔指挥乐队。一百把提琴中，有一把拉错了半个音，他一下子就能抓住。若非大师金耳，何来交响辉煌？”

“点石成金所需要的第一期资金、账户，已经准备就绪。是否可以开始买进？”

方兴点点头。他之所以允许丁尼上床，是有原因的。要拉升一只股票，即使是隆德这样盘子不大的股票，也起码要数亿资金，多的时候，甚至要十数亿资金参加。为了防备证监会的调查，还要消灭痕迹。到最后，卖掉涨价的股票后的资金，还要千里潜行，安全地回到隆德集团公司的账上。此乃一个庞大的系统工程，其核心人物，必须是自己人。而要想让一个人，成为“自己人”，除去诱以“官禄德”外，就只有性了。当然，他明白像丁尼这样的人，不会被性关系拴住，但起码是多一股力量。

丁尼当然不会让方兴签字，在整个运作过程中，方兴没有留下一点儿痕迹。她知道这是方兴自保的方法。于是她问：“我是不是也给你买一点儿隆德的股票。资金、账户资源，我都有。”

方兴摆摆手：“不用。但还是很感谢你。”见丁尼不相信，他进一步说，“你在我身边工作的时间也不短了，曾几何时，你见我大把用过钞票？”

丁尼确实没有见过方兴用钱，甚至连方兴带钱都没有见过：请客，有人埋单。旅游，也有人埋单。

“既然用不着钱，我又何苦去追求呢？”若在以前，方兴是绝对不会说这种话的。既然要使丁尼成为自己人，就要适当地透露一些心理活动给她。

张琴笑眯眯地从学校大门出来。她掏出手机拨号，又想起公用电话省钱，于是就用公话，告诉周鞍钢她有两个消息，一个好，一个坏，问他先听哪个？

周鞍钢不假思索地说：“先听坏的。”

她还是先把好的那个说了：“夏校长同意接收咱们孩子。”他不相信。她生气地说，“我什么时候拿咱们孩子的事，跟你开过玩笑？不过……”

周鞍钢立刻接着说：“不过夏校长说要赞助费。”不等张琴说完，他就问：“多少？”

她说如果考上，只要两万。

“可以承受。”但听到“考不上，差一分加一万。五分以外免谈。”——的补充条件后，他嚷起来，“这哪里是上学，简直是拦路抢劫！”

张琴不高兴地说：“你不想出，有的是人想出。想出还出不上呢！”

周鞍钢说：“你是咱们家的财政部长，知道底子。这钱咱们拿不出来。”

张琴当下反驳：“要能拿出来，我还问你？你说过，男主外，女主内。”

周鞍钢使用拖延战术：“没准咱们儿子能考上呢？”

“这话你自己信不信？”

周鞍钢笑了：“这有个临场发挥的问题。”

张琴慢慢地说出最重要的问题：“所以夏校长还给咱们指了条路。”

周鞍钢明白一定是条不好走的路。

张琴解释说小学升初中，按理说是不应考试，是义务教育。所以八一学校，有义务招收一部分有城北区户口的学生。如果把户口从城南区迁到城北，就会被录取。

周鞍钢耐心地给张琴讲解“户口跟随驻地”的常识。

“这我知道。”张琴已经料到他会这么说，“你不是跟苏群是朋友吗？户口就归他管，一句话的事。”

周鞍钢举例反驳：“我政法学院的鲁老师，就是现在咱们省高院的鲁院长。高院就可以判处死刑。按你的说法，也是一句话的事？”

张琴知道已经把球踢给了周鞍钢，就说：“我不跟你说了。反正该我办的我都办完了。”说罢径自挂机。

毕竟是儿子的事情，周鞍钢想了好一会儿，才重新把心思集中到批文件上。刚刚批完，徐纲就进来了。他把公文递给他：“已经批了，直接移送起诉处。”听徐纲赞扬他工作效率高。他又说，“你们辛辛苦苦地办案，还能因为我积压了？我就是干这个的。”

徐纲准备讲苏群批公文的故事，可刚说完“苏局长这个人”六个字，门被撞开，苏群风风火火地进来：“徐纲，你小子又在说我的坏话？”

徐纲连忙说：“岂敢、岂敢！”然后退出。

周鞍钢问苏群：“你找我有事？”

“我还投案自首呢？再说，你能办什么事？”苏群大大咧咧地坐下，“路过，上来讨碗水喝。”周鞍钢给他倒白开水，苏群质问他为何不放茶叶。他说：“你不是说讨碗水喝吗？”

苏群只好解释：“我说的水，就是茶的意思。”等茶到手，他又发现烟没有了。便说，“我一见到你，烟盒准空。来盒烟抽。”周鞍钢声明没有烟。他站起来：“我可是搜查的好手。”

周鞍钢让他随便搜：“我这儿除去放机要的那半截柜子，没有一个上锁的。”

苏群还是不相信：“你长短是根棍，大小也是个官。怎么会连盒烟也没有？”

“以前也有些人，送我点儿烟。虽然我不抽，还是留下了。”周鞍钢好不容易从抽屉里找出半盒烟，扔了过去，“后来，他们送的烟，越来越高级。什么软包中华,还有哈瓦那雪茄、苏门答腊雪茄,一盒就是我一个月的工资。所以我干脆谁给也不要了。”

烟虽然干了,苏群还是点燃:“说的也是,口子不能开。管涌毁大堤。”

“说实在的,像你我这样的官,有人专门研究咱们。你知道我喜欢下围棋,可我连围棋协会都不敢参加。”他坐到苏群旁边的沙发上,“去年,一个熟人给我送来一副围棋。我没在家,张琴就收下了。本来么,也就是一副棋,没什么大不了的。我还用它下过几盘,挺顺手的。那次和高检下,我一拿出棋来,高检的眼光就变得很异样。下完之后,他对我说:你去北京开会,顺便到燕莎,给我也买一副。我到燕莎一看,顿时就傻了眼。你猜多少钱?”

苏群几口就把烟抽完:“北京人说四大傻之冠,就是购物到燕莎。肯定便宜不了。”见周鞍钢非要他说出价格,便说:“一两千撑死了。”

“光一对棋盒就四千多。黑白玛瑙棋子,又是八千。”周鞍钢挥着手说,“回来之后,我立刻把这副棋退还了那个朋友。”

“此人是否要你办事?”

“那倒没有。不过,你要是不退还他,就一定有事。因为他不是那种把一万多块钱的东西送人的主。要是你给我,别说一万人民币,就是一万美金,我也敢要。”

“我也给得起你啊!”苏群看看表,“你给我讲过很多很多的故事,一个比一个破。我该走了。”

周鞍钢起身送到门口,顺便问是否有人找他,要把户口迁移到城北区。

苏群说:“一般没人找我办这类事,我好歹也是个局长。”

“要是张琴找你,你别理她。”至于原因,周鞍钢不肯说,“你别问原因。再说,她也不一定去。”

苏群说了声:“好的。”就匆匆走了。

方兴说他不爱钱,也从不弄钱,确实不虚。但这并不等于不替别人干。此刻,他正向丁尼交办祝启昕太太赞助费的事:“把四十万块钱,转到一个和隆德一点儿业务关联也没有的可靠的公司。”

丁尼等了一会儿,见没有下文,就问:“后续是什么行动?”

他简短地回答:“届时我会告诉你的。”

“谁的钱?”要是在以前,她是不会问的。但自从上了方兴的床后,她自以为有所不同。

“信息在某种意义上说,和钱一样。钱多了,不一定是好事。”他除去把与丁尼的性交,看成是生理性事件外,一点感情因素也不包含。

丁尼感受到压力,准备走。

“你联系戴行长,说在今天方便的时候,我要见他一下。”

“您去还是他来?”她知道方兴接人待物,是很讲究规格的。

方兴沉吟片刻:“我去他来都不合适,找一个中立的地方吧。”

袁因没有在皇朝大酒店找到林恕,便按照小牛提供的表上的使用频率,依次寻找。这时,林恕的电话出现了。他激动地一下子站起来:“我可找到你了!”

林恕其实并不感意外,但做出意外的样子:“找我有事?”

袁因冷静下来:“有关KG的配方,我有了新进展。咱们是不是见一面?”林恕同意见面,至于地点,他让袁因等通知。

好一会儿,袁因才让自己平静下来。作为一介书生,他当然知道自己不是林恕的对手,他曾经看到林恕发达的肌肉和鹰一样的眼神。他设想的最好结果,就是玉石俱焚,但最可能的就是他被杀。人命关天,一旦他死了,林恕一定会被捕。然后警察就可以通过国际刑警组织,把女儿营救出来。

只要女儿安好,夫复何憾?他边想边走,鬼使神差来到了陵园。直到看门人拦截,他才清醒过来:“我有存放证。”

看门人看着这位衣冠不整,神情恍惚的中年人:“有什么也不行,下班了。”在中国,只要你把你的物品,存放在一个公共机构里,不管是钱还是骨灰,所有权立刻就会发生转移。你是否还能顺利地见到它们,完全取决于看管人高兴与否。

袁因顿时变得斩钉截铁起来:“我今天必须进去!”见看门人被镇住。他又说,“你要是不让我进去。我会后悔一辈子。你也会后悔一辈子。”

看门人似乎觉得没必要和这个目光笔直的人过分认真:“十分钟。”这也是中国特色,任何制度都是弹性极强的。

袁因深深地给看门人鞠了一躬:“来生我一定厚报之!”然后进入骨灰堂。

看门人看着他的背影,自言自语道:“厚报还不算,还厚报之!”他摇摇头,“可惜是来生。”

进入骨灰堂后,袁因小心翼翼地用手绢擦拭着妻子的骨灰盒。擦拭完毕后,他双手恭敬地把骨灰盒放回。然后把寄存证也放上去。最后,很郑重地说:“子丹。今天晚上,我就要见到你了。我好高兴啊!”接着,他深深地鞠了三个躬。

秦芳听了林恕的行动计划后,怀疑是否是警察的圈套。林恕凭借自己的感觉和对袁因的性格分析,认为没有这个可能。当秦芳认为感觉,尤其是男人的感觉,往往靠不住时,他从将手机上与袁因的通话录音传送到电脑上,与存档的若干次通话的曲线进行比较,结果是基本吻合。

林恕讲解道:“如果他被警方控制,第一,他会尽量拖延时间,好测定我的位置;第二,他就必须说警方教给他的话,这样,频率就会变慢。而鉴定的结果说明,一切未见异常。”

秦芳却认为:声音的振幅,要比平常大很多。

“他可能以为自己的女儿快出来了。”林恕胸有成竹地说,“另外,他也很可能,要借这个机会干掉我。”

秦芳的目光离开屏幕,问林恕是否与任何人通话时都要录音。

林恕把计算机关闭:“当然是有选择的。”她追问他们之间的通话是否录音。“你心里那点儿小算盘,本人洞若观火!你害怕我万一失手,录音将成为警方的线索。既然如此,我就告诉你实话,没有。从来没有。”他走到她面前,“你相信吗?”

秦芳当然不会相信:“我只相信一点。你对所有的人,都不说实话。”

林昶笑了:“彼此,彼此。孙子兵法云,虚者实之,实者虚之。虚虚实实,实实虚虚。大将之为也!”

方兴与戴平在公司别墅旁边的鱼塘边钓鱼,戴平很专注地看着鱼漂,方兴则袖手旁观。他之所以要约戴平前来,是为了筹措三个亿的资金:丁尼、申井虽然已经筹措了三个亿,但这和打仗一样,必须有预备队。宁肯防而无敌,不可敌来无防。万一另有庄家作空,半路上托不住,就会赔了夫人又折兵。再者说,申井、丁尼之流,一定会趁机建造“老鼠仓”。这些老鼠仓,虽然单个容量不大,但多了,也是一股不可忽视的力量。

当方兴提出“需要一笔资金”后,戴平不假思索地答应了。他很纳闷:“你怎么不问问额度?”

戴平转过脸来:“你是大师级的计划专家,应该知道我的权力上限是三亿。所以我想,你要贷的大概也是这个数。”

方兴矜持地笑笑:“知我者,戴平也!”

戴平点燃一支雪茄烟,看着方兴,他从心里佩服方兴。方兴的父亲就是人尖子,地图过目不忘。据说某次,日军突袭,八路军撤退时没有带地图,在从来没有到过的地方行军四天,全军依靠的都是他的记忆。“文革”期间,造反派把老头的眼睛蒙上,然后左转右转,拉到了南山上的传染病院。车一停,老头就说:你们把我弄到传染病院干什么?跟这样的人的儿子打交道,必须多加小心。他问方兴这笔钱的用途,时间。

方兴说时间是两个月,用途很正当。

“如此之短的时间,如此大的资金规模,只有一种用途——炒股票或者期货。”上次会面后,戴平就对隆德公司和方兴本人,进行了调研,“外面纷纷传言,你们的KG接近成功。当然,这些传言也许是真的,也许是你们放出来的。但无论如何都会引起一波行情。但有一点我要提醒你,内部交易是证券法明令禁止的。”

方兴见戴平道出关键,也就不否认了。至于“内部交易”这道黄线,他说自己已经有了预案。

戴平又问方兴在这次大规模的行动当中,是否有个人目的。

“戴兄如何会有这种想法?”

戴平明白与方兴交易,必须亮出点儿真货:“你不爱钱,这人所共知。你只关心你的政治前途。此刻,你急需要政绩,好让你再上一个台阶,或者是半个台阶。对不对?”

方兴当然不会正面回答:“直白是写文章的大忌,也是做官的大忌。”

“作为银行行长,别人看去,火树银花,风光无限。其实内中甘苦唯我自知。”戴平喷出浓浓一口烟,“你们不过动动嘴,但到了我这里,一切都变成了钱,具体的钱,一张张的钱。一旦不慎,万劫不复!这有无数前车之鉴。”

方兴不动声色地听戴平自白。

戴平很郑重地说:“人是靠不住的,这你应该明白。所以,我必须拥有一些永恒的东西。如此之大的行动,一定要有很多渠道。”他停住。

方兴的老练,在这个时候表现出来。他讲了一个故事:“蒋介石围剿中央苏区时,采用了德国顾问团‘步步为营’的战略。中央苏区,不断地被压缩。到最后,不得不放弃,开始长征。蒋介石自然有很详尽的预案,但各地方军阀,却有自己的小算盘。当红军不断受到重创后,广西军阀李宗仁与广东军阀陈济棠一商量,决定给红军让开一条路,以免蒋介石腾出手来后,把他们给灭了。结果,红军就通过这条路,钻出了口袋。”

戴平自然能听懂。

“具体的事务,我的财务部长,会与你联系的。”方兴说,“你还有什么问题吗?”

戴平眼睛一眨:“我还有最后一个问题,但希望方兄能够诚实回答。”

“只要能回答。”

“方兄是否记得八一学校工宣队的小郭师傅？”

方兴摇头：“往事如烟，不记得了。”

这个小郭师傅，乃是一个矿工。在抄方兴家时。用宽武装带，打了方兴父亲整整一夜。方兴不可能没有印象。戴平于是说：“应该有印象。后来，他带领咱们拉练，路过青山的时候，失踪了。”

方兴这才做大悟状：“对。我想起来了。好像还被宁水革委会追认为烈士。”

“这家伙，是个色鬼。一直算计小殷。”戴平有声有色地说，“那天，小郭接到了一张纸条，高兴得掩盖不住。他也不会掩盖，扔下饭盆就回营地打扮去了。现在可以说了，当时我也看上美女小殷了。如果按照百分制计算的话，她就是一百二十分，所以格外注意小郭，于是就跟上了。但跟着跟着就把他给跟丢了。我不死心，一直守在回营地的必经之路上。最后，你猜我看到了谁？”

方兴摇头：“猜不到。”

“我看到了一个黑影。”

方兴眉毛动了动：“是谁？”

“仅仅是一个黑影，不过这个黑影很像一个人。”戴平原以为他会发问，见没有动静，只好自己说，“我以为这个黑影就是你。”

方兴笑着说：“很可能。因为那会儿，咱们都没发育全，都瘦瘦高高的，不像现在，不是大腹便便，就是老态龙钟。”

“但他步态很像你。”

方兴很坦然地问：“那你为什么不抓住我啊？要是抓住了，你可以立一大功，没准还可以火线入党呢。”

“不瞒你说，当时我确实有这个想法。可黑影好像发觉了我，绕道走。我紧追不舍。但最后，遇到了一段足有四米多，快五米的山涧。他一下子跳了过去，而我却跳不过去。”戴平双手一摊。

“四米多，你应该没问题。”

“也许没问题，但我没这个胆量。”戴平一字一板地说，“而且此人用的走步式跳远法。当时，整个八一学校，只有你一个人能掌握。”

方兴用平缓的声调说：“按照逻辑，你应该赶回营地找我验明正身。”

戴平把雪茄烟头扔进了池塘里：“遗憾的是，等我回到营地，看见你睡得正香。”

方兴笑着说：“此题证毕。”

“青山万丈深渊，小郭师傅的尸体根本就没找着。多少年来，我一直希望知道真相。你能给我补充点儿什么吗？”

“当然可以。”

戴平竖起了耳朵。

“我很喜欢看小说。从识字一直到四十岁，我看遍了世界名著，尤其是侦探小说。但这以后，便对所有虚构作品丧失了兴趣。”方兴站起来，“有些冷了，走吧。”

戴平被动地站起来后，沮丧地把空桶踢翻：“真倒霉，一条鱼也没钓着。”

“你不可能钓着。这个塘里就没有别的鱼，全部是食人鲳。”见戴平一哆嗦，他又说，“有食人鲳的地方，就不会有别的鱼。这东西，在南美的时候不大，可在这里变得格外的大，根本不是你这种钓鲫鱼的竿能钓起来的。”

戴平诧异地问：“可你也用这种竿啊？”

方兴晃动着只有漂没有钩的鱼竿说：“我这是陪太子读书。”

麦建一见丁尼进入包厢，就拉过去，强行求欢。

丁尼知道自己不敌麦建，只好开门见山地说：“我只能在这待二十分钟，否则就会被方兴发觉。而且，有大事要和你商量。”

麦建只得作罢，平定喘息后说：“这个老家伙，已经离不开你了。你身上确实有一股磁力，吸引男人的磁力。”

丁尼当然明白麦建需要的仅仅是性，说：“现在不是吃醋的时候。”

麦建根本不予理睬,继续说:“不过这男人必须有钱,没钱就不会被你吸引过去。”

“人间万物,都是转的。钱也是,今天在我这,明天在你那。你有钱,不给女人花,给谁花?像你这样的阔佬,要是没人花你的钱,不就和没人找你办事的闲官一样了。”丁尼成功地转移了麦建的注意力后,问,“你的账户可安全?”

“安全得不得了。”

“有笔钱要路过一下。”

“要想从此过,留下买路钱。”一听钱,麦建的精神来了。

“这钱你不能动。”

“这和见到裸体美女不让睡一样的不可能。尤其是贪官的钱,不弄有罪。多少?”听说只有四十万人民币后,他泄了气,“你就是全给我,我也不稀罕。”

“我不会让你白干的。方兴要拉动隆德公司的股票,建立政绩。这是一个大好时机,咱们可以建立老鼠仓,弄上一笔钱。”所谓老鼠仓,就是你在得知某一个大的机构,要把某一只股票拉升之时,自己先在低价位,买一批这些股票。当股价上去后,你再卖出去。

她已经和申井建立了若干老鼠仓,但钱总是多多益善。而且相对而言,麦建要比申井可靠。

“可是咱们没有多少钱啊?没有规模,就没有效益。还是弄 KG 吧。”

“KG 好是好,但太虚幻了。还是老鼠仓实在,虽然只是管涌,但只要足够多,还是很可观的。资金我来解决,重要的是,你必须把你的钱也放进来。”这是丁尼的战略。只有这样,才能保证安全。

“当然。”麦建明白丁尼的心思。

“你放多少钱?”

“这要看你放多少钱了。”麦建很是狡猾。

丁尼伸出一个手指头。

“一百万?”麦建嗤之以鼻。

“莫要太小看人。”

“一千万？”麦建惊讶了。

“一个亿。”

“你别吓着我。你要是有一个亿,还在这跟我扯淡？”

“你说你投放多少钱吧？”

“五百万。”

丁尼知道这几乎是麦建全部的现金,便说:“两笔钱捆绑起来,放到我让你新注册的那个公司账上,我会派人监管的。”

“怎么分成？”

“当然是按照资本比例分成了！”

“要是按照比例分成,我就不干了。”

“那你说按什么分？”

“你偷来的金子,只能当铜卖。”麦建知道她的钱,一定是隆德的钱,“我要一半利润。”

“三分之一。”

“成交。”麦建亲吻了丁尼一下。“爱情可以假装,但金钱必须是真的。”

第十七章

林恕先是将袁因约到南山，在很远处，用高倍望远镜观察了一个小时，未见异常，然后又改至东湖。他当然会先到，如果袁因通知了警方，必然会有警力随动，一定会被发现。又是未见异常，他这才把袁因约到江边。

在江风怒吼声中，林恕和袁因相向而行。相隔五米左右的时候，他命令道："不要再往前走了！"

袁因听话地站住。

"有什么东西给我？"

"配方。KG 的完全配方。"

他根本不相信："它怎么会到你的手里？"

"自有来处。"

他伸出手："拿来。"

袁因很勉强地笑笑："你应该明白，我不会就这么给你的。"

"我是不见鬼子不挂弦。"

"我要你现在打一个电话，放了我女儿。"

"但这要在我验证了配方是真的之后，你先把东西给我。"

"你先打电话。"

"你的磁盘上一定有密码。你先把磁盘给我，然后我打完电话，你再告诉我密码。”他外松内紧，密切地注视着袁因的一举一动。

“倒也是公平。”袁因把手伸进口袋的同时，往前迈了一步。

林恕原地不动。

袁因掏出来的不是磁盘，而是那把雪亮的刀。接着，他迅捷地刺向林恕。

林恕之所以不动，是害怕袁因掏出来手枪。见是刀即知胜券在握了，他不慌不忙地一闪，然后就抓住袁因的手腕。他稍加用力，刀就落在地上。袁因企图挣扎，但被他擒拿住，动弹不得。他从空着的那只手的袖筒里褪出“钢丝刀”，像变戏法的人一样，很熟练地套在袁因的脖子上。

袁因一下就被勒得喘不过气来，双手在脖子处乱抓，试图缓解。但钢丝与脖子之间，根本无空隙，一切都是徒劳。林恕见袁因已经没有了反抗能力，便稍微松了一下："我让你死个明白。就算你不袭击我，我今天也要做掉你。这一切都在计划之中。”

袁因利用仅存的一点儿气力吼道："你这个恶棍！”

林恕双手用力的同时，冷笑着说："这是对我的最高奖赏，这个世界就是恶棍的世界。”袁因慢慢地瘫软下去。他很利索地打开一条帆布口袋，先把预先藏在这里的一块铸铁放入，再放尸体。然后封口，扔入湍急的江水中。

丁尼进屋的时候，方兴安坐在沙发上读书，没有任何表示。她只好举举手中的口袋说："我原以为你和戴行长要在这里吃饭，急匆匆地去买了两瓶波尔多葡萄酒。”

“他走了，咱们也可以喝。”他明白此乃做贼心虚之举，“坐下。”

她听话地坐下。但方兴低头看书，半天没有说话。她一紧张，脑门上沁出细小的汗珠，赶紧掏出纸巾擦汗。

他看着纸巾套上“北海茶道”的字样，慢慢地说："你们这代人，对中国历史知之甚少，很有必要给你们补补课。你知道蒋介石为什么失败吗？”

“被共产党打败的。”

“对。这是最重要的一方面。还有一个重要原因:内部派系林立。建党伊始,就有西山会议派、改组派,后来又有冯玉祥的冯系、阎锡山的阎系、李宗仁的桂系,另外还有龙云的云南实力派、刘湘的川康实力派、西北则是马步芳的天下,新疆是盛世才,等等,不一而足。这样的组织,如何能战斗?”

她不知道方兴葫芦里卖得是什么药,只得应付道:“是的。不能战斗。”

“你们这代人,知识结构要比我们这代人合理。你们会外语、计算机,还懂得证券、法律。我们那时候,学的尽是些没用的东西。但有一点我们要比你们强,那就是对人性看得比你们透。”他喝了一口水,“要在游泳中学习游泳。战争中学习战争。观察一个人,不是一朝一夕的事。跟搞科学试验一样,要不停地监测。隔一阵,就要取一个数据出来。‘文革’时期,家父被关押。有一次,我和弟弟实在没钱花了,就偷偷撕开造反派贴的封条,潜入家中偷出老爷子的一副金丝眼镜去卖。眼镜店的师傅一看,就说是铜的。我们兄弟不服,这个老头就说:你们不信,咱们就剪断它,放在试金石上试验。我们同意了。在试金石上一试,果然和金子划出来的道不一样。”他顿了一下,“我说了这么半天,不知道你听懂了没有?”

她见他的目光,很明确地落在她的纸巾上,立刻意识到问题之所在:“我顺便在北海茶道喝了点儿茶。”

“我从来没有见过一个女人独自在茶馆喝茶。”他说罢,把目光移开。

她沉默了一会儿说:“我碰到了一个朋友。”

“偶然碰到的,还是预约的?”

“以前约过,这两天一直在这里搞方案,没时间见。”她模棱两可地回答。

“不要说去茶馆,就是去旅馆开房间,也是你的自由。你不属于我,也不属于任何人,你只属于你自己。你愿意到哪里去,就到哪里去。我所要告诉你的仅仅是:在工作上,你我应该以诚相待。”他说罢,继续看书。

她规规矩矩地坐在那里,不敢走开。

今天是中考的日子,张琴和周鞍钢专程送周小擎到学校。

在车上,张琴非要周小擎再看看书。见他不肯,就说:“孔子都说,学而时习之。功课就要温习,这是大道理、硬道理。”

周小擎不服气地说:“这话够傻的。谁不知道?老爸,你说对不对?”

周鞍钢当然知道孔子所谓的“学”是理论的意思,“习”则是实践的意思。联起来就是有了理论,就要反复实践。但他不会去纠正。

下车到了校门口,张琴又说:“考卷发下来,先写名字。”

周小擎更不耐烦了:“知道了,知道了!”

她虽然不高兴,但不敢说别的:“你就会说,知道了。”

“皇帝在奏折上,最常批的就是这三个字。大白话最有力量!”他知道此刻不该给儿子施加压力,“不就是场考试吗?别紧张。”

“我们班上的学习委员丁小莉,学习特别的好。可一到考试就紧张。毕业考的时候,竟然用左手写起字来。做了一半,才被老师发现。”见母亲又担心,周小擎不以为然地说,“我不会,我的心理素质特别好。”

她把一块巧克力递给周小擎:“别人都说有恃无恐。有恃才能无恐,‘恃’说的就是实力。”

“你别说了。无恃无恐,总比无恃有恐好。”他摆手,将儿子释放。

她见儿子走远,对丈夫说:“你我任重道远啊!”

“以后不懂,就别瞎说。幸亏你不是老师,否则你误己子弟不算,还要误人子弟。”

张琴感觉自己的话可能有错,便问:“这话莫非不是任务重,担子重,道路又遥远的意思?”

“刚才你就犯了一个错误,你儿子都明白,孔子不会说这么傻的话。”他讲解“学而时习之”的含义后又说,“这个‘任’是使命的意思。‘道’是终极道理的意思。联起来就是追求‘道’的‘士’的使命重大,终极道理又永远追求不到。”

“我们上学的时候,老师就是这么教的。”

“德国军事家毛奇说得好,一场战争,在初始阶段犯下的错误,至终局不能扭转。”

林恕洗了一个痛快的桑拿之后,换上全套的新衣服,神闲气定地进入秦芳的房间。随后,简略地向她讲述过程:“你一定想不到,这个老家伙竟然首先发起攻击。”他拿起桌子上的一把裁纸刀,“但业余得很,刀尖朝外,刀背朝上,就和电影中鬼子进村,端刺刀的架势一模一样。”见她不解,他示范道,“应该让刀和手掌成九十度直角,刀尖朝下。这样才不会被别人夺去。”

她关心尸体的处理。听他说扔到江里面去了,不由地想起金秋子:“尸体一旦被捞起来,咱们可就危险了。袁因离 KG 太近了。”

“我在里面,放了一块铸铁。”

“万一漂起来呢?”

“就算漂起来,谁知道奔腾咆哮的江水会把他带到哪去!”

“无论漂到哪里,都是问题。天下公安是一家。”

“假设尸体没有漂入大海,在五十公里处被捞起来了。当地的公安,就要发通告。这时,宁水的公安就会看见。但看见不等于认出来。尸体一泡,必定变形。就算认出来了,也不一定会和 KG 联系在一起。就算联系在一起,也不一定注意到咱们。就算注意到咱们,咱们肯定已经把配方搞到手,开路了。”

她平静下来后,问配方是否到手。

“像袁因这样的人,如果有配方,早就拿出来换女儿了。配方和样品一定在李帅手里。”他给自己倒了一杯茶,“你在李帅身上,下的功夫也不少了。文火炖肉,该揭锅盖的时候,就要揭锅盖。”

“什么时候该揭,我心里清楚。”她明白要把主动权掌握在自己手里。听他强调行动必须统一。她又说:“这要看往哪统一了。”

他阴沉着脸,没再说话。

因为袁因失踪,周鞍钢召开了紧急会议。

徐纲首先发言，认为袁因一定携带配方和样品出逃，应立刻发通缉令。

那红却认为通过阅读袁因的材料，感觉应该不会："他上学、毕业、结婚、进宁水市药物研究所工作。后来研究所改制，他就进了隆德药业，足迹一直就在宁水。他的社会关系也极其简单。我认为，这样的人，不具备出逃的条件。或者说，他没有能力出逃。"接着，她分析了出逃的必备条件，"出逃的人，大体上可分为两种：贪官和普通刑事犯罪的人。首先说说普通刑事罪犯。他们也可以分为两种：一种是激情杀人。因为一件事，一时冲动，发生了命案。这之后，他们也很害怕。不是投案自首，就是束手就擒。而另一种带有黑社会性质的人，就会出逃。因为一定程度上，他们是有组织的。不管到了什么地方，都有后勤支援。这些人出逃，不以国外为目的。多在境内找一个地方躲起来。而贪官则分两种。一种是仓皇出逃，这种人通常随身携带巨款，但是孤家寡人，因仓皇而出错，所以多数会落网。还有一种人，就像海南国际开发银行的行长汪明一样，是早有准备的。这包括经济上的准备，钱早已经分别转入若干个国家的若干个银行。组织上的准备也是充足的，到什么地方，都有人接应，路线也是经过精心设计的。有若干条：广西、云南，甚至内蒙、西藏。与此同时，他们还有若干本护照，很多、很多的身份证。"

徐纲反驳："按照你的分类，袁因属于仓皇出逃的那种。"

"那他的经济支持在什么地方？"见他回答不上来，她又说，"我调查了他的信用卡和银行存款，一切都很正常。再说，像他这样的规矩人，就算跑也跑不远。他不知道到什么地方去弄假身份证，也不知道到什么地方去住。不要身份证的桑拿浴室、鸡毛小店等等，对他来说是另外一个世界。"

徐纲将"袁因的女儿在美国"这一支持，摆到桌面上。

她早有准备："这是我今天要说的重点。我用若干种方式，与他的女儿联系，但都没能联系上。昨天午夜，我联系上麻省理工学院。学院的有关部门说，她已经有一个来月没有来上学了。"

"一个来月。"周鞍钢感觉触到问题的关键，"一定与 KG 有关！"他立刻命令徐纲通过公安部国际刑警中国中心局，调袁因女儿袁小雨的电话单。

周小擎背着书包，大大咧咧地与同学说笑着从学校的大门出来。可一见张琴，顿时不高兴地问："您怎么来了？"

"来接你啊！"张琴其实就没走，一直在校门口望眼欲穿。

周小擎不高兴地说："我又不是三岁的孩子。"

"你就是三百岁，也是我儿子。"张琴把他搂过去，不理会他挣脱的企图，对他的同学说，"你们先走吧。"等同学走开后，她关切地问："考得怎么样？"

"会的都做了，不知道对不对。"周小擎没好气地说完后问，"我爸没来？"

"别提你爸。一提你爸，我就来气。你爸的老婆是检察院，儿子是案件。"

周小擎却高兴地说："古人说，梅妻鹤子。是高人的表现。"听母亲问这话是否又是从金庸小说里看来的。他说："凡是有您不知道的事，您就往金庸那说。要是金庸听见了，非得跟您急了不可。"

"我还跟他急呢！"她无法在这方面与儿子论争，"刚才我说你爸，说到哪了？"

周小擎径自往前走："您说话又没有什么逻辑性，谁记得住？"

张琴跟在后面："凡是你的事，你爸从来就没管过。怀着你的时候，他一直忙一个大案子，一口饭也没给我做过。你还一个劲儿地在肚子里乱踢。那天半夜，我肚子疼得厉害，就叫他陪我去医院。你猜他说的什么？"

"说什么？"

张琴学着周鞍钢的腔调说："你不能忍着点，明天再说。"见他笑，又说，"还有一次。"

周小擎不耐烦地大步往前走："这些陈年老账，您就别说了。等我有能力了，一定让您衣来伸手，饭来张口。"

"那我不就成了地主了？"

儿子大步前行。她只好紧追。

晚上十点,美方的结果来了。

周鞍钢仔细看完后说:“对照刚才的袁因的电话记录,几乎可以肯定袁因的女儿袁小雨,被人绑架了。”他指点着若干张记录说,“平常袁因几乎三天一个电话,很少有例外。但在一个半月前,突然就没有了,一个也没有了。”

徐纲重提袁因出逃说:“袁小雨也是学化学的,可能父女共谋。”

“联系的中断,是在KG最后一次试验之前。这说明,有某个人或者某个组织,要利用他女儿威胁他。”

“可具体目标,一个也没有。唯一一个,还给丢了。”徐纲急躁地说。

“要戒急用忍。”周鞍钢拍拍他的肩膀。

正在这时,张琴来电话说,儿子明天要考英文,要他回去辅导。他应付了一下后说:“眼下最关键的就是找到袁因,我去和公安方面联系。”接着,他否决了徐纲要去的请求,“还是我去吧,我去分量重一些。”徐纲当然承认周鞍钢的分量重,但提醒他注意张琴刚才的电话。他边收拾东西边说,“我儿子的学习我知道,辅导不辅导没关系。”

那红插话:“一定能考上?”

他穿上外衣说:“一定能考上的反面。”

那红关灯又说:“我听别人说,你当年曾经是八一中学第一名的学生。很会念书。”

他不无得意地说:“这倒是真的。”

那红想让他开心地说:“有您的基因,您儿子也错不了。可能是时候没到。”

徐纲却故意说:“要是嫂子不太会念书,两个人的基因一平均。咱们侄子也就是个中等。除非小鳖……”

他从后面捅了一下徐纲:“你小子害我!”

一片笑声。

李帅原计划今天晚上召开再次试验KG的会议,因为袁因的缺席,一直到晚上九点也没能拿出一个方案来。他只好宣布散会。

回到家后，他立刻进了卫生间，几乎在里面待了半个小时。一直等在门外的宁夕说：“以后咱们买房子，一定要买双卫的。一个专门给你当阅览室。”

他晃晃手中的书：“古人读书，讲究三上——马上、枕上、厕上。”

宁夕迫不及待地进入。方便完了之后，她准备离开，可突然想起了什么。重新返回去，把马桶的盖子全都放下来，一对清晰的脚印，赫然入目。她抬起头，看看天花板，一下子都明白了。

秦芳坐在床上思考，麦建几次拉她躺下她都不动，反而质问躺下干什么。他嬉皮笑脸地说：“躺下干什么，你还不知道？”

她厌恶地一摆手：“别烦人了，我想事呢。”

他不冷不热地说：“是想事，还是想人？”她不理睬。

“难受莫过人想人，尤其是这咫尺天涯。”他不紧不慢地说，“我知道你在外面建了大格局，有了大买卖。可你也别忘了，是我，你麦哥我，把你送上天去的。第一桶金，第一级助推火箭，这是最重要的。要说我麦建，小老板、大骗子没少见过，假装纯情的老鸨子，一肚子鬼心眼的小丫头，我什么没见过？我应该知道，感恩是最靠不住的一种感情。不对，它和爱情一样，根本就没有。有的就是交换。”

她不耐烦地说：“知道就好。”

“那我用点儿东西和你换？”

她不屑地看着他：“你还有什么可以跟我换的？”

“那句文话怎么说来的？士别三天，当重新看？”

她纠正道：“士别三日，当刮目相看。”

“对。这些日子以来，你忙你的，我也没闲着。你知道，老麦我是宁水的土著。上谱的亲戚有一百多，同学有一百多。不吹牛，宁水任何一个机关单位，都进得去，出得来。”

“你那些亲戚、同学，我也不是没见过。我也不吹牛地说，你认识的人里面，最杰出的就是本小姐了。”

“也许你说得对。但好些事情,都是由那些不起眼的小人物办的。你全力攻对面那个李帅,其实李帅算什么东西?就算攻下来,也就是配方一张。配方要想变成钱,那还有二万五千里路要走。”

“不用配方变钱,拿什么变钱?”

“我做生意多年,有一个经验:凡是见到具体东西的买卖,都不是大买卖。卖彩电、卖煤炭、卖计算机软件,卖什么都不行。所有的大买卖,都是卖单。一纸批文、一个计划、一笔贷款。”

“老生常谈!”

“我现在就有一条路,直接通往钱。一大堆钱。”

“你?”

“对。本大爷我。”他得意地说。之所以要把这个消息透露给秦芳,是为了拉住她。她现在拥兵自重,任其发展,他在KG项目中的权益,就会丧失。

她依偎过去:“说给我听听好吗?”

针对宁夕“袁因或许带着一个小情人,躲在某个度假胜地共度良宵”的论点,李帅反驳说:“在我的电脑里,安装特洛伊木马的可能是他,调包样品的也可能是他。甚至说,毁掉库存样品的也可能是他。但他绝对不可能和小情人躲在某个度假胜地。”

她靠在他的肩膀上,闭着眼睛说:“快把KG这事弄完了吧,我听着都烦了。配方不是在你手里吗?再搞一次试验不就全成了?”

“一个现代药品的生产,不同于你到药铺里开一服中药。配方也不是那个中药方子。这个配方,最早的时候是一个构想。然后生产出第一批样品,首先在动物身上做毒副作用试验。取得数据后,修改配方,再度进行。这样的过程,已经反复了十次。所以,对外说是一个配方,其实是一个有关这个药品的系统文件。”他侧脸看看她,“你明白了吗?”

她睁开眼睛:“这个系统文件只有你一个人能够掌握?”

“祖上传下来一把斧子,我爷爷换了斧子头,我爸爸换了斧子把。其实那把斧子,已经不是原来那把斧子了。”

“我有些莫名其妙。”

他翻身:“女人不能太清楚。太清楚的女人一点儿意思也没有。睡吧。”

麦建当然不会把丁尼计划说出来,而是只说了个大概。秦芳对钱之敏感,大大超过常人,让他大大地满足了一次后,媚笑着探问详情。

“我有一个小时候的朋友。特别喜欢汽车。前些时候,非要买一辆帕萨特。他太太一听要将近三十万块钱,坚决不同意。说‘把我卖了也不值这么多钱。’他说‘要是整卖的话,你确实不值这么多钱。一个十八岁的大姑娘,也就是个四、五万块钱。必须零卖,今天卖点血,明天卖点儿皮肤,后天卖一个肾。然后还有眼球之类的。’”

“真恶心!”

“确实比较恶心。消息也不能整卖,要零卖。只要消息在我手里,你就跑不了。”

“你没有消息,我也不会跑。”她紧紧地依偎着他,“咱们在一起的时间已经足够长了,互相渗透了。”

“你想往我这里渗透的时候,大概能渗透进去。要是我想渗透你?”他扳起她的脸看了看,“一个字,难!”

“要说我这个人,确实心眼比较多。不光你说,就是我爸爸、我妈妈也这么说我。可是你也替我想想,我孤身一个弱女子来到宁水,心眼不多,早就没有今天了。我拼命一个人在这大海里游啊游的为什么?不就为了老了之后,自己能过上好日子?这时候,要是有双温暖的大手拉我上岸,你说我能不欣然接受,真心对待他吗?”她见他有“晕”的反应,便改用质问的语气,“以前咱们在一起的时候,我没有真心对待你。可你也没有真心对待我啊。最少、最少的时候,你也同时有那么两三个女人。我不冤枉你吧？”

“我有权保持沉默吗？”

“我告诉你，两年前有一次，我几乎打算嫁给你了。”对他“哪次”的反问，她接着叙述，“就是你说你去上海那一次。”她顿了一下，“你一走，我也打算轻松两天，就去了水库度假村。一进去，就见你那辆奥迪停在那。一打听才知道你带着那个姓杜的骚货在那开房间。我气死了，我差一点儿就冲进去了。”

他厚颜无耻地说：“你要是冲进去就好了，我他妈的起码能省二十万块钱。小杜可没少敲诈我。”

“可我一想，我凭什么啊？我又不是你老婆。再说，我只要一进去就摊牌了。我要是辞职，别的地方也没有这么好的待遇。”她盯住他，“所以我想出了一个报复你的办法，遇到第一个我看上的男人，我就和他上床。”麦建问可曾遇到。她略带遗憾地说：“遇倒是遇到了一个。可我上去一说，他给吓坏了，一溜烟就跑了。”在整个故事里，只有在水库度假村发现麦建一点是真的，其余纯属杜撰。

“太好的事情要是突然来临，谁也会被吓坏。”

她无比真诚地说：“以后咱们别闹了。等把KG这事弄完了，咱们就结婚。一心一意过日子。”她爬到他的身上，“我说的是真话。我说真话的时候可不多。”

“那我就姑且把它当真话听。”他反过来，把她压在身下。论智力，他确实不太行，但他有一个“好习惯”，在能不说真话的时候，绝对不说真话。

张琴无奈地叫醒趴在课本上睡着的儿子，让他洗了正经睡。周小擎却不肯，和衣钻进了被窝。她生气地说：“养这样的儿子有什么用？”

他探出头来，顽皮地说：“养儿防老嘛！”

她在关灯的同时，反击道：“我看是养老防儿！”

一出屋，周鞍钢正好进入。他一脸歉意地问：“儿子在学习呢？”

她没好气地说：“你也不想想，你儿子是不是那种人？”

“大战前夕，就应该养精蓄锐。”

“他已经养精蓄锐好几年了。”她扭身回到客厅。对他“考得如何”的问题，她重复了周小擎“会的都做了，不知道对不对。”的回答。

他一听就得出“六十分左右”的结论：“你分析一下这话‘会的都做了，不知道对不对。’这就说明有不会的，还有不对的。这不是六十分是多少？”

她忧心忡忡地说：“这可怎么办啊？”

他脱下外衣：“睡觉吧。睡一觉你就会发现一切都无所谓。”

“你无所谓，我还有所谓呢！”她拦住他，“你先别睡，我还有话说呢。我今天教育你儿子，他竟然说：妈，你放心，等我将来有能力了，一定让您衣来伸手，饭来张口。你说气人不气人？”

“他这话其实挺有派的。当年，戴安娜王妃，向她的儿子威廉王子诉说王室对她的不公平。威廉王子听着听着，就烦了。于是说：妈，你别说了。等将来我当了国王，一定给你最高的礼遇。”

她很不满这个比喻：“我可不当那个让车撞死的戴安娜。”

“我说宁水话，您说法文。不在一个平台上。没法对话。我睡去了。”他说罢，进入卧室。

等她稍微收拾了一下，进入卧室时，和衣躺在床上的周鞍钢已经发出轻微的鼾声。她长叹一口气，无可奈何地说：“这对父子，心可真大啊！”

按照林恕的计划，装有袁因尸体和一块铸铁的帆布袋应该不会破，应该沉在江底。可它偏偏破了，把铸铁漏出去了。虽然如此，它也应该被不舍昼夜的江水带到很远的地方去。但刚出宁水，这只麻袋就被认为是条大鱼，由江上打鱼的一对父子捞了起来。对这具尸体，儿子认为多一事不如少一事。但父亲坚持要报案。结果，这具尸体就躺到了江北市的一个小县城医院的解剖台上。

小县公安局没有法医的编制，执行验尸任务的是一名刚刚从医学院毕业的年轻外科大夫。他文绉绉地对前来的刘警官说：“死的方式有四种。一种是自然死亡，这显然不是。还有一种是他杀，有可能。另外还有一种是自杀，也有可能。

至于第四种,则是‘不明原因的死亡。’也可能列入。”

刘警官极不满地说:“你一下子就在四种里面占了三种,这不跟没说一样?”随后,他就让现场勘察员给尸体照相。

医生则认为尸体已经被鱼吃得面目全非,相片没有意义。

但刘警官坚持走完程序。

秦芳从麦建的话中听出了名堂,结结实实地把他折腾得筋疲力尽睡去后,悄悄地到外屋,打开了麦建的电脑。她很专心,以至于在麦建到了她身边,也没有发现。

“老话说,没有耕死的地,只有耕地累死的牛。”他全身赤裸,“可我这牛,偏偏就累不死!”听她嗔怪“吓死我了!”,他说:“你可能被杀死,病死,但不会被吓死。不入虎穴,焉得虎子?可入得虎穴,也不一定有虎子。我这个电脑,除了访问黄色网站,下载点儿游戏,什么也没有。不要费心思找了。一切都在这里。”他拍拍自己的脑袋。

她不满意地说:“以小人之心度君子之腹。”

他摇摇晃晃地走向卫生间:“君子我也不是没当过。当一回,倒霉一回。还是当小人好!”

刘警官在吃早饭的时候,对刑警队长提起了那具无名尸体。说他感觉不对劲儿,然后又感叹:“要是咱们局里有名法医就好了。哪怕是个小法医也行。”

刑警队长于是告诉他:“大法医陈述正在此地。”

他于是拉起刑警队长就走。说也巧,如果他们晚去一分钟,陈述就上车去省城了。警官和刑警队长跑步过去,给陈述敬礼。刘警官称呼他为“陈教授”,刑警队长则称呼他为“陈老师”。

桃李满天下的陈述虽然已经记不住刑警队长,但还是听完他们的讲述。然后,他为难地说:“我要回省城去。三点之前必须到,有会。”

刘警官不失时机地说："我用警车给您开道，保证您赶到。"陈述只好随他们去了县医院。

没用半小时，陈述就检查完毕。他首先肯定死者是一位知识分子，证据就是右臂汗毛很少。只有经常写字、伏案工作的人，才会这样。另外，死者戴眼镜，而且是金丝边眼镜。其次，他肯定是他杀，并且推断：凶器是一根钢丝，钢丝勒进去很深，切断了气管。典型的男性手法。

刘警官对陈述表示衷心的感谢，并强烈要求开警车送他回省城。

陈述边谢绝，边往出走。走到门口，他回头看了无名尸体一眼，他觉得似曾相识，但已经来不及重新观察了。

以前为了避嫌，丁尼从未到过申井的办公室，现在却可以堂而皇之地来访。

这办公室很大、很气派。墙壁上没有过多的装饰，只有一幅李可染的山水画。她仔细地看了一阵这张画后说："是真的吗？"

他不以为然地说："当然！要是墙上挂假画，谁还敢把钱委托给你？"

她坐下，说："开始吧。"

他内心很兴奋，但表面上还是不动声色："我已经讲过多次。凭借隆德的两三个亿，顶多掀起一阵浪花，起不了大作用。"

她靠近他，伸出三个手指头："另外还有这么多！"

动员六个亿来拉动一只股票，绝对是大手笔。申井不禁佩服方兴的胆量。但他更佩服自己的谋划：他建立了若干个连丁尼也不知道的账户，并且在每个账户当中，都囤积了百万股的隆德公司的股票。一旦股票拉升到百分之三十，他就会出手。然后，提成现金，通过深圳走私渠道，存到香港去。

这样做，他一点道德障碍都没有：人不为己，天诛地灭。再说他相信丁尼也一定有自己的老鼠仓。而且规模不一定比他的小。

在高速行驶的车上，陈述突然想起这具无名尸体在宁水见过。根据这条线索，他开始挖掘。最后，挖到隆德公司的一次工作宴会上。他第一个念头，就是通知苏群。但他没有手机，他认为这种东西，只有野外工作者才需要，自己不在办公室就在家，要这种东西没用。所以，一直到中途加油，他用加油站的公用电话联系上苏群。他说了三个关键点：知识分子、金丝边眼镜、宁水某大公司的工作宴会。

苏群一下子就意识到是袁因，于是称赞他可以和谷老媲美。

“谷老是谁？”

“日前我协助周鞍钢破了一个贪污案。嫌疑人家中既没有大额存单，更没有过量现金，只有几张字画。所以就把宁水博物院退休的鉴定专家谷老请来了。谷老一进屋，就指着桌子上的一对纸筒说：‘此乃董其昌的一幅字。三十年前，我在东北见过。’打开一看，果不其然。仅此一项，就价值百万。”

陈述不以为然地说：“这有什么了不起？画是静止的，又是大名鼎鼎的董其昌。那能有几幅？我见的是人，成千上万平凡的人。再见。”

当徐纲接到周鞍钢调查戴平的指示后，心里认为根据一块伯爵表，就兴师问罪，未免小题大做。但调查的结果，使得他很惊讶。戴平通过各种渠道，将千万以上的资金转移出境。此刻，他完成了调查报告，呈交周鞍钢。同时，他说出了自己当初的想法。

“所以，这块伯爵表，仅仅是冰山之一角。冰山之所以在大海上航行得那么从容，就是因为它下面的庞大体积。你搜集的这些材料很好。”周鞍钢边读文件边与人谈话的本领，很是到家。不过片刻，已经读完。

“但取证很难。他把太太弄到美国去了不算，还离了婚。”

“用苏群的话说：现在包二奶的取证，只要行夫妻之实，扬夫妻之名，就足够了，登记不登记，没有干系。戴平表面上离婚不离婚不重要，重要的是他们之间有什么来往？密切不密切？戴夫人在美国都干了些什么？”

“前面两条都好查，关键是后面一条。要不然派我到美国去查一查？”徐纲笑着说。

他把报告还给徐纲:“我没意见。你去高检那儿,看看他账上有没有外汇。”

“高检要是同意我去,我就把这个机会让给你。”

周鞍钢认真地说:“我最不爱听,现在报纸上表扬某领导,把出国的机会让给某某了。出国是公差,又不是休养、旅游。”

“您真没有幽默感。这不过是一个虚拟的机会,您也这么认真。”

“现在医学院有虚拟人体,供学生解剖用。可学生们并不能因为这些人体是虚拟的就胡乱切割。”

徐纲假装叹息一声:“《三国》里的徐庶说的好,‘曹营的事,难办得很。’”

方兴将李帅召到自己的办公室,一言不发地将记者招待会的议程安排给他。李帅看着议程,脸色渐变。看完后,小心翼翼地说:“KG 还没有通过国家鉴定。如此宣布,恐怕不妥。”

他用铅笔批阅文件,头也不抬地说:“KG 通过国家鉴定是早晚的事。提前做一些宣传,也未尝不可。”他很明白中国股票市场的实质:一个投机的市场,投机者需要的只是消息。

李帅是主要发言人,所以他担心记者追问鉴定一事,故而请示。

“记者都是经过精心挑选的,不会出问题。”

“但是仍然可能出问题,希望方总给我一个明确的指示。”

他板着面孔说:“如果出现问题,你就要用你的智慧来应对。”

“要是我的智慧不足以应对呢?”

他面对李帅说:“我一向很尊重知识,也很尊重你。但是,隆德公司是一个组织。这是组织交给你的任务,一个必须完成的任务。”

“我很尊重权力,也很尊重您。但客观事实就是客观事实。”李帅觉得言犹未尽,补充道,“吾爱吾师,吾更爱真理!”

他严厉地说:“你有你的考虑,从局部来说,或许对。但我有全局的考虑。”

“我希望知道您的考虑，是从哪个方面出发的？”李帅很执拗。

“你没有在政府工作过，所以不知道中央一级领导有中央一级领导看的文件，省委一级领导有省委一级领导看的文件。同样，市一级有市一级的、县一级有县一级的。”他的语调变成说服式的，“我做县委副书记的时候，一次一位副省长来视察，我就对他说，能不能让我们也看看省委一级的文件。他慢悠悠地说，该让你们知道的，会让你们知道。他并没有说服我，我一直对这种信息不对称的做法不满。直到我当了主官，我方才明白必须这样做。信息是官员、尤其是一把手的主要资源。”

“必要的信息，您必须告知我。”李帅坚持的态度，并非故意冒犯方兴。而是他要实施大策略的前期准备。

方兴站起来，做出送客的架势：“如果需要一支部队去佯攻，是不能事先告知这支部队的干部战士的。否则无法完成任务。”

李帅反问：“您是要让我负责佯攻部队？”

他觉得说得有些多：“我不过是举一个例子。”

李帅站起来：“我保留意见。”

他走向房门：“你可以保留意见，但必须很好地完成任务。”

周鞍钢和苏群第一眼就认出了江北运来的无名尸体确实是袁因。但为了保险起见，苏群还是命令两名警察，去袁因住宅取些样本来，作 DNA 鉴定。

因为袁因与李帅同在一个小区。所以，李帅正巧看到了警车和灯火辉煌的袁因家的窗户。他不费多大力，就得知了内幕。于是，他将秦芳约到小区旁边的一座高层建筑的楼顶，摊牌的时候到了。

当他匆匆赶到时，她已经在那里了。他不理睬她有关迟到的埋怨，开门见山地问：“你认识袁因吗？”

“只闻其名，未见其人。”

他凝视着她：“我有一个故事，想讲给秦芳女士听。”

因为自称徐芳远，所以秦芳必须问："秦芳？秦芳是谁？"

"你暂且就当上一会儿秦芳行不行？"他点燃一支烟，"有一位游客，在一个小镇子上，见一位老太太在卖猫。猫很平常，但价格不菲。他看了一圈正准备走，突然发现老太太盛猫食的碗，很不寻常，是元朝的。他当时这样想：如果我直接买这只碗，老太太不是不卖，就是开天价。应该采用迂回战术。于是，他先买了两只猫，然后又买了两只猫。最后他说：'你这猫真不错，我全买了。'等千恩万谢的老太太找了个篮子把猫全装好后，他很随便地说：'我买了你这么多猫，你那个盛猫食的碗，能不能送给我？'"他顿了顿。"老太太一听就笑了：'你买猫，就是为了买碗。我呢，留着这只碗，就是为了卖猫。'"

她这才反应过来："这位狡猾的老太太，靠着这只碗，不知道卖出多少只猫。"

"KG就是这只碗，咱们都是为了这只碗。"他顿了一下，"秦芳女士更是。你是叫秦芳吧？"

她不置可否："《聊斋》里面，有这样一个故事。一秀才，与一美貌女子野合后，问其姓名。女子说：春风一度，即别东西，何劳深究？"

"在海北市，你出现的时候，我确实处在一种失控的状态。人嘛，总有一些弱点。你救我出赌场，我很感谢。但事后分析，不免漏洞百出。没有人会在一个陌生的城市里，用一笔很大的钱，去救一个陌生人的。从来就没有，将来也不会有。"

"出于爱心。"她知道这个说法无力、空洞。但此时必须有话说。

"姑且认为'爱心'这种虚幻的东西存在。但当这个被救的人，有价值连城的情报时，出于爱心的可能就很小很小了。"他走向楼边，"一对夫妇蜜月旅行，不小心把结婚戒指掉到了海里。六十年后，他们为了纪念钻石婚，又去了这个海滩。在饭馆里，他们点了一条鱼，等吃到一半时他们同时发现，那枚结婚戒指就在这条鱼的肚子里。这种可能性，也比纯粹为了救我的可能性要大。"

她不再说话。

由周鞍钢主持的会议，历时三个小时，得出了结论：袁因很可能是被迫加入试图盗窃 KG 成果的组织。后来因为失控，被他们除掉。而根据其死亡时间，专业的作案手法，李帅可以完全排除。

苏群提议将袁因的尸体当成无名尸体，在电视上播放。这样，有关的人就会“动起来”。

高策认为这是一个好办法。他总结道：“老话一句，群众的眼睛是雪亮的。这么一来，咱们就可以把所有可疑的人全部清出来。清出来后，咱们就把他们隔离起来，确定谁没问题就放出谁，最后就剩下那些有问题的了。注意，我所说的隔离，意思就是把他们纳入咱们的观察体系，而不是物理上的隔离。当然，这需要很多的人力投入。请苏局长多配合。”

“责无旁贷！”苏群表态后又说，“公开袁因的尸体模拟图，会迷惑凶手们，他们有可能放松警惕。”

周鞍钢不同意：“不能把希望寄托在敌人的失误上。尤其面对这样涉及上亿金额的案件时，更要周全考虑。”

高策说：“鞍钢说得对。咱们再议一议，把细节讨论一下。”

秦芳与李帅的谈话，渐渐地抵达核心——配方。

“你问配方在哪里？在这里。”他指指自己的脑袋，“这是一个最保险的地方。它被用一种只有我才能掌握的语言编写，它与我同在。”

“那样品在哪？总不能也在脑子里吧？”

“你这是明知故问。一个被你们毁掉，一个被你们指使袁因调了包。”

她承认一个被毁，但另一个绝不在袁因手里，否则他早拿出来换女儿了。

他抓住时机问：“你们绑架了他的女儿？”

她坦白地说：“不是我，而是另外一个组织。”

李帅接着说出了自己约见秦芳的真正目的：“联合起来，完成这个项目。”他原本并不打算出卖 KG，这只是第一目标无法实现时的备用方案。但袁因的死，给了他一箭双雕的可能。死者不会说话,一切都可以往他身上推。自己完全可能在完成第一目标的同时,弄到一笔钱。

“你拿什么入股?”

“我的加盟,应该是你们求之不得的。没有我,你们就像一群围着古墓转,就是找不到下手处的盗贼。”他很是居高临下,“再说,一个亿,不是我一个人能花完的。其次,我也需要你们。你们在外面,有着广泛的关系。这也是销售配方所必须的。渠道很重要,没有渠道,什么事情也做不成。”

她见他边说边逼近,不禁有些害怕:“你不是要把我推下去吧?”

他矜持地说:“目前还没有这个必要。”

她挺起胸膛:“要是有这个必要,你会推吗?”

“大凡天之所命尤物者,不妖其身,必妖于人。”他把自己的嘴唇重重地压在她的嘴唇上。

周鞍钢搭苏群的车回家。苏群见他萎靡不振的样子,便调侃道:“你小子一向生龙活虎,今天是怎么啦?”

他尽力把座椅推后,舒展身体,长叹一声:“我现在是内外交困啊!”

“外,我知道,除了 KG,不会是别的。这内怎么啦?婚外恋?”

他闭着眼睛说:“就算我有那心,也没有实现它的能量。是我的儿子。”

“又和人打架了!有一次,我正好遇到他被好几个比他大的孩子打。被人打倒了,还是不服。一看就知道他身上流的是你的血。”

“比那可严重多了,考试才考了二百分。”

“两门?”

“你真敢往多了说。三门,每门满分一百五十。”

苏群笑道:“这小子!”

“要说也没什么,就是张琴非要让他上八一学校。”他把车窗摇开。

苏群嫌冷,用自己这边的控制钮,把窗户关上:“这分可离八一学校十万八千里哪。”

他重新开窗户,已经开不开。于是放弃:“谁说不是呢。不说了,越说越烦。”

秦芳与李帅搂抱着,她竭力在寻找他的敏感部位:“其实人多了没用。光有你我两个就足够了。我有着很牢靠的渠道,狼多肉少,终归不是事!”

他松开她:“第一,我不相信你有很好的渠道。卖配方不是卖古董,既不能登广告,更不能参加拍卖。它只能卖给特定的买主。别说你一个从来没有出过国的人,就是我这个经常参加国际会议,还是药品的专业会议的人,都没有合适的渠道。”见她不肯承认自己没有出过国,他说,“我连你是谁,都能查出来,别说这点小事了。再者说,能操作 KG 的人,都是大人物。大人物总是在幕后的。你拿着配方,到处寻找渠道,就和一个美女,半夜里在流氓出没的街道上走一样的危险。林恕则有渠道。”

她惊讶他居然知道林恕。

“KG 项目存在多少年,林恕就追踪了多少年。金秋子就是他派来的人。于建欣董事长也介入了。他之所以在监狱里,咬着牙什么也不说,就是寄希望于KG。所以我认为这是目前我视野里最好的一条路。”

她诋毁了林恕两句,说李帅不该相信这种人。

“我谁也不相信。我只相信科学,相信我的判断力。这是经过科学论证的。”

她知道再说也没有用,就蛇一般地用身体缠住李帅,她是一个很相信身体语言的人。

但两个人都不知道在远处的宁夕,正用一双妒火中烧的眼睛,死盯着他们。

周鞍钢回到家时,张琴在卧室。他赶紧溜进书房,企图躲过这一晚。不料他刚刚打开计算机,她就进来了:“把公家的事想完,顺便想想这个。”她没好气地把成绩单扔在他面前。

他看完之后,笑了:“这小子!不出所料。”

她质问道:“那你怎么还笑得出来?”

“养活儿女,很像经营园艺。咱们总是希望鲜花怒放,可到了夏秋之交,往往是杂草丛生。杂草丛生就杂草丛生,它也是植物,也有着壮丽的绿色,也是咱们的儿子!”

“你倒挺想得开!”她又扔过去一张纸,“看完这个,你要还笑得出来,就算你有骨头。”

他看完这张标有“七万赞助费”字样的单子,确实笑不出来了。但他是个直面矛盾的人,坦承无能为力。

她絮叨起往事:“一九九二年八月,咱们正好在深圳。你那个朋友,正好是证监会专管股票认购证的官儿。我让你管他要几个,也好完成资本的原始积累,你就是不肯去。你不去,我就去。可你还不让我去。”

他知道一九九二年,中国证监会还没有成立。证券监管职能尚在中国人民银行。但此刻不能晓之以理,只能动之以情:“你看看那些在烈日下,一个抱着一个的后腰,一排就是好几十个小时的人,你忍心加塞吗?”

她不理睬:“要是那会儿去了,这会儿就不用为了几万块钱发愁了。”

他已经很疲倦,没好气地说:“你要是嫁给别人,也许能生出来一个得诺贝尔奖的儿子,现在说这些都没有用。原因的原因,就不再是原因了。”见她不依不饶地让他想办法,他只得重复:“我还是老观点,上哪个学校都一样。”

“你不管是不是?”见周鞍钢不承认,她说,“行,你不管,我管!”

他可找到台阶下了:“有一个管的就行。”

她追问道:“你可同意了。”

他连声说:“同意。同意。太同意了!”

李帅回家,发现家里没有人。他接连喊了几声,也没有人答应,他不由得紧张起来。这时,卫生间的门开了。宁夕缓缓地出来,有气无力地说:“我在这。”

他赶紧过去,将她扶到卧室,问她怎么不舒服。见她温柔地否认后,他动情地说："你这个人，表面上看去软软的，其实骨子里特别的硬。在美国的时候，你发烧烧到快三十九度，都不肯去看病。为的是省点儿钱。"

她目光柔和地看着李帅："这事你还没忘？"

他用动听的声音朗诵道："执子之手，与子同行。天地合，乃敢与君绝！"

她在他的抚摸下，很快睡着了。他迅速进入卫生间。锁好门，踩着马桶盖子，打开天花板的检修孔，伸手进去摸了摸，发现KG样品还在，才放心地下来。

在方兴的命令下，丁尼将金融管道开通，隆德集团自筹的三个亿和戴平处贷来的三个亿，缓缓流入其中，然后细分再细分，一直分配到各个具体的账户上，开始购买隆德药业的股票。当然，申井的自有资金、麦建的自有资金，都加入其中。

就在此时，丁尼在申井床上，得知了袁因被杀的消息，她立刻就慌了：如果这消息被公开，方兴撤回资金，那么将玉石俱焚。

她立刻起身，赶到方兴的别墅。敲了好半天门，才见方兴手持酒杯来开门。

他不高兴地问："你来干什么？"

"袁因被杀了。"她简明扼要地说。

他不动声色地说："消息确切？"

"千真万确！"见他仍然双臂交叉，站在门前，她便问，"您不请我进去？"

他冷冷地说："还是不进去的好。"他的所有的一切，喜怒哀乐，甚至床笫之欢，都以政治为前提。她开通了渠道，注入了资金，她的使命就已经完成。

她委屈地反问："为什么？"

他准备关门："以后你就会明白的。"

她只得拿出最后的撒手锏："电视台明天就要播放这条消息。"申井与电视台的一名主持人来往频频，故而先天下而知。见他脸上的肌肉轻微地抽搐了一下，又说，"你仍然不希望有人陪你喝一杯？"

他默默地让开。

第十八章

丁尼原本想把方兴灌醉，好听一听他下一步的打算。谁知他的酒量深不见底。最后她连自己怎么上的床，都不知道。早晨醒来，头疼欲裂。可还是坚持起来，给他准备早餐。路过客厅时，他已经在看电视。她打起精神，问他是否吃早餐。见他不回答，顺着其目光一看，屏幕上正在播放袁因的相片。不由地失声叫道："哎，不是说下午再播吗？"

方兴起身："你遇到了一个高效的对手。"

"你去哪？"

他很懂得"王必言于后"之道理，根本不理睬，径自穿衣。

她看着图像中的文字说："上面明明白白写着'隆德药业'，肯定会影响咱们的股票。是不是停一下，再实施拉动计划。"见他不回答，她急了，"消息对股票的影响最大，尤其是在这种强势媒体上播出。"说这话的时候，她想的并不是隆德的资金安全，而是自己的老鼠仓，"它甚至比一份亏损的年报的影响大十倍。你想想，一份年报才有几个人看？可这东西一播，千家万户都知道了。隆德药业的总工程师被杀，是标准的丑闻。我看……"

他一望便知道她心里肯定有鬼。当然，他不会去调查。既没有这个必要，也用不着。一个大的行动里，一定有人营私。她着急的样子，不过证实了他的预想。于是，他打断丁尼："王言如丝，其出如纶。"随后就出门上车。

这是《春秋》里面的话，意思是大人物的话，很容易被放大。她当然听不懂。

她此刻也没有工夫想,急忙约见麦建。

小牛打了一晚上牌,回来后,准备睡觉。进入卧室发现小姬睡着了,但电视机没有关。他嘟囔了一声,就准备去关。但一下子,就看到了袁因的相片。他赶紧推醒她:“快看,袁叔!”

她睡眼惺忪地问:“哪个袁叔?”

他说着,起身穿衣服:“能有几个袁叔?袁因。隆德药业的总工程师。我要去提供线索。”

她拉住他的衣袖:“和公安局掺和到一起,是很麻烦的。”

他悲哀地说:“袁叔死了,你知道吗?他死了。可就在他死之前,我还在和他讨价还价。我真该死!”

“也许他卷入了什么见不得人的事情?”

“袁叔不可能,绝对不可能。就是因为你。如果那天晚上,我给公安打电话,袁叔现在一定还活着。”

她生气地说:“你想去就去,不要把责任往别人身上推。”见他径直往外走。她吼叫道,“你要走了,就别回来。”但得到的回答只是重重的关门声。

见到方兴,周鞍钢一边倒水,一边埋怨:“方总您的架子可真够大的。我登门造访若干次,您却从来不来我这。”

方兴当然不会像一般人那样说“反贪局,没有人会主动来。”之类的俗话,而是说:“你没有邀请啊?”

“不邀请你就不能来?”

“周总理逝世,由‘四人帮’主持起草的讣告说,中国政府原则上不邀请国外友人。不邀请,就无法获得签证。没签证,就谁也来不了。不跟你说这些了,那时候,你还小。”

“已经十多岁了。很懂事了。”

“你再懂事,也没有到了懂政治的份儿。我有件正事跟你说。”

周鞍钢用毛主席语录中“只要你说的对,我们就改正。你说的办法对人民有好处,我们就照你的办。”来表态。

方兴笑笑:“是关于袁因的事。”

麦建在睡梦中被丁尼叫醒,听完她说,大惊失色:“我怎么没看见?”然后赶紧去开电视。

“别开了,已经播完了。”她用遥控器关闭电视,“你每天酗酒女人的,哪有心思看这些?”

“你胡说什么呢!这些日子别说跟女人睡觉,连看都没有看一眼。一门心思在隆德药业上。”他在屋子里乱转,“五百万啊!这是我的身家性命啊!不行,我要撤回来。”

“撤就撤吧。撤完了,把公司关了。”她在试探资金的安全。

麦建懊恼地说:“我的钱不全在新公司里。”

“在哪?”当初,她说要派人监管,不过是虚晃一枪,吓唬麦建而已。

“鼎立基金。”

“你认识申井?”她大惊。

“铁哥们儿。”

“这钱怕是难出来了!”得到袁因的死讯后,申井表示绝不撤资,要干到底。

“我有黑道背景。”

“这个申井也绝非善良之辈。”她判定申井与麦建交往时,绝对不会不提到她。这当然不是因为她同时是两个人的情人。在这些男人的眼中,情人就像是养的马,不仅能牵出来比较欣赏,甚至可以交换。而且因为她是他们各自的生意伙伴,生意伙伴是稀缺的资源,绝对不会与人共享。

他笑了:“他在美国读博士,我在宁水摸爬滚打,他当然不是我的对手。”

“你错了,有钱能使鬼推磨。”

“我也有钱！”

“但你的钱没有他的多。”她拿起包，既然底已经探明，就可以走了。“我认为，不一定要把资金抽走。”

“方兴能过去这一关吗？”

“他这个人心思太深了，我一直看不透他。”

他嬉皮笑脸地说：“你和他睡了这么长时间，还没有看透？”

“他老婆和他睡了二十多年，都没能看透他。”她打开门，“但有一点可以肯定，他是不走回头路的。”

周鞍钢与方兴的谈话在股票上升之动力的问题上，发生了分歧。

方兴认为：股民的信任，是股票的升力。如若反复播放，会引起股票下跌。

周鞍钢则认为股票真正的升力，是企业的业绩。并以巴菲特为例，说他经过认真调研后才购买，并不轻易出手。最后的回报相当丰厚。

他假装不知道，反问：“巴菲特？何方人氏？”

“美国券商沃伦·巴菲特。”

他笑着说：“原来是美国人啊！”

周鞍钢知道上了当：“还是你狡猾。”

“美国有美国的国情，中国有中国的国情。这中间也没有谁好谁坏之分。不是一种东西，就没有比较的可能和必要。巴菲特持有的股票，即使二十年后盈利，只要他活着，就可以分红。可二十年后你我在哪？”他自觉说得够多，便打住，“你也许还在岗位上，我是肯定休息了。”

周鞍钢从他一进门，便知道他的来由：“你需要政绩。所有的公务人员，都需要政绩。但是你的，就跑不了。”

“但有些东西，必须在一个特定的时间出现，方才有意义。”他提出论点后，又以原宁水计委主任张普为论据，“这是一个很能干的干部，有思想、有魄力。已经内定提拔副市长，准备在人代会通过。可就在这时，有人告他的状。于是，就展开了调查。等查无实据，结论出来，人代会也已经结束了。副市长的位置也有人了。”

“调查是我的工作。”

“我不是不让你们调查。以法治国嘛！我只不过想让你们缓一缓。给我一个月的时间。”

“调查组是一个班子。有预定的计划、程序，不可更改。”

“你这话要是说给圈外的人听，也许说得过去。但是你我都是一个机构的负责人，还是主要负责人。机构在多大程度上能被操纵，都应该心里有数。”

“我可以把这事提交会议讨论。”周鞍钢虚与委蛇，“我只能做到这么多了。”

方兴虽然不满，但还很客气：“那我也只能在遗憾之余，表示感谢了。再见。”

戴平已经在方兴的办公室里等了一会儿。见他回来，迎面就是一剑：“为了银行的资金安全，我应该停止向鼎立基金支付其余的款项。”

“你这即使不是见死不救，起码也是釜底抽薪。”虽然丁尼向他汇报说，一个亿的资金，已经成了隆德药业和其余两个陪衬的药业公司的股票。但他依旧面带微笑。

“银行家从来都是锦上添花，至多是雪中送炭，绝对见死不救。否则，银行就会跟着完蛋。”

他知道主动权在戴平手里，便说：“风险与利益共存。说吧，多少？”

“百分之三。”

“纯利润的百分之三，可以接受。”他认为不多。

戴平很不以为然纠正道：“是总金额的百分之三。”

他知道这是近千万的现金，但还是同意了：政绩必须出，此乃其一。放出去的钱，要是想收回来，损失比这还要大，此乃其二。

戴平靠近他，低声说：“你把我看得很透。我不是银行家，我只是一个小商人。小商人从来都是一手钱一手货。”

他往后躲了躲:“你自己选择方式,然后与丁尼联系。”

周鞍钢正在苏群的办公室,商谈如何妥善处理,减少袁因事件对隆德集团的影响时,一名警察进去递给苏群一份报告。苏群看完,默默地递给周鞍钢。他迅速看完后,兴奋地一下子站起来:“林恕在宁水,太好了!”他转向苏群,“我命令,即刻缉拿林恕。”

苏群做出无动于衷状:“那你就下令吧!”

他知道自己又犯规了,赶紧更改:“我不过是提议。”

苏群起身:“这还差不多。”然后对送信的警察说,“布置全市范围内大搜查。”

周鞍钢说:“重点是大饭店, 尤其是豪华大饭店。林恕是一个享受惯了的人。”

苏群白了他一眼:“我告诉过你怎么查账吗?这是我的专业。”

秦芳进入林恕房间时,他已经收拾完毕,正准备走。她问:“回香港?”

“KG不到手,本人无颜见江东父老!”他把取电卡拔下来,“要转入地下。”

她问具体地点。他不肯说。她很不满,“你怕我出卖你是不是?我告诉你,咱们是一条战线上的战友,一根绳上的蚂蚱。”

“你肯定不会主动出卖我。但万一公安局把你抓住了,他们总有办法叫你说出来。可你要是不知道就没有办法说。”

因为取电卡的延迟时间已到,房间里一下子一片漆黑。

她在黑暗中忙问今后如何联系,但她没得到任何回答。

戴平走后,方兴把丁尼叫来,下令全面启动,在一个星期内,将隆德股票价格拉升百分之十。

“消息面对隆德很不利,是否暂缓?”丁尼将若干位证券分析师的报告放到他面前。这是申井拟定的计划一部分,旨在试探方兴的决心。

“所有讲如何写文章、如何发财、如何当官的书,都是不会写文章、发不了财、当不上官的人写的。”他根本就不伸手。

但丁尼仍然不肯就此罢休,不断地强调风险。这是申井试探计划的第二步。

“风险在百分之三十以内,我以为就是安全的。去落实吧。”他一眼就看穿丁尼在撒谎,只有百分之五的人,能够从人的面部肌肉,细微的变化当中,识别出对方在说谎。

她这下子完全放下心来,看来方兴执意一条道走到黑了。

林恕下台阶的时候,一辆警车高速且无声地停在台阶前。地面上,长长的刹车印。两名便衣警察跳下车,快步进入酒店。

他当然不会像普通罪犯那样,见了警察就会下意识地躲避,而是目不斜视地坦然与之擦肩而过。

前台的服务员,只看了一眼林恕的相片,就告诉警察:“这个人一分钟之前,结账走了。”

两名警察,扭身跑出门外。但林恕已经没入了人海。

李帅在召开有关KG的记者招待会前求见,方兴便预料到他是来谈条件的。李帅在KG问题上,承担如此之多的责任,不向他交换某些东西,不符合人的本性。此时不谈,更待何时?他认真考虑了半个小时,把问题想透彻,才请李帅进来。

他不等李帅坐定,就很有力度地开篇:“袁因之死,简化了很多事情。到了揭开盖子的时候了。你是一位科学家,科学家从来都有伟大的构想。你同时又是一位很好的工程师,所以你一定有一个精密的计划。”他走到李帅面前,“KG的配方在你的手里,因此,我相信那块被调换的样品,”他绕到李帅的背后,“也一定在你手里!”

这些当然不是他临时想出来的,而是他长期深思熟虑的结果。作为一个机构的首脑,必须洞察部下的内心。他当然要给李帅一些东西,但绝不能太多。如此做法,能够有力地遏制李帅之需求。

有人在背后与你说话,感觉很不好。但李帅强忍着,没有说话。

“孟不离焦,焦不离孟。”他用《杨家将》中的孟良、焦赞的关系做比喻,“配方和样品,也不会分离。换言之,必定在一个人的手里。从逻辑推论:如果在袁因手里,他就不会死。你说对不对?”

“也许是凶手为了不付钱,杀人灭口呢?”李帅此来,确实是要向方兴摊牌。但没想到被方兴占了先机。因此不得不在方兴的盘上,展开博弈。

“假设袁因手里有配方、样品,而且他是为了卖,那么,他和买主之间,应该有一个契约。对会面的地点、交接的方式,他都会仔细地考虑的。毕竟是上亿的买卖。反过来,对于买主来说,付给袁因的钱,至多是价值的百分之十。为了这点儿钱,不值得去杀人。杀人也是有成本的,而且是大成本。所以,这东西肯定不在袁因手里。这样,咱们画一个封闭的圆圈,回到出发点。”说完这些,他正好走到李帅面前,“囤积居奇,好货应该卖好价钱。要什么,直接说。我来猜一猜。我想应该不是钱。”

“不是钱。”

“如果是钱的话,你会卖给境外的什么人。你从我这里,是要不出多少钱来的。我毕竟是国有控股公司的领导人。如果不是钱的话,那会是什么呢?只有一种可能?”他胸有成竹地总结,“一个字:官。你从我这里,也只能要出官来。说吧,要什么?集团公司副总?”他在是一位战略大师的同时,也是一位战术大师,每一步都考虑得很细。

“你说话喜欢绕圈子,像癌细胞一样,慢慢地侵入,最后达到目的。你这样说,我也只能这样说。借用网络概念,这叫作平台。平台,就是说一种话的地方。否则,你说英语,我说闽南话,这牌就没法玩儿了。”李帅伸手从办公桌上的雪茄烟盒里取出一支雪茄,然后掏出打火机。

他拿出一盒火柴，扔到李帅面前。

李帅看也不看，用打火机把雪茄点燃："方总是否认为自己很有识人之明？"

"识人之明？"他想了一下，"当之无愧。"

"但你其实并不真正了解我。当然，了解人是很难的，甚至是不可能的。因为人是时时刻刻变化的。有很多时候，他自己也不了解他自己。否则，柏拉图就不会说：了解你自己。"

他纠正道："不是柏拉图，是苏格拉底。"

"这不重要。"李帅被雪茄烟呛得咳嗽了一下。"我的性格中，有很大的赌的成分。记得我在美国的时候，某次遇到一位喜欢赌球的同好。他在华尔街供职，算是华人中的成功者。他提议摆脱中介，与我对赌，我答应了。他说他赌 A 队赢，我说那我就赌 B 队。他说他押一千，我说我押一万。他惊讶地反问我，你有没有搞错？我说的是美金。我说，我说的也是美金。结果，他退却了。我说，开弓没有回头箭。你如果退出，必须付百分之十的手续费。他付给了我一百美元，灰溜溜地走了。"

方兴捏动指关节："寓言总是要说明什么的。"

李帅一语道破："要赌就赌大的。"

"有多么大？"

"你目前的位置。"这是李帅所谓的第一目标。他经过综合的分析，认为中国最好的职业，就是做官。许多科学家、学者、教授，一旦当了官，就不肯回头，并且乐此不疲，就是明证。

"当年万里觅封侯，匹马戍凉州！"他朗朗念出陆游的这两句词。"有志气！"接着，话锋一转，"你没在权力场中跋涉过，所以不懂序列。"他拍拍自己的皮转椅，"这个位置是正厅级。你目前勉强可算正处，中间差着一个'副厅级'的台阶要爬。"

"你只要想，便可以做到。"李帅一开始，确实想用 KG 换一个副总。但方兴需要政绩，因此隐瞒有关 KG 真实情况的做法，使得他有机会提高目标，一切都在互动中。

他锋利地反击："我要是不做呢？"

李帅的回答也很坚硬："那你将得不到KG，永远地得不到！"

"隆德集团是一个庞然大物。大者不死。KG不过是隆德的一部分。"

李帅直指其要害："与此同时，你将丧失你一生中最后一次提拔的机会。"

他回避掉有关自身的问题："中国是法治国家。如果你一意孤行，你将被绳之以法。"

李帅不屑地说："你不会这样做。"

"我奇怪你凭什么如此肯定，本人毕竟是一个受过党多年教育的干部。"

"如果你确实是一个有觉悟的人。那就不会一直隐瞒此事。明知后果，故意不做，在法律上被定义为间接犯罪。"

"推测是不能上法庭的。"

"我确实不能证明。我能证明的只是，你不会这样做。"李帅决定将他彻底击垮，"甲乙两个人共同犯罪。被捕后，被分别关押、审讯。法官开出的条件是：如果你交代，将被减刑为三年。如果你不交代，而对方交代，则按照法律，被判刑十年。结果呢，甲乙两罪犯分别选择了交代。你知道为什么吗？"

他当然知道这个博弈论中的著名案例，也当然不会回答。

"最好的结果甲乙都不交代，双双无罪开释。最坏的结果是甲交代了，而乙不交代，乙被判十年。或者乙交代了，而甲不交代，甲被判十年。他们之所以都选择了交代，因为他们这时候想的，不是追求最大利润，而是把风险降低到最低限度。这就是著名的'囚徒困境'。"

他探明了李帅的底细之后，决定用缓兵之计："那好。你在召开记者招待会的同时，送审KG样品。"

李帅却要彻底澄清："我是否可以认为此乃承诺？"

他慢悠悠地说："有些事情只能心领神会，一说便俗。"

"封官许愿乃你们这些一把手的看家本领，一个金光灿灿的正厅职位，怎么会俗呢？”李帅此刻急需要认证。

方兴郑重地点头："可以这样认为。”

李帅高兴之情，溢于言表。

“个体的动机如何形成宏观的经济行为？为什么一个民族会聚集成一个国家？为什么特定的货币需求，会引发金融危机？为什么学校里男孩总是和男孩在一起，女孩和女孩在一起？”

李帅有些莫名其妙。

“所有这些‘集聚’行为，可以看作一个多人囚徒困境非合作博弈的均衡解。”

李帅很惊讶地看着方兴。他从未遇到过任何一位官员，能讲出这样的话来。

“当囚徒困境从双人扩展到N人的时候，决策主体便会结成联盟，互相合作。这样做，无疑优于每次都选择‘绝对自私’的策略。当合作确有较大利益的时候，参加联盟的人数，就会像滚雪球一样迅速增加。”方兴看着李帅说，“这不是我的发明，而是二〇〇五年诺贝尔经济学奖获得者奥曼、谢林的理论。博弈论和任何事物一样，不是一成不变的。”

“每次与方总交谈，总是受益匪浅。告辞了。”李帅说完起身。

孙浩在上世纪八十年代，因为走私罪被起诉。林恕运用他的影响力化解了此事，并将他安排在了宁水。但这以后，他从来没有动用过孙浩。所以他认为孙浩是安全的。

孙浩遵从其指示，安排了一个很简陋的房间，家具也都是旧的。孙浩给他做了一个新身份证，名字叫许大雷。他走到床前，发现铺盖看上去虽然旧，但质量很高，便让更换。

孙浩赶紧说："听说您老，对寝具要求很高，所以……”

“袁因被杀，警方一定会展开拉网式调查。这些家伙，眼睛毒得很。稍不留意，就会万劫不复。”

孙浩赶紧说："我马上去办。"

因为一路想心事，散步归途中，方兴竟然走错了路。

"从来没有见过您找不着北！"丁尼笑着说。

"其实这世界上无所谓南，也无所谓北。这些都是人为定义的。"他停住，"钱、官、名，所有这些东西，其实只有一个名字：好处。经济学上叫作收益。最小的成本，获得最大的收益。这才是目的。"

"只要把KG作为成果公布出去，股票价格一定会涨。因此一定会盈利，钱是硬道理，钱就是业绩。有了业绩，谁也不能把您怎么样？"丁尼利用一切机会，巩固方兴的信心。

"我不担心KG本身，而是在KG周边发生的许多故事。检察院一直在围绕着这些做文章。水滴石穿，总有被揭露的一天。"他发出信息。

"只要李帅把KG的样品送审，一旦审查通过，便云开雾散，检察院也就没有查头了。"

"检察院这些人，绝非等闲之辈。尤其周鞍钢。"见丁尼并没有完全领会他的意思，他只得说明。

"听了半天，我终于听懂了。你是叫我去对付周鞍钢？"

"一个大的经济活动，总会有些人在其中做些文章。比方我，需要的是政绩。需要政绩，并不违法。有些人则不然了。"虽然没有证据，但他相信丁尼一定建立了一些老鼠仓。

"对付人，尤其是男人，是我的强项。可以先从……"

"我不要过程，只要结果。"

周鞍钢正在书房内接听徐纲的电话时，张琴进入。他不予理睬，继续谈了好几分钟，才放下电话问："你有什么事？"

她不满地说："你当官都当出病来了。是我，不是你的下级。"

他这才回过神来:“你是我的上级,我的第一个上级。”

“第一个上级?”

他笑着补充:“你是我第一个上级,同时也是唯一的上级。”

她笑着将股票折子递给周鞍钢。

他一看就急了:“你从哪里搞到二十万块钱?”

“搞?你给我好好看看?我把房子抵押了。”

“咱们的房子?”

“不是咱们的,还能是谁的?我想把你爸爸的房子给抵押了,他干吗?”

“老爷子住的是干休所。是军产,不能抵押。”他用折子拍击着桌面,“玩儿股票、玩儿股票,关键就是这个‘玩’字。你倒好,把房子给押上了。这就不叫玩儿股票了,而该叫作玩儿命了!”

“哪有那么严重?股票又不是期货,不会一下子赔光的。”

“你还知道期货?”

“现如今,大家在一起,拉家常,说子女,但最后都要说到钱。”

“你想让儿子上好学校,这心情我完全理解。我也很感谢你,你对这个家庭的贡献,无人可比。”他拉住她的手,“但是我有一句话想说在前面,炒股票老百姓是很难赚到钱的。”

“有内部人士告诉我,大行情马上就要来了。”

“一九九八年那拨大行情的时候,徐纲说那是一个想不赚钱都做不到的时期,千载难逢,并拼命说服我入市。最后怎么样?”他打开窗户,“最后他跟我说,在一个想不赚钱也做不到的时代里,我却天才地做到了。”

张琴认为是徐纲的操作技术有问题,说她已经买了好多关于股票的书和光盘。

“我还买了聂卫平的全部围棋教程,但还是下不过高检去。你要知道,炒股的关键,不在于技术和资金,而是一个不断地和人性的弱点做斗争的过程。”他见她认为他是故意往“玄里说”,便强调道:“贪婪是人性的弱点,赚了还想赚。直到赔光为止。”

“绝对不会！我是为了儿子。这是一个很高尚的目的。”

他见她已经不可理喻，便说：“天要下雨，娘要嫁人。这都是没办法的事。不就是套房子吗？你玩儿去吧！顶多是从头再来。”

宁夕见李帅在吃饭过程中，离席去卧室接听电话，便知道事关重大，于是蹑手蹑脚地过去，伏在门上偷听。可她只听到“我马上就过去”一句。

他出来后，说要去讨论明天举行记者招待会的细节，然后穿衣准备走。

她帮他穿风衣：“该不是去会哪位女士吧？”

他在她光洁的额头上轻轻地吻了一下：“没有女士，只有你。再见。”

她的目光，随着李帅的消失，变得阴毒起来。

苏群相信林恕一定在宁水。在这个思想的指导下，出动全部警力。在全市展开了拉网式的搜查。

李帅告诉秦芳：“明天的记者招待会上，将公布 KG 接近成功的消息。这个消息加上大量的资金配合，隆德股票最少也会有五个涨停板。”日前，他曾经让她准备三百万块钱，建老鼠仓。故有此说。

“你真好！”她亲昵地说，“这年头，还有比钱更重要的吗？当然，也为了你对我的一片情。到时候，我分给你百分之五十的利润。”

他往床上一躺：“我不要钱，勾销海北所欠债务就是了。”

“你还我，我还不要了呢！”

他笑着说：“此绝非秦芳作风。”

“我不要钱，我要你这个人。”她伏在他身边说，“等把这钱弄到手，他们的警惕也放松了。咱们就带着配方溜之大吉。”这是她的小算盘，也是大方针，李帅是不能缺少的，林恕却可以替代。即使无法摆脱，掌控住李帅，也能增加自己的分量。

“我若是不走,你又当如何?”

“自有办法。”

他矜持地笑笑:“绑架我?”

她翻到他身上:“我才不用那些笨办法呢!”

他推开她:“来的路上,我看见警车穿梭,似有大行动。”

“你又不是在嫖娼?”

“他们肯定不相信,会把咱们两个分开。到时候,我应该管你叫秦芳,还是徐远芳?说错,就成了嫖娼了!”

“在宁水,我就叫秦芳。”

他还是犹豫:“我还是走吧。林恕就住在旁边。万一……”

她伸手关灯:“胆小坐不得将军座,胆小带不得美人归。灯下黑,他们绝对想不到我还住在这。”

因为方兴去了省城,丁尼干脆把申井约到方兴的别墅。申井不肯在丁尼的房间里同床共枕,而非要到方兴的大床上去。

她拗不过他,只好同意。但还是小心翼翼地在原来铺盖上,覆盖了一新床单。

两个人翻云覆雨一番之后,他问与方兴相比如何?

其实不相上下,但她还是说有天壤之别。

“我给你老板的计划,是拉升百分之五十。咱们到了百分之二十的时候,就往外卖。这时,他还不知道,还在一味地吃进,咱们卖给他们。等到了顶端,存货也就出干净了。到时候,咱们两个神不知,鬼不觉就都发了大财。”他认为性满足后的女人都很傻,便和盘托出大方案,“一不做,二不休。你干脆把戴平的钱,再借给我一部分。囤起来。”

“那就不叫老鼠仓,而应该叫老虎仓了。再者说,钱都被你用了,方兴拿什么买股票？”

“他一买，股价就会往上走，咱们卖给他，不就变了现？还给他就是了。”

“规模太大了，会引起证监会的注意。”她绝对不傻，根本就不会再往申井处投钱。凡事都有度，过犹不及。

“这么大规模，谁能查清楚？大雪无痕。想当年，我在南方证券，一下就卷了他半个亿。谁也没把我怎么样。”

“如果被检察院抓住，便是刑事犯罪了。”

“你要这样想问题，天塌下来，有大个子顶着。就算检察院来查，方兴肯定比咱们着急。一着急，就会不惜血本去活动。最后一切都消弭于无形了。”

听见警察敲门，李帅惊慌地坐起来。

秦芳却很稳，小声说：“我是主人，我来应对。”然后裸体披上一件浴袍就去开门。

警察查验完身份证后问：“宁水人干吗住在宾馆？”

“我没房子，从来都住宾馆。”秦芳斜靠着柜子说。

警察把身份证还给秦芳，指着还在床上的李帅问：“这位是谁？”

“我的男朋友。”

警察查验李帅的身份证后，询问工作单位，并将相关资料记录在案。

因为林恕的住地，是一大片老楼房。拉网式搜查，需要很多的警力，故而调来了一些联防队员。

林恕很坦然地将自己的身份证交给警察。

警察示意联防队员验证，自己在屋子里巡逻检查。转回来之后，听联防队员说查验无误，说了句“对不起。”就走了出去。

他从警察的眼神中看到了什么，片刻之后就跟出去，试图偷听。

警察一出楼道门，便低声说：“此人有问题。你别回头，他一定在窗户上窥视。”

联防队员紧张起来:“什么问题?”

警察越发低声:“他说他是一名工人。工人哪有穿纪梵希皮鞋的?一双鞋就够我干半年的工资,再说他的轮廓和林恕很像。你在这把守,我去通知人接应。”

林恕听完,迅速返回。这双鞋,是纪梵希的休闲鞋。一来因为合脚,二来是以为没有人会认得这个品牌,没想到在这上面漏了馅儿。他拿出早已经准备好的绳子,从后阳台溜下。落地之后,他朝着最近的一片树林奔去。

眼看就要进入树林时,警察持枪拦住去路:“我就知道你要从这走,举起手来。”

见他很老实很害怕地举起手,警察多少放松了警惕,去掏手铐。这就给了林恕开枪的机会。

两声极轻微的声音之后,警察倒下。他不慌不忙地越过警察的躯体,进入树林。

张琴将一张软盘递给周鞍钢,问他会不会装软件?

“废话。不会装软件,还敢当局长?”接过磁盘一看是正版的股票分析系统软件,他又说,“你还挺有保护知识产权的意识的。”

“我怕盗版的出错,误了大事。就花好几百元买了这个东西。”

“你这真是戏台上卖豆腐,买卖不大,架势不小。”他话音未落,徐纲的电话就来了,说李帅与一名叫作秦芳的女子在皇朝大酒店,2226 房。

几乎没有任何过渡过程,他就将此与林恕所住 2228 房联系起来。

徐纲不由得惊叹道:“材料浩瀚如烟, 我还是用电脑查出来的。您真是天才!”

“我哪里是什么天才,我只不过把别人喝咖啡的时间都用来调查罢了。”他把磁盘扔还给张琴,“召集有关人员碰一碰。”

她拿着磁盘追过来:“你不给我装了?”

他头也不回地说:“悠悠万事,惟此为大!”

丁尼将两张打印纸的有关周鞍钢的材料递给方兴:“我看您过虑了。咱们的所作所为,均在合法与非法之间的,没什么大不了的。”

他看着材料回答:“人欺骗自己的能力,几乎是无限的。”

见他反复地阅读,她说:“这材料,是我写的。这个人似乎无懈可击。”

“无懈可击的人是不存在的。研究之,不懈地研究之,总能突破。”他头也不抬地说,“我认识一个人,被关在一所戒备森严的监狱里。二十年徒刑,他用了整整十年研究越狱。最后终于成功了。”

“从地道出去的?”

“纯粹是美国电影里的胡说八道。他趁一个下雨的日子,披上警察的专用雨衣,从大门口走了出来。”

“就这么简单?”

“简单吗?”他拿一支笔,在材料上画了一个圈,“看似简单,其实不简单。从什么地方弄雨衣,谁是一个马虎的人,必须等到第一道岗、第二道岗,一直到最后一道岗,都是马虎和比较马虎的警察值班时,才开始行动。”

“此人现在何处?”

“很可能在马尔代夫之类的地方,颐养天年。面壁十年图破壁。”他把材料沿桌面推给她。

丁尼翻开立刻看到“张琴”、“股票”两个词,被红笔圈住:“我怎么没想到?”

“周鞍钢这个人,很是硬。正面突破不行,就要迂回。”

她点头。

会议一直到凌晨才结束。苏群拼命地活动着酸疼的躯体:“这是本局长有生以来,最长的不眠之夜。”

徐纲笑着揭穿道:“我最少看见你两次打盹,所以不能算是无眠。”

苏群说:“某人得了癌症,他女儿在照顾他。一次,此人的一些亲戚,也就是这位女儿的姑姑、婶婶之类的到医院看望他。癌症病人到了晚期,自然是惨不忍睹。所以在吃饭的时候,谁也吃不下去。可唯独这位女儿吃得很多、很自然,姑姑、婶婶就批评她。她一声不响地把最后一口饭吃完,平静地说:父亲病重,最悲痛的应该是我。你们当然也悲痛,但悲痛完了,你们就会回到你们的生活中去,而我下午还要去上学,完了之后,要回到医院值夜班。就这样,日复一日,周复一周,已经一年了。所以,我就要抓紧一切机会,尽量地补充能量。”

周鞍钢插入:“苏局长把咱们比喻成那些喜欢挑刺的姑姑、婶婶了。”

徐纲转移了话题,对林恕之流为了钱,舍生忘死,表示不解:“姜育恒唱得好,问世间,情为何物,直教人生死相许。把这里面的‘情’字,改成‘钱’字,形容这些人,真是再确切不过了。”

苏群得意地指出徐纲的错误:“检察官也会出错。写这词的不是什么姜育恒,而是金庸!”

周鞍钢笑着说:“不光检察官会出错,公安局长也会出错。你说对了一半,确实不是姜育恒,但也不是金庸。”

苏群不服:“不是金庸是谁?”

他居高临下地说:“是元好问。金人元好问!”

苏群摸了一下脑袋:“元好问?我没听说过。”

秦芳万万没想到的是,宁夕居然敢找上门来。而且一进门,就径自坐到沙发上,理直气壮地说:“我想,我没必要作自我介绍了吧?”

秦芳立刻就镇静下来:“完全有必要。”

“我是李帅的未婚妻宁夕。”

她不屑地说:“噢,是未婚的妻子。这不是一个法律上的身份,我完全有理由也如此自称。”

宁夕压住自己的怒火:“我认识李帅已经十年。而且有四年的同居历史。”

“噢，资深未婚妻！”她越发不屑，“四年？四十年的夫妻分手的也大有人在。”

宁夕在气势上，显然输了一筹：“我和李帅，有着千丝万缕的联系。他和我在一起，原本如同生活在天堂里……”

“你的到来，已经说明了一切！”秦芳反唇相讥道，“天堂？一个无法离开的天堂，就是地狱。”

宁夕语气更软了：“把李帅还给我吧。”

“这请求过于荒唐。”她指着宁夕说，“李帅不属于你，他是一只原野里奔跑的鹿，天上飞翔着的鸟：谁的手快，他就是谁的。”

宁夕的语调中，已经带有哀求的成分：“你比我年轻，你比我漂亮，你还有很多机会。而我，可能只有这一个机会了。”

她无情地说：“我确实会有很多的机会。起码要比你多。但眼下，这是一个最好的机会。我是不会放过的。他有地位、有学问，也有金钱。”

“绝不放过？”

“绝不！”她的回答斩钉截铁。

“我要是用东西和你换呢？”

她戏弄道：“这要看是什么东西了？”

“KG。”

她笑起来：“你这话，小孩都骗不了！你不能用我的东西来换我的东西。我有李帅，就有一切。”

“我承认李帅掌握着配方，而且只有他一个人掌握，这也是他聪明的地方。但你别忘记，我也是学化学的。我明白一个基本道理，我想你也应该明白。”

秦芳不让她继续说：“我不喜欢听道理，从小就不喜欢。”

宁夕正色道：“一个很善良、很贤惠的女人，不一定能有好的归宿。因为这些品质，男人们不一定能看出来。而像你这样，有一副好面孔的女人，即使蛇蝎心肠，也能过上好日子。”

秦芳笑着说：“这话听去很像赞扬。修炼一副蛇蝎心肠，要比善良、贤惠难得多。价格市场定律,越是稀少,就越是值钱。”

宁夕的语气严厉起来:“这不过是一个比喻。配方就是内在的品质,样品则是好面孔。要想卖一个好价钱,没有样品是不可能的。”

她感觉到宁夕可能确实掌握着点儿什么,便试探性地反驳:“面孔天生,样品是可以做出来的。”

“样品确实可以做出来,但这要时间,要金钱。而这两样,你们都没有。”

她从宁夕的神态上,就判断出她确实掌握着样品:“你就算拿来,我怎么鉴别真伪呢?”

“李帅认识。”宁夕回答很简单,“我用它和配方,来换李帅。”

“你或许有样品,但绝对不会有配方。配方在李帅的脑子里。”

“KG的配方,并非‘汤头歌’里的中药方,朗朗上口,可以背诵。它是一整套数据资料,一个很大的文件。这个文件,他一定以某种方式,放在什么地方。”

她试探性地问宁夕如何拿到它。

宁夕厉声说:“这是我的事。我拿到以后交给你,你从此消失。”

她想了一下后说:“成交。”她伸出手。

宁夕没有伸手,冷冷地说:“你等我的通知。”说罢,离开。

周鞍钢与徐纲、那红看了两遍隆德集团的记者招待会的录像,李帅声称:KG即将通过鉴定。不日就可以投入生产。然后方兴出面证实。

记者的提问,基本上由李帅回答。但关键处,都有方兴佐证。整个过程,十分严谨,滴水不漏。

那红首先说自己的观感:“李帅不可信,但方兴毕竟是一级领导。这么一来,咱们的侦查工作,起码在理论上丧失了意义。所有的侦查,都是围绕着KG展开的。现在它已经不成问题了,公开了,不成为秘密了。”

徐纲立即反驳:“一个荒谬的理论。不能因为某个人是某一级领导,就相信他。”

一直在看股市版面的周鞍钢中断两个人的争论，指着K线图说：“股市这东西真是敏感。他们的话音未落，它倒跟着动起来了。”

徐纲说：“周局这是‘王顾左右而言他’。”

周鞍钢已经有了基本构思，于是要两个人不要纸上谈兵了，按照计划，去找有关人员谈话。他让那红去隆德，徐纲去商业开发银行。

那红提议两个人对换，原因是贺新辉在商业开发银行工作。

“贺新辉？何许人也？”周鞍钢问。

徐纲讽刺道：“周局刚喝完喜酒，就把人家的名字给忘了。”

周鞍纲拍拍自己的脑袋：“看样子，这东西该重新格式化了。”他指着两个人说，“换。可以通过小贺了解内幕。”

徐纲做出了假设：“倘若是银行没问题，小贺以后还在那待不待？”

周鞍钢不同意这个说法：“你们是代表组织，光明正大去工作的，不是偷偷摸摸的间谍，自己要理直气壮。再进一步说，如果被查的对象是好人，就没有关系。好人是得罪不下的，如果是坏人，正好将其绳之以法。”

按方兴的说法：人与人之间，至多隔着六个人。丁尼却连三个人都没有用，就接近了张琴。很快，就成了朋友。股市如同医院，股民则如同患同一种病的病友，极容易接近。

随后，她就把张琴领进了大户室。张琴很自然地对室内的豪华装饰、现代化设备，表示惊讶。丁尼单刀直入，问张琴战绩如何。

张琴一脸愁云地说自己作短线几进几出，光手续费就赔了好几百。根本不敢对太太说。

丁尼笑着说只要张琴听从自己的指示，保证在一星期之内，增值百分之十。见张琴的眼睛都亮了，她又说这不过是最保守的估计。为了打消张琴的怀疑，她公开了方案：“我把你的钱和一个大庄家捆绑在一起，很随便地就把那钱拿到手了。中国的股市，从来都是强庄的天下。”

张琴听完后,兴奋表情消失了:"这是利用职权,要是让我先生知道了,肯定不让。"

"别告诉他就是了。"她劝说道,"人总有一点瞒人的事。再说这又不是偷情,是在给你们家谋福利。"她不给愁眉苦脸的张琴以喘息的机会,取出一个笔记本,在上面写下几个代码,"明天你就买这几支股票,尽你的能力吃。后天开盘之前,你再按照我给你的价格往外卖。"这是她设计的第二方案,所写的全都是医药板块中的股票。

"鞍钢讲话:这不是别的,这是身家性命!"

"萍水相逢,我有什么必要害你?"

"可这是以权谋私啊?"

"这钱一直攥在你手里。从来没离开过你,根本不存在着什么以权谋私的问题。说破天,我给你的不过是一些消息而已。"

方兴与周鞍钢同步,都在研究隆德的股票曲线。不同的是,这些曲线对周鞍钢来说,是破案的线索。对他来说,则是生命线。故而他很投入,静音电话的灯亮了好几次,才接起来。

来电的是祝启昕的秘书小栾,他通知说:方兴的提名,已经在常委会上通过,考察组下个星期到,并且说此乃祝公在常委会上力争所得。

方兴感激地说:"祝公是老人了,一言九鼎。"

栾秘书则说:"可此刻是落叶缤纷啊。快到二线了嘛!"

日前方兴去省城,就是通知祝启昕,他已经代他买入一些隆德公司的股票。当然,他不会忘记栾秘书。但这些事情,是不能说,也不用说的。他只说句"大恩不言谢"的套话,就挂机了。

秦芳根据林恕的指示,来到了他藏身的山洞外。按照约定,发了三次信号,也未见他出来,只好坐在一块石头上。一坐下,她就发现后面有人。跳起来后,才发现是林恕。她埋怨道:“吓死我了。”

他没有说话,在几分钟内,就将她带来的一大包食物,狼吞虎咽地吃完。她很惊讶地说:“你吃掉了一个人三天的食物。”

“所以我可以三天之内不吃任何东西。”他起身,拍着她的肩膀说,“后勤支持最重要。”

她忧心忡忡地说:“以前也真没想到事情会变成这个样子。要是知道,也就不会参加了。”

他把手电关闭,洞内顿时一片漆黑:“你没想到,我可想到了。事情总是在变化的。”

她尽量装出可怜的样子说:“长此以往,如何受得了?咱们还是走吧。”

他鼓励道:“揭锅盖的时候,马上就要到了。”

“揭开锅盖,里面要有配方才行。可配方就在李帅的脑子里,总不能挖出来吧?”她做可怜状,就是想诱使他说出取得配方的办法。

他很自信地说:“我有办法。”

丁尼坐到沙发上,把鞋脱下,不停地揉搓脚:“我头一次到香港,整整逛了一天的商场,回去抱着脚就是哭。今天又有了这感觉。”

方兴不接话茬儿,直接问:“怎么样?”

“疼极了。”

他眉头一皱:“我问的是股票的情况。”

她不敢再表现委屈:“已经吃进的差不多了。”

“吃进差不多,就要慢慢地往回吐。如何还仓,你有什么方案?”

“直接打到咱们账上就行了。”

“一位财务专家、大型企业的财务主管,如何能说这样的话?生产队的会计还差不多。”训斥完,他讲了一个故事,“我插队的时候,种过一阵高粱。六十天还仓。因为日月短,没有营养不说,还是酸的,喂马马都不吃。”他拿出一张磁盘,

“这是我委托一家会计师事务所编制的财务报表，很好的利润指标。现在钱也有了，关键是怎么从股票收入转变成主业收入。”

“我已经虚构了一些贸易合同、单据凭证，完全可以把账轧平。”

他敏锐地指出光有这些是不够的。因为钱不能直接从鼎立基金转来。需要一个中间“过桥账户”，也就是中介账户。

她没有想到，在如此之短的时间内，他就成了内行：“我已经安排好了，麦建的远大生物制药公司。从申井的鼎立基金，转到远大生物，再从远大生物，转到隆德制药，名义就是远大生物买咱们的药。这样就进了咱们的账，可以拿给人看了。”

他微微点头。

她接着提出一个关键的技术问题：“银行是必经之路，怎么也绕不过去。申井那里的钱，必须拆分成一单一单的小额销售资金，然后才能进咱们的账。要是没有它的进账单，审计、税务关都过不去。”

他坐到沙发上：“你们底下推不动的东西，就要在高层解决。我有安排。”

张琴在股票交易大厅的刷卡机上看自己的余额时，吓了一跳，匆匆走出交易所找到丁尼，问她是不是搞错了。听丁尼问是否少了钱后，她说：“一共两天，两次交易，我的账上就多出来两万多。”

丁尼调侃道：“少了怕，多了还怕？”见她还在担心无法向丈夫交代。就说，“你这个人，也真是的。你愿意卖，有人愿意买。面都没见过，怕什么怕？”

她想想也是，便说：“公平买卖，谁也不用怕。”

丁尼叮嘱道：“别瞎操心了。再有两天，把咱们侄子上学的钱挣够了，就不用干了。账户一销，神不知，鬼不觉。”

她已经完全被牵引，除了感谢之外，什么都不会说了。

丁尼立刻向方兴汇报：“她上钩了。这钱一到她账上，她想退都退不出来。这给你去了一块心病。”

方兴没有如此乐观:“你太不了解周鞍钢这个人。”

丁尼则以为自己的计划天衣无缝:“他也许是个刚正廉洁的人,可要是把他的老婆、儿子都拉上,那就是张天罗地网。”

“但愿吧。”他看看表,“老戴也该来了。”

丁尼知趣地回避。

贺新辉见那红来了很高兴,拉着她出去吃午餐。当那红在餐桌上,提议他协助调查时,他以为不合适:“企业和你们机关不一样,你们机关这个走了那个来。不管和你关系好不好,工资总是少不了你的。而我们企业,就和一个大家庭一样,它的钱多了,大家才能多分钱。而分钱的权力,都在戴行一个人手里。”

“张嘴钱、闭嘴钱,太庸俗了!”

“不是我要说钱,而是它太现实,咱们买房总要钱吧?”

她回答很干脆:“没钱就不买呗!”

“不买房,也就算了。可要是让戴行知道了,我就要下课。”

“他要是好人,就不怕查。你们每年不还专门请审计来审吗?他要是坏人,就应该把他挖出来。”她在转述周鞍钢的话。

他文绉绉地说:“你只说了两种可能,而实际上有N种可能:第一,他是好人,但是一位心胸狭窄的好人,这样,我也要下课。第二,他是个坏人,你们又没办法清除掉他,这样,我更要下课。第三……”

“你有完没完?”她不高兴地说,“你张嘴、闭嘴都是我、我的。你怎么不想想国家、法律?还有你自己的良知?我记得你曾经是个热血青年,什么时候变成了这个样子!”

“热血青年也会老去。少年弟子江湖老,红粉佳人白了头。”

“你把自己当成老头不算,还把我当成老太太。我不吃了!”她生气地把筷子扔到桌上。

他禁不住这番猛攻,想想又不是什么坏事,就说:“我干就是了。”

她赌气地说:“我不用你了!”

他开玩笑道:“我求求你了。”

她瞬间破涕为笑:“我勉强接受你。”

他掏出钱结账:“没有我,你们还真不知道该从哪下手?”

她似嗔非嗔地说:“说你胖,你就喘。”

待价而沽的戴平,听完了方兴的方案后,以央行连续发布《金融机构反洗钱规定》《人民币大额和可疑支付交易报告管理办法》《金融机构大额和可疑外汇资金交易报告管理办法》三项法规为由推脱。

方兴浅浅一笑:“关于公款吃喝问题, 八十年代以来中央发了多少文件,何曾能管住? 空间总是有的。”

“‘一规两办法’,可操作性强,几乎没有回旋的余地。”戴平大口喝着茶说,“若干个亿借给你,还说得过去。因为你们隆德是国有公司,有可抵押的资产。虽然其中很多是不良资产,但不良资产归不良资产,我可以看不出来。但你从某个证券公司,一下子转过来那么多钱,让我拆分成若干小额资金,并冠以别的名目,这一旦被查出来,我这顶帽子可就一去不复返了。”

“规定的出台,增加了难度,这我承认。增加难度,就增加了成本。这增加的部分,我可以以现金的方式平衡掉。”

“如果平衡的力度足够,可以想办法操作。”

他在一张纸上,写下一行字,递给戴平。

戴平脸上露出一丝满意的笑容:他翻过那张纸,也在后面写下一行字:“银行术语:这叫背书。”

他看了一下后面的字:“这家银行在什么地方?”

戴平说:“此银行在卢森堡。卢森堡是这个行当里的一匹黑马,目前还不太被人认识。它不像列支敦士登那样名声昭著,很安全。怎么,给你也开一个?”

他没有回答,小心地把那张纸,锁进抽屉。

“听说,省里要来一个考察组?”

方兴反问道:“你没有听说是考察谁?”

“你大概已经失去讲真话的功能了。既然你不愿意说,我也就不再问了。但有一点我要告诉你,你我这个岁数,如果还在厅局地市这些个位置上,那么到头来,也不过是一个风尘俗吏。远不如手中有粮,心里不慌!这人啊,最起码应该做到狡兔三窟。其实三窟都少,应该有敦煌那么多的窟。”

方兴无动于衷地听着。

第十九章

检察院旁边,有一个大池塘,池塘内有不少的鱼。因为经常有人驻足观赏,顺便喂喂鱼。渐渐地就有人在旁边摆起了小摊,专门卖鱼食。

周鞍钢也买了两袋,他递给高策一袋。

高策不要:“你喂,我看。”

鱼食投入池塘中,鱼很快地聚拢起来,最后竟然扎成了堆。周鞍钢来了兴致,又买了几袋,投放到鱼群的旁边,鱼群立刻在新的投放地扎成堆。他又改变投放地,如此重复,鱼群渐渐地被他带到很远的地方。

“好玩儿。真好玩儿。”所有的鱼食都投放完了之后,他拍拍手说。

“有人这样评价沈从文:星斗其文,赤子其人。”高策笑着说。

“高检过奖。”

鱼群很快就转回了出发地。因为那是观众最多的地方,也就是食物最多的地方。

“你说,这里面有没有大鱼?”高策问。

“应该有。”

“不是应该有,而是一定有。”高策指指池塘深处的一团小浪花。

“可我喂食的时候,怎么一条没看见?”

“大鱼不吃你的鱼食。”

“不吃鱼食,它吃什么?”周鞍钢很纳闷。

“它吃小鱼。”

周鞍钢望着高策，体会着此话之含义。

“鱼这种东西，你一直喂，它就一直吃。到最后，能活活被撑死。”

为了推波助澜，丁尼收买了省内最著名的股评人，素有“焦铁嘴”之称的焦克。收买的成本之低，使得她相信了方兴“凡是写如何赚钱、当官、作文的书之人，都是赚不来钱、当不上官、作不了文的人”一说。但赚不来钱，并不等于他不能帮助别人赚钱。他数次在各档节目中，推荐医药板块之时，巧妙地不露痕迹地提到 KG。

当然，光有一张铁嘴作用不大，媒体上也连篇累牍地刊登出此类文章。这也是方兴的指示：谎言如同企业，规模越大，效益越高。但对于普通人来说，一旦超过限度，自己就会害怕起来。

所以隆德股票，在强势媒体和雄厚资金的配合下，攀登上一个又一个高峰。

张琴边看股评，边用计算器计算自己的股票市值。最后得出二十八万八千元的总值。她有些不相信，核算一遍又一遍，还是这个数字。欣喜之余，她打电话给丁尼，报告这个好消息之后，说准备把股票卖掉，销掉账户。

丁尼当然不想这么快就让这条鱼脱钩，就劝阻了几句。

但她坚持要卖——儿子的麻烦解决之后，她就想起了丈夫。这两个男人，是她生命中最重要的。

丁尼拗不过她，只好说：“也好。知足者常乐。”

作为一名检察官，周鞍钢觉得自己最大的本事，就是能够迅速缩短与调查对象之间的距离，让他说出心里话来。一般人总以为，检察官就是盘问犯罪嫌疑人，挖出真相，从而把他送上法庭。其实，这只是工作中很小的一部分。大部分时间内，他们都是在与“嫌疑人”周边的人打交道。

今天，周鞍钢就成功地让顾铮，也就是隆德药业前总工程师说出了心里话。

顾铮介绍说:“一个新药的开发,绝对不亚于一个大型软件的开发,要用很多的人力物力财力。总而言之,是一个系统工程。”就周鞍钢“李帅是否此系统之核心”的提问,他慢悠悠地回答:“他很有才华,很善于总结别人的成果。”

他从顾铮的语气中,敏感地捕捉到此话有“窃取”的意思。但他没有直接追问,而是问这位生物系的高才生是如何到隆德公司来的。

顾铮显然被触动了心事,问道:“你喜欢看橄榄球吗?”

周鞍钢老实地说:“也看,但不太懂。”

“我最喜欢看。这是对抗性最强的运动。任何一次推进,都要付出巨大的努力。有时候,好几个人受伤,也不见得能前进几米。”

“这只球,是否指 KG?”

顾铮摆摆手:“KG 的研制,早就成了明日黄花。我说的是我。他们为了把我推出比赛场地,什么办法都用了。最后,我对他们说,你们要是把这些心思用在 KG 上,KG 早就研制出来了。”

“你为什么要退出呢?”他曾经仔细地研究了顾铮的材料。

“越南人,我这是随便比喻,是不能跟美国人玩橄榄球的。”顾铮心中最柔软的部分被触动。“且不说美国人玩儿这个东西,很有些年头了,就是体重也要差若干个数量级,那是一场力量不均衡的对抗。”

“把你推出场的是李帅?”

顾铮不屑地说:“区区的李帅?”接下来,他又依次否掉了于建欣、方兴。见周鞍钢还在追问,他突然问,“你喜欢研究历史吗?”

“喜欢而已,谈不上研究。”

“你知道岳飞是被谁害死的吗?”

他当然知道答案,但为了更好地维护谈话的平台,便说是秦桧。如果你总显得比调查对象知道得多,那你就很难得到完全的答案。

“秦桧?秦桧不过是一个工具,真正元凶是皇帝赵构。岳飞一句‘靖康耻,犹未血,臣子恨,何时灭’就让皇帝不舒服,要是把前皇帝弄回来了,他怎么摆放自己？”

“在你的故事里，这个皇帝赵构，由谁扮演？”他小心翼翼地问。

“人乎哉？非人也！”

他明白顾铮的意思是，他的对手，是一个利益集团。但还是希望知道得明确一些：“我一定替你保密。”

“我说不说和你保不保密没有关系。该说的，”顾铮站起来，“我都说了，就这样吧。”

他诚恳地握住顾铮很知识分子的手说：“谢谢你。”

顾铮似乎从他的手掌，感觉到他的真诚：“最后我想告诉你一个小常识。目前的禽流感病毒 H5Nl，正沿着一九一八年西班牙流感病毒相似的途径变异。病毒每次感染包括人类和其他哺乳动物，都会发生一次变异。而这些变异的方向，全都使得病毒更容易在人体内存活和繁殖。”

“消灭这些病毒，正是我们的责任。”周鞍钢很有信心地说。

顾铮摇头：“病毒是无法全部消灭的。而且病毒永远要比病毒学家聪明。因为它要生存。”

在猴群中，猴王的地位是至高无上的，它拥有整个群落中所有的雌性。一旦它发现，有其他雄性试图染指属下的雌性，便会拼死抗争。李帅身上，有着很强的“猴王因素”，他把隆德药业，看成了自己的领地。任何人插手，都必须驱逐。所以当他得知周鞍钢找顾铮谈话后，立刻来找方兴。他知道凭借自己的力量，不足以与检察院抗衡。

方兴听完，无动于衷地说：“检察院的工作就是怀疑一切。你可以把这次调查当作一次体检看待。查出病，就医治。没有病，皆大欢喜。”

李帅知道这话方兴自己也不相信，围绕 KG，不知道有多少问题。但这话不能说出来，尤其在自己打算用“KG 换总经理”的时候。于是，他起身说道：“也只好如此，‘既来之，则安之’了！”

方兴摆手让他坐下："你跟我要的东西，我给不了你。不对，这话也不完全，不是我不给你，而是上面不同意。"

他一听，就知道"总经理"当不上了。血压立刻上来了："为什么？"

方兴当然不会说具体的事情："干部这事情，很复杂。每空出一个位置，都有好多人在争取。上面自然要想办法平衡。这就是平衡的产物。"

他的脸更红了："你答应过我的。"

"此一时，彼一时也！"方兴从来没打算让李帅接任他的位置，甚至根本就没有向上推荐他。一来是李帅有太多的问题；二来，他认为他不具备资格不说，也没有领导的能力。当时答应，不过是为了让记者招待会顺利进行的权宜之计。

他身体紧绷："你在耍我！"

方兴不动声色地说："我根本就没有这个必要。"

他愤怒地说："如果你不以你的位置为诱饵，我就不会违心地召开记者招待会，去宣布KG已经成功。更不会把KG配方拿出来。"

方兴内心认为鱼吃诱饵，是鱼的错，而不是诱饵的错。但说出来的话，却很冠冕堂皇："KG是你的职务发明。如果它确实是你发明的话。所以你必须拿出来。你作为集团公司的一名干部，召开记者招待会，是你工作的一部分。"

李帅努力使自己平静下来："我所做的工作，最后都变成你政绩的一部分。"

"是的。如同别人的研究工作，最终要变成你的发明的一部分一样。我们每个人，都在一定程度上，为他人作嫁衣。我们在决定别人的命运的同时，我们自己的命运也被别人所决定。"方兴平静地回答，"一笔奖金、一幢类似这样的别墅、集团公司的副总经理，你可以挑选。三项都要，我也可以考虑。"

他已经完全平静下来："我只要总经理。"

"宦海风波无常，远不如当你的科学家。"方兴很耐心地说。

"任何一个当官的，尤其是像你这样，当大官有实权的人，都说当官没意思。狐狸吃不着葡萄，说葡萄是酸的，情有可原。可狐狸明明吃到了甜葡萄，却偏偏要说葡萄是酸的，这就是狡猾，这就是阴险！"他故意把烟灰弹在地毯上，"我跟你说实话。在中国，最好的职业，就是做官。这是我这两年才明白的道理。不说别的，就是你刚才试图给我的三样东西的前两样，一个科学家，一辈子也挣不出来。”

“你误会了我的意思。”

李帅强硬地说：“一点儿没有误会。如果你不给我要的东西，你也将得不到你要的东西。你‘国士待我’我就‘国士报之’；你视我为草芥，我就视你为寇仇！”

“高祖刘邦，曾经称韩信为‘国士无双’，可最后怎么样？你懂历史，我就不说了。”方兴语调平缓，但内容强硬，“但我相信本人作为一个组织的领导者，是有能力约束其成员的。”

李帅毫不示弱地与之对视。

周鞍钢将隆德的情况汇总后，率领徐纲、那红等，去向高策汇报。

详细的汇报，是徐纲作的。讲完之后，他加了一句自己的感想：“我真的没想到，小小的一个隆德公司，竟然这么复杂。”

高策笑笑：“麻雀虽小，五脏俱全。”

那红则觉得隆德特别像乌克兰的套娃：一个娃娃外面，套着另外一个娃娃。

高策问：“那最核心的那一个是什么？”

徐纲抢着说：“当然是KG。”

高策又问：“那最外面的一个是什么呢？”见无人能答，他就引用伟人一段著名的语录结束会议，“结论产生于调查研究的结尾，而不是开始。散会。”

周鞍钢知道高策已经完全明白了一切。他之所以不表态，是因为牵涉到方兴这一级干部，必须向省委请示。

李帅进屋后，用投掷动作，将包狠狠地扔向沙发。包中的东西，全都飞了出来。宁夕赶紧过去，边收拾边问：“怎么啦？”

他没好气地说：“怎么也没怎么！”说罢，就向卫生间走去。

进入卫生间后，他锁好门。踩着马桶盖子，从顶棚里面取出那个小包。然后，他坐到马桶上，打开小包。一层层包装被去掉之后，露出一块结晶体。

他仔细观察之，嘴巴里还喃喃自语："有你就有一切！就有一切！"

就在与方兴对视的那一刻，他已经做出了决定：卖掉KG。

在这之前，他的所作所为，就像足球在底线盘带。可这个决定一旦做出，那就彻底地出去了，且万劫不复。可他是个自信的人，相信自己的决策能力、计划能力，还相信自己的运气。

突然，他感觉到有什么地方不对。反复观察后，他脸色大变。他霍地起身，准备出去。但到了门口又停住。

他返回镜子前，默默地看着镜子当中的自己。慢慢地，他平静下来。

丁尼向躺在沙发上的方兴汇报："收入很不错。大概有一个多亿的进账。比去年增长了百分之十还多。"

方兴闭着眼睛说："再有两天，到了百分之十五，就可以谢幕了。"

她试探性地问："其实现在就差不多了，国民经济的增长也才百分之八多。"

"多出来的部分，要填补去年上报利润中虚列的那一块。"

她不以为然地说："陈芝麻，烂谷子，有谁会去翻腾？"

"揭开伤疤，流出来的血，永远是新鲜的。尤其是周鞍钢这个人。"

"通过张琴，我已经查明，他们的目标是对准李帅的。"她其实在说谎，"而李帅那边，不会有什么事。就算有事，往袁因身上一推，就死无对证了。"

方兴根本不相信这话。任何一个成功的公务人员，都不会对自己的亲属讲工作上的事。周鞍钢更不会，但揭穿她毫无意义，"低估自己的对手，是最大的错误。调查组的调查对象中，一定有法律部门的人，检察院无疑是首选。"

"让祝副省长影响他们一下，不就结了？"

"干部问题，除去一把手和组织部外，他人根本无法插手。"

"当官对你就这么重要？"

“李白有诗,‘若得酒中趣,勿对醒者言’。你没当过,所以不会懂。”

她不以为然地说:“没吃过猪肉,还没见过猪跑?官场上,处处都是陷阱。我看你就和一个扫雷的工兵一样,每走一步,都战战兢兢。你最喜欢打高尔夫球了,可到了这,也就打过一两次。别人送你一套杰尼亚西装,你很喜欢,但第一件事,就是小心翼翼地把人人都引以为豪的商标剪掉。你还喜欢开汽车,可连一辆跑车都不敢买。”

“你怎么知道我喜欢汽车?”

“在上海看汽车展销会的时候,你在那辆法拉利跑车跟前,流连不去。”

他很少被人窥破内心,所以必须掩饰:“好东西,谁见着了也喜欢。”

她不放松地追问:“这么一点儿无关紧要的小爱好,你就承认了,怕什么?”

他坚持自己的说法:“没有的事,是不能承认的。”

“我一开始,还以为你看上车旁的模特了呢。后来听你向车商提出的问题,都相当专业,方知你心中所想。还有,你喜欢抽雪茄,尤其是那种昂贵的古巴雪茄。那烟怎么也得好几百一支吧?”她自问自答,“好的恐怕还不止。可你不敢抽,人前人后都不敢抽。就是到了这里,你也不敢放松。你顶多是拿出来闻一闻,望梅止渴。何苦这么委屈自己呢?再者说,千里搭长棚,天下就没有不散的宴席。”

“也没有免费的宴席,除非你不想吃宴席。”

她坐到他身边:“你今年已经五十三岁了。满打满算,也就是七年了。何不趁菜最多的时候,打包一些。”

他没有回避她的亲昵:“怎么打包?”

她点燃一支雪茄:“莫非真要我教你?”

他似乎很无心地问:“打包之后,去什么地方?”

她把雪茄插入他的嘴里:“我有几个保险的地方。到时候,我陪着你。”

他喷出一口烟:“你?”

“对。我。我永远陪着你。白头偕老。”

他抚摸着她光滑的手臂:“我多大?你多大?能白头偕老吗?柳如是说钱谦

益,‘君之发,如妾之肤。妾之发,如君之肤’。悬殊太大了。”他趁她尚在回味,改换语调说,“当务之急,是制止检察院调查。”

丁尼不敢应承:“全面制止恐怕很难。”

“第一次中东战争是在以色列宣布建国的第二天才开始的。因为以方连一支正规的国防军都没有,所以阿拉伯联军认为可以在十天之内消灭以色列。但他们低估了犹太人的团结精神,也低估了世界犹太人,尤其是美国犹太人的援助。但打了几个月后,以色列支持不住了。本·古德里安对美国国务卿说:我急需要几个月的喘息时间,美国于是要求联合国出面调停。结果,以色列利用这宝贵的三个月停火时间,组建了自己的空军和海军。然后,重新开战。把阿拉伯联军赶了出去。”

“您的意思是,需要调查暂停?”

他点头:“群雁高飞头雁领。”

她知道他指的是周鞍钢:“用张琴?”

“契诃夫说得好,如果一出戏的第一幕里,墙壁上有一支枪,第二幕就要放。”

张琴进书房,看见周鞍钢伏在写字台上睡着了,很是心疼地叫醒他说,让他去床上睡。他揉着眼睛说还有材料没看完。她于是拉起他:“材料永远也看不完。再说你这样,能看进去?”

他已经初步清醒:“大案子初露端倪,必须今日事今日毕。”

“别我一走,你又睡。真是谁儿子像谁。”她拉不动他,只好说,“就这回考试前,我回来一开门,就听着屋里一阵响动。我到客厅里,摸摸电视机,发现还烫手。再到他房间里一摸,台灯还是凉的。你说他这是蒙谁呢?”

“你不让他蒙咱们,还让他蒙谁去呢?”他说罢,目光转到材料上去。

她觉得这是一个好机会:“顺便说一句,儿子上八一学校的事办好了。”

他随意地“嗯”了一声。

李帅肯定是宁夕调的包："就算有人假定样品在我家，也是'只在此山中，云深不知处'。林恕找过、麦建也找过，不都没有找到吗？唯独她可能分析出来。再说，这个赝品伪造得也太精妙了。只有她才能做出来。"

秦芳虽然比他还清楚内幕，但必须提问："你凭什么如此肯定？"

"女人都是伟大的试验专家，因为她们的心细如发。譬如居里夫人、譬如吴健雄，要找的东西，一定能够找到。可你说她这么干是为什么呢？我的，还不就是她的。"

"可能她心里没底吧。"

"到底怎么做，她心里才有底呢？"

"怎么让她有底不重要，怎么让她把样品交出来，才是最重要的。给她施加一些压力如何？"

"她的骨子里有一些不管不顾的劲儿，压力似乎不管用。"他摇头。

秦芳进一步问："你是否对她透露过逃逸计划？"

"没有。这原本不过是一个备用计划。和方兴谈过话以后，才正式启动的。再说，计划里就准备让她先回香港，然后再从香港走。这样目标要小一些。"

她很有把握地说："那这事交给我来办。"

他不相信地问："你？她肯定不会给你的。"

她肯定地说："你就相信我一回吧！"

周鞍钢很专心地在研究医药板块，高策在他后面站了好一会儿，他也没有发觉。高策只好自己说话："我爹说，从前上私塾的时候，先生让学生写仿，总是偷偷地走到学生的背后，然后冷不防地抽走学生的笔。如果被抽走了，就被认为是不用力、不专心，闹不好，会挨板子的。相反，没抽走，就会受到表扬。现在没有毛笔了，你说我该抽什么？鼠标？"

他起身让座后，指着隆德的 K 线图："您看这隆德集团的股票，就和发了疯一样往上涨，这实在是不正常。你说，李帅这一伙人，在搞什么名堂？"

“股票我不懂，现代经济该由你们这些现代人来掌握。”他坐到沙发上，“我现在的兴趣，已经转移到历史方面去了。”

他眼睛盯着计算机屏幕，随口应道：“您能给我讲讲吗？”

高策咳嗽了一声：“你可知道戊戌变法？”

他不得不转回头来：“当然。”

高策见他的注意力转移过来，便慢慢地说：“谭嗣同找到袁世凯，让他杀掉荣禄，然后进北京，包围颐和园，胁迫慈禧实行新政这一段历史。你也知道？”

“上小学的时候就知道。”

“你有何想法？”

他并没有很好地考虑过这个问题，只好笼统地回答：“‘我自横刀向天笑，去留肝胆两昆仑。’很为他们的爱国热情所折服。”

高策不满地说：“我要你从历史学的角度阐述。”

他老实地回答：“说不上来。”

高策于是分析道：“荣禄当时是直隶总督、北洋大臣，下辖武卫五军。权力大致相当于现在的北京军区司令。而袁世凯不过是五军之一的首脑。一共不过是新建陆军七千人，也就等于一个师长。就算袁世凯按照谭嗣同的计划行事，也无法杀掉驻扎在天津警卫森严的荣禄。就算他杀了，其余四军也不会让他进军北京。”

他已经完全被吸引。

高策接着分析：“兵贵神速。最快的运输方式就是铁路。可当时芦汉铁路的指挥权在英国人手里，他们是既得利益者，不喜欢动荡，动荡就意味着利益的重新分配，所以肯定不会让袁世凯使用铁路。退一万步说，就算袁世凯进了北京，北京城里的警卫部队虎神营，完全掌握在光绪皇帝的死对头端王载漪手里，他也冲不过去。”

他有些不知高策所云，便问道：“您的意思是谭嗣同的计划缺乏可行性？”

高策没有做出结论，只是提供了一条线索：“这种力量对比，谭嗣同不可能看不出来，否则他就是一个白痴。所以说，他不会向袁世凯提这个建议。”

“您的意思是，袁世凯当时不过是一个小人物，掀不起大浪来？”他推理道，“反过来说，大浪总是大人物掀起来的。您这话，对我很有指导意义。”

高策谦虚地说：“读历史一点小小的心得而已。”

秦芳显然经过艰难的跋涉，才到了林恕指定的地点。她喘着粗气，埋怨他还在使用已经淘汰了的 BP 机，联系实在太费力了。

他说：“在移动通讯公司的模拟图上，特定的电话一调就出来。位置可以精确到几十米。”

“移动电话，多如蚂蚁，如何特定？”

“一个移动电话，在这荒郊野岭盘旋不去。别说电脑，就是人眼，也一望即知。你找我有什么事？”

“第一，李帅因为达不到他的目的，所以同意和我们一起出走。这也等于配方和咱们一起走了。”

他简捷地打断道：“不等于。下一件。”

“是样品被宁夕拿走了。”

他一下子紧张起来：“拿到哪里去了？”

她讥讽道：“她是你的人，你应该知道。”

他无奈地说：“魔鬼被渔夫从瓶子里放出来了，就再也收不回去了。没有样品，成本就要增加很多。”

她见占了上风，就说：“如果你把我的比例提高百分之五十，我就有办法。”

他转了两圈：“城下之盟，不签不行。好，就这样。”

周鞍钢在深夜将于建欣转移到江北市看守所，并且马上提审，人在这个时候，控制力相对薄弱。他开宗明义，承认自己是错走了一段弯路的。开始以为不过是单纯 KG 问题，但随着材料的积累，量变引起质变。最后一切豁然洞开。

于建欣不屑地说:“洞开? 要是洞开了,你就不来找我了! ”

“明朝的时候,中国从墨西哥引进了玉米。玉米特别高产,因此能养活更多的人口。到了康熙年间,中国的人口就达到了三亿。而当时世界的人口不过十个亿。”

“你这套武戏文唱的把戏,都是跟高策那个老家伙学的吧?他还没有退休?”

“我的意思是:一些现在的问题,根子可能在五百年前。”他紧盯着于建欣,“林恕你该认识吧? 麦建你也该认识吧? 要不要我再举两个? ”

于建欣没有想到他会了解这么多, 色厉内荏地说:“我看你也就是这两个了。”

周鞍钢严厉起来:“他们现在通过一些人和李帅勾结起来了。目前,他们掌握着配方和样品,正在策划出逃。我知道,你掌握着一些信息。你毕竟有一些有势力的朋友。他们可以利用权力、金钱渗透进来。如果说你们的罪恶计划是一个产业的话,核心竞争力一旦失去。整个系统立刻就会土崩瓦解。”

于建欣哆嗦了一下。

他抓住机会,告诉在继金秋子之后,袁因也被杀,手法很残忍:“他们不在乎死的人多,就像在深圳破获的那个盗车集团一样,杀死所有的车主。这样,他们的存活期就会长一些。关键时刻,他们对任何人都不会手软。”

于建欣已经完全泄气。

“作为一个正直的公民,我非常憎恶你们这些罪犯。但作为一名检察官,我不得不从你们这些罪犯的角度去想问题。你们没有理想,你们完全由利益结合起来。所以我相信你不愿意看到,在作为阶下囚,度日如年的时候,你的那些同伙们,在瑞士滑雪、夏威夷游泳,尽情地享受着美酒、雪茄……”见于建欣嘴唇动了动,他站起来说,“我还知道,让你在监狱里缄口不言,是因为有人付了封嘴钱。如果停止支付这封嘴钱呢? 我想,你一定会说的。而在那个时候再说,已经于事无补了。另外,我告诉你,你知道你现在在哪一个监狱吗? ”

于建欣当然不知道。

他给了于建欣致命一击："我不会告诉你的。这事只有高检和我本人知道。你将被单独监禁，直到此案了结。"

"我说。"于建欣终于坚持不住了。他领教过单独监禁的厉害，刚进监狱的时候，他不服从"牢头"的管教，"牢头"知道像他这种身份的人，是不能打的。于是就命令整个牢房的人，不许与他说话。整整一个月，没有人与他说一句话。若不是监狱外面的人施加影响，他很可能就疯掉。这段经历，什么时候想起来，都不寒而栗。

生理特征，往往决定思维模式。比方太太与先生为某件事吵架，随后自然是冷战。冷战的时间一长，太太可能已经忘记了起因为何，只记住了一种"不高兴"的情绪。

爱是没有缘故的，有缘故就不叫爱了。

宁夕借着月光，望着睡得很香的李帅，发了毒誓：我一定要得到你！得不到，就毁了你。

一个女人向一个男人开枪，不是因为太爱，就是因为太恨。或二者兼而有之。

周鞍钢将于建欣的交代，向高策做了汇报："在他被捕之后，现在已经在逃的前市政府秘书长肖零，曾经向他保证刑期在十年以下，而且两年后就可以保释，并说这是一位大领导的旨意。肖零出逃后，又有人不断地关照。至于此人是谁，他本人和子女、亲属，都没有见过。"

高策默默地在听。

他汇报完后问："您说这个上面的人，是不是……"

高策摆手："猜测不是我们的工作。"顿了一下后，他问，"你对这位中介，有什么看法？"

他不满地反问："您不是不让猜吗？"

"凡事皆可两分。职权范围内,可以'大胆地假设',但要'小心地求证'。"

他说出了"方兴"的名字。

高策喃喃地说:"方兴。方兴。"

"方兴我比较熟悉。"周鞍纲认为有必要解释一下,"我有一个感觉,仅仅是感觉。"他改用很正式的语气:"方兴属于那种'推一推,拉一拉'的干部。"见高策不置可否,他接着说,"人生的关键处,不过两三步。有的时候,甚至只有一步。所以我想……"

"你想和他谈一谈?"

他并不回避高策已经混浊的眼中发出的锐利光芒:"我保证不泄露机密。"

"我有一位朋友,是个很著名的眼科大夫。"高策语气很是慈祥,"一次,他的孙子不小心被剪刀弄伤了眼睛,需要手术。他于是在自己的医院里主持这场手术。他的儿媳妇不放心。他指着周围的医生们说,这不敢说是全世界,起码是全中国最好的眼科医疗队。但下刀的时候,出于亲情,他想尽量地多保留一些。就是这多保留的一点,酿成了一场悲剧。"他稍事停顿,"我研究过有关方兴的资料。在若干个重大关口,他都做出了正确的选择。"

"希望他这次也能做出正确的选择。"

"你误会了我的意思。因为多少次的选择都是正确的,渐渐地他就变成了一个一意孤行的人。尤其当这种人走向犯罪的时候,同样也是坚定不移的。"

"我和方兴,毕竟是两代人的交情,所以我还是想尽尽心。"

"人非草木,孰能无情?去吧。"高策一顿,"武侯祠有一副对联。上联是:能攻心,则反侧自消,从古知兵非好战。下联是什么来着,我给忘了。"

他笑着说:"您不会忘,您是想让我说。下联是:不审势,即宽严皆误,后来治蜀要深思。"

高策也笑了:"要不然古人说,'老而不死曰之贼'呢?"

方兴确实就是周鞍钢推断的那位"中介",他几乎在于建欣被转移走的同时，就得到了消息。但他想了一夜，到早晨才给刘武打电话。

这个刘武，是祝启昕早年的秘书，后来下海经商。当时与于建欣"做生意"，严格地说根本不是做生意，是侵吞国有资产的另一种说法而已——就是由他出面的。后来，于建欣被捕，他却安然无事。方兴当然知道刘武后面有人。而且可以推断：此人必是祝启昕。

当初，祝启昕把他安排到隆德，他还是很感激的。但到任之后，他才发现，祝启昕其实是要他来弥补漏洞的。这个洞起码有一个亿那么大。

当然，他与祝启昕之间，都没有说破。你付出了，就一定会有收益。刘武要他安抚于建欣，他也都照办了。既然是链条中的一个环节，就必须服从整体需要。但同时，他也知道风险所在。正是为了规避风险，他制定了两年离开的战略，才采用了危险的拉升隆德股票的战术。

刘武一听就慌了："您说怎么办？"

刘武的年纪虽然比他小，但从来就是以"你"相称的。"您"字一出来，就说明他黔驴技穷了。

"走为上计。要马上走。先到香港。然后听我的指示。"

刘武已经没有了平常的潇洒："可是您知道我既不会说广东话，更不会说英语。更重要的是……"

"钱的问题，我会安排的。"

刘武听说钱的问题，方兴可以解决，答应立刻走。

他知道只要刘武一走，这个案件就被拦腰斩断了，周鞍钢等，当然最后能够把它接上，但需要时间。有了这段时间，他就可以从容完成自己的计划。为了保险，他要刘武不走海关，而走他预定的路线。

乱了方寸的刘武当然答应。

放下电话后，他点燃一支雪茄烟。他自认不是一个爱钱的人。而且很看不起于建欣、肖雯、刘武之流，甚至连祝启昕也看不起。认为他们都是"守户之犬"，见小利则忘命，干大事则惜身。所以，自己在这个"疯狂掠夺"的过程中，一分钱未取。原以为只要跳出这个是非圈后，一切都会烟消云散。但没有想到，半路里杀出个周鞍钢来，生生把链条结扯断了。

他在十分钟内，就将雪茄吸完。吸完之后，决心一下，用电话约戴平。

李帅从“钱的事，要用钱来办。”这条定律，推出了“感情的事，要用感情来办”的定律。他挽住宁夕的胳膊，在漫长的江堤上散步。从她在拉斯维加斯赌场将自己拉出开始，一直回顾到现在，“回到国内，我原本打算干一番事业。于是乎，机关算尽。每日忙忙碌碌，已经忘记了活着到底为什么？甚至忘记了自己是谁。有时候，想逃避，也逃避不了。”

“你这话是从苏东坡‘常恨此身非我有，何时忘却营营’脱出来的。”她表现出罕见的冷淡。

他真诚地说：“我还真不知道苏东坡说过这话。”

“我就是在你的书架上的苏东坡文集中读到的。”

“那也许它进入了我的潜意识。总而言之，你再次把我拉出了赌场。”他见她神情诧异，便说，“现在咱们可以实施咱们的计划了。”

“咱们不知道有过多少计划。你指的是哪一个？”

“先到香港，然后转道去美国。离开这里可恶的一切。我在国内待的时间太长了，对外面的一切，很有些隔膜了。出去之后，全靠你了。”他望着远处，“咱们到了美国，找一个小地方的大学，我去当个教授。你呢……”他顿住。

她浅浅一笑：“你准备怎么打发我？”

他亲吻她：“当然是给我生一大堆孩子。”

“一大堆？”

他认为她已经进入了圈套，为了做得更像一些就说：“我这么优良的基因，应该多多播种才是。”

她也做出被感动的样子，问何时动身。

他再作临门一脚前的盘带：“我估计 KG 项目，至多用一个月就能完成。届时,我在香港有一个会议。到时就可以借道走了。”

她脸上露出些许兴奋:“一个月?”

他踢出最后一脚球,很随意地问:“哎,对了。我在家里的卫生间放置的那块备用的样品,你是不是动了?”

谈话刚刚开始的时候,她还心存侥幸。李帅所作所为,都是为他们两个人的。但现在看来,一切都是为了他自己。她刚刚泛起的兴奋,也消失殆尽。

他却没有感觉:“你要是拿了,还给我好吗?”

她的脸色冷峻起来:“对你第一个问题,我的回答是我拿了。对你第二个问题的回答是,还给你有一个先决条件。”

他着急地说:“N个都行!”

“一个,只有一个。”她竖起手指,“在咱们出去之后,在美国某大学任教之前,我才能把样品还给你。”

他顿时委顿下来:“我以为你是爱我的。”

“我爱你。而且爱得很深、很深!”她的目光中有爱、有执着、有威胁,很是恐怖。

他一心想着样品,根本对她的目光变化没有感觉。“既然你爱我,为什么不把样品还给我呢?”

“你喜欢讲逻辑。一位女士因为她的丈夫有外遇,所以把自己的孩子给杀了。这逻辑讲得通吗?”这话说完,她的神情变得很狰狞。

他与她拉开了距离:“那你就先替我保管着吧!”

戴平从方兴电话里的口气中,就知道有大事。所以,就把他约到自己的外室,一座二十层公寓的顶层。他当然不会主动去问,而是凭窗眺望,说着闲话:“我非常喜欢这种高层建筑。在这上面,你可以看到大半个城市的人。他们如同蚂蚁一般地活动。你要是再有一架高倍望远镜的话,这些蚂蚁就会活生生地被你拉到眼前来。有意思,比看录像有意思多了。”

药股票正好出货,这笔没主的钱,用起来比较方便。一千万。一千万是一个合理的数字。”

他沉默。他所考量的不是“干不干”,而是“可行不可行”。过犹不及,如果规模超过极限,引起注意,便将万劫不复。

戴平循循善诱:“为什么电话一分钟收一毛钱,而三分钟才收两毛钱呢?原因就是建立一次呼叫的费用几乎是固定的。这个比喻你不一定懂。这样说吧,你去美国谈一百万的生意和谈一千万的生意,在费用上是没有什么差别的。”

他思考已经结束:“电信业,我要比你精通得多。移动通讯,中国一共只有两张牌照,中国移动和中国联通。可专营固定电话的中国电信为了分割移动通讯这块利润丰厚的市场,发明了小灵通。小灵通作为一种移动的补充,虽然技术上落后,但也为百姓的生活带来好处。但有些城市,所建设的网络,用一位信息产业部官员的话来说,这不是小灵通。这是不折不扣的CDMA。”他见戴平看表,就问了最关键的一个问题,“如此之流量,你的渠道能容纳?”

“非法所得的金钱,不管是贩毒、走私军火,还是贿赂、贪污,最终都要进入合法的银行体系。因为现金不易携带。十美元面额的十万美元,有上百斤重。把它们放置、分层和整合,我是专家。再说,全世界每年被清洗的钱,比石油和天然气的产值还高。你这点放进去,不过是沧海之一粟。”

“速度?”

“它以电子的形式运动。由南美洲制造毒品获利的金钱从加勒比海的一个岛屿经由纽约和奥地利到达伦敦的速度,比咱们这场谈话的时间还要短。”

“费用?”

“十年前,是百分之六。”

“此刻是多少?”

戴平一字一顿地说:“百分之十。”

他伸出手来。

“我更喜欢花木扶疏的院落。”

“我怎么忘了你的高贵出身呢？”戴平回过头来，“为什么不喜欢？高处不胜寒？”

“一座三十层建筑里面住的人，比一条胡同里住的人还多。换言之，等同于将一条胡同竖立起来。所以，胡同内存在的问题它都存在。更可怕的是，它表面规整，实际上内部被装修改造得乱七八糟。到了最后，无一人能够说清它的电路、煤气管道的具体走向。”

戴平指指壁柜：“你说的问题，我都考虑到了。这里面有防毒面具和一条百米登山绳。”

“倘若煤气管道的某一接口渗漏，不要多了，只要有上一两天，再遇到明火，就会爆炸。其威力不会少于一吨TNT。”他慢慢地说，“到时候，你需要的不是防毒面具、绳子，而是一顶降落伞。”

“人啊，瞎活着就是了。都像你这么清楚，一点意思都没有了。你把我约到这一吨TNT上面，有何公干？”

他清晰地说：“我需要一顶降落伞，一定要金色的降落伞。”美国的企业，在被收购之后，收购方往往要付给被收购方高层管理人员一大笔钱，从而达到遣散的目的。这笔钱，就被称作“金色降落伞”。他相信戴平完全能够听懂。

“金色降落伞？什么意思？”戴平明知故问。让对手先开价，是谈判的关键。

“我想往外转一笔钱。”

戴平笑了：“我在英国读书的时候和一个英国女人同居。我教她做中国菜时，总爱说‘放一点儿盐’、‘放一点儿糖’或者是‘煮一会儿再放’。而她总是不厌其烦地反问：你这一点儿是多少？一会儿又是多长？”

“三百万美元。”他见戴平不说话，便问，“你的渠道流量不够？”

“子曰：一只羊是赶，两只羊也是放。要弄就多弄一点。有规模才有效益。”

“五百万。”

“你一向大手笔，怎么这次像小脚女人走路。”戴平知道这是最后一役，“医虽然有那红的不住鼓励，贺新辉进入戴平的办公室后，还是足足用了好几分钟方才平静下来，打开戴平的私人电脑，寻找踪迹。

那红的使命是放哨。但她认为戴平此刻肯定在某家餐馆吃饭，没必要多此一举，就主人一般地坐在沙发上看财经杂志。一本杂志看完，他还没有解开密码，她忍不住过去埋怨："你的博士真白念了，这么长时间，还弄不出来！"

贺新辉从冥想中走出，不高兴地说："本人是金融学博士，不是孟尝君手下的鸡鸣狗盗之徒。"

她给他按摩，身体语言就是这么奇妙，他的气一下子就消了，但他还是说："我这可是在给你打工。"

她停止按摩："给我打工？你是在给人民、国家和你自己打工。"

他突然觉得灵光一闪，输入数据。

两个人谁也不知道，戴平的车此刻已经停在银行大门口。

他得意地指着屏幕说："他的密码是他北京长安俱乐部会员证的号码和他生日的组合。"他点击文件。

她钦佩地说："一共九位数，你怎么能记得住？"

"我陪他去北京出差时，用这个证给他结过账，无意中就记住了。你快去给我放哨啊！"

"戴平是个荒淫无度的人，这会儿肯定在花天酒地呢！"

"你不了解戴行长，他神出鬼没的。"

她声调不低地说："你怎么这么不理直气壮啊？咱们又不是偷窃机密的工业间谍？咱们是代表国家在工作。"

他边拷贝文件边说："可我进入的毕竟是他的私人档案啊！而且是加过密的私人档案。就和上了锁的房间一样，倘若被碰上，你不能说你是无意中进入的。"

"上次我和周局长一起办一个案子。结果没有构成刑事犯罪，仅仅是一般性的违纪。涉案的一个人，有嫖娼记录。所以我们就给他的单位发去了一个司法建议。过几天，周局长又问处理结果。这个单位的领导说是给他一系列处分，撤销行政职务、记大过，但最后保留了党籍和公职。我们局长援引了有关条款，说应该开除。这个领导于是说：‘此人的父亲，是我的老领导，开除干净了，不好交代。再说，他这个错误是在公出期间犯的。’周局长反问道：‘你派他出差去了，还是嫖娼去了？’领导说：‘出差啊？’周局长于是说：‘如果你派他嫖娼去了，我就不说了。既然是派他出差去了，有什么不好交代的？为什么不理直气壮地处理？”

电梯将到未到之时，戴平的手机响了。他一看号码，就退出了电梯。因为一进去，这个千呼万唤不出来的吕女士，很可能就再也找不着了。

“我已经订好房间，准备给你过生日。但就是联系不上你。”他明明知道，吕女士去年生日和今年的生日，整整差了一个月。但还是这么说：偷欢是没有必要认真的。

吕女士的声音很甜：“老公从美国回来了，所以没有开机。”她是一名二线的演员，但却是一线的女人，嫁给了一位华裔美国企业家。

他见电梯又来了，便说：“我到了办公室，再打过去。”

“我老公正在洗澡，我这是在阳台上，一分钟后就得回屋。”

他想了想：“也行，春宵一刻值千金。”

当电梯再度下来时，他结束了通话。

就是这一分钟之差，使得贺新辉、那红没有与戴平遭遇。

贺新辉回到自己的办公室，顿时放松起来，将 U 盘插入自己的计算机，调出数字，飞速阅读后，连声说：“有意思，有意思。”

那红虽然跟着看，但看不出意思在哪。

“账户这东西，就和三点式游泳衣一样。”他见她不解，就进一步说，“展现出人们感兴趣的部分，却将关键的部分掩盖起来。”

她不高兴地说：“你这个比喻真恶心！”

他指点着一系列数字：“这些资金被拆分成小股出去了，然后又回来了。”

“我怎么看不出来？”

“你要是能看出来，我四年本科、四年硕博连读，不白念了？”

“老把个破学位挂在嘴边。臭显！”她指点刚被打开的一个文件上的字幕和数字问,“这些怎么都拼不出来？”

“可能不是英文。”

“甭管它是法文、德文,反正不能三个辅音字母连在一起,那样就读不出来了。”

他研究片刻后说:“看样子很像某些银行的缩写,后面跟随的数字是账号。”

“有一个在银行工作的先生真好。”她亲昵地说,“要不是你,这谁也看不出来。”

“你可是真实用主义。”他假装不高兴地说,“按照你这逻辑推下去,你们要破电信的案子,就要找一个电信业内人士,要破石油的,再找石油业内人士。这样下去到退休,怎么也得找一百多个丈夫。”

她给了他一记粉拳:“去你的！”

为了给方兴的钱出境做些准备,戴平打开自己的私人电脑,进入系统。

他忽然感觉到有些异样,他寻找可又找不出原因来。他沉思片刻后,开始拷贝、删除等一系列工作。

在电梯里,那红说要好好地犒劳贺新辉。方法是请他吃饭:“你说地方,我出钱。”

他认为当然应该她出钱:“别看我这个行长助理,每天经手的钱千千万,可口袋里没有一分钱。”

“这是你的光荣！”

贺新辉是个“大哥哥”型的人,处处让着她:“说得也是。据说格林斯潘也是太太管家,而他只管别人的钱。”

她却不领情:“所以对你们这些管别人钱的人,必须严加监管。”

“那你就调到银行监管委员会工作去吧。”

在楼道里,两个人与戴平不期而遇。

贺新辉恭敬地说："戴行长。"

戴平看看那红："小贺，这么晚还在加班？"

他赶紧说："不是加班。我和我太太来这取点东西。"

戴平笑着说："那么说，这位一定是你太太了？也不介绍一下？"

他赶紧将那红介绍给戴平。

"名字和人一样漂亮。"戴平夸奖后问，"贺太太在哪里发财？"当听说是市检察院后，他又问是哪个部门。

她抢着回答："起诉处。"

戴平说了声"幸会"之后，就上了自己的汽车。

等汽车开远，她埋怨他"漏了底"。听他用"从来不会说谎"辩解，她斥责道："这不叫说谎，这叫政治智慧！"

他不愿意破坏今晚的好气氛，承认自己没有政治头脑。

她庆幸地说："这只老狐狸好像嗅出点什么来。幸亏我灵机一动，说我在起诉处工作。要是你，一准说我在反贪局。"

"倒也没有那么缺乏政治头脑。"

得意之后的那红，又担心是否留下了什么痕迹。

他豪迈地说："顶多下课。此处不养爷，自有养爷处。再说，咱们也没必要去想那些咱们管不了的事。"

她钦佩地看着他："我觉得你挺有男子气的！"

他挽起她的胳膊："现在才觉出来？"

第二十章

自然界任何物质,都能够以气体、液体、固体三种形态存在,决定因素则是压力。因为马上就要上路,故而方兴完全放开,肆无忌惮地享受着丁尼年轻的肉体:道德被撇开,欲望就会极度膨胀。

性爱完成之后很久,丁尼喘息方定。他矜持地问:“廉颇老矣,尚能饭否?”

她抬头望着他说:“新高峰!新高峰!”

他知道丁尼这个一贯说谎的女人,这次无疑说的是真话。有些东西是无法伪装的。

“你今天怎么这么棒?”她感到异常,很想知道原因。

“谁谓河广,一苇杭之。”

她没听懂,赶紧问:“您说什么?”

他自知说漏了嘴,没有回答:“知我者谓我心忧,不知我者,谓我何求?悠悠苍天,此何人哉?”

她还是听不懂,但不敢问。

戴平的电话打来。听完戴平的讲述,他心头一震,但为了安抚戴平,他说:“我看不过是偶然。”

“一个偶然是偶然,两个偶然,就不是偶然了。仅仅是路过,就没有必要把反贪局说成起诉处。”戴平并没有说,有人进入了他的系统。如果说了,方兴很可能另觅渠道。

“每逢大事有静气。”

戴平不高兴地说：“如果事情发生在你那里，我自然是很有静气的。我告诉你，你我在一条船上。”

“怎么和小孩子一样？我想一想，自然会有办法的。”他边说，边抚摸丁尼光滑的脊背。他感觉到丁尼的肌肉很紧，这说明她在很注意地听。所以在戴平还要继续说的时候，他打断道，“明天中午，咱们面谈。”他挂机后，推推她。

丁尼做出如梦初醒的样子，揉着眼睛问：“怎么啦？”

他问检举周鞍钢受贿的材料，可准备好。得到肯定的回答后，他命令启动。至于原因，他只是简单地说有关老戴。

她觉得探明底细的机会来了：“咱们和老戴，不过是借贷的关系。坐庄操纵，就算被查出，也不过是罚款了事。可这事一旦发动，就再也收不回来了。状告反贪局长和枪杀警察局长差不多。一定会受到强烈的反攻。”见他的脸色极度阴沉，她不敢再说下去了，“我不过是一个建议。”

苏群是个喜动的人，就是在自己的办公室里，也不肯坐在椅子上：“秦芳没有动静。宁夕也没有动静。李帅更没有动静。林恕不知去向。一切都安静得像一张风景画一样。”

周鞍钢很自然地回答：“此乃大战前的平静。”

他讥讽道：“我就知道你要这么说。陈词滥调！”

周鞍钢说：“既然你这么说，我就给你来个新的。印尼海啸发生前，海水迅速退去。一个孩子，知道这是海啸的前兆。地震发生地掀起很高的海浪，所以形成真空。周边的海水，要赶去填补。等中心的大浪落下来，一定会形成很大的高潮。所以，他大喊着率领众人离开。三百多人，因此逃生。”

“这个故事是你编的吧？”

“一家很权威的报纸上刊载的。”

苏群依然将信将疑：“人们会听一个小孩子的话？”

“越庞大的人群，就越容易号令。抢购、挤兑风潮，踩踏事件等，都是因为这个原因形成的。”

“那么请问‘小孩子’，咱们的下一步行动是什么？”

“等。只有等。聂卫平说过，在形势不利的时候，唯一的办法就是等，等对手出错。”

“你能跟聂卫平比？他是棋圣。有史以来，中国政府封的圣人，只有三个：孔子、关公，还有他。孟子才弄了个亚圣。你不过十来个人，七、八条枪，可以等。我这光路口、车站、机场的就牵扯了我上千兄弟！”

“你别老走着说话，看着都晕。”等苏群坐下后，周鞍钢才说，“投入总是和产出成正比的。再说，这很可能是你有生以来，破过的最大案件。”

“少来这套！即使破了，这头功也一定记在你的账上。你是灵魂，是设计师。”

“倘若有功，一定让给你。”

苏群反驳道：“八月份气温高，二月份气温低。你能给平均一下吗？这功也是你想让就让的？”

他笑了：“这人要是活得太明白，就没意思了。”

李帅的战略很符合“先礼后兵”的战法。最后用 KG 威胁一下方兴，如果他不就范，则开始行动。

方兴的回答一反常态地直率：“如果让我选一个人，来掌管隆德集团，我也不会选你。你的智商很高、学历也很高，但过于年轻。”

“搜狐、雅虎的 CEO，比我更年轻。”

“你的问题本身就是答案。这些人都是 IT、金融等新兴行业的 CEO。这些企业由清一色的年轻人构成。你们思维方式一样、行为方式一样，也没有历史遗留问题。而隆德集团，是由若干国有企业组合在一起的。真的交给你，你根本无法驾驭。”

李帅强硬地说：“你要给了我，方才能验证。”

“政治不是科学试验,不可重复。”

李帅更强硬地说:“可你曾经答应过我。”

“作为领导,可以言不必信,行不必果。”他见李帅语塞,接着说,“你不要认为这是我的个人品质问题。这与品质无关。因为形势变化了。”

“你可以言不必信,行不必果。那么我也要这么做。”

他一点儿也没有后退:“那是你的自由。”

李帅拿出最后的武器:“你以为我上次交给你存档的配方是真的?我告诉你,表面上看去,它是真的。但在关键处,它和真的略有不同。或者说,百分之九十九一样,只有百分之一的不同。你可能不知道,人和猿的基因差别,也只有百分之一!但一个是人,一个是猴子。”

他很冷静地说道:“我已经命令集团公司办公室,给你送去一个通知。通知你在后天中午之前,把有关KG的配方、样品,以及其他资料,送到公司办公室。”

“区区一纸公文,对我一点儿约束力也没有。”

“对你有无约束力,对我不重要。对我而言,程序已经走完,责任也已经尽到。你要是不给,那么就是你和司法机关之间的事了。”

李帅被气得够呛,他指着方兴说:“你!你可真够毒辣的!”

“毒辣?对于我这一行的人来说,它甚至是个褒义词。我要是不毒辣,且不论我从普通干部做起,直至正厅级这段艰难历程,就是今天,就是你,也能把我干掉!”他把刚刚提高的语调降下来,“好吧。对你说得够多了。就这样。我还有事。”说完,头也不回地走向早已等候的汽车。

李帅呆呆地看着他的背影。

方兴与李帅的对话,是在别墅边的池塘边展开的。两个人都不知道麦建在别墅顶楼的一个房间里,一直在用声电望远镜监听他们的谈话。

见方兴走了,丁尼才松了一口气,让麦建赶紧走。但他认定别墅是核心,非要盘踞在这里。她于是问:“他要是上来怎么办?”

“这么大的房子，他偏偏来这间？你看这地上的灰，有日子没人进来过了。”

“他的感觉系统，极其发达，有生人，能一下子就闻出来。”

“他要真的上来，我就一下子……”他凭空做出迅捷的一“劈”，“他起码在体力上不如我吧？”

她认为不一定。说方兴太极功力极深。

“他就是八卦、形意、拳击一块练，也是五十多岁的人了。天下有两件事不饶人：一是节令不饶人，二是年龄不饶人。”他很不屑地说，“我看他，气数也快尽了。我听他在打电话，检察院的人找他。”

她当然知道这事：“他这条船可足够大，对付市检有富裕。”

“够大？比泰坦尼克还大？”他语带讽刺地问完又说，“泰坦尼克号称‘不沉的船’。这帮子英国佬全是傻蛋，船就忌讳这个‘沉’字。再说，凡是浮在水面上的东西，就没有不沉的。咱们现在要是还能看见郑和的船队，岂不是天下大乱了？”

她不想听他胡扯，便问他有何计划。

他明知她害怕耗子，偏偏用耗子举例：“凡是有人的地方，都有耗子。船上也是。这船快沉的时候，耗子就知道，纷纷跳海求生了。”

她似有所悟：“看来咱们也得做点准备了。”

“我早已经做好了。从鼎立基金回隆德公司的钱，路过我那的时候，我多少截留了一点点。”听她问钱之出路，他不肯明说，“蛇有蛇路，鼠有鼠道。反正实在不行，咱们就开路依马斯。”

她正色说道：“你要敢一个人走，我……”

他一把将丁尼搂过去：“我想都没想过。走遍天涯海角，也找不到你这么可心的人啊。”

她闭上眼睛说：“我明知你是在瞎说，可听着还是高兴。”

周鞍钢显然不能把方兴约到自己的办公室，这太正式。也不能把他约到饭店，这太私人，最后决定用江边散步的方式。

他首先从隆德股票的异常波动入手，要求方兴给予解释，他很希望能有一个良好的开端。

方兴望着快要落下去的夕阳说："这其实是一个不能解释的问题，股票市场是千百万人，上千亿资金的集合体。一片混沌，没有人能预测。如果你非要我做出回答的话，我只能告诉你，很可能是医药板块的上扬，带动隆德股票的上扬。一荣俱荣而已。"

"一个人得了食道癌，吃不下东西。于是他的一位朋友就劝他，你好好吃东西。你说这对不对？"他已经知道希望不大了。

方兴认为此问题幼稚得不用回答。

"问题也许幼稚，但道理并不幼稚。你知道他错在什么地方吗？他把原因和结果弄反了。吃不下东西，仅仅是现象。而根子是癌症。"

"是我得了癌症，还是隆德得了癌症？"

他恳切地说："希望是我的误诊。是人就会得病。对所有的疾病，预防和及早治疗，都是最好的办法。"

"你大概相当于清朝的臬台吧？"

"你抬举我了。省法院院长，才相当于臬台。"

"而我，则是企业家。企业家和你这样的政府官员不同。你们所处理的事务，有着很明确的规定，有成文法。而我，则是追求利润的。我每天都要处理大量的不明确事务，也就是所谓的灰色事务。这期间，出一些错误也在所难免。如果有，希望批评指正。"

"我是把你当成朋友对待的，而你却用外交辞令来对付我。"他失望地说，"我真的希望仅仅是错误。"

方兴拍拍他的肩膀："朋友是老的好，千古真理。我很感谢你。"

"心到神知。"

"咱们坐一会儿？"方兴率先坐下，"就在刚才，我还对李帅说，你是科学家，你一辈子的成就大小，完全取决于你最好的'一手棋'有多好。比方牛顿发明了三大定律、爱因斯坦发明了相对论、你发明了KG。如果你这‘一手棋’足够好,那么你以后一事无成也不要紧。而我,一名干部,一生的成就大小,完全取决于我最臭的‘一手棋’有多臭。”

他老实地说:“我有些跟不上了。”

“既然你把我当朋友,我也对你交个心。官场是什么?是对抗。你的位置,我的位置,不知道有多少人在盯着。更不知道有多少人想把你干掉。一旦你出了错,只要这个错误足够大,比方贪污受贿、比方玩忽职守,给国家造成巨大的损失。那么不管你以前做出了多大的贡献,你都将万劫不复。”

“你这是?”

“请让我说完。所以,这些人的监督,要比你们检察院、纪律检查委员会监督的力度大得多。说实在的,我没有一天不三省吾身的!甚至三省都不止。”

“我好像记得你跟我说,你最敬畏的是天上的星空和内心的道德?”

“是康德说的,但是我的心声。”

“高检有一句名言:不要听一个人怎么说,而要看他怎么做。有些事情,我希望得到你进一步的解释。”周鞍钢开始最后的努力。

“尽管问。”

“按道理说,我完全可以把你约到我的办公室里谈话。我之所以约到这,完全是出于友谊。”

方兴不无嘲讽地说:“你可谓用心良苦。”

他加重语气说:“应该说是仁至义尽。”

方兴不高兴地说:“我不喜欢这个词。”

“医生最大的功用,不是告诉你,你的身体非常好。而是告诉你得了什么病,该如何治。”

方兴顺着他的话说:“医生是唯物的,你得了病,最大牌的医生说你没病也没有用。权力部门却不同,他说你能干你就被提拔了,说你有罪你就会被判刑,唯心得很。我承认,我的工作有缺点、有错误。但人非圣贤,孰能无过?”

他见他全面防守,一点儿认错的意思都没有,便说:“犯罪和过失的主要差别,在于犯罪是明知、故意!”说完,便声称有事,欲离开。

“我插队的时候,时兴农业学大寨。大寨有些口头禅,很有意思:‘村看村,户看户,社员看的是党支部。’还有一句,叫作‘打铁先得本身硬。’”方兴说着站起来,“前些时候去世的诗人卞之琳有首诗:你在桥上看风景,楼上的人在看你。”

周鞍钢并没有仔细琢磨这话的意思:“你有车,我也有,各走各的吧。”

对于李帅见林恕的要求,秦芳一口回绝。说她完全可以代表。

李帅讽刺道:“你怎么又代表起他来了?不是你我方才是最紧密的同盟吗?”

“我是中介。中介的关键,就是不能让供需双方见上面。你想想,你们一旦接触上了,不就把我短路掉了?就算你不甩,林恕也许会甩。我不能不防。”

“我必须见到林恕。这是一桩上亿的买卖,不能随便。你是媒人,我承认媒人很重要。但再重要的媒人,也不能代替新郎官入洞房啊?”

她不屑地说:“看来你是真的把我当成中介了。我告诉你,你有配方,林恕有渠道。但是我有样品!”

“样品?”他笑了,“样品在宁夕手里,我和她在一起好多年了!”

她与他打赌:“你要是从她那里弄出样品,我将林恕交给你后,退出这场交易。”

“我很想赌,但实在赌不起。这不是别的,这是我若干年的心血,这是一个亿的金钱,这还是未来。”

“知道就好。”

他重新制定规则:“那咱们就和前苏联、美国一样,来一个军备竞赛?看谁先把样品弄出来。”

“我是女人,不喜欢国际政治。但我怎么也觉着军备竞赛是美国的一个花招。”

“你确实不懂国际政治。”

“前苏联的国力不如美国，和美国比赛，就和我跟王军霞比长跑一样，最先垮掉的一定是我。”

“可你别忘了，宁夕她对我有感情。”他觉得分量不够，又加上，“是爱情，有什么比爱情的力量更大？”

她不屑地说：“爱情？中学生的词汇。别人也许有，但你一定没有。”

“我有没有不重要，只要能使宁夕认为有就行。”

“是骡子是马，拉出来一遛就知道！”

方兴的电话，被丁尼设定为很特殊的铃声。所以一响，她立刻从麦建身边坐起，低声说：“是方兴。”

“爱谁谁！”方兴对麦建，一点威慑也没有，他侧身睡去。

方兴的命令很简单：在别墅的办公桌上，有他修改后的检举信。马上给政法委罗副书记送去，并且让他务必在中午十二点之前，让市委陈永康书记看到。

丁尼放下电话后，赶紧叫醒麦建，穿衣服下楼。

戴平私人电脑中的代码，被贺新辉破译出来，全部为秘密账户，且分布在以色列、巴拿马、俄罗斯等十多个国家。

周鞍钢说：“第三次中东战争时，以色列精心策划，发动突袭，首要目标就是摧毁埃及的空军。第一个目标，自然是机场。机场上，有很多设施：飞机、油罐等等等等，第一次攻击的目标应该是什么呢？”

那红不假思索地说：“飞机。”

徐纲说：“油罐。油罐一炸，飞机也就炸了。”

周鞍钢问苏群：“苏局长怎么看？”

苏群知道一定是个圈套，不肯钻：“领导怎么看，我就怎么看。”

“跑道。首先炸毁跑道。跑道一毁，一切都成了囊中之物、瓮中之鳖。”周鞍钢说。

“您的意思账号是跑道？”

周鞍钢点头：“然也。”

“然也什么？”苏群不以为然地说，“这么多账号，这么多国家。只有把他们抓起来，才是正途。”

“这些账户都是通过互联网开设的，有些只是一个空账户，钱还没有进去。倘若犯罪嫌疑人不承认，就不好收场了。”

苏群不同意：“我有事实作为依据。再说，一旦逮捕他们，不愁审不出口供来。”

“事实在很大程度上是由证据构成的。”周鞍钢实在是太了解方兴了，“再说，对付方兴这样的人，你必须考虑到在零口供的情况下起诉他。”

苏群质问道：“这些人跑了又当如何？”

他肯定地说：“他们绝对跑不了！”

苏群问他的“绝对”何来？

“有人问一位登山家：你为什么总去这些危险的地方？登山家回答道：因为山在那里。”周鞍钢讲完故事讲道理，“同理可证，只要钱还在这里、配方还在这里，他们就不会跑。一个也不会跑。”

全场静默中，一直在旁听的贺新辉不无胆怯地说自己有一个办法：“通过网络，与反洗钱的国际组织金融特别工作委员会联系。”周鞍钢赶紧问能否联系上。他不很肯定地说：“应该能。”

那红不满地问他：“什么叫作应该能？”

周鞍钢赶紧说：“别吓着你先生。”

贺新辉背对那红，面对周鞍钢说：“我知道网址，就是没和他们联系过。”

那红插嘴道：“你怎么不联系？”

“谁没事和反洗钱组织联系。”贺新辉见周鞍钢赞同，胆就壮了，“周局长，你这电脑能上网吗？”

那红不满地说:“废话！不能上网还能叫电脑？”

因为方兴说他今晚不回别墅了，所以丁尼和麦建大摇大摆地从正门出来，然后开车走了。等他们的汽车开走后，躲在大树后面的方兴才现身，冷冷地看着汽车的尾灯消失后，从树后推出了一辆大功率的摩托车，发动后驶向别墅后面。

张琴很高兴地在给儿子收拾书包，同时唱着歌:“背起小书包，我去上学校。小鸟说，早早早，你为什么背上小书包？”

周鞍钢在悦耳的歌声中问:“你上小学的时候一定特别高兴吧？”

张琴诧异地问:“当然高兴！”

“说老实话，我可不愿意上学。我宁肯在院子里玩儿。”

张琴借力地说:“所以你才生出这么一个破儿子来。”

“破儿子？你有几个？”

“几个？一个就够我呛。你不想想，一个七万……”

他的脑海里顿时响起方兴的声音:“村看村，户看户，社员看的是党支部”、“打铁先得本身硬”、“你在桥上看风景，楼上的人在看你。”

她看他发呆，便问:“你怎么啦？”

他严肃地问:“你的钱怎么来的？”她愣了一下后说:“挣的啊？”

“二十万的本钱，半个月就挣七万，那股票市场不全都是人了？”

她已经呆了:“原本就不少人。”

“你买的是什么股？”

“医药板块中的一些股票。”她希望能够蒙混过关。

“什么？”

“主要是隆德股份。”她喃喃地说。

高策将举报周鞍钢的材料看完，默默地还给市委书记陈永康:“有名有姓，大概是真的。”

陈永康有些恼怒地问:“这就是你推荐的干部?”

高策认为一定是周鞍钢的家属的作为,他不知情。

“知道不知道,都是他的责任!”陈永康稍顿,平静一下心情说,“你给我讲讲,这集合竞价是怎么回事?”

高策很简单地讲解:“股票市场每天开盘前,买方和卖方都把自己期望的价钱报出。如果吻合,就成交了。”

陈永康的脑子当然很快:“张琴报十块,这个鼎立基金就用十块钱买下?”

高策点头。

陈永康又有些恼怒地问:“如果报二十块,他们就用二十块买下?”

“不能超过前一天收盘价的百分之十。”

“面对面交易?”

“电脑统计。”高策见陈永康脸色略有松弛,便趁机说,“我找周鞍钢谈谈?”

陈永康拍板:“让纪委去办吧。”

周鞍钢是一个拿得起,放得下的人,夜里睡得很香。张琴却一夜没睡,但却一动不敢动地躺在床上假寐。天一亮,就起来给儿子做了一顿精致的早餐。然后给自己收拾了一些衣物,放在一个编织袋里。

周鞍钢起来时,周小擎已经走了。他匆匆吃完早饭,对张琴说:“咱们走吧。”

她拿起包,走到门口,又折回去,把一张全家福放进包里。见他纳闷,便说:“我怕是回不来了。将来想你们两个的时候,好看看。”

他一下子明白了,昨晚与张琴商量好,去检察院把问题说清楚:“你把检察部门看成什么了?”他欲把她的包拿过来,“你这不过是个错误。用高检的话说,叫作受蒙蔽无罪,反戈一击有功。”

她也知道自己的事情不大,但她担心丈夫的政敌,利用此事小题大做。

“哪来的政敌?我的敌人,都是人民公敌!”他把她的包夺过来,扔到沙发上,

“要是坐牢，我跟你一起。”

周鞍钢领着张琴一进高策办公室的门，高策就笑了。周鞍钢问他笑什么。他说：“这很像古戏中的一个场面：儿子闯了祸，母亲领着他去赔罪。”

他也笑了：“高检莫非真的有未卜先知的本领？”

“要是真有这个本领，检察院有上几个人就够了。我只不过看这个格局像。说吧，有什么事？”高策让两个人坐下，又亲自倒茶。

他很简略地讲述了事情的经过。

高策听完之后，好久没有说话。不要说张琴，就是周鞍钢也有些不安起来。最后他站起来，走到周鞍钢面前：“说句实在话，我从来没有像今天这样高兴。你确实是一位成熟的干部。”

他赶紧站起来：“我很惭愧，对家属的教育不够。”

“张琴也是初涉股市，别人告诉她这种方法，她就用了。完全蒙在鼓里。”

“可是我对她说，凡是有太好的事，一定要三思。天下就没有白吃的午餐。”他诚恳地说，“但无论如何，这事的主要责任在我。”

“在很多人千方百计利用权力寻找好处的时候，你能够有这样清醒的头脑，实在是难能可贵。”高策坐回办公桌前，讲述了检举信的事，“这下子，我可以向永康书记交差了。”

“我知道您不能告诉我，检举信是谁写的。我只问是否出自隆德系？”他知道，没有姓名的举报，是不会引起市委书记的重视的。见高策虽然不置可否，但是满脸微笑，便一拍桌子站起来，“这下拼图算是全了！”

高策不理解拼图的含意。

“破任何案子，都像拼图游戏，要一块一块地拼。隆德这张拼图，从金秋子被杀开始，到样品被调包、袁因被杀，到股票被拉升，渐渐地清晰。首先显示的是李帅、秦芳、宁夕这些前台人物，接着是林恕。但我一直认为这种宏大的构思，不是他们这些小人物能够完成的。大作品，都要有大手笔。此刻，最关键的一块找到了。”

高策提醒周鞍钢注意证据。

“说实在话，我很痛心。方兴确实是一位有能力的干部。”他的痛心溢于言表，“他有能力、有方法，怎么会变成这样呢？”

“我从来认为，无论在哪个岗位上的干部，人品要比能力重要。”

“我昨天跟他谈的话，晚上就把检举材料送到永康书记那里了。这速度可真够快的。速度快，就说明驱动的力度足够大。如果单单为了陷害我这样一个小小的干部，那成本就大于收益了。我敢肯定，这一定是他们在采取一个大行动前，释放的干扰素。”

“干扰可能是全方位的。”高策补充道。

祝启昕在方兴、李帅的陪同下，正在视察隆德药业。他手持标有 KG 字样的盒子，对尾随的电视台记者说：“隆德集团就是国有企业走出困境的样板。你们要好好宣传。如果我们的企业都像隆德集团一样，充满创新精神，我们就一定能走向世界。”

方兴在鼓掌的时候，电话振动。他自然不会在这个时候拿出来，虽然他明知这个电话是戴平来的，他使用的最新型的索尼、爱立信 910C 电话，可以选择接听打入电话，而戴平是这部电话唯一可进入者。等了好一会儿，他才找到机会，回复戴平。他开宗明义，指责资金输送速度太慢了。他不等戴平“大宗、可疑支付是要报告”的话说完，便打断道：“大宗可以拆分。而可疑不可疑，是唯心的。你认为可疑就可疑，反之亦然。”

“但这要有个前提，不能让我的部下看出来。”戴平很讨厌方兴高高在上的语调，“银行是个机构，很多环节，都要假手于人。非法所得，要化装成合法所得，进入银行系统。被拆分，利用‘管涌现象’，离开银监会的监管，这是一个相当复杂的系统工程。”

“还要多少时间？”

戴平明知方兴的时间不够，正是要价的好时机，就说：“要一个星期。”果不其然,方兴将佣金提高了百分之十。于是他又提前了两天。当方兴又提高了百分之十,要求再提前时,他笑着说:"我说要用'管涌'方式。如果说明目张胆,就成蒋介石扒开花园口大堤了。那要两个工兵团呢!我这里有个处长,利用保管现金的权力,一下子就拿走了四百万。结果三天以后,就归案了。这叫什么?这叫做利令智昏!叫作把生死置之度外!"

"好了。尽快吧。"他收起电话,加入视察的队伍。

周鞍钢设计方案的指导思想就是《孙子兵法》所讲的"围师必阙"。其意是:攻城很难,但留下一个口子,让对手从这个口子往外跑,在运动中歼灭之,就相对容易了。

他的口子就是戴平的那些账号。他通过国际反洗钱组织的协助,把这些账号都控制住,做成口袋状,许进不许出——资金在这些账号内部运动除外。

来视察的高策,看了连日来的资金注入记录后,慢慢地说:"数额都不大,但批次很多,这很像……"

他想也没想就说:"管涌。"

"对。管涌。张网以待,确保安全。好。"高策接着指出关键,"可以查出资金的来源吗?"

"以前一说到洗钱,总会想起电影里的毒品贩子,这一些人提着大量肮脏的现金,鬼头鬼脑地往银行里存。而现在的洗钱方式,已经完全地现代化了。"他收起记录,"可以。但需要时间。"

电话响。高策接听。他"嗯"了两声后说:"好。我知道了。"放下电话,他对周鞍钢说,"祝副省长的秘书通知:让你我一起去他那里,他要听听汇报。"

周鞍钢第一反应是不去:"他是副省长,又不是省检的检察长、政法委书记、分管副书记。他没有这个权力。"

高策沉思片刻说:"第一次不去。如果他还叫,咱们再去。"

听到否定的回答后，祝启昕的眉毛皱成一团，手指不停地敲击沙发扶手。

方兴知道祝启昕是利益圈中人，虽然不知道卷入多深，但估计浅不了。所以他保持沉默，一直等到祝启昕让他拿主意才说话："您虽然是常务副省长，但属于政府这边的。而检察院，是党委管的。"他顿了一下，"蒋介石要除掉韩复榘。在徐州以国民党主席的身份召见，韩复榘不来。随后，他以总司令的身份再度召见。这次，韩复榘知道不来，便要军法从事，于是就来了，于是也就死了。"

祝启昕被启发，让秘书以他省委常委的身份，召见这两个人。这个口子，必须堵上。他虽然一直保持超脱，但他相信身边的人、家里的人，肯定陷入很深。

丁尼建议在方兴的别墅召开会议。林恕、秦芳、麦建准时抵达。

丁尼见秦芳怀疑此地的安全性，便说："绝对安全。每次祝副省长来，方兴都寸步不离。"

秦芳说她怕的不是方兴，而是检察院。

麦建讽刺道："咱们这些人，还到不了检察院管的级别，要管也是公安局。可公安局的人，不管像方兴这样的高级干部。"

"城狐社鼠。城狐社鼠最安全。"林恕已经仔细地考察了环境，"狐狸在城墙上钻洞、老鼠在牌位旁做窝，是最安全的。人们不会因为一只狐狸、老鼠，就扒开城墙、拆毁神坛。"

秦芳看看表："李帅该来了吧？"

麦建不关心李帅："你说这个宁夕，要是不把样品拿出来，可怎么办？"

林恕很有把握地说："我有办法让她拿出来。"

祝启昕坐在居中的大沙发上，决定给分坐在对面小沙发上的高策和周鞍钢一个下马威："是的，我不过是个副省长，尽管是常务副省长，仍然是个副省长。你们不在我的分管范围之内。但是，我也是省委常委，党管干部。这个原则，你们总清楚吧？"见无人回答，便威严地说，"我要一个明确的答复。"

高策说："您误会了我们的意思，我们并不是在回避您。"

祝启昕认为此乃突破口："我头一次召见你们，你们不来，此非回避还能是什么？"

周鞍钢马上把口子堵上："我们现在不是来了吗？您有什么需要知道的，您就问。"

祝启昕严厉地看着周鞍钢："你们要如实回答。"

周鞍钢针锋相对地说："只要是可以回答的。"

祝启昕的口气温和下来："你们知道，我管过很多年的工业。一个领导，尤其是省一级的领导，他的所作所为通常都是宏观的。出政策、用人，很难看到实际效果。要是说有一些实际的东西的话，就是他所抓的样板。你们知道不知道，我抓的样板是什么吗？"

高策和周鞍钢都不说话。

"就是隆德集团公司。国有企业走出困境，是中央的工作重点，一切工作都应该围绕着这个重点。你们检察工作也不能例外。"

高策从政策高度回答这个问题："国有企业走出困境的工作，是由很多方面组成的。检察工作也是它的组成部分。"

"我并不是否定你们的工作，我强调的是工作的节奏和程序。家有七件事，先从紧的来。KG 是隆德的拳头产品，目前正在紧锣密鼓地筹备推出。如果此时出现一些丑闻，会造成无法弥补的损失。"

周鞍钢从底部回击："我们的工作重点，也是围绕着 KG。您大概也知道，有很多人，境内、境外都有，试图谋取它。他们手段繁多，甚至不惜杀人灭口。公道地说，如果没有我们和公安机关的努力，KG 的配方，说不定已经流失海外了。"

"这些情况，我也多少了解一些。利益驱动嘛！隆德内部有没有人配合？"祝启昕好像很随便地问。

按照预定方案，这个问题应该由高策回答。他说是袁因。两个人都知道祝启昕、方兴都不会相信。但不管他们相信不相信，这总是一个答案。

李帅、宁夕到来后，会议正式开始。麦建首先发动："咱们这些人，都是为了一个共同的目的。说白了，就是为了钱走到一起的。也就是说，股东有好几个。所以，怎么也得有个头。就是董事长。"

秦芳很不屑地反对："暂时在一起，什么董事长不董事长的。"

林恕却赞同："麦总说得对。蛇无头不行，雁无头不飞。"

麦建得意地自荐为董事长。原因就是：六个人里面，他就有三个人。针对李帅"哪三个"的提问，他指指丁尼、秦芳："两位女士，外加本人。"他当然明白，自己离开 KG 的核心很远。之所以这么说，不过讨价还价而已。

李帅问秦芳："你是他的人？"等秦芳迟疑了一下，否定后，他说："不是他的人，就是我的人。加上宁夕，我就是三票。应该我当董事长。"

麦建不服，反问秦芳："你是他的人？"得到的回答也是否定的。于是他得意地说，"你和她睡过觉，我也和她睡过觉。而且历史更悠久。可这什么也不能说明。"

宁夕的脸色顿变，但李帅没有察觉，恼怒地质问秦芳："那你是谁的人？"

秦芳的回答很随意："我干吗非要是谁的人，我和林总一样，自己代表自己。"

林恕慢悠悠地说："我看还是由我担任比较合适。"等众人把目光都集中在他身上后，他才往下说，"所有这些事，都是围绕着 KG 的。如果搞科研的话，自然应该李总挂帅。可目前，这些已经完成。现阶段最重要的任务，就是把配方卖出去，而这是我的强项。也就是说，只有我知道渠道，做生意其实就是做渠道。没有渠道，生意就无从谈起。"他见众人都哑口无言，便说："既然大家默认，咱们就进行下一个议程。"

从祝启昕的住所出来，坐进汽车后，周鞍钢对高策说："我断定方兴就在里屋。"

高策四顾，没有见到方兴的汽车。

“他这种人，既然策动祝启昕召见你我，就是开车来了，也不会放在停车场里。所以我才节外生枝，把工作重点往 KG 上说，释放烟雾弹。”

高策认为这个说法有矛盾：“既然方兴是你说的那种心计较深的人，你怎么能假定他会相信你释放的烟雾弹呢？”

“他是一个刚愎自用的人，认为自己把一切都计划的天衣无缝，认为自己有着强大的政治保护伞，有着金刚不坏之身。这样的人，就一定有着无限的自欺能力。只相信自己希望相信的东西。”

高策用鲜见的赞扬语气说：“一幅深刻的心理图像。”

“检察长夸奖。”周鞍钢谦虚一番后说，“比祝启昕问题更复杂的美国的世贸大楼，在设计的时候，曾经考虑了飞机撞击的因素。但参数都是波音 707 的，而 747 的速度是 707 的两倍，质量也是两倍。撞击力因此增加。还有一个没有考虑到的问题是，航空煤油虽然不能熔化钢铁，但能使它变软，从而无法支撑大楼本身的重量。”

“一支消防队，可以扑灭两千平方米的火，而两支消防队则可以扑灭五千平方米的火焰。那么三支、四支呢？”

“对。咱们是人民战争。”

高策拍拍方向盘：“就算他在里面，我一个检察长，你一个反贪局长，也不能彻夜在这里蹲坑啊！”

他发动着汽车：“我也没说要在这里蹲坑啊！”

汽车猛地加速开走。

秦芳对众人重复李帅所讲的“游客买猫是为了那只古董碗。老太太放那只碗，则是为了卖猫的故事后说：“KG 配方和样品，就是那只碗。所以也就别来虚的了，有什么都放在桌面上。”她转向宁夕，“现在，我正式宣布和李帅脱离一切关系。”见宁夕不说话，她以为是默认，便伸手说：“你应该把样品交给我们了吧？”

宁夕尖锐地说:“香港人有专门形容你这种行为的俗话。叫作婊子发誓。”

秦芳站起来:“你胆敢侮辱我?”

宁夕指点着林恕、麦建、李帅:“这间房子里,一共就有三个男人,你和他们当中的每一个都上过床。你这种人发誓,还有什么意义?”

林恕显然很有操纵会议的能力,径直问宁夕到底要什么。听宁夕说是李帅后,他又问:“可怎么才能让你相信李帅属于你了?”

麦建插言:“就是。俗话说自家的狗不用拴,别人家的狗拴不住。”

“你们能吸引李帅的是钱,也只有钱。所以,我要求你们付出一笔钱。”宁夕听林恕问是多少钱后,便说,“就是你在香港答应我的数目。”得到林恕肯定的答复后,她说:“我拿到钱就把配方和样品交给你,由你去处置。”

林恕质疑道:“可我怎么能保证这配方和样品是真的呢?”

宁夕解释说:“因为我要的第二笔钱,也就是一千万港币,是要等你们把KG卖出去以后,才付的。”

“也算合理。”林恕一顿,“可你怎么能够相信我们会支付这第二笔钱呢?”

宁夕说:“你要和我签合同,在虚构背景下的一份合同。”

秦芳讥笑道:“合同要是能管用,法院就没用了。”

宁夕根本不理睬秦芳,对着林恕说:“上亿元的买卖,不是街头交易。你有公司,有公司就有账户。届时我会要求法院保证我的权力的。”

林恕同意成交。他知道像宁夕这种陷入爱情中的人,纠缠如毒蛇,执着如怨鬼。根本不可理喻。

麦建心存侥幸地问宁夕:“你把样品带来了没有?”

宁夕一反平素的温文尔雅,尖锐地反问:“你认为我那么傻吗?”

方兴与祝启昕下围棋。两个人虽然都各怀心事,但都在学东晋谢安:阵前行棋,意色举止,不异于常。

他把手中的棋子尽数放回棋盒:“大龙被擒,无计可施了。”

祝启昕审视着他说:“你今天好像有些心不在焉?”

方兴勉强笑笑:“没有。棋力不够。”

“从你跟我干的那一天,我就告诉过你,做官的第一要事,就是不要出事。你近来的所作所为,确实有些操之过急了。欲速则不达。”他从高策、周鞍钢的态度上看出来,方兴恐怕问题不小,必须摸摸底。如果确实,回去就与省委书记谈,取消经委主任的动议。

“您说得对。确实从银行融了一笔钱,挪用在股市上。”方兴已经猜透了祝启昕的心思,而且相信一旦事发,祝立刻就会抽身而去。“不过其中大部分回到了银行,还有一小部分在途中。”对祝启昕有无损失的提问,他很肯定地说,“非但没有损失,而且还有盈利。”

祝启昕当然不会相信方兴的话,但做出相信的样子:“公家来,公家去。至多是违规而已。”

“我最担心检察院纠缠。”

“宁水市委,已经报周鞍钢做检察长,这事要上常委会。我和他说了,他不会不考虑。”

他现在太需要时间了,所以又说:“周鞍钢这个人,素有铁面之称。”

“那是他没有遇到关口。遇到关口的时候,依然保持铁面孔的才是真正的铁面。而这样的人,很难做到地市这一级上。”祝启昕当然希望如此,但从周鞍钢的姿态看,恐怕可能并不大。

方兴多少放下一点心,于是就告辞了。

第二十一章

李帅在回家路上,默默无言。宁夕几次挑起话头,他都不回答。直到上床之后,李帅才开口说话:“你真的打算把样品给他们?”

“是的。只要林恕的钱一到咱们在香港的账上,我立刻把样品给他。”

“太便宜了。”李帅不高兴地说。

“我经过仔细计算。就算咱们什么都不干,把这钱存在银行,也是好日子。”

“小富即安,妇人之见!”

“大富贵必有大麻烦。”

“人活着本身就意味着麻烦。不过算了,你决定这么做,就这么做吧。”

“有钱不算,花得上才算。这些人什么都干得出来,越早离开他们,就越安全。”她见他同意,很是高兴,“实话对你说。我说的第二笔钱,我根本就没打算要。”见他惊讶,她说:“无穷大的一半,仍然是无穷大。再说也要不来。”

他作下决心状:“不要就不要,反正这钱也足够你我花的了。”

“还有一大群孩子。”

他笑着反问:“一大群孩子?和我生的?”

她也用问题来回答:“除了你,还能有谁?”

他吻她:“你告诉我,样品放在什么地方了?”

她喃喃地说:“明天晚上,你就知道了。”

方兴在偏远处的一座电话亭内，用公用电话给远在美国的儿子方程打电话。无数人都栽在电话上,唯有随机选出来的公话是最安全的。

方程与他一般地干练,很简洁地告诉父亲,戴平提供的那些账户上,确实有钱,也在慢慢进。但在他欲调动的时候,却调不动。”

“调不动？只能进,不能出。会不会是技术故障？”

“在全球范围内,几十个账户同时出问题,是不可能的。”

他知道这一定是反洗钱的国际组织介入了这项行动,很可能还有国际刑警组织。

方程认为父亲在为钱发愁:“实在不行,您就一个人出来吧。我这里还有您给的几十万美金,够对付一阵的了。”

他让方程不要着急,说他自有办法。接着,挂断电话。

李帅看宁夕睡着,就悄悄地起身。到了外屋他打开宁夕的包,取出她的手机,进入卫生间后拿出工具,打开手机后盖,更换一块集成电路板。

秦芳与林恕睡在一张大床上。

她说她根本不相信林恕有一千万块钱。见林恕承认,她又说:“没钱就没有样品。”

“用钱换样品,算什么本事？”

“那你拿什么换？”她赶紧问。

他诡秘地笑笑:“天机不可泄漏。”

她撒娇道:“告诉我嘛！”

“一句话,没有家鬼,引不来外贼。”他起身后,从箱子里面取出一张地图。指点着说,“明天晚上,你在这里接应。”然后,他又拿出一支手枪,“等我和李帅、配方、样品,到这里后,解决掉他,轻装上阵。”

“解决掉？”见他点头,她又问,“你是怕分钱的人多了？”

“他在明处，带着他走不远。”

“你不会连我一起解决掉吧？”

“第一，我总要有帮手。第二，我要是有这个打算，就不会把枪给你了。”

上午九点，李帅才对刚刚起床的宁夕说林恕来过电话，说钱已经到账。

她埋怨道：“这么大的事情，为何不叫醒我？”

他笑着说：“舍不得呗！”

“你骗人！”

他正色说：“不骗你。第一，这需要查询，这只有你亲自查。第二，这一千万一到手，就意味着你我就要上路。千里迢迢，谁知道会遇到什么情况。所以你必须有充沛的体力。第三，银行的查询系统，要到九点方才开通。”

她打开手包，取出手机，拨号。脸上渐渐地绽放出笑容。

他凑过去：“到账了？”

她兴奋地点头。把电话凑到李帅的耳边：“你听听？”

话机中传来清晰的银行语音报读：“您的存款余额为港币一千万零五千四百元。”接着重复。

他兴奋地将她抱起来，扔到床上。

隆德集团香港分公司总经理牛杰，是一个胖胖的中年人。他原本是于建欣的人，但方兴到任后，并没有把他清理掉，所以他很感激方兴。隆德所有的分公司当中，香港分公司是最好的地方，有很大的操作空间，而且很安全。

接到方兴的电话，他不免有些诚惶诚恐。方兴除去在春节的时候来过问候电话外，从来没有给他直接来过电话，有事情也是秘书传达。

听方兴要调拨一笔款子，他立刻答应：“我立刻和您的秘书联系，问账号。”至于金额，他根本就没有问。普天之下，莫非王土？公司的钱，还不就是他的？

方兴回答极其简单：“看你的传真机。”

牛杰还没来得及回答，传真机响了。他将这张简短的传真看完后，脸色大变："方总，我账上现在没有八百万美元。"

方兴果断地说："那就开一张信用证。"

牛杰试图搪塞："没有这么多钱，就开不出信用证来。"

谁知方兴远比他想象的内行："不要开全额保证金信用证，开一张差额保证金信用证。百分之三十的钱，你总有吧。"

牛杰看看那是一个美国的私人账户，就知道有风险，便试图规避："可剩下的百分之七十，需要担保啊！"

"这些都需要你自己去解决。"他很明白牛杰的内心，知道必须给他施加压力，"有些事情我不说，但不等于不知道。你派生出来的子公司，还有子公司的子公司，不说有三十个，二十个总有。每年在本公司体制外循环的资金，也恐怕不止这个数。"他估计牛杰已经被打垮，就命令道，"赶快办！"

牛杰说手续也要两三天时间。

方兴坚定地说："两天。两天之后，对方收不到信用证，本公司将采用政治解决的方法。"

牛杰的汗如泉涌："我一定办好。"

宁夕领着李帅，进了银行的保险库，打开保险箱取出样品，递给李帅。

他打开包装，仔细地辨认一番样品后，轻声说道："久违了。"

虽然保险库的灯光十分明亮，她仍然没有察觉出他眼中掠过的一线凶光，钱已经到手，她完全放下心来。理论永远决定你观察到什么："其实我一直觉得这是一个烫手的东西，再过几小时，它就出手了。"

他的神情已经完全恢复正常："那就让它烫别人的手去吧。"

宁夕搂住李帅的胳膊，走进阳光里。钱到手，李帅也跟着回来了。她感到很幸福，嫁给一个这样的人，是很好的归宿："我要让咱们的爱情永远保持新鲜。"

"是的，永远保持新鲜。"李帅嘴上这样说，心里想的却是，新鲜是不可能永远的!

虽然是白天,但车库内依然显得很黑暗:即使如此,方兴还是找了一个较暗的角落停车。

一辆很破旧的桑塔纳,飞快地驶入,停在他的车边。一个身材魁梧的人从车上下来,钻入方兴的车内。

他亲切地招呼:“小三。”

小三回答也很亲切:“方叔。”他的父亲是方兴的司机,在他上中学的时候因病去世,他就成了街头流氓。后来母亲找到了方兴,方兴就给了他一些钱,于是,他做起了小买卖。

“有件事,求小三办。”早年的投资,现在要求回报。

小三不高兴地说:“求字哪是方叔您用的?命令就是了。没有您,哪来小三的今天。”

他将周小擎的相片递过去:“我需要让这个人消失三天。”他一直关注着小三,知道他和黑道不无联系。

小三似乎犹豫了一下:“是个孩子?”

他不回答问题,径自说道:“有关资料,都在后面写着。”在小三翻过来看的时候,他拿出一个信封,“三万块,够不够?”

小三眼中立刻放出贪婪的光芒:“三万块对您是小菜一碟。对我们这些江湖上的人,可是大数。”

他笑笑:“记住,三天之内,他不能出现。”

小三把信封放进怀里:“明白。他要是不听话,可不可以做掉他?”

他伸手从车内给小三开门:“技术细节,你自己定。”

小三下车。

丁尼在往麦建家的衣柜里面挂自己的衣服时,发现麦建声称“刀子割不破”

的尼龙箱子摆在最里面，但她还是隔一会儿才突然问："你要出门？"

他知道她一定是发现了箱子，便说："在北京有一个重要的合同要签。"

"重要的合同？"她一扬眉毛，"我眼看着你这个公司长大，一单重要的合同也没见你签过。什么合同？"

"一个有着强烈排他性的合同。"

她讥讽道："强烈排他性合同？一张存单吧？"

"既然你这么说，我也只好实话实说了。你看这格局，有咱们的份儿吗？整个一个二桃杀三士。"

"我一见这只箱子，就知道你要出远门了。你实在是不够意思！"

他强辩道："我正准备通知你呢！"

她鄙夷地说："说谎也不会。"

他凑过来，搂住她："跟我一起走吧。"

她一动不动："把我的一半还给我。"听他问一半是多少，她说："跟你要五百万不多吧？"

他耍赖："一共也就这个数。"

她指点着他的鼻子说："别忘了我的学位、我的职务。"

他从柜子里拿出箱子："你看我这个箱子，装得下这么多钱吗？"

她递给他一张纸："把钱划到这个账上。"

麦建的转账过程，即时显现在公安局的计算机屏幕上。

一名警察指着屏幕说："苏局长，你看麦建刚刚把五十万划到这个账号上。"接着，一个新信号出现，"又是五十万。"

苏群命令立刻查清这个账号的主人。警察操作电脑。片刻，出来一串信息：谢雪萍。苏群命令从户籍档案中，查出此人地址。

警察再度操作后说："查无此人。"

苏群多少有些沮丧："银行的人，也真够笨的，连真假身份证都看不出来。"

周鞍钢则认为此乃意料之中:“你不能这么要求银行职员。识别真假身份证,比识别真假钞票还难。”

苏群心存侥幸地问此人是否方兴。

周鞍钢摇头:“他看不起这些小钱。再说,他也不会如此大意。”

“李帅?”苏群自问自答,“也不会。”

周鞍钢说出了他的估计:“我看是丁尼。”

麦建把丁尼给他的纸撕碎:“咱们两清了。”见她要核实,他指点着桌子上的电话,“你用这个查。反正也不回来了,不用白不用。”

她拿出自己手机:“林恕和李帅合谋,在宁夕的手机里,安装了一个芯片。只要一拨她的银行查询号码,就会发出模拟银行报账的声音。”

他显然闻所未闻:“金额是一千万港币。”

“是的。”她拨号,“所以我要多一个防人的心眼儿。”

“就算我有这个头脑,也没有这个技术啊?”

她听完了语音报读,脸上露出了满意的微笑:“这下子,咱们两清了。”她背起手包。出门前她很有风度地摆摆手,“祝你一帆风顺。”

周鞍钢好像突然明白了什么:“对了。隆德集团在海外,还有很多分公司。方兴会不会从这个口子往外走钱?”

苏群认为应该不会:“分公司的领导,不是方兴的雇员,而是国家干部。既然是国家干部,就应该知道分寸。有制度在,要追究责任的,所以不会,也不敢随随便便地把钱给谁。”

他不同意:“方兴经营的就是干部。要是某一个地方,有一个他们常说的‘自己人’,一下子就决堤了。要查一查。”

苏群认为此举一定徒劳:“虽说你查账是内行,但我还是想提醒你,他子公司里又有子公司,然后又有孙子公司。一个公司又有若干账户。查不胜查。”

他坚信自己的筛选本领:“查不胜查,也是查一个少一个。我走啦。”

宁夕把样品递给林恕。林恕接过样品,看看李帅。李帅点点头。

宁夕说:“咱们两清了。”

林恕也点点头:“两清了。”

宁夕对李帅说:“咱们走吧。”

李帅说:“好的。”但他站着没动。

宁夕伸手去挽他的胳膊。就在这时,林恕闪电般地拿出钢丝绳,一下子就套在宁夕的脖子上。然后反过来,把宁夕背在背上。

宁夕一点儿声音都来不及发出,双手在脖子上乱抓,眼睛却直直地看着李帅。

李帅的眼睛里闪动着冷酷的钢蓝色。

宁夕用尽最后的力气,把手伸向前方。做完这个动作之后,她吐出了最后一口气。全身瘫软,手也松开。

一张纸条飘落在地,李帅赶紧捡起来。

纸条上这样写着:我堂姐知道我去了什么地方。如果我晚上十点不给她去电话,她就报警。另外,我也已经将李帅存放配方邮件的网址通知了她。她也会同时把邮件取出。

林恕恼怒地说:“保护自己是本能,可你怎么会把网址告诉给她呢?”

李帅愤怒地质问:“你看我像一个把绝密网址告诉人的人吗?是她自己慢慢地侦察出来的。她是一个化学专家的同时,也是一个计算机专家。”

林恕已经平静下来了:“幸亏她没有想到自己会被最心爱的人做掉,以为至多是软禁而已。”他把方兴的配备无线上网装置的电脑拿过来,“把配方文件转移走。”

李帅很快地操作完毕。

林恕说:“走吧。”

李帅看看地上宁夕的尸体:“这怎么办?”

“这又不是咱们的房子,管她呢?”

“警察一到这个地方,立刻就会发现,那咱们就出不了海关了。”

林恕讽刺道:“你还想从海关走?”

“他们封锁了宁水的出口,咱们也不好出去。”

林恕坐到沙发上:“在这全是水泥的城市里,处理尸体可不是一件容易事。埋都没地方埋。”

李帅提议像处理袁因一样,扔到江里面去。

“在江边作掉,就地处理是一回事。转移又是一回事。三十六计,走为上。”

“那也只有走了。”

就在李帅打开门时,方兴站在门外。

两个人一下子就愣了。方兴做了个请进的手势,他们只好跟方兴进去。

周小擎听话地夹在两个彪形大汉中间,沿着崎岖的山路行走。他是今天傍晚在去篮球场的路上,被这两个人拖上车的。

他装作无力的样子说:“你们慢点,我跟不上。”

小三威胁道:“你要是再磨蹭,我就枪毙你。”

他并不害怕:“你们不会枪毙我的。枪毙我对你们一点儿好处也没有。”

小三踢了他一脚:“这个小王八蛋,什么都知道!”

他踉跄之后,迅速站稳:“你们对我好一点儿,要不然你们就完了!”

李帅看着手表说:“再有三个小时,她的堂姐就会给公安局去电话了。”

林恕提议:“做掉她。”

李帅无奈地说:“她堂姐在北京工作。”

“汉景帝时名臣晁错,提议削藩。景帝问他:如果他们反了怎么办?晁错说:削之亦反,不削亦反。等七国反了之后,景帝让他拿主意。结果,他出了一个很臭的主意:让御驾亲征。这样的臣子,焉能不死？后来史家评论说:削藩其事是其事,晁错其人非其人。KG 是个好东西。你们没这个能力拿走。”方兴很不屑地看着两个人,“当务之急是处理尸体。你们处理不了尸体,一切都无从谈起。警方一得知,立刻就会来这里。”

两个人束手无策。

“要事至不惧,徐为之图。两条,你们哪条也不具备。”方兴拿出钥匙,“李帅,你去车库,把我的网球网子拿来。”

李帅不肯:“干什么用？”

方兴命令道:“赶快去。”

李帅离开。

林恕往前凑了凑。

方兴立刻把手伸到口袋里:“你再往前走,我就开枪。”

林恕退回去:“方总误会了我的意思。”

方兴冷冷地说:“我宁肯误会。”

林恕喃喃地说:“我是想问问方总如何处理尸体。”

方兴把手从口袋里拿出来:“我自有办法。”

用了整整四个小时,周鞍钢和那红、徐纲,才把所有隆德海外分公司都通知到了:以检察院的名义,命令暂停一切经济活动。当然,要求他们保密。

周鞍钢再次核对后,发现无误,便舒展了一下身体:“那咱们就休息吧？”

徐纲立刻站起来:“就等你说这句话呢？国际长途打得电信局都抗议了,让咱们去补缴电话费。”

他笑着问:“你去缴了？”

徐纲双手一摊:“我哪里有那么多的钱？所以我告诉他们,这里是检察院。”

周鞍钢接他的话:“他们就说,那算了。”

徐纲笑了:“没有。让我明天一定补缴,否则停机。”

三个人把裹在网球网子里宁夕的尸体扔到鱼塘里。

李帅怀疑这方法是否可行。方兴在食人鲳兴奋地拍动水的声音中，阴森森地说："在原产地亚马孙河，这种食人鲳，在十分钟内能把一头牛吃得只剩下一堆白骨。到了这，它们发生了变异，体形更加巨大了。"

李帅问："骨头呢？"

方兴说："骨头被网球网子网住，浮不起来：这上面都是浮游生物，望不见底。好啦，你们去处理她的衣服吧。"

李帅已经完全被方兴的镇静所折服："方总，我们走啦。"

方兴摆摆手扔过一串钥匙："树林里有一辆摩托车。你们骑上赶紧离开宁水。"

周鞍钢在家门口下车后，为了安全起见，让徐纲一定把那红送回家。

徐纲笑着说："虽然已经是名花有主，我还是不死心。但愿幸福的路，更长一些。"

"没正经。"话音刚落，电话响。"是苏群。一准没好事。"周鞍钢接听后，脸色顿时暗下来。"好的。我马上就到。"他重新上车，"宁夕的堂姐报案。说她在方兴的别墅。大概是出了事情。"

那红纳闷宁夕怎么会与方兴有联系。

"人和人的联系，更多的是看不见的。再者说，小人结党，是常见的事情。"车刚开动，周鞍钢的电话又响，知道是张琴，不等她说话就说，"我手头有案子，今晚不回去了。"听她说儿子到现在还没有回来。他不以为然地说："这又不是什么稀罕事！我告诉你，他一准是参加 NBA 去了。"

从别墅区通往市区，只有一条路。摩托车是八百 CC 的日本原产本田，功率很大。三档就接近一百公里。驾车的李帅，看见前面有一辆汽车，就试图超越。见从左边超不过去，就改为右边。汽车也跟着向右，最后干脆把他们别翻在路边。

两个人爬起来，就看见秦芳持枪对着他们。

她厉声说:“举起手来。”

李帅乖乖地举起手。林恕却慢慢地往前走。

她用枪指着他说:“你再往前走一步,我就开枪了。”

林恕很平静地说:“我们正准备找你去呢!”

“你以为我会在你指定的地方傻等?”她不屑地说,“整个过程我都看见了。”见林恕继续往前,便说:“站住!”

林恕又往前走了一步。

秦芳扣动扳机:如果是李帅这样做,她是不会开枪的。因为不知道配方在哪里。谁知枪没响,她再度扣动扳机,依然没响。

她正想三度扣动扳机时,林恕一把夺下了她的枪,冷冷地说:“你真的以为,我会把一把能够射击的枪给你吗?”他左手把枪放进口袋的同时,右手一刀插入她的心口,然后用力往上一提。

她的脸痛苦地变了形,可是叫不出来。

大约一分钟的时间,她慢慢地倒下。

他扭回头来,招呼李帅,把秦芳放到车的后备厢里:然后命令道:“开这辆车走。”

李帅很害怕:“你可真够狠的。”

“一击不胜,反噬必毒!”林恕迅速提速。

方兴在自己家里,用手机与方程通话:“三天之内,你一定会收到信用证。要是收不到,你就不要等了。”

“丁尼会不会出卖您?”方程担心地问。

“她不过知道局部。就是交代,也不过是盲人摸象而已。”

“丁尼是否在您身边?”

“此刻她正在别墅里,等着警察来调查。”

方程惊叫道:“警察?”

方兴严厉又慈祥地训斥:“我告诉你,作为一个男子汉,要不动声色。”

“丁尼如果禁不住警察的盘问,交代出来怎么办?”

“人无法交代出自己不知道的事情。”

方程哀求道:“您赶紧出来吧,我很想念您。这事情一件接着一件的,我天天心惊肉跳。”

“我也很想念你,儿子。”方兴罕见地动了感情。但只是一瞬间,“可只有在我坐在这张椅子上时,香港的牛杰才会乖乖地把信用证开出去。这是最后的晚餐了。再说,我不是给你讲过了,我释放了强力干扰素。”

“我怀疑他们能否被干扰。”

“对周鞍钢这种人,金钱不起作用、权力不起作用,那亲情一定就会起作用。”

远在大洋彼岸的方程,似乎能够感觉出父亲的深情:“对您好像也是这样。”

方兴心头一动:“你能这么认为,我很高兴。就这样。”说完,挂机。

周鞍钢和苏群坐在客厅里,听汇报。

一名警察说搜查无结果。另一名警察则说:“丁尼也没有交代。”

苏群敲了一下桌子:“她在撒谎!”

“我们对她使用了测谎器,没有发现异常。”

苏群焦躁地挥手:“继续搜查,继续审讯。”

周鞍钢说:“还是连夜把陈述请来吧。”

“你认为我们承担不了这个任务?”

“我确实这么认为。起码在对付方兴这个问题上,你们的手段不够。”

苏群霍地起身:“那你去请好了。”

周鞍钢的电话响,一听是张琴,他不耐烦地问:“什么事?”

张琴的哭声:“小擎被绑架了。”

周鞍钢一下子站起来:“什么?”

张琴重复:“小擎被绑架了,绑匪来了电话。”

周鞍钢呆住。

苏群也跟着呆住。

换上睡衣的丁尼蹑手蹑脚地进入卧室。见方兴睡得正香,她推推方兴。

方兴没有反应。她也只好睡下。

陈述在苏群的要求下,坐省公安厅一号开道警车,也就是一辆奔驰吉普,在两个小时后,就从省城来到了宁水。

此刻,他正在公安局技术室里的计算机前,不断地调整程序、分析信号。

苏群拍拍周鞍钢的肩膀:“你说得对,陈教授一定有办法的。”

周鞍钢嘴上说:“当然。”但心里很乱。

“三天之内,十万块钱。收到,就放人”的录音被一遍又一遍地重放。

苏群为了宽周鞍钢的心,便说:“张琴还真有头脑,知道录音。”

周鞍钢解释说:“是绑匪要求她录音的。”

录音再度被重放后,陈述说:“声音的脉冲很强。”

苏群解释说:“说明他很激动?”

陈述谁也不看地说:“说明他有杀人动机。”

周鞍钢不由自主地哆嗦了一下。

陈述命令把背景音放大。计算机附属的音响中传来“嗡嗡”声。

陈述一点不激动地说:“有了。这是高压变电站的声音。”

苏群并不兴奋:“整个宁水,不知道有多少高压变电站。”

陈述分析:“以中国的人口密度,尤其是宁水的人口密度。找一个没人的地方不容易。一定在一个山洞里。附近有高压变电站的山洞,不会多。”他操纵计算机。

变电站分布图上的亮点迅速减少。

苏群马上命令:“一共十二个。赶快布置,从远到近,一个一个地查。”

一直守候在一边的刑警队长立刻答应:“是。”

苏群命令:“记住,人质安全第一。”

周鞍钢却说:“慢。”然后他要求再听一遍录音。

录音重放:三天之内,十万块钱。收到,就放人。

“三天?三天?方兴需要三天时间。”周鞍钢转向苏群和陈述,“咱们应该把侦察重点放到方兴这边。找出宁夕的尸体,逮捕他。”

苏群惊讶周鞍钢在此时此刻,还想着工作:“可小擎呢?”

周鞍钢已经完全恢复了自信:“我相信我儿子的能力。”

周小擎看看小三递过来的饮料,然后顺手扔在一边:“我从来不喝国产的可乐。”

小三拿起来,自己喝:“那你喝什么?”

“美国进口可乐。”

小三不无羡慕地说:“你小子饮料还喝美国进口的。”

周小擎得意地说:“不光饮料,就是牛奶、饼干,都是美国进口的。”

小三越发羡慕:“真是人比人,气死人。”

周小擎把脚伸过去:“你看我这鞋,乔丹十八。”

小三问多少钱。他说:“几百块。”

小三这回找到了机会,伸出脚:“不多。我这鞋,也二百多呢。”

周小擎大人气地拍拍小三肩膀:“美金。老哥!”

小三这下子服了:“你爸爸是干什么的?”

周小擎得意地说:“我不告诉你。”

小三赶紧问为什么。

周小擎其实就等他问这话:“告诉你,你更该向他多要钱了。”

小三兴趣被勾引上来:“告诉我,对你有好处。”

陈述趴在地毯上，用一个放大镜，仔细地查找。

发现若干碎片。

他小心翼翼地把碎片放进塑料袋里。

小三口水都快流出来了："你爸爸真的那么有钱？"

周小擎得意地说："当然。光汽车就有六辆，上个月刚买了一辆陆虎。"

"陆虎？没听说过。"

周小擎居高临下地说："你当然听说不了了。你听说了，还叫什么好车？我告诉你，施瓦辛格也买了一辆和我爹一样的车。"

小三连忙问要多少钱。

他卖关子道："就你那破桑塔纳，三辆加在一起。"

小三喝了一大口饮料："那也不怎么牛？方总……"他意识到说漏了嘴，"我的一个朋友，开的是奔驰。"

"我还没有说完呢，三辆加在一起，购买一扇门加半个轱辘。"周小擎见小三进入了圈套，越发神采飞扬，"奔驰？奔驰算什么？陆虎少说也值三辆奔驰。"

小三已经完全被吸引。

苏群边接电话，边陪周鞍钢散步："好了。继续。"然后转身对周鞍钢说，"你的儿子，虽然还没有消息，但我保证他一准没事。"

他心思却不在这上面："我有种感觉，尸体就在这附近。"

说话间，他们已经走近鱼塘。

"先别想这个了。尸体既然在，就没不了。物质不灭嘛！熬了一夜，脸上都出油了。"苏群说着，蹲下，欲洗脸。

周鞍钢突然惊觉："不要！"

苏群霍地站起："怎么？有毒？我看里面还有鱼呢？"

"这是食人鲳！我知道尸体在哪了。"他拉起苏群，就往别墅去。

小三终于向周小擎露了底:“三万块钱订金,事成之后,再给十万。”

周小擎不屑地说:“三万加十万,一共十三万。真小看人,还不够我爸抽烟的呢!”

小三敬佩地说:“你爸抽大烟?”

周小擎当下犯急:“你爸才抽大烟呢! 雪茄。哈瓦那雪茄,五百多一根。”

小三靠近周小擎:“什么时候,咱们也抽上一根尝尝。”

周小擎戏弄道:“那烟你得靠着墙抽。”

小三问:“为啥?”

“要不然把你噎一个大跟头。”

小三不信:“我非得买一根,开开荤。”

周小擎引诱道:“你也得买得着啊! 那全是在英国买的。”

小三也有自尊:“这么大一个中国,我就不信买不着。”

周小擎知道火候到了,便说:“你把我放了,我送你一盒。”

“一盒十支?”

“十二支。”

小三想了想:“不行。方总饶不了我。”

周小擎自觉已经完全可以预见到结果,便说:“外加二十六万块钱。干脆凑个整数,三十万。”

小三不相信:“你爸爸肯出这么大血?”

“我是谁?我是他儿子。”周小擎绘声绘色地说,“就算他不出,我从我的压岁钱里出。”见小三不相信,他补充说:“像你那个开奔驰的方总一样的人,我爸爸手下就有十好几个呢!”

小三真正地开始犹豫。

“你不就为了几个钱吗? 为几个钱犯不着绑架我。放我出去,咱们交个朋友。”周小擎把双手举到小三面前。

小三看看周小擎。

“你免了罪,还能弄到钱。”周小擎再度示意他解开绳索。

小三慢慢地解绳索。

陈述离开分析仪走过来,慢慢地摘下手套:“没错,尸体就是被鱼吃掉了。”

因为无法捞起尸体,周鞍钢就问根据。

陈述把手伸向苏群:“给我一支烟。”

周鞍钢着急地说:“我要铁的证据。没有铁证,奈何不得方兴。”

陈述吐出浓浓的一口烟:“鱼是没有胆固醇的。我解剖了四条食人鲳,它们都含有丰富的胆固醇。”

苏群一拍手:“可不是,鱼就有不了酒精肝。因为它不会酿酒,我怎么就想不到?”

陈述慢悠悠地说:“美国人曾经将一部介绍美国的纪录片,放给原始部族的印第安人看。放完之后,印度安人一直在讨论片中的火鸡。虽然这个镜头只有五秒钟。”

“什么意思?”苏群不解地问。

“人只能在自己的认知范围内,讨论问题。而他们对汽车、计算机、高楼大厦一无所知。”

周鞍钢坐在沙发上:关键一环解开之后,儿子就变成第一位。

有人敲门,周鞍钢去开门。他一下子就愣住了:门外站着的竟然是周小擎。

他一下子抱住了周小擎,眼泪流了下来。

牛杰问秘书:“检察院的人去了公司本部?”

秘书说:“是的。”

牛杰为了给自己留条后路,日前让秘书通过另外渠道打听过,又问:“确实?”

秘书回答很肯定:“我先生接待的,公司的账已经封了。”

牛杰立刻明白原因:“终止有关那张信用证的一切程序。”

见周鞍钢、苏群进入办公室,方兴就知道预料中最坏的结果出现了。但脸上一点儿惊讶的表情也没有,他慢慢地把万宝龙钢笔的笔帽旋紧。

周鞍钢走到他面前:“我知道你不会逃跑。”

方兴眉毛一动:“为什么?”

“因为你一逃跑,方程那边就收不到钱。”

方兴笑笑,拿出一支雪茄:“你很了解我。”

“但你不逃跑,并不等于方程能够拿到钱。”

方兴的手哆嗦了一下,公检人员的出现,他已经知道了结果。

“详细的过程,你会在起诉的过程中了解到的。”

方兴点燃雪茄:“我如果早一点动手,还是有很大的成功机会的。”

周鞍钢笑了:“你知道二次大战,盟军在诺曼底登陆是哪一天吗?”他知道方兴很喜欢研究军事历史。

“一九四四年六月六日。”

周鞍钢又问:“德国人向伦敦发射冯·布劳恩的 V—1 制导导弹,又是哪一天?”

“一九四四年六月十二日。”

周鞍钢说:“V—1 是希特勒的撒手锏。他希望通过这种大规模的杀伤武器,胁迫盟军坐到谈判桌前来。以至于一些德国的战史研究者认为:如果早三个月使用 V—1,诺曼底登陆,就不可能发生。”

方兴纠正道:“丘吉尔也这么说。”

周鞍钢说:“但他为什么没有使用?其原因就是因为盟军飞机的战略轰炸。他为什么只发射了二千多枚后,就不再发射了?就是因为盟军成功地将放有十万枚 V—1 的仓库摧毁。在这场多人的博弈当中,许多事情看上去是偶然,但细细思考,却都是命中注定。”他摆手。

一名法警上前,向方兴出示逮捕证。

方兴坐着不动,伸出手。

紧接着,高策出现。

方兴淡淡地说:“高检也来了? 够隆重的。”

周鞍钢说:“所有的侦探片,最高级的侦探和隐藏最深的罪犯,都是在影片的最后方才会面。正所谓‘王不见面’。一见面,影片就结束了。”

三天之内,戴平、林恕、李帅、麦建、丁尼,相继在宁水市和其他城市被捕。

一个风和日丽的日子里,周鞍钢陪同高策在看周小擎和高策的孙子高城打篮球。

周小擎要比高城大五岁,故而俨然老师,教给高城许多动作。当然,其中还夹杂着一些小动作。

周鞍钢笑着说:“我这个儿子,真是‘毁’人不倦!。”

高策笑问:“儿子的儿子叫什么?”

“孙子啊。”

“孙子的孙子呢?”

周鞍钢想了一下:“玄孙。”

“玄孙之孙叫什么?”

周鞍钢摇头:“不知道了。”

“玄孙之孙为来孙,来孙之孙为昆孙,昆孙之孙为仍孙,仍孙之孙为云孙,云孙之后,以代计之。”高策一口气说完,“我很奇怪有些人,很盲目地为连称呼都叫不上来的后代,拼命积攒钱财。”

周鞍钢点头:“为谋取生存所需之外的财富,不择手段,其实是一种很低的精神境界。”

一个月后,周鞍钢被任命为宁水市检察院代理检察长。

《配方博弈》《小说月报原创版》 二〇〇六年三四期

作家出版社 二〇〇七年九月